海天司法培训学校指定用书

2010 年
国家司法考试 考点精讲

Guojia Sifa Kaoshi Kaodian Jingjiang

7 **商法 经济法**

海天教育 国家司法考试研究中心 编著

中国政法大学出版社

2010·北京

前　言

　　每一位考生在复习司法考试的过程中,都会遇到复习的时间非常有限而需要牢记的知识点却非常繁多的情况。如何在有限的时间内整合所有考查的知识点,恐怕是每一位考生都会遇到的一个难题,在问题面前,有些考生通过对知识点的有效总结,达到了事半功倍的效果,成功通过了司法考试。

　　在本书的编写过程中,编写委员会认真、深刻的总结了考生在复习过程中所遇到的难点,进而突破每一个难点,经过长时间的努力编写完成了本书,编委会在编写本书时用最少的文字讲解清楚每一个重点内容,让考生用最短的时间对知识点进行细致的整合。

　　结合本书的编写结构,本书优点有如下方面:

　　一、以结构图的形式归纳,从整体角度归纳知识点

　　考生在理解每一个细致的知识点时,需要对知识点背后的大的知识结构有一个宏观的认识,这样既可以帮助考生理解知识点,也可以帮助考生建立清晰的思路,不至于混淆记忆知识点。

　　二、对知识点的重点讲解过程中,结合历年真题

　　本书中对历年司法考试的真题进行了一一列举,目的是为了让考生在理解相关知识的基础上立刻结合真题对自己的掌握程度进行自我检测,每一位考生都知道,历年真题的复习是至关重要的,所以本书为考生提供了一个在理解知识点的同时密切关注相关历年真题的学习平台。

　　三、本书中列举了相关重点法条

　　司法考试的范围除理论法学外,都是以法条为考试对象的,所以考生准确记忆必要法条是成功通过司法考试的前提,本书在讲解知识点的同时把相关重点性的法条进行列举,目的也是为了让考生在理解法条的内涵的基础上能够熟练记忆法条的题眼,继而能够灵活的运用法条来分析具体的问题。

　　当然,一本书的出版,真的不敢期望取得所有考生的认同,不过没有关系,如果在日后的复习中,您选择了本书,我们保证能够让您的复习起到事半功倍的效果,同时在您学习本书的过程中发现任何问题,请您及时反馈给我们,我们会始终如一秉承虚心学习的态度来不断的完善本书。

　　衷心的祝愿每一位考生能够顺利的通过司法考试!

编写成员:(按姓氏笔画)　纪格非、李奋飞、李毅、陈飞、杨帆、杨艳霞、武涛、
　　　　　　姚金菊、席志国

海天教育国家司法考试研究中心

2010 年 1 月

Contents 目录

商 法

商　法

引论　商法概述

商法概述 { 商法的特征
商法的概念
商法与民法的关系

考点精析

考点一　商法的概念及范围

在我国商法可以定义为：调整商事组织的成立、组织、运行、解散、终止以及商事行为的法律规范的总称。对于商法我们分析如下：

1. 我国不存在形式意义上的商法。我国到目前为止还没有一部《商法典》，可见我国并不存在西方国家法律体系中形式意义上的商法。

2. 在我国谈论商法乃是指的实质意义上的商法，其内容主要包括两大部分，一部分为商事组织法，另一部分为商事行为法。商事组织法到目前为止主要包括《公司法》、《合伙企业法》、《个人独资企业法》、《中外合资经营企业法》、《中外合作经营企业法》和《外商独资企业法》、《破产法》以及与此相关的法律解释。而商事行为法则主要包括《证券法》、《票据法》、《保险法》、《海商法》以及《合同法》中的相关内容。

考点二　商法的特征——商法独立于民法而存在的理由①

1. 商法扩张了民法上的意思自治原则的适用范围。交易自由是商业贸易的首要原则，没有交易自由就不可能有商业活动的存在。因此与狭义上的民法相比较，商法领域中意思自治原则适用的范围要广泛的多。正如卡那里斯所指出的，历史的观察，商法乃是合同自由的领头军。

2. 商法更注重信赖利益和交易安全的保护。商人对于交易安全的重视在某种意义上比对实质公平的重视程度还要高，因为商人对于什么样的交易是公平合理的能够进行的判断，在交易中商人既是专家又乐于承担交易的风险。对于交易安全的高度需求，导致了商法上创设了权利外观理论，这一理论在票据法上的体现最为突出，即只要记载在票据上的事项即为有效，无论当事人的表示是否真实。

3. 商法对于商人在交易时的注意义务和法律责任有更高的要求。如前所述商人是交易的专家，在交易过程中法律理所当然地要求其比普通人有更高的注意义务，从而防止给对方造成不必要的损害。商人的注意义务一般要求是善良

---

① 参见［德］卡纳里斯：《德国商法》，杨继译，法律出版社 2006 年版。

管理人的注意义务，而民法上主体的注意义务一般是尽到对自己事务的注意义务即可。

4. 商法中交易习惯起着极其重要的作用。商法是由商人之间的交易习惯所演变而来的，尽管经过了几个世纪的发展，许多交易习惯已经经过修改并被立法所吸收，但是仍然有众多的未被立法所吸收的习惯，同时在交易中还大量产生新的习惯，这些习惯对于调整商事交易是非常重要的，法官在处理商事案件时必须要考虑商事习惯的因素。

商事习惯主要体现在对于商事行为的解释和补充的适用上。商事行为作为民事法律行为当然也属于意思表示行为，因此也存在解释的问题。商事行为的解释除了仍然适用民事法律行为解释的规则和方法外，还要特别注意商事习惯或者惯例。

5. 商法上的合同大量的都是格式合同。因为商人追求交易的便捷性，在大量重复交易的情况下，商人为了降低交易成本和增加交易效率大量采取标准的格式合同。

考点三　商法与民法的关系

民法有广义与狭义之分，广义上的民法与私法是同义语，因此其包括商法在内。而狭义上的民法则恰恰 = 私法 - 商法，或者说私法 = 狭义上的民法 + 商法。因此我们这里所说的商法与民法的关系是指商法与狭义上的民法之间的关系。

狭义上的民法与商法构成一般法与特别法的关系，即商法是民法的特别法。这一关系主要体现在法律适用上，即若商法中有规定的事项应当优先适用商法，而商法中没有规定的事项则仍然要适用民法的一般规定。商法作为民法的特别法，其间的脉络关联主要体现在三个方面：①特别法中规定一系列与一般法所不同的规则。例如关于在破产法上的抵销权与民法上的抵销权是不同的，破产法上的抵销权无须债权到期、无须种类相同，只有破产债权人可以主张抵销。再比如票据法上债务人的抗辩与民法上债务人的抗辩是不相同的，票据法上债务人对人的抗辩因为票据债权的转让而切断，民法上债务人的抗辩不因债权的让与而受有影响。考生在学习商法的过程中必须时时刻刻将这些特别规定与民法的一般规定进行对照而予以掌握。②作为特别法的商法将民法的许多规范进行了细化或者说是补充。例如民法规定法人的成立需要具备必要的资产，而公司法则具体规定了每一种公司法人的最低注册资本等。③商法中没有规定的内容适用民法一般规则，这一点为大多数人所忽视。实际上若没有民法的一般规范，单凭商法中规定的规则是根本无法适用的。例如，破产法中规定的别除权，若不结合民法上的担保物权是更不无法加以适用的。再比如票据行为，仅规定了所应记载的事项但是却没有规定当事人的行为能力、意思表示等这些法律行为生效的要件，因此必须适用民法的有关规定。正如德国著名民商法学家 Canaris 所指出的那样"商法规范在解决案例中——无论是教学、考试还是在实务中都是如此——很少自己单独适用，而往往是和民法规范的所有原则相结合的。"

示例　依照我国《海商法》的规定，下列哪项是正确的？

A. 承运人对集装箱装运的货物的责

任期间是从货物装上船起至卸下船止

B. 上海至广州的货物运输应当适用海商法

C. 天津至韩国釜山的货物运输应当

适用海商法

D. 海商法与民法规定不同时，适用商法的规定

答案：CD

第一部分　公 司 法

第一章　公司与公司法概述

考点完整提炼

公司与
公司法
{
公司
{
公司概念与特征
公司的分类
公司的法人人格否认
公司权利能力限制
}
公司法
{
公司法的概念
公司法的特征
公司法的基本原则
}
}

法条依据串烧

《公司法》第 2 条　本法所称公司是指依照本法在中国境内设立的有限责任公司和股份有限公司。

《公司法》第 3 条　公司是企业法人，有独立的法人财产，享有法人财产权。公司以其全部财产对公司的债务承担责任。

有限责任公司的股东以其认缴的出资额为限对公司承担责任；股份有限公司的股东以其认购的股份为限对公司承担责任。

第 15 条　公司可以向其他企业投资；但是，除法律另有规定外，不得成为对所投资企业的债务承担连带责任的出资人。

第 16 条　公司向其他企业投资或者为他人提供担保，依照公司章程的规定，由董事会或者股东会、股东大会决议；公司章程对投资或者担保的总额及单项投资或者担保的数额有限额规定的，不得超过规定的限额。

公司为公司股东或者实际控制人提供担保的，必须经股东会或者股东大会决议。

前款规定的股东或者受前款规定的实际控制人支配的股东，不得参加前款规定事项的表决。该项表决由出席会议的其他股东所持表决权的过半数通过。

《公司法》第 20 条　公司股东应当遵守法律、行政法规和公司章程，依法行使股东权利，不得滥用股东权利损害公司或者其他股东的利益；不得滥用公司法人独立地位和股东有限责任损害公司债权人的利益。

公司股东滥用股东权利给公司或者其他股东造成损失的，应当依法承担赔偿责任。

公司股东滥用公司法人独立地位和股东有限责任，逃避债务，严重损害公司债权人利益的，应当对公司债务承担连带责任。

第一节　公 司 概 述

考点精析

考点一　公司的概念与特征

（一）公司的概念

关于公司的概念我国《公司法》第 2 条规定："本法所称公司是指依照本

法在中国境内设立的有限责任公司和股份有限公司。"第3条规定："公司是企业法人，有独立的法人财产，享有法人财产权。公司以其全部财产对公司的债务承担责任。有限责任公司的股东以其认缴的出资额为限对公司承担责任；股份有限公司的股东以其认购的股份为限对公司承担责任。"

根据上述两条规定，我们在理论上可以将公司的概念抽象如下：依照公司法成立的以营利为目的的社团法人。

（二）公司的特征

依据上述法律规定及公司的概念我们可以将公司特征总结为如下四个方面：

1. 公司是民法上的法人。既然公司是法人的一种，那么公司必然要符合民法上关于法人规定的最低条件，具备法人应当具备的特性：

（1）公司具有独立权利能力和行为能力。权利能力是指能够作为民事主体以自己的名义享有权利和承担义务的资格。行为能力是民事主体能够独立实施有效民事法律行为的资格，不具备相应的行为能力则其实施的民事法律行为无效或者效力待定。于此请参见本丛书《民法》相关部分。

（2）公司拥有独立的财产。无论是公司设立时股东投入到公司的财产，还是公司经营积累的财产，抑或是公司以承担债务而获得的财产均归公司自身所有。公司的股东对于公司的财产没有所有权。

（3）公司独立承担责任、股东则承担有限责任。公司以其全部财产对其自身债务承担独立的责任，此种责任是无限责任。这就意味着，公司的股东对于公司的债务无须承担任何责任。

公司的股东仅以其认缴的出资额为限对公司承担责任；股份公司的股东以其认购的股份为限对公司承担责任。此即为股东的有限责任，需要注意的是股东的有限责任不是针对公司之债权人的，而是针对公司的。

（4）公司设有独立的组织机构。公司作为法人具有独立的权利能力和行为能力能够以自己的名义享有权利和承担义务，并可以实施法律行为而为自己创设权利和负担义务。但是公司本身又不像自然人那样有头脑能够形成意思，有口舌和肢体用来表达意思，而法律行为恰恰是意思表示，因此作为法人的公司必须通过自然人来形成意思和表达意思。而这些代表法人形成意思和表达意思的自然人个人或者集体便是公司的组织机构。

公司以现代国家为模板，实现三权分立的原则，于是设有三个机构：权力机构——股东会（在一人公司即股东）；执行机构和代表机构——董事会（不设董事会的有限公司是执行董事）；监督机构——监事会（不设监事会的有限公司是监事）。

2. 公司是以股东投资为基础组成的社团法人。

法人以其成立基础为标准可以划分为社团法人和财团法人两种。①

公司是社团法人，即由自然人或者法人投资成立，该投资人在公司成立后即成为该公司的成员，对该成员享有管

---

① 社团法人和财团法人的区别详见本丛书民法卷法人部分。

理权和受益权。传统民法上的社团法人应当由两个以上的人投资形成，但是现代公司法均允许一个人投资成立社团法人，我国新《公司法》明确承认了一个自然人或法人可设立有限责任公司，并对一人有限公司以专节作了规定。对一人公司的明确态度，是我国新《公司法》的一大突破，也是对社团法人理论的一大突破。

3. 公司是以营利为目的的企业组织。

（1）须进行连续性的经营活动。所谓经营活动是指买进并卖出商品从而赚取中间差价，其典型形式是批发行为或者零售行为，然而也包括买进原材料从而进行加工然后再卖出产品的行为，还包括买进劳动力然后卖出服务的行为。

（2）须将所获得的利益分配给股东。

4. 公司是依法定条件和程序成立的企业法人。公司虽然是法人，但是是特殊的法人，因此《公司法》对于公司的成立要件和设立程序均有详细的规定，故公司的设立必须按照公司法的规定进行，只有公司法没有规定时才适用民法的有关规定。

考点二　公司的分类

（一）有限公司、无限公司、两合公司

依据股东对公司债权人所承担的责任形式我们可以把公司划分为有限公司、无限公司和两合公司三种：

（1）有限公司指全体股东均承担有限责任的公司，具体又包括有限责任公司与股份有限公司两种。

（2）无限公司指全体股东均承担无限责任的公司。

（3）两合公司是指一部分股东承担有限责任另一部分股东承担无限责任的公司。两合公司又分为股份两合公司和普通两合公司，前者是无限公司与股份公司的结合体，后者是无限公司和有限责任公司的联合体。

我国《公司法》只承认有限公司中的"股份有限公司"和"有限责任公司"，不承认无限公司和两合公司。不过《合伙企业法》规定普通合伙在功能上相当于国外的无限公司而有限合伙则相当于国外的两合公司。

示例　某有限公司股东甲，按公司章程出资 20 万元，以下说法正确的是：

A. 甲以其个人资产为限对公司承担责任，公司以其注册资本对公司的债务承担责任

B. 甲以其出资额 20 万元为限对公司承担责任，公司以其注册资本对公司的债务承担责任

C. 甲以其个人资产为限对公司承担责任，公司以其全部资产对公司的债务承担责任

D. 甲以其出资额 20 万元为限对公司承担责任，公司以其全部资产对公司的债务承担责任

答案：D

（二）母公司和子公司

依据两个公司之间的控制关系或者说是持股关系可以把公司划分为母公司和子公司。

母公司是持有其他公司股份达到一定比例从而能够控制其他公司的公司；反之被其他公司进行控制的公司是子公司。如果一个公司持有另一个公司的股份达到 50% 以上，那么这个公司一定能够控制另一个公司的经营活动，因此这

两个公司无疑属于母子公司。然而若一个公司持有另一个公司的股权不足50%的，则是否这两个公司就一定不属于母子公司呢？我们认为如果一个公司是股份公司，另一公司尽管持有其股份没有达到50%，但是这并不意味实质上该公司没有控制另一个公司，因为在上市公司股权非常分散，很多中小股东一般不参加股东会，因此股东会的表决权仅仅掌握在几个大股东手中，此时只要持有一个公司20%~30%的股权即可控制一个上市公司。此时这两个公司也可以作为母公司和子公司加以对待。

关于母公司和子公司大家需要注意如下几点：

（1）母公司与子公司均是独立的法人；

（2）因此母公司和子公司各自独立承担责任；

（3）母公司是子公司的最大股东，通过行使股东权而控制子公司。

（三）人合公司、资合公司、人资两合公司

依据公司的信用基础可以将公司划分为人合公司、资合公司与人资两合公司。所谓信用基础包括两个方面：一个方面是和公司交易的债权人之所以给公司以信用的基础；另一个方面则是公司之股东能够共同投资一个公司所依赖的基础。

人合公司是指公司的成立与经营活动以股东个人信用而非公司资本的多寡为基础的公司。资合公司是指公司的成立与经营活动以公司资本的规模而不是股东的个人信用为基础的公司。人资两合公司是指公司的成立和经营同时依赖股东个人信用和公司资本规模，从而兼

具人合与资合特点的公司。无限公司属于典型的人合公司，股份有限公司属典型的资合公司，而有限责任公司与两合公司均属于人资两合公司。我国没有无限公司，但是合伙企业其实就是国外的无限公司属于人合性企业，而有限合伙企业则相当于国外的两合公司属于人资两合性企业。人合公司原则上股东不得自由转让其股权除非取得其他股东的同意，而纯资合公司原则上股东可以自由转让其股权，那么人资两合公司的股权转让则受到一定的限制。

（四）总公司和分公司

按照公司的内部管辖关系可以将公司划分为总公司和分公司。所谓分公司是指由一个公司投资设立的可以独立核算、独立从事经营活动的但是不具有独立法人资格的公司的组成部分，而投资设立分公司的公司就是总公司或者称之为本公司。公司设立分公司（分支机构）的，需要进行登记领取相应的营业执照。

在经济功能上分公司和公司的全资子公司基本上是相同的，但是在法律上分公司与子公司存在着巨大的差异。分公司没有法人资格，因此其财产属于总公司的财产，其所负担的债务也属于总公司的债务应当用总公司的全部财产（包括总公司）所设立的分公司及其他分支机构的财产来进行清偿，总公司与分公司的收入应当合并纳税。相反子公司具有独立的法人资格，因而子公司的财产属于子公司所有，同样子公司的债务只能用子公司的财产来清偿，不能用母公司的财产清偿，除非符合法人人格否认的构成要件。同样，母公司的债务也不能用子公司的财产来清偿，如果母

公司的财产不足以清偿其债务的可以执行母公司对子公司的股权。

（五）本国公司、外国公司

依据公司的国籍可以将公司划分为本国公司和外国公司两种。[1] 凡是依据我国法律在我国境内设立的公司均是本国公司，凡是依照外国法律在中国境外登记设立的公司均是外国公司；而不是依据我国公司法在中国境内登记成立的公司，外国公司可以在中国境内设立分支机构，从事生产经营活动，其分支机构不具有中国法人资格，因此，该分支机构在中国境内进行经营活动产生的责任由所属外国公司承担。因此中外合资企业法人、外商独资企业法人、中外合作企业法人都为中国法人。

（六）开放公司和闭锁公司

这种公司的分类是英美法系，特别是美国法律所主要采纳的分类方法。封闭公司（closely hold corporation）最早称作私公司（private corporation），是指公司股本全部由设立公司的股东拥有，且其股份不能在证券市场上自由转让的公司。开放公司（publicly hold corporation）最早称作公公司（public corporation），是指可以按法定程序公开招股，股东人数无法定限制，股份可以在证券市场公开自由转让的公司。

考点三 公司法人人格否认制度

（一）概念

公司人格否认（disregard of corporation personality），在英美法上被称之为"揭开公司面纱"制度（piercing the veil of corporation），在德国法上被称之为直索责任（Durchgriffhaftung），是指为防止公司股东滥用公司法人独立人格，在承认公司独立责任股东有限责任原则的前提下，于发生了股东滥用公司法人资格从而诈害债权人的特定事实时，就具体法律关系中否认公司与其背后的股东各自独立的人格和股东的有限责任，让该公司的特定股东对公司债权人或公共利益直接负责的一种法律制度。

（二）适用公司法人人格否认制度的要件

（1）须股东滥用股东有限责任；

（2）须其目的在于逃避债务；

（3）须严重损害公司债权人利益；

（4）必须公司陷于破产，即其资产不足以清偿公司债务。

（三）适用公司法人人格否认的主要情形有：

1. 出资不足。所谓出资不足是指公司股东为公司所出的资本额与公司所经营的业务所需的资产相比严重不足，从而导致公司无法用其资产为其经营业务所产生的债务承担清偿责任。此时公司的债权人可以要求公司的股东对此债务承担连带责任。

注意：公司某个股东向公司所实际缴纳的资本少于其所认缴的资本额不导致公司法人人格否认制度的适用，此时只是该股东负有继续补缴出资的责任，其他原始股东对该股东补缴出资责任承担连带责任而已。

---

[1]　关于公司国籍的标准有不同的立法例：第一种立法例是设立人主义，即依据设立人的国籍来确定公司的国籍；第二种立法主义是准据法主义，即依据设立公司所依据的法律来确定公司的国籍；第三种立法主义则是设立地主义，即依据公司在哪个国家的地域范围内设立而确定公司的国籍。我国法律采纳双重标准，即同时采纳准据法主义和设立地主义。

2. 财产混合。如果公司的资产与其股东的个人财产没有或者没有足够认真地进行分离，那么股东就必须以其个人财产来承担责任。仅仅不能确定个别资产的归属，或者股东仅仅挪用了可以确定的个别的公司资产，都并不足以构成财产混合。它更应该是指：由于薄记不清，已经根本无法清楚地判定公司财产和个人财产之间的界限，因此不可能审查公司是否遵守了有关资本维持原则的规定。[①]

3. 业务与组织机构混同。此种情形主要适用于母公司和子公司的关系上，一个母公司设立一个全资子公司，但是母公司的组织机构与子公司的组织机构是重合的，而且母公司的业务和子公司的业务也不区别。一般而言，母公司和子公司业务混同，母公司会利用子公司的独立法人资格，将债务交由子公司承担但却把利益收归母公司，最终使子公司归于破产而损害债权人的利益。因此在比较法上一般会将此种倾向的存在作为否认子公司法人人格的法定情形之一。

4. 股东对公司的不正当控制。现代公司实行所有与管理相分离的原则，正是这一原则使得公司的股东对于公司的债务不承担责任。但是若公司的控制股东对于公司的经营进行不正当的控制，从而使董事会成为了傀儡，并且因为该不正当控制导致公司严重亏损，无法清偿债务的，该控制股东应当对公司的债务承担连带责任。

5. 一人公司。在一人公司的情形只要股东不能举出证据证明公司财产和个人财产相互独立，即可适用法人人格否认制度，即由一人股东对公司的债务承担连带责任。也就是说，法律虽然承认了一人公司，但是由于一人公司很容易形骸化成为其股东逃避债务诈害债权人的手段，因此法律只有在股东证明其没有诈害债权人的时候才给予其有限责任。

（四）适用的法律后果

适用法人人格否认的法律后果并非是全体股东对全体公司的债权人的全部债务与公司承担连带责任，而是滥用公司独立责任和股东有限责任的股东对于公司债权人的债权与公司承担连带责任。

示例 甲公司与乙公司共同投资设立丙有限责任公司，其中甲公司出资80%，乙公司出资20%，丙公司一直拖欠丁公司货款不还，丁公司起诉丙公司要求还款，丙公司在起诉后将资产无偿转让给甲公司，丁公司胜诉，但丙公司无资产可供执行，以下说法正确的是：

A. 丁公司只能要求丙公司承担责任

B. 丁公司可以要求甲公司承担连带责任

C. 丁公司可以要求甲公司、乙公司承担连带责任

D. 丁公司可以要求甲公司、乙公司按出资比例承担按份责任

答案： B。公司的人格否认。

考点四 公司权利能力的限制

与自然人的权利能力不同，法人的权利能力受到性质上的、目的事业上的

① 【德】托马斯·莱塞尔、吕迪格·法伊尔：《德国资合公司法》，高旭军等译，法律出版社，第486页。

以及法律上的限制，依据我国法律规定，公司的权利能力受到下述限制：

（一）性质上的限制

公司原则上只能享有财产权，而不享有人身权。依据我国法律规定对于人身权公司只享有三项：名称权、名誉权和荣誉权。而且公司的这三项人身权受侵害之后不得要求精神损害赔偿只能要求赔偿财产损失。①

（二）目的事业上的限制

公司作为营利性的私法人，首先不得从事公共管理等公法人所可实施的公法行为；其次，公司只能在其注册登记的范围内从事生产经营活动，不得从事登记以外的业务。但是依据我国《最高人民法院关于适用〈中华人民共和国合同法〉若干问题的解释》第 10 条的规定，公司超越经营范围所实施的法律行为是有效的，除非该事项是需要经过特别批准的事项。因此，现在我们不能再将经营范围的限制作为公司权利能力的限制，而应当将其作为行为能力的限制。因为若经营范围属于权利能力的限制，那么超出经营范围的行为就应当一律确定为无效。

（三）法律对公司权利能力的限制

《公司法》第 15 条规定，公司可以向其他企业投资；但是，除法律另有规定外，不得成为对所投资企业的债务承担连带责任的出资人。

《公司法》第 16 条规定，公司向其他企业投资或者为他人提供担保，依照公司章程的规定，由董事会或者股东会、股东大会决议；公司章程对投资或者担保的总额及单项投资或者担保的数额有限额规定的，不得超过规定的限额。

公司为公司股东或者实际控制人提供担保的，必须经股东会或者股东大会决议。

前款规定的股东或者受前款规定的实际控制人支配的股东，不得参加前款规定事项的表决。该项表决由出席会议的其他股东所持表决权的过半数通过。

1. 依据《公司法》第 15、16 条的规定公司转投资须符合下述三个条件：

（1）投资主体只能是非由公司承担连带责任的主体，因此公司不能进行合伙型联营。

（2）投资数额不得超过公司章程的规定，包括单项投资数额和总投资数额的限制。

（3）在程序上必须经公司董事会或者股东会批准。

2. 对公司对外担保的条件。依据《公司法》第 16 条规定公司对外提供担保须符合下述三方面的条件：

（1）数额上不得超过章程规定的总额或单项数额。

（2）程序上必须经股东会或者董事

---

① 理论上有将这三项法人人身权作为财产权对待的观点。即公司的名称权属于知识产权中的商号权，名誉权和荣誉权则属于商誉权，也属于知识产权的范畴。笔者也赞成这样的观点，因为人身权主要保护的是权利人的非财产性利益，即不具有经济价值，而公司的名称、名誉、荣誉都具有财产价值，公司的这三项权利受侵害也主要是产生财产损失而不是精神损失。而且这样的理论也有实证法上的依据：首先，《最高人民法院关于精神损害赔偿若干问题的意见》中明确指出法人的名称权、名誉权和荣誉权受侵害的不得要求精神损害赔偿，这无疑是不承认法人的人身权属性；其次，在 TRIPs 协议等知识产权国际公约中也明确将商号、商誉等权利作为知识产权加以对待，我国作为这些公约的成员国有义务实施这些公约。

会决议。

（3）为公司股东或者实际控制人提供担保的必须经股东会决议批准，并且该股东或实际控制人不得参与投票。

3. 违反规定的条件而进行转投资和提供担保的法律后果。

违反上述规定而进行转投资或者为他人提供担保，该转投资行为与担保行为无效。若超过章程规定的数额进行投资或者为他人提供担保的则仅该超过部分为无效。

历年真题与示例

1. 公司在经营活动中可以以自己的财产为他人提供担保。关于担保的表述中，下列哪一选项是正确的？（2008 - 3 - 30）

   A. 公司经理可以决定为本公司的客户提供担保

   B. 公司董事长可以决定为本公司的客户提供担保

   C. 公司董事会可以决定为本公司的股东提供担保

   D. 公司股东会可以决定为本公司的股东提供担保

   答案：D

2. 甲公司注册资金为120万元，主营建材，乙厂为生产瓷砖的合伙企业。甲公司为稳定货源，决定投资30万元入伙乙厂。对此项投资的效力，下列表述哪一项是正确的？（2004 - 3 - 31）

   A. 须经甲公司股东会全体通过方为有效

   B. 须经甲公司董事会全体通过方为有效

   C. 须经乙厂全体合伙人同意方为

有效

   D. 无效

   答案：D。公司可以向其他企业投资，但是，除法律另有规定外，不得成为对所投资企业的债务承担连带责任的出资人。

3. 下列关于公司分类的哪一表述是错误的？（2006 - 3 - 34）

   A. 一人公司是典型的人合公司

   B. 上市公司是典型的资合公司

   C. 非上市股份公司是资合为主兼具人合性质的公司

   D. 有限责任公司是以人合为主兼具资合性质的公司

   答案：A

4. 下列所作的各种关于公司的分类，哪一种是以公司的信用基础为标准的分类？（2003 - 3 - 19）

   A. 总公司与分公司

   B. 母公司与子公司

   C. 人合公司与资合公司

   D. 封闭式公司与开放式公司

   答案：C

第二节 公司法概述

考点精析

考点一 公司法的概念

（一）实质意义上的公司法

实质意义上的公司法是指规定各种公司的设立、成立、组织、运行、终止等对内对外关系的法律规范的体系。实质意义上的公司法不仅包括法典性质的统一《公司法》，也包括其他涉及公司法律关系的所有法律、法规、法令、规章、司法解释等，它们都是公司法的存在形式，属公司法的法律渊源。例如

《保险法》中关于保险公司的规定即属于实质公司法的范畴，再例如《证券法》中关于证券公司的规定，《企业名称登记管理规定》中关于公司登记的规定等均属于实质意义上的公司法。

（二）形式意义上的公司法

形式意义上的公司法仅指被体系化在一个规范文件中并被称之为《公司法》的规范性文件。我国形式意义上的《公司法》是 1993 年制定，于 1999 年进行了一次小规模的修订，现在适用的《公司法》是 2005 年修订后的新的《公司法》。司法考试中所考查的范畴主要是形式意义上的公司法，所以本书在讲述上也主要以形式意义上的公司法为重点，但是也兼顾实质意义上的公司法。

考点二 公司法的性质

首先，公司法属于私法。公司法调整的是平等主体之间的财产关系，主要保护的是个人利益。因此公司法属于广义上的民法的范畴，也因此公司法仍然以意思自治为其基本原则。2005 年《公司法》的修订主要任务之一便是放松国家管制而扩张公司法中利益主体的意思自治的范畴。

其次，公司法属于私法中的商法。私法与广义上的民法是同义语，私法可以划分为狭义上的民法和商法两个分支，商法是以商事主体和商事行为为调整对象的法律体系。公司法则属于商法中的一个重要组成部分。商法是狭义上民法的特别法，公司法是商法的组成部分。因此公司法与狭义上的民法构成一般法和特别法的关系，因此有关公司的法律规范《公司法》与《民法通则》等有关规定不一致的优先适用《公司法》，若《公司法》没有规定的则适用《民法通则》等规定。

最后，公司法属于商事法中的商事主体法。商事法中有的侧重调整商事主体称为商事主体法，有的侧重调整商事活动称之为商事行为法，公司法是其中的商业组织法或商事主体法。公司是一种社团法人组织，是由多人组成的团体，因而对其实行法律调整的公司法即具有主体法或组织法的性质。

考点三 公司法的特点

（一）公司法是主体法和行为法的结合

如前所述公司法主要是商事主体法或者说是商事组织法，但是其同时也包含有大量的商事行为法的内容。各国公司法不仅规定了公司的设立、变更、组织机构等内部关系，也规定了公司的某些直接的商业经营或交易活动，这主要是指发行股票和公司债券以及进行股票的交易活动。这种对具体经营活动的规定是公司法的一个重要特点，在一般组织法中，很少有这方面的内容。

（二）公司法体现强制性和任意性的结合

由公司法的私法性质所决定，公司法首先是以任意性规范为主的，因为私法以意思自治为其最高原则，意思自治原则要求法律规范应当主要是任意性规范和补充性规范。但是与一般民法所不同，公司法中又保护着大量的强制性规范，这些规范体现了国家的意志和干预。赋予公司法以强制性的原因在于，公司的设立不仅涉及股东间的利益，更涉及公司之外的第三人或债权人的利益，为了保障债权人的利益和社会交易的安全，必须将公司法的某些制度和规则法定化和强制化。同时，公司是社会经济的主要力量，在社会经济生活中的地位举足轻重，如不对其组织本身实行严格的法律指导和管理、控制，将会对社会经济秩序构成潜在的威胁。

因此在学习公司法的过程中，一项重要的学习内容就是一定要掌握：哪些法律规范是任意性的规范？哪些则是强制性规范？若不能掌握法律规范的特性则是根本无法解决司法考试中的具体题目的。2006年司法考试中公司法的题目有一多半涉及到公司法的法律规范究竟属于任意性规范还是强制性规范的问题。

（三）公司法皆具实体法和程序法的性质

公司法首先是调整公司中各种利益主体之间的权利义务关系的规范，因此其属于实体法；但是公司法中又有很多程序性的规范，例如公司的设立程序、公司的合并与分立程序、公司的解散与清算程序等。

因此学生在学习公司法的过程中必须同时从两个方面着手，一方面掌握各种主体之间的权利义务关系，另一方面也必须掌握有关程序性的规定。

（四）公司法具有一定的国际性

公司法属于商法的一部分，而商法是最具有国际性的法律规范。其原因在于商法以商事关系为调整对象。商事关系实质就是商品关系在法律上的表现，而商品经济向来就不以地域为限，向来就是国际性的关系，特别是近年来国际经济一体化趋势的出现，商品交换更是越出了国界。跨国界的交易必然要求各国的法律规则的统一，否则便无法顺利来完成这些交易。因此各国在商事立法上就不得不与国际惯例相一致。

考点四　公司法的基本原则

（一）鼓励投资的原则

公司法作为社会主义市场经济的主体法，主要目的在于集中资本，从而完成个人难以完成的事业。公司法的基本制度都是围绕鼓励投资者愿意投资新建公司从事经济活动而设计的，例如股东有限责任就是通过降低投资者的投资风险从而鼓励其投资而设计的主要制度；新的公司法一再降低设立公司的门槛也是基于鼓励投资而设；公司法关于股东权利的加强也是为了鼓励投资而设。社会大众愿意投资从而设立公司是公司法的生命，没有人愿意设立公司，公司法也就没有存在的意义了。

（二）公司自治原则

公司法作为商法的组成部分而商法又作为私法的重要组成部分，其与公法最大区别莫过于私法自治原则的应用了。私法自治原则在公司法中体现为公司自治原则，也就是说公司法为公司的设立、运行、组织、管理、终止等提供了一个基本的框架，在这一框架中具体事务的安排则由各方当事人自由决定，只要不违反公司法的强制规定即可。由公司自治原则所决定，公司法的许多规定也属于任意性规范而不属于强制性规范。例如在有限责任公司，股东利润的分配办法就取决于章程的规定，只有章程没有规定才依照公司法的规定处理；再例如公司的法定代表人也是取决于公司的章程，只有章程没有规定才依照公司法的规定由董事长担任。2005年新修订公司法的一个重要方面就是更加强调了公司自治原则，特别是针对有限责任公司。公司自治是市场经济的本质要求。

（三）公司及相关利益者保护原则

公司从某种意义上来讲乃是众多利益的连接点，所涉及的利益包括但绝不仅仅限于股东、公司高级管理人、公司普通职员、债权人、消费者、社会大众投资者等。这些利益相关者的利益时而一致，时而相互对立，公司法必须在这些利益相关者之间进行平衡调整，兼顾各方的利益，不能顾此失彼。

（四）股东平等原则

股东平等原则是民事主体地位平等原则在公司法中的体现。所谓股东平等是指作为公司的股东不论其是大股东还是小股东，也不论是投资股东还是投机股东，不论是个人股东还是法人股东抑或是国家股东在公司法中均享有平等的权利和平等的负担义务，受法律平等的保护，任何股东不享有超越于其他股东的特权。

（五）权利制衡原则

现代公司的基本现状是所有与经营相分离，即公司真正的所有人是股东，而经营公司的则是通过选举机制产生出来的职业经理人。换言之，职业经理人接受委托以受托人的身份经营公司，为股东谋取利益。但是正如在政治学上的真理所言"绝对的权利将导致绝对的腐败"，经理人握有经营公司的绝对权力，因而其完全可能利用经理人的特殊地位为自己谋取利益，而不是竭尽其力为其委托人——股东谋取利益。因此，公司在治理结构上模仿现代国家采取分权制衡的机制，将公司的权利进行分立，分别由权力机构（股东会）、执行机构（董事会＋经理人）和监督机构（监事会）分别享有和行使并相互制衡。不但如此，我国公司法在上市公司中还引进

了独立董事制度，对于执行业务的董事进行监督。权利制衡原则不仅在于保护股东的利益，而且还在于公平保护各利益相关人的利益。

（六）股东责任有限原则

我国公司法仅仅规定了有限责任公司和股份有限公司两种公司，没有像有些国家那样承认无限公司及两合公司。也就是说，我国公司法将股东有限责任作为基本原则之一。正如前文所述，股东有限责任原则的主要目的是将投资者的投资风险限制在其投资的资产范围内，没有用来投资的财产不因经营失败而受有连累，从而鼓励投资。股东有限责任原则，在我国法律上只有一个例外，就是在特殊的情形下适用法人人格否认制度，从而让股东对于公司的债务承担连带责任。

（七）公司社会责任原则

《公司法》第5条规定："公司从事经营活动，必须遵守法律、行政法规，遵守社会公德、商业道德，诚实守信，接受政府和社会公众的监督，承担社会责任。"这一条开启了我国立法上要求公司承担社会责任的先河。公司社会责任是近年来世界各国对于公司制度反思的结果。公司作为营利性法人，其经营管理者负有增加公司财产的义务，而不论其增加财富的行为是否给社会带来不利的后果，如严重的环境污染、产品质量的日益低劣化、工人条件的恶劣化等等。这样的公司制度显然不符合社会的整体利益，于是出现了要求公司像自然人一样承担社会责任，即在增加自己财富的同时要考虑公共利益。这实际上是道德的法律化。我国2005年修订公司法时将该呼声予以法律化，使其成为公司

法的一项基本原则。不过在笔者看来，该原则如何实现是一个今后公司法学界乃至整个法学界必须面对的问题，现在的法律仅仅表达了一种态度，而并没有将其具体化或者说是规范化，因而无法在实务上进行操作。

第二章　公司的设立

考点完整提炼

公司设立 {
　设立概述 {
　　成立与成立的立法主义
　　设立的概念
　　公司设立的程序
　　章程概念与性质
　}
　公司章程 {
　　章程的效力范围
　　章程的制定与修改
　　公司资本概念
　}
　公司资本 {
　　资本原则
　　股东出资的法律规范
　　（重点掌握）
　}
}

法条依据串烧

第 26 条　有限责任公司的注册资本为在公司登记机关登记的全体股东认缴的出资额。公司全体股东的首次出资额不得低于注册资本的 20％，也不得低于法定的注册资本最低限额，其余部分由股东自公司成立之日起 2 年内缴足；其中，投资公司可以在 5 年内缴足。

有限责任公司注册资本的最低限额为人民币 3 万元。法律、行政法规对有限责任公司注册资本的最低限额有较高规定的，从其规定。

第 27 条　股东可以用货币出资，也可以用实物、知识产权、土地使用权等可以用货币估价并可以依法转让的非货币财产作价出资；但是，法律、行政法规规定不得作为出资的财产除外。

对作为出资的非货币财产应当评估作价，核实财产，不得高估或者低估作价。法律、行政法规对评估作价有规定的，从其规定。

全体股东的货币出资金额不得低于有限责任公司注册资本的 30％。（货币出资的最低要求，新增）

第 28 条　股东应当按期足额缴纳公司章程中规定的各自所认缴的出资额。股东以货币出资的，应当将货币出资足额存入有限责任公司在银行开设的账户；以非货币财产出资的，应当依法办理其财产权的转移手续。

股东不按照前款规定缴纳出资的，除应当向公司足额缴纳外，还应当向已按期足额缴纳出资的股东承担违约责任。

第 81 条　股份有限公司采取发起设立方式设立的，注册资本为在公司登记机关登记的全体发起人认购的股本总额。公司全体发起人的首次出资额不得低于注册资本的 20％，其余部分由发起人自公司成立之日起 2 年内缴足；其中，投资公司可以在 5 年内缴足。在缴足前，不得向他人募集股份。

股份有限公司采取募集方式设立的，注册资本为在公司登记机关登记的实收股本总额。

股份有限公司注册资本的最低限额为人民币 500 万元。法律、行政法规对股份有限公司注册资本的最低限额有较高规定的，从其规定。

第一节　公司设立概述

考点精析

考点一　公司的成立

（一）公司成立的概念

所谓公司成立是指具备了全部成立要件从而取得公司法人资格的法律现象。公司成立是一个时间点，其在法律上的意义相当于自然人的出生，即在法律生活的层面产生了一个作为公司的民事主体。在我国，公司成立的时间点是核发公司营业执照之时。

（二）公司成立的要件

公司的成立必须具备法定的要件，公司成立有两方面的要件，即实质要件和形式要件：

1. 实质要件。

（1）要有符合规定的发起人。

一般有限责任公司需要两个以上的发起人，一人公司则仅需一个发起人。

股份有限公司：2～200 人，半数以上在中国有住所。（第 79 条）

（2）必须有合格的章程。

（3）要有符合规定的公司名称和住所。

（4）要有符合规定的资本。

（5）要有健全的组织机构。

2. 形式要件——登记。

（1）公司登记的性质。

依据现行公司法的规定，公司登记仅是"公示方式"不再是行政机关对于公司的管理手段和管理方式。

公司之所以要将其成立、变更、消灭的事实予以登记进行公示，主要是其涉及的利益群体非常众多，不予以公示是无法保护这些利益相关人的利益的。

（2）公司登记的类型。

公司登记的类型有三种，分别为：设立登记、变更登记和注销登记。

（3）设立登记的效力。

第一，公司取得法人资格。新《公司法》将公司营业执照签发日期作为公司成立日期。可见，至完成设立登记并取得营业执照时，公司人格始得形成。即便不完全符合公司成立的实质要件经登记的公司业已取得法人资格。

第二，公司得以其自己的名义进行经营活动。公司在设立阶段，发起人只能进行与设立有关的活动，而不得以公司名义开展经营。而公司取得法人营业执照后，就可以凭执照刻制印章、开立银行账户、申请纳税登记，进而以独立法人名义开展经营活动。

相反，在登记前任何人不得以公司的名义进行民事活动，否则将要遭受罚款的行政处罚。对此《公司法》第 211 条规定："未依法登记为有限责任公司或者股份有限公司，而冒用有限责任公司或者股份有限公司名义的，或者未依法登记为有限责任公司或者股份有限公司的分公司，而冒用有限责任公司或者股份有限公司的分公司名义的，由公司登记机关责令改正或者予以取缔，可以并处 10 万元以下的罚款。"

第三，公司取得名称专用权。公司名称在经登记机关核准登记后，就可以以此名称从事经营活动。公司对其名称享有专用权，公司的名称专用权受法律保护。

（4）公司变更登记的效力。公司进行变更的，未经登记不得对抗第三人，因此登记于此是作为对抗要件，而在成立和消灭上则是生效要件。

（5）公众的查询权。由于登记是公示方式，所以应当允许公众进行查询。

示例1　长江商贸股份有限公司依照法定程序设立，按照我国公司法的规定，该公司何时取得民事主体资格？

A. 公司营业执照签发之日

B. 公司批准证书下达之日

C. 公司创立大会召开之日

D. 公司成立公告发布之日

答案：A

示例2　依据《公司法》的规定，设立有限责任公司应由哪一个机构或个人向公司登记机关报送公司的各项文件，并申请登记？

A. 董事会

B. 监事会

C. 全体股东指定的代表

D. 全体股东共同委托的代理人

答案：CD

（三）公司成立的立法主义

1. 概念。所谓公司成立的立法主义是指各国公司法对于公司成立的不同态度。在人类历史的不同发展阶段及同一发展阶段不同的国家基于社会制度、历史文化传统、经济发展水平等因素的不同，法律对待公司的态度自然也就各不相同。总结而言，应当有四种立法主义。

2. 立法主义的类型。

（1）特性主义，即成立公司必须取得国家元首的特性并由立法机关为其专门制定的规则以为根据的立法主义。

（2）核准主义，即成立公司不但要符合公司法规定的要件而且还必须取得有关国家行政主管机关的许可的立法主义。

（3）准则主义，即法律事先规定了公司成立的全部要件，只要符合公司法规定的要件即可成立公司的立法主义。

（4）强制主义，即在某些领域中从事活动必须成立公司的立法主义。

3. 我国公司法所采纳的立法主义。我国《公司法》在2005年修订之前对于股份有限公司采核准主义，对于有限责任公司采纳准则主义；现行《公司法》对于两种公司均采纳准则主义。但是特别法对于特殊的公司仍然有采纳核准主义的，如保险公司、证券公司、商业银行等。

考点二　公司的设立

（一）概念

公司设立是指设立人依照《公司法》规定在公司成立之前以取得公司主体资格为目的以充实公司成立要件为内容的依据一定程序而进行的法律行为的总和。

可见公司的设立与公司的成立不是同一个概念，公司的设立行为完成后符合了法定的成立条件公司才能成立并取得法人资格。

（二）公司设立的方式

公司设立的方式依设立时的公司资本募集的方式可分为发起设立和募集设立。

1. 发起设立。发起设立是指由发起人共同出资认购公司应发行的全部股份而设立公司的一种方式。有限责任公司的设立只能采取发起设立。而股份有限公司既可以采取发起设立的方式进行设立也可以采取募集设立。

2. 募集设立。依据我国新《公司法》，股份有限公司设立方式有发起设立和募集设立之分。我国新《公司法》第78条规定："募集设立，是指由发起人认购公司应发行股份的一部分，其余股份向社会公开募集或者向特定对象募集而设立公司。"

考点三　公司的名称

（一）概念

公司名称是公司用以区别于其他民事主体的特定化的标记，它是公司章程的必要记载事项之一，也是公司设立的必要条件。

（二）特征

1. 公司名称具有惟一性，一个公司只能有一个名称。

2. 公司名称具有排他性，同一个登记区域只能有一个公司名称，公司名称不能与其他在先的公司名称相同也不得相近似。

3. 公司名称具有可转让性，这是公司名称与自然人姓名所不同的，公司名称具有财产价值可以转让也可以许可他人使用。所以公司的名称被作为知识产权来对待。

（三）公司名称的构成

1. 公司的名称由 4 个要素构成：

（1）公司类型，有限责任公司必须冠以"有限责任公司"的字样；股份有限公司则必须冠以"股份有限公司"的字样。

（2）公司注册登记机关的行政管辖区域与级别。

（3）公司的行业和经营特点。

（4）商号，即由公司选择的区别于其他公司的符号，它是公司名称的核心内容，公司名称中当事人唯一可以自由选择的部分。

2. 公司的名称中禁止使用的标示。根据《企业名称登记管理规定》，公司名称不得含有下列内容和文字：

（1）有损国家或社会利益；

（2）可能对公众造成欺骗或者误解的；

（3）外国国家（地区）名称、国际组织名称；

（4）政党名称、党政机关名称、群众组织名称、社会团体名称以及部队番号；

（5）汉语拼音字母（外文名称中使用的除外）、数字；

（6）其他法律、行政法规禁止使用的内容。

3. 限制使用的标示。

（1）只有全国性公司、大型进出口公司、大型企业集团才可以在公司名称中使用"中国"、"中华"、"全国"、"国际"等文字；

（2）只有私人企业、外商投资企业才可以使用投资者的姓名作为商号；

（3）只有具有 3 个以上分支机构的公司才可以在公司名称中使用"总"字；分支机构的名称应冠以所属总公司的名称，并缀以"分公司"的字样，同时标明该分公司的行业和所在行政区划的名称或地名。

（四）公司名称的预先核准制度

公司在登记之日可以申请名称的预先核准，预先核准的公司名称保留期为 6 个月，在保留期内，不得以该名称从事经营活动，也不得对该名称进行转让。保留期间内其他公司不得使用该名称进行注册登记。

考点四　公司的住所

（一）公司住所的法律意义

任何民事主体都必须具备住所，因为一切法律关系的发生、变更和消灭均需要在一定空间范围内展开，住所正是为法律关系的展开提供了空间，就公司而言住所的主要意义在于：

（1）公司住所是确定公司登记机关和管理机关的依据；

（2）公司住所是诉讼中确认地域管辖和诉讼文书送达地的依据；

（3）公司住所是确定合同履行地的依据；

（4）公司住所是涉外民事法律关系中确定准据法的依据之一。

（二）公司住所的确定①

1. 依据《公司法》第 10 条的规定："公司以其主要办事机构所在地为住所。"所谓主要办事机构所在地，是指负责决定和处理公司事务的中心机构的所在地，而区分公司的"主要办事机构"与"次要办事机构"通常以公司的登记为准，即以登记时注明的主要办事机构为准。

2. 公司住所也是公司章程的必要记载事项之一，公司设立登记的必备条件。

3. 变更住所地必须进行变更登记，否则不得对抗第三人。所谓不得对抗第三人是指第三人仍然可以以其原住所地作为住所地进行相关业务活动，如发送承诺等，若该承诺已经到达其原住所地即便公司没有实际收到合同仍然成立。

第二节 公司章程

考点精析

考点一 公司章程的概念与性质

（一）概念

公司章程是由股份有限公司的发起人或有限责任公司的设立人共同制定的对公司、股东、董事、监事、高级管理人员具有约束力的书面协议。

（二）章程的法律性质

章程属于法律行为中的多方行为，又称之为共同行为。作为民事法律行为的一种，章程是全体设立人意思表示一致的结果，其主要内容是由设立人的意思所决定的，从而其内容除了依据法律规定必须加以规定或者不得规定的事项之外都由设立人自由决定，是公司自治原则的体现。

公司的章程属于书面要式行为，必须采取书面的形式，不能采取口头等其他形式。公司的章程是公司运行的基本规范，公司除了必须依据公司法等法律的强制性规定之外，还必须依据章程的规定，从这种意义上而言，公司的章程对公司具有准法律的性质。

考点二 公司章程的效力范围

1. 公司章程对于公司自身、公司的董事、监事及高级管理人员均具有拘

---

① 比较法上住所的确定对于公司住所的确定标准，各国法律规定有所不同，概括来说主要有三种：

（1）管理中心地主义，即以登记时的常设管理机关所在地为住所。这种做法的优点主要在于容易确定，缺点主要在于公司容易通过将管理中心迁到海外的办法来逃避法律管制。

（2）营业中心地，即以公司的主要业务执行地为住所。这种做法的优点主要在于便于控制公司主要财产收入，其缺点在于如果营业中心有多个，则不容易确定公司的住所。

（3）意思主义，即由公司的章程确定。

束力。

2. 公司章程对公司的普通员工、公司债权人以及债务人不具有约束力。

考点三　公司章程的制定

（一）制定人

1. 有限责任公司的章程由全体股东共同制定，即须全体股东一致同意而成立。

2. 股份有限公司的章程则由全体发起人共同制定，须经全体股东一致同意而成立。

（二）章程的记载事项

1. 绝对必要事项。所谓绝对必要事项是指章程必须记载否则章程不能成立进而也不得成立公司的事项。（我国《公司法》第 25、82 条分别规定了有限公司和股份公司章程的绝对必要事项）

有限公司章程绝对必要事项	股份公司章程绝对必要事项	说　明
公司名称和住所	公司名称和住所	相同
公司经营范围	公司经营范围	相同
公司设立方式	有限公司只能发起设立	公司注册资本
公司股份总数、每股金额和注册资本		股份公司多了股份总数、每股金额
股东的姓名或者名称	发起人的姓名或者名称、认购的股份数、出资方式和出资时间	股份公司股东相当多，另以股东名册记载
股东的出资方式、出资额和出资时间		股份公司无此项
公司的机构及其产生办法、职权、议事规则	董事会的组成、职权和议事规则	股份公司必设董事会、有限公司可只设执行董事
	监事会的组成、职权和议事规则	股份公司必设监事会、有限公司可只设监事
公司法定代表人	公司法定代表人	
	公司利润分配办法	有限公司无此项
	公司的解散事由与清算办法	有限公司无此项
	公司的通知和公告办法	有限公司无此项
股东会认为需要规定的其他事项	股东大会会议认为需要规定的其他事项	

2. 章程的相对必要事项。

既可记载也可以不记载，若记载就发生公司法上效力的事项。针对相对必要事项，公司的章程没有记载的则直接依据公司法的规定加以确定，而设立人若要做不同于公司法的安排则必须在章程中予以规定。

例如，有限公司的利润分配方法（《公司法》第 35 条）；有限公司股东表决权（第 43 条）；股份公司股东的累积投票制度（第106条）。

3. 禁止事项。凡是公司法的强制性规定，公司章程不得做出与法律规定不相同的规定，否则该规定不发生法律效力。

考点四 公司章程的变更

1. 公司章程的修改权属于公司股东会或股东大会。

2. 公司章程的修改是公司股东会或股东大会的特别决议事项，即须经特别多数通过。我国新《公司法》第44条规定，有限责任公司修改章程的决议，必须经代表2/3以上表决权的股东通过；《公司法》第103条规定，股份有限公司修改章程必须经出席股东大会的股东所持表决权的2/3以上通过。

3. 公司章程的修改涉及公司登记事项的变更，因此必须办理相应的变更登记，否则不得以其变更对抗第三人。

历年真题与示例

1. 甲公司章程规定：董事长未经股东会授权，不得处置公司资产，也不得以公司名义签订非经营性合同。一日，董事长任某见王某开一辆新款宝马车，遂决定以自己乘坐的公司旧奔驰车与王调换，并办理了车辆过户手续。对任某的换车行为，下列哪一种说法是正确的？（2005 - 3 - 25）

A. 违反公司章程处置公司资产，其行为无效

B. 违反公司章程从事非经营性交易，其行为无效

C. 并未违反公司章程，其行为有效

D. 无论是否违反公司章程，只要王某无恶意，该行为就有效

答案：D

2. 汪某与李某拟设立一注册资本为50万元的有限责任公司，其中汪某出资60%，李某出资40%。在他们拟订的公司章程中，下列哪项条款是不合法的？（2006 - 3 - 32）

A. 公司不设董事会，公司的法人代表由公司经理担任

B. 公司不设监事会，公司的执行监事由股东汪某担任

C. 公司利润在弥补上一年度亏损并提取公积金后，由股东平均分配

D. 公司经营期限届满前，股东不得要求解散公司

答案：D

第三节 公司的资本制度

考点精析

考点一 注册资本的概念

注册资本，是在法定资本制下，记载在公司章程的并经过登记机关登记的在公司成立认足并于公司成立时或者成立后一定时间内缴足的以金钱表示的金额。

考点二 资本原则

公司独立承担法律责任，正常情形下公司的股东对于公司的债权人不承担任何责任，因此公司的财产成立公司债权的唯一担保。于是大陆法系各国在公司资本制度上严格予以控制，形成了法定资本制度以便确保债权人的利益。法定资本制度是由资本三原则构成的，我国公司法也采取了法定资本制度。

（一）资本确定原则

所谓资本确定原则是指设立公司时，必须将其资本记载在章程中并且在

公司成立前认足、募足，否则不得成立公司的立法原则。

我国实行的并非是严格的资本确定原则，因为公司的资本必须在成立前认足，但是不必一次性募足，可以在公司成立后两年内缴足。

（二）资本维持原则

1. 概念。所谓资本维持原则是指公司在其存续过程中，应当经常保持与其资本额相当的财产的立法原则。目的在于维持公司的偿债能力、保护债权人利益。

2. 资本维持原则在我国《公司法》中的体现。①有限责任公司的初始股东对现金之外的出资负担保责任。②发起人不得抽逃出资。③股份公司股票不得折价发行。④股份公司除法定情形外，公司不得回购本公司股票；有限责任公司在公司成立后不得要求退还出资额。⑤在弥补亏损、提取法定公积金之前不得向股东分配利润等。

示例 1　甲某花 5 万元购买了东方股份有限公司的股票 1000 股，但该公司股票尚未上市，现甲某想退还已购买股票，在下列哪些情况下可以要求发起人退股？

A. 发起人未交足股款

B. 发起人未按期召开创立大会

C. 公司未按期募足股份

D. 创立大会决议不设立公司

答案：BCD

示例 2　甲股份有限公司经批准公开发行股票并已上市，依据我国《公司法》的规定，该公司在下列哪些情况下方可回购本公司的股票：

A. 减少本公司注册资本

B. 与持有本公司股票的其他公司合并

C. 平抑股市，扭转本公司股票下跌趋势

D. 用于奖励本公司优秀职工

答案：ABD

（三）资本不变原则

1. 概念。所谓资本不变原则指公司资本总额一经确定，非经法定程序，不得任意变动的立法原则。

2. 体现。我国公司法对资本的增加和减少作出了严格的程序性，参见公司变更一章。

考点三　授权资本制与折中资本制

（一）授权资本制

与大陆法系不同，英美法系在公司资本制度上采取一种较为宽松的态度，即所谓的授权资本制度。在授权资本制度下，公司通过章程授权公司的董事会在公司成立后一定期限内筹集一定金额的资本，该资本不需要在公司成立时一次性募足认足，因此董事会可以根据公司业务发展通过分次发行股份灵活地筹集资金，而无须经过复杂的增资程序。在授权资本制度下，有四种资本，分别为：

（1）授权资本，是指公司记载于公司章程的授权公司董事会在公司成立以后一定时期内可以筹集的资本总和。

（2）发行资本，是公司已经发行在外的全部资本总和。

（3）实收资本，是公司发行在外且已经收到对价的资本总和。

（4）催缴资本，是公司已经发行在外但是尚未收取对价公司随时可以收取的那部分资本总和。即：发行资本 = 实收资本 + 催缴资本

(二) 折中资本制

法定资本制的优点是能够较好地保护公司的债权人，其缺点则是欠缺灵活性不利于公司及时筹集资金以应对资本市场的莫测变幻；授权资本制度的优点是易于成立公司，便于筹集资本而且公司也无须保存超过其业务所需的大量资金，但是由于其不能确保公司的财产从而不利于保护公司的债权人，于是很多国家转而采纳折中资本制期待皆得两种制度之优点。

在折中资本制下，公司的章程仍然应当记载公司的资本总额并且公司成立时首次应当发行并筹集一定比例的资本，其余的部分可以授权公司的董事会分次发行。①

对照比较法上的有关规定，我们可以发现我国公司资本制度并非折中资本制，仍然是法定资本制度，只不过是放松了的法定资本制度，允许股东在认购之后分次缴纳，而折中资本制度的核心是可以分次发行。

考点四 股东出资

	有限责任公司	股份公司发起设立	股份公司募集设立
最低注册资本	3万元	500万元	500万元
首次出资比例	≥注册资本的20%并≥3万元	≥20%	100%
其余部分缴纳时间	2年、投资公司5年	2年、投资公司5年	公司成立前一次缴纳
可用来出资的财产	货币、实物、知识产权、土地使用权等可以用货币估价并可以依法转让的非货币财产作价出资	与有限公司同	与有限公司同但只能是发起人
不可用来出资的财产	信用、劳务、自然人姓名、商誉、特许经营权或者设定担保的财产等作价出资	与有限公司同	与有限公司同
非现金出资的特殊形式	必须经过评估并办理财产权的转移	与有限公司同	与有限公司同
现金出资的比例	注册资本的30%	无此要求	无此要求

历年真题与示例

1. 甲、乙二公司与刘某、谢某欲共同设立一注册资本为200万元的有限责任公司，他们在拟订公司章程时约定各自以如下方式出资。下列哪些出资是不合法的？(2006 - 3 - 68)

A. 甲公司以其企业商誉评估作价80万元出资

B. 乙公司以其获得的某知名品牌特

① 折中资本制度的典型代表是日本，《日本商法典》第166条规定："公司设立时，发行之股份总数不得少于公司发行股份总数1/4。"我国台湾地区《公司法》第156条第 (二) 项规定："股份总数，得分次发行。但第一次应发行之股份，不得少于股份总数1/4"。

许经营权评估作价 60 万元出资

 C. 刘某以保险金额为 20 万元的保险单出资

 D. 谢某以其设定了抵押担保的房屋评估作价 40 万元出资

答案：ABCD

2. 徽南公司由甲乙丙 3 个股东组成，其中丙以一项专利出资。丙以专利出资后，自己仍继续使用该专利技术。下列哪一选项是正确的？(2008－3－26)

 A. 乙认为既然丙可以继续使用，则自己和甲也可以使用

 B. 甲认为丙如果继续使用该专利则需向徽南公司支付费用

 C. 丙认为自己可在原使用范围内继续使用该专利

 D. 丙认为甲和乙使用该项专利应取得自己的书面同意

答案：B

第三章　公司的股东

考点完整提炼

股东 {
股东权的概念与特征
股东权的类型
股东权的内容（重点内容）
股东义务
股东诉讼（重中之重）
}

法条依据串烧

《公司法》第 28 条　股东应当按期足额缴纳公司章程中规定的各自所认缴的出资额。股东以货币出资的，应当将货币出资足额存入有限责任公司在银行开设的账户；以非货币财产出资的，应当依法办理其财产权的转移手续。

股东不按照前款规定缴纳出资的，除应当向公司足额缴纳外，还应当向已按期足额缴纳出资的股东承担违约责任。

《公司法》第 31 条　有限责任公司成立后，发现作为设立公司出资的非货币财产的实际价额显著低于公司章程所定价额的，应当由交付该出资的股东补足其差额；公司设立时的其他股东承担连带责任。

《公司法》第 35 条　股东按照实缴的出资比例分取红利；公司新增资本时，股东有权优先按照实缴的出资比例认缴出资。但是，全体股东约定不按照出资比例分取红利或者不按照出资比例优先认缴出资的除外。

《公司法》第 152 条　董事、高级管理人员有本法第 150 条规定的情形的，有限责任公司的股东、股份有限公司连续 180 日以上单独或者合计持有公司 1% 以上股份的股东，可以书面请求监事会或者不设监事会的有限责任公司的监事向人民法院提起诉讼；监事有本法第 150 条规定的情形的，前述股东可以书面请求董事会或者不设董事会的有限责任公司的执行董事向人民法院提起诉讼。

监事会、不设监事会的有限责任公司的监事，或者董事会、执行董事收到前款规定的股东书面请求后拒绝提起诉讼，或者自收到请求之日起 30 日内未提起诉讼，或者情况紧急、不立即提起诉讼将会使公司利益受到难以弥补的损害的，前款规定的股东有权为了公司的利益以自己的名义直接向人民法院提起诉讼。

他人侵犯公司合法权益，给公司造

成损失的，本条第1款规定的股东可以依照前两款的规定向人民法院提起诉讼。

《公司法》第153条 董事、高级管理人员违反法律、行政法规或者公司章程的规定，损害股东利益的，股东可以向人民法院提起诉讼。

考点精析

考点一 股东权的概念和特征

（一）股东与股东权的概念

股东是指基于对公司投资而作为公司的成员。

所谓股东权是指股东基于其股东地位而对公司享有的一系列的获取经济利益和参与公司经营管理的民事权利总和。

（二）特征

1. 内容上具有复合性。股东权既有获得经济利益的权利也有参与公司管理的权利，因此其内容比较复杂，不是单一的一种权利。

2. 性质上属于社员权。即股东基于其在公司中的成员地位而享有的权利。

3. 是基于对公司的投资而获得的。作为股东享有股东权必须对公司进行投资，股东以其对公司的实际投资的数额为基础对公司享有各项股东权。

考点二 股东权的类型

（一）自益股东权和共益股东权

依据行使的目的可以将股东权划分为自益股东权和共益股东权两种：

1. 自益股东权是指仅为股东个人利益而享有的股东权是自益股东权。属于自益股东权内容的主要有：股利分配请求权、剩余财产分配请求权、发行新股

时的优先认股权等。

2. 共益股东权兼为自己和其他股东的利益而享有的股东权是共益股东权。属于共益股东权的主要有：出席股东会议的权利、表决权、代位诉权、股东会的召集权、董事会召集权等。

（二）普通股东权和特别股东权

依据股东的地位不同，股东权可以分为普通股东权与特别股东权：

1. 普通股东权是指公司的普通股东即可享有和行使的股东权，大多数股东权均为普通股东权。

2. 特别股东权是指只有特定股东才能够享有的股东权，如优先股股东所享有的股利优先分配的权利，多表决权股所享有的多数表决权等。

（三）固有股东权和非固有股东权

依据权利之性质，即是否可以通过公司章程予以限制或剥夺的权利：

1. 固有股东权是指不得通过公司章程予以剥夺的股东权，如：股利分配请求权、财务会计查阅权、出席股东会的权利等均为固有股东权。

2. 非固有股东权是指可以由公司章程或者股东会予以限制或剥夺的股东权，例如新股发行时的优先认股权。

（四）单独股东权和少数股东权

此种分类的标准是依据股东权的行使是否需要持有一定数量的股份为标准将股东权分为单独股东权和少数股东权：

1. 单独股东权是进行持有一股即可享有和行使的股东权。

2. 少数股东权则是指必须持有公司的股份达到一定数量才可以行使的股东权。少数股东权主要有：

（1）提请召开特别股东会议：必须是代表 1/10 表决权以上的股东提议（第 40、101 条）

（2）主持和召集股份公司股东会的权利：连续 90 日持有公司股份 10% 以上的股东在董事会和监事会不召集时可以自行召集。（第 102 条）

（3）提请召开临时董事会的权利：代表 1/10 以上表决权的股东、1/3 以上董事或者监事会，可以提议召开董事会临时会议。董事长应当自接到提议后 10 日内，召集和主持董事会会议。（第 111 条）

（4）进行代表诉讼：代表诉讼的提出，股份有限公司的股东需要连续 180 日持有公司股份达到 1%。（第 152 条）

（5）请求解散股份公司的权利：公司经营管理发生严重困难，继续存续会使股东利益受到重大损失，通过其他途径不能解决的，持有公司全部股东表决权 10% 以上的股东，可以请求人民法院解散公司。（第 183 条）

考点三　股东权的具体内容

（一）股东获取经济利益的权利

1. 股利分配请求权。股利分配请求权产生的前提条件是公司营利，若公司没有营利则股东就没有分配利润的请求权。

2. 公司解散时剩余财产分配请求权。公司解散后其财产清偿了债务人的债务及支付了清算费用后，若仍然有剩余的则应当按照股东的出资比例分配给股东。

3. 公司发行新股时原有股东按照出资比例或者所持有的股份享有优先认股权。优先认购股份的权利可以通过公司章程予以取缔，也就是说若公司章程规定股东在公司增资时没有优先认购的权利，则股东不享有该项权利。

（二）参与公司的经营管理

1. 知情权。为了能够参与公司的决策，股东必须要了解公司的财产状况及经营状况，此时法律赋予了公司股东获得公司重要信息的一系列权利。

（1）有限责任公司股东。股东有权查阅、复制公司章程、股东会会议记录、董事会会议决议、监事会会议决议和财务会计报告。

股东可以要求查阅公司会计账簿。股东要求查阅公司会计账簿的，应当向公司提出书面请求，说明目的。公司有合理根据认为股东查阅会计账簿有不正当目的，可能损害公司合法利益的，可以拒绝提供查阅，并应当自股东提出书面请求之日起 15 日内书面答复股东并说明理由。公司拒绝提供查阅的，股东可以请求人民法院要求公司提供查阅。

（2）股份公司股东。股东有权查阅公司章程、股东名册、公司债券存根、股东大会会议记录、董事会会议决议、监事会会议决议、财务会计报告，对公司的经营提出建议或者质询。

2. 出席股东会并在股东会上行使表决权的权利

3. 特定情形下提议召开临时股东会、提议召开董事会、主持股东会和董事会的权利。

示例　甲、乙、丙三人共同设立一家有限公司，经营商品贸易活动。约定由甲作为执行董事，乙、丙不参与公司经营。一天，乙为获知公司的客户渠道，为其子经营的同样性质的公司争取客户，便向公司要求查阅公司的会计账簿，称为了行使其知情权，下列说法正确的是：

A. 公司股东只能查阅、复制公司财务会计报告，无权察看会计账簿

B. 股东要求查阅时，须书面向公司提出要求，并说明目的

C. 股东有权查阅公司的会计账簿

D. 本案中，公司若知道乙的儿子也经营同样性质的业务，乙的查阅目的不正当的，可以拒绝其查阅

答案：BCD

考点四　股东的义务

（一）出资义务

（1）股东应当按照发起协议、认股协议、公司章程的规定向公司缴纳出资

在公司设立时股东没有按照约定向公司出资的，除了应当向公司补足出资，还应当向其他发起人承担违约责任。

（2）原始股东对于其他股东不实出资承担连带补缴责任

有限责任公司成立后，发现作为设立公司出资的非货币财产的实际价额显著低于公司章程所定价额的，应当由交付该出资的股东补足其差额；公司设立时的其他股东承担连带责任。

（二）股东的忠实义务

公司的股东本来除了出资义务以外，对于公司不再承担任何法律义务；而且股东相互之间也没有任何关系所以不承担任何义务。但是现代公司法都认为"公司的股东对于公司本身和其他股东都负有忠实义务，特别是认为大股东对于公司和小股东负有忠实义务，不得利用其控制公司的地位侵害公司和小股东的利益。

考点五　股东诉讼

（一）股东直接诉权

1. 概念。所谓股东直接诉权是指公司股东自身的利益受到公司或者公司董事、高级管理人员的侵害而以自己的名义直接提起诉讼的权利。

2. 股东直接诉讼类型。公司侵害到股东的权利时股东提起诉讼。如公司不让股东出席股东会、拒绝股东行使表决权、拒绝给股东分配股利。

公司股东会、董事会违反法律、行政法规、公司的章程或者程序违反法律时股东可以诉请人民法院宣告其无效或者予以撤销。

特定情形下诉请人民法院解散公司。

（二）股东代表诉讼

1. 概念。所谓股东代表诉讼又被称为股东代位诉讼、派生诉讼，是指公司的利益受到公司董事、高级管理人员以及其他人的侵害对公司的董事会和监事会不提起诉讼。持有一定股份的股东可以代表公司提起诉讼但是，诉讼结果归公司的法律制度。

2. 提起代表诉讼的法律要件：①必须公司的利益受到损害；②必须公司的董事会未提起诉讼；③必须书面请求公司监事会提起诉讼；④必须监事会拒绝提起诉讼或者自收到书面请求的30日内未提起诉讼；⑤必须是有限责任公司的股东或者股份公司连续180天持有公司1%以上股份的股东。

3. 代表诉讼的提起。①股东提起代表诉讼应当以自己的名义，这一点与比较法上有所不同，比较法上提起代表诉讼必须以公司的名义。②在股东代表诉讼中公司是实质原告，提起诉讼的股东

只是公司的代表。

4. 提起代表诉讼的主要情形类。①董事或其他高级管理人员违反义务损害公司利益；②监事违反义务损害公司利益；③其他人损害公司利益的情形。

历年真题与示例

1. 刘某是甲有限责任公司的董事长兼总经理。任职期间，多次利用职务之便，指示公司会计将资金借贷给一家主要由刘某的儿子投资设立的乙公司。对此，持有公司股权 0.5% 的股东王某认为甲公司应该起诉乙公司还款，但公司不可能起诉，王某便自行直接向法院对乙公司提起股东代表诉讼。下列哪些选项是正确的？（2007－3－75）

   A. 王某持有公司股权不足 1%，不具有提起股东代表诉讼的资格

   B. 王某不能直接提起诉讼，必须先向董事会或监事会提出请求

   C. 王某应以甲公司的名义起诉，但无需甲公司盖章或刘某签字

   D. 王某应以自己的名义起诉，但诉讼请求应是将借款返还给甲公司

   答案：BD

2. 杨某持有甲有限责任公司 10% 的股权，该公司未设立董事会和监事会。杨某发现公司执行董事何某（持有该公司 90% 股权）将公司产品低价出售给其妻开办的公司，遂书面向公司监事姜某反映。姜某出于私情未予过问。杨某应当如何保护公司和自己的合法利益？（2006－3－25）

   A. 提请召开临时股东会，解除何某的执行董事职务

   B. 请求公司以合理的价格收回自己

   的股份

   C. 以公司的名义对何某提起民事诉讼要求赔偿损失

   D. 以自己的名义对何某提起民事诉讼要求赔偿损失

   答案：D

3. 刘、关、张约定各出资 40 万元设立甲有限公司，因刘只有 20 万元，遂与张约定由张为其垫付出资 20 万元。公司设立时，张以价值 40 万元的房屋评估为 60 万元骗得验资。后债权人发现甲公司注册资本不实。甲公司欠缴的 20 万元出资应如何补交？（2005－3－23）

   A. 应由刘补交 20 万元，张、关承担连带责任

   B. 应由张补交 20 万元，刘、关承担连带责任

   C. 应由刘、张各补交 10 万元，关承担连带责任

   D. 应由刘、关各补交 10 万元，张承担连带责任

   答案：A

4. 金某是甲公司的小股东并担任公司董事，因其股权份额仅占 10%，在 5 人的董事会中也仅占 1 席，其意见和建议常被股东会和董事会否决。金某为此十分郁闷，遂向律师请教维权事宜。在金某讲述的下列事项中，金某可以就哪些事项以股东身份对公司提起诉讼？（2006－3－59）

   A. 股东会决定：为确保公司的经营秘密，股东不得查阅公司会计账簿

   B. 董事会任期届满，但董事长为了继续控制公司，拒绝召开股东会改选董事

C. 董事会不顾金某反对制订了甲公司与另一公司合并的方案

D. 股东会决定：公司监事调查公司经营情况时，若无法证明公司经营违法的，其调查费用自行承担

答案：AD

第四章 公司的董事、监事、高级管理人员

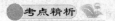 考点精析

考点一 治理结构概述

公司是多种利益的结合体，公司法必须在这些利益主体之间寻求平衡，这些利益主体包括但不限于：公司自身、公司的股东、公司的管理人员、公司的员工、公司的债权人、公司的消费者等等。在这些利益主体之间寻求平衡、公平保护各方当事人的核心便是建立完善的治理结构。公司法模仿现代国家三权分立的模式，建立起三个机关权力机关、执行机关和代表机关、监督机关。三个相互制衡，并且各机关内部也建立起制衡制度，必然董事会中的独立董事、监事会中的职工监事与股东监事之间。

考点二 治理结构的立法模式

在比较法上公司的治理模式有两种：一种是美国的单层制；另一种是德国的双层制。在美国单层制结构下，公司只设两个机关，一个是股东会，另一个是董事会，董事会中专门设独立董事不参与公司的具体经营，对于执行业务的董事进行监督。在德国的双层制结构下，设三个股东会、监事会和董事会。

股东会选举出监事会、监事会再聘用董事会，监事会对股东会负责，而董事会则对监事会负责。

考点三 我国的治理模式

我国公司的治理结构，原则上是结合了美国模式和德国模式设计出来的，即设股东会、董事会、监事会三个机关，但是董事会和监事会都是由股东会选出的（当然监事会中职工代表是由职工代表大会选出），董事会与监事会直接对股东会负责，监事会对董事会进行监督，但是为了确保对董事的监督，在上市公司中设立独立董事。

第一节 股东会（股东大会）

考点完整提炼

股东会 { 股东会的地位 股东会的类型 股东会的职权 股东会的召集 股东会违法或违反章程时的救济 }

法条依据串烧

《公司法》第 42 条 召开股东会会议，应当于会议召开 15 日前通知全体股东；但是，公司章程另有规定或者全体股东另有约定的除外。

股东会应当对所议事项的决定作成会议记录，出席会议的股东应当在会议记录上签名。

《公司法》第 43 条 股东会会议由股东按照出资比例行使表决权；但是，公司章程另有规定的除外。

《公司法》第 44 条 股东会的议事方式和表决程序，除本法有规定的外，由公司章程规定。

股东会会议作出修改公司章程、增加或者减少注册资本的决议，以及公司合并、分立、解散或者变更公司形式的决议，必须经代表 2/3 以上表决权的股东通过。

《公司法》第 101 条　股东大会应当每年召开 1 次年会。有下列情形之一的，应当在两个月内召开临时股东大会：

（一）董事人数不足本法规定人数或者公司章程所定人数的 2/3 时；

（二）公司未弥补的亏损达实收股本总额 1/3 时；

（三）单独或者合计持有公司 10% 以上股份的股东请求时；

（四）董事会认为必要时；

（五）监事会提议召开时；

（六）公司章程规定的其他情形。

《公司法》第 104 条　股东出席股东大会会议，所持每一股份有一表决权。但是，公司持有的本公司股份没有表决权。

股东大会作出决议，必须经出席会议的股东所持表决权过半数通过。但是，股东大会作出修改公司章程、增加或者减少注册资本的决议，以及公司合并、分立、解散或者变更公司形式的决议，必须经出席会议的股东所持表决权的 2/3 以上通过。

第 105 条　本法和公司章程规定公司转让、受让重大资产或者对外提供担保等事项必须经股东大会作出决议的，董事会应当及时召集股东大会会议，由股东大会就上述事项进行表决。

考点精析

考点一　股东会（大会）的概念和地位

1. 股东会的概念：股东会（股份有限公司称之为股东大会）是由公司全体股东所组成的，形成公司意思（决策）就公司重大事项予以决策的必要的非常设机构。股东会（股东大会）是公司的权力机构、最高决策机构、也叫做意思机构。

2. 股东会：股东会对外不代表公司，对内不执行业务，但公司的其他机构必须执行股东会的决议，对股东会负责。

3. 股东会的设置：有限责任公司设股东会、股份有限公司设股东大会、一人公司和国有独资公司不设股东会。在一人公司股东会的职权是由一人股东以书面形式做出决议的；在国有独资公司股东会的职权部分由国家授权的投资机构行使，部分由国家授权的投资机构授权给董事会行使。

考点二　股东会（股东大会）的会议类型

（一）第一次股东会议

有限责任公司的会议是公司成立后的第一次会议；对于有限责任公司其首次会议是由出资最多的股东召集和主持的。

股份有限公司的首次股东会议，与股东常会的召集程序完全相同。

（二）定期会议

公司定期会议应当按照公司章程的规定按时召开。由于公司法规定股东会（股东大会）每年至少召开 1 次，而实践中股东定期会议一般也是每年召开 1 次，因此又可称为年度会议。

（三）临时会议

（1）概念。公司临时股东会议是依据公司情况，在发生特定事由时依照法定程序不定期地召开的股东会会议。

（2）有限公司与股份有限公司临时股东会议召开的法定情形的对比

股份有限公司	有限责任公司	说　明
董事人数不足本法规定人数或者公司章程所定人数的 2/3 时		
公司未弥补的亏损达实收股本总额 1/3 时		
单独或者合计持有公司百分之十以上股份的股东请求时	代表 1/10 以上表决权的股东	股东召集权
董事会认为必要时	1/3 以上董事	在股份公司是董事会而有限公司则是部分董事
监事会提议召开时	监事会或者不设监事会的公司的监事	监事会
公司章程规定的其他情形		有限公司法律无此规定但是依据章程自治也可以规定
		在有上面所列情形时，股份公司必须在两个月内召开临时股东大会，但是有限公司无此时间限制

考点三　股东会会议的召集和召开程序

（一）召集

（1）董事会或执行董事召集。股东大会（股东会）会议由董事会召集，有限责任公司不设董事会的，股东会会议由执行董事召集。

（2）监事会召集。董事会或者执行董事不能履行或者不履行召集和主持股东会会议职务的，监事会应当召集。

有限公司不设监事会的应当由公司的监事召集和主持。

（3）股东自行召集。

有限公司：监事会或者监事不召集和主持的，代表 1/10 以上表决权的股东可以召集和主持股东会会议。

股份公司：监事会不召集和主持的，连续 90 日以上单独或者合计持有公司 10% 以上股份的股东可以自行召集和主持。

注意关于股份有限公司股东召集股东会的条件有两个，其一是召集的股东必须单独或者联合持有公司 10% 以上的股份；其次需要这些股东所持有的股份连续达到 90 日以上。对于有限责任公司则没有这样的要求。这样的规定主要是防止有人临时收购一部分股份有限公司的股份，然后通过召集临时股东大会干扰公司的正常生产经营活动，从而有害于公司的利用，而在有限责任公司，因为股权转让的限制则很难发生这样的问题。

（二）主持

（1）股东会由董事会召集时，董事长主持；董事长不能履行职务或者不履行职务的，由副董事长主持；副董事长不能履行职务或者不履行职务的，由半数以上董事共同推举一名董事主持。

若有限公司不设董事会时由执行董事主持。

（2）由监事会召集时，由监事会主持。

（3）由股东自行召集的，由召集股东自行主持。

（三）召开股东会会议前的通知程序

（1）有限公司：规定会议通知期为15 天，同时规定公司章程和股东的约定可以作除外的规定。

（2）股份有限公司：召开股东大会会议，应当将会议召开的时间、地点和审议的事项于会议召开 20 日前通知各股东；临时股东大会应当于会议召开 15 日前通知各股东；发行无记名股票的，应当于会议召开 30 日前公告会议召开的时间、地点和审议事项。

特别嘱咐　该规定对于有限公司是任意性规定可以通过章程变更，股份公司则是强制性规定不得以章程变更。

考点四　股东会的职权

参见公司董事会职权部分对照表。

考点五　股东会的议事规则

（一）表决权

（1）有限公司：股东会会议由股东按照出资比例行使表决权；但是，公司章程另有规定的除外。

（2）股份公司：股东出席股东大会会议，所持每一股份有一表决权。

（3）表决权的排除。①公司持有的本公司股份没有表决权。②公司为其股东及实际控制人的债务提供担保，该股东或者受该实际控制人支配的股东不得行使表决权。

（二）股东会决议类型

股东会决议可分为普通决议和特别决议两种，现分别阐述如下：

（1）普通决议。是对公司一般事项所作的决议，只须经代表 1/2 以上表决

权的股东通过。

（2）特别决议。指对某些重要的事项所作的决议，需经过出席会议的代表绝对多数表决权的股东通过，方为有效的决议。在有限公司是经全体股东所持表决权的 2/3 多数通过，在股份有限公司是经出席股东会所持股份总数 2/3 多数通过。

1. 普通有限公司与股份有限公司的特别决议事项：根据《公司法》第 44 条、104 条的规定，特别决议事项包括：①修改公司章程；②增加或者减少注册资本；③公司分立、合并或者变更公司形式；④公司解散。

2. 上市公司特有的特别决议：上市公司在 1 年内购买、出售重大资产或者担保金额超过公司资产总额 30% 的，应当由股东大会作出决议，并经出席会议的股东所持表决权的 2/3 以上通过。

特别嘱咐　有限公司除了上述特别决议事项以外，章程还可以规定其他事项作为特别决议事项，股份公司无此规定。

（三）投票机制

（1）普通投票机制。

（2）累积投票机制。

概念：所谓累积投票制是公司在选举董事和监事时每一股份享有与本次所选董事或监事总人数相等的投票权，股东可以将这些投票权集中行使在某一个人身上也可以按照不同的比例分配给若干个人的投票机制。

适用：累积投票制只能适用于股份公司，有限公司不适用。股份有限公司股东会选举董事和监事时可以采取累积投票制，也只有章程规定或者股东大会决议适用累积投票制才适用。

考点六 股东会违法时的救济途径

（一）股东会无效与撤销的事由

（1）公司股东会的决议内容违反法律、行政法规的无效。

（2）股东会的会议召集程序、表决方式违反法律、行政法规或者公司章程，或者决议内容违反公司章程的，股东可以请求人民法院撤销。

（二）股东诉讼

（1）任何股东可以请求人民法院宣告股东会决议无效或者撤销决议。

（2）起诉期限：股东可以自决议作出之日起60日内，提起诉讼。

（3）股东担保：股东提起诉讼的，人民法院可以应公司的请求，要求股东提供相应担保。

（三）股东会决议被认定无效或撤销后的后果

公司根据股东会决议已办理变更登记的，人民法院撤销该决议或者宣告该决议无效后，公司应当向公司登记机关申请撤销变更登记。

示例1 有限责任公司股东会下列哪种决议须经代表2/3以上表决权的股东通过？

A. 批准董事会的报告

B. 发行公司债券

C. 审议批准利润分配方案

D. 增加或减少注册资本

答案：D

示例2 下列有关股东会职权的说法正确的是：

A. 选举和更换非由职工代表担任的董事、监事，决定有关董事、监事的报酬事项

B. 对公司合并、分立、变更公司形式、解散和清算等事项作出决议

C. 制定公司增加或者减少注册资本以及发行公司债券的方案

D. 制定公司的基本管理制度

答案：AB

第二节 董事会与经理

考点完整提炼

董事会 ｛ 董事会的概念与地位
董事会的组成
董事的任期
董事会的会议制度
上市公司独立董事和董事会秘书的设置

法条依据串烧

《公司法》第111条 董事会每年度至少召开两次会议，每次会议应当于会议召开10日前通知全体董事和监事。

代表1/10以上表决权的股东、1/3以上董事或者监事会，可以提议召开董事会临时会议。董事长应当自接到提议后10日内，召集和主持董事会会议。

董事会召开临时会议，可以另定召集董事会的通知方式和通知时限。

《公司法》第112条 董事会会议应有过半数的董事出席方可举行。董事会作出决议，必须经全体董事的过半数通过。

董事会决议的表决，实行一人一票。

《公司法》第113条 董事会会议，应由董事本人出席；董事因故不能出席，可以书面委托其他董事代为出席，委托书中应载明授权范围。

董事会应当对会议所议事项的决定作成会议记录，出席会议的董事应当在会议记录上签名。

董事应当对董事会的决议承担责任。董事会的决议违反法律、行政法规或者公司章程、股东大会决议，致使公司遭受严重损失的，参与决议的董事对公司负赔偿责任。但经证明在表决时曾表明异议并记载于会议记录的，该董事可以免除责任。

考点精析

考点一　董事会的概念与地位

（一）概念

董事会是由股东会或者股东大会选举的对外代表公司对内执行公司事务的自然人集体。

（二）董事会的地位

董事会是公司的代表机构、执行机构、是集体决议机制、是公司的常设机关。董事会对公司的股东会负责、负责执行股东会的决议。公司实行所有权与经营权相分离的原则，从经济学的意义上来看，公司属于股东所有，公司是股东谋取经济利益的一种装置，而公司的经营则交由股东选出来的董事集体（即董事会）负责，股东原则上不得干涉董事会的经营。如果股东不满意董事的经营活动只能在下一届的选举中不再选举该董事。

考点二　董事会的组成

（一）董事会人数

有限责任公司设立董事会，其成员为 3～13 人；股份有限公司设董事会人数为 5～19 人。

（二）董事会及董事会的组成成员的产生

（1）普通有限公司或者股份有限公司的董事会成员由股东会选举。

（2）两个以上的国有企业或者两个以上的其他国有投资主体投资设立的有限责任公司，其董事会成员中应当有公司职工代表。

（三）董事长

董事会设董事长一人，可以设副董事长。

（1）有限责任公司的董事长、副董事长的产生办法由公司章程规定。

（2）股份有限公司的董事长和副董事长由董事会以全体董事的过半数选举产生。

（四）执行董事

股东人数较少和规模较小的有限公司可不设董事会，则仅设一名执行董事，行使董事会的职权。

考点三　董事的任期

（一）任期

新《公司法》第 46 条第 1 款规定："董事任期由公司章程规定，但每届任期不得超过 3 年。董事任期届满，连选可以连任。"

（二）董事继续履行职责

新《公司法》第 46 条第 2 款规定："董事任期届满未及时改选，或者董事在任期内辞职导致董事会成员低于法定人数的，在改选出的董事就任前，董事仍应当按照法律、行政法规和公司章程的规定，履行董事的职务。"

考点四　董事会会议制度

（一）董事会会议的召集

（1）董事会采集体决议机制，因此必须通过董事会会议的方式来形成决策。董事会会议由董事长召集和主持，董事长不能履行职务或者不履行职务时，由副董事长召集和主持，副董事长不能履行职务或者不履行职务时，由半数以上董事共同推举的 1 名董事召集和主持。

（2）股份公司临时董事会的召开。①代表 1/10 以上表决权的股东；②1/3 以上董事可以提议召开董事会临时会议；③监事会，可以提议召开董事会临时会议。董事长应当自接到提议后 10 日内，召集和主持董事会会议。

特别嘱咐 股份公司的董事会每年至少要召开 2 次，每次会议应当于会议召开 10 日前通知全体董事和监事。有限公司没有此最低限制的规定，其机制完全由公司章程决定。

（二）董事会会议的表决机制

（1）董事会决议的表决，实行一人一票制。

（2）股份公司中董事因故不能出席董事会的，可以书面委托其他董事代为出席，委托书中应载明授权范围。

（3）对于普通决议应当以简单多数通过，对于特别决议应当以 2/3 以上的董事同意方可通过。对于特别决议的事项也应在章程中规定。

（三）会议记录

董事会应当对会议所议事项的决定作成会议记录，出席会议的董事应当在会议记录上签名。

（四）董事对董事会决议的法律责任

董事应当对董事会的决议承担责任。董事会的决议违反法律、行政法规或者公司章程、股东大会决议，致使公司遭受严重损失的，参与决议的董事对公司负赔偿责任。但经证明在表决时曾表明异议并记载于会议记录的，该董事可以免除责任。

（五）董事会决议违法时的救济

（1）董事会的决议内容违反法律、行政法规的，视为无效。

（2）董事会的会议召集程序、表决方式违反法律、行政法规或者公司章程，或者决议内容违反公司章程的，股东可以自决议作出之日起 60 日内，请求人民法院撤销。

考点五 上市公司的独立董事和董事会秘书

1. 上市公司必须设独立董事

2. 上市公司的董事会秘书，负责公司股东大会和董事会会议的筹备、文件保管以及公司股东资料的管理，办理信息披露事务等事宜。

考点六 公司经理

（一）公司经理的地位

公司经理主持公司的生产经营管理工作并组织实施董事会决议。公司经理对董事会负责。

（二）经理的任免

公司经理由董事会决定聘任或者解聘；董事会成员经董事会决议可以兼任公司经理。

考点七 股东会与董事会、经理职权对照表

股东大会（股东会）	董事会	经理	说明
	召集股东会会议，并向股东会报告工作		

续表

股东大会（股东会）	董事会	经理	说明
	执行股东会的决议	主持公司的生产经营管理工作，组织实施董事会决议	
	决定公司内部管理机构的设置	拟订公司内部管理机构设置方案	
决定公司的经营方针和投资计划	决定公司的经营计划和投资方案	组织实施公司年度经营计划和投资方案	
选举和更换非由职工代表担任的董事、监事，决定有关董事、监事的报酬事项	决定聘任或者解聘公司经理及其报酬事项，并根据经理的提名决定聘任或者解聘公司副经理、财务负责人及其报酬事项	提请聘任或者解聘公司副经理、财务负责人	
		决定聘任或者解聘除应由董事会决定聘任或者解聘以外的负责管理人员	
审议批准董事会的报告			
审议批准监事会或者监事的报告			
审议批准公司的年度财务预算方案、决算方案	制订公司的年度财务预算方案、决算方案		
审议批准公司的利润分配方案和弥补亏损方案	制订公司的利润分配方案和弥补亏损方案		
对公司增加或者减少注册资本作出决议	制订公司增加或者减少注册资本以及发行公司债券的方案		
对发行公司债券作出决议			
对公司合并、分立、解散、清算或者变更公司形式作出决议	制订公司合并、分立、解散或者变更公司形式的方案		
修改公司章程	制定公司的基本管理制度	拟订公司的基本管理制度	
		制定公司的具体规章	
公司章程规定的其他职权	公司章程规定的其他职权	董事会授予的其他职权	

特别嘱咐　上表董事会和股东会的职权是强制性的规定，公司章程不得变更，所谓章程规定的其他职权必须在上述职权之外；关于经理的职权则不是强制性的，公司章程可以另行规定，即公司章程对经理职权另有规定的，从其规定。

历年真题与示例

华胜股份有限公司于 2006 年召开董事会临时会议,董事长甲及乙、丙、丁、戊等共五位董事出席,董事会中其余 4 名成员未出席。董事会表决之前,丁因意见与众人不合,中途退席,但董事会经与会董事一致通过,最后仍作出决议。下列哪些选项是错误的?(2007 - 3 - 77)

A. 该决议有效,因其已由出席会议董事的过半数通过

B. 该决议无效,因丁退席使董事的同意票不足全体董事表决票的二分之一

C. 该决议是否有效取决于公司股东会的最终意见

D. 该决议是否有效取决于公司监事会的审查意见

答案:ACD

第三节 监事会

考点完整提炼

监事会 { 监事会的概念与地位
监事会的组成及监事的选任
监事的任期及更换
监事会的职权 }

法条依据串烧

《公司法》第 52 条 有限责任公司设监事会,其成员不得少于 3 人。股东人数较少或者规模较小的有限责任公司,可以设 1 至 2 名监事,不设监事会。

监事会应当包括股东代表和适当比例的公司职工代表,其中职工代表的比例不得低于 1/3,具体比例由公司章程规定。监事会中的职工代表由公司职工通过职工代表大会、职工大会或者其他形式民主选举产生。

监事会设主席一人,由全体监事过半数选举产生。监事会主席召集和主持监事会会议;监事会主席不能履行职务或者不履行职务的,由半数以上监事共同推举一名监事召集和主持监事会会议。

董事、高级管理人员不得兼任监事。

考点精析

考点一 监事会的概念与地位

监事会是由公司股东代表和职工代表组成的进行集体决策的对于公司执行机关予以监督的公司的自然人集体。

监事会属于公司的监督机关,是公司的内部机关原则上不得对外代表公司(除为公司利益代表公司提起诉讼之外,详见下文)。监事会代表公司的股东对于董事执行事务、以及公司的财务会计制度等进行监督。

股份有限公司必须设监事会,有限公司规模较小的、人数较少的可以不设监事会但是却必须设 1～2 名监事,这些监事即行使监事会的职权。

考点二 监事会的组成及监事的选任

(一)组成

(1)监事会成员:

根据新《公司法》第 52 条和第 113 条的规定,公司设立监事会,其成员不得少于 3 人。但是有限公司股东人数较少或者规模较小的,可以设 1～2 名监事,不设立监事会。

监事会应当包括股东代表和适当比例的公司职工代表,其中,职工代表的

比例不得低于1/3，具体比例由公司章程规定。

董事、高级管理人员不得兼任公司的监事。

（2）监事会主席：

产生：监事会设主席一人，由全体监事过半数选举产生。

职权：监事会主席召集和主持监事会会议；监事会主席不能履行职务或者不履行职务的，由半数以上监事共同推举一名监事召集和主持监事会会议。

（二）选任

（1）监事会中的股东代表由股东会（股东大会）选举产生。

（2）监事会中的职工代表由公司职工通过职工代表大会、职工大会或者其他形式民主选举产生。

考点三　监事的任期

（一）任期

新《公司法》第53条第1款规定："监事的任期每届为3年。监事任期届满，连选可以连任。"

（二）特殊情形下继续履行义务的责任

监事任期届满未及时改选，或者监事在任期内辞职导致监事会成员低于法定人数的，在改选出的监事就任前，监事仍应当按照法律、行政法规和公司章程的规定，履行监事的职务。

特别嘱咐　监事任期是3年，不得通过章程加以改变，董事的任期是不得超过3年，具体期限由章程确定。

考点四　监事会的职权

新《公司法》第54条规定，监事会、不设监事会的公司的监事行使下列职权：

（一）检查公司财务；

（二）对董事、高级管理人员执行公司职务的行为进行监督，对违反法律、行政法规、公司章程或者股东会决议的董事、高级管理人员提出罢免的建议；

（三）当董事、高级管理人员的行为损害公司的利益时，要求董事、高级管理人员予以纠正；

（四）提议召开临时股东会会议，在董事会不履行本法规定的召集和主持股东会会议职责时召集和主持股东会会议；

（五）向股东会会议提出提案；

（六）依照本法第152条的规定，对董事、高级管理人员等提起诉讼；

（七）公司章程规定的其他职权。

特别嘱咐　监事会、不设监事会的公司的监事行使职权所必需的费用，由公司承担。

示例1　依据《公司法》的规定，有限责任公司在下列哪些情况下可以不设监事会？

A. 公司规模较小

B. 股东人数较少

C. 国有独资公司

D. 国有控股公司

答案：AB

示例2　下列有关有限责任公司监事会的说法正确的是：

A. 有限责任公司设立监事会，其成员不得少于5人

B. 监事的任期每届为5年。监事任期届满，连选可以连任。

C. 董事、高级管理人员不得兼任监事

D. 监事会应当包括股东代表和适当

比例的公司职工代表，其中职工代表的比例不得低于 1/3，具体比例由公司章程规定。

答案：CD

第四节 公司的董事、监事与高级管理人员

考点完整提炼

公司高管 {
高管的概念
任职资格——也适用于董事、监事
高管的义务和责任
}

法条依据串烧

《公司法》第 147 条 有下列情形之一的，不得担任公司的董事、监事、高级管理人员：

（一）无民事行为能力或者限制民事行为能力；

（二）因贪污、贿赂、侵占财产、挪用财产或者破坏社会主义市场经济秩序，被判处刑罚，执行期满未逾 5 年，或者因犯罪被剥夺政治权利，执行期满未逾 5 年；

（三）担任破产清算的公司、企业的董事或者厂长、经理，对该公司、企业的破产负有个人责任的，自该公司、企业破产清算完结之日起未逾 3 年；

（四）担任因违法被吊销营业执照、责令关闭的公司、企业的法定代表人，并负有个人责任的，自该公司、企业被吊销营业执照之日起未逾 3 年；

（五）个人所负数额较大的债务到期未清偿。

公司违反前款规定选举、委派董事、监事或者聘任高级管理人员的，该选举、委派或者聘任无效。

董事、监事、高级管理人员在任职期间出现本条第 1 款所列情形的，公司应当解除其职务。

考点精析

考点一 公司高级管理人员的概念

《公司法》第 217 条对高级管理人员定义为：公司经理、副经理、财务负责人、上市公司董事会秘书和公司章程规定的其他人员。

考点二 董事、监事、高级管理人员的任职资格

我国《公司法》对于这些人员没有规定积极的任职资格，但是却规定了相应的消极资格，即规定了不得担任董事、监事、高级管理人的情形。符合下列五种情形之一的即不可担任公司的董事、监事或者经理等高级管理人员。如果公司选任的董事、监事或者经理等高级管理人员具有下列情形之一的则选任无效；而如果选任当时该董事、监事、经理等高级管理人员不具备下列情形而在选任后出现了这些情形的则应当予以解聘。

1. 无民事行为能力或者限制民事行为能力。

2. 因贪污、贿赂、侵占财产、挪用财产或者破坏社会主义市场经济秩序，被判处刑罚，执行期满未逾 5 年，或者因犯罪被剥夺政治权利，执行期满未逾 5 年；

要特别注意该种情形分为两种具体情形：①必须是经济类犯罪，被判处刑罚，执行期满未逾 5 年的；②只要被剥夺政治权利，不管犯罪类型，执行期满未逾 5 年。

3. 任破产清算的公司、企业的董事或者厂长、经理，对该公司、企业的破产负有个人责任的，自该公司、企业破产清算完结之日起未逾 3 年。注意必须同时具备两个条件：即该公司的破产清算该董事、厂长或者经理负有个人责任；其次，必须是在 3 年内，从该破产清算公司清算完结之日起算。

4. 担任因违法被吊销营业执照、责令关闭的公司、企业的法定代表人，并负有个人责任的，自该公司、企业被吊销营业执照之日起未逾 3 年。注意此种情形只适用于法定代表人，不包括非法定代表人的董事、经理等。

5. 个人所负数额较大的债务到期未清偿。必须同时具备 3 个条件：首先是该债务是个人债务并且数额较大；其次，必须是该债务已经到了清偿期；再次，必须是该人未清偿债务，即处于履行迟延的状态。

考点三　董事、监事、高级管理人员的义务

（一）忠实义务

1. 董事、监事、经理等高级管理人员与公司之间属于委托人与受托人的关系，而一切受托人基于其受托人的地位都对委托人负有忠实的义务。忠实义务有正反两个方面的要求。对于公司董事、监事、经理而言，忠实义务的正面要求是：遵守法律、行政法规和公司章程，忠实履行职务维护公司利益，其一切行为都是为公司的利益而工作；反面要求则是不得利用其经营管理公司的特殊地位为自己牟取任何利益。依据我国《公司法》第 149 条的规定，忠实义务具体体现在下列情形：

（一）挪用公司资金；

（二）将公司资金以其个人名义或者以其他个人名义开立账户存储；

（三）违反公司章程的规定，未经股东会、股东大会或者董事会同意，将公司资金借贷给他人或者以公司财产为他人提供担保；

（四）违反公司章程的规定或者未经股东会、股东大会同意，与本公司订立合同或者进行交易；

（五）未经股东会或者股东大会同意，利用职务便利为自己或者他人谋取属于公司的商业机会，自营或者为他人经营与所任职公司同类的业务；

（六）接受他人与公司交易的佣金归为己有；

（七）擅自披露公司秘密；

（八）违反对公司忠实义务的其他行为。

董事、高级管理人员违反前款规定所得的收入应归公司所有。

2. 监事则不得实施下列两种行为。

（1）不得利用职权收受贿赂或者其他非法收入；

（2）不得侵占公司的财产。

（二）勤勉义务

所谓勤勉义务是指公司的董事、高级管理人员在执行业务时必须如同一个适当谨慎的人在处理自己事务时那样行事。否则即违反了对公司的注意义务。对此在司法实践中很难加以认定，因此在司法考试中一般不作为一个考试要点加以考查，因此同学们也仅限于了解即可。

考点四　法律责任

1. 董事、高级管理人员违反其忠实义务所得的收入应当归公司所有，即公司享有归入权。这一点特别适用于董事、经理的竞业禁止义务，即董事经理如果自己或者为他人经营和公司相同相类似的业务其经营行为仍然有效，但其所得的收益应当归公司所有，而不论其经营行为是否给公司造成损失。

2. 董事、监事、高级管理人员执行公司职务时违反法律、行政法规或者公司章程的规定，给公司造成损失的，应当承担赔偿责任。

3. 公司可以对违反义务的人提起诉讼；公司不提起的监事可以提起；监事不提起的股东可以提起代为诉讼。

考点五　关于公司的法定代表人

（一）法定代表人的概念

所谓法定代表人是指对外代表公司的正职负责人。公司对外活动包括签订合同、起诉应诉只能由法定代表人代表实施，其他人只能取得法定代表人的授权而进行代理。

（二）法定代表人的担任

公司法定代表人由公司的章程加以规定，章程可以规定董事长、执行董事或者经理担任公司的法定代表人。法定代表人应当予以依法登记，公司法定代表人变更的，也应当办理相应的变更登记。

历年真题与示例

甲公司于 2008 年 7 月依法成立，现有数名推荐的董事人选，依照《公司法》规定，下列哪些人员不能担任公司董事？（2007-3-76）

A. 王某，因担任企业负责人犯重大责任事故罪于 2001 年 6 月被判处 3 年有期徒刑，2004 年刑满释放

B. 张某，与他人共同投资设立一家有限责任公司，持股 70%，该公司长期经营不善，负债累累，于 2006 年被宣告破产

C. 徐某，2003 年向他人借款 100 万元，为期 2 年，但因资金被股市套住至今未清偿来源

D. 赵某，曾任某音像公司董事长，该公司因未经著作权人许可大量复制音像制品于 2006 年 5 月被工商部门吊销营业执照，赵某负有个人责任

答案：CD

第五章　公司财务会计制度

考点完整提炼

财务会计 ｛
会计表册的种类（了解）
会计表册的编制和报送（了解）
公司利润分配（重点）
公积金（重点）
公益金（了解）

法条依据串烧

《公司法》第 167 条　公司分配当年税后利润时，应当提取利润的 10% 列入公司法定公积金。法定公积金累计额为公司注册资本的 50% 以上的，可以不再提取。

公司的法定公积金不足以弥补以前年度亏损的，在依照前款规定提取法定公积金之前，应当先用当年利润弥补亏损。

公司从税后利润中提取法定公积金后，经股东会或者股东大会决议，还可以从税后利润中提取任意公积金。

公司弥补亏损和提取公积金后所余税后利润，有限责任公司依照本法第 35 条的规定分配；股份有限公司按照股东

持有的股份比例分配，但股份有限公司章程规定不按持股比例分配的除外。

股东会、股东大会或者董事会违反前款规定，在公司弥补亏损和提取法定公积金之前向股东分配利润的，股东必须将违反规定分配的利润退还公司。

公司持有的本公司股份不得分配利润。

考点精析

考点一　公司财务会计报表的种类

（一）资产负债表

资产负债表是以左右平衡式的复式记账法来反映公司在某一特定日期总体财务状况的报表。资产负债表应当按照资产、负债和所有者权益（即股东权益）分类分项列示。

在资产负债表中的一个恒等式：

净资产 = 所有者权益 = 注册资本 + 公积金 + 未分配利润 = 总资产 – 总负债

（二）损益表

损益表是反映一个公司一定会计期间内的收入与支出总体情况的表册。其主要会计项目为营业收入、营业成本、营业费用、营业外收入及费用等。

（三）现金流量表

现金流量表是反映企业一定会计期间现金和现金等价物流入和流出的报表。现金流量表应当按照经营活动、投资活动和筹资活动的现金流量分类分项列示。

（四）利润分配表

利润分配表是反映企业一定会计期间对实现净利润以及以前年度未分配利润的分配或者亏损弥补的报表。

（五）财物情况说明书

财务情况说明书是对财务会计报表所反映的公司财务状况，作进一步说明和补充的文书。财务情况说明书，应力求全面详细、有情况、有分析、有建议。财务情况说明书一般包括下列内容：①企业生产经营的基本情况；②利润实现和分配情况；③资金增减和周转情况；④对企业财务状况、经营成果和现金流量有重大影响的其他事项。

考点二　公司财务报表的编制和报送

1. 有限责任公司应当按照公司章程规定的期限将财务会计报告送交各股东。

2. 股份有限公司的财务会计报告应当在召开股东大会年会的 20 日以前置备于本公司，供股东查阅。

3. 上市公司必须按照法律、行政法规的规定，定期公开其财务状况和经营状况、在每一会计年度内半年公布一次财务会计报告。

示例　下列关于公司财务会计报告公布的说法哪一项是正确的？

A. 股份公司的财务会计报告应当按照公司章程规定的期限送交各股东

B. 以募集设立方式成立的股份公司必须公告其财务会计报告

C. 有限责任公司的财务会计报告应当在召开股东会前 20 日置备于该公司供股东查询

D. 公开发行股票的股份有限公司必须公告其财务会计报告

答案：D

考点三　公司的利润分配

（一）利润分配方案的提出与批准

（1）公司利润分配方案是由董事会负责制订。董事会应依据公司法有关公司当年税后利润分配的规定，结合本公司当年盈利和上年度有无亏损情况，制订出当年公司税后利润分配方案。

（2）提交股东大会（股东会）审议。

（二）利润分配的依据

（1）有限责任公司章程有规定的依章程，章程没有规定的按照股东实缴资本的比例分配。注意是实际缴费的资本比例而不是承诺交付的资本，例如在公司成立的时候某股东承诺缴纳 30 万元的资本，总注册资本是 90 万，但是实际只交付了 10 万元资本，因而公司只收到了 70 万元资本，那么该股东只能按照 10 万元在总交付的资本中的比例来进行分配利润，即他只能分配全部可分配利润的 1/7。

（2）股份有限公司按照股东所持股份分配。

（三）公司利润分配的顺序

（1）弥补亏损。新《公司法》第167 条规定：公司的法定公积金不足以弥补以前年度公司亏损的，在依照前款规定提取法定公积金之前，应当先用当年利润弥补亏损。但是，资本公积金不得用于弥补公司的亏损。

（2）提取公积金，首先得提起法定公积金，提取法定公积金后经股东会决议还可以提取任意公积金。

（3）支付股利。有限责任公司股利支付依据章程的规定，章程没有规定的按照股东实际缴纳的出资比例分配股利。股份有限公司则按照股东所持的股份进行股利分配。

考点四 公积金制度

（一）公积金制度

所谓公积金是指公司为了巩固其资本从其税后利润中所提取的保留在公司为了扩大公司经营规模的资产。公积金分为盈余公积金和资本公积金。盈余公积金是从公司税后利润中提取的，而从利润之外的其他途径获得的收益属于资本公积金。盈余公积金又可以分为法定公积金和任意公积金，前者是依据法律必须提取的，后者是由公司任意决定提取的，即是否提取取决于公司的决定。

公积金的主要用途有三个，即弥补公司的亏损，扩大公司生产经营或者转为增加公司资本。股份有限公司经股东大会决议将公积金转为资本时，按股东原有股份比例派送新股或者增加每股面值。法定公积金转为资本时，所留存的该项公积金不得少于转增前公司注册资本的 25%，任意公积金没有这一限制。另外，资本公积金不得用于弥补公司的亏损。

（二）法定公积金的提取

法定公积金又称为法定盈余公积金，是指依照公司法的规定强制提取的公积金。我国新《公司法》第 167 条规定："公司分配当年税后利润时，应当提取利润的 10% 列入公司法定公积金。公司法定公积金累计额为公司注册资本的 50% 以上的，可以不再提取。"

（三）提取任意公积金

我国新《公司法》规定，公司在从税后利润中提取法定公积金后，经股东会或者股东大会决议，可以提取任意公积金。

（四）资本公积金

下列事项应当列为资本公积金：

（1）股份公司溢价发行股票所获得的溢价款；

（2）公司接受赠与所获得的财产；

（3）公司资产重新评估的增值部分；

（4）公司增加注册资本时所获得的认股款超过所增加的注册资本的部分款项；

（5）公司减少注册资本时，所减少的资本额超过实际返还给公司股东的差额款。

示例　甲股份有限公司注册资本为 3000 万元。公司现有法定公积金 1000 万元，任意公积金 500 万元。公司拟转增注册资本，进行增资派股。以下所提出的几条方案中，符合公司法规规定的事？

A. 将法定公积金 500 万元转为公司资本

B. 将任意公积金 500 万元转为公司资本

C. 将法定公积金 200 万元，任意公积金 300 万元转为公司资本

D. 将法定公积金 300 万元，任意公积金 200 万元转为公司资本

答案：BC

第六章　公司债券

考点完整提炼

公司债券 { 公司债券的概念（了解）
公司债券的种类（重点）
公司债券的发行（了解）

法条依据串烧

《公司法》第 160 条　公司债券可以转让，转让价格由转让人与受让人约定。

公司债券在证券交易所上市交易的，按照证券交易所的交易规则转让。

《公司法》第 161 条　记名公司债券，由债券持有人以背书方式或者法律、行政法规规定的其他方式转让；转让后由公司将受让人的姓名或者名称及住所记载于公司债券存根簿。

无记名公司债券的转让，由债券持有人将该债券交付给受让人后即发生转让的效力。

考点精析

考点一　公司债的概念及特证

（一）概念

公司债是指公司以证券发行的方式，和公众形成的内容一律的于约定日期还本付息的金钱债权债务关系。

（二）公司债券的特征

（1）我国的公司债券的发行主体股份有限公司和有限责任公司；

（2）发行公司债券是一种借债的方式，到期还本付息，利率固定、风险较小、易于吸引投资者；

（3）公司债券是要式证券；

（4）公司债券是一种有价债券。

考点二　公司债的种类

（一）记名公司债和无记名公司债

（1）划分标准：依据公司债是否记载债权人的姓名为标准，将公司债划分为记名公司债和无记名公司债。

（2）划分的意义：①转让方式不同，记名公司债的转让需要以背书的方式；无记名公司债应当只需要将债权交付给对方即可。②记名公司债与无记名公司债的债券存根簿上的记载方式是不同的：

记名公司债	无记名公司债	说明
债券持有人的姓名或者名称及住所		无记名公司债无此项
债券持有人取得债券的日期及债券的编号	债券的编号	无记名债券无取得债券的日期一项
债券总额，债券的票面金额、利率、还本付息的期限和方式	债券总额、利率、偿还期限和方式	无记名的公司债无债券的票面金额一项
债券的发行日期	发行日期	
记名公司债券的登记结算机构应当建立债券登记、存管、付息、兑付等相关制度		

（二）可转换公司债和不可转换公司债

（1）划分的标准：可转换公司债是到期后债权人可以请求公司将债券转化为股份也可以请求公司还本付息的公司债；不可转换公司债是到期后只能请求公司还本付息不得转换为公司股份的公司债。

（2）划分的意义：①可转换公司债只有上市公司才可以发行、发行可转换公司债除须具备发行公司债的条件还需要具备发行新股的条件；②可转换公司债到期后存在选择权行使的问题：选择权在债券持有人而不是公司。

（三）有担保的公司债与无担保的公司债

（1）划分标准：依据发行的公司债是否有公司的财产担保为标准可以将公司债划分为有担保的公司债和无担保的公司债，前者是以公司的财产提高担保的公司债，而后者则是没有任何担保的公司债。

（2）划分的意义：有担保的公司债券的持有人既是债权人又是担保权人，权利的实现更有保障。

考点三 公司债的发行

公司债的发行、上市等都被规定在证券法的范畴。请参见证券法的相关部分。

第七章 公司的变更、合并与分立

考点完整提炼

公司变更
- 组织形式变更
- 注册资本变更
  - 增资程序
  - 减资程序——通知和公告债权
- 合并分立
  - 合并的程序即法律后果——通知和公告债权
  - 分立的程序及法律后果——对合并前债务承担连带责任

法条依据串烧

《公司法》第174条 公司合并，应当由合并各方签订合并协议，并编制资产负债表及财产清单。公司应当自作出合并决议之日起10日内通知债权人，并于30日内在报纸上公告。债权人自接到通知书之日起30日内，未接到通知书的自公告之日起45五日内，可以要求公司清偿债务或者提供相应的担保。

《公司法》第176条 公司分立，

其财产作相应的分割。

公司分立，应当编制资产负债表及财产清单。公司应当自作出分立决议之日起 10 日内通知债权人，并于 30 日内在报纸上公告。

《公司法》第 177 条　公司分立前的债务由分立后的公司承担连带责任。但是，公司在分立前与债权人就债务清偿达成的书面协议另有约定的除外。

《公司法》第 178 条　公司需要减少注册资本时，必须编制资产负债表及财产清单。

公司应当自作出减少注册资本决议之日起 10 日内通知债权人，并于 30 日内在报纸上公告。债权人自接到通知书之日起 30 日内，未接到通知书的自公告之日起 45 日内，有权要求公司清偿债务或者提供相应的担保。

公司减资后的注册资本不得低于法定的最低限额。

◆ 考点精析

✦ 考点一　公司变更的概念和类型

（一）公司变更的概念

所谓公司的变更是指公司成立以后发生公司的注册资本、组织形式、组织机构等需要进行登记的事项发生变化的法律事实。

（二）公司变更的类型

（1）公司注册资本的变更，包括增资和减资；

（2）公司组织形式的变更，即由有限公司转变为股份公司或者由股份公司转变为有限公司；

（3）公司的合并与分立；

（4）公司的住所、名称、组织机构、法定代表人等变更。

（三）变更登记

公司的变更必须依据法定的程序，变更后必须要进行变更登记。如公司变更而不进行相应的变更登记则会产生两个方面的不利后果：其一是私法上的不利后果，若公司变更没有进行变更登记的则其不得以已经变更了的事项对抗第三人。换言之，若该变更了的事项对于公司有利而对于第三人不利，则公司不得主张此项变更，当然若变更对于第三人有利而对于公司不利，则第三人可以主张。其二是公法上的后果，公司没有进行变更登记的，将会遭受行政处罚。对此《公司法》第 212 条第 2 款规定，公司登记事项发生变更时，未依照本法规定办理有关变更登记的，由公司登记机关责令限期登记；逾期不登记的，处以 1 万元以上 10 万元以下的罚款。

✦ 考点二　公司增资和减资

增 资	减 资	说 明
董事会制定方案	董事会制定方案	
股东会批准特别多数	股东会批准特别多数	
	10 日内通知债权人，并于 30 日内在报纸上公告	增资不会损害债权人利益，因此无须通知与公告
	债权人自接到通知书之日起 30 日内，未接到通知书的自公告之日起 45 日内，有权要求公司清偿债务或者提供相应的担保	与上述理由相同

续表

增　资	减　资	说　明
增发新股等、增发新股时原股东有优先认股权	回收股份等减少资本	
变更登记	变更登记	

考点三　公司的合并

（一）公司合并的概念

公司合并是指两个或两个以上的公司订立合并协议，依照公司法的规定，不经过清算程序，直接合并为一个公司的法律行为。

（二）公司合并的形式

公司合并可分为吸收合并和新设合并两种类型：

（1）吸收合并，是指一个公司吸收其他公司，被吸收的公司解散的合并形式；

（2）新设合并，是指两个以上公司合并设立一个新的公司，被合并各方解散的合并形式。

（三）公司合并的程序

（1）订立合并协议。

（2）通过合并协议。公司合并必须经股东会（股东大会）特别决议通过，即有限责任公司股东会对公司合并作出决议必须经代表 2/3 以上表决权的股东通过；股份有限公司股东大会对公司合并作出决议，必须经出席会议的股东所持表决权的 2/3 以上通过。国有独资公司的合并应由国家授权投资的机构或者国家授权的部门决定。

（3）编制资产负债表和财产清单。

（4）通知债权人和公告。公司应当自作出合并决议之日起 10 日内通知债权人，并于 30 日内在报纸上公告。债权人自接到通知书之日起 30 日内，未接到通知书的自公告之日起 45 日内，可以要求公司清偿债务或者提供相应的担保。

（5）登记。公司合并后，应当到工商管理部门和其他管理部门办理相应的变更或设立登记。属于吸收合并的，应当办理有关资产、股东、管理者等方面的变更登记，被吸收的公司应被注销；属于新设合并的，合并各方都应被注销，由新设的公司办理设立登记。

（四）公司合并的法律效果

（1）公司的消灭。在公司合并中至少有一个公司归于消灭，从而需要办理注销登记。在吸收式合并中有一个公司被吸收，需要办理注销登记；吸收另一个公司的公司发生变更要进行变更登记。在新设式合并中，被合并的两个公司都归于消灭都要办理注销登记，而合并后的公司属于设立，应当进行设立登记。

（2）权利和义务的概括承受。《公司法》第 175 条规定，公司合并时，合并各方的债权、债务，应当由合并后存续的公司或新设的公司承继。两个被合并的公司相互之间有债权债务则发生混同而归于消灭。

考点四　公司分立

（一）公司分立的概念和方式

公司分立是指一个公司通过签订协议，不经过清算程序，分为两个或两个以上的公司的法律行为。公司分立主要有派生分立和新设分立两种形式。

（1）派生分立，也称存续分立，是指一个公司分立成两个以上公司，本公司继续存在并设立一个以上新的公司。

（2）新设分立，也称解散分立，是指一个公司分解为两个以上公司，本公司解散并设立两个以上新的公司。

（二）公司分立的程序

（1）作出决定和决议。公司分立需通过股东会（股东大会）特别决议通过。有限责任公司股东会对公司分立作出决议，必须经代表 2/3 以上表决权的股东通过。其中，国有独资公司的分立由国家授权投资的机构或者国家授权的部门决定。股份有限公司股东大会对公司分立作出决议，必须经出席会议的股东所持表决权的 2/3 以上通过。

（2）订立分立协议。

（3）编制资产负债表和财产清单；新《公司法》第 176 条第 2 款规定："公司分立，应当编制资产负债表及财产清单"。

（4）通知债权人并公告。新《公司法》第 176 条规定，公司分立，其财产作相应的分割。公司分立时，应当编制资产负债表及财产清单。公司应当自作出分立决议之日起 10 日内通知债权人，并于 30 日内在报纸上公告。

（5）办理登记手续。在派生分立，原公司的登记事项如注册资本等发生变化，应办理变更登记，分立出来的公司应办理设立登记；在新设分立中，原公司解散，应办理注销登记，分立出来的公司应办理设立登记。

（三）公司分立的法律效果

（1）公司的变更、设立和解散。在新设式分立的情形，被分立的公司解散归于终止应当进行注销登记；而新分裂出的两个公司属于设立，应当进行设立登记。在存续式分立的情形，原公司仍

然存续但是发生了变更应当进行变更登记，新分立出的公司属于设立应当进行设立登记。

（2）债权、债务的承受。公司分立前的债务由分立后的公司承担连带责任。若分立后的公司达成协议约定各自承担一定比例的债务，该协议对于分立后的公司有约束力，而对债权人没有效力，当然若取得债权人的同意，即属于债务承担对于债权人有效，债权人只能按照合同约定的比例行使其债权。关于分立前公司的债权，分立后的公司约定按照一定比例分享的，则只需要通知债务人发生效力。

历年·真题与示例

1. 庐阳公司系某集团公司的全资子公司。因业务需要，集团公司决定庐阳公司分立为两个公司。鉴于庐阳公司已有的债权债务全部发生在集团公司内部，下列哪些选项是正确的？（2008 - 3 - 79）

A. 庐阳公司的分立应当由庐阳公司的董事会作出决议

B. 庐阳公司的分立应当由集团公司作出决议

C. 庐阳公司的分立只需进行财产分割，无需进行清算

D. 因庐阳公司的债权债务均发生于集团公司内部，故其分立无需通知债权人

答案：BC

2. 某市国有资产管理部门决定将甲、乙两个国有独资公司撤销，合并成立甲股份有限公司，合并后的甲股份有限公司仍使用原甲公司的字号，该合并事项已经有关部门批准

现欲办理商业登记。甲股份有限公司的商业登记属于下列哪一类型的登记？(2005-3-26)

A. 兼并登记 　　B. 设立登记
C. 变更登记 　　D. 注销登记

答案：B

第八章 公司的终止

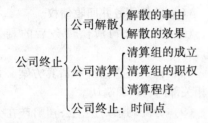

考点完整提炼

公司终止 {
　公司解散 { 解散的事由
　　　　　　解散的效果
　公司清算 { 清算组的成立
　　　　　　清算组的职权
　　　　　　清算程序
　公司终止：时间点
}

考点精析

考点一 公司的解散

（一）公司解散的概念

公司发生了法律规定或者当事人约定的不能继续存在的事由，停止积极活动开始整理财产的法律现象。

公司解散并不能导致公司权利能力的消灭，只是发生公司权利能力受到限制的后果，公司开始进入清算。

（二）公司解散的事由

根据我国新《公司法》第181条的规定，公司解散的原因有如下几种：

1. 意定解散。①公司章程规定的营业期限届满或者公司章程规定的其他解散事由出现；②股东会或者股东大会决议解散；我国新《公司法》规定，有限责任公司经代表2/3以上表决权的股东通过，股份有限公司经出席股东大会的股东所持表决权的2/3通过，股东

（大）会可以作出解散公司的决议。国有独资公司因不设股东会，其解散的决定应由国家授权投资的机构或部门做出。

2. 法定解散。①因公司合并或者分立需要解散；②破产。

3. 命令解散。①依法被吊销营业执照、责令关闭或者被撤销；②人民法院应股东的请求而解散公司。

根据新《公司法》第183条的规定，"公司经营管理发生严重困难，继续存续会使股东利益受到重大损失，通过其他途径不能解决的，持有公司全部股东表决权10%以上的股东，可以请求人民法院解散公司。"

考点二 公司清算

（一）清算的概念

所谓清算是指已经解散的公司了解其未了事务、清理其财产、从而使公司归于消灭的程序。

（二）清算法人的概念与地位

已经解散处于清算程序中的法人叫做清算法人；清算法人只能进行清算范围内的活动不得再进行积极的经营活动。也就是说处于清算过程中的公司仍然具有法人资格，仍然具有权利能力和行为能力，但是其权利能力和行为能力都受到了限制，只能从事清算活动，超出清算范围的行为无效。哪些属于清算活动详见下文清算组织的职权。

（三）清算组（清算人）

（1）组织清算组的时间；应当在解散事由出现之日起15日内成立清算组。

（2）清算组成员的选任；①自行选任：有限责任公司的清算组由股东组成，股份有限公司的清算组由董事或者股东大会确定的人员组成。②法院选

任：逾期不成立清算组进行清算的，债权人可以申请人民法院指定有关人员组成清算组进行清算。人民法院应当受理该申请，并及时组织清算组进行清算。

（3）清算组的义务与责任。①清算组成员应当忠于职守，依法履行清算义务。②清算组成员不得利用职权收受贿赂或者其他非法收入，不得侵占公司财产。③清算组成员因故意或者重大过失给公司或者债权人造成损失的，应当承担赔偿责任。

（四）清算程序——即清算组的职权

（1）接管公司的财产。清算组成立后，即接替原来的董事会成为清算公司的执行机构和代表机构，原董事会所管理的全部财产和账册都应当交由清算组织负责管理。

（2）清理公司财产，编制资产负债表和财产清单。通过编制财产清单和资产负债表等会计表册，清算组织能够准确掌握公司的财产状况，从而为清算打下牢固的基础。

（3）向人民法院申请破产宣告，当公司财产不足以清偿全部债权时清算组有权利也有义务申请破产，通过破产程序进行清算。若人民法院受理了破产申请，则启动破产程序，公司清算组织将不能继续工作，其工作将由破产管理人员予以接替。

（4）通知、公告债权人并进行债权登记。《公司法》第 186 规定，清算组应当自成立之日起 10 日内通知债权人，并于 60 日内在报纸上公告。债权人应当自接到通知书之日起 30 日内，未接到通知书的自公告之日起 45 日内，向清算组申报其债权；债权人申报其债权，应当

说明债权的有关事项，并提供证明材料，清算组应当对债权进行登记。债权人未在法定期限内申报债权的，其债权不能列入清偿范围，在公司清算完毕注销登记后其债权将不再清偿自动归于消灭。

（5）处理与清算有关的公司未了结的业务。对于公司已经签订但尚未履行的合同，清算组织有权决定继续履行或者予以解除，但是若解除合同则应当赔偿对方的损失。

（6）清偿债务并回收债权。

（7）处理公司清偿债务后的剩余财产。

（8）提出财产估价和清算方案，并经相关部门、组织确认。

（9）分配剩余财产。公司财产在分别支付清算费用、职工的工资、社会保险费用和法定补偿金，缴纳所欠税款，清偿公司债务后的剩余财产，有限责任公司按照股东的出资比例分配，股份有限公司按照股东持有的股份比例分配。

（10）制作清算文件。

（11）报告确认。按照《公司法》的规定：公司清算结束后，清算组应当制作清算报告报股东会、股东大会或者人民法院确认。

（12）申请注销登记。

（13）代表公司起诉和应诉。在公司清算的过程中清算组织属于公司的执行机构和代表机构，有权代表公司提起诉讼和应诉。

考点三　公司终止

清算完毕，清算组织应当申请公司的注销登记，从注销登记时起，公司终止、法人人格消灭。公司依法清算完毕而终止的，对于未清偿的债务不再承担

清偿责任，这是股东有限责任原则的必然逻辑结果。但是若公司未经清算即进行了注销登记的，其股东对于公司的债务应当承担连带清偿责任。

历年真题与示例

1. 一枝花有限公司因营业期限届满解散，并依法成立了清算组，该清算组在清算过程中实施的下列哪些行为是合法的？（2008 - 3 - 76）
   A. 为使公司股东分配到更多的剩余财产，将公司的库房出租给甲公司收取租金
   B. 为减少债务利息，在债权申报期间清偿了可以确定的乙公司债务
   C. 通知公司的合作伙伴丙公司解除双方之间的供货合同并对其作出相应赔偿
   D. 代表公司参加了一项仲裁活动并与对方当事人达成和解协议

   答案：CD

2. 某有限责任公司股东会决定解散该公司，其后股东会、清算组所为的下列哪一行为不违反我国法律的规定？（2005 - 3 - 24）
   A. 股东会选派股东甲、股东乙和股东丙组成清算组，未采纳股东丁提出吸收一名律师参加清算组的建议
   B. 清算组成立次日，将公司解散一事通知了全体债权人并发出公告，一周内全体债权人均申报了债权，随后清算组在报纸上又发布了一次最后公告
   C. 在清理公司财产过程中，清算组发现设备贬值，变现收入只能够清偿75%的债务，遂与债权人达

成协议：剩余债务转由股东甲负责偿还，清算继续进行
   D. 在编制清算方案时，清算组经职代会同意，决定将公司所有的职工住房优惠出售给职工，并允许以部分应付购房款抵销公司所欠职工工资和劳动保险费用

   答案：AB

第九章 有限责任公司

有限公司与股份公司的总区别

	股份公司	有限公司
性质	资合	人合兼资合
开放性	公开	封闭
股东	2人以上	50人以下
是否划分股份	是	非
股权转让	原则自由例外禁止	必须经其他股东半数通过
组织机构	严格三机关	机构灵活可以不设董事会和监事会
设立方式	募集和发起设立两种	发起设立一种
注册资本	3万	500万
法律规制	强制性	强制性兼任意性规范

第一节 一般有限责任公司

考点完整提炼

有限责任公司 { 概念与特征 / 设立与成立 / 股权转让（重点掌握）

法条依据串烧

《公司法》第72条 有限责任公司

的股东之间可以相互转让其全部或者部分股权。

股东向股东以外的人转让股权，应当经其他股东过半数同意。股东应就其股权转让事项书面通知其他股东证求同意，其他股东自接到书面通知之日起满30 日未答复的，视为同意转让。其他股东半数以上不同意转让的，不同意的股东应当购买该转让的股权；不购买的，视为同意转让。

经股东同意转让的股权，在同等条件下，其他股东有优先购买权。两个以上股东主张行使优先购买权的，协商确定各自的购买比例；协商不成的，按照转让时各自的出资比例行使优先购买权。

公司章程对股权转让另有规定的，从其规定。

《公司法》第73 条　人民法院依照法律规定的强制执行程序转让股东的股权时，应当通知公司及全体股东，其他股东在同等条件下有优先购买权。其他股东自人民法院通知之日起满20 日不行使优先购买权的，视为放弃优先购买权。

考点精析

考点一　有限责任公司的概念和法律特证

（一）概念

公司不将注册资本划分为等额股份、股东以其认缴的出资额为限对公司承担责任，公司以其全部财产对外承担法律责任的公司。

（二）有限责任公司的特征

（1）公司股东人数的限制性。有限责任公司的股东不得超过50 个有上限的

限制，而无下限的限制。

（2）资本的非股份性。

（3）公司的人资两合性。

（4）股东股权转让的限制性。

（5）法律规范上的任意性。与股份有限公司相比，法律对于有限责任公司的规定主要以任意性规范为主，因为其股东人数较少、业务范围较小、所涉及的利益相对比较集中一般不涉及公共利益。

考点二　有限责任公司的设立与成立

（一）有限责任公司的成立要件。

1. 股东符合法定人数，即 1 ～ 50 人。对于普通有限责任公司需要 2 ～ 50 名股东，但是因为新公司法承认一人公司，所以一名股东也可以设立有限责任公司，不过此时该公司为一人公司需要依据一人公司的特别规则进行。

2. 股东出资达到法定资本最低限额，即 3 万元。

3. 股东共同制定公司章程。

4. 有公司名称，建立符合有限责任公司要求的组织机构。

5. 有公司住所。

（二）有限公司的设立程序

1. 发起人签订发起协议。发起协议属于发起人之间的合同，发起人应当遵守发起协议的规定，如出资的数额，出资的期限等，若发起人违反发起协议即属于违约应当对其他发起人承担相应的违约责任。

2. 共同制定章程。

3. 出资。关于股东如何出资，请参见前文公司资本制度部分。

4. 申请工商登记。

股东的首次出资经依法设立的验资

机构验资后，由全体股东指定的代表或者共同委托的代理人向公司登记机关报送公司登记申请书、公司章程、验资证明等文件，申请设立登记。

从工商行政机关核发营业执照之日起公司取得法人资格。

（三）公司成立的法律后果

1. 公司成立后应当为股东签发出资证明书，从而出资人取得公司股东的法律地位，享有股东权。出资证明书应当载明下列事项并由公司盖章：

（1）公司名称；

（2）公司成立日期；

（3）公司注册资本；

（4）股东的姓名或者名称、缴纳的出资额和出资日期；

（5）出资证明书的编号和核发日期。

2. 公司成立后，股东不得抽逃出资，股东若要退出公司只能通过转让股权。当然在特定的时候股东也可以要求有限责任公司回购其股权，对此详见下文阐述。依照《公司法》第201条的规定，公司的发起人、股东在公司成立后，抽逃其出资的，由公司登记机关责令改正，处以所抽逃出资金额5%以上15%以下的罚款。

考点三 有限公司股权转让

（一）一般情形下股权

（1）内部转让。有限责任公司股东相互之间可以自由地转让其股权，不受任何限制，既不需要取得其他股东的同意，任何股东也没有优先购买权。

（2）外部转让。①股东向股东以外的人转让股权，应当经其他股东过半数同意。股东就其股权转让事项书面通知其他股东征求同意，其他股东自接到书面通知之日起满30日未答复的，视为同意转让。②其他股东半数以上不同意转让的，不同意的股东应当购买该转让的股权，不购买的，视为同意转让。③其他股东的优先购买权：经股东同意转让的股权，在同等条件下，其他股东有优先购买权。两个以上股东主张行使优先购买权的，协商确定各自的购买比例；协商不成的，按照转让时各自的出资比例行使优先购买权。

（二）有限责任公司股权转让的特殊形式

（1）股份的强制执行。人民法院依照法律规定的强制执行程序转让股东的股权时，应当通知公司及全体股东，其他股东在同等条件下有优先购买权；其他股东自人民法院通知之日起满20日不行使优先购买权的，视为放弃优先购买权。"

（2）异议股东股份回购请求权制度。有下列情形之一的，对股东会该项决议投反对票的股东可以请求公司按照合理的价格收购其股权：

第一，公司连续5年不向股东分配利润，而公司该5年连续盈利，并且符合本法规定的分配利润条件的；

第二，公司合并、分立、转让主要财产的；

第三，公司章程规定的营业期限届满或者章程规定的其他解散事由出现，股东会会议通过决议修改章程使公司存续的。

自股东会会议决议通过之日起60日内，股东与公司不能达成股权收购协议的，股东可以自股东会会议决议通过之日起90日内向人民法院提起诉讼。

（三）股权转让的程序

公司应当注销原股东的出资证明

书，向新股东签发出资证明书，并相应修改公司章程和股东名册中有关股东及其出资额的记载。对公司章程的该项修改不需再由股东会表决。

受让股权的人从公司签发出资证明书时取得股权，股权转让合同履行完毕。

示例　某甲为东方有限责任公司的股东，2006 年，某甲为他人提供保证，因保证债务人不能履行债务，某甲被保证债权人某乙诉至法院，经查，某甲除了在东方公司的股权，其他财产不足承担责任，并且，某乙不是东方公司的股东。现某乙向法院申请强制执行，以下说法正确的是：

A. 法院应当征得其他股东的同意后才能强制执行

B. 同等条件下其他股东有优先购买权

C. 优先购买权应当在法院通知后 30 日内行使

D. 其他股东要求购买但是，在规定的期限内不行使的，视为放弃优先购买权

答案：BD

第二节　一人公司和国有独资公司

考点完整提炼

一人公司 ┬ 普通一人公司 ┬ 最低资本 10 万
│　│ 自然人只能设立一个一人公司并不得再转投资设一人公司
│　│ 组织机构的特殊性：不是股东会
│　│ 法人人格否认制度适用的普遍性审计制度
│
└ 国有独资公司 ┬ 组织机构特殊性：董事会代行部分股东会职能
　│ 董事会组成的特殊性
　└ 重大事项决策权的归属

法条依据串烧

《公司法》第 59 条　一人有限责任公司的注册资本最低限额为人民币 10 万元。股东应当一次足额缴纳公司章程规定的出资额。

一个自然人只能投资设立一个一人有限责任公司。该一人有限责任公司不能投资设立新的一人有限责任公司。

《公司法》第 64 条　一人有限责任公司的股东不能证明公司财产独立于股东自己的财产的，应当对公司债务承担连带责任。

《公司法》第 67 条　国有独资公司不设股东会，由国有资产监督管理机构行使股东会职权。国有资产监督管理机构可以授权公司董事会行使股东会的部分职权，决定公司的重大事项，但公司的合并、分立、解散、增加或者减少注册资本和发行公司债券，必须由国有资产监督管理机构决定；其中，重要的国有独资公司合并、分立、解散、申请破产的，应当由国有资产监督管理机构审核后，报本级人民政府批准。

前款所称重要的国有独资公司，按照国务院的规定确定。

考点精析

考点一　一人有限公司

（一）一人公司的概念

一人有限责任公司是指只有一个自然人股东或一个法人股东的有限责任公司。

一人公司有狭义上的一人公司（形式上的一人公司）和实质上的一人公司。所谓形式上的一人公司是指股东只有一人的有限公司；而所谓实质上的一

人公司则是指股东为两人以上，但是其他股东所持股权比例非常小，从而可以忽略不计，公司实质上仍然掌握在一个人的手中。

我国《公司法》所规范的仅仅是形式上的一人公司，对于实质上的一人公司不得适用一人公司的规定。

（二）一人有限责任公司设立上的特殊规定

（1）对一般有限公司规定的准用：新《公司法》第65条第1款规定：一人有限责任公司的设立和组织机构，适用本节规定；本节没有规定的，适用本章第一节、第二节的规定。所以一人有限责任公司的设立，除了适用特别的规定外，其他方面都应该与一般有限责任公司的设立条件和程序相同。

（2）最低资本额要求。

一人有限责任公司的注册资本最低限额为人民币10万元。

且要求股东应当一次足额缴纳公司章程规定的出资额，不得分次缴纳。

（3）股东的限制。1个自然人只能投资设立1个一人有限责任公司。该一人有限责任公司不能投资设立新的一人有限责任公司。法人没有上述限制

（4）公司登记的特别要求。一人有限责任公司应当在公司登记中注明自然人独资或者法人独资。

（5）章程的规定。一人有限责任公司章程由股东制定。

（三）一人有限责任公司的组织机构

（1）一人有限责任公司不设股东会。股东会的职权由该一人股东行使，应当以书面形式作出，并由股东签字后置备于公司（新《公司法》第69条）。

（2）董事会和监事会。适用一般有限公司中人数较少，规模较小的有限公司的规定。也就是说可以不设董事会，仅设执行董事，执行董事为公司的法定代表人；可以不设监事会仅设一到两个监事。当然一人公司也可以设董事会和监事会。

（四）财务会计

一人有限责任公司应当在每一会计年度终了时编制财务会计报告，并经会计师事务所审计。

（五）一人有限责任公司的法人人格否认问题

（1）与一般有限公司相同，符合一般法人人格否认的要件，则适用法人人格否认制度。

（2）特殊情形下法人人格否认。除了上述法人人格否认情形外，一人有限责任公司的股东不能证明公司财产独立于股东自己的财产的，应当对公司债务承担连带责任。

示例1 王某依公司法设立了以其一人为股东的有限责任公司。公司存续期间，王某实施的下列哪一行为违反公司法的规定？

A. 决定由其本人担任公司执行董事兼公司经理

B. 决定公司不设立监事会，仅由其亲戚张某担任公司监事

C. 决定用公司资本的一部分投资另一公司，但未作书面记载

D. 未召开任何会议，自作主张制定公司经营计划

答案：C

示例2 下列关于一人有限责任公司的说法正确的是：

A. 一个自然人只能投资设立一个一

人有限责任公司

　　B. 一人有限责任公司应当在每一会计年度终了时编制财务会计报告，并经会计师事务所审计。

　　C. 一人有限责任公司的股东不能证明公司财产对立于股东自己财产的，应当对公司债务承担连带责任

　　D. 一人有限责任公司不设股东会

　　答案：ABCD

考点二　国有独资公司的特别规定

　　（一）国有独资公司的概念

　　国有独资公司指的是由国家单独投资设立并只有一个国有资产监督管理机构代表国家履行出资人职责的有限责任公司。

　　（二）国有独资公司的组织机构

　　（1）国有独资公司的权力机构。不设股东会、股东会的职权由这些机构行使：①部分授权给董事会行使。由国有资产监督管理机构授权公司董事会行使股东会的部分职权，决定公司的重大事项；②特别事项由国有资产监督管理机构决定。公司的合并、分立、解散、增减资本和发行公司债券，必须由国有资

产监督管理机构决定；③重要的国有独资公司合并、分立、破产、解散的，应当由国有资产监督管理机构审核后，报本级人民政府批准。

　　（2）国有独资公司的董事会。①公司董事会由 3～13 名董事组成。②董事由国有资产监督管理机构委派，但是，董事会成员中的职工代表由公司职工代表大会民主选举产生。委派和选举的比例可由公司章程具体规定。③董事会每届任期 3 年。④董事长。国有独资公司董事会设董事长一人，可以设副董事长。董事长、副董事长由国有资产监督管理机构从董事会成员中指定。⑤国有独资公司董事兼职禁止。国有独资公司的董事长、副董事长、董事、高级管理人员，未经国有资产监督管理机构同意，不得在其他有限责任公司、股份有限公司或者其他经济组织兼职。

　　（3）国有独资公司的监督机构。新《公司法》明确规定，国有独资公司监事会成员不得少于 5 人，其中职工代表的比例不得低于 1/3，具体比例由公司章程规定。

	一般有限公司	一人公司	国有独资公司
投资人	2 个以上自然人或法人	1 个自然人或法人	国家授权的投资机构
资本	3 万元	10 万元	3 万元
出资方式	可分期	一次付清	可分期
股东会	必设	不设，由投资人以书面形式行使股东会的权利	不设，部分授权董事会行使、重大事项由国家授权的投资机构行使
董事会	可不设只设一名执行董事，设时董事均由股东选出，任期不超过 3 年具体由章程确定	与前同	必设 3～13 人、必须有职工代表，任期 3 年

续表

	一般有限公司	一人公司	国有独资公司
监事会	监事会人数不少于3人，可不设只设1到2名监事	与前同	必设，不得少于5人
其余		与前同	与前同

示例　国有独资公司的哪些事项必须由国有资产监督管理机构决定？

A. 合并、分立

B. 解散

C. 增建注册资本

D. 发行公司债券

答案： ABCD

第十章　股份有限公司

第一节　股份公司的设立

考点完整提炼

股份公司成立 { 股份公司的概念与特征
成立要件
设立程序
发起人责任 }

考点精析

考点一　股份公司概念与特证

股份公司是全部注册资本划分为等额股份，股东以其所持股份为限对公司承担责任，公司以其全部财产为限对外承担责任的公司。

1. 公司本身的开放性。所谓公司的开发性是指原则上任何人可以通过购买公司的股份而加入公司成为公司的股东，若股东不愿意继续作为公司的股东则可以通过转让其股份而退出公司。

2. 公司股东无上限限制。股份有限责任公司作为开发公司，其股东没有上限限制，也就是说从理论上讲，世界上所有的人都可以通过购买公司的股份而成为一个股份公司的股东。

3. 注册资本的股份性，即全部资本划分为等额股份。与有限责任公司不同，在我国股份有限公司的全部注册资本均划分为等额的股份，股份作为股份有限公司的资本的最小构成单位，投资者是通过购买公司股份的方式对公司进行投资的。股份公司之所以将资本划分为等额股份的主要原因就是利于投资者加入公司和退出公司。

4. 公司股份的自由转让性。

5. 公司的完全资合性。

考点二　股份公司成立的要件

1. 发起人符合法定人数，即需要2～200人作为发起人；

2. 发起人认购和募集的股本达到法定资本最低限额；

3. 股份发行、筹办事项符合法律规定；

4. 发起人制订公司章程，采用募集方式设立的经创立大会通过；

5. 有公司名称，建立符合股份有限公司要求的组织机构；

6. 有公司住所。

考点三　股份有限公司的设立程序

股份有限公司的设立程序因采取发起设立或募集设立而不同，二者的主要区别在于采取募集设立需经过向社会公开募股的程序，除此之外，二者的设立程序是基本相同的。

（一）募集设立

1. 符合法定人数的发起人签订发起协议。①股份有限公司应有 2 人以上 200 个以下的发起人；②发起人中须有过半数在中国境内有住所。

2. 发起人共同制定公司章程。①由公司发起人在协商一致的基础上先行制订公司章程。②在募集的股款缴足后举行的公司创立大会上，公司章程经出席大会认股人所持表决权的半数以上通过，即形成对全体股东有约束力的章程。此时，公司章程的制订才告完成。

3. 发起人认购股份。以募集设立方式设立股份有限公司的，发起人认购的股份不得少于公司股份总数的 35%。

4. 公开发行股份。

（1）制作招股说明书。招股说明书是公司向社会募集股份时的重要法律文件，公司在向社会公开募集股份前必须制定。招股说明书应当附有发起人制订的公司章程，并载明下列事项：①发起人认购的股份数；②每股的票面金额和发行价格；③无记名股票的发行总数；④募集资金的用途；⑤认股人的权利、义务；⑥本次募股的起止期限及逾期未募足时认股人可以撤回所认股份的说明。

（2）与证券公司签订股票承销协议。

（3）与银行签订代收股款协议。

（4）向国务院证券监督管理机构提出募股申请。

（5）公告招股说明书。招股说明书的法律性质被合同法定性为要约邀请。

（6）制作认股书。

（7）认股人认购股份。

（8）认股人缴纳股款。

5. 验资。发行股份的股款缴足后，必须经依法设立的验资机构验资并出具证明

6. 召开创立大会。

（1）发起人应当自股款缴足之日起 30 日内主持召开公司创立大会；

（2）创立大会由发起人、认股人组成；

（3）召开程序。发起人应当在创立大会召开 15 日前将会议日期通知各认股人或者予以公告。创立大会应有代表股份总数过半数的发起人、认股人出席，方可举行。

（4）创立大会行使下列职权：①审议发起人关于公司筹办情况的报告；②通过公司章程；③选举董事会成员；④选举监事会成员；⑤对公司的设立费用进行审核；⑥对发起人用于抵作股款的财产的作价进行审核；⑦发生不可抗力或者经营条件发生重大变化直接影响公司设立的，可以作出不设立公司的决议。

（5）决议的形成。创立大会作出决议，必须经出席会议的认股人所持表决权过半数通过。

7. 申请登记。董事会应于创立大会结束后 30 日内，向公司登记机关报送下列文件，申请设立登记：①公司登记申请书；②创立大会的会议记录；③公司章程；④验资证明；⑤法定代表人、董事、监事的任职文件及其身份证明；⑥发起人的法人资格证明或者自然人身份证明；⑦公司住所证明；⑧向公司登记机关报送国务院证券监督管理机构的核准文件。

（二）发起设立

（1）符合法定人数的发起人签订发

起协议。①股份有限公司应有2人以上200个以下的发起人；②发起人中须有过半数在中国境内有住所。

（2）发起人共同制定公司章程。①由公司发起人在协商一致的基础上先行制订公司章程。②在募集的股款缴足后举行的公司创立大会上，公司章程经出席大会认股人所持表决权的半数以上通过，即形成对全体股东有约束力的章程。此时，公司章程的制订才告完成。

（3）发起人认购股份。公司全体发起人的首次出资额不得低于注册资本的20%，其余部分由发起人自公司成立之日起2年内缴足；其中，投资公司可以在5年内缴足。在缴足前，不得向他人募集股份。

（4）验资。

（5）选举董事会和监事会。发起人首次缴纳出资后，应当选举董事会和监事会。

（6）申请登记。由董事会向公司登记机关报送公司章程、由依法设定的验资机构出具的验资证明以及法律、行政法规规定的其他文件，申请设立登记。

考点四　股份有限公司发起人的责任

（一）资本充实与差额添补责任

（1）股份有限公司成立后，发起人未按照公司章程的规定缴足出资的，应当补缴；其他发起人承担连带责任。

（2）股份有限公司成立后，发现作为出资的非货币财产的实际价额显著低于公司章程所定价额的，应当由交付该出资的发起人补足其差额；其他发起人承担连带责任。

（二）公司不能成立时发起人的责任

（1）公司不成立的情形。①以募集设立的认股款缴足后的30天内没有召开创立大会；②股份没有在法定的期限内认足；③创立大会做出不成立公司的决议。

（2）责任。①公司不能成立时，对设立行为所产生的债务和费用负连带责任；②公司不能成立时，对认股人已缴纳的股款，负返还股款并加算银行同期存款利息的连带责任；③在公司设立过程中，由于发起人的过失致使公司利益受到损害的，应当对公司承担赔偿责任。

历年真题与示例

1. 甲股份公司成立后，董事会对公司设立期间发生的各种费用如何承担发生了分歧。下列哪一项费用应当由发起人承担？（2008-3-29）

A. 发起人蒋某因公司设立事务而发生的宴请费用

B. 发起人李某就自己出资部分所产生的验资费用

C. 发起人钟某为论证公司要开发的项目而产生的调研费用

D. 发起人缪某值班时乱扔烟头将公司筹备组租用的房屋烧毁，筹备组为此向房主支付的5万元赔偿金

答案：D

2. 某国有企业拟改制为公司。除5个法人股东作为发起人外，拟将企业的190名员工都作为改制后公司的股东，上述法人股东和自然人股东作为公司设立后的全部股东。根据我国公司法的规定，该企业的公司制改革应当选择下列哪种方式？（2007-3-25）

A. 可将企业改制为有限责任公司，由上述法人股东和自然人股东出资并拥有股份

B. 可将企业改制为股份有限公司，由上述法人股东和自然人股东以发起方式设立

C. 企业员工不能持有公司股份，该企业如果进行公司制改革，应当通过向社会公开募集股份的方式进行

D. 经批准可以突破有限责任公司对股东人数的限制，公司形式仍然可为有限责任公司

答案：B

3. 甲、乙二公司拟募集设立一股份有限公司。他们在获准向社会募股后实施的下列哪些行为是违法的？（2006－3－71）

A、其认股书上记载：认股人一旦认购股份就不得撤回

B. 与某银行签订承销股份和代收股款协议，由该银行代售股份和代收股款

C. 在招股说明书上告知：公司章程由认股人在创立大会上共同制订

D. 在招股说明书上告知：股款募足后将在 60 日内召开创立大会

答案：ABCD

4. 李某花 1.5 万元购买了某股份公司发行的股票 2000 股，但该公司股票尚未上市。现李某欲退还已购股票。在下列哪些情况下李某可以要求发起人退股？（2006－3－71）

A. 发起人未按期召开创立大会

B. 公司股东大会同意

C. 公司董事会同意

D. 公司未按期募足股份

答案：AD

第二节　股份公司的股份

考点完整提炼

公司股份
- 股份的概念
- 股份的类型
- 股票的形式及记载事项
- 股份的发行
- 股份的转让（重点内容）

法条依据串烧

《公司法》第 128 条　股票发行价格可以按票面金额，也可以超过票面金额，但不得低于票面金额。

《公司法》第 140 条　记名股票，由股东以背书方式或者以法律、行政法规规定的其他方式转让；转让后由公司将受让人的姓名或者名称及住所记载于股东名册。

股东大会召开前 20 日内或者公司决定分配股利的基准日前 5 日内，不得进行前款规定的股东名册的变更登记。但是，法律对上市公司股东名册变更登记另有规定的，从其规定。

《公司法》第 142 条　发起人持有的本公司股份，自公司成立之日起 1 年内不得转让。公司公开发行股份前已发行的股份，自公司股票在证券交易所上市交易之日起一年内不得转让。

公司董事、监事、高级管理人员应当向公司申报所持有的本公司的股份及其变动情况，在任职期间每年转让的股份不得超过其所持有本公司股份总数的 25%；所持本公司股份自公司股票上市交易之日起 1 年内不得转让。上述人员离职后半年内，不得转让其所持有的本公司股份。公司章程可以对公司董事、

监事、高级管理人员转让其所持有的本公司股份作出其他限制性规定。

《公司法》第143条　公司不得收购本公司股份。但是，有下列情形之一的除外：

（一）减少公司注册资本；

（二）与持有本公司股份的其他公司合并；

（三）将股份奖励给本公司职工；

（四）股东因对股东大会作出的公司合并、分立决议持异议，要求公司收购其股份的。

公司因前款第（一）项至第（三）项的原因收购本公司股份的，应当经股东大会决议。公司依照前款规定收购本公司股份后，属于第（一）项情形的，应当自收购之日起10日内注销；属于第（二）项、第（四）项情形的，应当在6个月内转让或者注销。

公司依照第1款第（三）项规定收购的本公司股份，不得超过本公司已发行股份总额的5%；用于收购的资金应当从公司的税后利润中支出；所收购的股份应当在1年内转让给职工。

公司不得接受本公司的股票作为质押权的标的。

考点精析

考点一　股份与股票的概念

股份是股份有限公司资本的最小构成单位，因此公司的股份不能再分。在股份有限公司，其注册资本＝股份总数×每股金额。股票则是股份的具体表现形式，也就是说公司的股票代表着公司的股份，持有公司的股票即等同于持有公司的股份，而持有公司的股份即属于公司的股东对公司享有股权。

考点二　股票的种类

（一）普通股与优先股

此种分类是按照股份的持有人所享有的权利是否具有优先性而进行的分类。若持有该股份的股东享有比其他股东优先分配红利和公司解散时优先分配剩余财产的权利为优先股；相反，若持有人不享有这两项优先权的为普通股。优先股还可以分为累积优先股和非累积优先股，前者是指若当年没有利润分配的，则在下一年度有盈利后仍然要将该年度的利润予以分配，或者则是指当年没有营利即不能分配利润的优先股。

（二）表决权股、限制表决权股和无表决权股

该种分类标准是依据持有该股份的股东是否有表决权以及有何种表决权进行的分类。一般来说持有公司的股票就是公司的股东就想要投票权，而且每持有一股就有一个表决权，这样的股票是正常的表决股；但是现代公司法为了实现特定的人能够借助少数股份持久控制公司的目的，就安排了没有表决权的股份以及尽管有表决权但是其表决权受到不同程度限制的股份。

（三）记名股和无记名股

依据股票上是否记载股东名称将股票划分为记名股和无记名股。记名股和无记名股的区别的主要意义在于两者股票的转让方式有所不同，记名股的转让需要通过背书的方式或者证券交易所规定的其他方式进行转让而且还需要进行过户登记；而无记名股只需要交付就可以转让。另外记名股如果遗失或者毁损灭失的可以通过公示催告程序予以救济，而无记名股则无法通过这种手段加以救济。

（四）额面股和无额面股

依据股票上是否记载特定金额为准划分为额面股和无额面股，前者记载特定金额，而后者不记载特定面额仅仅显示该股份占公司总资本的比例。我国目前还不允许发行无额面股。

（五）通常发行与特别发行

考点三　股票的形式及记载事项

（一）形式

股票采用纸面形式或者国务院证券监督管理机构规定的其他形式。

（二）股票上的记载事项

股票应当载明下列主要事项：

（1）公司名称；

（2）公司成立日期；

（3）股票种类、票面金额及代表的股份数；

（4）股票的编号；

（5）股票由法定代表人签名，公司盖章；

（6）发起人的股票，应当标明发起人股票字样。

考点四　股份的发行

（一）发行的种类

股份的发行有两种，一种是募集设立时发行股份；另一种是增资发行，即发行新股。

（二）股票发行的价格

（1）公司发行新股，可以根据公司经营情况和财务状况，确定其作价方案。

（2）股票发行价格可以按票面金额，也可以超过票面金额，但不得低于票面金额。

（三）股票的交付

股份有限公司成立后，即向股东正式交付股票。公司成立前不得向股东交付股票。

考点五　股份的转让

（一）股份公司的股份原则上自由转让

（二）转让的场所

股东转让其股份，应当在依法设立的证券交易场所进行或者按照国务院规定的其他方式进行。

（三）股份转让的限制

（1）对发起人所持股份的转让限制。发起人持有的本公司股份，自公司成立之日起 1 年内不得转让。

（2）上市公司股东转让股份的限制。①公开发行股份在证券交易所上市交易的，公开发行股份前的股东持有的股份自上市交易之日起 1 年内不得转让。②公司股票在证券交易所上市交易的，公司董事、监事、高级管理人员自上市交易之日起 1 年内不得转让其所持公司的股份。

（3）对公司董事、监事、高级管理人员持有本公司股份的转让限制。①公司董事、监事、高级管理人员应当向公司申报所持有的本公司的股份及其变动情况。②在任职期间每年转让的股份不得超过其所持有本公司股份总数的 25%。③离职后半年内，不得转让其所持有的本公司股份。④公司章程可以对公司董事、监事、高级管理人员转让其所持有的本公司股份作出其他限制性规定。

（4）对公司收购本公司股份的限制。公司原则上不得收购自己发行在外的股份，但是在下列情形下可以收购。①减少公司资本，但是应当自收购之日起 10 日内注销。②与持有本公司股份的其他公司合并，但是应当在6个月内转让或者注销；③将股份奖励给本公司职工，但是不得超过本公司已发行股份总额的5%；用于收购的资金应当从公司的税后利润中支出；所收购的股份应当在1年内转让给职工；④股东因对股东大会作出的公司合并、分立决议持异议而要求公司收购其股份的，但是应当在6个月内转让或者注销。

（5）禁止股份公司接受本公司股票作为质押权标的。

（6）在法定的"停止过户期"的时限内股份转让的限制。股东大会召开前20日内或者公司决定分配股利的基准日前5日内，不得进行前款规定的股东名册的变更登记。但是转让本身是有效的。

历年真题与示例

1. 甲股份公司是一家上市公司，拟以增发股票的方式从市场融资。公司董事会在讨论股票发行价格时出现了不同意见，下列哪些意见符合法律规定？（2005-3-65）
   A. 现股市行情低迷，应以低于票面金额的价格发行，便于快速募集资金
   B. 现公司股票的市场价格为8元，可在高于票面金额低于8元之间定价，投资者易于接受
   C. 超过票面金额发行股票须经证监会批准，成本太高，应平价发行为宜
   D. 以高于票面金额发行股票可以增加公司的资本公积金，故应争取溢价发行

   答案：BD

2. 甲上市公司在成立6个月时召开股东大会，该次股东大会通过的下列决议中哪项符合法律规定？（2006-3-26）
   A. 公司董事、监事、高级管理人员持有的本公司股份可以随时转让
   B. 公司发起人持有的本公司股份自即日起可以对外转让
   C. 公司收回本公司已发行股份的4%用于未来1年内奖励本公司职工
   D. 决定与乙公司联合开发房地产，并要求乙公司以其持有的甲公司股份作为履行合同的质押担保

   答案：C

3. 东方股份有限公司经批准公开发行股票并已上市，依据我国《公司法》的规定，该公司在下列哪些情况下方可回购本公司的股票？（2004-3-68）
   A. 平抑股市，扭转本公司股票下跌趋势
   B. 减少本公司注册资本
   C. 与持有本公司股票的其他公司合并
   D. 用于奖励本公司优秀员工和推行职工持股计划

   答案：BCD

公司法综合题目

示例1　（案情）甲公司签发金额为1000万元、到期日为2006年5月30日、付款人为大满公司的汇票一张，向乙公司购买A楼房。甲乙双方同时约定：汇票承兑前，A楼房不过户。

其后，甲公司以A楼房作价1000万元、丙公司以现金1000万元出资共同设立丁有限公司。某会计师事务所将未过户的A楼房作为甲公司对丁公司的出资予以验资。丁公司成立后占有使用A

楼房。

2005 年 9 月，丙公司欲退出丁公司。经甲公司、丙公司协商达成协议：丙公司从丁公司取得退款 1000 万元后退出丁公司；但顾及公司的稳定性，丙公司仍为丁公司名义上的股东，其原持有丁公司 50% 的股份，名义上仍由丙公司持有 40%，其余 10% 由丁公司总经理贾某持有，贾某暂付 200 万元给丙公司以获得上述 10% 的股权。丙公司依此协议获款后退出，据此，丁公司变更登记为：甲公司、丙公司、贾某分别持有 50%、40% 和 10% 的股权；注册资本仍为 2000 万元。

丙公司退出后，甲公司要求丁公司为其贷款提供担保，在丙公司代表未到会、贾某反对的情况下，丁公司股东会通过了该担保议案。丁公司遂为甲公司从 B 银行借款 500 万元提供了连带责任保证担保，同时，乙公司亦将其持有的上述 1000 万元汇票背书转让给陈某。陈某要求丁公司提供担保，丁公司在汇票上签注："同意担保，但 A 楼房应过户到本公司。"陈某向大满公司提示承兑该汇票时，大满公司在汇票上批注："承兑，到期丁公司不垮则付款。"

2006 年 6 月 5 日，丁公司向法院申请破产获受理并被宣告破产。债权申报期间，陈某以汇票未获兑付为由、贾某以替丁公司代垫了 200 万元退股款为由向清算组申报债权，B 银行也以丁公司应负担保责任为由申报债权并要求对 A 楼房行使优先受偿权。同时乙公司就 A 楼房向清算组申请行使取回权。

问题：

1. 丁公司的设立是否有效？为什么？

2. 丙公司退出丁公司的做法是否合法？为什么？

3. 丁公司股东会关于为甲公司提供担保的决议是否有效？为什么？

4. 陈某和贾某所申报的债权是否构成破产债权？为什么？

5. B 银行和乙公司的请求是否应当支持？为什么？

6. 各债权人若在破产程序中得不到完全清偿，还可以向谁追索？他们各自应承担什么责任？

答案：1. 有效。甲公司以未取得所有权之楼房出资仅导致甲公司承担出资不实的法律责任，不影响公司设立的效力。

2. 不合法。丙公司的行为实为抽逃公司资金。

3. 无效。该担保事项应由无关联关系的股东表决决定。

4. 陈某的申报构成破产债权。丁公司对汇票的保证有效；大满公司实为拒绝承兑，陈某对丁公司享有票据追索权。贾某的申报不构成破产债权。贾某的 200 万元是对丁公司的出资，公司股东不得以出资款向公司主张债权。

5. B 银行申报破产债权的申请应当支持，但无权优先受偿。丁公司与 B 银行签订的担保合同有效，故 B 银行破产债权成立；但该担保是保证担保，B 银行不享有担保物权，无权优先受偿。乙公司的请求应当支持。乙公司仍是 A 楼房的产权人，故其可依法收回该楼房。

6. 债权人可以向甲公司、丙公司和某会计师事务所追索。甲公司虚假出资，丙公司非法抽逃资金，应对债权人承担连带责任；某会计师事务所明知丁公司设立时甲公司出资不实，仍予验资，应在其虚假验资的范围内承担责任。

示例2 （案情）甲、乙、丙、丁、戊拟共同组建一有限责任性质的饮料公司，注册资本200万元，其中甲、乙各以货币40万元出资；丙以实物出资，经评估机构评估为30万元；丁以其专利技术出资，作价60万元；戊以劳务出资，经全体出资人同意作价20万元。公司拟不设董事会，由甲任执行董事；不设监事会，由丙担任公司的监事。

饮料公司成立后经营一直不景气，已欠A银行贷款100万元未还。经股东会决议，决定把饮料公司惟一盈利的保健品车间分出去，另成立有独立法人资格的保健品厂。乙个人欠C公司50万元债务无力清偿，要执行乙对公司的出资，向人民法院提起诉讼，并获得了胜诉判决。

问题：

1. 饮料公司组建过程中，各股东的出资是否存在不符合公司法的规定之处？为什么？

2. 饮料公司的组织机构设置是否符合公司法的规定？为什么？

3. 饮料公司设立保健品厂的行为在公司法上属于什么性质的行为？设立后，饮料公司原有的债权债务应如何承担？

4. 人民法院在强制执行乙对于公司的出资额时应当遵循何种规则？

5. A银行如起诉追讨饮料公司所欠的100万元贷款，应以谁为被告？为什么？

答案：1. 现金出资不符合法律规定，因为现金出资不得低于注册资本的30%。戊以劳务出资不合法，因为劳务

不得用做公司的出资。

2. 符合。股东人数较少、规模较小的有限责任公司可以不设董事会和监事会。

3. 属公司（或法人）分立。分立前饮料公司的债权债务应当由饮料公司和保健品厂承担连带责任。

4. 应当书面通知其他股东，其他股东有优先购买权，若其他股东在20日内没有行使优先购买权的，可以对外转让或者由该债权人取得该股权。

5. A银行可以饮料公司和保健品厂为共同被告，也可以饮料公司或保健品厂为被告。因为饮料公司和保健品厂对分立前的债务承担连带责任。

示例3 （案情）某高校A、国有企业B和集体企业C签订合同决定共同投资设立一家生产性的科技发展有限责任公司。其中，A以高新技术成果出资，作价15万元；B以厂房出资，作价20万元；C以现金17万元出资。后C因资金紧张实际出资14万元。

问题：

1. 该有限责任公司能否有效成立？为什么？

2. 以非货币形式向公司出资，应办理什么手续？

3. C承诺出资17万元，实际出资14万元，应承担什么责任？

4. 设立有限责任公司应向什么部门办理登记手续？应提交哪些文件或材料？

5. A的出资是否符合法律规定？为什么？

答案：1. 该有限责任公司能有效成立，因其符合法律规定。

2. 以非货币形式向公司出资，应办

理以下手续：①评估作价，核实资产；②办理非货币出资的财产权的转移手续；③验资。

3. C 应向 A 和 B 承担违约责任。

4. 设立有限责任公司应向工商行政管理机关申请设立登记。应提交以下文件和材料：公司登记申请书、公司章程、验资证明和法律、行政法规规定需要经有关部门审批的公司的批准文件。

5. A 的出资符合法律规定。

第二部分　合伙企业法

第一章　合伙企业概述

考点完整提炼

合伙
概述 ｛合伙企业的概念与特征
　　　合伙企业的登记
　　　合伙企业与公司的异同（重点）

法条依据串烧

《合伙企业法》第2条　本法所称合伙企业，是指自然人、法人和其他组织依照本法在中国境内设立的普通合伙企业和有限合伙企业。

普通合伙企业由普通合伙人组成，合伙人对合伙企业债务承担无限连带责任。本法对普通合伙人承担责任的形式有特别规定的，从其规定。

有限合伙企业由普通合伙人和有限合伙人组成，普通合伙人对合伙企业债务承担无限连带责任，有限合伙人以其认缴的出资额为限对合伙企业债务承担责任。

第3条　国有独资公司、国有企业、上市公司以及公益性的事业单位、社会团体不得成为普通合伙人。

考点精析

考点一　合伙企业的概念

依据《合伙企业法》第2条的规定，我国的合伙企业包括普通合伙企业和有限合伙企业两种，现分别说明如下：

1. 普通合伙企业是指全部由普通合伙人组成的，即全体合伙人均对合伙企业的债务承担连带责任的合伙企业。普通合伙企业具有以下法律特征：

（1）共同出资。这里的所谓出资与公司法上规定的股东出资有所不同，股东出资受到了诸多限制，其主要目的在于保护债权人的利益。由于普通合伙企业的合伙人对于合伙的债务均承担无限连带责任，因此不涉及债权人利益保护的问题，因此普通合伙企业合伙人的出资原则上没有限制，凡是可以用金钱评价即可以换算为金钱的均可出资，包括劳务出资在内。

（2）共同经营。在普通合伙的情形原则上每一个合伙人均可以参加合伙企业的经营活动，当然合伙人也可以不亲自参加经营而委托其他合伙人进行经营活动。

（3）共负盈亏。全体合伙人对于合伙企业所获得的利润均有权利进行分配而对于合伙企业的亏损均应当承担，这是区别合伙人和债权人的关键之处。如果对合伙企业进行投资只是按照固定的数额分配利润不承担任何亏损，那么就不是合伙人，相反若按照盈余比例分配利润并按照一定比例承担风险则属于合伙人。

（4）对外承担无限连带责任。所谓合伙人承担无限连带责任，是指凡是对于以合伙企业名义所负的债务在合伙企业的财产不足以清偿时，债权人可以要求任何一个合伙人全部清偿该合伙企业的债务。正是这一点将合伙企业和公司区别开来，也正是这一点将普通合伙企业和有限合伙企业区别开来。在公司全体股东均承担有限责任，而在有限合伙企业部分合伙人（即有限合伙人）承担有限责任，其他合伙人承担无限连带责任。

2. 有限合伙企业由普通合伙人和有限合伙人组成，普通合伙人对合伙企业债务承担无限连带责任，有限合伙人以其认缴的出资额为限对合伙企业债务承担责任。在有限合伙企业，有限合伙人的地位与有限责任公司股东的地位相当，不能直接参与合伙企业的经营活动也不能对外代表合伙企业。

考点二　合伙企业的登记

与公司等其他企业一样，合伙企业作为商事主体也需要进行登记，同样合伙企业的登记有设立登记、变更登记和注销登记三个类型。

（一）设立登记

（1）设立登记的申请。①申请设立合伙企业，应当向企业登记机关提交登记申请书、合伙协议书、合伙人身份证明等文件。②合伙企业的经营范围中有属于法律、行政法规规定在登记前须经批准的项目的，该项经营业务应当依法经过批准，并在登记时提交批准文件。例如要从事烟草交易需要事先取得烟草专卖许可证。

（2）登记。①请人提交的登记申请材料齐全、符合法定形式，企业登记机关能够当场登记的，应予当场登记，发给营业执照。②除上述情形外，企业登记机关应当自受理申请之日起 20 日内，作出是否登记的决定。予以登记的，发给营业执照；不予登记的，应当给予书面答复，并说明理由。

（3）营业执照的核发及核发效果。①合伙企业的营业执照签发日期，为合伙企业成立日期。从此时起各合伙人可以用登记的合伙企业的名义从事经营活动，合伙人以合伙名义从事的经营活动对合伙有效，全体合伙人应当承担无限连带责任。②合伙企业领取营业执照前，合伙人不得以合伙企业名义从事合伙业务。

（二）变更登记

合伙企业登记事项发生变更的，执行合伙事务的合伙人应当自作出变更决定或者发生变更事由之日起 15 日内，向企业登记机关申请办理变更登记。若合伙企业没有进行相应的变更登记，将产生何种效果合伙企业法没有明确之规定，笔者认为应当与公司之变更做相同的解释，即没有进行变更登记的不得以其所变更之事项对抗第三人。

（三）设立分支机构的登记

合伙企业也可以设立分支机构，其分支机构也属于合伙企业的组成部分，其责任仍然由合伙企业承担，最终则由合伙企业的全体普通合伙人承担无限连带责任。

合伙企业设立分支机构，应当向分支机构所在地的企业登记机关申请登记，领取分支机构的营业执照。

（四）合伙企业的注销登记

合伙企业在终止时应当办理注销登记，从注销登记完成时起合伙企业终止。与公司相同，合伙企业在注销登记前应当进行清算。

考点三 合伙企业与公司的区别

合伙企业与公司同属于企业，都是由两个以上的人进行投资以从事生产经营为目的而设立的组织，是法律为想要从事经营活动的人提供的两种主要法律形态，究竟是成立公司还是成立合伙企业悉听当事人的尊便。那么这两种企业有哪些主要不同呢？换言之当事人选择了公司还是合伙企业有哪些效果上的区别呢？

首先，公司属于民法上的法人，具有法人资格，而合伙企业在我国不具有法人资格。是否具有独立法人资格，在税法上产生不同的后果，公司作为独立的法人资格其收益应当缴纳法人所得税，股东获得红利分配后还需要缴纳个人所得税；相反合伙企业无需缴纳企业所得税，只有合伙企业将利润分配给合伙人时合伙人缴纳个人所得税。也就是说合伙的收益只纳一次税而公司的收入则要纳两次税。

其次，公司的投资人即股东仅以投入到公司的财产为限对公司承担责任，对于公司对债权人所负担的债务股东不承担任何责任。合伙企业的普通合伙人需要用自己的全部财产对合伙企业所负担的债务承担无限连带责任。正是这一点使得很多人愿意选择公司这种企业形式从事商事活动。

第三，公司实现所有和管理相分离的原则，而合伙企业的合伙人（所有人）直接参与合伙企业的经营活动。从经济学意义上讲股东是公司的所有人，但是股东没有权利直接经营公司，公司的经营活动由公司的经理人在董事会的监督下进行，股东管理公司的权利仅仅限于选举和更换董事会成员以及重大事项决策上。合伙企业的普通合伙人均有权利参与合伙企业的经营活动，均有权对外代表合伙企业签订合同，其效果归合伙企业。因此在合伙企业中若合伙人一致约定某个合伙人不得对外代表合伙企业，或者对某一个合伙人对外代表权利进行限制的话不得对抗善意第三人。盖一般人均会按照法律的规定推定合伙人有权利代表合伙企业。

第四，法律关于公司的强制性规范要远远超过合伙企业。由于公司股东负担有限责任，因此公司债权人的债权很有可能无法得到实现，所有债权人需要特别的法律保护；同时由于公司实现所有与经营相分离，股东不直接参与公司的经营活动，经营者有可能利用经营权剥夺股东的所有权，因而股东也需要特别的保护。基于这两方面的原因，公司的强制性规范要远远超过合伙企业的强制性规定。其实对于普通合伙企业而言，除了合伙人对于合伙企业的债务需要承担无限连带责任属于强制性规范外其他都属于任意性规范。例如公司必须有最低注册资本，而合伙只要有注册资本即可没有最低数额的限制；再比如公司必须提取公积金而合伙不要求等等不胜枚举。

第二章 普通合伙企业

第一节 普通合伙企业的设立

考点完整提炼

设立 { 成立条件：合伙人出资是重点
设立行为
合伙协议（重点）

法条依据串烧

第 16 条　合伙人可以用货币、实物、知识产权、土地使用权或者其他财产权利出资，也可以用劳务出资。

合伙人以实物、知识产权、土地使用权或者其他财产权利出资，需要评估作价的，可以由全体合伙人协商确定，也可以由全体合伙人委托法定评估机构评估。

合伙人以劳务出资的，其评估办法由全体合伙人协商确定，并在合伙协议中载明。

第 17 条　合伙人应当按照合伙协议约定的出资方式、数额和缴付期限，履行出资义务。

以非货币财产出资的，依照法律、行政法规的规定，需要办理财产权转移手续的，应当依法办理。

考点精析

考点一　普通合伙企业成立要件

（一）有两个以上的合伙人，并且都是依法承担无限责任者

（1）合伙企业必须有两个以上的合伙人，合伙人可以是自然人也可以是法人。

（2）合伙人是自然人的必须具备完全的民事行为能力。因为合伙人需要签订合伙协议，而合伙协议属于多方民事法律行为，因此需要行为人有完全民事行为能力。

（3）合伙人还必须是可以从事营利性营业的人。法律禁止从事营利事业的和法律禁止承担无限责任的人不得担任普通合伙人。

《合伙企业法》第 3 条规定，国有独资公司、国有企业、上市公司以及公益性的事业单位、社会团体不得成为普通合伙人。

依据《公司法》第 12 条规定，公司只能以投资额为限对被投资主体的债务承担责任，公司不能作为负无限责任者，故不能作为合伙人。因此普通的有限责任公司和股份有限公司（非上市公司）是否可以成为普通合伙人就有了争议。理论上有两种观点，一种观点认为既然合伙企业法明确规定国有独资公司和上市公司不得成为普通合伙人，对于普通有限责任公司和非上市的股份有限公司没有排除从反面解释应当认为这两种公司是可以作为普通合伙人的。另一种观点则认为由于《公司法》与《合伙企业法》属于同一个位阶的法效力相同，而《公司法》规定公司不得作为承担无限责任的投资主体，《合伙企业法》也没有正面规定普通有限责任公司和非上市的股份有限公司可以作为普通合伙人，因此所有的公司仍然都不能作为普通合伙人。笔者认为第二种解释是正确的。

（4）合伙企业的全体合伙人，均对合伙企业的债务承担无限连带责任。换言之，在普通合伙企业中若合伙人约定某个合伙人不对合伙企业的债务承担连带责任的不得对抗债权人。

（二）有书面合伙协议

书面合伙协议是合伙企业的成立基础，除了法律强制性规定的内容之外，合伙企业人之间的法律关系均由合伙协议加以确定。书面合伙协议在性质上属于多方民事法律行为，需要全体合伙人一致同意才能生效。

（三）有各合伙人认缴或者实际

缴付的出资

由于普通合伙企业的全体合伙人均对合伙企业的债务承担无限连带责任，因而不涉及债权人利益保护问题，所以合伙企业只需要有缴费的出资而不像公司那样需要有最低注册资本。

（四）有合伙企业的名称

普通合伙企业的名称中应当表明"普通合伙"字样，之所以有这样的规定乃是基于对相对人的保护，交易相对人通过企业的名称就能够知道企业的基本制度安排，从而为如何进行交易提供坚实的制度基础。

（五）有经营场所和从事合伙经营的必要条件

考点二 合伙协议

（一）合伙协议的制定和修改

（1）修改或者补充合伙协议，应当经全体合伙人一致同意；但是，合伙协议另有约定的除外。

（2）合伙协议经全体合伙人签名、盖章后生效。

（二）合伙协议的内容

1. 合伙协议必须规定的内容①。

（1）合伙企业的名称和主要经营场所的地点。

（2）合伙目的和合伙经营范围。与公司等其他企业相同，合伙企业不得超出经营范围进行活动。但是依据《合同法》司法解释的规定，超出经营范围所签订的合同除非是法律禁止经营或者限制经营的情形应当是有效的。

（3）合伙人的姓名或者名称、

住所。

（4）合伙人的出资方式、数额和缴付期限。如果合伙人没有按照合伙协议约定的方式、数额以及期限交付出资的则应当对其他合伙人承担相应的违约责任。

（5）利润分配、亏损分担方式。该条不属于合伙协议的必要条款。因为依据《合伙企业法》第33条的规定，合伙协议可没有约定这一事项的则可以适用《合伙企业法》第33条的规定加以处理。《合伙企业法》第33条规定：合伙企业的利润分配、亏损分担，按照合伙协议的约定办理；合伙协议未约定或者约定不明确的，由合伙人协商决定；协商不成的，由合伙人按照实缴出资比例分配、分担；无法确定出资比例的，由合伙人平均分配、分担。此外，依据《合伙企业法》第33条第2款的规定，合伙协议不得约定将全部利润分配给部分合伙人或者由部分合伙人承担全部亏损。如果违反该规定进行了约定，那么约定无效，即等同于没有约定。

（6）合伙事务的执行。该条也不是合伙协议的必要条款，因为合伙协议没有约定的，对于合伙事务的执行完全可以适用《合伙企业法》第二章第三节的规定。

（7）入伙与退伙。该条也不是合伙协议的必要条款，《合伙企业法》第43条明确规定，新合伙人入伙，除合伙协议另有约定外，应当经全体合伙人一致

---

① 《合伙企业法》第18条的合伙协议应当载明下列事项。依据该条规定似乎合伙协议如果没有载明下列条文之一的则该合伙协议不能成立，然而综合《合伙企业法》的全部规定，不能得出这样的结论，盖《合伙企业法》在其他地方规定了某些事项如果没有规定或者规定不够明确时的处理方法。因此在解释上只能说下列条款是合伙协议通常具备的条款而不完全是必须具备的条款。

同意，并依法订立书面入伙协议。据此合伙协议中完全可以没有规定入伙的特别规则。

（8）争议解决办法。同样不属于合伙协议的必要条款，因为若当事人没有约定这一事项，当事人完全可以适用法律为其提供的争议解决办法，尤其是有权利提起诉讼。

（9）合伙企业的解散与清算。

（10）违约责任。违约责任主要是关于合伙人出资义务未履行时应当对其他合伙人所承担的责任。该条款也不属于必要条款，当事人没有约定违约责任的即可以适用《合同法》关于违约责任的规定，因为合伙协议也属于我国《合同法》上所规定的合同。

2. 合伙协议未约定内容的处理。合伙协议未约定或者约定不明确的事项，由合伙人协商决定；协商不成的，依照本法和其他有关法律、行政法规的规定处理。例如，若合伙协议没有约定利润分配方案，而合伙人之间又无法达成一致意见的则应当依据《合伙企业法》第 33 条的规定，应当按照出资比例分配，无法确定出资比例的则由各合伙人平均分配。

（三）合伙人出资

（1）出资形式。合伙人可以用货币、实物、知识产权、土地使用权或者其他财产权利出资，也可以用劳务出资。这点与公司股东出资有所不同，合伙人出资的形式非常的灵活只要经全体合伙人协商一致可以进行作价的财产均可进行出资，特别是劳务也可以出资。

（2）非现金出资的作价。合伙人以非现金出资时应当折合成金钱，如何对该财产作价取决于合伙人的协议，合伙人既可以通过自行协议将该出资进行作价也可以委托评估机构进行评估，也就是说评估不是法定程序。①合伙人以实物、知识产权、土地使用权或者其他财产权利出资，需要评估作价的，可以由全体合伙人协商确定，也可以由全体合伙人委托法定评估机构评估。②合伙人以劳务出资的，其评估办法由全体合伙人协商确定，并在合伙协议中载明。

（3）非现金出资的财产权转移手续。以非货币财产出资的，依照法律、行政法规的规定，需要办理财产权转移手续的，应当依法办理。

与公司股东出资不同，公司股东出资是非现金出资的必须办理财产权转移手续，合伙人的出资原则上不要求办理财产权转移手续。也就是说合伙人既可以用财产所有权出资（广义的财产所有权并不以物权法上的所有权为限），此时该财产转归合伙企业所有（此时依据民法理论为全体合伙人共有）；合伙人也可以用财产使用权出资，此时该财产的所有权仍然归合伙人，只不过该财产在合伙期间由全体合伙人即合伙企业加以使用。

示例 下列有关合伙企业的说法正确的是：

A. 合伙人应当为具有完全民事行为能力的人

B. 对货币以外的出资需要评估作价的，应由全体合伙人委托法定评估机构进行评估

C. 合伙人可以用货币、实物、土地所有权、知识产权或者其他财产权利出资

D. 法律、行政法规禁止从事营利性活动的人，不得成为合伙企业的合伙人

答案：ACD

第二节 普通合伙企业的财产

考点完整提炼

合伙财产 {
　财产性质（一般了解）：共有还是其他？
　财产构成及保护
　合伙份额的转让（重点）
}

法条依据串烧

第22条 除合伙协议另有约定外，合伙人向合伙人以外的人转让其在合伙企业中的全部或者部分财产份额时，须经其他合伙人一致同意。

合伙人之间转让在合伙企业中的全部或者部分财产份额时，应当通知其他合伙人。

第23条 合伙人向合伙人以外的人转让其在合伙企业中的财产份额的，在同等条件下，其他合伙人有优先购买权；但是，合伙协议另有约定的除外。

第25条 合伙人以其在合伙企业中的财产份额出质的，须经其他合伙人一致同意；未经其他合伙人一致同意，其行为无效，由此给善意第三人造成损失的，由行为人依法承担赔偿责任。

考点精析

考点一 关于合伙企业财产法律性质的争议

（一）合伙企业的财产还是合伙人共有的财产

关于合伙企业是否具有独立的财产权，在我国学理上一直存在着争议，争议的根源主要在于合伙企业的法律地位上，即导源于合伙企业是否属于独立的民事主体，具有民事权利能力和行为能力的问题。按照《民法通则》第2条的规定，民事主体只有自然人和法人两种，合伙没有被规定为独立的民事主体。《民法通则》是将个人合伙当做自然人的简单集合来对待的，从而没有赋予个人合伙以独立的权利能力，从而将合伙人用来合伙的财产及合伙人在合伙期间以合伙名义所获得的财产作为全体合伙人共有的财产来加以对待。

然而，新修改了的《合伙企业法》似乎可以做不同于传统民法理论上的理解。《合伙企业法》第21条规定合伙人的出资、以合伙企业名义取得的收益和依法取得的其他财产，均为合伙企业的财产。可以理解为合伙企业也有独立的财产所有权。此外《合同法》、《民事诉讼法》等法律也将合伙企业作为法人之外的其他组织承认其主体地位，因此也证实了合伙企业具有独立的主体地位。然而在理论上合伙企业作为独立的民事主体仍然有着不可逾越的障碍，因为独立的主体地位要求独立的权利、义务和责任，合伙企业恰恰不能承担独立的法律责任。在司法考试中，合伙企业完全可以作为独立的民事主体加以理解，因此其也应当享有独立的财产权。

（二）合伙人对合伙企业的权利

如果说合伙企业独立于其合伙人享有财产所有权，根据物权法的一物一权原则那么合伙人对于合伙企业的财产就不再享有所有权，此时合伙人只能像公司的股东一样对于合伙企业享有"股份"利益。《合伙企业法》规定的合伙人可以转让其在合伙企业中的财产份额的权利也就像公司的股东转让其股份一样，转让的是对合伙企业的比例性利益而不是对合伙企业财产的份额。因此

《合伙企业法》第 22 条规定"合伙人向合伙人以外的人转让其在合伙企业中的全部或者部分财产份额时"的用语就不太准确，而应当修改为"合伙人向合伙人以外的人转让其对合伙企业的财产份额时"。因此，为了追求逻辑上的一致性笔者下文将改用"合伙人对合伙企业的财产份额"这一更为准确的用语。

考点二　合伙企业财产的构成及保护

（一）合伙企业财产的构成

如前所述，我国《合伙企业法》及其他相关法律已经将合伙企业作为独立的民事主体加以对待，因而也拥有独立的财产权。合伙企业财产主要由下面两个部分构成：

1. 全体合伙人的出资。如前所述合伙人可以用财产所有权出资也可以用财产使用权进行出资。如果合伙人用财产使用权进行出资，那么该财产由合伙企业使用而不归合伙企业所有，其所有权仍然属于合伙人个人。若合伙人用财产所有权出资的并且办理了财产权转移手续的，那么该财产属于合伙企业所有。

2. 合伙企业以自己名义取得的收益和依法取得的其他财产。合伙企业在经营的过程中积累的财产当然属于合伙企业所有。合伙企业经营积累的财产既包括合伙企业通过营利而赚取的财产也包括合伙企业通过承担债务而获得的财产。

（二）合伙企业财产的保护

既然合伙企业的财产属于合伙企业所有而不属于合伙人个人所有，因此合伙人个人没有权利为自己的利益处分合伙企业的财产，而且为了维持合伙企业的存续合伙人在合伙企业解散之前也不能请求分割合伙企业的财产。

《合伙企业法》第 21 条第 2 款规定，合伙人在合伙企业清算前私自转移或者处分合伙企业财产的，合伙企业不得以此对抗善意第三人。

考点三　合伙人对合伙企业的财产份额的转让

（一）转让

1. 合伙人相互之间转让其对合伙企业的财产份额的，不受任何限制，即完全自由。只需要将转让的事实通知其他合伙人即可。

2. 合伙人将其对合伙企业的财产份额对外转让的，受到两个方面的限制：①除合伙协议另有规定外，应当取得其他合伙人一致同意。②除合伙协议另有约定外，其他合伙人有优先购买权。为了其他合伙人能够行使优先购买权，合伙人在转让其财产份额前的一定时间应当通知其他合伙人。但是对于应当提前多长时间，我国合伙企业法未像公司法那样做出明文规定。笔者认为应当参照适用《公司法》关于有限责任公司对外转让股份的规定，提前 30 天通知其他合伙人。

3. 转让的法律后果。

（1）受让人成为合伙人，但是须经过修改合伙协议。

（2）受让人的地位相当于新入伙人。因为受让人的地位相当于入伙人，那么后文关于入伙人的规定都对其予以适用。例如该受让人对于受让前合伙债务和受让后合伙企业所负担的债务均承担无限连带责任。

（二）出质

合伙人对于合伙企业的财产份额也可以出质，但是应当经其他合伙人一致同意。如果未经其他合伙人一致同意，出质行为属于违反法律规定而无效。此时出质人对于债权人承担损害赔偿责任，其责任依据应当是合同法上的缔约过失。

示例1　合伙人在合伙企业清算前私自转移或处分合伙企业财产的，合伙企业不得以此对抗下列哪一种人？

A. 善意第三人

B. 所有第三人

C. 事实上的合伙人

D. 普通债权人

答案：A

示例2　下列有关合伙企业积累财产的性质哪一表述正确？

A. 由全体合伙人共同共有

B. 由全体合伙人按份共有

C. 由全体合伙人连带共有

D. 由合伙企业所有

答案：D

第三节　合伙事务的执行

考点完整提炼

合伙事务执行 {
事务执行方式
决策程序
利润分配和损失分担（重点）
合伙人义务（重点）
}

法条依据串烧

第26条　合伙人对执行合伙事务享有同等的权利。

按照合伙协议的约定或者经全体合伙人决定，可以委托一个或者数个合伙人对外代表合伙企业，执行合伙事务。

作为合伙人的法人、其他组织执行合伙事务的，由其委派的代表执行。

第31条　除合伙协议另有约定外，合伙企业的下列事项应当经全体合伙人一致同意：

（一）改变合伙企业的名称；

（二）改变合伙企业的经营范围、主要经营场所的地点；

（三）处分合伙企业的不动产；

（四）转让或者处分合伙企业的知识产权和其他财产权利；

（五）以合伙企业名义为他人提供担保；

（六）聘任合伙人以外的人担任合伙企业的经营管理人员。

第33条　合伙企业的利润分配、亏损分担，按照合伙协议的约定办理；合伙协议未约定或者约定不明确的，由合伙人协商决定；协商不成的，由合伙人按照实缴出资比例分配、分担；无法确定出资比例的，由合伙人平均分配、分担。

合伙协议不得约定将全部利润分配给部分合伙人或者由部分合伙人承担全部亏损。

考点精析

考点一　合伙事务的执行方式

与公司的管理有所不同，普通合伙企业的合伙人都有权利亲自参与合伙企业的经营活动，每一个普通合伙人对于合伙企业事务的执行具有同等的权利。当然合伙人可以自行亲自执行合伙事务也可以将执行合伙事务的权利委托给他人行使，具体情形如下：

（一）合伙人亲自执行合伙事务

（1）合伙人对执行合伙事务享有同等的权利。因此如果合伙人没有通过合伙协议等约定某些合伙人不能执行合伙事务的，每一个合伙人都可以执行合伙事务，都可以对外代表合伙企业签订合同或实施其他经营活动。此时合伙人以合伙名义对外实施的行为效果均归合伙企业，全体合伙人应当承担连带责任。

（2）如果合伙人是自然人的，当然由该合伙人自己执行合伙事务，而如果作为合伙人的法人、其他组织执行合伙事务的，由其委派的代表执行。

（3）若合伙人中一个人执行合伙事务的，其他有权执行合伙事务的合伙人有权提出异议。提出异议时，应当暂停该项事务的执行。如果发生争议，应当经集体决议通过，关于集体如何做出决议下文有详细之论述。

（二）委托其他合伙人执行合伙事务

（1）按照合伙协议的约定或者经全体合伙人决定，可以委托一个或者数个合伙人执行合伙事务。此时未被委托执行合伙事务的其他合伙人不再执行合伙事务。

被委托执行合伙事务的合伙人执行合伙事务所产生的收益归合伙企业，所产生的费用和亏损由合伙企业承担。

（2）对不执行合伙事务的合伙人的法律保护。

为了防止执行合伙事务的合伙人利用其执行合伙事务的权利损害不执行合伙事务的合伙人的合法利益，我国《合伙企业法》赋予了不执行合伙事务之合伙人两项权利。其一是监督权，即不执行合伙事务的合伙人有权监督执行合伙人执行合伙事务的情况。合伙人为了解合伙企业的经营状况和财务状况，有权查阅合伙企业会计账簿等财务资料。执行事务合伙人应当定期向其他合伙人报告事务执行情况以及合伙企业的经营和财务状况。其二则是撤销委托的权利，即在受委托执行合伙事务的合伙人不按照合伙协议或者全体合伙人的决定执行事务时，其他合伙人可以决定撤销该委托。

考点二 合伙事务的决议程序

有关合伙企业的重大事项应当由全体合伙人形成决议的方式来加以决定。关于全体合伙人如何形成决议，适用下列规则：

1. 合伙协议有约定的依照合伙协议处理。

2. 合伙协议没有约定的，全体合伙人每人一票，一般事项过半数通过，特别事项全体一致通过。

3. 下列事项必须经过全体一致通过。

（1）改变合伙企业的名称；

（2）改变合伙企业的经营范围、主要经营场所的地点；

（3）处分合伙企业的不动产；

（4）转让或者处分合伙企业的知识产权和其他财产权利；

（5）以合伙企业名义为他人提供担保；

（6）聘任合伙人以外的人担任合伙企业的经营管理人员。

考点三 合伙利润的分配与损失分担

（一）合伙协议有约定的依照合伙协议

这一点也是合伙企业和公司制企业（特别是股份有限公司）的主要区别，公司原则上是按资本比例来分配利润和分担亏损的，而合伙企业作为人合型企业其分配主要取决于合伙人的自行约定，充分体现了合伙人的意思自治。

（二）合伙协议没有约定时

若合伙协议没有约定利润的分配或损失的分担以及约定不明的，合伙人可以通过协商一致的方式加以解决。如果协商不成则按下列方式予以解决：

（1）按照实际缴纳的出资比例分配、分担。

（2）无法确定出资比例的，由合伙人平均分配、分担。

考点四　合伙人的忠实义务

依据通说，合伙企业中的合伙人相互之间具有代理权，即每一个合伙人就合伙事务的执行都可以代理其他合伙人，因此相互之间在处理合伙事务时作为彼此的代理人，代理人对于被代理人之间的关系属于委托关系，在委托关系中受托人对于委托人负有忠实义务。因此合伙企业中的普通合伙人具有下列忠实义务。

（1）竞业禁止义务。合伙人不得自营或者同他人合作经营与本合伙企业相竞争的业务。违反竞业禁止义务的后果，合伙企业法没有规定，笔者认为应当参照《公司法》的做法，将所获得的利益收归合伙所有，而并非使该竞业行为归于无效。

（2）禁止自我交易。除合伙协议另有约定或者经全体合伙人一致同意外，合伙人不得同本合伙企业进行交易。自我交易行为无效。因此所获得的收益应当返还给合伙企业，合伙企业受有其他损失的还可以请求该合伙人予以赔偿。

（3）不得从事任何损害合伙企业的行为。合伙人因故意或者过失行为致使合伙企业受有损失的应当承担相应的赔

偿责任。

历年真题与示例

1. 甲与乙、丙成立一合伙企业，并被推举为合伙事务执行人，乙、丙授权甲在3万元以内的开支及30万元内的业务可以自行决定。甲在任职期间内实施的下列行为哪些是法律禁止或无效的行为？（2003－3－62）
   A. 自行决定一次支付广告费5万元
   B. 未经乙、丙同意，与某公司签订50万元的合同
   C. 未经乙、丙同意，将自有房屋以1万元租给合伙企业
   D. 与其妻一道经营与合伙企业相同的业务

   答案：CD

2. 合伙企业的下列事务哪些必须经全体合伙人同意才能作出决定？（2002－3－48）
   A. 出售合伙企业的房屋
   B. 以合伙企业的名义为另一家企业提供担保
   C. 转让合伙企业的商标
   D. 改变合伙企业的名称

   答案：ABCD

第四节　合伙企业与第三人的关系

考点完整提炼

对外
关系 { 合伙人对外代表合伙的行为效力（重点）
善意第三人保护（重点）
合伙企业的债务承担（重点）

法条依据串烧

第37条　合伙企业对合伙人执行合伙事务以及对外代表合伙企业权利的限

制，不得对抗善意第三人。

第 39 条　合伙企业不能清偿到期债务的，合伙人承担无限连带责任。

第 41 条　合伙人发生与合伙企业无关的债务，相关债权人不得以其债权抵销其对合伙企业的债务；也不得代位行使合伙人在合伙企业中的权利。

第 42 条　合伙人的自有财产不足以清偿其与合伙企业无关的债务的，该合伙人可以以其从合伙企业中分取的收益用于清偿；债权人也可以依法请求人民法院强制执行该合伙人在合伙企业中的财产份额用于清偿。

人民法院强制执行合伙人的财产份额时，应当通知全体合伙人，其他合伙人有优先购买权；其他合伙人未购买，又不同意将该财产份额转让给他人的，依照本法第 51 条的规定为该合伙人办理退伙结算，或者办理削减该合伙人相应财产份额的结算。

考点精析

考点一　合伙人对外行为的效力与善意第三人的保护

正如前文所述，在普通合伙除合伙人另有约定外每一个合伙人都有权利执行合伙事务并对外代表合伙企业，因此每一个合伙人以合伙企业的名义对外签订的合同及其他经营活动的法律后果都由合伙企业承担。因而全体合伙人均要对此承担无限连带责任。

当然，法律并不禁止合伙企业通过内部协议对合伙人对外执行事务和代表合伙组织的行为加以限制，但是这种内部限制若要对第三人发生效力，必须以第三人知道这一情况为条件，否则不对第三人发生抗辩力，即合伙企业对合伙

人执行合伙事务以及对外代表合伙企业权利的限制，不得对抗不知情的善意第三人。

此时有两种情形：一种情形是全体合伙人协商一致将执行合伙事务的权利委托给某几个合伙人，此时其他合伙人没有权利执行合伙事务也没有对外代表合伙企业的权利。但是，若该没有权利代表合伙企业的合伙人违反约定以合伙企业的名义和第三人签订合同，那么若该第三人是善意的（即不知道该合伙人不具有执行合伙事务的权利），那么该合同仍然有效，合伙企业仍然要承担合同责任，此时合伙企业的全体合伙人应当承担无限连带责任。第二种情形是对于某个执行合伙事务的合伙人代表合伙企业的权利有限制的，则该合伙人不得超越该限制而代表合伙企业签订合同。但是若该合伙人超越权限签订合同或者实施其他经营活动相对人是善意的（即不知道该合伙人超越权限的事实），那么该合同仍然对合伙企业有效，合伙企业应当承担法律责任，而全体合伙人也相应的承担无限连带责任。

在上述两种情形，若合同相对人是恶意的，那么适用无权代理的规则，即经过其他合伙人追认的那么该合同有效，若没有经过其他合伙人追认那么该合同对合伙企业无效。由该签订合同的合伙人自己对相对人承担相应的法律责任。

考点二　合伙企业债务的承担

（一）合伙企业债务的构成及性质

正如前文所述，在新的合伙企业法上合伙企业具有独立的主体地位，因此能够享有民事权利和承担民事责任。所

以合伙人在经营合伙企业的过程中所产生的债务和责任也归属于合伙企业，由合伙企业承担。

合伙企业所负担的债务当然包括基于合同所承担的债务，也包括基于侵权行为、不当得利、无因管理等原因而产生的债务在内。

（二）普通合伙人对于合伙企业的债务承担连带清偿责任

（1）由普通合伙企业的完全人合性所决定，合伙人对于合伙企业的债务承担无限连带责任，而不是像公司股东那样只承担有限责任。

（2）由合伙企业相对独立性所决定，合伙企业的债务应当由合伙企业用自己的财产先清偿，只有当合伙企业的财产不足以清偿时，才由合伙人以个人财产进行清偿。即各合伙人承担的是第二位的、补充性的连带责任。

（三）合伙人相互之间的追偿权

合伙人对于合伙企业的债务承担无限连带责任，然而合伙人内部仍然是按份责任，也就是说合伙人对合伙企业的债务承担连带责任超过自己应当承担的份额的有权对其他合伙人进行追偿。

合伙人内部追偿的比例，依据前文所述合伙人利润分享和损失分担的比例加以确定。即有约定的，按照约定比例，没有约定的按照出资比例，无法确定出资比例的则平均负担，即有几个合伙人每人就承担几分之一。

（四）合伙企业与合伙人个人的债权人的关系

在合伙企业存续期间，可能发生个别合伙人因不能偿还其个人债务而被追索的情形。由于合伙人在合伙企业中拥有财产权益，合伙人的债权人可能向合伙企业提出清偿请求。为了保护合伙企业和其他合伙人的合法权益，同时保护债权人的合法权益，《合伙企业法》作了如下规定：

1. 合伙人个人的债权人不得以其对该合伙人个人的债权与其对合伙企业所负的债务主张抵销权。

例如，甲、乙、丙三人成立 A 合伙企业，甲个人对 B 公司负债 20 万元，B 公司对合伙企业 A 负债 20 万元，B 公司不得主张用其对合伙企业 A 的这 20 万元债务与甲对其所负的 20 万元债务进行抵销，即便甲无力偿债也是如此。

2. 合伙的债权人不得代位行使该合伙人的权利。因为合伙具有人合的性质，合伙人相互之间的了解和信任是维系合伙关系的基础。如果允许个别合伙人的债权人随意插手合伙事务，则不利于合伙关系的稳定和合伙企业的正常运营。

3. 合伙人的债权人可以依法追索合伙人在合伙企业中的收益和财产份额。①合伙人个人财产不足以清偿其个人债务时，该合伙人可以以该合伙人从合伙企业中分得的收益用于清偿；②债权人也可以依法请求人民法院强制执行该合伙人在合伙企业中的财产份额用于清偿。但是必须遵守下列程序：

（1）法院强制执行合伙人的财产份额时，应当通知全体合伙人。

（2）其他合伙人有优先购买权。注意与公司法上强制执行有限公司股权的规定相比，《合伙企业法》没有规定，其他合伙人行使优先购买权的期限，笔者认为这属于法律漏洞，应当准用《公司法》的规定。

（3）其他合伙人未购买，又不同意将该财产份额转让给他人的，应当为该合伙人办理退伙结算，或者办理削减该合伙人相应财产份额的结算。

特别嘱咐　这种清偿必须通过民事诉讼法规定的强制执行程序进行，债权人不得自行接管债务人在合伙企业中的财产份额。

历年真题与示例

1. 合伙人甲在合伙企业中有份额 15 万元，待分配利润 3 万元。现甲无力偿还其对第三人乙的负债 20 万元，乙要求强制执行甲在合伙企业中的财产。对此，下列哪一种说法是正确的？（2005 - 3 - 29）

   A. 乙仅可就该 15 万元份额请求强制执行

   B. 乙仅可就该 3 万元待分配利润请求强制执行

   C. 乙可以就该 15 万元份额和 3 万元待分配利润请求强制执行

   D. 乙可以就该 15 万元份额和 3 万元待分配利润请求强制执行，但必须扣除甲在合伙企业中应当承担的债务份额

   答案：C

2. 江某是一合伙企业的合伙事务执行人，欠罗某个人债务 7 万元，罗某在交易中又欠合伙企业 7 万元。后合伙企业解散。清算中，罗某要求以其对江某的债权抵销其所欠合伙企业的债务，各合伙人对罗某的这一要求产生了分歧。下列哪种看法是正确的？（2006 - 3 - 27）

   A. 江某的债务如同合伙企业债务，罗某可以抵销其对合伙企业的债务

   B. 江某所负债务为个人债务，罗某不得以个人债权抵销其对合伙企业债务

   C. 若江某可从合伙企业分得 7 万元以上的财产，则罗某可以抵销其对合伙企业的债务

   D. 罗某可以抵销其债务，但江某应分得的财产不足 7 万元时，应就差额部分对其他合伙人承担赔偿责任

   答案：B

第五节　入伙与退伙

考点完整提炼

$$
\text{入伙与退伙}
\begin{cases}
\text{入伙}
\begin{cases}
\text{入伙的条件} \\
\text{入伙法律后果}
\end{cases} \\
\text{退伙}
\begin{cases}
\text{退伙的种类} \\
\text{退伙的后果}
\end{cases} \\
\text{合伙人死亡的处理} \\
\text{合伙人丧失行为能力的处理}
\end{cases}
$$

法条依据串烧

第 43 条　新合伙人入伙，除合伙协议另有约定外，应当经全体合伙人一致同意，并依法订立书面入伙协议。

订立入伙协议时，原合伙人应当向新合伙人如实告知原合伙企业的经营状况和财务状况。

第 44 条　入伙的新合伙人与原合伙人享有同等权利，承担同等责任。入伙协议另有约定的，从其约定。

新合伙人对入伙前合伙企业的债务承担无限连带责任。

第 46 条　合伙协议未约定合伙期限的，合伙人在不给合伙企业事务执行造成不利影响的情况下，可以退伙，但应当提前 30 日通知其他合伙人。

第49条 合伙人有下列情形之一的，经其他合伙人一致同意，可以决议将其除名：

（一）未履行出资义务；

（二）因故意或者重大过失给合伙企业造成损失；

（三）执行合伙事务时有不正当行为；

（四）发生合伙协议约定的事由。

对合伙人的除名决议应当书面通知被除名人。被除名人接到除名通知之日，除名生效，被除名人退伙。

被除名人对除名决议有异议的，可以自接到除名通知之日起30日内，向人民法院起诉。

第53条 退伙人对基于其退伙前的原因发生的合伙企业债务，承担无限连带责任。

考点精析

考点一 入伙

（一）概念

所谓入伙是指合伙人以外的人加入到已经成立的合伙企业从而成为合伙人的民事法律行为。

（二）入伙的条件和程序

1. 新合伙人入伙时，应当经过全体合伙人的同意。当然合伙协议如果约定不需要经过全体合伙人一致同意的，那么依照合伙协议的规定办理。

2. 依法订立书面入伙协议。订立完合伙协议后，应当修改原合伙协议。因此如果仅仅是当事人口头约定吸收某人入伙但是还没有签订书面的入伙协议，那么还没有发生入伙的效果，此时该入伙人还不对合伙企业的债务承担任何责任。

3. 原合伙人的告知义务：应当向新的合伙人告知原合伙企业的经营状况和财务状况。原合伙人没有告知入伙人有关营业情况和财务状况的不影响合伙人对合伙债务的负担，但是因此给入伙人造成损害的，原合伙人应当承担损害赔偿责任。

（三）入伙的法律后果

1. 入伙新合伙人与原合伙人享有同等权利，承担同等责任。入伙协议另有约定的，从其约定。

2. 入伙人对入伙前合伙企业的债务承担连带责任；如果入伙人与原合伙人约定其对入伙前的合伙债务不承担责任，这种约定不可对抗第三人（债权人），但对内的效力应予承认。

3. 入伙人对于入伙后合伙企业新负担的债务当然承担连带法律责任。

考点二 退伙

（一）退伙的概念

所谓退伙是指发生了法律规定的事由或者当事人约定的事由、经由合伙人协议，合伙企业的合伙人退出合伙企业的法律事实。

（二）意定退伙

意定退伙又称为自愿退伙或者申明退伙，是指基于某个合伙人单方面的意思表示而退出合伙企业的情形。这种意思表示的形式，可以为事前协议退伙，也可以为届时通知退伙。

1. 合伙协议未约定合伙企业的经营期限的。

在此种情形每一个合伙人都可以随时以通知的方式进行退伙。但是为了防止某个合伙人突然退伙影响合伙企业的经营并给其他合伙人造成损失，因此法律要求提前30天通知其他合伙人。

另外如果某个合伙人退伙会给合伙企业执行事务造成不利影响的，那么该合伙人也不得以单方面的意思表示进行退货。

若没有提前通知或者虽然提前通知但是其退伙会给合伙企业事务的执行造成不利影响而擅自退伙的，应当赔偿由此给其他合伙人造成的损失。

2. 合伙协议定有经营期限的。合伙协议约定合伙企业的经营期限的，在经营期限届满之前不得退伙，除非具备下述四种情形之一：

（1）合伙协议约定的退伙事由出现。基于意思自治原则，合伙人完全可以在合伙协议里约定某个合伙人退伙的条件，若该条件发生时该合伙人即取得单方面退伙的权利。

（2）经全体合伙人同意退伙。当然全体合伙人同意某个合伙人退伙，无论是否有期限的限定合伙人均可以退伙，这也是意思自治原则的体现。

（3）发生合伙人难于继续参加合伙企业的事由。

（4）其他合伙人严重违反合伙协议约定的义务。

（三）法定退伙

法定退伙是指因为出现法律规定的事由合伙人即当然退伙的法律事实。此种情形不需要当事人的意思表示。依据《合伙企业法》第48条的规定合伙人有下列情形之一的，当然退伙：

1. 作为合伙人的个人丧失偿债能力。由于合伙人对于合伙企业的债务负担无限连带责任，也就是说合伙的偿债能力是合伙企业债权人的保障，若某个合伙人个人丧失了偿债能力既无法保障债权人的利益又无法保障其他合伙人的

内部追偿权。

2. 作为合伙人的法人或者其他组织依法被吊销营业执照、责令关闭、撤销，或者被宣告破产。

3. 法律规定或者合伙协议约定合伙人必须具有相关资格而丧失该资格。例如作为合伙企业的律师事务所或者会计师事务所的合伙人需要具有律师资格或会计师资格，那么某个合伙人若丧失了律师资格或者会计师资格则该合伙人当然退伙。

4. 被人民法院强制执行在合伙企业中的全部财产份额。

因上述原因合伙人当然退伙的，退伙的时间是上述事实发生之时。

（四）因被除名而退伙

1. 合伙人被除名的事由。在合伙期间合伙人之一如果做出严重不当行为，致使合伙人之间的信任关系无法建立，那么其他合伙人一致同意的情况下，可以决议将其除名，也就是强制其退伙。依据《合伙企业法》第49条的规定，有下列情形之一的可以强制其退伙：

（1）未履行出资义务；

（2）因故意或者重大过失给合伙企业造成损失；

（3）执行合伙企业事务时有不正当行为；

（4）合伙协议约定的其他事由。

2. 强制退伙的程序。

对某个合伙人强制退伙必须其他合伙人全体一致同意，只要有一个合伙人不同意其强制退伙即不得强制其退伙。

对合伙人的除名决议应当书面通知被除名人。从被除名的合伙人收到书面通知时起该合伙人退伙。

3. 被除名的合伙人的救济途径。被

除名人有异议的，可以在接到除名通知之日起 30 日内，向人民法院起诉。

（五）退伙的法律后果。

1. 退伙人不再作为合伙企业的合伙人。

2. 合伙企业进行结算。①合伙人退伙，其他合伙人应当与该退伙人按照退伙时的合伙企业财产状况进行结算。退伙时有未了结的合伙企业事务的，待该事务了结后进行结算。②退还退伙人的财产份额。退伙人在合伙企业中财产份额的退还办法，由合伙协议约定或者由全体合伙人决定，可以退还货币，也可以退还实物。③退伙人对给合伙企业造成的损失负有赔偿责任的，相应扣减其应当赔偿的数额。

3. 退伙人对合伙企业的债务偿还责任。①退伙人对退伙前已发生的合伙企业债务，与其他合伙人承担连带责任。即便在合伙人退伙时进行了结算并且该退伙人已经将其应当承担的债务的份额予以偿还，仍然要承担责任。②退伙人对于其退伙后合伙企业发生的债务不再承担任何责任。

考点三。 合伙人死亡时的处理

作为合伙人的自然人死亡或者被依法宣告死亡时，其在合伙企业中的财产份额应当按照如下方法进行处理：

（一）继承人继承其财产份额成为普通合伙人

合伙人死亡或者被依法宣告死亡的，对该合伙人在合伙企业中的财产份额享有合法继承权的继承人在符合下列条件时成为合伙企业的普通合伙人取得该合伙企业的合伙人资格：

1. 已死亡之合伙人的合法继承人愿意成为该合伙企业的合伙人。至于何人属于该死亡之合伙人的合法继承人需要依据《继承法》的规定加以确定，即有遗嘱的按照遗嘱的规定没有遗嘱的按照法定继承确定继承人。

2. 该继承人具有完全行为能力。

3. 合伙协议事先约定合伙人之一死亡时其继承人可以成为合伙人；若合伙协议没有约定时，其他合伙人一致同意。

在同时符合上述三个条件时，继承人从继承开始时取得合伙人的资格，对合伙企业的债务（包括继承前和继承后的全部债务）承担连带责任。

（二）继承人成为有限继承人

死亡之合伙人的继承人为无民事行为能力人或者限制民事行为能力人的，经全体合伙人一致同意，可以依法成为有限合伙人，普通合伙企业依法转为有限合伙企业。

（三）退伙

有下列情形之一的，合伙企业应当向合伙人的继承人退还被继承合伙人的财产份额，此时该死亡合伙人当然退伙：

1. 继承人不愿意成为合伙人。

2. 合伙协议约定不能成为合伙人的情形。如果合伙协议约定合伙人死亡时，其财产继承人不能成为合伙人时，该继承人即不能成为合伙人，只能为该合伙人办理退伙手续，为其退还相应的财产。当然基于意思自治原则，全体合伙人一致同意接纳该继承人作为合伙人而该继承人也愿意作为合伙人，则完全可以通过修改合伙协议而使该继承人成为合伙人。

3. 法律规定或者合伙协议约定合伙人必须具有相关资格，而该继承人未取得该资格。

4. 合伙人对于继承人取得合伙资格不能取得一致同意的。

考点四　合伙人丧失民事行为能力时的处理

合伙人被依法认定为无民事行为能力人或者限制民事行为能力人的，经其他合伙人一致同意，可以依法转为有限合伙人，普通合伙企业依法转为有限合伙企业。其他合伙人未能一致同意的，该无民事行为能力或者限制民事行为能力的合伙人退伙。

历年真题与示例

1. 某合伙企业原有合伙人 3 人，后古某申请入伙，当时合伙企业负债 20 万元。入伙后，合伙企业继续亏损，古某遂申请退伙，获同意。古某退伙时，合伙企业已负债 50 万元，但企业尚有价值 20 万元的财产。后合伙企业解散，用企业财产清偿债务后，尚欠 70 万元不能偿还。对古某在该合伙企业中的责任，下列哪种说法是正确的？（2006 - 3 - 28）
   A. 古某应对 70 万元债务承担连带责任
   B. 古某仅对其参与合伙期间新增的 30 万元债务承担连带责任
   C. 古某应对其退伙前的 50 万元债务承担连带责任
   D. 古某应对其退伙前的 50 万元债务承担连带责任，但应扣除其应分得的财产份额

   答案：C

2. 甲、乙、丙、丁设立一合伙企业，乙是合伙事务的执行人。企业存续期间，甲转让部分合伙份额给丁用于偿债并告知了乙、丙。后甲经乙同意又将部分份额送给其情人杨某。甲妻知情后与甲发生冲突，失手杀死甲而被判刑。甲死后，其妻和 16 岁的儿子要求继承甲在合伙企业中的份额，各合伙人同意甲妻和甲子的请求。下列哪些表述是正确的？（2006 - 3 - 70）
   A. 丁受让甲的合伙份额为有效
   B. 杨某能够取得甲赠与的合伙份额
   C. 甲妻可以取得合伙人资格
   D. 甲子可以取得合伙人资格

   答案：ACD

第六节　特殊普通合伙

法条依据串烧

第 57 条　一个合伙人或者数个合伙人在执业活动中因故意或者重大过失造成合伙企业债务的，应当承担无限责任或者无限连带责任，其他合伙人以其在合伙企业中的财产份额为限承担责任。

合伙人在执业活动中非因故意或者重大过失造成的合伙企业债务以及合伙企业的其他债务，由全体合伙人承担无限连带责任。

第 58 条　合伙人执业活动中因故意或者重大过失造成的合伙企业债务，以合伙企业财产对外承担责任后，该合伙人应当按照合伙协议的约定对给合伙企业造成的损失承担赔偿责任。

考点精析

考点一　特殊普通合伙企业的特征

1. 特殊普通合伙企业仅限于特殊行业才能设立。即以专业知识和专门技能为客户提供有偿服务的专业服务机构可以设立特殊普通合伙企业，例如会计师

事务所、牙科诊所等。

2. 特殊普通合伙企业原则上仍然属于普通合伙企业，即全体合伙人都有权利经营合伙企业，正常情况下全体合伙人都要对合伙企业的债务承担无限连带责任。

3. 特殊普通合伙企业的特殊之处在于特定情形，合伙人对合伙企业债务的承担有所不同。即一个合伙人或者数个合伙人在执业活动中因故意或者重大过失造成合伙企业债务的，应当承担无限责任或者无限连带责任，其他合伙人此时只以其在合伙企业中的财产份额为限承担责任。

考点二 特殊普通合伙企业的特别规定

（一）特殊普通合伙企业的名称

特殊的普通合伙企业名称中应当标明"特殊普通合伙"字样。

（二）特殊普通合伙人责任承担

（1）合伙人对于合伙企业所负债务有故意或者重大过失时。①合伙企业以其全部财产对该债权人承担责任；②有故意和重大过失时合伙人对于该项债务承担无限连带责任；③该合伙人之外的其他股东仅以其投入到合伙中的财产为限对该项债务承担责任；④合伙企业用自己的财产承担完法律责任后，可以向有故意和重大过失之合伙人进行追偿。

（2）合伙企业所负的债务任何合伙人均无故意或重大过失时。①合伙企业以其全部财产对该债权人承担责任；②所有合伙人均对该债务承担无限连带责任。

（三）风险基金与保险

（1）特殊的普通合伙企业应当建立执业风险基金、办理职业保险。

（2）执业风险基金用于偿付合伙人执业活动造成的债务。执业风险基金应当单独立户管理。

（四）普通合伙企业法律规范的准用

关于特殊普通合伙企业除了上述特别规范外，均适用一般普通合伙企业的规范。

第三章　有限合伙企业

考点完整提炼

有限合伙 ⎰ 设立的特殊规定
事务执行：只能由普通合伙人执行
有限合伙人特殊权利（重点）
有限合伙企业的退伙与入伙（重点）
有限合伙与普通合伙的转换

法条依据串烧

第61条　有限合伙企业由2个以上50个以下合伙人设立；但是，法律另有规定的除外。

有限合伙企业至少应当有1个普通合伙人。

第64条　有限合伙人可以用货币、实物、知识产权、土地使用权或者其他财产权利作价出资。

有限合伙人不得以劳务出资。

第65条　有限合伙人应当按照合伙协议的约定按期足额缴纳出资；未按期足额缴纳的，应当承担补缴义务，并对其他合伙人承担违约责任。

第66条　有限合伙企业由普通合伙人执行合伙事务。执行事务合伙人可以要求在合伙协议中确定执行事务的报酬及报酬提取方式。

第 70 条　有限合伙人可以同本有限合伙企业进行交易；但是，合伙协议另有约定的除外。

第 71 条　有限合伙人可以自营或者同他人合作经营与本有限合伙企业相竞争的业务；但是，合伙协议另有约定的除外。

⬤ 考点精析

◆ 考点一　有限合伙企业的设立

（一）有符合规定的合伙人

（1）合伙人为 2 ~ 50 人。此点与有限责任公司的发起人人数要求是一致的。实际上有限合伙就是将合伙企业和有限责任公司两种企业形态糅合在一起的产物，因此有限合伙企业的许多规定都与有限责任公司的规定相一致。

（2）其中至少有一个是普通合伙人，即对合伙企业的债务承担无限连带责任。

（二）限合伙企业名称中应当标明"有限合伙"字样

（三）签订符合法律规定的书面合伙协议

（1）有限合伙的合伙协议应当具备普通合伙协议的全部内容。

（2）有限合伙企业的合伙协议还应当载明下列事项：①普通合伙人和有限合伙人的姓名或者名称、住所；②执行事务合伙人应具备的条件和选择程序；③执行事务合伙人权限与违约处理办法；④执行事务合伙人的除名条件和更换程序；⑤有限合伙人入伙、退伙的条件、程序以及相关责任；⑥有限合伙人和普通合伙人相互转变程序。

（四）有限合伙之合伙人的出资

（1）普通合伙人的出资完全适用普通合伙的规定。

（2）有限合伙人出资。①有限合伙人可以用货币、实物、知识产权、土地使用权或者其他财产权利作价出资。②有限合伙人不得以劳务出资。③有限合伙人应当按照合伙协议的约定按期足额缴纳出资；未按期足额缴纳的，应当承担补缴义务，并对其他合伙人承担违约责任。

（五）有限合伙企业的登记

有限合伙企业登记事项中应当载明有限合伙人的姓名或者名称及认缴的出资数额。

◆ 考点二　有限合伙的事务执行

（一）由普通合伙人执行事务

（1）有限合伙企业由普通合伙人执行合伙事务。

（2）执行事务合伙人可以要求在合伙协议中确定执行事务的报酬及报酬提取方式。

（二）有限合伙人不执行合伙事务，不得对外代表有限合伙企业

由于有限合伙人不得执行合伙事务，没有权利对外代表合伙企业，因此若有限合伙人以合伙企业的名义对外签订合同构成无权代理，效力待定。但是为了保护有限合伙人的利益，有限合伙人可以行使下列权利，监督合伙事务的执行。而依据《合伙企业法》的规定有限合伙人的下列行为，不视为执行合伙事务：

（1）参与决定普通合伙人入伙、退伙；

（2）对企业的经营管理提出建议；

（3）参与选择承办有限合伙企业审计业务的会计师事务所；

（4）获取经审计的有限合伙企业财务会计报告；

（5）对涉及自身利益的情况，查阅有限合伙企业财务会计账簿等财务资料；

（6）在有限合伙企业中的利益受到侵害时，向有责任的合伙人主张权利或者提起诉讼；

（7）执行事务合伙人怠于行使权利时，督促其行使权利或者为了本企业的利益以自己的名义提起诉讼；

（8）依法为本企业提供担保。

（三）对善意第三人的保护

（1）第三人有理由相信有限合伙人为普通合伙人并与其交易的，该有限合伙人对该笔交易承担与普通合伙人同样的责任。不过要注意的是，限合伙人承担连带责任仅限于该一笔交易，而不是所有的交易都承担连带责任。

（2）有限合伙人未经授权以有限合伙企业名义与他人进行交易，给有限合伙企业或者其他合伙人造成损失的，该有限合伙人应当对合伙企业及其他合伙人承担赔偿责任。

（四）有限合伙企业债务承担

合伙企业所负担的债务用合伙企业的全部财产承担清偿责任，若合伙企业的财产不足以清偿全部债务的，普通合伙人承担无限连带责任，而有限合伙人仅以其投入到合伙企业中的财产为限承担有限责任。

（五）有限合伙人个人债务承担

有限合伙人的自有财产不足清偿其与合伙企业无关的债务的，该合伙人可以以其从有限合伙企业中分取的收益用于清偿；债权人也可以依法请求人民法院强制执行该合伙人在有限合伙企业中的财产份额用于清偿。

人民法院强制执行有限合伙人的财产份额时，应当通知全体合伙人。在同等条件下，其他合伙人有优先购买权。

考点三　有限合伙人的权利和义务

（一）对普通合伙人的法律限制不适用于有限合伙人

（1）自我交易之许可。普通合伙人不得和合伙企业进行自我交易，但是除合伙协议另有约定的外，有限合伙人可以同本有限合伙企业进行交易。

（2）竞业行为之许可。除合伙协议另有约定外，有限合伙人可以自营或者同他人合作经营与本有限合伙企业相竞争的业务。

（二）有限合伙人处分其财产份额的权利

（1）转让。有限合伙人可以按照合伙协议的约定向合伙人以外的人转让其在有限合伙企业中的财产份额，但应当提前30日通知其他合伙人。

（2）出质。除合伙协议另有约定外，有限合伙人可以将其在有限合伙企业中的财产份额出质。

（三）利润分配

有限合伙企业的利润分配按照合伙协议的约定，但是合伙协议没有不得约定将利润全部分配给部分合伙人（无论是有限合伙人还是无限合伙人），否则该约定属于违反法律的强制规定无效。

若合伙协议没有约定或者因为违反了强制性规定而无效时利润该如何分配法律没有明确规定，应当准用普通合伙的规定即按照出资比例进行分配。

考点四　有限合伙企业的入伙与退伙

（一）入伙

（1）有限合伙的入伙人可以依据入

伙协议选择成为普通合伙人，也可以选择成为有限合伙人；

（2）选择成为普通合伙人的入伙人其法律后果与普通合伙人的入伙相同；

（3）选择成为有限合伙人对入伙前有限合伙企业的债务，以其认缴的出资额为限承担责任。

（二）退伙

（1）法定退伙。①作为合伙人的法人或者其他组织依法被吊销营业执照、责令关闭、撤销，或者被宣告破产；②法律规定或者合伙协议约定合伙人必须具有相关资格而丧失该资格；③合伙人在合伙企业中的全部财产份额被人民法院强制执行。

（2）不得退伙的事项。①作为有限合伙人的自然人在有限合伙企业存续期间丧失民事行为能力的，其他合伙人不得因此要求其退伙。②作为有限合伙人的自然人死亡、被依法宣告死亡或者作为有限合伙人的法人及其他组织终止时，其继承人或者权利承受人可以依法取得该有限合伙人在有限合伙企业中的资格。

（3）有限合伙人退伙的法律后果。有限合伙人退伙后，对基于其退伙前的原因发生的有限合伙企业债务，以其退伙时从有限合伙企业中取回的财产承担责任。

（三）有限合伙人与普通合伙人的转换

（1）转换事由。①协议转换，经全体合伙人一致同意，普通合伙人可以转变为有限合伙人，有限合伙人也可以转变为普通合伙人。但是合伙协议另有约定的除外。②普通合伙人丧失行为能力。除合伙协议另有约定外，有限合

的普通合伙人丧失了行为能力的，则自动转变为有限合伙人。若有限合伙企业仅剩普通合伙人的，则该有限合伙企业转为普通合伙企业。

（2）后果。①有限合伙人转变为普通合伙人的，对其作为有限合伙人期间有限合伙企业发生的债务承担无限连带责任。②普通合伙人转变为有限合伙人的，对其作为普通合伙人期间合伙企业发生的债务承担无限连带责任。

（四）有限合伙企业解散的特殊事由

有限合伙企业仅剩有限合伙人的，应当解散。

历年真题与示例

1. 甲乙丙丁 4 人组成一个运输有限合伙企业，合伙协议规定甲、乙为普通合伙人，丙、丁为有限合伙人。某日，丁为合伙企业运送石材，路遇法院拍卖房屋，丁想替合伙企业竞买该房，于是以合伙企业的名义将石材质押给徐某，借得 20 万元，竞买了房子。徐某的债权若得不到实现，应当向谁主张权利？（2008－3－27）

A. 应当要求丁承担清偿责任

B. 应当要求甲、乙、丙、丁承担连带清偿责任

C. 应当要求甲、乙承担连带清偿责任

D. 应当要求甲、乙、丁承担连带清偿责任

答案：D

2. 贾某是一有限合伙企业的有限合伙人。下列哪些选项是正确的？（200－3－70）

A. 若贾某被法院判决认定为无民事行为能力人，其他合伙人可以因

此要求其退伙

B. 若贾某死亡，其继承人可以取得贾某在有限合伙企业中的资格

C. 若贾某转为普通合伙人，其必须对其作为有限合伙人期间企业发生的债务承担无限连带责任

D. 如果合伙协议没有限制，贾某可以不经过其他合伙人同意而将其在合伙企业中的财产份额出质

答案：BCD

3. 甲、乙、丙、丁欲设立一有限合伙企业，合伙协议中约定了如下内容，其中哪些符合法律规定？（2007－3－69）

A. 甲仅以出资额为限对企业债务承担责任，同时被推举为合伙事务执行人

B. 丙以其劳务出资，为普通合伙人，其出资份额经各合伙人商定为5万元

C. 合伙企业的利润由甲、乙、丁三人分配，丙仅按营业额提取一定比例的劳务报酬

D. 经全体合伙人同意，有限合伙人可以全部转为普通合伙人，普通合伙人也可以全部转为有限合伙人

答案：BC

4. 汪、钱、潘、刘共同投资设立了一个有限合伙企业，其中汪、钱为普通合伙人，潘、刘为有限合伙人。后因该合伙企业长期拖欠供货商货款，企业资产不足以清偿到期债务。依照我国相关法律的规定，下列哪些选项是正确的？（2008－3－73）

A. 债权人可以根据企业破产法申请该合伙企业破产

B. 债权人可以要求任一合伙人清偿

全部债务

C. 债权人只能要求汪、钱清偿全部债务

D. 如果该合伙企业被宣告破产，则汪、钱仍需承担无限连带责任

答案：ACD

第四章　合伙企业终止

考点完整提炼

合伙企业终止 { 解散（与公司对比）
清算（与公司对比）
终止（与公司对比）
破产（与公司对比）

法条依据串烧

第88条　清算人自被确定之日起10日内将合伙企业解散事项通知债权人，并于60日内在报纸上公告。债权人应当自接到通知书之日起30日内，未接到通知书的自公告之日起45日内，向清算人申报债权。

债权人申报债权，应当说明债权的有关事项，并提供证明材料。清算人应当对债权进行登记。

清算期间，合伙企业存续，但不得开展与清算无关的经营活动。

第91条　合伙企业注销后，原普通合伙人对合伙企业存续期间的债务仍应承担无限连带责任。

考点精析

考点一　合伙企业的解散

（一）合伙企业解散的事由

（1）合伙期限届满，合伙人决定不再经营；

（2）合伙协议约定的解散事由出现；

（3）全体合伙人决定解散；

（4）合伙人已不具备法定人数满 30 天；

（5）合伙协议约定的合伙目的已经实现或者无法实现；

（6）依法被吊销营业执照、责令关闭或者被撤销；

（7）法律、行政法规规定的其他原因。

（二）合伙企业解散的法律后果

（1）必须进行清算；

（2）清算期间，合伙企业存续，但不得开展与清算无关的经营活动。

考点二 合伙企业的清算

（一）清算人的确定

（1）清算人由合伙人确定。①全体合伙人担任；②经全体合伙人过半数同意，可以自合伙企业解散事由出现后 15 日内指定一个或者数个合伙人担任清算人；③经全体合伙人过半数同意，可以自合伙企业解散事由出现后 15 日内委托第三人，担任清算人。

（2）由人民法院指定清算人。自合伙企业解散事由出现之日起 15 日内未确定清算人的，合伙人或者其他利害关系人可以申请人民法院指定清算人。

（二）清算人的职责

（1）清理合伙企业财产，分别编制资产负债表和财产清单；

（2）处理与清算有关的合伙企业未了结事务；

（3）清缴所欠税款；

（4）清理债权、债务；

（5）处理合伙企业清偿债务后的剩余财产；

（6）代表合伙企业参加诉讼或者仲裁活动。

（三）清算程序

（1）通知、公告债权。清算人自被确定之日起 10 日内将合伙企业解散事项通知债权人，并于 60 日内在报纸上公告。

（2）申报债权。债权人应当自接到通知书之日起 30 日内，未接到通知书的自公告之日起 45 日内，向清算人申报债权。①

（3）债权登记。债权人申报债权，应当说明债权的有关事项，并提供证明材料。清算人应当对债权进行登记。

（4）回收债权。

（5）清偿债务。

（6）分配剩余财产。

（7）办理注销登记。清算结束，清算人应当编制清算报告，经全体合伙人签名、盖章后，在 15 日内向企业登记机关报送清算报告，申请办理合伙企业注销登记。

考点三 合伙企业终止的法律后果

合伙企业注销后，原普通合伙人对合伙企业存续期间的债务仍应承担无限连带责任。

考点四 合伙企业的破产

1. 合伙企业不能清偿到期债务的，

---

① 依据笔者的理解，与公司不同关于合伙企业的这一规定没有什么实质性的意义。因为若合伙人的债权人在此期间内没有申报债权，并不影响债权人的利益，盖债权人在合伙企业终止后仍然可以要求合伙人承担连带清偿责任。

债权人可以依法向人民法院提出破产清算申请，也可以要求普通合伙人清偿。

2. 合伙企业破产的程序适用《企业破产法》的规定。《中华人民共和国破产法》第135条规定：其他法律规定企业法人以外的组织的清算，属于破产清算的，参照适用本法规定的程序。

3. 合伙企业依法被宣告破产的，普通合伙人对合伙企业债务仍应承担无限连带责任。

示例　某合伙企业的合伙人甲没有履行出资义务，现其他合伙人决定将其除名，有关出名退货，下列说法不符合法律规定的是：

A. 其他合伙人应当一致同意通过将甲除名的决议

B. 决议作出后，可以由其他合伙人口头通知甲

C. 自甲接到除名通知之日起，除名生效

D. 甲若对除名决议有异议，可以在收到通知之日起30日内向法院起诉，由法院审理决定出名是否有效

答案：B

第三部分　个人独资企业法

考点完整提炼

个人独
资企业 ┫
　　概念（与公司、合伙对比）
　　设立
　　事务管理
　　终止

法条依据串烧

第17条　个人独资企业投资人对本企业的财产依法享有所有权，其有关权利可以依法进行转让或继承。

第18条　个人独资企业投资人在申请企业设立登记时明确以其家庭共有财产作为个人出资的，应当依法以家庭共有财产对企业债务承担无限责任。

第19条　个人独资企业投资人可以自行管理企业事务，也可以委托或者聘用其他具有民事行为能力的人负责企业的事务管理。

投资人委托或者聘用他人管理个人独资企业事务，应当与受托人或者被聘用的人签订书面合同，明确委托的具体内容和授予的权利范围。

受托人或者被聘用的人员应当履行诚信、勤勉义务，按照与投资人签订的合同负责个人独资企业的事务管理。

投资人对受托人或者被聘用的人员职权的限制，不得对抗善意第三人。

考点精析

考点一　个人独资企业的概念与特征

（一）概念

个人独资企业，是指依照《个人独资企业法》在中国境内设立，由一个自然人投资，财产为投资人个人所有，投资人以其个人财产对企业债务承担无限责任的经营实体。

（二）法律特征

（1）个人独资企业是由一个自然人投资而成立的企业。这是个人独资企业和合伙企业及普通公司的基本区别。在我国一个自然人成立一个企业时有两种主要法律形态可供选择，其一即是个人独资企业，其二则是《公司法》所规定的一人公司。不过一人公司的设立条件比较严格，而且管理机制比较僵硬，而个人独资企业的法律限制比较少。

（2）个人独资企业不具有法人资格。与一人公司不同，个人独资企业不具有法人资格，个人独资企业与其投资人属于同一个法律主体，其实就是自然人从事商事经营活动的资格而已。因此，个人独资企业无需缴纳企业所得税，只需要企业主在获得利润后缴纳个人所得税即可。相反在一人公司的情形，公司必须缴纳所得税，股东获得收益后还需要再缴纳企业个人所得税。

（3）个人独资企业的财产为投资人

所有。既然个人独资企业不属于独立的民事主体，那么也就不具有独立的权利能力从而独立享有权利承担义务，所以个人独资企业的财产即属于其企业主个人所有。

（4）投资人对于个人独资企业的债务承担无限责任。个人独资企业的债务就是其企业主自身的债务，所以企业主应当以自己的全部财产对企业的债务承担无限责任。需要注意的是，个人独资企业的债务是由企业主承担连带清偿责任的，但是究竟是以投资人自己的个人财产承担责任还是用投资人的家庭共有财产承担责任呢？依据《个人独资企业法》第18条的规定，个人独资企业投资人在申请企业设立登记时明确以其家庭共有财产作为个人出资的，应当依法以家庭共有财产对企业债务承担无限责任。如果投资人是明确以个人财产进行投资的，并且其收入也作为个人财产的，则个人独资企业的债务也只能用其个人财产承担清偿责任。

考点二 个人独资企业的设立

（一）个人独资企业的设立条件

（1）个人独资企业由一个自然人投资设立。

《个人独资企业法》第8条规定，设立个人独资企业的投资人应为一个自然人。这就将法人和其他组织排除在投资人之外。

我国《个人独资企业法》第16条又规定，法律、行政法规禁止从事营利活动的人，不得作为投资人申请设立个人独资企业。这主要包括：①不具有民事行为能力人和限制民事行为能力人；②国家公务员和相当于公务员的党务工作者；③权力机关、司法机关从业人员及现役军人；④根据竞业禁止原则受到约束的特定身份的人员，如国有独资公司的董事长、经理等人。

（2）个人独资企业必须有自己的名称。

个人独资企业的名称应当与其责任形式及从事的职业相符合，也就是说个人独资企业的名称中应当表明其是由投资人承担无限责任的并表明个人独资企业的行业特征。

（3）个人独资企业投资人应当申报出资。与合伙企业相同，个人独资企业也没有最低注册资本的限制，只需要有申报的出资即可。

（4）个人独资企业必须有住所、生产经营场所和必要的生产经营条件。《个人独资企业法》第3条规定，个人独资企业以其主要办事机构所在地为住所。

（5）有必要的从业人员。

（二）个人独资企业设立申请

（1）申请人：应当由投资人或者其委托的代理人。委托代理人申请设立登记时，应当出具投资人的委托书和代理人的合法证明。

（2）申请机关：个人独资企业所在地的登记机关。

（3）申请时提交的文件：设立申请书、投资人身份证明、生产经营场所使用证明等文件。

（4）申请书的内容：①企业的名称和住所；②投资人的姓名和居所；③投资人的出资额和出资方式；④经营范围。

（三）登记

（1）登记的期限。登记机关应当在收到设立申请文件之日起15日内，对符合本法规定条件的，予以登记，发给营业执照；对不符合本法规定条件的，不予登记，并应当给予书面答复，说明理由。

（2）登记的法律效果。①个人独资企业的营业执照的签发日期，为个人独资企业成立日期。②在领取个人独资企业营业执照前，投资人不得以个人独资企业名义从事经营活动。否则，责令停止经营活动，处以 3000 元以下的罚款。

考点三　个人独资企业的事务管理

（一）个人独资企业事务管理的方式

投资人有权自主选择企业事务的管理形式。个人独资企业事务管理主要有三种模式：①自行管理；②委托管理；③聘任管理。

（二）个人独资企业委托管理与聘任管理

（1）签订委托或者聘任书面合同。委托管理合同属于书面要式合同，当事人应当采取书面形式签订。双方当事人在合同中应当明确委托的具体内容和授予的权利范围。

（2）善意第三人的保护。通过合同委托或者聘任他人经营管理个人独资企业的，原则上该经营管理人有权代表个人独资企业，当然投资人可以在委托或者聘任合同中限制该受托人的代表权限。投资人对受托人或者被聘用的人员职权的限制，不得对抗善意第三人。

（3）管理人的诚信义务与勤勉义务。与公司的董事、合伙企业的事务执行人相同，个人独资企业的管理人对于独资企业也负有诚信和勤勉的义务。根据该义务，管理人不得从事下列有害于独资企业的行为。①利用职务上的便利，索取或者收受贿赂；②利用职务或者工作上的便利侵占企业财产；③挪用企业的资金归个人使用或者借贷给他人；④擅自将企业资金以个人名义或者以他人名义开立账户储存；⑤擅自以企业财产提供担保；⑥未经投资人同意，从事与本企业相竞争的业务；⑦未经投资人同意，同本企业订立合同或者进行交易；⑧未经投资人同意，擅自将企业商标或者其他知识产权转让给他人使用；⑨泄露本企业的商业秘密；⑩法律、行政法规禁止的其他行为。

受托人或者被聘任经营个人独资企业担任若违反了其诚信义务实施了上述行为之一的应当承担赔偿责任。

考点四　个人独资企业的终止

（一）个人独资企业的解散

依照我国《个人独资企业法》第 26 条的规定，个人独资企业在出现下列情形之一时，应当解散：

（1）出资人自行决定解散；

（2）投资人自然死亡或者被宣告死亡，无继承人或者继承人决定放弃继承；

（3）被依法吊销营业执照；

（4）法律、行政法规规定的其他情形，如企业的合并、转让或业主丧失行为能力等。

（二）个人独资企业的清算

依照我国《个人独资企业法》第 27 条规定，清算解散，有两种方式：一是由投资人（业主）自行清算，二是由债权人申请人民法院指定清算人进行清算。投资人即业主决定自行清算的，应当在清算前 15 日内书面通知债权人，无法通知的，也应当予以公告。债权人则应当在接到通知之日起 30 日内，未接到通知的应当在公告之日起 60 日内，向投资人申报其债权。

（三）个人独资企业终止后的法律后果

个人独资企业解散后，原投资人对个人独资企业存续期间的债务仍应承担偿还责任，但债权人在5年内未向债务人提出清偿要求的，则该责任消灭。

历年真题与示例

1. 甲以夫妻共有的写字楼作为出资设立个人独资企业。企业设立后，其妻乙购体育彩票中奖100万元，后提出与甲离婚。离婚诉讼期间，甲的独资企业宣告解散，尚欠银行债务120万元。该项债务的清偿责任应如何确定？（2005－3－30）

   A. 甲以其在家庭共有财产中应占的份额对银行承担无限责任

   B. 甲以家庭共有财产承担无限责任，但乙中奖的100万元除外

   C. 甲以全部家庭共有财产承担无限责任，包括乙中奖的100万元在内

   D. 甲仅以写字楼对银行承担责任

   答案：C

2. 张某于2000年3月成立一家个人独资企业。同年5月，该企业与甲公司签订一份买卖合同，根据合同，该企业应于同年8月支付给甲公司货款15万元，后该企业一直未支付该款项。2001年1月该企业解散。2003年5月，甲公司起诉张某，要求张某偿还上述15万元债务。下列有关该案的表述哪些是错误的？（2003－3－59）

   A. 因该企业已经解散，甲公司的债

权已经消灭

   B. 甲公司可以要求张某以其个人财产承担15万元的债务

   C. 甲公司请求张某偿还债务已超过诉讼时效，其请求不能得到支持

   D. 甲公司请求张某偿还债务的期限应于2003年1月届满

   答案：ACD

3. 万某因出国留学将自己的独资企业委托陈某管理，并授权陈某在5万元以内的开支和50万元以内的交易可自行决定。设若第三人对此授权不知情，则陈某受托期间实施的下列哪一行为为我国法律所禁止或无效？（2004－3－29）

   A. 未经万某同意与某公司签订交易额为100万元的合同

   B. 未经万某同意将自己的房屋以1万元出售给本企业

   C. 未经万某同意向某电视台支付广告费8万元

   D. 未经万某同意聘用其妻为企业销售主管

   答案：B

4. 下列关于个人独资企业的表述中哪些是正确的？（2002－3－49）

   A. 个人独资企业应依法缴纳企业所得税

   B. 个人独资企业成立时需缴足法定最低注册资本

   C. 个人独资企业对被聘用人员的限制不得对抗善意第三人

   D. 个人独资企业的投资人对个人独资企业债务承担无限责任

   答案：CD

企业法律形态过渡对照表

	个人独资企	普通合伙	有限合伙	有限公司	股份公司
出资人	一个自然人	两个以上自然人或法人	两个以上自然人或法人	1～50 个自然人或法人	两个以上自然人或法人
法人资格	无	无	无	有	有
出资人责任	无限	无限连带	部分有限部分无限	以出资额为限	以所持股份为限
信用基础	出资人信用	人合	人合	人合兼资合	资合
出资转让	可以	全体一致同意	一致同意	1/2 同意	自由转让
经营管理	自己执行、委托执行、聘任执行	全体合伙人共同执行合伙事务、或者委托部分合伙人执行	全体合伙人共同执行合伙事务、或者委托部分合伙人执行，有限合伙人不执行	董事会或执行董事	董事会
是否具有破产能力	无	有	有	有	有
纳所得税	纳个人所得税	纳个人所得税	纳个人所得税	纳公司所得税和个人所得税	纳公司所得税和个人所得税
法律规制	任意规定	任意规定	任意性规定为主兼强制性规定	强制性规定兼任意性规定	强制性规定为主

第四部分　外商投资企业法

三资企业对比表

	中外合资经营企业	中外合作经营企业	外商独资企业
合营方式	股权式	契约式	外商单独投资无合营
成立时的审批期限	3 个月	45 天	90 天
不予批准的情形	（1）有损中国主权的；（2）违反中国法律的；（3）不符合中国国民经济发展要求的；（4）造成环境污染的；（5）签订的协议、合同、章程显属不公，损害合营一方权益的。	无规定	（1）有损中国主权或者社会公共利益的；（2）危及中国国家安全的；（3）违反中国法律、法规的；（4）不符合中国国民经济发展要求的；（5）可能造成环境污染的。
投资方式期限	一次缴清的，自营业执照签发之日起 6 个月内缴清；分期缴付的，第一期出资，不得低于各自认缴出资额的 15%，并且应当自营业执照签发之日起 3 个月内缴清。	依据合同约定	第一期出资不得少于出资额的 15%，并应当在营业执照签发之日起 90 天内缴清。最后一期出资应当在营业执照签发之日起 3 年内缴清。
组织形式	法人有限责任公司	可以是有限责任公司也可以是合伙	可以是有限公司、可以是个人独资企业
投资回收方式	在依法终止时才能收回投资	外方在一定条件下可以先行收回投资	依据有关法人或个人者独资企业的规定
经营管理机构	董事会制	董事会制、联合管理制或委托管理	依据有关法人或者个人独资企业法的规定
利润分配方式	依投资比例确定	在合作合同中约定	同上

续表

	中外合资经营企业	中外合作经营企业	外商独资企业
终止事由	（1）经营期限届满（2）经营不善，严重亏损，外国投资者决定解散（3）因自然灾害、战争等不可抗力而遭受严重损失，无法继续经营（4）破产（5）违反中国法律、法规，危害社会公共利益被依法撤销（6）外资企业章程规定的其他解散事由已经出现。	（1）合作期限届满（2）合作企业发生严重亏损，或者因不可抗力遭受严重损失，无力继续经营（3）中外合作者一方或者数方不履行合作企业合同、章程规定的义务，致使合作企业无法继续经营（4）合作企业合同、章程中规定的其他解散原因已经出现（5）合作企业违反法律、行政法规，被依法责令关闭。	与合资企业完全相同

第一章　中外合资经营企业

考点完整提炼

中外合资企业 { 法律特征 设立 组织机构

法条依据串烧

《中外合资经营企业法》第4条合营企业的形式为有限责任公司。在合营企业的注册资本中，外国合营者的投资比例一般不低于25%。合营各方按注册资本比例分享利润和分担风险及亏损。合营者的注册资本如果转让必须经合营各方同意。

考点精析

考点一　中外合资经营企业的法律特征

中外合资经营企业简称合营企业，与内资企业及其他外资企业相比合营企业具有下列特征：

（一）投资人的特殊性

中外合资经营企业至少有一方为外国投资者，同样也至少有一方是中国投资者。外国投资者可以是公司、企业、其他经济组织、团体或个人。中国投资者可以是公司、企业或者是其他经济组织。

（二）投资上的特殊性

中外合资经营企业是中外双方投资者共同投资、共同经营、共负盈亏。其中外方投资比例一般不得少于25%，否则，不享受中外合资经营企业的待遇。

（三）组织形式上的特殊性

中外合资经营企业的组织形式为有限责任公司，实行规范的企业内部治理制度。因此若《中外合资经营企业法》对于合资经营企业没有规定的，则适用《公司法》的有关规定。

由于中外合资经营企业属于有限责任公司，因此其利润分配也与有限责任公司相同，即按照各方的出资比例分配利润。

考点二 中外合资经营企业的设立

（一）中外合资经营企业设立的禁止性情形

申请设立的合资企业有下列情况之一的，不予批准：①有损中国主权的；②违反中国法律的；③不符合中国国民经济发展要求的；④造成环境污染的；⑤签订的协议、合同、章程显属不公，损害合营一方权益的。

（二）中外合资经营企业的组织形式

中外合资经营企业的组织形式是有限责任公司。

（三）中外合资经营企业的注册资本

1. 中外各方在注册资本中的比例。中外合资经营企业的注册资本是为设立中外合资经营企业在登记管理机构登记的资本总额，应为合营各方认缴的出资额之和。在中外合资经营企业中，外国合营者的投资比例一般不得低于中外合资经营企业注册资本的25%。

2. 中外合资经营企业的出资方式。

合营双方均可以以现金出资、实物出资、工业产权、专有技术以及其他财产出资。在出资形式上与有限责任公司的出资形式完全相同。

关于场地使用权出资。中方出资人可以以土地使用权进行出资，如果土地使用权没有作为出资则合资企业应当向中国政府支付土地使用费。

关于工业产权、专有技术出资。外方出资的工业产权和专有技术应具备如下条件：①能生产中国急需的新产品或出口适销产品；②能显著改进现有产品的性能、质量和提高生产效率；③能显著节约原材料、燃料、动力。以工业产权、专有技术出资，其作价金额可由中外出资者双方协商确定，也可由中外投资双方都同意的第三者评定。外方出资，应经中方投资者的企业主管部门同意，报审批机构批准。

3. 中外合资经营企业的出资期限。

（1）第一期出资。

合营合同中规定一次缴清出资的，合营各方应当自营业执照签发之日起6个月内缴清；合同中规定分期缴付出资的，合营各方第一期出资，不得低于各自认缴出资额的15%，并且应当自营业执照签发之日起3个月内缴清。

违反前述出资期限的规定，视同合营企业自动解散，合营企业批准证书自动失效。合营企业应当向工商行政管理机关办理注销登记手续，缴销营业执照；不办理注销登记手续和缴销营业执照的，由工商行政管理机关吊销其营业执照，并予以公告。

（2）其他各期出资。

合营各方都应当按照合营合同约定的出资期限缴纳各期的出资，任何一方超出合营合同约定的期限缴纳出资的即构成违约，应当对另一方承担相应的违约责任。

合营各方缴付第一期出资后，超过合营合同规定的其他任何一期出资期限3个月，仍未出资或者出资不足时，工商行政管理机关应当会同原审批机关发出通知，要求合营各方在1个月内缴清出资。否则，原审批机关有权撤销对该合营企业的批准证书。批准证书撤销后，合营企业应当向工商行政管理机关办理注销登记手续，缴销营业执照，并清理债权债务；不办理注销登记手续和缴销营业执照的，工商行政管理机关有权吊销其营业执照，并予以公告。

考点三　中外合资经营企业的组织机构

（一）最高权力机构

合资企业不设股东会，最高权力机构是董事会。董事任期 4 年，可以连任。中外合营者的一方担任董事长的，由他方担任副董事长。董事长是中外合资经营企业的法定代表人。董事长不能履行职责时，应授权副董事长或其他董事代表中外合资经营企业。

董事会会议每年至少召开一次。经 1/3 以上的董事提议，可召开董事会临时会议。董事会会议应有 2/3 以上董事出席方能举行。重大事项须经出席董事会的董事一致通过方可作出决议：①中外合资经营企业章程的修改；②中外合资经营企业的中止、解散；③中外合资经营企业注册资本的增加、减少；④中外合资经营企业的合并、分立。

（二）经营管理机构

经营管理机构负责中外合资经营企业的日常经营管理工作。在中外合资企业中董事会即是权力机构又是管理机构。

历年真题与示例

1. 奔马电子有限公司为一家中美合资企业，外资方所罗门公司欲转让其一部分股权给另一美国公司。关于所罗门公司的部分股权转让行为，下列哪些选项是正确的？（2008 - 3 - 74）
   A. 须中方同意
   B. 不须经中方同意
   C. 须报审批机关批准
   D. 不须报审批机关批准
   答案：AC

2. 下列关于中外合资经营行为的哪一表述是错误的？（2006 - 3 - 30）
   A. 合营各方发生纠纷可按约定在境外仲裁机构申请仲裁
   B. 合营企业所需原材料、燃料可在境外购买
   C. 合营企业不允许向境外银行直接筹措资金
   D. 合营企业应向中国境内的保险公司投保
   答案：C

3. 甲公司（中方）与某国乙公司（外方）拟在深圳共同设立一中外合作经营企业，某律师受聘为双方起草一份《合作经营合同》。该律师起草的下列哪一合同条款违反了我国法律规定？（2005 - 3 - 28）
   A. 任何一方未经对方同意，都不得转让合作合同的部分或全部权利、义务
   B. 合作企业的董事长和副董事长由中方担任，总经理和副总经理由外方担任
   C. 合作企业的财务会计账簿只能设在中国境内
   D. 合作企业的利润先由外方收回投资本息，在合作期满时企业固定资产归中方所有
   答案：B

4. 根据《中外合资经营企业法实施条例》，下列事项中哪些必须由出席董事会会议的董事一致通过方可作出决议？（2002 - 3 - 61）
   A. 合营企业解散
   B. 合营企业注册资本的增加、转让
   C. 合营企业章程的修改
   D. 合营企业与其他经济组织的合并

答案：ABCD

5. 甲公司欲与某外国公司设立一中外合资
经营企业，就相关事项咨询律师。下列
哪些选项是错误的？（2007－3－78）

A. 合资企业自审批机关批准之日起
成立

B. 合资企业章程中可以约定由公司
总经理担任公司的法定代表人

C. 合资企业作为有限责任公司应按
照《公司法》规定设股东会作为
其权力机构

D. 合资企业合同只能约定按各方的
出资比例分配利润

答案：ABC

第二章　中外合作经营企业

考点完整提炼

中外合做企业 { 法律特征
设立
各方出资
组织机构及议事规则
外商收回投资的方式

法条依据串烧

《中外合作经营企业法》第 2 条
中外合作者举办合作企业，应当依照本
法的规定，在合作企业合同中约定投资
或者合作条件、收益或者产品的分配、
风险和亏损的分担、经营管理的方式和
合作企业终止时财产的归属等事项。合
作企业符合中国法律关于法人条件的规
定的，依法取得中国法人资格。

《中外合作经营企业法》第 10 条
中外合作者的一方转让其在合作企业
合同中的全部或者部分权益、义务的，

必须经他方同意，并报审查批准机关
批准。

《中外合作经营企业法》第 21 条
中外合作者依照合作企业合同的约定，
分配收益或者产品，承担风险和亏损。

中外合作者在合作企业合同中约定
合作期满时合作企业的全部固定资产归
中国合作者所有的，可以在合作企业合
同中约定外国合作者在合作期限内先行
回收投资的办法。合作企业合同约定外
国合作者在缴纳所得税前回收投资的，
必须向财政税务机关提出申请，由财政
税务机关依照国家有关税收的规定审查
批准。

依照前款规定外国合作者在合作期
限内先行回收投资的，中外合作者应当
依照有关法律的规定和合作企业合同的
约定对合作企业的债务承担责任。

考点精析

考点一　中外合作经营企业的特征

中外合作经营企业简称合作企业具
有如下之特征：

1. 中外合作经营企业是由中方企业
和外方投资者共同举办的企业。在这一
点上中外合作经营企业与中外合资经营
企业是相同的，但是与外商独资企业有
所不同，因为外商独资企业是由外方投
资者自己投资设立的没有中方投资者参
与的企业。

2. 中外双方的合作属于合同型合
作。中外合作经营企业双方的投资、合
作条件、收益或者产品的分配、风险和
亏损的分担、经营管理的方式和合作企
业终止时财产的归属等事项均由合作合
同予以确定。这是中外合作经营企业与
中外合资经营企业最主要的区别，中外

合资经营企业属于紧密型合作，企业采取有限责任公司的组织方式。

3. 中外合作经营企业的组织形式比较灵活。

中外合作经营企业可以是具有法人资格的合作企业，也可以是不具有法人资格的合作企业。具有法人资格的中外合作经营企业，其组织形式为有限责任公司。中外合作经营企业以其全部资产对其债务承担责任。不具有法人资格的合作企业，合作各方的关系是一种合伙关系。

考点二 中外合作经营企业的设立

（一）设立审批

设立中外合作经营企业需要取得国家主管机关的批准。申请设立合作企业，应当将中外合作者签订的协议、合同、章程等文件报国务院对外经济贸易主管部门或者国务院授权的部门和地方政府（以下简称审查批准机关）审查批准。审查批准机关应当自接到申请之日起 45 天内决定批准或者不批准。

（二）设立登记

设立合作企业的申请经批准后，应当自接到批准证书之日起 30 天内向工商行政管理机关申请登记，领取营业执照。合作企业的营业执照签发日期，为该企业的成立日期。

（三）税务登记。

合作企业应当自成立之日起 30 天内向税务机关办理税务登记。

考点三 合作各方的出资方式和出资比例

（一）出资方式

与中外合资经营企业相同，中外合作者的投资或者提供的合作条件可以是现金、实物、土地使用权、工业产权、非专利技术和其他财产权利。

（二）外方合作者的投资比例

依法取得法人资格的中外合作企业，外国投资者的出资比例一般不低于合作企业注册资本的 25%。不具备法人资格的，对合作各方向合作企业投资或提供合作条件的具体要求，由对外经济贸易主管部门加以确定。

（三）验资

合作各方缴纳投资或提供合作条件后，应当由中国注册会计师验正，合作企业据此发给合作各方出资证明书。

（四）出资转让

中外合作者的一方转让其在合作企业合同中的全部或者部分权益、义务的，必须经他方同意，并报审查批准机关批准。

考点四 合作企业的组织机构及议事规则

（一）组织机构

依据《中外合作经营企业法》第 12 条的规定，合作企业应当设立董事会或者联合管理机构，依照合作企业合同或者章程的规定，决定合作企业的重大问题。此外还规定，合作企业成立后可改为委托中外合作者以外的他人经营管理。

（二）议事规则

中外合作经营企业的董事会会议或者联合管理委员会每年至少召开 1 次，由董事长或者主任召集并主持。会议应当有 2/3 以上的的董事或者委员出席方能举行。不能出席董事会会议或者联合管理委员会会议的董事或委员应当书面委托他人代表其出席和表决。董事或者委员无正当理由，不参加又不委托他人代表其参加董事会会议或者管理委员会会议的，视为出席董事会会议或者管理委员会会议并在表决中弃权。

会议作出决议，须经半数以上董事或委员通过。但对合作企业章程的修改、注册资本的增减、资产抵押以及合作企业的合并、分立、解散等事项，应由出席会议的董事或者委员一致通过。合作企业成立后，若委托合作方以外的他人经营管理的，须经董事会会议或联合管理委员会会议一致通过。

考点五　中外合作经营企业外国合作者投资的回收

在实践中，通常约定中外合作经营企业在合作期届满时，其全部固定资产归中国合作者所有。为平衡中外各方的利益，一般采用让外国合作者在合作期限内先行回收投资的办法。

（一）外商先行收回投资的方式

（1）在按照投资或者提供合作条件进行分配的基础上，在合作企业合同中约定扩大外国合作者的收益分配比例；

（2）经财政税务机关审查批准，外国合作者在合作企业缴纳所得税前回收投资；

（3）经财政税务机关和审查批准机关批准的其他回收投资方式。

（二）外商先行收回投资的法定条件

（1）中外合作经营者在合作企业合同中约定合作期满时，合作企业的全部固定资产无偿归中国合作者所有；

（2）对于税前回收投资的，必须向财政税务机关提出申请，并由财政税务机关依法审查批准；

（3）中外合作者应当依照有关法律的规定和合作企业合同的约定，对合作企业的债务承担责任；

（4）外国合作者提出先行回收投资的申请，并具体说明先行回收投资的总额、期限和方式，经财政税务机关审查同意后，报审查批准机关审批；

（5）外国合作者应在合作企业的亏损弥补之后，才能先行回收投资。

考点六　中外合作经营企业的期限的延展

合作企业期限届满，合作各方协商同意要求延长合作期限的，应当在期限届满的180天前向审查批准机关提出申请，说明原合作企业合同执行情况，延长合作期限的原因，同时报送合作各方就延长的期限内各方的权利、义务等事项所达成的协议。

考点七　中外合作经营企业的终止

合作企业终止的原因主要有以下几项：

1. 合作期限届满；

2. 合作企业发生严重亏损，或者因不可抗力遭受严重损失，无力继续经营；

3. 中外合作者一方或者数方不履行合作企业合同、章程规定的义务，致使合作企业无法继续经营；

4. 合作企业合同、章程中规定的其他解散原因已经出现；

5. 合作企业违反法律、行政法规，被依法责令关闭。

历年真题与示例

1. 甲公司（中方）与某国乙公司（外方）拟在深圳共同设立一中外合作经营企业，某律师受聘为双方起草一份《合作经营合同》。该律师起草的下列

哪一合同条款违反了我国法律规定?（2005－3－28）

A. 任何一方未经对方同意，都不得转让合作合同的部分或全部权利、义务

B. 合作企业的董事长和副董事长由中方担任，总经理和副总经理由外方担任

C. 合作企业的财务会计账簿只能设在中国境内

D. 合作企业的利润先由外方收回投资本息，在合作期满时企业固定资产归中方所有

答案： B

2. 中国某企业与新加坡某公司拟在中国组建一家中外合作经营企业，双方草签了合同。合同中约定的下列事项中，哪些是我国法律所允许的?（2003－3－57）

A. 合作企业注册资本100万美元，其中外方占22%，中方占78%

B. 外方出资中包括一套价值10万美元的设备，于合作企业取得营业执照后3个月运抵企业所在地

C. 中方出资中的30万美元为现金，由中方向银行借贷，合作企业以设备提供担保

D. 合作企业头5年的利润分配，中外双方各按50%的比例进行分配

答案： ABD

第三章　外商独资企业

 考点完整提炼

外商独资企业 { 概念与法律特征
设立条件及程序
组织形式与注册资本
出资及缴纳方式
终止

法条依据串烧

第2条　本法所称的外资企业是指依照中国有关法律在中国境内设立的全部资本由外国投资者投资的企业，不包括外国的企业和其他经济组织在中国境内的分支机构。

第6条　设立外资企业的申请，由国务院对外经济贸易主管部门或者国务院授权的机关审查批准。审查批准机关应当在接到申请之日起90天内决定批准或者不批准。

考点精析

考点一 外商独资企业的概念

外商独资企业是依照我国《外商独资企业法》的规定在我国境内设立的其全部资本都由境外投资者投资设立的企业。外商独资企业如果具备我国法律关于法人的要件的可以取得法人资格。外商投资企业可以由一个外国投资者投资设立也可以由两个以上的投资者共同投资设立。

考点二 外商独资企业的设立

（一）设立条件

1. 必须具备的条件。设立外资企业必须符合以下的至少一项条件：①采用

先进技术和设备，从事新产品开发，节约能源和原材料，实现产品升级换代，可以替代进口的；②年出口产品的产值达到当年全部产品产值50%以上，实现外汇收支平衡或者节余的。

2. 不得设立的情形。申请设立外资企业，有下列情况之一的，不予批准：①有损中国主权或者社会公共利益的；②危及中国国家安全的；③违反中国法律、法规的；④不符合中国国民经济发展要求的；⑤可能造成环境污染的。

（二）设立程序

1. 设立外资企业的审批。《外资企业法》第6条规定，设立外资企业的申请，由国家对外经济贸易主管部门或者国务院授权的机关审查批准。审查批准机关应当在接到申请之日起90天内决定批准或者不批准。

2. 设立外资企业的登记。外国投资者应当在接到批准证书之日起30天内，向国家工商行政管理部门或者国家工商行政管理总局授权的地方工商行政管理局申请开业登记。登记主管机关应当在受理申请后30天内，作出核准登记或者不予核准登记的决定。外资企业的营业执照签发日期为该企业成立日期。外资企业应当在企业成立之日起30天内在税务机关办理税务登记。

3. 外资企业变更审批与登记。外资企业分立、合并、迁徙，应当报审批机关批准，并在批准后30天内，向登记主管机关申请办理变更登记、开业登记或者注销登记。

◆**考点三**　外资企业的组织形式与注册资本

（一）外资企业的组织形式

外资企业的组织形式可以为有限责任公司，经批准也可以为其他责任形式，外国投资者对企业的责任适用中国法律和法规的规定。

（二）外资企业的注册资本

外资企业在经营期内不得减少其注册资本。外资企业注册资本的增加、转让，须经审批机关批准，并向工商行政管理机关办理变更登记手续。

外资企业将其财产或者权益对外抵押、转让，须经审批机关批准，并向工商行政管理机关备案。

◆**考点四**　外国投资者的出资方式与缴资期限

（一）外国投资者的出资方式

以工业产权、专有技术作价出资的，该工业产权、专有技术应当为该外国投资者所有，其作价应当与国际上通常的作价原则相一致，作价金额不得超过外资企业注册资本的20%。

（二）外国投资者的出资期限

最后一期出资应当在营业执照签发之日起3年内缴清。其第一期出资不得少于外国投资者认缴的出资额的15%，并应当在外国企业营业执照签发之日起90天内缴清。

外国投资者未能在外资企业营业执照签发之日起90天内缴付第一期出资的，或者无正当理由逾期30天不缴付其他各期出资的，外资企业批准证书即自动失效。外资企业应当向工商行政机关办理注销登记手续，缴销营业执照；不办理注销登记手续和缴销营业执照，由工商行政管理机关吊销其营业执照，并予以公告。

考点五 外资企业的经营期限、终止与清算

（一）外资企业的经营期限

外资企业的经营期限由外国投资者申报，由审批机关批准。期满需要延长的，应在期满 180 天以前向审批机关提出申请。审批机关应在接到申请之日起 30 天内决定批准或不批准。经批准延长经营期限的，应自收到批准延长期限文件之日起 30 天内，向工商行政管理机关办理变更登记手续。

（二）外资企业的终止事由

外资企业有下列情形之一的应予终止：

1. 经营期限届满；

2. 经营不善，严重亏损，外国投资者决定解散；

3. 因自然灾害、战争等不可抗力而遭受严重损失，无法继续经营；

4. 破产；

5. 违反中国法律、法规，危害社会公共利益被依法撤销；

6. 外资企业章程规定的其他解散事由已经出现。

（三）清算

（1）清算组织。

外资企业的清算组织称为清算委员会，由外资企业的法定代表人、债权人代表以及有关主管机关的代表组成，并聘请中国的注册会计师、律师等参加。

外商企业的清算委员会的职权与公司法人的清算组织的职权相同这里就不再详述，读者自行参阅本书公司清算的相关阐述。

（2）清算中的外资企业。外资企业清算处理财产时，在同等条件下，中国的企业或者其他经济组织有优先购买权。外资企业在清算结束之前，外国投资者不得将该企业的资金汇出或者携出中国境外，不得自行处理企业的财产。

（3）清算结束的效果。

外资企业清算结束，应当向工商行政管理机关办理注销登记手续，缴销营业执照。

外资企业清算结束，其资产净额和剩余财产超过注册资本的部分视同利润，应当依照中国税法缴纳所得税。

历年真题与示例

1. 某外商独资企业经 S 市人民政府批准成立。现该企业欲以其厂房作抵押，向某银行贷款 1000 万元。该企业之抵押行为符合下列哪一选项才有效？（2004 - 3 - 27）

A. 须经注册登记的工商行政管理机关批准

B. 须经中国人民银行批准

C. 须经国务院对外经济贸易主管部门批准

D. 须经 S 市人民政府批准并报工商行政管理机关备案

答案：D

2. 某外商独资企业因经营期满而进入清算，清算组从成立至清算终结前实施的哪些行为是违法的？（2004 - 3 - 67）

A. 从外资企业的现存财产中优先支付了清算费用

B. 未聘请在中国注册的会计师参加

C. 同意外商留足偿债财产后将其余财产携带出境

D. 不顾中国企业的同等出价将设备售给外国公司

答案：BCD

3. 某外国公司在向我国政府申请设立外资企业时，存在以下情况，请问其中哪一项违反了我国法律的规定？(2003 - 3 - 20)

A. 该外资企业由申请人独家出资设立

B. 申请人要求将该外资企业登记为有限责任公司

C. 申请人声明该外资企业将采用先进技术和设备，但其产品仅有40%出口

D. 申请人声明该外资企业的各项保险将向中国境外的保险公司投保

答案：D

第五部分　　企业破产法

第一章　　破产与破产法概述

考点完整提炼

破产法概述 ⎰ 破产的概念
　　　　　　 破产法的概念与特征
　　　　　　 破产法的功能
　　　　　　 破产法的适用对象

考点精析

考点一　破产的概念

　　破产一词有不同的含义，在破产法上的含义则是指债务人发生经济上的困难不能以其财产清偿全部债权人的债权时为了公平保护债权人而由人民法院对债务人的总财产所进行的一种特别还债程序。

考点二　破产法的概念与特征

　　（一）破产法的概念

　　我国破产法是规范陷于经济困难之债务人进行破产还债、进行和解以及进行重整的实体性规范和程序性规范的总和。

　　（二）破产法的特征

　　（1）破产法皆具实体法和程序法的特征。由于破产是在人民法院主持下，所进行的一种特别还债程序，所以破产法首先是一个程序性的法律规范体系，其中包括破产的申请、受理、裁判、清算、注销等一系列法律程序；破产法上

也包括很多实体性规范，如关于破产债权的范围、破产财产的范围、别除权、抵销权、取回权等制度的规范均为实体性法律规范。

　　（2）破产法以强制性规范为主，但是也有一系列的任意性规范。任意性规范主要体现了债权人自治原则。

　　（3）我国破产法是广义上的破产法。其不仅仅包括有破产还债程序，还包括有和解制度与债务人重整制度。

考点三　破产法的制度功能

　　（一）公平保护债权人

　　破产法的第一个目的和功能即是在债务人陷于支付不能的境地时，公平的保护各个债权人，防止某些债权人获得全部清偿而另一些债权人则分文无获，从而弥补普通民事诉讼和民事执行程序的不足。为此，破产法规定了下列制度：

　　（1）债务人被宣告破产时所有的债权都视为到期。

　　（2）债务人被宣告破产时债务人不得对任何债权人进行个别清偿，所有的债权人只能依据破产程序进行受偿。

　　（3）同一顺序的债权不能全部受偿时，各债权按比例受偿。

　　（4）债权人会议制度，有关债权人利益的事项须经债权人会议通过。

　　（二）给予债务人重新开始的机会

　　现代破产法不但要保护债权人的利益，还要保护债务人的利益。通过对于

符合法定条件的诚实的债务人进行免责（即对于通过破产程序没有获得清偿的债权不再承担清偿责任），这样债务人就可以东山再起，重新开始而不至于因为一次经营失败而永远无法翻身了。给予债务人重新开始的机会不仅仅对债务人有利，对于债权人也是有利的，因为这样债务人一旦陷入支付不能的地步就有动力尽早申请破产或者重整，从而防止财产的进一步恶化。

（三）防止债务的进一步膨胀，维持良好的市场秩序，确保公共利益

对陷于支付不能的债务人及时地进行破产或者重整，能够防止债务人的债务继续攀升并导致大量的三角债出现，从而影响到良好的市场秩序。破产特别是大的企业法人的破产不仅仅涉及到债权人自己的利益，而且还涉及到破产企业众多职工、消费者、社区福利等众多利益集团，良好的破产法不但可以保护债权人、债务人的利益还可以协调这些公共利益。

考点四 破产法的适用范围

1. 企业法人，均可适用本法进行破产还债程序。

2. 企业法人之外的其他组织。《破产法》第135条规定：其他法律规定企业法人以外的组织的清算，属于破产清算的，参照适用本法规定的程序。

3. 《破产法》与《民事诉讼法》。破产案件审理程序，破产法没有规定的，适用民事诉讼法的有关规定。也就是说对于法人或者非法人组织的破产凡是破产法有明确规定的则应当首先适用破产法的规定，只有破产法没有规定的才可以适用《民事诉讼法》的规定。

第二章 破产程序的开始

考点完整提炼

破产程序开始 { 破产案件的管辖
破产申请
人民法院受理
受理后的法律后果（重点掌握）

法条依据串烧

《破产法》第14条 人民法院应当自裁定受理破产申请之日起25日内通知已知债权人，并予以公告。

《破产法》第16条 人民法院受理破产申请后，债务人对个别债权人的债务清偿无效。

《破产法》第17条 人民法院受理破产申请后，债务人的债务人或者财产持有人应当向管理人清偿债务或者交付财产。

债务人的债务人或者财产持有人故意违反前款规定向债务人清偿债务或者交付财产，使债权人受到损失的，不免除其清偿债务或者交付财产的义务。

《破产法》第18条 人民法院受理破产申请后，管理人对破产申请受理前成立而债务人和对方当事人均未履行完毕的合同有权决定解除或者继续履行，并通知对方当事人。管理人自破产申请受理之日起2个月内未通知对方当事人，或者自收到对方当事人催告之日起30日内未答复的，视为解除合同。

管理人决定继续履行合同的，对方当事人应当履行；但是，对方当事人有权要求管理人提供担保。管理人不提供担保的，视为解除合同。

《破产法》第 19 条　人民法院受理破产申请后，有关债务人财产的保全措施应当解除，执行程序应当中止。

《破产法》第 20 条　人民法院受理破产申请后，已经开始而尚未终结的有关债务人的民事诉讼或者仲裁应当中止；在管理人接管债务人的财产后，该诉讼或者仲裁继续进行。

考点精析

考点一　破产案件的管辖

（一）地域管辖

破产案件的地域管辖属于专属管辖，只能由债务人住所地人民法院管辖。

（二）级别管辖

（1）基层法院：管辖由县、县级市或区的工商行政管理机关核准登记的企业破产案件。

（2）中级法院：管辖地区、地级市以上的工商行政管理机关核准登记的企业的破产案件。

（3）上级人民法院有权审理下级人民法院管辖的破产案件；上级人民法院可以将自己管辖的破产案件交给下级人民法院管辖；下级人民法院可以申请上级人民法院审理由其管辖的破产案件。

考点二　破产申请

1. 申请人。

（1）债务人自己申请。债务人自己可以向人民法院提出重整、和解或者破产清算申请。债务人自己最为清楚自己是否具备破产的理由，从而申请破产不但是债务人的权利也是债务人的义务。

（2）债权人申请。债务人不能清偿到期债务，债权人可以向人民法院提出对债务人进行重整或者破产清算的申请。

（3）清算人（清算组织）申请。企业法人已解散但未清算或者未清算完毕，资产不足以清偿债务的，依法负有清算责任的人应当向人民法院申请破产清算。申请破产既是清算组织的权利也是其义务，也就是说在清算的过程中清算组织发现企业的财产不足以清偿全部债务的则必须申请破产进入破产清算程序，而不得继续进行普通清算。

（二）申请材料提交的材料

（1）破产申请书。申请债务人破产必须提交书面申请，申请书应当包括下述内容：①申请人、被申请人的基本情况；②申请目的；③申请的事实和理由；④人民法院认为应当载明的其他事项。

（2）债权的证明文件。债权人申请债务人破产的应当提交其债权的证明文件和债务人具备破产原因的文件。

（3）债务人申请破产时提交的特殊文件。债务人自己提出申请的除应当提交申请书和相应的债权证明文件外还应当向人民法院提交财产状况说明、债务清册、债权清册、有关财务会计报告、职工安置预案以及职工工资的支付和社会保险费用的缴纳情况。

（三）申请的撤回

人民法院受理破产申请前，申请人可以请求撤回申请。

考点三　受理

（一）决定是否受理

（1）通知债务人。债权人提出破产申请的，人民法院应当自收到申请之日起 5 日内通知债务人。

（2）债务人异议。债权人提出破产申请的，债务人有权提出异议。债务人对申请有异议的，应当自收到人民法院的通知之日起7日内向人民法院提出。

（3）决定是否受理的期限。①人民法院应当自收到破产申请之日起15日内裁定是否受理。②在债权人申请时债务人提出异议的，人民法院应当自异议期满之日起10日内裁定是否受理。③有特殊情况需要延长裁定受理期限的，经上一级人民法院批准，可以延长15日。

（二）裁定不予受理

（1）若破产申请不符合人民法院受理的条件的，人民法院可裁定不予受理。

（2）送达裁定：应当自裁定作出之日起5日内送达申请人并说明理由。

（3）上诉：申请人对裁定不服的，可以自裁定送达之日起10日内向上一级人民法院提起上诉。

（三）裁定受理

（1）没有不予受理的事由的，人民法院应当受理。

（2）受理通知。①人民法院受理破产申请的，应当自裁定作出之日起5日内送达申请人；②债权人提出申请的，人民法院应当自裁定作出之日起5日内送达债务人。

示例　破产企业对原来没有财产担保的债务提供财产担保的，将产生哪些法律后果？

A. 如果发生在人民法院受理破产案件前6个月的期限内，无效

B. 如果发生在人民法院受理破产案件前6个月至破产宣告之日的期限内，无效

C. 自破产程序终结之日起1年内被查出的，由人民法院追回财产，《企业破产法》有关规定清偿

D. 自破产程序终结之日起2年内被查出的，由人民法院追回财产，《企业破产法》有关规定清偿

答案：ABC

（四）受理后人民法院应当做的工作

（1）发现不应当受理的，应当裁定驳回申请，申请人可以自受到裁定的10日内上诉。

（2）指定财产破产管理人。人民法院裁定受理破产申请的，应当同时指定管理人。

（3）通知债权人并进行公告。人民法院应当自裁定受理破产申请之日起25日内通知已知债权人，并予以公告。通知和公告应当载明下列事项：①申请人、被申请人的名称或者姓名；②人民法院受理破产申请的时间；③申报债权的期限、地点和注意事项；④管理人的名称或者姓名及其处理事务的地址；⑤债务人的债务人或者财产持有人应当向管理人清偿债务或者交付财产的要求；⑥第一次债权人会议召开的时间和地点；⑦人民法院认为应当通知和公告的其他事项。

考点四　人民法院受理破产申请的法律后果

（一）对于债务人的效力

（1）债务人丧失了对其财产的处分权。①债务人对于债权人的个别清偿无效；②债务人丧失了受领财产的权利。人民法院受理破产申请后，债务人的债务人或者财产持有人应当向管理人清偿债务或者交付财产。债务人的债务人或者财产持有人故意违反前款规定向债务人清偿债务或者交付财产，使债权人受到损失的，不免除其清偿债务或者交付

财产的义务。

（2）对于债务人的有关工作人员进行法律限制。

所谓债务人的有关人员，是指企业的法定代表人，经人民法院决定，可以包括企业的财务管理人员和其他经营管理人员。自人民法院受理破产申请的裁定送达债务人之日起至破产程序终结之日，债务人的有关人员承担下列义务：①妥善保管其占有和管理的财产、印章和账簿、文书等资料；②根据人民法院、管理人的要求进行工作，并如实回答询问；③列席债权人会议并如实回答债权人的询问；④未经人民法院许可，不得离开住所地；⑤不得新任其他企业的董事、监事、高级管理人员。

（二）对于已经签订但是尚未履行合同的效力

（1）管理人有权选择履行或者解除。

（2）管理人未通知对方当事人继续履行的推定解除。

管理人自破产申请受理之日起 2 个月内未通知对方当事人，或者自收到对方当事人催告之日起 30 日内未答复的，视为解除合同。

（3）继续履行时对方当事人要求担保的权利。

管理人决定继续履行合同的，对方当事人应当履行；但是，对方当事人有权要求管理人提供担保。管理人不提供担保的，视为解除合同。

示例　甲企业与乙企业签订买卖合同，约定乙企业应于 8 月 30 日前交货，货到 7 日内甲企业付款。同年 8 月 10 日，甲企业被法院依法宣告破产。对该合同的处理，下列选项哪一个是正确的？

A、由破产管理人决定解除还是继续履行

B. 由甲企业自主决定解除还是继续履行

C. 由债权人会议决定解除还是继续履行

D. 不得继续履行

答案：A

（三）对有关债务人的诉讼程序的效力

（1）人民法院受理破产申请后，有关债务人财产的保全措施应当解除。

（2）对债务人的执行程序应当中止。

（3）人民法院受理破产申请后，已经开始而尚未终结的有关债务人的民事诉讼或者仲裁应当中止；在管理人接管债务人的财产后，该诉讼或者仲裁继续进行。

（4）人民法院受理破产申请后，有关债务人的民事诉讼，只能向受理破产申请的人民法院提起。

 历年真题与示例

企业法人不能清偿到期债务，并且资产不足以清偿全部债务或者明显缺乏清偿能力的，根据《企业破产法》的规定，该企业法人可以选择以下哪些程序处理其与债权人之间的债权债务关系？（2008 - 3 - 70）

A. 申请破产清算

B. 直接向法院申请和解

C. 决议解散并进行清算

D. 直接向法院申请重整

答案：ABD

第三章　破产债权

考点完整提炼

破产债权 {
概念与特征
破产债权的构成（重点掌握）
破产债权的申报
破产债权的登记与审查
}

法条依据串烧

《破产法》第 46 条　未到期的债权，在破产申请受理时视为到期。附利息的债权自破产申请受理时起停止计息。

《破产法》第 47 条　附条件、附期限的债权和诉讼、仲裁未决的债权，债权人可以申报。

《破产法》第 50 条　连带债权人可以由其中一人代表全体连带债权人申报债权，也可以共同申报债权。

《破产法》第 51 条　债务人的保证人或者其他连带债务人已经代替债务人清偿债务的，以其对债务人的求偿权申报债权。

债务人的保证人或者其他连带债务人尚未代替债务人清偿债务的，以其对债务人的将来求偿权申报债权。但是，债权人已经向管理人申报全部债权的除外。

《破产法》第 56 条　在人民法院确定的债权申报期限内，债权人未申报债权的，可以在破产财产最后分配前补充申报；但是，此前已进行的分配，不再对其补充分配。为审查和确认补充申报债权的费用，由补充申报人承担。

债权人未依照本法规定申报债权的，不得依照本法规定的程序行使权利。

考点精析

考点一　破产债权的概念与特征

（一）概念

所谓破产债权是指破产程序开始前发生的对于破产债务人所享有的能够依照破产程序受偿的财产性请求权。

（二）法律特征

（1）破产债权是财产性请求权。所谓财产性请求权是指直接以金钱给付为内容或者虽然不直接以金钱给付为内容但是可以换算成金钱为内容的请求权。纯粹以不作为为内容的请求权不能作为破产债权。

（2）破产财产必须是破产程序开始前成立的财产请求权。所谓破产程序开始前成立是指引起该债权发生的原因发生在破产程序开始之前，而并非指该债权在破产程序开始之前即可行使。

（3）破产债权必须是能够强制执行的债权。

若债权不能予以强制执行，那么不能通过诉讼程序予以实现，当然也不能通过破产程序予以实现。

例如，过了诉讼时效的债权，即不能作为破产债权。

（4）破产债权必须是依照破产程序进行申报的债权。未依破产程序进行申报的债权无法通过破产程序予以清偿因此也就不能作为破产债权。

（5）破产债权必须是通过破产分配程序予以实现的债权。无须通过破产分配程序予以实现的债权不是破产债权，包括有担保的债权、共益债权、破产费用等等。这些权利是优先于破产债权予以实现的权利。

考点二　破产债权的构成

（一）自债权发生的原因而言包括

（1）因合同而发生的债权；例如基于买卖合同而产生的支付价金的债权、基于借款合同而产生的还本付息的债权、基于运输合同产生的支付运费的债权、基于建设工程承包合同而产生的支付承包款的债权等等均可以作为破产债权；

（2）因无因管理而发生的债权；

（3）因不当得利发生的债权；

（4）因侵权行为而发生的债权；

（5）因缔约过失责任而发生的债权；

（6）其他原因发生的财产性债权。

基于上述这些原因发生的债权只要符合破产债权的特征均可以作为破产债权，也就是说破产债权并不限于合同债权。

（二）关于特殊债权

（1）关于附条件和附期限的债权。①对附条件、附期限的债权和诉讼、仲裁未决的债权，债权人可以申报。②在破产分配时对于附生效条件或者解除条件的债权，管理人应当将其分配额提存。③在最后分配公告日，生效条件未成就或者解除条件成就的，应当分配给其他债权人；在最后分配公告日，生效条件成就或者解除条件未成就的，应当交付给债权人。

（2）关于未到期债权。未到期的债权，在破产申请受理时视为到期。但是在破产分配时应当扣除自破产分配到到期时这段期间的利息。

（3）关于附利息的债权。附利息的债权自破产申请受理时起停止计息。

（4）关于票据债权。破产债务人是票据的出票人，在人民法院受理破产案件后，该票据的付款人继续付款或者承兑的，付款人以由此产生的请求权申报债权，该债权为破产债权。

（5）关于连带债权。连带债权人可以由其中一人代表全体连带债权人申报债权，也可以共同申报债权。

（6）债务人的保证人或者连带债务人的求偿权。①债务人的保证人或者其他连带债务人已经代替债务人清偿债务的，以其对债务人的求偿权申报债权。②债务人的保证人或者其他连带债务人尚未代替债务人清偿债务的，以其对债务人的将来求偿权申报债权。但是，债权人已经向管理人申报全部债权的除外。

（7）管理人解除合同时对方的损害赔偿请求权。管理人或者债务人依照本法规定解除合同的，对方当事人以因合同解除所产生的损害赔偿请求权申报债权。

（8）委托人破产时受托人的求偿权。债务人是委托合同的委托人，被裁定适用本法规定的程序，受托人不知该事实，继续处理委托事务的，受托人以由此产生的请求权申报债权。

（9）连带债务人数人破产时债权人的债权。连带债务人数人被裁定适用本法规定的程序的，其债权人有权就全部债权分别在各破产案件中申报债权。

考点三　破产债权的申报

（一）申报期限

人民法院受理破产申请后，应当确定债权人申报债权的期限。债权申报期限自人民法院发布受理破产申请公告之日起计算，最短不得少于 30 日，最长不得超过3个月。

（二）申报时提交的材料

债权人申报债权时，应当书面说明债权的数额和有无财产担保，并提交有关证据。申报的债权是连带债权的，应当说明。

（三）特殊债权免于申报的

（1）债务人所欠职工的工资和医疗、伤残补助、抚恤费用，所欠的应当划入职工个人账户的基本养老保险、基本医疗保险费用，以及法律、行政法规规定应当支付给职工的补偿金，不必申报，由管理人调查后列出清单并予以公示。

（2）职工对清单记载有异议的，可以要求管理人更正；管理人不予更正的，职工可以向人民法院提起诉讼。

（四）逾期申报的补充申报

（1）在人民法院确定的债权申报期限内，债权人未申报债权的，可以在破产财产最后分配前补充申报；

（2）此前已进行的分配，不再对其补充分配；

（3）为审查和确认补充申报债权的费用，由补充申报人承担。

特别嘱咐 逾期申报的补充申报是新破产法新增加的制度，必须予以重视。

考点四 债权登记和审查确定

（一）登记

（1）管理人收到债权申报材料后，应当登记造册，对申报的债权进行审查，并编制债权表。

（2）债权表和债权申报材料由管理人保存，供利害关系人查阅。

（二）审查确定

（1）债权表应当提交第一次债权人会议核查。

（2）债务人、债权人对债权表记载的债权无异议的，由人民法院裁定确认。

（3）债务人、债权人对债权表记载的债权有异议的，可以向受理破产申请的人民法院提起诉讼。

历年真题与示例

1. 南翔物流有限责任公司因严重亏损，已无法清偿到期债务。2006年6月，各债权人上门讨债无果，欲申请南翔公司破产还债。下列各债权人中谁有权申请南翔公司破产？（2006-3-31）

A. 甲公司：南翔公司租用其仓库期间，因疏于管理于2005年12月失火烧毁仓库

B. 乙公司：南翔公司拖欠其燃料款40万元应于2004年1月偿还，但该公司一直未追索

C. 丙公司：法院于2005年10月终审判决南翔公司10日内赔偿该公司货物损失20万元，该公司一直未申请执行

D. 丁公司：南翔公司就拖欠该公司货款30万元达成协议，约定于2006年10月付款

答案：A

2. 松花江实业有限公司因不能清偿到期债务而申请破产救济，各债权人纷纷向清算组申报债权。下列选项哪些属于破产债权？（2003-3-52）

A. 甲公司要求收回其租赁给松花江公司的一套设备

B. 乙银行因派员参与破产程序花去的差旅费5万元

C. 丙银行贷给松花江公司的50万元贷款，但尚未到还款期

D. 丁银行行使抵押权后仍有 10 万元
债权未受偿

答案：CD

第四章　破产费用和共益债务

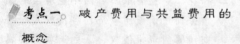

$$\text{破产费用与}\atop\text{共益债务}\left\{\begin{array}{l}\text{破产费用与共益债务的概念}\\\text{破产费用与共益债务的特征}\\\text{破产费用的范围}\\\text{共益债务的范围}\\\text{破产费用与共益债务的清偿}\end{array}\right.$$

法条依据串烧

《破产法》第 43 条　破产费用和共益债务由债务人财产随时清偿。

债务人财产不足以清偿所有破产费用和共益债务的，先行清偿破产费用。

债务人财产不足以清偿所有破产费用或者共益债务的，按照比例清偿。

债务人财产不足以清偿破产费用的，管理人应当提请人民法院终结破产程序。人民法院应当自收到请求之日起 15 日内裁定终结破产程序，并予以公告。

考点精析

考点一　破产费用与共益费用的概念

（一）破产费用的概念

破产费用是指在破产程序进行过程中，为破产程序的顺利进行以及为破产财产的管理、处分、分配等而必须随时支付的费用。

（二）共益债务的概念

共益债务是指在破产程序开始后，

为了全体债权人的共同利益而承担的债务。该债务自债权人的角度而言可以称之为共益债权。

考点二　破产费用与共益债务的特征

1. 破产费用与共益债务都只能发生在人民法院受理破产申请之后。

2. 破产费用和共益债务都是为了全体债权人的利益而发生的。

3. 破产费用和共益费用都无须经过破产分配程序而受偿，随时可以用债务人的财产予以支付。

考点三　破产费用的范围

人民法院受理破产申请后发生的下列费用，为破产费用：

1. 破产案件的诉讼费用；

2. 管理、变价和分配债务人财产的费用；

3. 管理人执行职务的费用、报酬和聘用工作人员的费用。

考点四　共益债务的范围

人民法院受理破产申请后发生的下列债务，为共益债务：

1. 因管理人或者债务人请求对方当事人履行双方均未履行完毕的合同所产生的债务；

2. 债务人财产受无因管理所产生的债务；

3. 因债务人不当得利所产生的债务；

4. 为债务人继续营业而应支付的劳动报酬和社会保险费用以及由此产生的其他债务；

5. 管理人或者相关人员执行职务致人损害所产生的债务；

6. 债务人财产致人损害所产生的

债务。

考点五 破产费用和共益债务的清偿

1. 均无须通过破产分配程序受偿。破产费用和共益债务由债务人财产随时清偿，即优先于所有的破产债权而受偿。

2. 破产费用优先于共益债务受偿。债务人财产不足以清偿所有破产费用和共益债务的，先行清偿破产费用，只有清偿完破产费用后有余额的才能清偿共益债务。

3. 债务人财产不足以清偿所有破产费用时终结破产程序。债务人财产不足以清偿破产费用的，管理人应当提请人民法院终结破产程序。人民法院应当自收到请求之日起15日内裁定终结破产程序，并予以公告。

4. 破产债务人的财产不足以清偿共益债务时，应当按比例清偿。

特别嘱咐 考生必须认真掌握共益债务、破产费用以及破产债权三者之间的界限，这是司法考试中破产法的重中之重，为多届考题所考查。

第五章 破产财产

考点完整提炼

破产财产 {
破产财产的概念
破产财产的保护
破产法上的取回权
破产法上的抵消权
破产法上的别除权
}

法条依据串烧

第31条 人民法院受理破产申请前

一年内，涉及债务人财产的下列行为，管理人有权请求人民法院予以撤销：

（一）无偿转让财产的；

（二）以明显不合理的价格进行交易的；

（三）对没有财产担保的债务提供财产担保的；

（四）对未到期的债务提前清偿的；

（五）放弃债权的。

第39条 人民法院受理破产申请时，出卖人已将买卖标的物向作为买受人的债务人发运，债务人尚未收到且未付清全部价款的，出卖人可以取回在运途中的标的物。但是，管理人可以支付全部价款，请求出卖人交付标的物。

第40条 债权人在破产申请受理前对债务人负有债务的，可以向管理人主张抵销。但是，有下列情形之一的，不得抵销：

（一）债务人的债务人在破产申请受理后取得他人对债务人的债权的；

（二）债权人已知债务人有不能清偿到期债务或者破产申请的事实，对债务人负担债务的；但是，债权人因为法律规定或者有破产申请1年前所发生的原因而负担债务的除外；

（三）债务人的债务人已知债务人有不能清偿到期债务或者破产申请的事实，对债务人取得债权的；但是，债务人的债务人因为法律规定或者有破产申请1年前所发生的原因而取得债权的除外。

考点精析

考点一 破产财产的概念

（一）破产财产的概念

破产财产又被称之为破产分配财

产, 是指破产程序终结前为债务人所有的能够用来清偿破产债权的债务人全部财产和财产性权利的集合体。由该定义可以看出破产财产具有下列特征:

(1) 破产财产必须是债务人所有的财产或者是财产性权利。只要是债务人能够处分, 并且能够获得相应对价的权利均可作为破产财产。不以债务人拥有所有权的财产为限。

(2) 破产财产必须是破产程序结束前债务人所享有的财产或者财产性权利。

(3) 破产财产必须是能够用来清偿破产债权的财产。因此第三人就该项财产享有优先受偿权 (破产法上称之为别除权) 的特定财产不能作为破产财产。

(二) 破产财产与债务人的财产的关系

债务人的财产是在破产程序结束前为债务人所有的全部财产和财产性权利的集合。破产财产是债务人财产中的一部分, 只有属于债务人的财产才能作为破产财产, 但是并非所有的债务人的财产均能作为破产财产, 债务人的财产中有的不能用来清偿破产债权如已经为某些债权人的债权提供了担保的财产、债务人的自由财产等均不能作为破产财产。

(三) 破产财产的主要类型主要包括

(1) 所有权;

(2) 能够转让的用益物权, 如国有土地使用权、房屋的典当权;

(3) 具有财产价值的债权;

(4) 知识产权, 包括著作权中的财产权、专利权、商标权等;

(5) 股权等收益权;

(6) 其他可处分财产权。

历年真题与示例

甲公司被法院宣告破产, 清算组在清理该公司财产时, 发现的下列哪些财产应列入该公司的破产财产? (2005 - 3 - 67)

A. 该公司依合同将于三个月后获得的一笔投资收益

B. 该公司提交某银行质押的一辆轿车

C. 该公司对某大桥上的未来 20 年的收费权

D. 该公司一栋在建的办公楼

答案: ACD

考点二 破产财产的保护

(一) 破产法上的无效制度

(1) 为逃避债务而隐匿、转移财产的行为无效。

(2) 债务人虚构债务或者承认不真实的债务的行为无效。

(二) 管理人的撤销权

(1) 人民法院受理破产申请前 1 年内, 涉及债务人财产的下列行为, 管理人有权请求人民法院予以撤销: ①无偿转让财产的; ②以明显不合理的价格进行交易的; ③对没有财产担保的债务提供财产担保的; ④对未到期的债务提前清偿的; ⑤放弃债权的。

(2) 人民法院受理破产申请前六个月内, 债务人具有破产原因的, 仍对个别债权人进行清偿的, 管理人有权请求人民法院予以撤销。但是, 个别清偿使债务人财产受益的除外。

(三) 管理人的追回权

(1) 债务人的行为被认定无效或者被撤销后第三人取得的财产管理人有权追回。

（2）债务人的董事、监事和高级管理人员利用职权从企业获取的非正常收入和侵占的企业财产，管理人应当追回。

（3）人民法院受理破产申请后，债务人的出资人尚未完全履行出资义务的，管理人应当要求该出资人缴纳所认缴的出资，而不受出资期限的限制。

考点三　破产法上的取回权

（一）所有人取回

人民法院受理破产申请后，债务人占有的不属于债务人的财产，该财产的权利人可以通过破产管理人取回。所有人取回权的情形主要有：

（1）债务人租赁他人的财产；

（2）债务人为他人保管的财产；

（3）债务人作为承运人而占有托运人所托运的货物；

（4）债务人作为质权人或者留置权人占有他人的财产，他人可以通过清偿其对债务人的债务而取回该财产；

（5）债务人以分期付款的购买他人的财产出卖人保留所有权的，买受人没有支付完最后一期价款时出卖人可以取回标的物，但是管理人可以支付完价款而取得标的物所有权；

（6）基于信托关系，债务人作为他人的受托人而占有他人的财产的；

（7）基于委托合同债务人占有委托人的财产的；

（8）融资租赁合同中，承租人破产的出租人可以解除合同取回标的物，即便是合同约定租期届满后，标的物所有权归承租人亦同；

（9）债务人基于承揽合同占有定做人的财产的；

（10）其他情形。

（二）出卖人取回权

人民法院受理破产申请时，出卖人已将买卖标的物向作为买受人的债务人发运，债务人尚未收到且未付清全部价款的，出卖人可以取回在运途中的标的物。但是，管理人可以支付全部价款，请求出卖人交付标的物。

考点四　破产法上的抵销权

（一）破产法上抵销权与民法上抵销权的区别

（1）破产法上的抵销权不以种类相同为限，种类不同也可以抵销，此时均换算为金钱，以金钱价值抵销。

（2）破产法上的抵销权不以双方的债务都到期为限，双方债务均未到期也可抵销，但是必须扣除相应的利息。

（3）破产法上的抵销权只能由破产债权人行使，破产债务人（管理人）一方不得行使。

（二）不得抵销的情形

（1）债权人在破产申请受理后对债务人负有债务不得主张抵销；

（2）债务人的债务人在破产申请受理后取得他人对债务人的债权的；

（3）债权人已知债务人有不能清偿到期债务或者破产申请的事实，对债务人负担债务的。但是，债权人因为法律规定或者有破产申请1年前所发生的原因而负担债务的除外；

（4）债务人的债务人已知债务人有不能清偿到期债务或者破产申请的事实，对债务人取得债权的；但是，债务人的债务人因为法律规定或者有破产申请1年前所发生的原因而取得债权的除外。

考点六　别除权

（一）别除权的概念

别除权是在破产宣告后，依法对破产人财产享有担保物权的权利人可以就担保标的物享有的优先受偿的权利。由于作为担保标的物的财产不属于破产财产，债权人就此物行使权利无需通过破产程序。

（二）别除权的特征

（1）它是担保物权的权利人对破产财产所享有的一种权利。

（2）这种权利的行使以担保标的物为限。

（3）这种权利的行使不依据破产程序，权利人可在破产程序之外，可以通过民事执行程序行使权利，随时对权利标的物行使权利，不受破产程序的约束。

（三）别除权的基础——担保物权的类型

（1）担保法上的担保物权：抵押权、质权和留置权。

（2）担保法以外的特别担保物权。①海商法上的船舶优先权，具体类型详见本书《海商法》部分。②建设工程承包合同的承包人就其工程款对于建设完成的工程所享有的优先权。

（四）别除权的行使

别除权行使的条件：①债权和担保权合法成立和生效；②债权和担保权符合破产法的规定；③债权已依法申报并获得确认。

别除权的行使，不受破产程序的约束。行使别除权的方法，依标的物的占有状态，分为两种情况：①别除权人占有标的物的，质权人、留置权人行使别除权，可以不经清算组同意，而依《担保法》的规定，以标的物折价抵偿债务，或者将标的物拍卖、变卖后以价款偿还债务。②别除权人未占有担保物权的，抵押权人行使别除权，必须向清算组主张权利，经清算组同意，取得对抵押物的占有，然后按《担保法》的规定，以抵押物折价抵偿债务，或者以拍卖、变卖后的价款偿还债务。

历年真题与示例

1. 绿杨公司因严重资不抵债向法院申请破产，法院已经受理其申请。根据《破产法》的规定，在法院已经受理破产申请、尚未宣告绿杨公司破产之时，下列哪一项财产不构成债务人财产？（2008－3－29）
   A. 绿杨公司享有的未到期债权
   B. 管理人撤销绿杨公司 6 个月前以明显不合理价格进行交易涉及的财产
   C. 绿杨公司所有但已设定抵押的财产
   D. 绿杨公司购买的正在运输途中的但尚未付清货款的货物

   答案：D

2. 在 A 公司的破产案件中，有关当事人提出的下列主张，哪些依法应予支持？（2005－3－64）
   A. 甲要求收回依融资租赁合同出租给 A 的设备
   B. 乙根据与 A 的建筑合同中约定的保证条款，要求以 A 的酒店经营收入优先清偿拖欠的工程款
   C. 丙根据与 A 在破产程序开始前签订的以物偿债协议，要求取得用于抵偿欠款的一批库存产品
   D. 丁依合同保管着 A 的一批货物，

要求以变卖这批货物的价款优先清偿 A 拖欠的保管费

答案：AD

3. 甲公司向乙银行贷款 100 万元，由 A 公司和 B 公司作为共同保证人，并以甲公司的厂房作抵押担保。其后，甲公司因严重资不抵债而向法院申请破产。法院裁定受理破产申请，并指定了破产管理人。下列哪些选项是正确的？（2007 - 3 - 73）

A. 管理人可以优先清偿乙银行的债务

B. 如 A 公司已代甲公司偿还了乙银行贷款，则其可向管理人申报 100 万元债权

C. 如乙银行不申报债权，则 A 公司或 B 公司均可向管理人申报 100 万元债权

D. 如乙银行已申报债权并获 40 万元分配，则剩余 60 万债权因破产程序终结而消灭

答案：BC

4. 甲煤矿拥有乙钢厂普通债权 40 万元，现乙钢厂被宣告破产，清算组查明甲煤矿尚欠乙钢厂 20 万元运费未付。清算组预计破产清偿率为 50%。甲煤矿要求抵销债务。债权人会议各方为甲煤矿的债权发生争执。下列哪一观点是正确的？（2005 - 3 - 33）

A. 甲煤矿可以抵销 20 万元债务，并于抵销后拥有 10 万元破产债权

B. 甲煤矿可以抵销 20 万元债务，并于抵销后拥有 20 万元破产债权

C. 甲煤矿必须偿还 20 万元债务，并拥有 40 万元破产债权

D. 甲煤矿在抵销后无须偿还债务，也不拥有破产债权

答案：B

第六章 破产程序中的组织机构

第一节 破产管理人

考点完整提炼

破产管理人 { 破产管理人的概念与地位
破产管理人的任职资格
破产管理人的选任
破产管理人的职责
破产管理人的权利和义务

法条依据串烧

第 22 条 管理人由人民法院指定。

债权人会议认为管理人不能依法、公正执行职务或者有其他不能胜任职务情形的，可以申请人民法院予以更换。

指定管理人和确定管理人报酬的办法，由最高人民法院规定。

第 27 条 管理人应当勤勉尽责，忠实执行职务。

第 28 条 管理人经人民法院许可，可以聘用必要的工作人员。

管理人的报酬由人民法院确定。债权人会议对管理人的报酬有异议的，有权向人民法院提出。

第 29 条 管理人没有正当理由不得辞去职务。管理人辞去职务应当经人民法院许可。

考点精析

考点一 破产管理的概念与地位

（一）概念

所谓破产管理人是指由人民法院选任的在破产程序中负责赔偿财产的管

理、处分、业务的经营以及破产分配方案的拟定和执行的专门机构。

（二）破产管理人的地位

破产管理人的地位非常特殊，是众多利益的焦点：一方面代替债务人的执行机构（董事会等）执行债务人的事务并代表债务人起诉应诉；另一方面又为债权人的利益工作但是又不代表债权人；破产管理人向人民法院负责并向人民法院报告工作，但是接受债权人会议和债权人委员会的监督。

考点二　破产管理人的任职资格

由于破产管理人是各种利益的焦点，必须能够公平地保护各利益集团的利益，不能有所偏颇而且破产清算程序又具有很强的专业性，因此法律应当对担任管理人的资格有所规范。我国新《破产法》没有规定担任破产管理人的积极条件，但是规定了一系列消极条件，即不得担任管理人的情形。依据《破产法》第 24 条的规定，有下列情形之一的，不得担任管理人：

1. 因故意犯罪受过刑事处罚；

2. 曾被吊销相关专业执业证书；

3. 与本案有利害关系；

4. 人民法院认为不宜担任管理人的其他情形。

示例　下列哪种情形不能担任破产管理人：

A. 因犯罪而受处罚

B. 曾被吊销相关专业执业证书

C. 于本案有利害关系

D. 人民法院认为不宜担任管理员的其他情形

答案：BCD

考点三　破产管理人的选任

（一）管理人由人民法院指定

（1）指定管理人和确定管理人报酬的具体办法，由最高人民法院规定。

（2）管理人可以由有关部门、机构的人员组成的清算组或者依法设立的律师事务所、会计师事务所、破产清算事务所等社会中介机构担任。

（3）人民法院根据债务人的实际情况，可以在征询有关社会中介机构的意见后，指定该机构具备相关专业知识并取得执业资格的人员担任管理人。

（二）债权人会议有权申请更换

债权人会议认为管理人不能依法、公正执行职务或者有其他不能胜任职务情形的，可以申请人民法院予以更换。

考点四　破产管理人的职责

1. 管理人应当列席债权人会议，向债权人会议报告职务执行情况，并回答询问。

2. 接管债务人的财产、印章和账簿、文书等资料。

3. 调查债务人财产状况，制作财产状况报告。

4. 决定债务人的内部管理事务。

5. 决定债务人的日常开支和其他必要开支。

6. 在第一次债权人会议召开之前，决定继续或者停止债务人的营业。

7. 管理和处分债务人的财产。

8. 代表债务人参加诉讼、仲裁或者其他法律程序。

9. 提议召开债权人会议。

10. 人民法院认为管理人应当履行的其他职责。

考点五 管理人的权利和义务

（一）权利

（1）接受报酬的权利。管理人的报酬由人民法院确定。债权人会议对管理人的报酬有异议的，有权向人民法院提出。

（2）聘用工作人员的权利。管理人经人民法院许可，可以聘用必要的工作人员。

（二）义务

（1）勤勉义务与忠实义务。这种义务与公司的董事与经理的勤勉义务与忠实义务相同。

（2）不得辞职的义务。管理人没有正当理由不得辞去职务。管理人辞去职务应当经人民法院许可。

（3）进行执业责任保险义务。个人担任管理人的，应当参加执业责任保险

（4）向债权人委员会报告的义务。管理人实施下列行为，应当及时报告债权人委员会，未设立债权人委员会的，应当及时向人民法院报告：①涉及土地、房屋等不动产权益的转让；②探矿权、采矿权、知识产权等财产权的转让；③全部库存或者营业的转让；④借款；⑤设定财产担保；⑥债权和有价证券的转让；⑦履行债务人和对方当事人均未履行完毕的合同；⑧放弃权利；⑨担保物的取回；⑩对债权人利益有重大影响的其他财产处分行为。

（5）取得人民法院许可的义务。①在第一次债权人会议召开之前，管理人决定继续或者停止债务人的营业应当经人民法院许可。②上述须向债权人委员会报告的情形也应当取得人民法院的许可才能实施。

第二节　债权人会议与债权人委员会

考点完整提炼

债权人
会议与
债权人
委员会
- 债权人会议的概念及地位
- 债权人会议的组成及其主席
- 债权人会议的职权
- 债权人会议的召开与决议
- 债权人会议委员会

法条依据串烧

第59条　依法申报债权的债权人为债权人会议的成员，有权参加债权人会议，享有表决权。

债权尚未确定的债权人，除人民法院能够为其行使表决权而临时确定债权额的外，不得行使表决权。

对债务人的特定财产享有担保权的债权人，未放弃优先受偿权利的，对于本法第61条第1款第七项、第十项规定的事项不享有表决权。

债权人可以委托代理人出席债权人会议，行使表决权。代理人出席债权人会议，应当向人民法院或者债权人会议主席提交债权人的授权委托书。

债权人会议应当有债务人的职工和工会的代表参加，对有关事项发表意见。

第62条　第一次债权人会议由人民法院召集，自债权申报期限届满之日起15日内召开。

以后的债权人会议，在人民法院认为必要时，或者管理人、债权人委员会、占债权总额1/4以上的债权人向债权人会议主席提议时召开。

第64条　债权人会议的决议，由出

席会议的有表决权的债权人过半数通过，并且其所代表的债权额占无财产担保债权总额的1/2以上。但是，本法另有规定的除外。

债权人认为债权人会议的决议违反法律规定，损害其利益的，可以自债权人会议作出决议之日起15日内，请求人民法院裁定撤销该决议，责令债权人会议依法重新作出决议。

债权人会议的决议，对于全体债权人均有约束力。

● 考点精析

✎ 考点一　债权人会议的概念及地位

（一）概念

债权人会议是由全体债权人组成的就破产程序中有关债权人利益的事项进行集体决策的组织机构。

（二）债权人会议的地位①

债权人会议作出的债权确认、和解、破产财产变价和分配等重大事项的决议，是破产程序进行的重要依据。债权人会议还有权监督破产财产的管理和处分。

✎ 考点二　债权人会议的组成与债权人会议主席

（一）债权人会议的组成

（1）依法申报债权的债权人为债权人会议的成员，有权参加债权人会议，享有表决权。

（2）债权尚未确定的债权人，除人民法院能够为其行使表决权而临时确定债权额的外，不得行使表决权。

（3）对债务人的特定财产享有担保权的债权人，未放弃优先受偿权利的，

对以下事项不享有表决权。①通过和解协议；②通过破产财产的分配方案。

（4）债权人可以委托代理人出席债权人会议，行使表决权。代理人出席债权人会议，应当向人民法院或者债权人会议主席提交债权人的授权委托书。

（5）债权人会议应当有债务人的职工和工会的代表参加，对有关事项发表意见。

（二）债权人会议主席

（1）债权人会议设主席一人，由人民法院从有表决权的债权人中指定。

（2）债权人会议主席主持债权人会议。

✎ 考点三　债权人会议的职权

1. 核查债权。

2. 申请人民法院更换管理人，审查管理人的费用和报酬。

3. 监督管理人。

4. 选任和更换债权人委员会成员。

5. 决定继续或者停止债务人的营业。

6. 通过重整计划。

7. 通过和解协议。

8. 通过债务人财产的管理方案。

9. 通过破产财产的变价方案。

10. 通过破产财产的分配方案。

11. 人民法院认为应当由债权人会议行使的其他职权。

债权人会议应当对所议事项的决议作成会议记录。

✎ 考点四　债权人会议的召开与决议

（一）召集

（1）第一次会议。第一次债权人会

---

① 李永军：《破产法律制度》，中国法制出版社。

议由人民法院召集，应当在债权申报期限届满后 15 日内召开。

（2）第一次以外的其他债权人会议的召开。①在人民法院认为必要时；②管理人向债权人会议主席提议时召开；③债权人委员会向债权人会议主席提议时召开；④占债权总额 1/4 以上的债权人向债权人会议主席提议时召开。

（二）通知债权人

召开债权人会议，管理人应当提前 15 日通知已知的债权人。

（三）债权人会议的决议程序

（1）普通决议

债权人会议的决议，由出席会议的有表决权的债权人过半数通过，并且其所代表的债权额占无财产担保债权总额的 1/2 以上。

（2）特别决议

重整计划的通过和和解协议的通过都适用特别表决程序，对此详见相关部分。

（四）决议的效力

债权人会议的决议，对于全体债权人均有约束力。一旦决议依法定程序获得通过，各债权人不论是否出席了会议，不论是否参加表决，也不论是否投票赞成，都当然地受决议的约束。

债权人认为债权人会议决议违反法律规定的，可以在债权人会议作出决议后 7 日内提请法院裁定。

（五）救济程序

（1）特定决议未通过时由人民法院裁定。

①直接经人民法院裁定：债务人财产的管理方案未经通过的；②破产财产的变价方案未经通过的。对此裁定不复的债权额占无财产担保债权总额 1/2 以上的债权人，可以自裁定宣布之日或者收到通知之日起 15 日内向该人民法院申请复议。但是复议期间不停止裁定的执行。③经债权人会议 2 次表决仍未通过的由人民法院裁定：破产财产分配方案未获通过的。

（2）请求人民法院撤销会议决议。债权人认为债权人会议的决议违反法律规定，损害其利益的，可以自债权人会议作出决议之日起 15 日内，请求人民法院裁定撤销该决议，责令债权人会议依法重新作出决议。

考点五 债权人委员会

（一）债权人委员会的概念

债权人委员会是由债权人代表和一名债务人或工会代表组成的代表债权人会议在债权人会议闭幕期间行使部分债权人会议职权的常设机构。

（二）债权人委员会的组成

（1）人数——不得超过九人。

（2）组成人员。①债权人会议选任的债权人代表；②一名债务人的职工代表或者工会代表。

（3）必须经人民法院书面认可。

（三）债权人委员会的职权

（1）监督债务人财产的管理和处分；

（2）监督破产财产分配；

（3）提议召开债权人会议；

（4）债权人会议委托的其他职权。

（四）权利

（1）债权人委员会执行职务时，有权要求管理人、债务人的有关人员对其职权范围内的事务作出说明或者提供有关文件。

（2）管理人、债务人的有关人员违反本法规定拒绝接受监督的，债权人委员会有权就监督事项请求人民法院作出决定；人民法院应当在 5 日内作出决定。

历年真题与示例

千叶公司因不能清偿到期债务，被债权人百草公司申请破产，法院指定甲律师事务所为管理人。下列哪一选项是错误的？(2008－3－28)

A. 甲律师事务所租赁百草公司酒店用作管理人办公室的行为不违反破产法的规定

B. 甲律师事务所有权处分千叶公司的财产

C. 甲律师事务所有权因担任管理人而获得报酬

D. 如甲律师事务所不能胜任职务，债权人会议有权罢免其管理人资格

答案：D

第七章　破产清算

第一节　破产宣告

考点完整提炼

破产宣告 {
破产宣告的概念
破产宣告的条件
破产宣告的情形
破产宣告的效力
}

法条依据串烧

第 107 条　人民法院依照本法规定宣告债务人破产的，应当自裁定作出之日起 5 日内送达债务人和管理人，自裁定作出之日起 10 日内通知已知债权人，并予以公告。

债务人被宣告破产后，债务人称为破产人，债务人财产称为破产财产，人民法院受理破产申请时对债务人享有的债权称为破产债权。

考点精析

考点一　破产宣告的概念

所谓破产宣告是指人民法院依法将已经具备破产原因的债务人宣告为破产人从而使债务人进入破产清算程序的司法裁定。

考点二　破产宣告的条件

（一）已经受有关债务人的破产申请案件

（二）债务人具有破产原因

（1）不能清偿到期债务并且财产不足以清偿全部债务的；

（2）明显缺乏清偿能力的。

（三）不具有破产阻却事由

（1）债权人申请破产宣告的，债务人申请和解，和解协议获债权人会议通过的；

（2）债权人申请破产宣告，债务人申请重整的，得到人民法院许可的；

（3）破产宣告前第三人为债务人提供足额担保或者为债务人清偿全部到期债务的；

（4）破产宣告前债务人已清偿全部到期债务的。

考点三　破产宣告的具体情形

1. 债务人自己申请破产。

2. 债权人申请破产债务人没有提出和解申请、也没有提出重整申请的。

3. 债权人申请破产，债务人提出了和解申请或重整申请，但是未被通过或者未被法院接受的。

4. 债务人与债权人达成和解协议但是和解协议被法院撤销或者由于债务人

的原因被提前终止的。

5. 重整程序被人民法院提前终止的。

示例 依据我国《企业破产法》的有关规定，在何种条件下，债权人能够申请宣告债务人破产？

A. 债务人资不抵债或者明显缺乏清偿能力

B. 债务人信誉下降

C. 债务人拒绝清偿到期债务

D. 债务人不能清偿到期债务

答案：AD

考点四 破产宣告的效力

（一）破产清算程序开始

人民法院受理了有关债务人的破产申请并不意味着一定会开始破产清算，还可能由于债务人的申请而进入重整程序或者和解程序。而若和解协议得到履行，重整计划被执行完毕，那么债务人就无须进行破产清算程序了。但是从人民法院对于债务人进行破产宣告时起，债务人确定无疑地要进入破产清算程序了。

（二）债务人成为破产人，债权人的债权成为破产债权、债务人的财产成为破产财产

第二节 变价与分配

考点完整提炼

变价与分配 { 破产财产的变价 破产财产的分配

法条依据串烧

第113条 破产财产在优先清偿破产费用和共益债务后，依照下列顺序清偿：

（一）破产人所欠职工的工资和医疗、伤残补助、抚恤费用，所欠的应当划入职工个人账户的基本养老保险、基本医疗保险费用，以及法律、行政法规规定应当支付给职工的补偿金；

（二）破产人欠缴的除前项规定以外的社会保险费用和破产人所欠税款；

（三）普通破产债权。

破产财产不足以清偿同一顺序的清偿要求的，按照比例分配。

破产企业的董事、监事和高级管理人员的工资按照该企业职工的平均工资计算。

考点精析

考点一 破产财产的变价

1. 制定变价方案。管理人应当及时拟订破产财产变价方案，提交债权人会议讨论。

2. 进行变价。

（1）管理人应当按照债权人会议通过的或者人民法院裁定的破产财产变价方案，适时变价出售破产财产。按照国家规定不能拍卖或者限制转让的财产，应当按照国家规定的方式处理；

（2）变价出售破产财产应当通过拍卖进行。但是，债权人会议另有决议的除外；

（3）破产企业可以全部或者部分变价出售。企业变价出售时，可以将其中的无形资产和其他财产单独变价出售。

考点二 破产分配

（一）分配方案

（1）分配管理人制定分配方案；

（2）分配方案的内容。破产财产分配方案应当载明下列事项：①参加破产财产分配的债权人名称或者姓名、住

所；②参加破产财产分配的债权额；③可供分配的破产财产数额；④破产财产分配的顺序、比例及数额；⑤实施破产财产分配的方法。

（3）经债权人会议通过；

（4）经人民法院裁定认可。债权人会议通过破产财产分配方案后，由管理人将该方案提请人民法院裁定认可。

（二）分配的方式

破产财产的分配应当以货币分配方式进行。但是，债权人会议另有决议的除外。

（三）分配顺序

（1）优先清偿破产费用和共益债务；

（2）破产人所欠职工的工资和医疗、伤残补助、抚恤费用，所欠的应当划入职工个人账户的基本养老保险、基本医疗保险费用，以及法律、行政法规规定应当支付给职工的补偿金；破产企业的董事、监事和高级管理人员的工资按照该企业职工的平均工资计算；

（3）破产人欠缴的除前项规定以外的社会保险费用和破产人所欠税款；

（4）普通破产债权。破产财产不足以清偿同一顺序的清偿要求的，按照比例分配。

（四）特殊债权的分配

（1）附条件和附期限的债权；①对于附生效条件或者解除条件的债权，管理人应当将其分配额提存。②在最后分配公告日，生效条件未成就或者解除条件成就的，应当分配给其他债权人；在最后分配公告日，生效条件成就或者解除条件未成就的，应当交付给债权人。

（2）债权人未受领的财产；①债权人未受领的破产财产分配额，管理人应当提存。②债权人自最后分配公告之日

起满2个月仍不领取的，视为放弃受领分配的权利，管理人或者人民法院应当将提存的分配额分配给其他债权人。

（3）诉讼未决的债权。①破产财产分配时，对于诉讼或者仲裁未决的债权，管理人应当将其分配额提存。②自破产程序终结之日起满2年仍不能受领分配的，人民法院应当将提存的分配额分配给其他债权人。

历年真题与示例

某房地产开发公司被法院宣告破产。就该破产企业清偿顺序问题，下列哪些说法是正确的？（2006 - 3 - 74）

A. 该破产企业所拖欠的民工工资按第一顺序清偿

B. 该破产企业拖欠施工单位的工程欠款可以在破产清算程序开始前受偿

C. 因延期交房给购房人造成的损失按照破产债权清偿

D. 该公司员工向公司的投资款按照破产债权清偿

答案：ABC

第三节　破产程序的终结

考点完整提炼

破产程序的终结 ｛ 破产程序的终结事由 / 破产终结的程序 / 破产程序终结的法律后果

法条依据串烧

第 123 条　自破产程序依照本法第 43 条第 4 款或者第 120 条的规定终结之日起 2 年内，有下列情形之一的，债权人可以请求人民法院按照破产财产分配方案进行追加分配：

（一）发现有依照本法第31条、第32条、第33条、第36条规定应当追回的财产的；

（二）发现破产人有应当供分配的其他财产的。

有前款规定情形，但财产数量不足以支付分配费用的，不再进行追加分配，由人民法院将其上交国库。

第124条 破产人的保证人和其他连带债务人，在破产程序终结后，对债权人依照破产清算程序未受清偿的债权，依法继续承担清偿责任。

考点精析

考点一 破产程序终结的事由

（一）破产分配完结而终结

管理人在最后分配完结后，应当及时向人民法院提交破产财产分配报告，并提请人民法院裁定终结破产程序。

（二）债务人无可供分配的财产

破产人无财产可供分配的，管理人应当请求人民法院裁定终结破产程序。

考点二 终结的程序

（一）人民法院裁定并公告

人民法院应当自收到管理人终结破产程序的请求之日起15日内作出是否终结破产程序的裁定。裁定终结的，应当予以公告。

（二）办理注销登记

管理人应当自破产程序终结之日起10日内，持人民法院终结破产程序的裁定，向破产人的原登记机关办理注销登记。

考点三 终结后的法津后果

1. 作为法人的企业法人资格终止。

2. 破产管理人终止执行职务。管理人于办理注销登记完毕的次日终止执行职务。但是，存在诉讼或者仲裁未决情况的除外。

3. 特殊情形下的追加分配。终结之日起2年内，有此两种情形之一的，债权人可以请求人民法院按照破产财产分配方案进行追加分配：①发现债务人有应当追回的财产的情形；②发现破产人有应当供分配的其他财产的。但财产数量不足以支付分配费用的，不再进行追加分配，由人民法院将其上缴国库。

第八章 破产重整

第一节 重整概述

考点完整提炼

重整概述 { 重整的概念 / 重整的特征

考点精析

考点一 重整的概念

重整是指对于已经具有破产原因或者有破产原因之虞而有再生希望的债务人经债务人本人或者债权人的申请在人民法院的主持下所实施的，目的在于使债务人恢复正常生产经营的法律程序。

考点二 重整的特征[①]

（一）重整对象范围较小

与破产程序和和解程序相比较，能

---

① 李永军：《破产法律制度研究》，中国法制出版社，第389页。

够适用重整程序的债务人范围比较狭窄。因为重整程序的成本相对较高，社会代价巨大，影响范围也较广而且还会限制众多债权人的权利行使。因此只有特定的债务人才能适用重整程序，例如在日本只有股份公司才能适用重整，我国台湾地区也只有公开发行股份或者公司债的股份公司才能适用重整程序。

（二）重整原因比较宽松

与破产程序相比较，重整程序开始的原因比较宽松，只要具备了破产的可能性时即可启动重整程序。

（三）重整措施具有综合性

重整计划是围绕债务人再生而展开的凡是能够使债务人恢复正常的生产经营所可以采取的措施都在重整计划之内，因此不仅包括债权人对债务人之债务的减免、履行期限的延展等让步措施，还包括将债务人与其他企业进行合并、分离、整体出售、租赁经营、追加投资、变更组织形式、更换经营机构等措施在内。

（四）程序的优先性

重整程序不仅优先于一般的民事执行程序，而且还优先于破产程序与和解程序。重整程序开始，破产程序与和解程序即告终止。

第二节　重整程序的开始

考点完整提炼

重整程序的开始 { 申请　受理　受理的后果 }

法条依据串烧

第 70 条　债务人或者债权人可以依照本法规定，直接向人民法院申请对债务人进行重整。

债权人申请对债务人进行破产清算的，在人民法院受理破产申请后、宣告债务人破产前，债务人或者出资额占债务人注册资本 1/10 以上的出资人，可以向人民法院申请重整。

第 75 条　在重整期间，对债务人的特定财产享有的担保权暂停行使。但是，担保物有损坏或者价值明显减少的可能，足以危害担保权人权利的，担保权人可以向人民法院请求恢复行使担保权。

在重整期间，债务人或者管理人为继续营业而借款的，可以为该借款设定担保。

第 77 条　在重整期间，债务人的出资人不得请求投资收益分配。

在重整期间，债务人的董事、监事、高级管理人员不得向第三人转让其持有的债务人的股权。但是，经人民法院同意的除外。

考点精析

考点一　重整的申请

1. 直接申请。债务人或者债权人可以直接向人民法院申请对债务人进行重整。也就是说债务人自己或者债权人在符合重整的条件下，可以不申请债务人的破产而是直接提出破产重整程序的申请。这一点对于债务人来说是非常重要的，这样债务人就不会进入破产清算程序，从而通过重整程序恢复其正常生产经营状况。

2. 人民法院受理破产申请后，破产宣告前债务人申请。在人民法院受理了债务的破产申请后，在破产宣告前，符合下列条件也可以申请重整。

（1）必须是债权人申请对债务人进行破产清算的。也就是说若是债务人自己申请了破产清算程序的，则不得再行提出重整程序的申请。

（2）时间上必须是在人民法院受理破产申请后破产宣告前。

（3）申请人。①债务人；②出资额占债务人注册资本1/10以上的出资人。

考点二 受理

（一）法院进行审查

人民法院收到申请后，应当予以审查，审查的内容包括：

（1）申请人是否合格；

（2）债务人是否具有重整的原因，即：是否符合破产原因或者具有破产原因之虞。

（二）驳回与受理

（1）驳回：人民法院收到重整申请后，应当进行审查，对于不具备重整条件的应当予以裁定进行驳回。

（2）受理：人民法院经审查认为重整申请符合本法规定的，应当裁定债务人重整，并予以公告。

考点三 受理的法律后果

（一）重整程序开始

自人民法院裁定债务人重整之日起至重整程序终止，为重整期间。在重整期间，制定、实施重整计划，最终使债务人恢复偿债能力，能够进行正常的经营。

（二）重整程序开始对于破产程序与和解程序的优先效力

（1）人民法院受理重整程序申请，裁定债务人进入重整程序的即不得再行进行破产宣告；

（2）重整程序开始后，也不得再行启动和解程序。

（三）重整程序开始对于债权的效力

（1）担保物权暂停行使。在重整期间，对债务人的特定财产享有的担保权暂停行使。但是，担保物有损坏或者价值明显减少的可能，足以危害担保权人权利的，担保权人可以向人民法院请求恢复行使担保权。

（2）在重整期间，债务人或者管理人为继续营业而借款的，可以为该借款设定担保。

（四）重整程序对于债务人的效力

（1）债务人可以申请自行管理。①债务人可以恢复自行管理财产的权利。在重整期间，经债务人申请，人民法院批准，债务人可以在管理人的监督下自行管理财产和营业事务。②管理人向债务人移交财产和营业事务。依照本法规定已接管债务人财产和营业事务的管理人应当向债务人移交财产和营业事务，本法规定的管理人的职权由债务人行使。

（2）破产管理人的管理。①若债务人没有申请自行管理，或者申请未被法院批准时，仍然由破产管理人对于债务人的财产和营业进行管理；②管理人负责管理财产和营业事务的，可以聘任债务人的经营管理人员负责营业事务。

（3）对债务人投资人的效力。在重整期间，债务人的出资人不得请求投资收益分配。

（4）对于董事、监事、高级管理人的效力。在重整期间，债务人的董事、监事、高级管理人员不得向第三人转让其持有的债务人的股权。但是，经人民法院同意的除外。

第三节　重整计划的制定和通过

考点完整提炼

重整计划 {
重整计划的制定
重整计划的通过
重整计划的批准
重整计划通过的法律后果
重整计划未通过的后果
}

法条依据串烧

第 80 条　债务人自行管理财产和营业事务的，由债务人制作重整计划草案。

管理人负责管理财产和营业事务的，由管理人制作重整计划草案。

第 82 条　下列各类债权的债权人参加讨论重整计划草案的债权人会议，依照下列债权分类，分组对重整计划草案进行表决：

（一）对债务人的特定财产享有担保权的债权；

（二）债务人所欠职工的工资和医疗、伤残补助、抚恤费用，所欠的应当划入职工个人账户的基本养老保险、基本医疗保险费用，以及法律、行政法规规定应当支付给职工的补偿金；

（三）债务人所欠税款；

（四）普通债权。

人民法院在必要时可以决定在普通债权组中设小额债权组对重整计划草案进行表决。

第 84 条　人民法院应当自收到重整计划草案之日起 30 日内召开债权人会议，对重整计划草案进行表决。

出席会议的同一表决组的债权人过半数同意重整计划草案，并且其所代表

的债权额占该组债权总额的 2/3 以上的，即为该组通过重整计划草案。

债务人或者管理人应当向债权人会议就重整计划草案作出说明，并回答询问。

考点精析

考点一　重整计划的制定

（一）重整计划草案制定人

（1）债务人自行管理财产和营业事务的，由债务人制作重整计划草案。

（2）管理人负责管理财产和营业事务的，由管理人制作重整计划草案。

（二）重整计划草案的内容

重整计划草案应当包括下列内容：

（1）债务人的经营方案；

（2）债权分类；

（3）债权调整方案；

（4）债权受偿方案；

（5）重整计划的执行期限；

（6）重整计划执行的监督期限；

（7）有利于债务人重整的其他方案。

（三）提交重整计划草案的期间

（1）人民法院裁定债务人重整之日起 6 个月内，必须提交重整计划草案。

（2）前款规定的期限届满，经债务人或者管理人请求，有正当理由的，人民法院可以裁定延期 3 个月。

（3）预期未提交的法律后果：债务人或者管理人未按期提出重整计划草案的，人民法院应当裁定终止重整程序，并宣告债务人破产。

考点二　重整计划的通过

（一）债权人会的召开

（1）人民法院应当自收到重整计划

草案之日起30日内召开债权人会议，对重整计划草案进行表决。

（2）债务人或者管理人应当向债权人会议就重整计划草案作出说明，并回答询问。

（3）债务人的出资人代表可以列席讨论重整计划草案的债权人会议。

（二）债权人会议的分组讨论

因为重整计划的执行对于各类别债权人的利益影响有所不同，例如有担保的债权人在重整程序中被限制行使担保物权，而在破产程序中则可以通过别除权而受偿。新《破产法》依照下列债权类型将债权人会议进行分组表决：

（1）对债务人的特定财产享有担保权的债权；

（2）债务人所欠职工的工资和医疗、伤残补助、抚恤费用，所欠的应当划入职工个人账户的基本养老保险、基本医疗保险费用，以及法律、行政法规规定应当支付给职工的补偿金；

（3）债务人所欠税款；

（4）普通债权。人民法院在必要时可以决定在普通债权组中设小额债权组对重整计划草案进行表决；

（5）重整计划草案涉及出资人权益调整事项的，应当设出资人组，对该事项进行表决。

（三）决议机制

（1）出席会议的同一表决组的债权人过半数同意重整计划草案，并且其所代表的债权额占该组债权总额的2/3以上的，即为该组通过重整计划草案。

（2）各表决组均通过重整计划草案时，重整计划即为通过。只要有一组没有通过的即为未通过。

（四）未通过时的补救措施

（1）再次表决。

部分表决组未通过重整计划草案的，债务人或者管理人可以同未通过重整计划草案的表决组协商。该表决组可以在协商后再表决一次。双方协商的结果不得损害其他表决组的利益。若再次表决通过的，重整计划即为通过。

（2）以人民法院批准代替债权人会议通过。

未通过重整计划草案的表决组拒绝再次表决或者再次表决仍未通过重整计划草案，但重整计划草案符合下列条件的，债务人或者管理人可以申请人民法院批准重整计划草案。

1. 按照重整计划草案，本法第82条第1款第一项所列债权就该特定财产将获得全额清偿，其因延期清偿所受的损失将得到公平补偿，并且其担保权未受到实质性损害，或者该表决组已经通过重整计划草案。

2. 按照重整计划草案，本法第82条第1款第二项、第三项所列债权将获得全额清偿，或者相应表决组已经通过重整计划草案。

3. 按照重整计划草案，普通债权所获得的清偿比例，不低于其在重整计划草案被提请批准时依照破产清算程序所能获得的清偿比例，或者该表决组已经通过重整计划草案。

4. 重整计划草案对出资人权益的调整公平、公正，或者出资人组已经通过重整计划草案。

5. 重整计划草案公平对待同一表决组的成员，并且所规定的债权清偿顺序不违反本法第113条的规定。

6. 债务人的经营方案具有可行性。

考点三　人民法院的批准

1. 自重整计划通过之日起10日内，

债务人或者管理人应当向人民法院提出批准重整计划的申请。人民法院经审查认为符合本法规定的,应当自收到申请之日起 30 日内裁定批准,终止重整程序,并予以公告。

2. 若部分债权人会议未通过的,债务人或管理人申请人民法院批准的,人民法院经审查认为重整计划草案符合前款规定的,应当自收到申请之日起 30 日内裁定批准,终止重整程序,并予以公告。

考点四 重整计划通过的法津效力

1. 经人民法院裁定批准的重整计划,对债务人和全体债权人均有约束力。

2. 债权人未依照本法规定申报债权的,在重整计划执行期间不得行使权利;在重整计划执行完毕后,可以按照重整计划规定的同类债权的清偿条件行使权利。

3. 债权人对债务人的保证人和其他连带债务人所享有的权利,不受重整计划的影响。

考点五 重整计划草案未获通过的法津后果

重整计划草案未获得通过且未获得人民法院批准,或者已通过的重整计划未获得批准的,人民法院应当裁定终止重整程序,并宣告债务人破产。

第四节 重整计划的执行与重整程序终止

考点完整提炼

重整计划的执行和终止 { 重整计划的执行 / 重整计划的终止 / 重整计划执行完毕的后果

法条依据串烧

第 89 条 重整计划由债务人负责执行。

人民法院裁定批准重整计划后,已接管财产和营业事务的管理人应当向债务人移交财产和营业事务。

第 93 条 债务人不能执行或者不执行重整计划的,人民法院经管理人或者利害关系人请求,应当裁定终止重整计划的执行,并宣告债务人破产。

人民法院裁定终止重整计划执行的,债权人在重整计划中作出的债权调整的承诺失去效力。债权人因执行重整计划所受的清偿仍然有效,债权未受清偿的部分作为破产债权。

前款规定的债权人,只有在其他顺位债权人同自己所受的清偿达到同一比例时,才能继续接受分配。

有本条第 1 款规定情形的,为重整计划的执行提供的担保继续有效。

考点精析

考点一 重整计划的执行

(一)债务人执行

(1)重整计划由债务人负责执行。

(2)人民法院裁定批准重整计划后,已接管财产和营业事务的管理人应当向债务人移交财产和营业事务。

(二)管理人监督执行

(1)监督期内由管理人监督执行。

自人民法院裁定批准重整计划之日起,在重整计划规定的监督期内,由管理人监督重整计划的执行。在监督期内,债务人应当向管理人报告重整计划执行情况和债务人财务状况。

(2)监督期届满后管理人终止

监督。

监督期届满时，管理人应当向人民法院提交监督报告。自监督报告提交之日起，管理人的监督职责终止。管理人向人民法院提交的监督报告，重整计划的利害关系人有权查阅。经管理人申请，人民法院可以裁定延长重整计划执行的监督期限。

考点二 重整计划的终止

（一）重整计划终止的事由

（1）债务人不能执行或者不执行重整计划的；

（2）债务人的经营状况和财产状况继续恶化，缺乏挽救的可能性；

（3）债务人有欺诈、恶意减少债务人财产或者其他显著不利于债权人的行为；

（4）由于债务人的行为致使管理人无法执行职务。

（二）债务人或利害关系人申请

重整计划的终止不能由法院依职权主动裁定，必须由债权人或者利害关系人申请。

（三）重整计划终止的法律后果

（1）由人民法院裁定进行破产宣告，债务人转入破产清算程序；

（2）债权调整的承诺失去效力。人民法院裁定终止重整计划执行的，债权人在重整计划中作出的债权调整的承诺失去效力。债权人因执行重整计划所受的清偿仍然有效，债权未受清偿的部分作为破产债权；

（3）为重整计划的执行提供的担保继续有效。

考点三 重整计划执行完毕的后果

按照重整计划减免的债务，自重整计划执行完毕时起，债务人不再承担清偿责任。

第九章 和 解

考点完整提炼

和解程序 { 和解申请
和解受理
和解协议

法条依据串烧

第95条 债务人可以依照本法规定，直接向人民法院申请和解；也可以在人民法院受理破产申请后、宣告债务人破产前，向人民法院申请和解。

债务人申请和解，应当提出和解协议草案。

第97条 债权人会议通过和解协议的决议，由出席会议的有表决权的债权人过半数同意，并且其所代表的债权额占无财产担保债权总额的2/3以上。

第100条 经人民法院裁定认可的和解协议，对债务人和全体和解债权人均有约束力。

和解债权人是指人民法院受理破产申请时对债务人享有无财产担保债权的人。

和解债权人未依照本法规定申报债权的，在和解协议执行期间不得行使权利；在和解协议执行完毕后，可以按照和解协议规定的清偿条件行使权利。

第101条 和解债权人对债务人的保证人和其他连带债务人所享有的权利，不受和解协议的影响。

● 考点精析

◆ 考点一　和解申请

（一）申请人

债权人不能申请和解程序，只有债务人自己可以申请和解。

（二）申请的类型

（1）直接申请；

（2）人民法院受理破产申请后破产宣告前申请。

（三）申请文件

（1）和解申请书；

（2）和解协议草案。

◆ 考点二　受理

（一）程序

（1）裁定和解；人民法院经审查认为和解申请符合本法规定的，应当裁定和解。

（2）公告；

（3）召集债权人会议讨论和解协议草案。

（二）受理的法律后果

对债务人的特定财产享有担保权的权利人，自人民法院裁定和解之日起可以行使权利。

◆ 考点三　和解协议

（一）和解协议的概念

和解协议是债权人团体和债务人达成的以让步方法了结债务的协议。

（二）和解协议的通过

（1）债权人会议以特别多数通过。债权人会议通过和解协议的决议，由出席会议的有表决权的债权人过半数同意，并且其所代表的债权额占无财产担保债权总额的2/3以上。

（2）人民法院认可。

债权人会议通过和解协议的，由人民法院裁定认可，终止和解程序，并予以公告。管理人应当向债务人移交财产和营业事务，并向人民法院提交执行职务的报告。

（三）和解协议的效力

（1）对和解债权人的效力。和解债权人是指人民法院受理破产申请时对债务人享有无财产担保债权的人。①经人民法院裁定认可的和解协议，对全体和解债权人均有约束力。②和解债权人未依照本法规定申报债权的，在和解协议执行期间不得行使权利；在和解协议执行完毕后，可以按照和解协议规定的清偿条件行使权利。

（2）对债务人的效力。债务人应当按照和解协议规定的条件清偿债务。

（3）对于保证人的效力。和解债权人对债务人的保证人和其他连带债务人所享有的权利，不受和解协议的影响。

（四）和解程序的终止

（1）和解协议未获债权人会议通过；

（2）和解协议未被人民法院认可；

（3）由于债务人欺诈和违法而订立的和解协议无效；

和解债权人因执行和解协议所受的清偿，在其他债权人所受清偿同等比例的范围内，不予返还。

（4）债务人不履行和解协议。

《企业破产法》第104条规定："债务人不能执行或者不执行和解协议的，人民法院经和解债权人请求，应当裁定终止和解协议的执行，并宣告债务人破产。

人民法院裁定终止和解协议执行的，和解债权人在和解协议中作出的债权调整的承诺失去效力。和解债权人因执行和解协议所受的清偿仍然有效，和解债权未受清偿的部分作为破产债权。

前款规定的债权人，只有在其他债权人同自己所受的清偿达到同一比例时，才能继续接受分配。

有本条第 1 款规定情形的，为和解协议的执行提供的担保继续有效。"

和解协议草案经债权人会议表决未获得通过，或者已经债权人会议通过的和解协议未获得人民法院认可的，人民法院应当裁定终止和解程序，并宣告债务人破产。

（五）和解协议履行完毕的法律后果

按照和解协议减免的债务，自和解协议执行完毕时起，债务人不再承担清偿责任。

示例　下列有关破产程序中的和解的表述中哪些是正确的？

A. 债权人会议通过和解协议的决议，由出席会议的有表决权的债权人过半数同意，并且其所代表的债权额占无财产担保债权总额的 1/2 以上。

B. 和解债权人对债务人的保证人和其他连带债务人所享有的权利，不受和解协议的影响。

C. 按照和解协议减免的债务，自和解协议执行完毕时起，债务人不再承担清偿责任。

D. 债权人会议通过和解协议的，由人民法院裁定认可，终止和解程序，并予以公告。管理人应当向债务人移交财产和营业事务，并向人民法院提交执行职务的报告。

答案：BCD

第六部分　票　据　法

第一章　票据与票据关系

票据概述 ┤
　票据的概念
　票据的特征
　票据的类型
　票据关系
　票据基础关系与票据关系

考点精析

考点一　票据的概念

票据是出票人依法签发的承诺自己或者委托他人在见票时或者指定日期无条件支付确定金额给持票人或者其所指定的人的有价证券。

考点二　票据的特征

（一）票据是完全有价证券

（1）所谓有价证券是指有价证券是其上记载一定民事财产权的特殊纸张，行使民事权利以持有该纸张为必要。就此点而言，票据与公司的股票、公司债权、提单等相同，都属于有价证券的范畴。

（2）依权利和证券结合的方式，有价证券分为完全有价证券和不完全有价证券。票据属于其中的完全有价证券。而股票、债权、提单等则属于不完全有价证券。

证券权利的发生、移转和行使都以证券的存在为必要，即权利的发生以作成证券为必要、权利的移转以交付证券为必要、权利的行使以持有证券为必要的有价证券为完全有价证券，完全有价证券又称为绝对的有价证券。只有证券权利的移转或行使以证券为必要，而证券权利的发生不以作成证券为必要的为不完全有价证券，又称为相对的有价证券。基于票据的完全有价性：①票据权利于票据签发后才发生，签发前票据权利不发生。②票据权利人向债务人行使权利必须向债务人提示票据。③票据权利的移转以交付票据为必要。④债务人向票据权利人履行债务后，即行收回票据。

（二）票据是要式证券

（1）票据首先必须采纳书面形式；

（2）票据上的记载事项都由法律严格规定，违反该规定的形式会影响到票据的效力；

（3）一切票据行为都必须由行为人签章。

（三）票据是文义证券

票据权利的内容以及票据有关的一切事项都以票据上记载的文字为准，不受票据上文字以外事项的影响。也就是说票据上记载的事项与真实情形不一致的以记载的事项为准。

（四）票据是无因证券

票据权利的存在只依票据本身的文义确定，权利人享有票据权利只以持有票据为必要，至于权利人取得票据的原因、票据权利发生的原因均可不问，这些原因存在与否、有效与否，与票据权利原则上互不影响。

（五）票据是流通证券

票据的生命即在于其流通，票据是可以自由转让的，而且与普通债权相比票据权利的转让非常的简便和安全，票据法的许多规定都是围绕票据的流通性而展开的。为了方便票据的流通，法律将票据规定为指示证券，只需要票据权利人通过背书的方式即可将票据转让。

示例 依据票据法原理，票据的一大特征为无因债券，其含义指的是：

A. 取得票据无须合法原因

B. 转让票据须以享受让方支付票据为先决条件

C. 占有票据即能行使票据权利，不问占有原因和资金关系

D. 当事人发行、转让、背书等票据行为须依法定形式进行

答案：C

考点三。票据的类型

我国票据法上的票据有三种，分别为：汇票、本票、支票。

（一）汇票

汇票是出票人签发的，委托付款人在见票时或者在指定日期无条件支付确定的金额给收款人或者持票人的票据。我国票据法上的汇票包括银行汇票和商业汇票两种。

（二）本票

本票是出票人签发的，承诺自己在见票时无条件支付确定的金额给收款人或者持票人的票据。我国票据法上的本票只能是银行本票。

（三）支票

支票是出票人签发的，委托办理支票存款业务的银行或者其他金融机构在见票时无条件支付确定的金额给收款人或者持票人的票据。

表一：三种票据的基本区别

	汇 票	本 票	支 票
基本当事人	出票人、付款人、持票人	出票人、持票人	出票人、付款人、持票人
当事人的特殊限制		出票人只能是银行	付款人只能是银行等金融机构
证券性质	委付证券	自付证券	委付证券
付款期限	见票即付、出票后定期付款、见票后定期付款、定日付款	出票后2个月内请求付款	见票即付一种，必须在10日内请求付款
票据上的特殊制度	承兑制度	见票制度	划线

续表

	汇　　票	本　　票	支　　票
出票时的绝对必要事项	1. 表明"汇票"的字样 2. 无条件支付的委托 3. 确定的金额； 4. 付款人名称 5. 收款人名称 6. 出票日期 7. 出票人签章。	1. 表明"本票"的字样 2. 无条件支付的承诺 3. 确定的金额 4. 收款人名称 5. 出票日期 6. 出票人签章。	1. 表明"支票"的字样 2. 无条件支付的委托 3. 确定的金额 4. 付款人名称 5. 出票日期 6. 出票人签章。
功能	支付、结算、融资	支付、结算、融资	支付、结算
票据时效	对出票人和承兑人均为 2 年	对出票人的是 2 年	对出票人的是 6 个月

考点四　票据关系

（一）票据关系的概念

票据关系是基于票据当事人的票据行为而发生的票据上的权利义务关系。

由于票据行为有出票、背书、承兑、保证、付款等多种票据行为，票据关系也就有发票关系、背书关系、承兑关系、保证关系、付款关系等多种票据关系，从而在票据当事人之间产生了票据上的权利义务关系。

（二）票据关系的构成要素

1. 票据权利的当事人。票据当事人可分为基本当事人和非基本当事人：

（1）基本当事人是随出票行为而出现的当事人。汇票与支票的基本当事人有出票人、付款人与收款人，本票基本当事人有出票人与收款人。基本当事人是构成票据关系的必要主体，这种主体不存在或不完全，票据上的法律关系就不能成立，票据也就无效。

（2）非基本当事人是在票据签发之后通过其他票据行为而参加到票据关系中的当事人。如承兑人、保证人、背书人等。

2. 票据关系的内容。即票据权利和票据义务。

3. 票据关系的客体。由于票据权利是债权，所以票据关系的客体与一般债权的客体相同，即为给付行为，不过票据关系中给付行为的对象只限于金钱。

（三）票据基础关系

所谓票据的基础关系是指票据关系所赖以发生的民事法律关系。当事人之间之所以会实施票据行为从而发生票据权利义务关系是基于一定的民事法律关系。

1. 票据基础关系的类型。

（1）票据原因关系。它是指票据当事人之间由接受某种票据的原因所产生的基础关系。也就是说，某种票据关系之所以产生，在经济上和法律上必定有着客观的原因。

（2）票据预约关系。票据当事人间虽然有原因关系存在，但是在票据行为之前，通常要对票据行为的内容有所约定，如在发出票据之前，出票人与收款人之间就票据的种类、金额、到期日、付款地等事项达成协议，这种协议就是一种票据预约，它本身不是票据关系。

（3）票据资金关系。它是指汇票或支票的出票人与付款人之间的基础关系。因资金的存贷关系也能产生票据关系，故称这种资金的存贷关系为一种资金性票据的基础关系。

2. 票据基础关系与票据关系的关系。

(1) 票据关系与基础关系相分离。票据关系一经形成即与基础关系相分离。基础关系是否存在、是否有效，对票据关系都不起影响。

第一，原因关系与票据关系相分离。

不论票据债权人与票据债务人之间的原因关系是否有效，甚至是否存在都不影响票据权利人的权利，只要债权人持有票据即得行使票据权利，而且票据记载的事项合法即可行使票据权利。票据的效力不因基础关系的无效而受有影响。

例如：甲因向乙购货而交付本票给乙，乙只须于到期日持票向甲请求付款，并不须向甲证明其已履行交货义务。换句话说，即使甲乙间的买卖合同解除，甲所发出的本票仍为有效，乙仍然是本票上的权利人，仍得向甲请求付款，至于甲可以提出抗辩是另一问题。如乙将本票转让于善意第三人，该第三人持票向甲请求付款，甲更不能以甲乙间的原因关系来影响甲与丙之间的票据关系。反之，乙也不能以甲交给自己本票来证明自己已履行交货任务。

第二，资金关系与票据关系相分离。

出票人与付款人之间是否存在资金关系不影响票据的效力。其具体表现在下述几个方面：①出票人与付款人之间不存在资金关系时出票的，其票据仍有效。②虽然付款人与出票人之间有资金关系，付款人仍然无承兑或付款的义务。汇票付款人如受有资金而不承兑，只在他与发票人之间发生民法上的违约问题。③汇票付款人承兑后，即使不存在票据关系仍然要承担付款责任。④出票人不得以已供给资金于付款人而对于持票人的追索不负责任。

第三，票据预约关系与票据关系分离。

就票据预约关系而言，即便出票人即使违反预约而发出票据，其票据仍为有效。

例如，出票人与持票人约定票据金额为10万元，实际签发的票据是8万元，只要收款人接受该票据，该票据即为有效。

(2) 票据关系与基础关系的联系。票据原因关系与票据关系有一定程度的关联，具体表现在下述三个方面：

第一，票据直接当事人可以基于原因关系而进行抗辩。

例如，甲因向乙购货而交付本票与乙，以后甲乙间的买卖合同解除，乙持票向甲请求付款时，甲可以主张原因关系不存在而拒绝付款。

第二，持票人取得票据如无对价或无相当之对价，不能优于其前手的权利。即凡是可以对抗其前手的抗辩权均可对抗该持票人。

第三，恶意取得票据的人不能优于其前手的权利。

历年真题与示例

熊某因出差借款。财务部门按规定给熊某开具了一张载明金额1万元的现金支票。熊某持支票到银行取款，银行实习生马某向熊某提出了下列问题：你真的是熊某吗？为什么要借1万元？熊某拒绝回答，马某遂拒绝付款。根据票据法原理，关于马某行为，下列哪些选项是正确的？（2008－3－71）

A. 侵犯熊某人格尊严

B. 违反票据无因性原理

C. 侵犯持票人权利

D. 违反现金支票见票即付规则

答案：BCD

第二章　票据总论

第一节　票据权利

考点完整提炼

票据权利｛票据权利的概念与性质／票据权利的取得／票据权利的行使和保全／票据权利的消灭／利益偿还请求权

法条依据串烧

第17条　票据权利在下列期限内不行使而消灭：

（一）持票人对票据的出票人和承兑人的权利，自票据到期日起2年。见票即付的汇票、本票，自出票日起2年；

（二）持票人对支票出票人的权利，自出票日起6个月；

（三）持票人对前手的追索权，自被拒绝承兑或者被拒绝付款之日起6个月；

（四）持票人对前手的再追索权，自清偿日或者被提起诉讼之日起3个月。

票据的出票日、到期日由票据当事人依法确定。

第18条　持票人因超过票据权利时效或者因票据记载事项欠缺而丧失票据权利的，仍享有民事权利，可以请求出票人或者承兑人返还其与未支付的票据金额相当的利益。

考点一　票据权利的概念与性质

（一）概念

票据权利是指持票人享有的能够请求票据债务人支付票据金额的权利。

票据权利包含有二次权利，分别为付款请求权和追索权。持票人于票据到期时可以请求票据上记载的付款人支付票面金额的权利是付款请求权。当付款请求权不能实现时，持票人可以向背书人、出票人、保证人等请求支付票面金额及有关费用，该种请求权被称之为付款请求权。

（二）票据权利的性质

票据权利中的付款请求权和追索权都是请求权，即请求相对人支付票据金额的权利，因此都是金钱债权。

考点二　票据权利的取得

（一）原始取得

与其他民事权利相同，票据权利的取得也分为原始取得和继受取得两种。票据权利的原始取得方式有两种，即：

（1）依出票行为取得票据。出票行为是创设票据并将票据交付给收款人的票据行为。在此行为之前，当事人之间原无票据权利，出票人将依法做成的票据交付持票人，收款人即第一次取得票据权利，所以，因出票行为取得票据的，属于票据权利的原始取得。

（2）善意受让票据。善意受让，是指持票人从无票据处分权人手中无过失地受让票据，得依法定条件取得票据权利的法律事实。又称"善意取得"。①须受让人从无票据处分权人手中取得票据。②须依照票据法规定的转让方式取得票据。③取得票据之时须无恶意或重大过失。

（二）继受取得

继受取得，是指受让人从票据权利人手中以法定方式取得票据，从而取得票据权利。包括因票据权利人背书转让、无记名票据的交付、继承、公司合并等取得票据权利的方式。这种取得，适用法律行为的规则。

考点三 票据权利的行使和保全

（一）票据权利的行使

票据权利的行使，是指票据权利人向票据债务人提示票据请求，履行票据债务的行为。

狭义的票据权利行使，指请求付款（行使付款请求权）、进行追索（行使追索权）。

（二）票据权利的保全

票据权利人为防止票据权利消灭所进行的行为，叫做票据权利的保全。

保全行为有提示票据请求承兑、提示票据请求付款、在汇票遭受拒绝承兑时请求作成拒绝证明、在请求付款遭到拒绝时请求做出退票理由书、起诉、中断时效等。

考点四 票据权利的消灭

（一）概念

票据权利的消灭，是指票据上的付款请求权或者追索权因法定事由的出现而归于消灭。

（二）票据权利消灭的法定事由

按照《票据法》第60、72、17、18条，下列事由使票据权利消灭。

（1）付款。票据债务人付款时，持票人将票据交付给付款人，票据关系终止，票据权利消灭。我国《票据法》第60条规定，付款人依法足额付款后，全体汇票债务人的责任解除。

（2）被追索人清偿票据债务及追索费用。在付款请求权由于某些原因无法实现时，票据权利可以向出票人及背书人进行追索，被追索人付款后收款人的票据权利消灭，但是此时被追索人取得了票据权利可以进行再追索。

（3）票据时效期间届满。

由于票据权利是债权性请求权，所以票据权利也应当受诉讼时效的限制。持票人不行使票据权利的事实持续到票据时效期间届满，其付款请求权或追索权即消灭，票据法关于票据的时效有特别规定：①持票人对票据的出票人和承兑人的权利，自票据到期日起2年。见票即付的汇票、本票，自出票日起2年；②持票人对支票出票人的权利，自出票日起6个月；③持票人对前手的追索权，自被拒绝承兑或者被拒绝付款之日起6个月；④持票人对前手的再追索权，自清偿日或者被提起诉讼之日起3个月。

考点五 利益偿还请求权

（一）利益偿还请求权的概念

所谓利益偿还请求权是指票据债权因为欠缺必要手续或者经过了时效而消灭时，为了平衡权利人和义务人的利益而赋予票据权利人请求义务人返还其所受的利益的一种权利。

我国票据法第18条规定：持票人因超过票据权利时效或者因票据记载事项欠缺而丧失票据权利的，仍享有民事权利，可以请求出票人或者承兑人返还其与未支付的票据金额相当的利益。

（二）利益偿还请求权的类型

（1）在出票人和收款人之间：出票人已经自收款人处获得对价而收款人因为手续的欠缺或者时效的经过而失去票据权利时，可以请求出票人返还利益。

（2）出票人和付款人之间：付款人已经付款，但是为获得出票人的对价，而付款人对于出票人的票据权利消灭时可以请求出票人返还对价。

（3）出票人和付款人之间：出票人已经向付款人支付对价，付款人未付款收款人向出票人追索后，出票人丧失了票据权利时可以请求付款人返还利益。

（三）利益返还请求权本身的诉讼时效

利益返还请求权是民法上的普通债权，因此适用民法上的2年诉讼时效，因此若票据权利过了时效而利益返还请求权也过了诉讼时效则权利人就无法实现其权利了。

第二节　票据行为

考点完整提炼

票据行为 { 票据行为的概念与性质
票据行为的特征
票据行为的代理

法条依据串烧

第5条　票据当事人可以委托其代理人在票据上签章，并应当在票据上表明其代理关系。

没有代理权而以代理人名义在票据上签章的，应当由签章人承担票据责任；代理人超越代理权限的，应当就其超越权限的部分承担票据责任。

第6条　无民事行为能力人或者限制民事行为能力人在票据上签章的，其签章无效，但是不影响其他签章的效力。

第13条　票据债务人不得以自己与出票人或者与持票人的前手之间的抗辩事由，对抗持票人。但是，持票人明知存在抗辩事由而取得票据的除外。

票据债务人可以对不履行约定义务的与自己有直接债权债务关系的持票人，进行抗辩。

本法所称抗辩，是指票据债务人根据本法规定对票据债权人拒绝履行义务的行为。

考点精析

考点一　票据行为的概念和性质

（一）概念

票据行为是当事人以设立、变更和消灭票据权利和票据义务为内容的单方民事法律行为。

（二）性质

（1）关于票据行为的性质主要有两种学说，即：单方行为说和双方行为说。我国通说认为票据行为均是单方法律行为。

（2）因此票据行为是民事法律行为，因此票据行为必须具备民事法律行为的生效要件，即行为人应当具备完全行为能力；意思表示无瑕疵；意思表示不违反法律和公共利益。

（3）由于票据行为是单方行为因此只需要行为人一方具有行为能力，只需要行为人一方的意思表示。

考点二　票据行为的特征

（一）要式性

票据行为的要式性体现在下面三个

方面：

（1）书面性。即每一种票据行为的意思表示均应当在票据上实施，而且必须在指定的地方实施，例如背书必须在票据的背面或者粘单上进行。

（2）事项。每一种票据行为均有绝对必要事项、相对必要事项、有益事项、不生票据法律效力的事项和有害事项。其中绝对必要事项必须记载否则该票据行为无效；有害事项是不得记载的事项，若记载在票据上则票据行为无效；相对必要事项是可应当记载在票据上但是没记载并不导致票据行为无效而是由票据法予以规定；有益事项是可记载也可以不记载，但是一旦记载就发生票据法上的效力；不生票据法上效力的事项则是不能记载，即使记载了也不发生票据法上的效力，但是可以发生民法上的效力。

（3）签章。凡是在票据上签章的人均是票据债务人，都应当承担票据责任；凡是没有在票据上签章的人均不是票据债务人，均不承担票据责任。①票据出票人制作票据，应当按照法定条件在票据上签章，并按照所记载的事项承担票据责任。②其他票据债务人在票据上签章的，按照票据所记载的事项承担票据责任，包括：汇票承兑人、背书人、保证人等。③持票人行使票据权利，应当按照法定程序在票据上签章，并出示票据。

（二）无因性

所谓票据行为的无因性是指票据行为与实施该行为的基础行为相分离，票据行为的效力不受基础行为及基础关系的影响，只有票据行为本身符合票据法的规定，即便其基础行为

无效被撤销，该票据行为仍然有效。（具体内容参见票据的无因性）

（三）文义性

票据权利义务完全取决于票据上记载的事项，当事人不能以票据以外的事实证明。

（四）票据行为的独立性

指各个票据行为相互之间分离，前一票据行为有瑕疵不影响后一票据行为的效力。具体体现在：

（1）前一票据行为人欠缺行为能力不影响其他票据行为的效力。依据票据法第6条的规定，无民事行为能力人或者限制民事行为能力人在票据上签章的，其签章无效，但是不影响其他签章的效力。

（2）票据伪造和变造的效力。依据票据法第14条的规定，票据上有伪造、变造的签章的，不影响票据上其他真实签章的效力。

考点三。 票据行为的代理

1. 概述：票据行为的代理适用民事代理制度的规定。

2. 法律效果：①适用显明代理原则，票据当事人可以委托其代理人在票据上签章，但应当注明代理关系。②应当和票据的代行（亦被成为特殊的代理）即代理人直接以被代理人的名义签章相区别。如果代行人没有取得授权，则构成票据伪造，在符合表见代行时，有被代理人先承担责任。

第三节 票据的伪造、变造、涂销

考点完整提炼

变造 { 票据伪造
        涂销

法条依据串烧

第 14 条　票据上的记载事项应当真实，不得伪造、变造。伪造、变造票据上的签章和其他记载事项的，应当承担法律责任。

票据上有伪造、变造的签章的，不影响票据上其他真实签章的效力。

票据上其他记载事项被变造的，在变造之前签章的人，对原记载事项负责；在变造之后签章的人，对变造之后的记载事项负责；不能辨别是在票据被变造之前或者之后签章的，视同在变造之前签章。

考点精析

考点一　票据伪造

（一）票据伪造的概念

所谓票据伪造是指未经授权而以他人的名义在票据上签章的违法行为。

票据的伪造可以是以真实存在的他人名义进行签章，也可以是以一个不存在的人的名义进行签章的行为。

（二）票据伪造的法律后果

1. 对真实签章的效力。依据票据法第 14 条的规定，票据上有伪造的签章的，不影响票据上其他真实签章的效力。

2. 伪造签章在票据法上的法律后果。

（1）因票据伪造行为而取得票据的人由于伪造的票据行为无效因此不能取得票据权利。

（2）因为被伪造的人没有在票据上签章，因此被伪造之人不承担票据责任。因此任何人均不得向被伪造人行使票据权利。

（3）因为伪造人自己也没有在票据上签章所以伪造人也不承担票据责任。同理任何人也不得向伪造人行使票据权利。

3. 票据伪造的其他法律后果。

伪造票据的人不承担票据责任并不意味着其不承担任何法律责任，其应当承担刑事责任、行政责任和民事责任。

（1）伪造人依据刑法的有关规定承担刑事责任；

（2）伪造人对于票据受让人承担民法上的责任：①伪造人的行为对于票据受让人构成了侵权行为，受让人可以基于侵权行为要求伪造人承担赔偿责任。②伪造行为人基于伪造票据而获得之利益构成不当得利，受到损害的受让人可以基于不当得利要求其返还财产。

考点二　票据变造

（一）票据变造的概念

所谓票据变造是指没有变更权利的人，擅自改变票据上签章以外事项的违法行为。

（二）票据变造的法律后果

（1）票据法上的法律后果。①票据变造不影响票据的效力；②在票据变造前签章的人就变造前的事项负责；③在变造后签章的人就变造后的事项负责。

（2）变造人承担其他法律责任。①变造票据的构成刑事犯罪的依照刑法承担刑事责任；②变造票据之人对于受损害的相对人承担侵权行为责任；其所受的利益构成不当得利应当予以返还。

考点三　票据涂销

第四节 票据丧失与救济

考点精析

考点一 票据丧失的概念与类型

（一）概念

所谓票据丧失是指非因为票据权利人之意思而丧失票据占有的法律事实。因为票据是完全有价证券，行使票据权利必须要出示票据，丧失了票据就无法行使其票据权利，所以为了维持权利人的利益，应当给予相应的救济措施。

（二）票据丧失的主要类型

（1）票据丢失；

（2）票据灭失，即票据本身由于焚毁、被人撕毁等事由不复存在；

（3）票据毁损，即票据的纸张毁损、其上记载的字迹被涂抹等无法识别；

（4）票据被他人占有而拒不返还。

考点二 票据丧失后的救济

1. 挂失止付。记名票据的持票人丧失票据后，可以通知出票人，让出票人停止支付。

2. 向人民法院申请公示催告。关于公示催告程序请学员自己参阅《民事诉讼法》的相关部分。

第五节 票据抗辩

法条依据串烧

《最高人民法院关于审理票据纠纷案件若干问题的规定》第14、15、16条。

考点精析

考点一 票据抗辩种类

1. 对物的抗辩。又称绝对抗辩、客观抗辩，指基于票据本身所作的，票据债务人可对任何票据债权人所作的抗辩，主要有以下情形：

（1）欠缺法定必要记载事项或有法定禁止记载事项或不符合法定格式；

（2）超过票据权利时效；

（3）背书不连续；

（4）票据尚未到期；

（5）票据因除权判决而被宣告无效；

（6）票据伪造时，被伪造的签章人可以提出抗辩；

（7）票据变造时，变造前的签章人可对变造后的记载事项提出抗辩，变造后的签章人可对变造前的记载事项提出抗辩；

（8）无权代理、越权代理情形下，本人可以提出相应抗辩；

（9）无民事行为能力人或限制民事行为能力人的监护人可主张被监护人所为票据行为无效；

（10）欠缺保全手续。

2. 对人的抗辩。又称主观抗辩和相对抗辩，指基于票据义务人与特定票据权利人之间一定关系发生的抗辩，抗辩只能对特定票据权利人主张。主要有以下情形：

（1）在原因关系不存在、无效或消灭的情形下，票据债务人可对有直接原因关系的票据权利人进行抗辩；

（2）票据债务人可对有直接债权债务关系且未履行约定的持票人进行抗辩；

（3）持票人以欺诈、偷盗、胁迫等非法手段取得票据，或明知有此类情形仍恶意取得票据；

（4）持票人明知票据债务人与出票

人或与持票人前手之间存在抗辩事由而取得票据；

（5）持票人以重大过失取得票据。

若存在上述情形，票据纠纷案件的当事人可以提供担保、申请法院采取保全或执行措施。

考点二。票据抗辩的限制

又称票据抗辩切断，指票据法对票据债务人不得对特定票据权利人行使抗辩权的规定。对物抗辩是绝对的，不存在限制问题，票据抗辩限制主要指对人抗辩的限制，主要有两种情形：

1. 对出票人抗辩的切断。票据债务人不得以自己与出票人之间的抗辩事由对抗持票人；

2. 对持票人前手的抗辩切断。票据债务人不得以自己与持票人前手（任何前手）之间的抗辩事由对抗持票人。

历年真题与示例

甲拾得某银行签发的金额为 5000 元的本票一张，并将该本票背书送给女友乙作生日礼物，乙不知本票系甲拾得，按期持票要求银行付款。假设银行知晓该本票系甲拾得并送给乙，对于乙的付款请求，下列哪一种说法是正确的？（2005 - 3 - 31）

A. 根据票据无因性原则，银行应当支付

B. 乙无对价取得本票，银行得拒绝支付

C. 虽甲取得本票不合法，但因乙不知情，银行应支付

D. 甲取得本票不合法，且乙无对价取得本票，银行得拒绝支付

答案： D

第六节　涉外票据的法律适用

法条依据串烧

《票据法》第 96 ～ 101 条。

考点精析

考点一。涉外票据的概念

所谓涉外票据是指出票、背书、承兑、保证、付款等行为中，既有发生在中华人民共和国境内又有发生在中华人民共和国境外的票据。

考点二。国际条约与国际惯例的优先适用

1. 我国缔结或者参加的国际条约同我国票据法规定不同的，适用国际条约的规定。但是，我国声明保留的条款除外。

2. 没有国际条约没有规定的，可以适用国际惯例。

考点三。我国关于涉外票据法律适用的规定

（一）关于行为能力

（1）票据债务人的民事行为能力，适用其本国法律。

（2）票据债务人的民事行为能力，依照其本国法律为无民事行为能力或者为限制民事行为能力而依照行为地法律为完全民事行为能力的，适用行为地法律。

（二）关于出票时的记载事项

（1）汇票、本票出票时的记载事项，适用出票地法律。

（2）支票出票时的记载事项，适用出票地法律，经当事人协议，也可以适用付款地法律。

（三）关于背书等票据附属行为的法律适用

票据的背书、承兑、付款和保证行为，适用行为地法律。

（四）关于票据追索

票据追索权的行使期限，适用出票地法律。

（五）关于票据保全

（1）票据的提示期限、有关拒绝证明的方式、出具拒绝证明的期限，适用付款地法律。

（2）票据丧失时，失票人请求保全票据权利的程序，适用付款地法律。

第三章 汇 票

第一节 汇票的出票

考点完整提炼

汇票出票 { 出票的概念
出票的绝对必要事项
出票的相对必要事项
出票的有益事项和有害事项
出票的效力 }

法条依据串烧

第26条 出票人签发汇票后，即承担保证该汇票承兑和付款的责任。出票人在汇票得不到承兑或者付款时，应当向持票人清偿本法第70条、第71条规定的金额和费用。

考点精析

考点一 汇票出票的概念

出票是指出票人签发票据并将其交付给收款人的票据行为，是基本票据行为。出票由"作成"票据与"交付"票据两部分构成。"作成"票据是指记载法定内容并签名；"交付"票据是指出票人以自己的意思使汇票脱离自己的占有而给予他人。

考点二 出票行为的绝对必要事项

1. 表明"汇票"的字样。
2. 无条件支付的委托。
3. 确定的金额。
4. 付款人名称。
5. 收款人名称。
6. 出票日期。
7. 出票人签章。

考点三 出票行为的相对必要事项

1. 汇票上未记载付款日期的，为见票即付。如以到期日补充记载完成后的汇票提示承兑或提示付款，则应认为该汇票在出票时即已记载到期日。

2. 汇票上未记载付款地的，付款人的营业场所、住所或经常居住地为付款地。

3. 汇票上未记载出票地的，出票人的营业场所、住所或经常居住地为出票地。出票地记载的意义在于确定涉外票据适用法律的准据法。

考点四 出票行为的其他记载事项

1. 有害事项。出票人不得在票据附条件若负有条件的则该票据本身无效。

2. 有益事项。出票人可以在票据上记载"不得转让"的字样，若记载有不得转让字样的，该票据不得背书转让，否则该背书无效。

考点五 汇票的到期日

汇票的到期日有4种：

1. 定日付款，即在票据上以年月日的方式记载付款的具体日期。

2. 出票后定期付款，即在票据上记载从出票人起多长时间付款，例如记载出票后一个月付款，出票日期是 3 月 20 日，那么付款人就是 4 月 20 日。

3. 见票后定期付款，即在票据上记载从付款人承兑之日起一定期间内付款。

4. 见票即付，即只要持票人向付款人提示票据出票人就应当付款的。若票据上没有记载到期日的则推定为见票即付。

考点六　出票的法律效力

出票行为作为基本票据行为，一经完成即对汇票当事人产生票据法上的效力。

（一）对出票人的效力

出票人签发汇票后，就承担保证该汇票承兑和付款的责任。若票据未获得承兑，或者到期未获得付款那么持票人可以向出票人追索票据金额。

（二）对收款人的效力

出票人作成汇票并将汇票实际交付给收款人后，收款人便取得了汇票上的权利，包括付款请求权和追索权。

（三）对付款人的效力

（1）出票人的出票行为是单方法律行为，出票行为一旦完成即产生法律效力，而无需由出票人与付款人之间达成合意。

（2）付款人因出票而取得对汇票进行承兑和付款的权利。

（3）由于付款人没有在票据上签章因此并无付款的义务。

特别嘱咐　由于出票行为是基本票据行为，所以若出票行为因为记载事项的原因无效，那么以后包括背书、承兑、保证在内的所有票据行为均无效。例如出票时在票据上附有付款的条件的，该票据无效，那么以

后的所有票据行为均无效，这是票据行为独立性的例外。但是若票据行为无效是由票据上记载的事由以外的原因所导致的，则不影响其他票据行为的效力，票据行为的独立性仍然适用。

第二节　汇票的背书

考点完整提炼

背书 { 背书的概念 背书的类型 背书的记载事项 背书的效力 }

法条依据串烧

第 33 条　背书不得附有条件。背书时附有条件的，所附条件不具有汇票上的效力。

将汇票金额的一部分转让的背书或者将汇票金额分别转让给 2 人以上的背书无效。

第 34 条　背书人在汇票上记载"不得转让"字样，其后手再背书转让的，原背书人对后手的被背书人不承担保证责任。

第 36 条　汇票被拒绝承兑、被拒绝付款或者超过付款提示期限的，不得背书转让；背书转让的，背书人应当承担汇票责任。

第 37 条　背书人以背书转让汇票后，即承担保证其后手所持汇票承兑和付款的责任。背书人在汇票得不到承兑或者付款时，应当向持票人清偿本法第 70 条、第 71 条规定的金额和费用。

考点精析

考点一　背书的概念

所谓背书是指在票据的背面或者粘

单上记载特定事项，依据该事项而发生 | 法律效力的票据行为。

票据背面

被背书人：乙	被背书人：丙	被背书人：丁
转让（质押/委托收款）	转让（质押/委托收款）	转让（质押/委托收款）
背书人：甲（签名盖章）	背书人：乙（签名盖章）	背书人：丙（签名盖章）
日期：	日期：	日期：

考点二 背书的类型

（一）转让背书和非转让背书

以背书的目的不同，背书可分为转让背书和非转让背书。

（1）转让背书是持票人以转让票据权利为目的的背书。

（2）非转让背书是指持票人以非转让票据权利的其他目的而为的背书。非转让背书又可分为委任背书和设质背书两种。①委任背书是指持票人委托他人代为收款的背书。委托背书必须在记载"委托收款"的字样，否则推定为转让背书。委托背书的被背书人只能代理持票人收款，不能将票据进行转让。转让无效。②设质背书是指持票人为了担保对债权人的债权而将票据质押给该债权人的背书。设质背书的背书人必须记载"质押"等字样，否则被推定为转让背书。设质背书的被背书人不得转让票据，否则转让无效。

（二）一般转让背书和特殊转让背书

以背书的效力不同，转让背书又可分为一般转让背书和特殊转让背书。一般转让背书是指具有完全的、无限制效力的转让背书。特殊转让背书是指其转让效力受到一定限制的转让背书。一般转让背书依其记载事项完全与否分为完全背书和空白背书。特殊转让背书包括禁止背书的背书、回头背书和期后背书等。

（1）一般转让背书。

完全背书。完全背书又称记名背书、正式背书，是指载明背书人和被背书人名称的转让背书。完全背书必须记载被背书人的姓名或名称，并由背书人签章，否则为无效背书。我国《票据法》第30条规定，汇票以背书转让或者以背书将一定的汇票权利授予他人行使时，必须记载被背书人名称。此规定表明，在我国，汇票背书应以完全背书的方式进行，否则背书无效。

空白背书又称不记名背书，是指不记载被背书人姓名或名称的背书。我国《票据法》不承认空白背书。但是《最高人民法院关于审理票据法若干问题的意见》规定：背书人未记载被背书人名称即将票据交付他人的，持票人在票据背书人栏内记载自己的名称与背书人记载具有同等法律效力。该规定承认了空白背书。

（2）特殊转让背书。

禁止背书。禁止背书是指背书人在票据上写明"不得转让"字样的背书。禁止背书的法律效力是被背书人在以背书转让票据的，原背书人不再承担票据责任，而并非背书无效。所谓不再承担票据责任是指只有禁止背书的被背书人可以向背书人追索，其他持票人不得向禁止背书的背书人进行追索。

回头背书。回头背书又称还原背书或逆向背书，是指以背书人的前手为被背书人的背书。我国《票据法》第 69 条规定，持票人为出票人的，对其前手无追索权。持票人为背书人的，对其后手无追索权。

期后背书。期后背书是指票据在被拒绝、承兑、拒绝付款或者超过付款提示期限后所实施的背书。依据我国《票据法》第 36 条规定，期后背书无效，但是背书人应当对于被背书人承担责任。

历年真题与示例

甲公司于 2004 年 4 月 6 日签发一张汇票给乙公司，到期日为 2004 年 7 月 6 日。乙公司于 2004 年 5 月 6 日向付款人提示承兑，被拒绝。乙公司遂将该汇票背书转让给丙公司。乙公司在此汇票上的背书属于什么性质？（2004 - 3 - 24）

A. 回头背书　　　　B. 限制背书
C. 期后背书　　　　D. 附条件背书

答案：C

考点三　背书的记载事项

（一）绝对必要事项

现在票据的背书绝对必要事项只有一项，即背书人的签名和盖章。被背书人不再是绝对必要事项，因为允许空白背书。

（二）相对必要事项

（1）背书的类型：未记载背书的类型被推定为转让背书。

（2）背书的日期：未记载背书日期的推定为在到期日前背书。

（三）背书的有害事项

（1）分别背书，即将票据上的金额分别转让给两个以上的人。分别背书无效。但是允许将票据权利转让给两个以上的人共有。例如持票人甲通过背书将票据记载的 10 万元中的 5 万元转让给乙、将另 5 万元转让给丙，该背书无效，但是若将票据金额一并转让给乙丙共有则该背书是有效的。

（2）部分背书，即将票据金额保留一部分将另一部分转让给他人的背书。部分背书无效。

（四）不生票据法上效力的事项

背书不得附条件、附条件的视为未附条件。

（五）有益事项

背书人在汇票上记载"不得转让"字样，其后手再背书转让的，原背书人对后手的被背书人不承担保证责任。

考点四　转让背书的效力

（一）票据权利转移的效力

背书生效后，被背书人自背书人处取得票据权利。

（二）背书人的权利担保效力

背书人通过背书将票据权利转让给被背书人，背书人即成为了票据债务人，担保票据到期能够获得足额付款，否则背书人应当承担付款责任。

（三）通过背书连续证明持票人的票据权利

所谓背书连续是指第一个背书人是收款人，每一个背书人都是上一个背书的被背书人，最后一个被背书人应当是持票人。

持票人通过背书连续证明自己是票据权利人，而且仅需证明其背书连续即为已足。

反之若背书中断了，票据债务人即可对于持票人进行抗辩，而且此种抗辩是对物的抗辩，即任何票据债务人均可对持票人进行抗辩。

历年真题与示例

甲、乙签订一份购销合同。甲以由银行承兑的汇票付款，在汇票的背书栏记载有"若乙不按期履行交货义务，则不享有票据权利"，乙又将此汇票背书转让给丙。下列对该票据有关问题的表述哪些是正确的？（2005-3-66）

A. 该票据的背书行为为附条件背书，效力待定

B. 乙在未履行交货义务时，不得主张票据权利

C. 无论乙是否履行交货义务，票据背书转让后，丙取得票据权利

D. 背书上所附条件不产生汇票上效力，乙无论交货与否均享有票据权利

答案：CD

第三节 汇票承兑

考点完整提炼

汇票承兑 { 承兑的概念 提示承兑 承兑 承兑的效力 }

法条依据串烧

第39条 定日付款或者出票后定期付款的汇票，持票人应当在汇票到期日前向付款人提示承兑。

提示承兑是指持票人向付款人出示汇票，并要求付款人承诺付款的行为。

第40条 见票后定期付款的汇票，持票人应当自出票日起一个月内向付款人提示承兑。

汇票未按照规定期限提示承兑的，持票人丧失对其前手的追索权。

见票即付的汇票无需提示承兑。

第43条 付款人承兑汇票，不得附有条件；承兑附有条件的，视为拒绝承兑。

第44条 付款人承兑汇票后，应当承担到期付款的责任。

考点精析

考点一 承兑的概念

汇票的承兑是付款人在汇票上承诺到期日无条件支付汇票金额的一种票据行为。承兑制度是汇票特优的法律制度，其他票据都没有该制度。

考点二 提示承兑

（一）提示期限

（1）见票即付的汇票不需要提示承兑；

（2）定日付款的汇票和出票后定期付款的汇票，持票人应当在汇票到期日前向付款人提示承兑；

（3）见票后定期付款的汇票，持票人应当自出票日起1个月内向付款人提示承兑。

（二）未按期提示的法律后果

如果持票人未按照规定期限向付款人提示承兑，即丧失对其前手的追索权。但是不因此而丧失对于出票人的权利。

考点三 付款人承兑

（一）付款人没有承兑的义务

（1）付款人收到持票人提示承兑的汇票时，应当向持票人签发收到汇票的

回单。

（2）付款人对向其承兑的汇票，应当在收到提示承兑的汇票之日起 3 日内承兑或拒绝承兑，期间汇票由付款人占有。

（3）拒绝承兑的应当为持票人出示拒绝理由书，以便持票人进行期前追索。

（二）承兑的记载事项

（1）绝对必要事项：①承兑字样；②承兑人签名盖章；③见票后定期付款的汇票，应当在承兑时记载付款日期。

（2）相对必要事项。承兑日期。未记载承兑日期，以应当承兑的最后一日为承兑日期，即以承兑人收到汇票之日的第 3 日为承兑日期

（3）有害事项。①不得部分承兑，承兑人部分承兑的视为拒绝承兑。②承兑不得附有条件，附有条件的视为拒绝承兑。

考点四　承兑的法律效力

承兑人一旦承兑即成为第一票据债务人，必须承担付款的义务。因为出票行为是单方行为，因此汇票付款人并不因为除票人的付款委托而当然承担付款义务。

历年真题与示例

乙公司在与甲公司交易中获金额为 300 万元的汇票一张，付款人为丙公司。乙公司请求承兑时，丙公司在汇票上签注："承兑。甲公司款到后支付。"下列关于丙公司付款责任的表述哪个是正确的？（2003 - 3 - 17）

A. 丙公司已经承兑，应承担付款责任

B. 应视为丙公司拒绝承兑，丙公司不承担付款责任

C. 甲公司给丙公司付款后，丙公司才承担付款责任

D. 按甲公司给丙公司付款的多少确定丙公司应承担的付款责任

答案：B

第四节　汇票的保证

汇票保证 { 票据保证的概念
票据保证的记载事项
票据保证的效力

法条依据串烧

第 48 条　保证不得附有条件；附有条件的，不影响对汇票的保证责任。

第 50 条　被保证的汇票，保证人应当与被保证人对持票人承担连带责任。汇票到期后得不到付款的，持票人有权向保证人请求付款，保证人应当足额付款。

第 51 条　保证人为 2 人以上的，保证人之间承担连带责任。

第 52 条　保证人清偿汇票债务后，可以行使持票人对被保证人及其前手的追索权。

考点精析

考点一　票据保证的概念

所谓票据保证是指票据债务人以外的第三人在票据上签章为某个票据债务人提供担保，在票据债务人不能履行票据义务时承担代为履行义务的票据行为。

考点二　保证的记载事项

（一）绝对必要事项

（1）表明"保证"的字样。保证

人为出票人、承兑人保证的，须将保证事项记载在票据的正面，保证人为背书人保证的，须将保证事项记载在票据的背面或粘单上。

（2）保证人的名称和住所。

（3）保证人签章。保证人签章与票据上所有的签章的要求相同。

（二）相对必要事项

（1）被保证人的名称。保证人在汇票或粘单上未记载被保证人名称的，已承兑的汇票，承兑人为被保证人，未承兑的汇票，出票人为被保证人。

（2）保证日期。保证人在汇票或者粘单上未记载保证日期的，出票日期为保证日期。

（三）不生票据法上效力的事项

《票据法》第48条规定："保证不得附有条件，附有条件的，不影响对汇票承担的保证责任。"

考点三 保证的法律效力

（一）保证人的责任

（1）保证人与被保证人对持票人负连带责任。被保证的汇票到期后得不到付款的，持票人有权向保证人请求付款，保证人应当足额付款。

（2）同一债务人有2个以上的保证人，2个保证人相互之间承担连带责任。

（3）独立责任。基于票据行为独立性原则，即便被保证人的债务无效，保证行为仍然有效，保证人应负责。

（二）保证人的权利

保证人享有追索权。保证人可以基于与被保证人的实质关系而取得对被保证人的求偿权。在票据关系上，保证人因清偿保证债务取得了票据，从而可据以对承兑人、被保证人及其前手行使追索权。

历年真题与示例

乙公司与丙公司交易时以汇票支付。丙公司见汇票出票人为甲公司，遂要求乙公司提供担保，乙公司请丁公司为该汇票作保证，丁公司在汇票背书栏签注"若甲公司出票真实，本公司愿意保证。"后经了解甲公司实际并不存在。丁公司对该汇票承担什么责任？（2005－3－32）

A. 应承担一定赔偿责任

B. 只承担一般保证责任，不承担票据保证责任

C. 应当承担票据保证责任

D. 不承担任何责任

答案：C

表二：各种票据行为的记载事项

	出票	背书	承兑	保证
绝对必要事项	见本章表一	背书人签章	承兑字样 承兑人签章	保证字样、保证人名称和住所、保证人签章
相对必要事项	付款日期、出票地点、付款地点	背书的类型 背书日期	承兑日期	保证日期 被保证人
有益事项	禁止转让	禁止转让		

续表

	出票	背书	承兑	保证
有害事项，记载该事项票据行为无效	附条件	部分背书 分别背书	附条件 部分承兑	
不生票据法上效力的事项，即记载相当于未记载	出票原因	附条件		附条件

第五节 汇票付款

考点完整提炼

汇票付款 { 提示付款 付款 拒绝付款 }

法条依据串烧

第53条 持票人应当按照下列期限提示付款：

（一）见票即付的汇票，自出票日起1个月内向付款人提示付款；

（二）定日付款、出票后定期付款或者见票后定期付款的汇票，自到期日起10日内向承兑人提示付款。

持票人未按照前款规定期限提示付款的，在作出说明后，承兑人或者付款人仍应当继续对持票人承担付款责任。

通过委托收款银行或者通过票据交换系统向付款人提示付款的，视同持票人提示付款。

第57条 付款人及其代理付款人付款时，应当审查汇票背书的连续，并审查提示付款人的合法身份证明或者有效证件。

付款人及其代理付款人以恶意或者有重大过失付款的，应当自行承担责任。

第58条 对定日付款、出票后定期付款或者见票后定期付款的汇票，付款

人在到期日前付款的，由付款人自行承担所产生的责任。

考点精析

考点一 提示付款

（一）提示付款的概念

所谓提示付款是指持票人在票据到期后，向付款人出示票据请求付款的行为。

（二）提示付款日期

（1）见票即付的汇票，自出票日起一个月内向付款人提示付款；

（2）定日付款、出票后定期付款或者见票后定期付款的汇票，自到期日起10日内向承兑人提示付款。

（三）未在提示期内

持票人未在规定期限提示付款的，在作出说明后，承兑人或者付款人仍应当继续对持票人承担付款责任。

考点二 付款

（一）概念

付款是指汇票承兑人或付款人无条件履行付款义务，消灭票据的债权债务关系的票据行为。

（二）付款程序

（1）审查：付款人及其代理付款人付款时，应当审查汇票背书的连续，并审查提示付款人的合法身份证明或者有效证件。

（2）当日付款：持票人请求付款

的，应当提交票据原件，付款人必须当日无条件足额付款。

（3）付款方式；汇票金额为外币的，按照付款日的市场汇价，以人民币支付。汇票当事人对汇票支付的货币种类另有约定的，从其约定。

（4）免责；付款人依法足额付款后，全体汇票债务人的责任解除。

付款人在履行法定审查义务后进行的付款是有效付款，即使发生错付，亦可依善意免责。

（5）付款后承担责任。付款人及其代理付款人以恶意或者有重大过失付款的，应当自行承担责任。

对定日付款、出票后定期付款或者见票后定期付款的汇票，付款人在到期日前付款的，由付款人自行承担所产生的责任。

考点三 拒绝付款

1. 付款人及其代理人在发现票据有瑕疵时应当拒绝付款。

2. 拒绝付款的应当为持票人出具退票理由书。

3. 没有正当理由拒绝付款的应当承担相应的票据责任。

历年真题与示例

甲公司于 2006 年 3 月 2 日签发同城使用的支票 1 张给乙公司，金额为 10 万元人民币，付款人为丁银行。次日，乙公司将支票背书转让给丙公司。2006 年 3 月 17 日，丙公司请求丁银行付款时遭拒绝。丁银行拒绝付款的正当理由有哪些？（2006－3－73）

A. 丁银行不是该支票的债务人

B. 甲公司在丁银行账户上的存款仅有 2 万元人民币

C. 该支票的债务人应该是甲公司和乙公司

D. 丙公司未按期提示付款

答案：BD

第六节　汇票的追索

考点完整提炼

$$汇票追索\begin{cases}追索原因\\追索条件\\追索方式\\再追索\\追索金额\end{cases}$$

法条依据串烧

第 61 条　汇票到期被拒绝付款的，持票人可以对背书人、出票人以及汇票的其他债务人行使追索权。

汇票到期日前，有下列情形之一的，持票人也可以行使追索权：

（一）汇票被拒绝承兑的；

（二）承兑人或者付款人死亡、逃匿的；

（三）承兑人或者付款人被依法宣告破产的或者因违法被责令终止业务活动的。

第 68 条　汇票的出票人、背书人、承兑人和保证人对持票人承担连带责任。

持票人可以不按照汇票债务人的先后顺序，对其中任何一人、数人或者全体行使追索权。

持票人对汇票债务人中的一人或者数人已经进行追索的，对其他汇票债务人仍可以行使追索权。被追索人清偿债务后，与持票人享有同一权利。

考点精析

考点一　行使追索权的原因

（一）到期日后的追索

持票人在汇票到期日后行使追索权的惟一原因是汇票到期被拒绝付款。

（二）期前追索

根据《票据法》第 61 条的规定，发生下列情形之一时，持票人也可以在汇票到期日之前行使追索权：

（1）汇票被拒绝承兑。在汇票到期日前，持票人合法提示承兑而被付款人拒绝承兑的，持票人即取得追索权。

（2）承兑人或者付款人死亡、逃匿。承兑人或付款人死亡或逃匿时，持票人无处提示承兑或提示付款，汇票权利也就无法实现，因此持票人可以对其他汇票债务人行使追索权。

（3）承兑人或者付款人被依法宣告破产或者因违法被责令终止业务活动。

考点二　行使追索权的条件

（一）出具证明

（1）出具的证明文件：①提供被拒绝承兑或被拒绝付款的有关证明，即承兑人或付款人开出的拒绝承兑证书或拒绝付款证书。②因承兑人或付款人死亡、逃匿或其他原因，不能取得拒绝证明的，可以依法取得其他有关证明，包括医院、公安机关等部门出具的死亡证明书，司法机关出具的失踪证明（如宣告失踪和宣告死亡判决书等）。③承兑人或付款人被法院宣告破产的司法文书，被企业登记机关注销企业法人资格以及承兑人或付款人被解散、歇业在企业登记管理机关登记文件的正、副本等文件具有拒绝证明的效力。

（2）未出示证明文件的法律后果。持票人不能出示拒绝证明、退票理由书或者未按照规定期限提供其他合法证明的，丧失对其前手的追索权。但是，承兑人或者付款人仍应当对持票人承担责任。

（二）通知义务

（1）持票人应当自收到被拒绝承兑或者被拒绝付款的有关证明之日起 3 日内，将被拒绝事由书面通知其前手；其前手应当自收到通知之日起 3 日内书面通知其再前手。持票人也可以同时向各汇票债务人发出书面通知。

（2）未按照规定期限通知的，持票人仍可以行使追索权。因延期通知给其前手或者出票人造成损失的，由没有按照规定期限通知的汇票当事人，承担对该损失的赔偿责任，但是所赔偿的金额以汇票金额为限。

考点三　追索的方式

1. 选择追索：持票人可以不按照汇票债务人的先后顺序，对其中任何一人、数人或者全体行使追索权。

2. 转向追索：持票人对汇票债务人中的一人或者数人已经进行追索的，对其他汇票债务人仍可以行使追索权。

考点四　再追索

被追索人在履行了自己的义务后，即取得持票人的权利，亦即取得了对前手的再追索权，有权依其取得的票据以及利息和费用的收据，请求自己的前手偿还再追索金额。

考点五　追索的金额

（一）初次追索的金额

（1）被拒绝付款的汇票金额；

（2）汇票金额自到期日或者提示付

款日起至清偿日止，按照中国人民银行规定的利率计算的利息；

（3）取得有关拒绝证明和发出通知书的费用。

（二）再追索的金额

（1）已清偿的全部金额；

（2）前项金额自清偿日起至再追索清偿日止，按照中国人民银行规定的利率计算的利息；

（3）发出通知书的费用。

历年真题与示例

甲公司在与乙公司交易中获汇票一张，出票人为丙公司，承兑人为丁公司，付款人为戊公司，汇票到期日为2003年11月30日。当下列哪些情况发生时，甲公司可以在汇票到期日前行使追索权？（2004-3-65）

A. 乙公司申请注销法人资格

B. 丙公司被宣告破产

C. 丁公司被吊销营业执照

D. 戊公司因违法被责令终止业务活动

答案：CD

第四章 本 票

考点完整提炼

本票 { 本票的概念和特征 本票的出票 本票付款及对汇票的准用

法条依据串烧

第78条 本票自出票日起，付款期限最长不得超过2个月。

第79条 本票的持票人未按照规定期限提示见票的，丧失对出票人以外的

前手的追索权。

第80条 本票的背书、保证、付款行为和追索权的行使，除本章规定外，适用本法第二章有关汇票的规定。

本票的出票行为，除本章规定外，适用本法第24条关于汇票的规定。

考点精析

考点一 本票的概念和特征

本票是出票人签发的，承诺自己在见票时无条件支付确定的金额给收款人或者持票人的票据。

与汇票相比，本票有以下特征：

1. 本票基本当事人只有出票人和收款人两者，而汇票、支票存在着出票人、付款人和收款人三方基本当事人。

2. 本票是自付证券，由出票人自己支付本票金额并承担绝对付款人责任。票据金额应如何支付，有委托他人支付与自己担任支付两种形态。委托他人支付（委付）是由出票人委托自己以外的人支付票据金额并负有担保付款人付款的责任，汇票和支票为委付证券。自己担任支付（自付），是由发票人自己支付票据金额并承担绝对的付款责任，本票为自付证券。

3. 本票无需承兑，由于本票是由出票人本人承担付款责任，无需委托他人付款，所以，本票无需承兑就能获得支付。

考点二 本票的出票

（一）出票人的资格

本票出票是出票人签发本票并将其交付给收款人的票据行为。《票据法》第75条规定，本票出票人的资格由中国人民银行审定，具体管理办法由中国人

民银行规定。《支付结算办法》第 100 条则明确规定，银行本票的出票人，为经中国人民银行当地分支行批准办理银行本票业务的银行机构。

（二）法定记载事项

《票据法》第 75 条规定，本票必须记载下列事项：①表明"本票"的字样；《票据法》第 109 条规定，票据凭证的格式和印制管理办法，由中国人民银行规定。②无条件支付的承诺；③确定的金额；④收款人名称；⑤出票日期；⑥出票人签章。本票上未记载前款规定事项之一的，本票无效。

《票据法》第 76 条规定，本票上记载付款地、出票地等事项的，应当清楚、明确。本票上未记载付款地的，出票人的营业场所为付款地。本票上未记载出票地的，出票人的营业场所为出票地。因此，付款地、出票地出票人未予记载时，可依法推定其内容而并不导致本票无效。

（三）任意记载事项

我国《票据法》规定本票的任意记载事项有禁止背书文句和币种支付文句，均准用票据法有关汇票的规定。

考点三 本票的付款和适用汇票规定的情况

（一）本票的付款

（1）提示付款：本票的出票人在持票人提示本票时，必须承担付款的责任。

（2）付款期限最长不超过 2 个月。

（二）本票对于汇票规定的适用

本票的出票、背书、保证、付款、追索等没有特别规定适用汇票的有关规定。

示例 本票自出票之日起，付款期

限最长不得超过：

  A. 1 个月   B. 2 个月
  C. 3 个月   D. 6 个月

  答案：B

第五章 支 票

考点完整提炼

支票 {
　支票的概念与特征
　支票的出票
　支票的付款及对汇票的准用制度
}

法条依据串烧

第 85 条 支票上的金额可以由出票人授权补记，未补记前的支票，不得使用。

第 86 条 支票上未记载收款人名称的，经出票人授权，可以补记。

支票上未记载付款地的，付款人的营业场所为付款地。

支票上未记载出票地的，出票人的营业场所、住所或者经常居住地为出票地。

出票人可以在支票上记载自己为收款人。

第 87 条 支票的出票人所签发的支票金额不得超过其付款时在付款人处实有的存款金额。

出票人签发的支票金额超过其付款时在付款人处实有的存款金额的，为空头支票。禁止签发空头支票。

第 90 条 支票限于见票即付，不得另行记载付款日期。另行记载付款日期的，该记载无效。

第 93 条 支票的背书、付款行为和追索权的行使，除本章规定外，适用本法第二章有关汇票的规定。

支票的出票行为，除本章规定外，适用本法第24条、第26条关于汇票的规定。

考点精析

考点一　支票的概念和特征

（一）支票的概念

支票是出票人签发的，委托办理支票存款业务的银行或者其他金融机构在见票时无条件支付确定的金额给收款人或者持票人的票据。

（二）与汇票、本票相比，支票有以下特征

（1）付款人资格的限制。支票与汇票一样均属出票人签发的委托他人付款的委付证券。不同的是法律对汇票付款人并无资格限制，汇票付款人可以是金融机构，也可以是从事非金融业务的商业当事人，而支票的付款人受到严格的法律限制。《票据法》规定，支票的付款人仅限于经中国人民银行批准办理支票存款业务的银行、城市信用社和农村信用合作社。

（2）支票为见票即付的即期票据，流通期限短。支票是支付证券，注重现实的支付，其经济功能着重于支付职能。因此，《票据法》规定支票为即期票据，而不包括远期支票。支票限于见票即付，不得另行记载付款日期。另行记载付款日期的，该记载无效。

（3）支票的出票人与付款人之间存在一定资金关系。支票的功能在于其代替现金为支付工具，因此必须存在资金关系。支票的出票人开立支票存款账户和领用支票，应当有可靠的资信，并存入一定的资金。

考点二　支票的出票

（一）出票人的资格

支票的出票是指以创设票据关系为目的，出票人依《票据法》的规定作成支票并交付支票给收款人的票据行为。《票据法》规定，支票的出票人只有符合下列条件，才能签发支票：①建立账户。开立支票存款账户，申请人必须使用其本名，并提交证明其身份的合法证件。②存入足够支付的款项。开立支票存款账户和领用支票，应当有可靠的资信，并存入一定的资金。③预留印鉴。为便于付款银行在付款时进行审查，同时免除付款银行善意付款的责任，票据法律法规均规定开立支票存款账户的申请人应该在银行留下其本名的签名样式和印鉴样式。

（二）法定记载事项

《票据法》第84条规定，支票必须记载下列事项：①表明"支票"的字样；②无条件支付的委托；③确定的金额；④付款人名称；⑤出票日期；⑥出票人签章。支票上未记载前款规定事项之一的，支票无效。

收款人名称或姓名、付款地、出票地为相对应记载的事项。

（三）未记载事项的补救

《票据法》第85条、86条规定：①支票上的金额可以由出票人授权补记，未补记前的支票，不得使用；②支票上未记载收款人名称的，经出票人授权，可以补记；③支票上未记载付款地的，付款人的营业场所为付款地；④支票上未记载出票地的，出票人的营业场所、住所或经常居住地为出票地。

（四）出票的效力

出票人必须按照签发的支票金额承

担向持票人付款的保证责任。包括保证自己在付款银行有足够的存款，未签发空头支票等；出票人在付款银行的存款足以支付支票金额时，付款人应当在持票人提示付款的当日足额付款，使持票人能够及时获得支付。

考点三。 支票的付款和适用汇票规定的情况

（一）支票的付款

（1）提示付款。支票的提示期限一般较短，且对同地、异地支票规定了不同的付款提示期限。支票的持票人应当在出票日起 10 日内提示付款；异地使用的支票，付款提示期限由中国人民银行另行规定。超过付款提示期限的，付款人可以拒绝付款。

（2）逾期提示的法律后果。持票人超过法定提示期间提示付款的，付款人可以不予付款，付款人不予付款的，出票人仍应当对持票人承担票据责任。而对出票人的权利，应是自出票日起 6 个月内行使。

（3）因出票人签发空头支票或者签发与其签名样式或预留印鉴不符的支票，给他人造成损失的，支票的出票人和背书人应当依法承担民事责任。

（二）支票适用汇票规定的情况

支票的背书、付款和追索，除关于支票另有规定的，适用汇票的规定。支票的出票行为亦可适用该法有关汇票的规定。

示例 支票上的事项可以补记的是：

A. 收款人名称　　B. 出票人签章
C. 出票日起　　　D. 支票金额

答案：AD

第七部分　证券法

第一章　证券与证券法概述

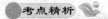

证券与证券法概述 { 证券法的调整范围
债券与股票的异同
证券法的基本原则

考点精析

考点一　证券法调整的范围

我国《证券法》未对证券进行定义，只对证券的种类和范围进行了规定，《证券法》第 2 条规定："在中华人民共和国境内，股票、公司债券和国务院依法认定的其他证券的发行和交易，适用本法；本法未规定的，适用《中华人民共和国公司法》和其他法律、行政法规的规定。政府债券、证券投资基金份额的上市交易，适用本法；其他法律行政法规另有规定的，适用其规定。证券衍生品种发行、交易的管理办法，由国务院依照本法的原则规定。"

由此可见我国证券法上的证券仅包括：股份公司的股票和公司债两种。

考点二　股票和公司债的区别

1. 证券持有人的法律地位不同：股票持有人是公司的股东对公司享有股权，债券持有人是公司的债权人对公司享有的是债权。作为公司股东的股票持有人有权利参与公司的管理，而债券持有人作为公司的债权人原则上不能参与公司的管理。

2. 是否能够请求返还本金不同：股票持有人不能请求公司返还本金，而公司债券持有人于债券期限届满时可以请求返还本金。

3. 利益回报方式不同：债券持有人是按照债券上事先约定的利息获得固定的回报，而股份持有人是否能够获得回报完全取决于公司的盈利情况，公司盈利高则回报高，公司没有盈利则无法获得回报。

4. 公司解散时财产分配顺序不同：公司解散时债权人首先获得分配，只有债权人的债权全部获得满足后还有剩余财产的固定才能获得分配。

5. 发行主体不同：股票的发行主体只能是股份公司，而债券的发行可以是股份公司也可以是有限公司。

6. 发行时间不同：公司成立前和成立后均可发行股份，而公司债的发行只能是公司成立才可以发行。

示例　有关股票和债券的区别和联系，下列说法正确的是：

A. 股票持有人任何时候都不能请求公司返还本金，而债券持有人可以于期限届满日请求返还本金

B. 股票持有人和债权持有人的法律地位不一样

C. 公司解散时，债券持有人享受的是债权，而股票持有人享有的是剩余财产分配请求权

D. 股票和债权都是有价证券

答案： BCD。公司股东在某些特定的情况下可以请求公司回购自己的股票，如上市公司收购中，异议的小数派股东有回购请求权。

	股　　份	债　　券
发行人	股份有限公司	股份有限公司和有限公司均可
发行时间	成立前的设立发行（设立发行）、成立后的增资发行（发行新股）	公司成立后的发行
持有人的地位	股东	债权人
持有人的权利	参与公司管理、请求支付股利、发行新股时的优先人股权等	到期时请求还本付息
是否可以请求返还本金	不能退股，只能转让股份	到期时请求返还本金
利益回报方式	依据公司营利情况	固定的利益

考点三　证券法的基本原则

我国新《证券法》第 3 条规定："证券的发行、交易活动，必须实行公开、公正、公平的原则。"从而确立了证券法的"三公"原则。

我国新《证券法》第 4 条规定："证券发行、交易活动的当事人具有平等的法律地位，应当遵守自愿、有偿、诚实信用的原则。"

此外，我国《证券法》还规定了政府监管与自律管理相结合的原则，以及分业经营、分业管理的原则等，严格来说，这些原则属于具体的证券管理原则，与证券法的基本原则不能相提并论。

第二章　证券交易法

第一节　证券发行

考点完整提炼

证券发行
- 证券发行的概念
- 证券发行的种类
- 证券发行的条件（重点掌握）
- 证券发行程序
- 发行许可的撤销

法条依据串烧

《证券法》第 16 条　公开发行公司债券，应当符合下列条件：

（一）股份有限公司的净资产不低于人民币 3000 万元，有限责任公司的净资产不低于人民币 6000 万元；

（二）累计债券余额不超过公司净资产的 40%；

（三）最近 3 年平均可分配利润足以支付公司债券 1 年的利息；

（四）筹集的资金投向符合国家产业政策；

（五）债券的利率不超过国务院限定的利率水平；

（六）国务院规定的其他条件。

公开发行公司债券筹集的资金，必须用于核准的用途，不得用于弥补亏损和非生产性支出。

上市公司发行可转换为股票的公司债券，除应当符合第 1 款规定的条件外，还应当符合本法关于公开发行股票的条件，并报国务院证券监督管理机构核准。

《证券法》第 18 条　有下列情形之

一的，不得再次公开发行公司债券：

（一）前一次公开发行的公司债券尚未募足；

（二）对已公开发行的公司债券或者其他债务有违约或者延迟支付本息的事实，仍处于继续状态；

（三）违反本法规定，改变公开发行公司债券所募资金的用途。

《证券法》第 26 条　国务院证券监督管理机构或者国务院授权的部门对已作出的核准证券发行的决定，发现不符合法定条件或者法定程序，尚未发行证券的，应当予以撤销，停止发行。已经发行尚未上市的，撤销发行核准决定，发行人应当按照发行价并加算银行同期存款利息返还证券持有人；保荐人应当与发行人承担连带责任，但是能够证明自己没有过错的除外；发行人的控股股东、实际控制人有过错的，应当与发行人承担连带责任。

考点精析

考点一　证券发行的概念

所谓证券发行（Issuing of Securities），是指证券发行人依照法定程序将自己的证券首次出售或交付给投资者的民事法律行为。我国《证券法》未对证券发行作出明确规定。证券发行行为包括证券销售行为、认购人的认购行为、缴纳认购款行为以及交付或获得证券的行为。它自成一体，属于证券市场的组成部分之一，即证券发行市场。证券发行市场又称为证券的初级市场、证券的一级市场。

考点二　证券发行的种类

（一）股票发行和债券发行

（二）公募发行和私募发行

依证券发行对象是否特定可分为公募发行和私募发行。公募发行又称公开发行，是指将证券发售给非特定投资者的方式。公募发行是各国证券法规制的主要方式。私募发行又称不公开发行、内部发行、定向发行或私下发行，它是指面向特定投资者发行的方式。我国新《证券法》第 10 条对公开发行和非公开发行作了规定："公开发行证券，必须符合法律、行政法规规定的条件，并依法报经国务院证券监督管理机构或者国务院授权的部门核准，任何单位和个人不得公开发行证券。有下列情形之一的，为公开发行：（一）向不特定对象发行证券的；（二）向特定对象发行证券超过 200 人的；（三）法律、行政法规规定的其他发行行为。非公开发行证券，不得采用广告、公开劝诱和变相公开方式。"

（三）平价发行、溢价发行和折价发行

依证券发行价格与证券票面金额或贴现金额的关系可分为平价发行、溢价发行和折价发行。平价发行是指证券的市场发行价格等于证券的面额。溢价发行是指证券的市场发行价格高于证券的面额。溢价发行高于证券面额的部分进入公司的资本公积金。折价发行是指证券的市场发行价格低于证券的面额。

示例　某公司在发行证券的过程中，下列做法错误的有：

A. 未经核准，即将证券面向社会公开发售

B. 鉴于公司的经营前景喜人，决定溢价发行证券

C. 与证券承销商协商确定一家发行的价格

D. 为了发售更多的证券，其与证券公司签订了为期 3 个月代销协议。

答案：AD

考点三　证券发行的条件

（一）股票发行的条件

股票发行有两种：一是为设立新公司而首次发行股票，即设立发行；二是为扩大已有的公司规模而发行新股，即增资发行。

（1）设立发行的条件。设立发行或称首次发行，是指发起人通过发行公司股票来募集经营资本从而成立股份有限公司的行为。根据《股票发行与交易管理暂行条例》的规定，设立发行应符合下列条件：①股份有限公司的生产经营符合国家的产业政策；②发行的普通股限于一种，同股同权；③发起人认购的股本数额不少于公司拟发行的股本总额的 35%；④在公司拟发行的股本总额中，发起人认购的部分不少于人民币 3000 万元，但国家另有规定的除外；⑤向社会公众发行的部分不少于公司拟发行股本总额的 25%，其中公司职工认购的股本数额不得超过拟向社会公众发行的股本总额的 10%；公司拟发行的股本总额超过人民币 4 亿元的，证监会按规定可酌情降低向社会公众发行的部分的比例，但最低不得少于公司拟发行股本总额的 10%；⑥发起人在近 3 年内没有重大违法行为；⑦证监会规定的其他条件。

（2）发行新股的条件。所谓发行新股是指股份有限公司成立后，为了增加注册资本而再次申请公开发行股票。新《证券法》第 13 条规定，公司公开发行新股，应当符合下列条件：①具备健全且运行良好的组织机构；②具有持续盈利能力，财务状况良好；③最近 3 年财务会计文件无虚假记载，无其他重大违法行为；④经国务院批准的国务院证券监督管理机构规定的其他条件。

（二）发行公司债的条件

（1）主体条件：依据新《公司法》和新《证券法》的规定任何公司都可以发行公司债。取消了原来只有股份有限公司和国有公司才能发行公司债的法律限制。实现了公司地位平等的原则。

（2）积极条件。《证券法》第 16 条规定，公开发行公司债券，应当符合下列条件：①股份有限公司的净资产不低于人民币 3000 万元，有限责任公司的净资产不低于人民币 6000 万元；②累计债券余额不超过公司净资产的 40%；③最近 3 年平均可分配利润足以支付公司债券 1 年的利息；④募集的资金投向符合国家产业政策；⑤国务院规定的其他条件。⑥公开发行公司债券募集的资金，必须用于核准的用途，不得用于弥补亏损或非生产性支出。

（3）消极条件。新《证券法》第 18 条还规定，有下列情形之一的，不得再次公开发行公司债券：①前一次公开发行的公司债券尚未募足；②对已公开发行的公司债券或者其他债务有违约或者延迟支付本息的事实，仍处于继续状态；③违反本法规定，改变公开发行公司债券所募集资金的用途。

（三）可转换公司债券的发行条件

根据《可转换公司债券管理暂行办法》的规定，上市公司发行可转换债券，应当符合下列基本条件：

（1）负债率的要求：可转换债券发行后，发行人的资产负债率应不得高于 70%。

（2）债券余额的要求：发行前，累

计债券余额不得超过公司净资产额的40%。

（3）其他要求。①资金的投向符合国家产业政策；②可转换债券的利率不超过银行同期存款的利率水平；③可转换债券的发行额不少于人民币1亿元；④可转换公司债券的最短期限为3年，最长期限为5年。

示例1　某公司为了扩大公司的规模，决定发行新股筹集资金，则，该公司需要满足以下哪些条件：

A. 具有持续盈利能力，财务状况良好；

B. 最近3年财务会计文件无虚假记载，无其他重大违法行为；

C. 前一次发行的股份已募足，并间隔1年以上；

D. 公司在最近3年内连续盈利，并可向股东支付股利；

答案：AB

示例2　某公司为了进军高科技产业，准备筹集资本。在筹资方式的选择上，公司的董事会成员有了如下观点，请问正确的是哪些：

A. 董事甲建议发行股票，因为发行债券的条件更严格

B. 董事乙也建议发行股票，因为债券募集的资金只能用在核准的用途

C. 董事丙建议发行债券，因为债券到期必须还本付息，更能吸引投资者

D. 董事丁赞成发行债券，但是因为本公司是有限责任公司，故没有发行债券的资格

答案：ABC

考点四　**证券发行的程序**

（一）股票发行的程序

1. 聘请辅导机构辅导。股票发行人聘请的辅导机构应是具有主承销商资格、保荐资格的证券经营机构以及其他经有关部门认定的机构。辅导期限至少为1年。

2. 发行新股的须股东大会批准本次股票发行。股东大会应当就本次发行的数量、定价方式或价格（包括价格区间）、发行对象、募集资金的用途及数额、决议的有效期、对董事会办理本次发行具体事宜的授权等事项进行逐项表决，最后形成有关决议。

3. 签订承销协议、保荐协议。发行人董事会聘请主承销商推荐其发行股票。保荐机构负责证券发行的主承销工作，依法对发行人及其发起人、大股东、实际控制人进行尽职调查、审慎核查，对公开发行募集文件进行核查。主承销商、保荐机构负责向中国证监会出具推荐文件。中国证监会只接收有保荐资格机构和两名保荐代表人签名保荐的材料。

4. 向国务院证券监督管理机构申请批准。

（1）申请。公司公开发行新股，应当向国务院证券监督管理机构报送募股申请和下列文件：①公司营业执照；②公司章程；③股东大会决议；④招股说明书；⑤财务会计报告；⑥代收股款银行的名称及地址；⑦承销机构名称及有关的协议；⑧依照本法规定聘请保荐人的，还应当报送保荐人出具的发行保荐书。

（2）受理。中国证监会收到申请、推荐文件后，在5个工作日内作出是否受理的决定。

（3）初审。中国证监会受理申请文件后，对发行人申请文件的合法性、合

规性进行初审，并在 30 日内将初审意见函告发行人及其主承销商、保荐机构。

（4）股票发行审核委员会审核。中国证监会对按初审意见补充完善的申请文件进一步审核，并在受理申请文件后 60 日内，将初审报告和申请文件提交"发审委"审核。"发审委"以投票方式对发行申请进行表决，提出审核意见。

（5）核准发行。依据"发审委"的审核意见，中国证监会对发行人的发行申请作出核准或不予核准的决定。予以核准的，中国证监会出具核准公开发行的文件；不予核准的，中国证监会出具书面意见，说明不予核准的理由。

中国证监会自受理申请文件之日起到作出决定的期限为 3 个月。

（6）未获核准时的救济途径。发行申请未被核准的公司，自接到中国证监会的书面决定之日起 60 日内，可提出复议申请。中国证监会收到复议申请后 60 日内，对复议申请作出决定。

5. 公开募集文件。

（1）证券发行申请经核准，发行人应当依照法律、行政法规的规定，在证券公开发行前，公告公开发行募集文件，并将该文件置备于指定场所供公众查阅。

（2）发行证券的信息依法公开前，任何知情人不得公开或者泄露该信息。

（3）发行人不得在公告公开发行募集文件前发行证券。

6. 制作认股书。

7. 签订认股协议。

（二）公司债券发行的程序

1. 作出发行公司债券的决议。股份有限公司和符合要求的有限责任公司发行公司债券事宜，由股东（大）会依公司章程规定的议事方式和表决程序作出决议；国有独资公司发行公司债券事宜，应由国家授权投资的机构或者国家授权的部门作出决定；由董事会提出发行申请。

2. 申请批注。

（1）提交申请文件。申请公开发行公司债券，应当向国务院授权的部门或者国务院证券监督管理机构报送下列文件：①公司营业执照；②公司章程；③公司债券募集办法；④资产评估报告和验资报告；⑤国务院授权的部门或者国务院证券监督管理机构规定的其他文件；⑥依照本法规定聘请保荐人的，还应当报送保荐人出具的发行保荐书。

（2）批准。国务院证券监督管理机构或者国务院授权的部门应当自受理公司证券发行申请文件之日起 3 个月内，依照法定条件和法定程序作出予以核准或者不予核准的决定，发行人根据要求补充、修改发行申请文件的时间不计算在内；不予核准的，应当说明理由。

3. 公告公司债券募集办法。

4. 向社会公开发行公司债券。公司应当配置公司债券应募书。债券认购人应填写应募书，并缴纳债券款项，领取公司债券。

5. 备案。在公司债券发行工作结束后，担任承销的证券经营机构应会同公司一道在一定期限内，将承销情况向行业主管部门即"发改委"备案。

考点五 发行核准的撤销

（一）撤销的原因

国务院证券监督管理机构或者国务院授权的部门对已作出的核准证券发行的决定，发现不符合法定条件或者法定程序，应当予以撤销。

（二）撤销的后果

（1）尚未发行的停止发行；

（2）已经发行尚未上市的。①发行人应当按照发行价并加算银行同期存款利息返还证券持有人。②保荐人应当与发行人承担连带责任，但是能够证明自己没有过错的除外。③发行人的控股股东、实际控制人有过错的，应当与发行人承担连带责任。

第二节　证券承销

考点完整提炼

证券承销 { 证券承销的概念
证券承销的方式
证券承销协议
证券承销的规则

法条依据串烧

《证券法》第31条　证券公司承销证券，应当对公开发行募集文件的真实性、准确性、完整性进行核查；发现有虚假记载、误导性陈述或者重大遗漏的，不得进行销售活动；已经销售的，必须立即停止销售活动，并采取纠正措施。

第32条　向不特定对象公开发行的证券票面总值超过人民币5000万元的，应当由承销团承销。承销团应当由主承销和参与承销的证券公司组成。

第33条　证券的代销、包销期限最长不得超过90日。

证券公司在代销、包销期内，对所代销、包销的证券应当保证先行出售给认购人，证券公司不得为本公司预留所代销的证券和预先购入并留存所包销的证券。

考点精析

考点一　证券承销的概念

证券承销是指证券公司等证券经营机构依据与发行人签订的协议包销或者代销发行人所发行的股票和债券，并依照法律和合同收取一定比例佣金的行为。

依据该条规定在我国公开发行证券的不能采取直销方式，必须由证券公司承销。我国《证券法》第28条规定："发行人向不特定对象发行的证券，法律、行政法规规定应当由证券公司承销的，发行人应当同证券公司签订承销协议。证券承销业务采取代销或者包销方式。

考点二　证券承销的方式

证券承销方式分为证券代销和证券包销：

1. 证券代销是指证券公司代发行人发售证券，在承销期结束时，将未售出的证券全部退还给发行人的承销方式。

2. 证券包销是指证券公司将发行人的证券按照协议全部购入或者在承销结束时将售后剩余证券全部自行购入的承销方式。

考点三　证券承销协议

证券公司承销证券，应当同发行人签订代销或者包销协议，载明下列事项：

1. 当事人的名称、住所及法定代表人的姓名；

2. 代销、包销证券的种类、数量、金额及发行价格。其中的股票发行价格采用溢价发行的，其发行价格由发行人与承销的证券公司协商确定，报中国证监会核准；

3. 代销、包销的期限及起止日期；

4. 代销、包销的付款方式及日期；

5. 代销、包销的费用和结算办法；

6. 违约责任；

7. 国务院证券监督管理机构规定的其他事项。

考点四　证券承销的规则

（一）禁止不正当竞争手段招揽承销业务

新《证券法》第29条规定："公开发行证券的发行人有权依法自主选择承销的证券公司。证券公司不得以不正当竞争手段招揽证券承销业务。"

（二）承销团承销

《证券法》第32条的规定，向不特定对象发行的证券票面总值超过人民币5万千元的，应当由承销团承销。承销团应当由主承销和参与承销的证券公司组成。主承销商依据主承销协议可与其他一家或一家以上承销机构签订承销证券的承销团协议。

（三）不得事先预留所承销的证券

《证券法》第33条规定："证券的代销、包销期限最长不得超过90日。证券公司在代销、包销期内，对所代销、包销的证券应当保证先行出售给认股人，证券公司不得为本公司预留所代销的证券和预先购入并留存所包销的证券。"

（四）保证公开发行证券募集文件的真实性、准确性和完整性

新《证券法》第31条规定："证券公司承销证券，应当对公开发行募集文件的真实性、准确性、完整性进行核查；发现有虚假记载、误导性陈述或者重大遗漏的，不得进行销售活动；已经

销售的，必须立即停止销售活动，并采取纠正措施。"

（五）及时承销备案制度

新《证券法》第36条规定："公开发行股票，代销、包销期限届满，发行人应当在规定的期限内将股票发行情况报国务院证券监督管理机构备案。"

（六）证券的销售期限

根据我国新《证券法》的规定，证券的代销、包销期最长不得超过90日。

第三节　证券交易

考点完整提炼

证券交易 { 交易条件
交易方式
禁止交易和限制交易的情形

法条依据串烧

《证券法》第43条　证券交易所、证券公司和证券登记结算机构的从业人员、证券监督管理机构的工作人员以及法律、行政法规禁止参与股票交易的其他人员，在任期或者法定限期内，不得直接或者以化名、借他人名义持有、买卖股票，也不得收受他人赠送的股票。

任何人在成为前款所列人员时，其原已持有的股票，必须依法转让。

《证券法》第45条　为股票发行出具审计报告、资产评估报告或者法律意见书等文件的证券服务机构和人员，在该股票承销期内和期满后6个月内，不得买卖该种股票。

除前款规定外，为上市公司出具审计报告、资产评估报告或者法律意见书等文件的证券服务机构和人员，自接受上市公司委托之日起至上述文件公开后

5 日内，不得买卖该种股票。

《证券法》第 47 条　上市公司董事、监事、高级管理人员、持有上市公司股份百分之五以上的股东，将其持有的该公司的股票在买入后 6 个月内卖出，或者在卖出后 6 个月内又买入，由此所得收益归该公司所有，公司董事会应当收回其所得收益。但是，证券公司因包销购入售后剩余股票而持有 5% 以上股份的，卖出该股票不受 6 个月时间限制。

公司董事会不按照前款规定执行的，股东有权要求董事会在 30 日内执行。公司董事会未在上述期限内执行的，股东有权为了公司的利益以自己的名义直接向人民法院提起诉讼。

公司董事会不按照第 1 款的规定执行的，负有责任的董事依法承担连带责任。

考点精析

考点一　证券交易的条件与方式证

（一）证券交易的概念

证券交易是指证券所有人转移证券的所有权于买受人，买受人支付价款的法律行为。证券交易当事人买卖证券，必须依法进行。

（二）证券交易条件

1. 证券交易当事人依法买卖的证券，必须是依法发行并交付的证券。非依法发行的证券，不得买卖。（《证券法》第 37 条）

2. 依法发行的股票、公司债券及其他证券，法律对其转让期限有限制性规定的，在限定的期限内不得买卖。（《证券法》第 38 条）

3. 依法公开发行的股票、公司债券及其他证券，应当在依法设立的证券交易所上市交易或者在国务院批准的其他证券交易场所转让。（《证券法》第 39 条）

（三）交易方式

1. 证券在证券交易所挂牌交易，应当采用公开的集中竞价的交易方式。证券交易的集中竞价应当实行价格优先、时间优先的原则。

2. 可以是现货交易也可以是期货交易。

3. 国务院证券监督管理机构批准的其他方式。

考点二　限制和禁止的证券交易行为

（一）法定人员持股与买卖股票限制

证券交易所、证券公司和证券登记结算机构的从业人员、证券监督管理机构的工作人员以及法律、行政法规禁止参与股票交易的其他人员，在任期或者法定期限内，不得直接或者以化名、借他人名义持有、买卖股票，也不得收受他人赠送的股票。任何人在成为前款所列人员时，其原已持有的股票，必须依法转让。（《证券法》第 43 条规定）

（二）证券服务机构及其人员的股票交易限制

1. 为股票发行出具审计报告、资产评估报告或者法律意见书等文件的证券服务机构和人员，在该股票承销期内和期满后 6 个月内，不得买卖该种股票。

2. 为上市公司出具审计报告、资产评估报告或者法律意见书等文件的证券服务机构和人员，自接受上市公司委托之日起至上述文件公开后 5 日内，不得买卖该种股票。（《证券法》第 45 条规定）

（三）禁止内幕交易行为

内幕交易是指内幕人员利用内幕信息从事证券交易活动。因此构成内幕交易必须具备下列要件。

1. 必须是内幕人员或者是从内幕人员处获得内幕信息的人，内幕人员的范围：①发行人的董事、监事、高级管理人员；②持有公司 5% 以上股份的股东及其董事、监事、高级管理人员，公司的实际控制人及其董事、监事、高级管理人员；③发行人控股的公司及其董事、监事、高级管理人员；④由于所任公司职务可以获取公司有关内幕信息的人员；⑤证券监督管理机构工作人员以及由于法定职责对证券的发行、交易进行管理的其他人员；⑥保荐人、承销的证券公司、证券交易所、证券登记结算、证券服务机构的有关人员；⑦国务院证券监督管理机构规定的其他人。

此外，证券交易内幕信息的知情人和非法获取内幕信息的人，在内幕信息公开前，买卖该公司的证券，或者泄露该信息，或者建议他人买卖该证券的也构成内幕交易。（《证券法》第 76 条）

2. 必须利用内幕信息。所谓内幕信息是指涉及公司的经营、财务或者对该公司证券的市场价格有重大影响的尚未公开的信息，为内幕信息。依据《证券法》第 75 条下列信息均属内幕信息：①公司分配股利或者增资的计划；②公司股权结构的重大变化；④公司债务担保的重大变化；④公司营业用主要财产的抵押、出售或者报废一次超过该资产的 30%；⑤公司的董事、监事、高级管理人员的行为可能依法承担重大损害赔偿责任；⑥上市公司收购的有关方案；⑦凡是上市公司必须进行临时报告的事项；⑧国务院证券监督管理机构认定的对证券交易价格有显著影响的其他重要信息。

3. 必须在信息公开前从事证券买卖。

4. 内幕交易的法律后果。

（1）民事赔偿责任：内幕交易行为给投资者造成损失的，行为人应当依法承担赔偿责任。

（2）行政责任。①责令依法处理非法持有的证券；②没收违法所得；③并处以违法所得 1 倍以上 5 倍以下的罚款；没有违法所得或者违法所得不足 3 万元的，处以 3 万元以上 60 万元以下的罚款；④单位从事内幕交易的，还应当对直接负责的主管人员和其他直接责任人员给予警告，并处以 3 万元以上 30 万元以下的罚款。证券监督管理机构工作人员进行内幕交易的，从重处罚。

示例　某证券公司的总经理王某在 A 公司董事长张某处得知该公司的股票收益可观，近期有增资配股及进行房地产投资的计划，这些消息尚未披露。2006 年 6 月，证券公司与 A 公司公司签订了代销股票协议。证券公司预留了 500 多万股，总计获利近 1000 万元。王某将所知信息告知朋友李某，李某因此也小捞了一把。问，下列说法正确的是：

A. 证券公司预留股票是非法的

B. 王某知道的信息属于内幕信息

C. 王某本人不构成内幕交易

D. 证券公司可以预留代销的证券

答案：AB。见以上考点精析

（四）禁止操纵证券市场行为

1. 概念。操纵证券市场行为，是指行为人以各种不正当的手段，影响证券市场价格或者证券交易量，制造证券市场假象，以引诱他人参与证券交易，为自己谋取不正当利益或者转嫁风险的行为。

2. 主要类型。（《证券法》第77条）

（1）单独或者通过合谋，集中资金优势、持股优势或者利用信息优势联合或者连续买卖、操纵证券市场价格或者证券交易量；

（2）与他人串通，以事先约定的时间、价格和方式相互进行证券交易，影响证券交易价格或者证券交易量；

（3）在自己实际控制的账户之间进行证券交易，影响证券交易价格或者证券交易量；

（4）以其他手段操纵证券市场。

3. 法律后果。

（1）承担民事赔偿责任：操纵证券市场行为给投资者造成损失的，行为人应当依法承担赔偿责任。

（2）行政责任。①责令依法处理其非法持有的证券；②没收违法所得；③并处以违法所得1倍以上5倍以下的罚款；没有违法所得或者违法所得不足30万元的，处以30万元以上300万元以下的罚款；④单位操纵证券市场的，还应当对直接负责的主管人员和其他直接责任人员给予警告，并处以10万元以上60万元以下的罚款。

（五）禁止传播虚假信息

新《证券法》第78条规定："禁止国家工作人员、传播媒介从业人员和有关人员编造、传播虚假信息，扰乱证券市场。禁止证券交易所、证券公司、证券登记结算机构、证券服务机构及其从业人员，证券业协会、证券监督管理机构及其工作人员，在证券交易活动中作出虚假陈述或者信息误导。各种传播媒介传播证券市场信息必须真实、客观，禁止误导。"

（六）禁止欺诈客户行为

1. 概念。欺诈客户，是指证券公司及其从业人员在证券交易及相关活动中，为了谋取不法利益，而违背客户的真实意思进行代理的行为，以及诱导客户进行不必要的证券交易的行为。

2. 主要类型。

（1）违背客户的委托为其买卖证券；

（2）不在规定的时间内向客户提供交易的书面确认文件；

（3）挪用客户所委托买卖的证券或者客户账户上的资金；

（4）未经客户的委托，擅自为客户买卖证券，或者假借客户的名义买卖证券；

（5）为牟取佣金收入，诱使客户进行不必要的证券买卖；

（6）利用传播媒介或者通过其他方式提供、传播虚假或者误导投资者的信息；

（7）其他违背客户真实意思表示，损害客户利益的行为。

（七）其他禁止行为

1. 禁止法人非法利用他人账户从事证券交易行为；禁止法人出借自己或者他人的证券账户。（《证券法》第80条）

2. 禁止资金违规流入股市。（《证券法》第81条）

3. 禁止任何人挪用公款买卖证券。（《证券法》第82条）

示例1 下列哪些属于法律禁止的证券交易行为？

A. 发起人在公司成立之日起3年内

转让其所持股票

B. 公司董事、经理、监事在任职期间转让本公司股票

C. 为股票发行出具审计报告的专业人员在该股票承销期内买卖该种股票

D. 为上市公司出具法律意见书的律师在该文件公开后 5 日内买卖该公司股票

答案：CD

示例 2 根据《证券法》和《公司法》的规定，下列关于证券交易限制情形的表述哪些是不正确的？

A. 发行人所持股票，在公司成立之日起 3 年内不得转让

B. 公司董事、经理、监事在任职期间不得转让本公司股票

C. 持有一个公司已发行股份 5% 的股东，其股票在买入后 6 个月内不得卖出

D. 公司绝对控股的股东，其股票于购入之日起 1 年内不得转让

答案：ABCD

第四节 证券上市

考点完整提炼

证券上市 {
破产费用与共益债务的概念
破产费用与共益债务的特征
破产费用的范围
共益债务的范围
破产费用与共益债务的清偿
}

法条依据串烧

《证券法》第 50 条 股份有限公司申请股票上市，应当符合下列条件：

（一）股票经国务院证券监督管理机构核准已公开发行；

（二）公司股本总额不少于人民币 3000 万元；

（三）公开发行的股份达到公司股份总数的 25% 以上；公司股本总额超过人民币 4 亿元的，公开发行股份的比例为 10% 以上；

（四）公司最近 3 年无重大违法行为，财务会计报告无虚假记载。

证券交易所可以规定高于前款规定的上市条件，并报国务院证券监督管理机构批准。

第 53 条 股票上市交易申请经证券交易所审核同意后，签订上市协议的公司应当在规定的期限内公告股票上市的有关文件，并将该文件置备于指定场所供公众查阅。

第 56 条 上市公司有下列情形之一的，由证券交易所决定终止其股票上市交易：

（一）公司股本总额、股权分布等发生变化不再具备上市条件，在证券交易所规定的期限内仍不能达到上市条件；

（二）公司不按照规定公开其财务状况，或者对财务会计报告作虚假记载，且拒绝纠正；

（三）公司最近 3 年连续亏损，在其后 1 个年度内未能恢复盈利；

（四）公司解散或者被宣告破产；

（五）证券交易所上市规则规定的其他情形。

第 57 条 公司申请公司债券上市交易，应当符合下列条件：

（一）公司债券的期限为 1 年以上；

（二）公司债券实际发行额不少于人民币 5000 万元；

（三）公司申请债券上市时仍符合

法定的公司债券发行条件。

考点精析

考点一 证券上市的条件

（一）证券上市的概念

证券上市，是指依法公开发行的股票、公司债券及其他证券，符合法定条件，经证券交易所核准后，在证券交易所公开挂牌交易的行为。

（二）证券上市的条件

1. 股票上市的条件。依据《证券法》第50条规定：股份有限公司申请股票上市，应当符合下列条件：

（1）股票经过国务院证券监督管理机构核准已公开发行；

（2）公司股本总额不少于人民币3千万元；

（3）公开发行的股份达到公司股份总数的25%以上；公司股本总额超过人民币4亿元的，公开发行股份的比例为10%以上；

（4）公司最近3年无重大违法行为，财务会计报告无虚假记载。

证券交易所可以规定高于前款规定的上市条件，并报国务院证券监督管理机构批准。

2. 公司债券上市的条件。依据《证券法》第57条的规定，公司债上市应当具备下述条件：

（1）公司债券的期限为1年以上；

（2）公司债券实际发行额不少于人民币5千万元；

（3）公司申请其债券上市时仍符合法定的公司债券发行条件。

考点二 证券上市程序

证券上市程序，是指证券发行人申请证券上市，证券上市的审核机构对其证券上市的条件进行审核，并依法核准该证券在证券交易所公开挂牌交易的步骤。因证券种类不同，其上市程序上亦有差别，股票上市程序较公司债券上市程序要复杂些，但主要程序基本相同：两者均须经过申请核准程序，方可安排上市。

（一）股票上市程序

（1）聘请保荐人。依据《证券法》第49条的规定，申请股票上市交易，应当聘请具有保荐资格的机构担任保荐人。

（2）申请核准。根据《证券法》第48条的规定，申请证券上市交易，应当向证券交易所提出申请。申请股票上市交易，应当向证券交易所报送下列文件：①上市报告书；②申请股票上市的股东大会决议；③公司章程；④公司营业执照；⑤依法经会计师事务所审计的公司最近3年的财务会计报告；⑥法律意见书和上市保荐书；⑦最近一次的招股说明书；⑧证券交易所上市规则规定的其他文件。

（3）签署上市协议。申请证券上市交易，应当向证券交易所提出申请，由证券交易所依法审核同意，并由双方签订上市协议。

（4）上市公告。股票上市交易申请经证券交易所审核同意后，签订上市协议的公司应当在规定的期限内公告股票上市的有关文件，并将该文件置备于指定场所供公众查阅。

签订上市协议的公司除公告前条规定的文件外，还应当公告下列事项：①股票获准在证券交易所交易的日期；②持有公司股份最多的前10名股东的名单和持股数额；③公司的实际控制人；④董事、监事、经理及有关高级管理人员的姓名及其持有本公司股票和债券的情况。

（5）挂牌交易。股票在证券交易所挂牌交易，标志着股票正式上市，除法定持股人在持股期限内不得转让股票外，其他持股人均可通过证券交易所转让其股票，转让之后也可再行买入；所有二级市场的投资者均可买卖挂牌交易的股票。

（二）公司债券上市程序

（1）申请核准。申请证券上市交易，应当向证券交易所提出申请。申请公司债券上市交易，应当向证券交易所报送下列文件：①上市报告书；②申请公司债券上市的董事会决议；③公司章程；④公司营业执照；⑤公司债券募集办法；⑥公司债券的实际发行数额；⑦证券交易所上市规则规定的其他文件。

（2）签署上市协议。申请证券上市交易，应当向证券交易所提出申请，由证券交易所依法审核同意，并由双方签订上市协议。

（3）上市公告。公司债券上市交易申请经证券交易所审核同意后，签订上市协议的公司应当在规定的期限内公告股票上市的有关文件，并将该文件置备于指定场所供公众查阅。

（4）上市交易。

考点三　证券上市的暂停和终止

（一）证券上市暂停与终止的概念

证券上市的暂停，是指证券发行人出现了法定原因时，其上市证券暂时停止在证券交易所挂牌交易的情形。暂停上市的证券因暂停的原因消除后，可恢复上市。

证券上市的终止，是指证券发行人出现了法定原因后，其上市证券被取消上市资格，不能在证券交易所继续挂牌交易的情形。上市证券被终止后，可以在终止上市原因消除后，重新申请证券上市。上市证券依法被证券管理部门决定终止上市后，可继续在依法设立的非集中竞价的交易场所继续交易。

（二）股票上市暂停与终止

（1）暂停上市。《证券法》第55条规定：上市公司有下列情形之一的，由证券交易所决定暂停其股票上市交易：①公司股本总额、股权分布等发生变化不再具备上市条件；②公司不按照规定公开其财务状况，或者对财务会计报告作虚假记载，可能误导投资者；③公司有重大违法行为；④公司最近3年连续亏损；⑤证券交易所上市规则规定的其他情形。

（2）终止上市。《证券法》第56条规定：上市公司有下列情形之一的，由证券交易所决定终止其股票上市交易：①公司股本总额、股权分布等发生变化不再具备上市条件，在证券交易所规定的期限内仍不能达到上市条件；②公司不按照规定公开其财务状况，或者对财务会计报告作虚假记载，且拒绝纠正；③公司最近3年连续亏损，在其后一个年度内未能恢复盈利；④公司解散或者被宣告破产；⑤证券交易所上市规则规定的其他情形。

（3）恢复上市公司因为下述情形之一而被暂停上市的，在限期内消除的可以恢复上市。①公司不按照规定公开其财务状况，或者对财务会计报告作虚假记载，可能误导投资者；②公司有重大违法行为；③证券交易所上市规则规定的其他情形。

示例　在上市公司出现以下哪种情形时，证券交易所可以决定终止其上市：

A. 股份有限公司的股本总额不到3000万，在规定时间内仍然不能达到3000万

B. 公司股权分布等发生变化不再具备上市条件

C. 公司被宣告破产

D. 公司连续3年亏损，紧接着开始有了盈利

答案：AC

（三）公司债券上市暂停与终止

（1）暂停上市。公司债券上市交易后，公司有下列情形之一的，由证券交易所决定暂停其公司债券上市交易：①公司有重大违法行为；②公司情况发生重大变化不符合公司债券上市条件；③公司债券所募集的资金不按照核准的用途使用；④未按照公司债券募集办法履行义务；⑤公司最近2年连续亏损。

（2）终止上市。有下列原因之一的终止公司上市：①公司有重大违法行为后果严重经查证属实的；②未按照公司债券募集办法履行义务后果严重经查证属实的；③公司情况发生重大变化不符合公司债券上市条件，在法定期限内没有消除的；④公司债券所募集的资金不按照核准的用途使用，在法定期限内没有消除的；⑤公司最近2年连续亏损，在法定期限内未能消除的。

（3）恢复上市。公司债券因下列原因暂停上市而在法定期限内消除的可以恢复上市。①公司情况发生重大变化不

符合公司债券上市条件；②公司债券所募集的资金不按照核准的用途使用；③公司最近2年连续亏损。

示例　甲股份有限公司债券上市交易后因出现法定情形被暂停上市。下列哪些表述符合暂停上市的规定？

A. 甲公司最近2年连续亏损

B. 甲公司的法定代表人发生变更

C. 甲公司发生重大违法行为

D. 甲公司未按照公司债券募集办法的规定履行义务

答案：ACD

第五节　上市公司的持续信息公开

考点完整提炼

上市公司的信息公开 { 信息公开的意义
信息公开的类型
信息公开的基本要求

法条依据串烧

《证券法》第68条　上市公司董事、高级管理人员应当对公司定期报告签署书面确认意见。

上市公司监事会应当对董事会编制的公司定期报告进行审核并提出书面审核意见。上市公司董事、监事、高级管理人员应当保证上市公司所披露的信息真实、准确、完整。

《证券法》第69条　发行人、上市公司公告的招股说明书、公司债券募集办法、财务会计报告、上市报告文件、年度报告、中期报告、临时报告以及其他信息披露资料，有虚假记载、误导性陈述或者重大遗漏，致使投资者在证券交易中遭受损失的，发行人、上市公司应当承担赔偿责任；发行人、上市公司

的董事、监事、高级管理人员和其他直接责任人员以及保荐人、承销的证券公司，应当与发行人、上市公司承担连带赔偿责任，但是能够证明自己没有过错的除外；发行人、上市公司的控股股东、实际控制人有过错的，应当与发行人、上市公司承担连带赔偿责任。

考点精析

考点一 信息公开的意义及类型

（一）信息公开的意义

"阳光是最好的防腐剂，灯光是最好的警察"是证券市场的至理名言，只有充分的信息公开才能确保投资者的利益得到公平的保护。信息公开是证券法的公开原则的具体体现。

（二）上市公司信息公开的类型

1. 发行公开。经国务院证券监督管理机构核准依法公开发行股票，或者经国务院授权的部门核准依法公开发行公司债券，应当公告招股说明书、公司债券募集办法。依法公开发行新股或者公司债券的，还应当公告财务会计报告。

2. 中期报告。上市公司和公司债券上市交易的公司，应当在每一会计年度的上半年结束之日起 2 个月内，向国务院证券监督管理机构和证券交易所报送记载以下内容的中期报告，并予公告：

（1）公司财务会计报告和经营情况；

（2）涉及公司的重大诉讼事项；

（3）已发行的股票、公司债券变动情况；

（4）提交股东大会审议的重要事项；

（5）国务院证券监督管理机构规定的其他事项。

3. 年度报告。上市公司和公司债券上市交易的公司，应当在每一会计年度结束之日起 4 个月内，向国务院证券监督管理机构和证券交易所报送记载以下内容的年度报告，并予公告：

（1）公司概况；

（2）公司财务会计报告和经营情况；

（3）董事、监事、高级管理人员简介及其持股情况；

（4）已发行的股票、公司债券情况，包括持有公司股份最多的前 10 名股东名单和持股数额；

（5）公司的实际控制人；

（6）国务院证券监督管理机构规定的其他事项。

4. 临时报告。发生可能对上市公司股票交易价格产生较大影响的重大事件，投资者尚未得知时，上市公司应当立即将有关该重大事件的情况向国务院证券监督管理机构和证券交易所报送临时报告，并予公告，说明事件的起因、目前的状态和可能产生的法律后果。下列情况为前款所称重大事件：

（1）公司的经营方针和经营范围的重大变化；

（2）公司的重大投资行为和重大的购置财产的决定；

（3）公司订立重要合同，可能对公司的资产、负债、权益和经营成果产生重要影响；

（4）公司发生重大债务和未能清偿到期重大债务的违约情况；

（5）公司发生重大亏损或者重大损失；

（6）公司生产经营的外部条件发生的重大变化；

（7）公司的董事、1/3以上监事或者经理发生变动；

（8）持有公司5%以上股份的股东或者实际控制人，其持有股份或者控制公司的情况发生较大变化；

（9）公司减资、合并、分立、解散及申请破产的决定；

（10）涉及公司的重大诉讼，股东大会、董事会决议被依法撤销或者宣告无效；

（11）公司涉嫌犯罪被司法机关立案调查，公司董事、监事、高级管理人员涉嫌犯罪被司法机关采取强制措施；

（12）国务院证券监督管理机构规定的其他事项。

	中期报告	年度报告
报告时间	半个会计年度结束后的2个月内	一个会计年度结束后的4个月内
		公司概况
相同	公司财务会计报告和经营情况	公司财务会计报告和经营情况
		涉及公司的重大诉讼事
不同	已发行的股票、公司债券变动情况	已发行的股票、公司债券情况，包括持有公司股份最多的前10名股东名单和持股数额
不同	提交股东大会审议的重要事项	公司的实际控制人
		董事、监事、高级管理人员简介及其持股情况
相同	国务院证券监督管理机构规定的其他事项	国务院证券监督管理机构规定的其他事项

考点二 信息公开的要求

（一）公开的信息必须真实、准确、完整

（1）发行人、上市公司依法披露的信息，必须真实、准确、完整，不得有虚假记载、误导性陈述或者重大遗漏。

（2）上市公司董事、高级管理人员应当对公司定期报告签署书面确认意见。上市公司监事会应当对董事会编制的公司定期报告进行审核并提出书面审核意见。上市公司董事、监事、高级管理人员应当保证上市公司所披露的信息真实、准确、完整。

（二）披露的信息有虚假记载、误导性陈述或者重大遗漏时的法律后果

（1）致使投资者在证券交易中遭受损失的，发行人、上市公司应当承担赔偿责任；

（2）发行人、上市公司的董事、监事、高级管理人员和其他直接责任人员以及保荐人、承销的证券公司，应当与发行人、上市公司承担连带赔偿责任，但是能够证明自己没有过错的除外；

（3）发行人、上市公司的控股股东、实际控制人有过错的，应当与发行人、上市公司承担连带赔偿责任。

历年真题与示例

1. 根据《证券法》关于上市公司及时向社会披露信息的规定，下列哪些表述是正确的？（2006-1-70）

A. 公司应在当年8月底以前向证监

会和交易所报送中期报告，并予以公告

B. 公司应在 4 月底以前向证监会和交易所报送上一年的年度报告，并予以公告

C. 公司的中期报告和年度报告都必须记载公司财务会计报告和经营状况

D. 公司的中期报告和年度报告都必须记载持有公司股份最多的前 10 名股东的名单和持股数额

答案：ABC

2. 证券发行中因虚假陈述致使投资者在证券投资中遭受损失的，发行人、承销商应承担赔偿责任，下列哪些人应负连带赔偿责任？（2003 - 1 - 54）

A. 发行人的董事、监事、经理

B. 承销商的董事、监事、经理

C. 出具证券投资咨询意见的咨询机构

D. 出具法律意见书的律师事务所

答案：AD

第六节　上市公司收购

考点完整提炼

上市公司收购 { 收购的概念及类型　要约收购（重点内容）　协议收购

法条依据串烧

《证券法》第 86 条　通过证券交易所的证券交易，投资者持有或者通过协议、其他安排与他人共同持有一个上市公司已发行的股份达到 5% 时，应当在该事实发生之日起 3 日内，向国务院证券监督管理机构、证券交易所作出书面

报告，通知该上市公司，并予公告；在上述期限内，不得再行买卖该上市公司的股票。

投资者持有或者通过协议、其他安排与他人共同持有一个上市公司已发行的股份达到 5% 后，其所持该上市公司已发行的股份比例每增加或者减少 5%，应当依照前款规定进行报告和公告。在报告期限内和作出报告、公告后 2 日内，不得再行买卖该上市公司的股票。

《证券法》第 91 条　在收购要约确定的承诺期限内，收购人不得撤销其收购要约。收购人需要变更收购要约的，必须事先向国务院证券监督管理机构及证券交易所提出报告，经批准后，予以公告。

《证券法》第 92 条　收购要约提出的各项收购条件，适用于被收购公司的所有股东。

《证券法》第 93 条　采取要约收购方式的，收购人在收购期限内，不得卖出被收购公司的股票，也不得采取要约规定以外的形式和超出要约的条件买入被收购公司的股票。

考点精析

考点一　上市公司收购的概念及类型

（一）上市公司收购的概念

上市公司收购是指收购人通过法定方式，取得上市公司一定比例的发行在外的股份，以实现对该上市公司控股或者合并的行为。

（二）收购上市公司的方式

新《证券法》第 85 条规定："投资者可以采取要约收购、协议收购及其他合法方式收购上市公司。"

考点二　要约收购

（一）概念

要约收购是指收购人通过向被收购公司的股东发出公开收购要约的方式进行的收购。

（二）要约收购的程序

（1）提前预警制度——持股达5%时的报告义务

《证券法》第86条规定，通过证券交易所的证券交易，投资者持有或者通过协议、其他安排与他人共同持有一个上市公司已发行的股份达到5%时，应当在该事实发生之日起3日内，向国务院证券监督管理机构、证券交易所作出书面报告，通知该上市公司，并予公告；在上述期限内，不得再行买卖该上市公司的股票。

投资者持有或者通过协议、其他安排与他人共同持有一个上市公司已发行的股份达到5%后，其所持该上市公司已发行的股份比例每增加或者减少5%，应当依照前款规定进行报告和公告。在报告期限内和作出报告、公告后2日内，不得再行买卖该上市公司的股票。

（2）强制要约——已发行股份达到30%时。新《证券法》第88条规定：通过证券交易所的证券交易，投资者持有或者通过协议、其他安排与他人共同持有一个上市公司已发行的股份达到30%时，继续进行收购的，应当依法向该上市公司所有股东发出收购上市公司全部或者部分股份的要约。收购上市公司部分股份的收购要约应当约定，被收购公司股东承诺出售的股份数额超过预定收购的股份数额的，收购人按比例进行收购。

（3）向证监会报送上市公司收购报告书。发出收购要约，收购人必须事先向国务院证券监督管理机构报送上市公司收购报告书，并载明下列事项：①收购人的名称、住所；②收购人关于收购的决定；③被收购的上市公司名称；④收购目的；⑤收购股份的详细名称和预定收购股份数额；⑥收购期限、收购价格；⑦收购所需资金额及资金保证；⑧报送上市公司收购报告书时所持有被收购公司股份数占该公司已发行的股份总数的比例。收购人还应当将上市公司收购报告书同时提交证券交易所。

（4）公告收购要约。①收购人在依照法律规定报送上市公司收购报告书之日起15日后，公告其收购要约。②收购要约约定的期限不得少于30日，并不得超过60日。

（5）收购结束报告与公告。收购行为完成后，收购人应当在15日内将收购情况报告国务院证券监督管理机构和证券交易所，并予公告。

（三）要约的效力

（1）在收购要约的有效期限内，收购人不得撤回其收购要约。

（2）在收购要约的有效期限内，不得随意变更收购要约中的事项。收购人需要变更收购要约的，必须事先向国务院证券监督管理机构及证券交易所提出报告，经批准后，予以公告。

（3）收购要约中提出的各项收购条件，适用于被收购公司所有的股东。《证券法》第92条对此作了明确规定：收购要约提出的各项收购条件，适用于被收购公司的所有股东。

（4）收购人在收购期限内，不得卖出被收购公司的股票，也不得采取要约规定以外的形式和超出要约的条件买入被收购公司的股票。

（四）收购完成的法律后果

（1）股份转让之限制。在上市公司收购中，收购人持有的被收购的上市公司的股票，在收购行为完成后的 12 个月内不得转让。

（2）终止上市交易。收购期限届满，被收购公司的股权分布不符合上市条件的，该上市公司的股票应当由证券交易所依法终止上市交易。收购要约的期限届满，被收购公司股权分布仍符合上市条件的，不影响该上市公司股票在证券交易所继续上市交易。

（3）强制受让。收购期限届满，被收购公司的股权分布不符合上市条件的，该上市公司的股票应当由证券交易所依法终止上市交易；其余仍持有被收购公司股票的股东，有权向收购人以收购要约的同等条件出售其股票，收购人应当收购。

（4）变更企业形式。收购行为完成后，被收购公司不再具备股份有限公司条件的，应当依法变更企业形式。

（5）更换股票、注销公司。收购行为完成后，收购人与被收购公司合并，并将该公司解散的，被解散公司的原有股票由收购人依法更换。

示例 甲公司持有乙上市公司 30% 的股份，现欲继续收购乙公司的股份，遂发出收购要约。甲公司发出的下列收购要约，哪些内容是合法的？

A. 甲公司收购乙公司的股份至 51% 时即不再收购

B. 甲公司将在 45 日内完成对乙公司股份的收购

C. 本收购要约所公布的收购条件适用于乙公司的所有股东

D. 在收购要约的有效期限内，甲公司视具体情况可以撤回收购要约

答案：ABC

考点三 协议收购

协议收购是指收购人在证券交易所之外，通过和被收购公司股东协商一致达成协议，受让其持有的股份而进行的上市公司收购。协议收购由于较少对证券市场冲击，因此法律对其规制较少，其程序如下：

1. 其签订协议。

2. 进行报告与公告。以协议方式收购上市公司时，达成协议后，收购人必须在 3 日内将该收购协议向国务院证券监督管理机构及证券交易所作出书面报告，并予公告。在公告前不得履行收购协议。

3. 委托中介机构保存股票与存放资金。采取协议收购方式的，协议双方可以临时委托证券登记结算机构保管协议转让的股票，并将资金存放于指定的银行。

第三章　证券业法

考点完整提炼

证券业法 { 证券交易所
证券公司
证券交易登记结算机构
证券监督管理机构

法条依据串烧

《证券法》第 102 条　证券交易所是为证券集中交易提供场所和设施，组织和监督证券交易，实行自律管理的法人。

证券交易所的设立和解散，由国务院决定。

《证券法》第105条 证券交易所可以自行支配的各项费用收入，应当首先用于保证其证券交易场所和设施的正常运行并逐步改善。

实行会员制的证券交易所的财产积累归会员所有，其权益由会员共同享有，在其存续期间，不得将其财产积累分配给会员。

《证券法》第110条 进入证券交易所参与集中交易的，必须是证券交易所的会员。

《证券法》第114条 因突发性事件而影响证券交易的正常进行时，证券交易所可以采取技术性停牌的措施；因不可抗力的突发性事件或者为维护证券交易的正常秩序，证券交易所可以决定临时停市。

证券交易所采取技术性停牌或者决定临时停市，必须及时报告国务院证券监督管理机构。

考点精析

考点一 证券交易所

（一）证券交易所的性质

证券交易所是为证券集中交易提供场所和设施，组织和监督证券交易，实行自律管理的法人。

（二）证券交易所的职能

（1）为组织公平的集中交易提供保障，公布证券交易即时行情，并按交易日制作证券市场行情表，予以公布。未经证券交易所许可，任何单位和个人不得发布证券交易即时行情。

（2）因突发性事件而影响证券交易的正常进行时，证券交易所可以采取技术性停牌的措施；因不可抗力的突发性事件或者为维护证券交易的正常秩序，证券交易所可以决定临时停市。证券交易所采取技术性停牌或者决定临时停市，必须及时报告国务院证券监督管理机构。

（3）证券交易所对证券交易实行监控，并按照国务院证券监督管理机构的要求，对异常的交易情况提出报告。证券交易所应当对上市公司及相关信息披露义务人披露信息进行监督，督促其依法及时、准确地披露信息。证券交易所根据需要，可以对出现重大异常交易情况的证券账户限制交易，并报国务院证券监督管理机构备案。

（4）证券交易所依照证券法律、行政法规制定上市规则、交易规则、会员管理规则和其他有关规则，并报国务院证券监督管理机构批准。

（三）证券交易所的行为规则

（1）会员代理交易制。进入证券交易所参与集中交易的，必须是证券交易所的会员。

（2）风险基金制度。证券交易所应当从其收取的交易费用和会员费、席位费中提取一定比例的金额设立风险基金。风险基金由证券交易所理事会管理。风险基金提取的具体比例和使用办法，由国务院证券监督管理机构会同国务院财政部门规定。

证券交易所应当将收存的风险基金存入开户银行专门账户，不得擅自使用。

（3）回避制度。证券交易所的负责人和其他从业人员在执行与证券交易有关的职务时，与其本人或者其亲属有利害关系的，应当回避。

考点二　证券公司

（一）证券公司的设立

设立证券公司，必须经国务院证券监督管理机构审查批准。未经国务院证券监督管理机构批准，任何单位和个人不得经营证券业务。设立证券公司，应当具备下列条件：

（1）有符合法律、行政法规规定的公司章程；

（2）主要股东具有持续盈利能力，信誉良好，最近 3 年无重大违法违规纪录，净资产不低于人民币 2 亿元；

（3）有符合本法规定的注册资本；

（4）董事、监事、高级管理人员具备任职资格，从业人员具有证券从业资格；

（5）有完善的风险管理与内部控制制度；

（6）有合格的经营场所和业务设施；

（7）法律、行政法规规定的和经国务院批准的国务院证券监督管理机构规定的其他。

（二）证券公司的业务范围与最低注册资本

（1）证券经纪；

（2）证券投资咨询；

（3）与证券交易、证券投资活动有关的财务顾问；

　　　} 5000 万

（4）证券承销与保荐；

（5）证券自营；

（6）证券资产管理；

（7）其他证券业务。

　　} 5 亿

（三）证券从业人员任职资格

下列人员不得担任证券公司的董事、监事、高级管理人员：

（1）依据《公司法》第 147 条规定不得担任公司董事、监事、高级管理人员；

（2）因违法行为或者违纪行为被解除职务的证券交易所、证券登记结算机构的负责人或者证券公司的董事、监事、高级管理人员，自被解除职务之日起未逾 5 年；

（3）因违法行为或者违纪行为被撤销资格的律师、注册会计师或者投资咨询机构、财务顾问机构、资信评级机构、资产评估机构、验证机构的专业人员，自被撤销资格之日起未逾 5 年。

（4）国家机关工作人员和法律、行政法规规定的禁止在公司中兼职的其他人员，不得在证券公司中兼任职务。

（四）证券公司的禁止行为

（1）证券公司不得接受投资者的全权委托。证券公司办理经纪业务，不得接受客户的全权委托而决定证券买卖、选择证券种类、决定买卖数量或者买卖价格。

（2）证券公司不得对投资者利益作出非法承诺。证券公司不得以任何方式对客户证券买卖的收益或者赔偿证券买卖的损失做出承诺。

（3）证券公司不得私下接受委托。证券公司及其从业人员不得未经过其依法设立的营业场所私下接受客户委托买卖证券。同时，证券公司的从业人员在证券交易活动中，执行所属的证券公司的指令或者利用职务违反交易规则的，则由所属的证券公司承担全部责任。

示例　一家证券公司的工作人员在接待一名客户的时候，做了如下的回答，违反法律规定的有：

A. 本公司可以为客户提供融资融券服务

B. 如果委托本公司投资现行上市的 E 股票，保准能获利

C. 客户可以全权委托本公司，只等坐收收益

D. 如有合作意向，请到本公司的营业场所办理委托事宜。

答案：BC

考点三 证券登记结算机构

（一）证券登记结算机构的地位

证券登记结算机构是为证券交易提供集中登记、存管与结算服务，不以营利为目的的法人。设立证券登记结算机构必须经国务院证券监督管理机构批准。

（二）证券登记结算机构的设立

根据《证券法》第 156 条的规定，设立证券登记结算机构必须具备以下条件：

（1）资金条件：证券登记结算机构的自有资金不少于人民币 2 亿元。

（2）设备条件：证券登记结算机构应当具有证券登记、存管和结算服务所必须的场所和设施。

（3）人员条件：证券登记结算机构的主要管理人员和业务人员必须具有证券从业资格。

（4）国务院证券监督管理机构规定的其他条件。

（三）证券登记结算机构的职能

（1）证券账户、结算账户的设立；

（2）证券的存管和过户；

（3）证券持有人名册登记；

（4）证券交易所上市证券交易的清算与交收；

（5）受证券发行人委托派发证券权益；

（6）办理与上述业务有关的查询；

（7）国务院证券监管机构批准的其他业务。

（四）证券登记结算机构的义务和责任

（1）证券登记结算机构应当向证券发行人提供证券持有人名册及其有关资料。（新《证券法》第 160 条第 1 款）

（2）证券登记结算机构应当根据证券登记结算的结果，确认证券持有人持有证券的事实，提供证券持有人登记资料。（新《证券法》第 160 条第 2 款）

（3）证券登记结算机构应当保证证券持有人名册和登记过户记录真实、准确、完整，不得隐匿、伪造、篡改或者毁损。（新《证券法》第 160 条第 3 款）

（4）证券登记结算机构应当采取下列措施保证业务的正常进行：（新《证券法》第 161 条）①具有必备的服务设备和完善的数据安全保护措施；②建立完善的业务、财务和安全防范等管理制度；③建立完善的风险管理系统。

（5）证券登记结算机构应当妥善保存登记、存管和结算的原始凭证及有关文件和资料。其保存期限不得少于 20 年。（新《证券法》第 162 条）

（6）证券登记结算机构应当设立证券结算风险基金，用于垫付或者弥补因违约交收、技术故障、操作失误、不可抗力造成的证券登记结算机构的损失。（新《证券法》第 163 条）

考点四 证券监督管理机构

国务院证券监督管理机构依法对我国市场实行监督管理。从目前国务院机构设置来看，国务院证券监督管理机构即是中国证券监督管理委员会，简称"证监会"。

依据新《证券法》第 179 条的规

定，国务院证券监督管理机构在对证券市场实施监督管理中履行下列职责：

1. 依法制定有关证券市场监督管理的规章、规则，并依法行使审批或者核准权；

2. 依法对证券的发行、上市、交易、登记、存管、结算，进行监督管理；

3. 依法对证券发行人、上市公司、证券公司、证券投资基金管理公司、证券服务机构、证券交易所、证券登记结算机构的证券业务活动，进行监督管理；

4. 依法制定从事证券业务人员的资格标志和行为准则，并监督实施；

5. 依法监督检查证券发行、上市和交易的信息公开情况；

6. 依法对证券业协会的活动进行指导和监督；

7. 依法对违反证券市场监督管理法律、行政法规的行为进行查处；

8. 法律、行政法规规定的其他职责。

国务院证券监督管理机构可以和其他国家或者地区的证券监督管理机构建立合作机制，实施跨境监督管理。

第四章 证券投资基金法律制度

考点完整提炼

投资基金法律制度
- 基金的概念与特征
- 基金的当事人
- 基金的募集、交易、运作
- 基金持有人大会
- 信息披露与监管

考点精析

考点一 证券投资基金的概念与特征

（一）概念

证券投资基金是指通过公开发售基金份额募集证券投资基金（以下简称基金），由基金管理人管理，基金托管人托管，为基金份额持有人的利益，以资产组合方式进行证券投资活动而获取一定收益的投资工具。

（二）特征

（1）证券投资基金是依据信托原理来组织间接证券投资方式。信托是指委托人将自己的财产转移给受托人，而受托人以委托人的利益来对该财产加以管理和运用并将获得的收益返还给委托人的法律行为。在基金活动中将分散的投资汇集起来委托专业机构（即基金管理公司和基金托管人），尤其来对该资金进行管理，并将其投资于证券并将获得的收益按照基金持有人持有的基金份额返还给基金持有人。

（2）证券投资基金只能投资于股票或债券等有价证券，即证券投资基金是专为投资证券而设立的，不能投资于证券以外的项目。

（3）证券投资基金的投资收益由基金份额持有人享有。

（三）基金与股票、债券的区别

（1）它们所体现的关系不同，股票所体现的是股权关系，债券所体现的是债权关系，而基金券所体现的则是信托关系。

（2）资金投向不同，由于股票和债券是融资工具，其融资投向主要在于实业，而基金由于是信托工具，其投向则在于股票或债券等有价证券。

（3）收益与风险不同，股票的收益取决于公司的经营效益，投资股市风险较大；债券的收益是既定的，其投资风险较小；基金券主要投资于有价证券，其运作方式较为灵活，在获得较高收益的同时风险较小。

考点二 证券投资基金当事人

（一）基金份额持有人的权利

（1）分享基金财产收益；

（2）参与分配清算后的剩余基金财产；

（3）依法转让或者申请赎回其持有的基金份额；

（4）按照规定要求召开基金份额持有人大会；

（5）对基金份额持有人大会审议事项行使表决权；

（6）查阅或者复制公开披露的基金信息资料；

（7）对基金管理人、基金托管人、基金份额发售机构损害其合法权益的行为依法提起诉讼；

（8）基金合同约定的其他权利。

（二）基金管理人

基金管理人由依法设立的基金管理公司担任。担任基金管理人，应当经国务院证券监督管理机构核准。

（1）基金管理公司的设立条件。①有符合《证券投资基金法》和《公司法》规定的章程；②注册资本不低于1亿元人民币，且必须为实缴货币资本；③主要股东具有从事证券经营、证券投资咨询、信托资产管理或者其他金融资产管理的较好的经营业绩和良好的社会信誉，最近3年没有违法记录，注册资本不低于3亿元人民币；④取得基金从业资格的人员达到法定人数；⑤有符合

要求的营业场所、安全防范设施和与基金管理业务有关的其他设施；⑥有完善的内部稽核监控制度和风险控制制度；⑦法律、行政法规规定的和经国务院批准的国务院证券监督管理机构规定的其他条件。

（2）基金管理公司设立的批准。国务院证券监督管理机构应当自受理基金管理公司设立申请之日起6个月内依照《证券投资基金法》第13条规定的条件和审慎监管原则进行审查，作出批准或者不予批准的决定，并通知申请人；不予批准的，应当说明理由。

基金管理公司设立分支机构、修改章程或者变更其他重大事项，应当报经国务院证券监

督管理机构批准。国务院证券监督管理机构应当自受理申请之日起60日内作出批准或者不

予批准的决定，并通知申请人；不予批准的，应当说明理由。

（3）基金管理公司从业人员的限制。

下列人员不得担任基金管理人的基金从业人员：①因犯有贪污贿赂、渎职、侵犯财产罪或者破坏社会主义市场经济秩序罪，被判处刑罚的；②对所任职的公司、企业因经营不善破产清算或者因违法被吊销营业执照负有个人责任的董事、监事、厂长、经理及其他高级管理人员，自该公司、企业破产清算终结或者被吊销营业执照之日起未逾5年的；③个人所负债务数额较大，到期未清偿的；④因违法行为被开除的基金管理人、基金托管人、证券交易所、证券公司、证券登记结算机构、期货交易所、期货经纪公司及其他机构的从业人

员和国家机关工作人员；⑤因违法行为被吊销执业证书或者被取消资格的律师、注册会计师和资产评估机构、验证机构的从业人员、投资咨询从业人员；⑥法律、行政法规规定不得从事基金业务的其他人员。

（4）基金管理人的职责。

基金管理人应当履行下列职责：①依法募集基金，办理或者委托经国务院证券监督管理机构认定的其他机构代为办理基金份额的发售、申购、赎回和登记事宜；②办理基金备案手续；③对所管理的不同基金财产分别管理、分别记账，进行证券投资；④按照基金合同的约定确定基金收益分配方案，及时向基金份额持有人分配收益；⑤进行基金会计核算并编制基金财务会计报告；⑥编制中期和年度基金报告；⑦计算并公告基金资产净值，确定基金份额申购、赎回价格；⑧办理与基金财产管理业务活动有关的信息披露事项；⑨召集基金份额持有人大会；⑩保存基金财产管理业务活动的记录、账册、报表和其他相关资料；⑪以基金管理人名义，代表基金份额持有人利益行使诉讼权利或者实施其他法律行为；⑫国务院证券监督管理机构规定的其他职责。

（5）基金管理人禁止从事的行为。

基金管理人不得有下列行为：①将其固有财产或者他人财产混同于基金财产从事证券投资；②不公平地对待其管理的不同基金财产；③利用基金财产为基金份额持有人以外的第三人牟取利益；④向基金份额持有人违规承诺收益或者承担损失；⑤依照法律、行政法规有关规定，由国务院证券监督管理机构规定禁止的其他行为。

（6）基金管理人职责的终止。

有下列情形之一的，基金管理人职责终止：①被依法取消基金管理资格；②被基金份额持有人大会解任；③依法解散、被依法撤销或者被依法宣告破产；④基金合同约定的其他情形。

在基金管理人职责终止的情形下，基金份额持有人大会应当在 6 个月内选任新基金管理人；新基金管理人产生前，由国务院证券监督管理机构指定临时基金管理人。

（三）基金托管人

（1）基金托管人的设立。根据《证券投资基金法》的规定，基金托管人由依法设立并取得基金托管资格的商业银行担任。

申请取得基金托管资格，应当经国务院证券监督管理机构和国务院银行业监督管理机构核准，并具备如下条件：①净资产和资本充足率符合有关规定；②设有专门的基金托管部门；③取得基金从业资格的专职人员达到法定人数；④有安全保管基金财产的条件；⑤有安全高效的清算、交割系统；⑥有符合要求的营业场所、安全防范设施和与基金托管业务有关的其他设施；⑦有完善的内部稽核监控制度和风险控制制度；⑧法律、行政法规规定的和经国务院批准的国务院证券监督管理机构、国务院银行业监督管理机构规定的其他条件。

（2）基金托管人的职责。根据《证券投资基金法》的规定，基金托管人应当履行的职责为：①安全保管基金财产；②按照规定开设基金财产的资金账户和证券账户；③对所托管的不同基金财产分别设置账户，确保基金财产的完整与独立；④保存基金托管业务活动的记录、账册、报表和其他相关资料；⑤按照基金合同的约定，根据基金管理人的投资指令，及时办理清算、交割事宜；⑥办理与基金托管业务活动有关的信息披露事项；⑦对基金财务会计报告、中期和年度基金报告出具意见；⑧复核、审查基金管理人计算的基金资产净值和基金份额申购、赎回价格；⑨按照规定召集基金份额持有人大会；⑩按照规定监督基金管理人的投资运作；⑪国务院证券监督管理机构规定的其他职责。

（3）基金托管人职责的终止。

基金托管人当发生下列情形之一时，其职责被依法终止：①被依法取消基金托管资格；②被基金份额持有人大会解任；③依法解散、被依法撤销或者被依法宣告破产。

基金托管人职责终止的，基金份额持有人大会应当在6个月内选任新基金托管人；新基金托管人产生前，由国务院证券监督管理机构指定临时基金托管人。

（4）基金管理与基金托管的分业经营。

基金托管人与基金管理人不得为同一人，不得相互出资或者持有股份。

示例 下列有关基金托管人的资格的说法正确的有：

A. 基金托管人必须是依法设立并取得基金托管资格的商业银行

B. 申请取得基金托管资格，应当经证监会和银监会核准

C. 基金托管人和基金管理人不得为同一人

D. 基金托管人与基金管理人不得相互出资或者持股

答案：ABCD

考点三 基金的募集、交易与运作

（一）基金的募集

基金的募集是指基金管理人依照《证券投资基金法》的规定从事发售基金份额的活动。

（1）申请。募集基金，应当向国务院证券监督管理机构提交下列文件，并经国务院证券监督管理机构核准：①申请报告；②基金合同草案；③基金托管协议草案；④招募说明书草案；⑤基金管理人和基金托管人的资格证明文件；⑥经会计师事务所审计的基金管理人和基金托管人最近3年或者成立以来的财务会计报告；⑦律师事务所出具的法律意见书；⑧国务院证券监督管理机构规定提交的其他文件。

（2）招募说明书的内容。基金招募说明书应当包括下列内容：①基金募集申请的核准文件名称和核准日期；②基金管理人、基金托管人的基本情况；③基金合同和基金托管协议的内容摘要；④基金份额的发售日期、价格、费用和期限；⑤基金份额的发售方式、发售机构及登记机构名称；⑥出具法律意见书的律师事务所和审计基金财产的会计师事务所的名称和住所；⑦基金管理人、基金托管人报酬及其他有关费用的提取、支付方式与比例；⑧风险警示内容；⑨国务院证券监督管理机构规定的其他内容。

（3）批准。国务院证券监督管理机构应当自受理基金募集申请之日起6个月内依照法律、行政法规及国务院证券监督管理机构的规定和审慎监管原则进行审查，作出核准或者不予核准的决定，并通知申请人；不予核准的，应当说明理由。

（二）基金份额的交易

封闭式基金的基金份额，经基金管理人申请，国务院证券监督管理机构核准，可以在证券交易所上市交易。

国务院证券监督管理机构可以授权证券交易所依照法定条件和程序核准基金份额上市交易。基金份额上市交易，应当符合的条件如下：①基金的募集符合《证券投资基金法》的规定；②基金合同期限为 5 年以上；③基金募集金额不低于 2 亿元人民币；④基金份额持有人不少于 1000 人；⑤基金份额上市交易规则规定的其他条件。

基金份额上市交易后，如遇有下列情形之一的，由证券交易所终止其上市交易，并报国务院证券监督管理机构备案：①不再具备上述上市交易条件；②基金合同期限届满；③基金份额持有人大会决定提前终止上市交易；④基金合同约定的或者基金份额上市交易规则规定的终止上市交易的其他情形。

（三）基金的运作

基金管理人运用基金财产进行证券投资应当采用资产组合的方式进行。资产组合的具体方式和投资比例，按照证券投资基金法和国务院证券监督管理机构的规定在基金合同中约定。

根据《证券投资基金法》的规定，基金财产应当用于下列投资：①上市交易的股票、债券；②国务院证券监督管理机构规定的其他证券品种。与此同时，《证券投资基金法》还规定，基金财产不得用于下列投资或者活动：①承销证券；②向他人贷款或者提供担保；③从事承担无限责任的投资；④买卖其他基金份额，但是国务院另有规定的除外；⑤向其基金管理人、基金托管人出资或者买卖其基金管理人、基金托管人发行的股票或者债券；⑥买卖与其基金管理人、基金托管人有控股关系的股东或者与其基金管理人、基金托管人有其他重大利害关系的公司发行的证券或者承销期内承销的证券；⑦从事内幕交易、操纵证券交易价格及其他不正当的证券交易活动；⑧依照法律、行政法规有关规定，由国务院证券监督管理机构规定禁止的其他活动。

示例 有关基金财产的投资方向，下列说法正确的是：

A. 基金财产可以用于投资上市交易的股票和债券

B. 基金财产可以用于承销证券

C. 基金财产可以投资合伙企业

D. 基金财产可以为他人提供担保，如果是有偿担保的话。

答案：A

考点四 基金份额持有人大会

（一）基金管理人大会的召集

（1）基金份额持有人大会由基金管理人召集；基金管理人未按规定召集或者不能召集时，由基金托管人召集。

（2）代表基金份额 10% 以上的基金份额持有人就同一事项要求召开基金份额持有人大会，而基金管理人、基金托管人都不召集的，代表基金份额 10% 以上的基金份额持有人有权自行召集，并报国务院证券监督管理机构备案。

（二）基金份额持有人大会召开前的通知程序

召开基金份额持有人大会，召集人应当至少提前 30 日公告基金份额持有人大会的召开。时间、会议形式、审议事项、议事程序和表决方式等事项。基金份额持有人大会不得就未经公告的事项进行表决。

（三）召开方式

基金份额持有人大会可以采取现场方式召开，也可以采取通讯等方式召开。

（四）表决

（1）每一基金份额具有一票表决权，基金份额持有人可以委托代理人出席基金份额持有人大会并行使表决权。

（2）基金份额持有人大会应当有代表50%以上基金份额的持有人参加，方可召开；大会就审议事项作出决定，应当经参加大会的基金份额持有人所持表决权的50%以上通过；但是，转换基金运作方式、更换基金管理人或者基金托管人、提前终止基金合同，应当经参加大会的基金份额持有人所持表决权的2/3以上通过。

基金份额持有人大会决定的事项，应当依法报国务院证券监督管理机构核准或者备案，

并予以公告。

◆ 考点五 基金的信息披露与监督管理

（一）基金的信息披露

（1）披露的内容。根据《证券投资基金法》的规定，公开披露的基金信息包括：①基金招募说明书、基金合同、基金托管协议；②基金募集情况；③基金份额上市交易公告书；④基金资产净值、基金份额净值；⑤基金份额申购、赎回价格；⑥基金财产的资产组合季度报告、财务会计报告及中期和年度基金报告；⑦临时报告；⑧基金份额持有人大会决议；⑨基金管理人、基金托管人的专门基金托管部门的重大人事变动；

⑩涉及基金管理人、基金财产、基金托管业务的诉讼；⑩依照法律、行政法规有关规定，由国务院证券监督管理机构规定应予披露的其他信息。同时，公开披露基金信息，不得有下列行为：①虚假记载、误导性陈述或者重大遗漏；②对证券投资业绩进行预测；③违规承诺收益或者承担损失；④诋毁其他基金管理人、基金托管人或者基金份额发售机构；⑤依照法律、行政法规有关规定，由国务院证券监督管理机构规定禁止的其他行为。

（2）披露文件的要求。①基金管理人、基金托管人和其他基金信息披露义务人应当依法披露基金信息，并保证所披露信息的真实性、准确性和完整性。②对公开披露的基金信息出具审计报告或者法律意见书的会计师事务所、律师事务所，应当保证其所出具文件内容的真实性、准确性和完整性。

（二）基金的监督管理

根据《证券投资基金法》的规定，国务院证券监督管理机构对基金行使监督管理的职能，其具体职责包括：①依法制定有关证券投资基金活动监督管理的规章、规则，并依法行使审批或者核准权；②办理基金备案；③对基金管理人、基金托管人及其他机构从事证券投资基金活动进行监督管理，对违法行为进行查处，并予以公告；④制定基金从业人员的资格标准和行为准则，并监督实施；⑤监督检查基金信息的披露情况；⑥指导和监督基金同业协会的活动；⑦法律、行政法规规定的其他职责。

第八部分 保 险 法

第一章 保险法概述

考点完整提炼

保险法 { 保险的概念与要素
概述 { 保险法的概念
{ 保险法的基本原则（重点掌握）

法条依据串烧

《保险法》第 2 条 本法所称保险，是指投保人根据合同约定，向保险人支付保险费，保险人对于合同约定的可能发生的事故因其发生所造成的财产损失承担赔偿保险金责任，或者当被保险人死亡、伤残、疾病或者达到合同约定的年龄、期限等条件时承担给付保险金责任的商业保险行为。

《保险法》第 5 条 保险活动当事人行使权利、履行义务应当遵循诚实信用原则。

《保险法》第 12 条 人身保险的投保人在保险合同订立时，对被保险人应当具有保险利益。

财产保险的被保险人在保险事故发生时，对保险标的应当具有保险利益。

人身保险是以人的寿命和身体为保险标的的保险。

财产保险是以财产及其有关利益为保险标的的保险。

被保险人是指其财产或者人身受保险合同保障，享有保险金请求权的人。

投保人可以为被保险人。

保险利益是指投保人或者被保险人对保险标的具有的法律上承认的利益。

考点精析

考点一 保险的概念与保险的要素

依据《保险法》第 2 条的规定，所谓保险是指投保人根据合同约定，向保险人支付保险费，保险人对于合同约定的可能发生的事故因其发生所造成的财产损失承担赔偿保险金责任，或者当被保险人死亡、伤残、疾病或者达到合同约定的年龄、期限等条件时承担给付保险金责任的商业行为。

保险是面对共同危险的同一类人通过集体协作机制将该危险予以分散的一种社会机制。保险的存在需要具备下列要素：

1. 须有危险的存在。保险的根本目的乃在于分散风险，因此必须有真实的危险存在才会产生保险，没有危险的存在无疑不需要保险制度。这里所谓的危险是指随时有可能发生的，而且会给人类带来经济上的或者人身上的损失的人类无法克服的各种灾难。

2. 必须有同一类危险的存在。保险是面临相同种类的危险的人类团体相互合作的一种机制或者说是制度，之所以如此乃是因为同一种类的危险对于参加同一保险的团体而言概率相同因此可以通过大数法则将此危险予以分散。若大家所面临的危险是不同种类的，就无法确定危险发生的概率，从而无法确定保险费，无法实现损失的分担。

3. 必须是面临相同风险的人结合成一个人数足够大的团体。只有面临相同种类风险的人自愿组成一个人数较多的团体，这样才能够通过大数法则计算危险发生的概率，然后确定大家分摊的保险费用，从而实现风险的分担。如果参加保险的人数不够多的话，那么就无法依据大数法则确定保险费率，因而也就无法分散风险了。

4. 必须具有有偿性。保险是面临相同危险的人通过自己缴纳一定的保险费用形成一个保险基金，在危险发生时可以对该保险基金请求支付从而补偿自己之损失的制度设计。因而，保险的实质是自己救济自己，是等价交易行为，这与国家对遭受不幸灾害的人提供援助是完全不同的。

考点二　保险法的概念

所谓保险法是指以调整保险合同以及保险人及其他保险合同相关之人员的成立、组织、运行、监管等为内容的法律规范的体系。

保险法由保险合同法和保险业法两部分组成。前者调整保险合同的订立、当事人的权利义务、保险合同的履行、违约责任等；后者以保险人（即保险公司）、保险代理人、保险经纪人等的成立、组织、运行、终止等为调整对象。

与其他法律一样，保险法也有实质意义上的保险法和形式意义上的保险法之分。我国形式意义上的保险法，即《中华人民共和国保险法》，是 1995 年 6 月 30 日第八届全国人民代表大会常务委员会第十四次会议通过，2002 年 10 月 28 日第九届全国

人民代表大会常务委员会第三十次会议《中华人民共和国保险法》对保险法进行了一次修正修正，2009 年 2 月 28 日第十一届全国人民代表大会常务委员会第七次会议再次进行了修订，自 2009 年 10 月 1 日起施行。

考点三　保险法的基本原则

（一）最大诚信原则

诚信原则是民法乃至整个私法的基本原则，但是诚信原则在保险法中体现的最为淋漓尽致，无论是在保险合同订立的过程中还是履行的过程中双方都要本着诚实信用的原则而行事。例如在保险合同的订立过程中投保人的如实告知义务，保险人的说明义务；在保险合同履行过程中保险标的危险增加时被保险人的通知义务，在保险事故发生后的及时通知义务等等都是最大诚信原则的体现。

（二）保险利益原则

保险利益，又称可保利益，是指投保人对保险标的具有法律上承认的利益。所谓保险利益原则是指投保人对于保险标的必须具有保险利益，否则保险合同无效。保险法之所以采纳保险利益原则的主要原因有二：其一是防止道德风险。投保人若对保险标的没有保险利益，即在保险标的发生危险后投保人并不因此而受有损失，反而却能取得保险公司的赔偿金这样就会诱使投保人促成保险事故的发生骗取保险公司的赔偿，从而有悖于保险制度的目的。其二是防止保险业沦落为博彩业（或者说是赌博）。由于保险合同射幸性，即保险人是否支付保险金依赖于不特定事件的发生，从而若投保人对保险标的没有保险利益，仅仅支付小额保费，在特定事故

发生时就会获得大笔保险金无疑等同于赌博行为。

（三）损失补偿原则

损失补偿原则是指当保险事故发生使投保人或被保险人遭受损失时，保险人必须在责任范围内对投保人或被保险人所受的实际损失进行补偿而不是失被保险人获得损害以外的利益。损失补偿原则的目的在于保护投保人或被保险人的合法权益，弥补受害人的损失，禁止被保险人或受益人因保险合同的存在而获得超出其损失的利益。

（四）近因原则

所谓近因，并非指时间上最接近损失的原因，而是指直接促成结果的原因，效果上有支配力或有效的原因。所谓近因原则是指保险人对于保险事故发生后所引发的直接损失进行补偿，对于保险事故引发的间接损失不予补偿的立法原则。

历年真题与示例

下列关于保险合同原则的哪些表述是错误的？（2006 - 3 - 75）

A. 自愿原则是指保险当事人双方可以自由决定保险范围和保费费率

B. 保险利益原则的根本目的是有效弥补投保人的损失

C. 近因原则中的近因是指造成保险标的损害的主要的、决定性的原因

D. 最大诚信原则对保险人的主要要求是及时全面地赔付保险金

答案：ABD

第二章　保险合同总论

第一节　保险合同概述

考点完整提炼

保险合同一般规定 {
保险合同的概念
保险合同的特征
保险合同的类型
保险合同的当事人
保险合同的关系人
}

法条依据串烧

《保险法》第 10 条　保险合同是投保人与保险人约定保险权利义务关系的协议。

投保人是指与保险人订立保险合同，并按照合同约定负有支付保险费义务的人。

保险人是指与投保人订立保险合同，并按照合同约定承担赔偿或者给付保险金责任的保险公司。

考点精析

考点一　保险合同的概念

保险合同是指投保人支付规定的保险费，保险人对于承保标的因保险事故所造成的损失，在保险金额范围内承担补偿责任，或者在合同约定期限届满时，承担给付保险金义务的协议。

保险合同也是合同法第 2 条所规定的合同之一，因此关于保险合同只要保险法没有规定的都要适用合同法的规定，如保险合同订立过程中的要约、承诺、缔约过失责任、违约责任等。这一点大家务必要谨记。

考点二　保险合同的法律特征

（一）保险合同是双务、有偿、诺成合同

（1）保险合同成立后双方当事人都负有义务，因此是双务合同。

（2）保险合同的投保人以向保险人支付保险费而于保险事故发生时可向保险人进行索赔，因此是有偿合同。

（3）根据我国《保险法》第13条规定，"投保人提出保险要求，经保险人同意承保，并就合同的条款达成协议，保险合同成立。"由此看来，我国《保险法》确定保险合同属诺成合同，只要双方当事人意思表示一致，保险合同即可成立生效。

（二）保险合同是非要式合同

保险合同的成立和生效都不以签订书面合同为必要，只要投保人和保险人达成保险协议保险合同即成立。这与一般人的常识是不相符合的，一般人认为保险合同通常是书面的并且是保险公司事先制定好的格式合同所以应当是要式合同。但是《保险法》第13条明确规定，投保人提出保险要求，经保险人同意承保，保险合同成立。依法成立的保险合同，自成立时生效。投保人和保险人可以对合同的效力约定附条件或者附期限。

那么如何解释保险人一定要给被保险人出具保险单呢？依据《保险法》第13条的规定，保险单不属于合同成立或者生效的要件，而仅仅是合同成立后用于证明和明确双方当事人权利和义务的文件。出具保险单是保险合同成立生效后保险人的义务，而不是保险合同的成立或者生效要件。

（三）保险合同是最大诚信的合同

由于最大诚信原则是保险法的最重要的原则，那么作为保险制度的核心制度，保险合同当然也就是最大诚信合同。即从订立到履行都需要双方以诚信的态度来对待对方。

（四）保险合同是射幸合同

射幸合同是指当事人一方或双方的给付义务，取决于合同成立后偶然事件的发生。保险合同的目的在于使保险人在特定不可预料或不可抗力的事故发生时，对被保险人履行给付义务，所以也是射幸合同的一种。由保险合同的射幸推导出保险法上的保险利益原则，如果保险法没有保险利益原则就使得保险行为成为了赌博行为从而为法律所禁止。

（五）保险合同是格式合同

所谓格式合同是一方当事人为了与人数众多的对方当事人订立内容一律的合同而事先制定好的，对方当事人只有同意与否的权利而没有个别谈判的自由的合同。保险合同的条款是由保险公司事先制定好的，投保人只能选择是否投保但是对于保险费率、保险危险、免责条款等内容没有权利进行修改，于是是典型的格式合同。由于格式合同剥夺了对方当事人选择合同内容的自由从而需要法律的特别规制，于是保险法规定：

（1）保险人必须对投保人说明保险合同的内容并就免责条款予以特别提示和说明。《保险法》第17条规定：订立保险合同，采用保险人提供的格式条款的，保险人向投保人提供的投保单应当附格式条款，保险人应当向投保人说明合同的内容。对保险合同中免除保险人责任的条款，保险人在订立合同时应当在投保单、保险单或者其他保险凭证上作出足以引起投保人注意的提示，并对该条款的内容以书面或者口头形式向投保人作出明确说明。未作提示或者明确说明的，该条款不产生效力。

（2）当保险合同条款冲突时应当按照如下规则加以解释：①当书面约定与口头约定内容不一致时，应当以书面内容为准；②在保险单中如果特约条款与其他条款的内容不一致时，应以特约条款为准；③当保险合同的内容以不同方式记载且内容相抵触时，打字的优于印刷的，手写的优于打字的。因此，一般认为，手写的内容更能表达当事人的真实意思。

（3）有利于被保险人解释的原则。根据我国《保险法》第 30 条的规定，采用保险人提供的格式条款订立的保险合同，保险人与投保人、被保险人或者受益人对合同条款有争议的，应当按照通常理解予以解释。对合同条款有两种以上解释的，人民法院或者仲裁机构应当作出有利于被保险人和受益人的解释。

考点三 保险合同的类型

（一）财产保险合同与人身保险合同

以保险标的为标准，可将保险合同分为财产保险合同和人身保险合同，这也是保险法上的基本分类。

（1）财产保险合同，是指以财产或者财产性利益为标的的保险合同；

（2）人身保险合同，是指以人身为标的的保险合同。

（二）足额保险合同、不足额保险合同和超额保险合同

财产保险合同以保险金和保险价值的关系为标准分为足额保险、不足额保险和超额保险：

（1）足额保险合同是指保约定之险金与保险标的的价值相等的财产保险合同；

（2）不足额保险合同是指约定之保险金低于保险标的价值的保险合同；

（3）超额保险合同是指约定之保险金的超过保险标的的价值的保险合同。

（三）定值保险合同和不定值保险合同

依据保险价值的确定时间不同可以将财产保险合同分为定值保险合同和不定值保险合同：

（1）定值保险合同，是保险标的之价值在订立保险合同时即预先加以确定，在保险事故发生后即以该预先确定的标的价值加以赔付的保险合同。

（2）不定值保险合同，是在订立保险合同时不对保险标的的价值加以确定，等到保险事故发生时再对其加以确定并依据该确定的价值加以赔付。

（四）原保险合同和再保险合同

以保险合同保障的业务对象为准，可以将保险合同分为原保险合同和再保险合同。

（1）原保险合同，是指投保人与保险人订立的保险合同。它是针对再保险合同而言的，因而原保险合同的称谓只有在再保险合同出现后才能出现。

（2）再保险合同，是指由保险人和再保险人订立的以原保险人对投保人承担保险赔偿金为保险标的的保险合同。再保险合同的双方当事人是原保险合同的保险人和再保险人，基于合同的相对性，再保险合同与原保险合同的投保人没有任何关系，原保险合同的投保人对于再保险人不享有任何权利也无需负担

任何之义务。再保险合同也不影响原保险合同。《保险法》第29条规定，再保险接受人不得向原保险的投保人要求支付保险费。原保险的被保险人或者受益人不得向再保险接受人提出赔偿或者给付保险金的请求。再保险分出人不得以再保险接受人未履行再保险责任为由，拒绝履行或者迟延履行其原保险责任。

（五）强制保险合同与自愿保险

依据法律是否强制要求投保人进行投保而将保险划分为强制保险和自愿保险。所谓强制保险就是指依照法律规定从事某类行为的人必须就某些危险予以投保而承保人也必须承保的保险合同。所谓自愿保险合同是完全依照投保人和承保人的自由意愿所订立的保险合同。法律为了保护特殊的某类群体而要求从事某些行为的人必须予以投保，例如机动车强制保险即属于此，机动车必须要投交强险，其主要目的是要保护交通事故的受害人，防止机动车致人损害之后驾驶员没有赔偿能力的情形出现。

（六）单保险与复保险

依据同一保险标的所投的保险份数而将保险合同划分为单保险和复保险。所谓单保险是只投保人就同一保险标的指投一份保险的保险合同。所谓复保险是指投保人就同一保险标的在同一保险期限内针对同样的危险投两份以上的保险。

考点四 保险合同的当事人与关系人

（一）保险合同的当事人

与其他合同相同保险合同也有双方当事人，即保险人和投保人。

（1）保险人（Insurer）。亦称承保人，是与投保人订立保险合同，并根据保险合同收取保险费，在保险事故发生时承担赔偿或者给付保险金责任的人。保险人是合同的一方当事人人，也是经营保险业务的人。在我国保险人只能是依法成立的保险公司，任何其他人不再作为保险人而进行承保。

（2）投保人（Applicant）。亦称要保人，是与保险人订立保险合同并按照保险合同负有支付保险费义务的人。投保人是保险合同的一方当事，投保人可以是自然人也可以是法人或者其他组织，换言之任何民事主体都可以作为投保人。当然由于投保人要与保险人签订保险合同，所以投保人必须是具有完全行为能力的人。

（二）保险合同的关系人

（1）被保险人。被保险人是其人身或者财产作为保险标的的人。被保险人可以是投保人本人也可以是投保人之外的第三人。

（2）受益人。受益人是由被保险人或投保人在保险合同中指定的在保险事故发生后享有保险金请求权的人。同样受益人可以是投保人本人也可以是投保人之外的第三人。也就是说投保人、被保险人、受益人三个人完全可能是一个人也可能是三个人，当然也可能是两个人。

（三）保险合同的辅助人

保险合同的辅助人是协助保险合同当事人办理保险合同有关事项的人。保险合同的辅助人一般包括：

（1）保险代理人。保险代理人是根据保险代理合同或授权书，向保险人收取保险代理手续费，并以保险人的名义代为办理保险业务的人。

（2）保险经纪人。保险经纪人是基

于投保人的利益，为投保人与保险人订立保险合同提供中介服务，并依法收取佣金的人。保险经纪人本质上是投保人的代理人。但是，如果保险经纪人也有为保险人代收保险费的情况，这时也同时为保险人的代理人，投保人在将保险费交付经纪人时，也发生保险费已交付的效力。

第二节　保险合同的订立

考点完整提炼

保险合同的订立 ｛ 保险合同的内容 / 保险合同的订立 / 保险合同的成立 / 合同订立中当事人的义务 / 保险合同的无效

法条依据串烧

《保险法》第 16 条　订立保险合同，保险人就保险标的或者被保险人的有关情况提出询问的，投保人应当如实告知。

投保人故意或者因重大过失未履行前款规定的如实告知义务，足以影响保险人决定是否同意承保或者提高保险费率的，保险人有权解除合同。

前款规定的合同解除权，自保险人知道有解除事由之日起，超过 30 日不行使而消灭。自合同成立之日起超过 2 年的，保险人不得解除合同；发生保险事故的，保险人应当承担赔偿或者给付保险金的责任。

投保人故意不履行如实告知义务的，保险人对于合同解除前发生的保险事故，不承担赔偿或者给付保险金的责

任，并不退还保险费。

投保人因重大过失未履行如实告知义务，对保险事故的发生有严重影响的，保险人对于合同解除前发生的保险事故，不承担赔偿或者给付保险金的责任，但应当退还保险费。

保险人在合同订立时已经知道投保人未如实告知的情况的，保险人不得解除合同；发生保险事故的，保险人应当承担赔偿或者给付保险金的责任。

保险事故是指保险合同约定的保险责任范围内的事故。

《保险法》第 17 条　订立保险合同，采用保险人提供的格式条款的，保险人向投保人提供的投保单应当附格式条款，保险人应当向投保人说明合同的内容。

对保险合同中免除保险人责任的条款，保险人在订立合同时应当在投保单、保险单或者其他保险凭证上作出足以引起投保人注意的提示，并对该条款的内容以书面或者口头形式向投保人作出明确说明；未作提示或者明确说明的，该条款不产生效力。

考点精析

考点一　保险合同的内容

（一）保险合同的必要条款

依据《保险法》第 18 条的规定，保险合同必须具备下列条款，也就是说下列条款是保险合同的必要条款，投保人和保险人必须就下列事项达成协议，否则保险合同不能成立。

（1）保险人的名称和住所；

（2）投保人、被保险人的姓名或者名称、住所，以及人身保险的受益人的姓名或者名称、住所；

（3）保险标的；

（4）保险责任和责任免除；

（5）保险期间和保险责任开始时间；

（6）保险金额；

（7）保险费以及支付办法；

（8）保险金赔偿或者给付办法；

（9）违约责任和争议处理；

（10）订立合同的年、月、日。

（二）保险合同的非必要条款

除了上述必要条款之外，投保人和保险人双方可以就与保险有关的其他事项作出约定，如果当事人没有做出约定的事项发生争议的则适用保险法的有关规定。

示例 下列哪些条款是保险合同必须具备的？

A. 保险人名称和住所

B. 保险期间和保险责任开始时间

C. 保险费及支付办法

D. 保险金额

答案：ABCD

考点二 保险合同的订立与成立

（一）保险合同的订立方式

保险合同作为合同的一种订立方式当然与普通合同没有什么区别，即通过要约和承诺的方式予以订立。《保险法》第13条规定，投保人提出保险要求，经保险人同意承保，保险合同成立。所谓投保人提出保险要求即属于要约，而保险人同意承保即属于承诺。在我国保险实践中，往往是保险人（保险公司）经由其业务员或者保险代理人向投保人发出要约邀请，而投保人发出投保的要约，然后由保险人同意承保而保险合同订立。

（二）保险合同的形式

（1）投保单。投保单是投保人向保险人请求订立保险合同的书面意思表示。在现实中投保单往往是保险人事先制定好的，由投保人逐一填写而完成的。投保单在法律性质上属于要约。

（2）暂保单。暂保单是保险人或其代理人在正式保险单签发之前给投保人出具的临时性保险凭证。暂保单的内容较正式保险单的内容有所简化，但是其效力于正式保险单相同。

（3）保险单。保险单是保险人与投保人之间订立的保险合同的正式书面凭证，由保险人制作、签章并交付给投保人的书面文件。保险单签发后投保人与被保险人的权利义务即以保险单的记载为准。

（4）其他保险凭证。除了暂保单、保险单、保险合同书等之外在保险实践中还广泛的存在其他形式的保险凭证，例如保险卡，保险电子凭证等保险凭证。

（三）保险合同成立

保险合同属于非要式诺成合同，因此只要双方当事人意思表示一致（或者说达成协议）保险合同即告成立。

（四）保险合同的生效

保险合同原则上从成立时起生效。与普通合同相同，双方当事人也可以在保险合同中附条件和附期限。如果保险合同附有生效条件的或者附有始期的，则自该条件成就时或者期限届满至时发生效力。

考点三 保险合同订立过程中双方当事人的义务

基于诚实信用原则在保险合同订立的过程中保险人对于投保人应当尽到相应的说明义务，而投保人则应尽到如实告知义务。

（一）保险人的说明义务

订立保险合同，采用保险人提供的

格式条款的，保险人向投保人提供的投保单应当附格式条款，保险人应当向投保人说明合同的内容。

对保险合同中免除保险人责任的条款，保险人在订立合同时应当在投保单、保险单或者其他保险凭证上作出足以引起投保人注意的提示，并对该条款的内容以书面或者口头形式向投保人作出明确说明；未作提示或者明确说明的，该条款不产生效力。

（二）投保人的如实告知义务

订立保险合同，保险人就保险标的或者被保险人的有关情况提出询问的，投保人应当如实告知。

（1）投保人未履行如实告知义务时保险人的解除权。

投保人故意或者因重大过失未履行前款规定的如实告知义务，足以影响保险人决定是否同意承保或者提高保险费率的，保险人有权解除合同。但是保险人在合同订立时已经知道投保人未如实告知的情况的，保险人不得解除合同；发生保险事故的，保险人应当承担赔偿或者给付保险金的责任。另外保险人解除的解除权具有除斥期间，过了除斥期间解除权即归于消灭。即自保险人知道有解除事由之日起，超过 30 日或者自合同成立之日起超过 2 年的不行使解除权的，解除权归于消灭，保险人不得解除保险合同。

（2）保险合同解除前发生保险事故时的处理。

投保人故意不履行如实告知义务的，保险人对于合同解除前发生的保险事故，不承担赔偿或者给付保险金的责任，并不退还保险费。

投保人因重大过失未履行如实告知义务，对保险事故的发生有严重影响的，保险人对于合同解除前发生的保险事故，不承担赔偿或者给付保险金的责任，但应当退还保险费。

考点四　保险合同的无效

（一）保险合同无效的原因

1. 合同无效的共同原因。保险合同是合同的一种，因此凡是《合同法》规定的导致其他合同无效的事由均可导致保险合同无效。对此请读者自行参阅《合同法》第 52、53 条的规定。同样，凡是导致其他合同属于可撤销合同的事由也将导致保险合同的可撤销（参阅《合同法》第 54、55 条）；凡是导致其他合同效力待定的原因也将导致保险合同的效力待定（无权代理、限制行为能力人订立的保险合同）。

2. 保险合同无效的特殊事由。

（1）保险人对于保险标的没有保险利益；基于保险利益原则，投保人对于保险标的必须具有保险利益，如果投保人对于保险标的没有保险利益，则保险合同无效。对于投保人对于保险标的是否有保险利益详见本书。

（2）财产保险合同中超额保险的部分；基于损失补偿原则，对于财产保险合同不允许进行超额保险，也就是说保险金不得超过保险标的的价值。因此若保险合同中约定的保险金超过保险标的价值的，超过保险标的价值部分的保险无效，发生保险事故后保险人向投保人支付的保险金不得超过保险标的的价值。

（3）特定条款无效。如果保险合同是采用保险人提供的格式条款订立的，则此两种条款无效：①除保险人依法应承担的义务或者加重投保人、被保险人责任的；②排除投保人、被保险人或者受益人依法享有的权利的。

（二）保险合同无效的后果

保险合同无效的，发生了保险合同约定的保险事故保险人不承担支付保险金的义务，保险人应当向投保人退还相应的保险费。

第三节 保险合同的履行

考点完整提炼

保险合同的履行
- 保险人的义务
- 投保人、受益人和被保险人的义务
- 保险理赔
- 保险人免责
- 保险合同的变更
- 保险合同的解除
- 保险合同的终止

法条依据串烧

《保险法》第15条 除本法另有规定或者保险合同另有约定外，保险合同成立后，投保人可以解除合同，保险人不得解除合同

《保险法》第21条 投保人、被保险人或者受益人知道保险事故发生后，应当及时通知保险人。故意或者因重大过失未及时通知，致使保险事故的性质、原因、损失程度等难以确定的，保险人对无法确定的部分，不承担赔偿或者给付保险金的责任，但保险人通过其他途径已经及时知道或者应当及时知道保险事故发生的除外。

《保险法》第27条 未发生保险事故，被保险人或者受益人谎称发生了保险事故，向保险人提出赔偿或者给付保险金请求的，保险人有权解除合同，并不退还保险费。

投保人、被保险人故意制造保险事故的，保险人有权解除合同，不承担赔偿或者给付保险金的责任；除本法第43条规定外，不退还保险费。

保险事故发生后，投保人、被保险人或者受益人以伪造、变造的有关证明、资料或者其他证据，编造虚假的事故原因或者夸大损失程度的，保险人对其虚报的部分不承担赔偿或者给付保险金的责任。

投保人、被保险人或者受益人有前3款规定行为之一，致使保险人支付保险金或者支出费用的，应当退回或者赔偿。

《保险法》第50条 货物运输保险合同和运输工具航程保险合同，保险责任开始后，合同当事人不得解除合同。

考点精析

考点一 保险人的义务

（一）赔偿和给付保险金的义务

保险人的首要义务是在保险事故发生时依照保险合同的规定对被保险人的损失予以赔偿，或向受益人支付保险金。

保险公司赔偿或给付须满足以下条件：

（1）必须是保险标的受到损失；

（2）财产损失或人身损害必须是在保险合同中约定的保险事故所引起的；

（3）损失必须是保险事故直接引起的，即符合近因原则；

（4）保险事故必须发生在保险期间。

（二）及时签发保险单的义务

保险合同成立后，保险人应当及时向投保人签发保险单或者其他保险凭

证，并在保险单或者其他保险凭证中载明当事人双方约定的合同内容。

（三）保密义务

保险人对在办理保险业务中知悉的投保人、被保险人的业务和财务情况，负有保密的义务。

考点二 投保人、被保险人、受益人的义务

（一）投保人的义务

1. 缴纳保险费的义务。

（1）保险合同成立后，投保人须按合同约定的时间交付保险费；保险人按约定的期间承担保险责任。

（2）保险人对财产保险的保险费可诉请交付。

（3）保险人对人身保险的保险费不得以诉讼方式请求投保人支付。

2. 危险增加时的通知义务。

（1）在保险合同的有效期内，保险标的危险程度显著增加的，投保人应依照合同规定及时通知保险人。保险人有权要求增加保险费或者解除合同。

（2）被保险人未履行通知义务的，因保险标的危险程度增加而发生的保险事故，保险人不承担赔偿责任。

（二）被保险人的义务

1. 防灾减损的义务。

（1）被保险人应当遵守国家有关消防、安全、生产操作、劳动保护等方面的规定，维护保险标的的安全。投保人、被保险人未按照约定履行其对保险标的安全应尽的责任的，保险人有权要求增加保险费或者解除合同。

（2）保险人可以按照合同约定对保险标的的安全状况进行检查，及时向投保人、被保险人提出消除不安全因素和隐患的书面建议。保险人为维护保险标的

的的安全，经被保险人同意，可以采取安全预防措施。

2. 事故发生后防止损失扩大的义务。

（1）保险事故发生后被保险人有责任尽力采取必要的措施，防止或减少损失。

（2）保险事故发生后，被保险人为防止或者减少保险标的的损失所支付的必要的、合理的费用，由保险人承担；保险人所承担的数额在保险标的的损失赔偿金额以外另行计算，最高不超过保险金额的数额。

（3）未采取措施防止损失扩大的，就扩大的损失部分无权要求保险人赔附。

（三）投保人、被保险人及受益人都负有的义务

1. 保险事故发生时的及时通知义务。投保人、被保险人或者受益人知道保险事故发生后，应当及时通知保险人。故意或者因重大过失未及时通知，致使保险事故的性质、原因、损失程度等难以确定的，保险人对无法确定的部分，不承担赔偿或者给付保险金的责任，但保险人通过其他途径已经及时知道或者应当及时知道保险事故发生的除外。

2. 提交相关保险事故发生证明资料的义务。详见下文。

考点三 保险理赔

（一）被保险人或者受益人提出理赔请求

（1）提出请求。

（2）提交相应的证明材料。

保险事故发生后，依照保险合同请求保险人赔偿或者给付保险金时，投保

人、被保险人或者受益人应当向保险人提供其所能提供的与确认保险事故的性质、原因、损失程度等有关的证明和资料。

保险人依照保险合同的约定，认为有关的证明和资料不完整的，应当通知投保人、被保险人或者受益人补充提供有关的证明和资料。

（二）保险人审核

保险人收到被保险人或者受益人的赔偿或者给付保险金的请求后，应当及时作出核定，并将核定结果通知被保险人或者受益人。

（三）及时赔付

（1）达成协议的 10 日内赔付。①对属于保险责任的，在与被保险人或者受益人达成有关赔偿或者给付保险金额的协议后 10 日内，履行赔偿或者给付保险金义务。保险合同对保险金额及赔偿或者给付期限有约定的，保险人应当依照保险合同的约定，履行赔偿或者给付保险金义务。②保险人未及时履行其赔附义务的，除支付保险金外，应当赔偿被保险人或者受益人因此受到的损失。

（2）赔偿金额不能确定的现行赔付。①保险人自收到赔偿或者给付保险金的请求和有关证明、资料之日起 60 日内，对其赔偿或者给付保险金的数额不能确定的，应当根据已有证明和资料可以确定的最低数额先予支付。②保险人最终确定赔偿或者给付保险金的数额后，应当支付相应的差额。

（四）赔付拒绝

保险人收到被保险人或者受益人的赔偿或者给付保险金的请求后，对不属于保险责任的，应当在作出核定之日起的 3 日内向被保险人或者受益人发出拒绝赔偿或者拒绝给付保险金通知书。

（五）保险金请求权的诉讼时效

（1）期限：人寿保险是 5 年；人寿保险以外的是 2 年；

（2）起算：自知道保险事故发生之日起算。

考点四 保险人免责

有下列情形之一的，保险人不承担赔偿损失或者支付保险金的义务，若保险人已经支付了赔偿金或者保险金的，可以依据不当得利请求返还：

1. 投保人、被保险人故意制造保险事故。投保人、被保险人故意制造保险事故的，保险人有权解除合同，不承担赔偿或者给付保险金的责任；也无需向投保人退还保险费。

2. 受益人或者被保险人谎报的保险事故不承担。未发生保险事故，被保险人或者受益人谎称发生了保险事故，向保险人提出赔偿或者给付保险金请求的，保险人有权解除合同，并不退还保险费。

3. 投保人、被保险人或受益人虚报的损失。保险事故发生后，投保人、被保险人或者受益人以伪造、变造的有关证明、资料或者其他证据，编造虚假的事故原因或者夸大损失程度的，保险人对其虚报的部分不承担赔偿或者给付保险金的责任。

考点五 保险合同的变更

（一）主体变更

（1）被保险人的变更。

1. 被保险人变更只能发生在财产保险合同中。在人身保险合同中，保险标的即被保险人的生命或身体，这是保险关系确立的基础，是不能变更的。在财产保险合同中，保险标的的变更往往意味着投保人的变更。

2. 保险标的的转让应当通知保险人。被保险人、受让人未履行通知义务的，因转让导致保险标的的危险程度显著增加而发生的保险事故，保险人不承担赔偿保险金的责任。

在货物运输保险合同中，被保险人转让保险标的无需通知保险人，当然若保险合同约定保险标的无需通知保险人的依其约定。

（2）受益人的变更。

被保险人或者投保人可以变更受益人并书面通知保险人。保险人收到变更受益人的书面通知后，应当在保险单或者其他保险凭证上批注或者附贴批单。

投保人变更受益人时须经被保险人同意。

（二）内容变更

（1）约定变更。①在保险合同有效期内，投保人和保险人经协商同意，可以变更保险合同的有关内容。②变更保险合同的，应当由保险人在原保险单或者其他保险凭证上批注或者附贴批单，或者由投保人和保险人订立变更的书面协议。

（2）法定变更。

1. 财产保险合同保费增加。在合同有效期内，保险标的的危险程度增加的，被保险人按照合同约定应当及时通知保险人，保险人有权要求增加保险费或者解除合同。

2. 财产保险合同保费降低。有下列情形之一的，除合同另有约定外，保险人应当降低保险费，并按日计算退还相应的保险费：①据以确定保险费率的有关情况发生变化，保险标的的危险程度明显减少；②保险标的的保险价值明显减少。

考点六 保险合同的解除

（一）投保人的自由解约权

（1）原则上投保人可以自由解除保险合同。《保险法》第 15 条规定：除本法另有规定或者保险合同另有约定外，保险合同成立后，投保人可以解除保险合同。

（2）下列情形投保人不得解除。

货物运输保险合同和运输工具航程保险合同，保险责任开始后，合同当事人不得解除合同。这里需要注意的是将运输工具航程保险合同与普通的运输工具保险合同，对于普通的运输工具保险合同，投保人仍然可以随时予以解除。所谓运输工具航程保险合同是指以某一个运输工具在特定运输过程中发生特定意外事故时保险人承担保险责任的保险合同。

（3）解除的后果。①保险责任开始前，投保人要求解除合同的，应当向保险人支付手续费，保险人应当退还保险费。②保险责任开始后，投保人要求解除合同的，保险人可以收取自保险责任开始之日起至合同解除之日止期间的保险费，剩余部分退还投保人。

（二）保险人的法定解除权

保险人原则不得解除保险合同，但是在符合法律规定的情形可以解除保险合同。

（1）被保险人或受益人谎报保险事故。被保险人或者受益人在未发生保险事故的情况下，谎称发生了保险事故，向保险人提出赔偿或者给付保险金的请求的，保险人有权解除保险合同，并不退还保险费。

（2）故意制造保险事故的情形，可解除合同并不退还保险费。投保人、被保险人或者受益人故意制造保险事故的，保险人有权解除保险合同，不承担赔偿或者给付保险金的责任并不退还保险费。

（3）危险程度增加。在合同有效期内，保险标的危险程度显著增加的，被保险人按照合同约定应当及时通知保险人，保险人有权要求增加保险费或者解除合同。

因保险标的转让而导致危险程度显著增加的，保险人也可以解除保险合同。在此种情形下，保险人解除保险合同有 30 天的除斥期间，从保险人接到保险标的转让的通知之日起算。

（4）投保人在订立保险合同时不履行如实告知义务的，对此参见前文关于保险合同订立一节的内容。

◆ 考点七。 保险合同的终止

1. 保险期间届满的。

2. 保险事故发生部分损失后，保险人进行赔付后可以终止合同。

保险标的发生部分损失的，在保险人赔偿后 30 日内，投保人可以终止合同；除合同约定不得终止合同的以外，保险人也可以终止合同。保险人终止合同的，应当提前 15 日通知投保人，并将保险标的未受损失部分的保险费，扣除自保险责任开始之日起至终止合同之日止期间的应收部分后，退还投保人。

◆ 历年真题与示例

刁某将自有轿车向保险公司投保，其保险合同中含有自燃险险种。一日，该车在行驶中起火，刁某情急之下将一

农户晾在公路旁的棉被打湿灭火，但车辆仍有部分损失，棉被也被烧坏。保险公司对下列哪些费用应承担赔付责任？（2004 - 3 - 64）

A. 车辆修理费 500 元

B. 刁某误工费 400 元

C. 农户的棉被损失 200 元

D. 刁某乘其他车辆返回的交通费 30 元

答案：AC

第四节　财产保险合同

◆ 考点完整提炼

财产保险合同 ┤ 财产保险合同的类型
财产保险合同的保险利益
超额保险
重复保险
保险人代位权（重点掌握）

◆ 法条依据串烧

《保险法》第 55 条　投保人和保险人约定保险标的的保险价值并在合同中载明的，保险标的发生损失时，以约定的保险价值为赔偿计算标准。

投保人和保险人未约定保险标的的保险价值的，保险标的发生损失时，以保险事故发生时保险标的的实际价值为赔偿计算标准。

保险金额不得超过保险价值。超过保险价值的，超过部分无效，保险人应当退还相应的保险费。

保险金额低于保险价值的，除合同另有约定外，保险人按照保险金额与保险价值的比例承担赔偿保险金的责任。

《保险法》第 56 条　重复保险的投保人应当将重复保险的有关情况通知各保险人。

重复保险的各保险人赔偿保险金的总和不得超过保险价值。除合同另有约定外，各保险人按照其保险金额与保险金额总和的比例承担赔偿保险金的责任。

重复保险的投保人可以就保险金额总和超过保险价值的部分，请求各保险人按比例返还保险费。

重复保险是指投保人对同一保险标的、同一保险利益、同一保险事故分别与两个以上保险人订立保险合同，且保险金额总和超过保险价值的保险。

《保险法》第 60 条　因第三者对保险标的的损害而造成保险事故的，保险人自向被保险人赔偿保险金之日起，在赔偿金额范围内代位行使被保险人对第三者请求赔偿的权利。

前款规定的保险事故发生后，被保险人已经从第三者取得损害赔偿的，保险人赔偿保险金时，可以相应扣减被保险人从第三者已取得的赔偿金额。

保险人依照本条第一款规定行使代位请求赔偿的权利，不影响被保险人就未取得赔偿的部分向第三者请求赔偿的权利。

考点精析

考点一　财产保险的类型

（一）企业财产保险合同

企业财产保险合同是以作为投保人的企业的固定资产、流动资产和专项资产等为保险标的的保险合同。

（二）家庭财产保险合同

家庭财产保险合同是指投保人以个人的房屋、家庭生活资料等属于自己所有的财产上的保险利益为保险标的的保险合同。

（三）运输工具保险合同

运输工具保险合同是以载人或载货或某种特殊作业的运输工具的保险利益为保险标的的财产保险合同。按照运输工具的不同，此类保险合同可分为：机动车保险合同、飞机保险合同、船舶保险合同、拖拉机保险合同等。

（四）货物运输保险合同

货物运输保险合同是指以承运人所承运的各种货物作为保险标的的财产保险合同。

（五）责任保险合同

责任保险，又称第三者责任保险，指以被保险人依法对第三者负有的损害赔偿责任作为保险标的的保险合同。第三者责任险主要有：机动车驾驶员的第三者责任险、公众责任保险、产品责任险、雇主责任险、特殊职业责任保险。

考点二　财产保险合同中的保险利益

基于保险法的保险利益原则，在财产保险合同中投保人对于保险标的也必须具有保险利益。《保险法》第 48 条规定，保险事故发生时，被保险人对保险标的不具有保险利益的，不得向保险人请求赔偿保险金。

那么投保人对于财产保险之标的具有何种利益属于保险利益就是我们这里要讨论的问题。我们认为投保人对于保险标的具有如下利益，则属于具有保险利益，否则即不具有保险利益。

1. 所有人。在财产保险合同中，对于保险标的具有保险利益的人首当其冲应当是财产所有人，因为在保险事故发生时财产所有人一定会受有损失的。

2. 用益物权人。在我国用益物权主

要是四种，即建设用地使用权、土地承包经营权、宅基地使用权和地役权。这四种用益物权人当然对于标的物具有法律上的利益，标的物发生保险事故也因之受有损失，因此具有保险利益，不过这四种用益物权都是建立在土地上的，而以土地本身进行投保的可能性是比较小的，所以在现实中很少发生此种情况。

3. 担保物权人。对于标的物具有担保物权的人，对于标的物也具有保险利益，因为标的物若发生毁损灭失，担保物权人的债权就将转变为无担保的债权，其债权是否能够实现即无法获得相应的保障，所以具有保险利益。在物权法定的基础上，我国担保物权只有3种，分别是抵押权、质权和留置权，所以抵押权人、质权人和留置权人都可以为标的物投保。

4. 债权人。对于标的物基于合同等原因享有债权的人也对标的物具有保险利益，例如租赁合同的承租人对于租赁物具有保险利益，保管合同或者仓储合同的保管人对于保管的标的物具有保险利益等。

考点三。 禁止超额保险和重复保险

（一）超额保险

由损失补偿原则决定，财产保险合同禁止超额保险。保险合同的金额超过保险标的价值的，超过的部分无效。也就是说财产保险合同保险金超过保险标的的价值的，发生保险事故时只赔偿保险标的的实际损失。

（二）重复保险的处理

重复保险是指投保人对同一保险标的、同一保险利益、同一保险事故分别向2个以上保险人订立保险合同的保险。基于保险法的损失补偿原则，发生重复保险时，应当做如下之处理。①重复保险的投保人应当将重复保险的有关情况通知各保险人。②重复保险的保险金额总和超过保险价值的，各保险人的赔偿金额的总和不得超过保险价值。除合同另有约定外，各保险人按照其保险金额与保险金额总和的比例承担赔偿责任。

考点四。 保险人代位权

（一）保险人代位权的概念

因第三者对保险标的的损害而造成保险事故的，保险人自向被保险人赔偿保险金之日起，在赔偿范围内代位行使被保险人对第三者请求赔偿的权利。保险人代位求偿权的本质乃是债权的法定转移，即被保险人对于造成保险事故之第三人的损害赔偿之债自动转移给保险人的制度。保险人代位权产生的主要理由是保险法的损失补偿原则，即不允许被保险人获得超过其损失的利益，若不允许保险人行使代位权，那么被保险人将会因此获得双份赔偿，从而总和超过了所遭受之损害。因此保险人代位权只存在财产保险之中，对于不是以损失补偿为目的之人寿保险不适用。

（二）保险人代位权的要件

1. 须发生了保险事故，并造成了保险标的的损失。也就是说保险标的发生了损失，而且该损失属于保险人依据保险合同应当赔付的保险事故所引发的。如果保险标的没有发生任何损失，或者保险标的虽然发生了损失但该损失不是应当由保险人赔付的保险事故所引发的，则不发生保险人的代位权。

2. 须保人对于被保险人进行了赔付。保险事故发生后，保险人已经依据

保险合同对于被保险人进行了全部或者部分赔付是保险人取得代位权的基本前提条件，如果保险人没有进行赔付则不得代位。

3. 保险事故是由被保险人之外的第三人引起的。若保险事故是由于自然灾害所至的或者是被保险人自己所引起的，则保险人不享有代位权。此外，依据《保险法》第 62 条的规定，若保险事故是由被保险人的家庭成员或其组成人员所引起的，除非该家庭成员或者组成人员是故意的，保险人也不得行使代位权。所谓组成人员是指被保险人是法人或者其他组织的，保险标的是由该单位的工作人员或股东等投资者所引起的情形。

4. 被保险人基于保险事故对于该引起保险事故的第三人享有损害赔偿请求权。该损害赔偿请求权的主要依据是民法上的侵权行为。

（三）保险人代位权的行使及后果

1. 保险人行使代位权的范围。保险人只能在其向被保险人赔付的范围内行使代位权，也就是说若被保险人对第三人可以请求的损害赔偿数额若超过保险人向被保险人支付的赔偿金的，保险人只能以自己实际支付的保险金为限进行代位，超过的部分，被保险人仍然有权请求该第三人赔偿。相反，若保险人向被保险人支付的赔偿金大于被保险人对于第三人的损害赔偿金的数额的，保险人也只能以保险人对于第三人可以请求的损害赔偿金为限进行代位。

2. 若被保险人已经向该第三人请求了损害赔偿，那么保险人可以扣除相应数额进行赔付。也就是说保险事故若由第三人引起的，被保险人可以选择要求第三人赔偿也可以选择要求保险公司赔付。若第三人已经赔偿了的，则保险人在赔付时应当扣除掉第三人赔付的相应数额。

3. 被保险人的义务。

（1）协助义务。保险人向第三者行使代位请求赔偿的权利时，被保险人应当向保险人提供必要的文件和所知道的有关情况。

（2）不得放弃赔偿请求权。保险人向被保险人赔偿保险金后，被保险人未经保险人同意放弃对第三者请求赔偿的权利的，该行为无效。被保险人故意或者因重大过失致使保险人不能行使代位请求赔偿的权利的，保险人可以扣减或者要求返还相应的保险金。

历年真题与示例

1. 李某给自己的越野车投保了 10 万元责任险。李某让其子小李（年 16 岁）学习开车，某日小李独自开车时不慎撞坏叶某的轿车，叶某为此花去修车费 2 万元。下列哪些选项是正确的？（2008 - 3 - 77）

A. 应当由李某对叶某承担侵权赔偿责任

B. 应当由小李对叶某承担侵权赔偿责任

C. 因李某疏于管理保险财产，保险公司有权单方通知李某解除保险合同

D. 保险公司支付保险赔款后不能对小李行使代位追偿权

答案：AD

2. 王某将自己居住的房屋向某保险公司投保家庭财产保险。保险合同有效期内，该房屋因邻居家的小孩玩火而被

部分毁损，损失 10 万元。下列哪些选项是错误的？（2007 - 3 - 71）

A. 王某应当先向邻居索赔，在邻居无力赔偿的前提下才能向保险公司索赔

B. 王某可以放弃对邻居的赔偿请求权，单独向保险公司索赔

C. 若王某已从邻居处得到 10 万元的赔偿，其仍可向保险公司索赔

D. 若王某从保险公司得到的赔偿不足 10 万元，其仍可向邻居索赔

答案：ABC

3. 陈某将自己的轿车投保于保险公司。一日，其车被房东之子（未成年）损坏，花去修理费 1500 元。陈遂与房东达成协议：房东免收陈某 2 个月房租 1300 元，陈不再要求房东赔偿修车费。后陈某将该次事故报保险公司要求索赔。在此情形下，以下哪一个判断是正确的？

A. 保险公司应赔偿 1500 元

B. 保险公司应赔偿 200 元

C. 保险公司应赔偿 1300 元

D. 保险公司不再承担赔偿责任

答案：D

第五节　人身保险合同的特殊规则

考点完整提炼

人身保险合同 ┌ 人身保险合同的类型
　　　　　　├ 人身保险合同的保险利益
　　　　　　├ 年龄误报条款
　　　　　　├ 死亡为保险事故的特殊规定
　　　　　　├ 保险费的缴纳
　　　　　　├ 保险受益人
　　　　　　└ 保险人责任免除

法条依据串烧

《保险法》第 33 条　投保人不得为无民事行为能力人投保以死亡为给付保险金条件的人身保险，保险人也不得承保。

父母为其未成年子女投保的人身保险，不受前款规定限制。但是，因被保险人死亡给付的保险金总和不得超过国务院保险监督管理机构规定的限额。

《保险法》第 34 条　以死亡为给付保险金条件的合同，未经被保险人同意并认可保险金额的，合同无效。

按照以死亡为给付保险金条件的合同所签发的保险单，未经被保险人书面同意，不得转让或者质押。

父母为其未成年子女投保的人身保险，不受本条第 1 款规定限制。

《保险法》第 39 条　人身保险的受益人由被保险人或者投保人指定。

投保人指定受益人时须经被保险人同意。投保人为与其有劳动关系的劳动者投保人身保险，不得指定被保险人及其近亲属以外的人为受益人。

被保险人为无民事行为能力人或者限制民事行为能力人的，可以由其监护人指定受益人。

《保险法》第 40 条　被保险人或者投保人可以指定 1 人或者数人为受益人。

受益人为数人的，被保险人或者投保人可以确定受益顺序和受益份额；未确定受益份额的，受益人按照相等份额享有受益权。

《保险法》第 43 条　投保人故意造成被保险人死亡、伤残或者疾病的，保险人不承担给付保险金的责任。投保人已交足 2 年以上保险费的，保险人应当按照合同约定向其他权利人退还保险单的现金价值。

受益人故意造成被保险人死亡、伤

残、疾病的，或者故意杀害被保险人未遂的，该受益人丧失受益权。

《保险法》第 44 条　以被保险人死亡为给付保险金条件的合同，自合同成立或者合同效力恢复之日起 2 年内，被保险人自杀的，保险人不承担给付保险金的责任，但被保险人自杀时为无民事行为能力人的除外。

保险人依照前款规定不承担给付保险金责任的，应当按照合同约定退还保险单的现金价值。

《保险法》第 45 条　因被保险人故意犯罪或者抗拒依法采取的刑事强制措施导致其伤残或者死亡的，保险人不承担给付保险金的责任。投保人已交足 2 年以上保险费的，保险人应当按照合同约定退还保险单的现金价值。

《保险法》第 46 条　被保险人因第三者的行为而发生死亡、伤残或者疾病等保险事故的，保险人向被保险人或者受益人给付保险金后，不享有向第三者追偿的权利，但被保险人或者受益人仍有权向第三者请求赔偿。

考点精析

考点一　人身保险合同的类型

与任何类型化相同人身保险合同也可以按照不同的标准进行分类，但是我们这里仅介绍一种最为重要的分类，即依据保险危险的种类将人身保险合同主要有如下三个类型：

1. 人寿保险。人寿保险是人身保险中最基本的险种，是以被保险人在一定期间内死亡或生存为保险事故的保险。

2. 人身意外伤害保险。人身意外伤害保险是以被保险人遭受意外伤害并致残、致死为保险事故的人身保险。人身

意外伤害保险，与财产保险合同相同也具有损失补偿的功能。

3. 疾病保险。疾病保险则是在被保险人因疾病、分娩而致死、致残为保险事故的保险。

考点二　人身保险合同的保险利益

在人身保险合同保险标的是人的身体或者是生命，涉及个人利益和公共利益至巨，因此投保人的保险利益就显得尤为重要。依据我国现行《保险法》的规定，投保人对于被保险人不具有保险利益的，人身保险合同无效。下列投保人对于被保险人具有保险利益，可以签订人身保险合同：

1. 对本人的保险利益。

2. 配偶、子女、父母。

3. 因扶养、抚养、赡养关系产生的保险利益。要注意的是除配偶、父母及子女外，其他近亲属及家庭成员必须要形成抚养、扶养及赡养关系才能具有保险利益。

4. 与投保人有劳动关系的劳动者。这是，此次新修订之保险法所增加的一种保险利益。

5. 被保险人同意投保人为其订立合同的，视为投保人对被保险人具有保险利益。

考点三　人身保险合同的年龄误报条款

（一）真实年龄不符合保险条件的解除保险合同

1. 保险人享有解除权需要具备 3 项条件。

（1）投保人申报的被保险人年龄不真实。

（2）保险人在订立合同时不知道投

保人申报的被保险人的年龄不真实这一事实。保险人在合同订立时已经知道投保人未如实告知的情况的,保险人不得解除合同;发生保险事故的,保险人应当承担赔偿或者给付保险金的责任。

(3)被保险人的真实年龄不符合合同约定的年龄限制的。例如保险合同约定被保险人的年龄不得超过50周岁,而被保险人的年龄为51岁,投保人为了获得保险将被保险人的年龄陈述为49岁即属此情形。

2.解除权的除斥期间。保险人的解除权属于形成权,与其他形成权相同具有除斥期间,过了除斥期间不行使解除权的则解除权归于消灭。自保险人知道有解除事由之日起,超过30日,自合同成立之日起超过2年的,保险人的解除权消灭。保险人解除权消灭,发生保险事故的,保险人应当承担赔偿或者给付保险金的责任。

3.解除权行使的后果。保险人解除合同的无需承担支付保险金的责任,但是应当按照保险合同的约定退还保单的现金价值。

(二)保费的调整

若投保人误报了被保险人的年龄但是因为被保险人的真实年龄符合承保的条件,或者虽然不符合承保条件但是保险人的解除权过了除斥期间不能解除保险合同的,或者保险人不接触保险合同等原因保险合同没有解除,则保险合同有效。但是基于公平原则,应当按照被保险人的真实年龄相应地调整保险费。

(1)缴纳的保费少于应缴保费的。投保人申报的被保险人年龄不真实,致使投保人支付的保险费少于应付保险费的,保险人有权更正并要求投保人补交

保险费,或者在给付保险金时按照实付保险费与应付保险费的比例支付。

(2)缴纳的保费多于应缴保费的。投保人申报的被保险人年龄不真实,致使投保人实付保险费多于应付保险费的,保险人应当将多收的保险费退还投保人。

考点四 人身保险合同中以死亡为保险事故的特殊规定

(一)为无行为能力人投死亡保险的限制

(1)投保人不得为无民事行为能力人投保以死亡为给付保险金条件的人身保险,保险人也不得承保。

(2)父母可以为其未成年子女投死亡保险,但是死亡给付保险金额总和不得超过保险监督管理机构规定的限额。

(二)为完全行为能力人投死亡保险的限制

(1)以死亡为给付保险金条件的合同,未经被保险人书面同意并认可保险金额的,合同无效。但是父母为其未成年子女投保的无需经过该未成年子女的同意。

(2)依照以死亡为给付保险金条件的合同所签发的保险单,未经被保险人书面同意,不得转让或者质押。

考点五 人身保险合同保险费的缴纳

(一)保险费的缴纳方式

(1)一次性交付。投保人可以在保险合同成立后一次性缴纳保险费。

(2)分期交付。①投保人可以按照合同约定分期支付保险费。②合同约定分期支付保险费的,投保人应当于合同成立时支付首期保险费,并应当按期支

付其余各期的保险费。

（二）保费不得强制执行

保险人对人寿保险合同的保险费，不得用诉讼方式要求投保人支付。

（三）不缴保费时人身保险合同终止与恢复

（1）合同约定分期支付保险费，投保人支付首期保险费后，除合同另有约定外，投保人超过规定的期限 60 日或者自保险人催告之日起超过 30 日未支付当期保险费的，合同效力中止，或者由保险人按照合同约定的条件减少保险金额。在此期间内发生保险事故的。

（2）合同效力中止的，经保险人与投保人协商并达成协议，在投保人补交保险费后，合同效力恢复。

（3）自合同效力中止之日起 2 年内双方未达成协议的，保险人有权解除合同。投保人已交足 2 年以上保险费的，保险人应当按照合同约定退还保险单的现金价值；投保人未交足 2 年保险费的，保险人应当在扣除手续费后，退还保险费。

考点六 受益人

（一）收益人的概念

受益人是指由被保险人或者投保人经被保险人同意后所指定的在发生保险事故时有权要求保险人支付保险金的保险关系人。

（二）人身保险合同受益人的指定

1. 指定人。

（1）被保险人自己可以指定保险受益人。

（2）投保人也可以指定，但是投保人指定受益人时须经被保险人同意。投保人为与其有劳动关系的劳动者投保人身保险，不得指定被保险人及其近亲属

以外的人为受益人。

（3）被保险人为无民事行为能力人或者限制民事行为能力人的，可以由其监护人指定受益人。

2. 指定方法。①被保险人或者投保人可以指定一人或者数人为受益人。②受益人为数人的，被保险人或者投保人可以确定受益顺序和受益份额；未确定受益份额的，受益人按照相等份额享有受益权。

（三）受益人的变更

1. 被保险人以书面通知的方式变更受益人。

2. 投保人经被保险人同意后也可以以什么通知的方式变更受益人。

（四）受益权的丧失

1. 受益人故意造成被保险人死亡或者伤残的丧失受益权。

2. 受益人故意杀害被保险人未遂的，丧失受益权。

（五）保险金作为遗产予以处理的情形

被保险人死亡后，有下列情形之一的，保险金作为被保险人的遗产，由保险人依照继承法的规定向被保险人的继承人履行给付保险金的义务：

1. 没有指定受益人，或者受益人指定不明无法确定的。

2. 受益人先于被保险人死亡，没有其他受益人的。受益人与被保险人在同一事件中死亡，且不能确定死亡先后顺序的，推定受益人死亡在先。

3. 受益人依法丧失受益权或者放弃受益权，没有其他受益人的。

考点七 保险人免责

（一）被保险人自杀的

1. 两年内自杀保险人不支付保险金。

以死亡为给付保险金条件的合同，被保险人自杀的，保险人不承担给付保险金的责任，但对投保人已支付的保险费，保险人应按照保险单退还其现金价值。

2. 保险人应当支付保险金的情形。

（1）以死亡为给付保险金条件的合同，自成立之日起或者合同效力终止又复权的满2年后，如果被保险人自杀的，保险人应当按照合同给付保险金。

（2）被保险人是无行为能力的，保险人应当按照保险合同支付保险金。

（二）被保险人故意犯罪的

1. 2年内犯罪的。因被保险人故意犯罪或者抗拒依法采取的刑事强制措施导致其伤残或者死亡的，保险人不承担给付保险金的责任。一定要注意，必须是被保险人故意实施犯罪行为，若被保险人仅仅是过失犯罪导致自身伤残或者死亡的保险人仍然应当按照保险合同的约定支付保险金。

2. 2年后犯罪的。投保人已交足2年以上保险费的，因被保险人故意犯罪或者抗拒依法采取的刑事强制措施导致其伤残或者死亡的，保险人不承担给付保险金的责任，但是应当按照合同约定退还保险单的现金价值。

（三）投保人故意制造保险事故的

投保人故意造成被保险人死亡、伤残或者疾病的，保险人不承担给付保险金的责任。投保人已交足2年以上保险费的，保险人应当按照合同约定向其他权利人退还保险单的现金价值。

历年真题与示例

某保险公司开设一种人寿险：投保人逐年缴纳一定保费至60岁时可获得20万元保险金，保费随起保年龄的增长而增加。41岁的某甲精心计算后发现，若从46岁起投保，可最大限度降低保费，遂在向保险公司投保时谎称自己46岁。3年后保险公司发现某甲申报年龄不实。对此，保险公司应如何处理？（2006－3－33）

A. 因某甲谎报年龄，可以主张合同无效

B. 解除与某甲的保险合同，所收保费不予退还

C. 对某甲按41岁起保计算，对多收部分保费退还某甲或冲抵其以后应缴纳的保费

D. 解除与某甲的保险合同，所收保费扣除手续费后退还某甲

答案：C

第三章　保险业法律制度

考点完整提炼

保险业法律制度 { 保险公司的设立 / 保险公司的分支机构 / 保险公司的整顿与接管 / 保险公司终止 / 保险经营规则

法条依据串烧

《保险法》第97条　保险公司应当按照其注册资本总额的20%提取保证金，存入国务院保险监督管理机构指定的银行，除公司清算时用于清偿债务外，不得动用。

《保险法》第98条　保险公司应当根据保障被保险人利益、保证偿付能力的原则，提取各项责任准备金。

保险公司提取和结转责任准备金的

具体办法，由国务院保险监督管理机构制定。

《保险法》第 101 条　保险公司应当具有与其业务规模和风险程度相适应的最低偿付能力。保险公司的认可资产减去认可负债的差额不得低于国务院保险监督管理机构规定的数额；低于规定数额的，应当按照国务院保险监督管理机构的要求采取相应措施达到规定的数额。

《保险法》第 102 条　经营财产保险业务的保险公司当年自留保险费，不得超过其实有资本金加公积金总和的 4 倍。

《保险法》第 103 条　保险公司对每一危险单位，即对一次保险事故可能造成的最大损失范围所承担的责任，不得超过其实有资本金加公积金总和的 10%；超过的部分应当办理再保险。

保险公司对危险单位的划分应当符合国务院保险监督管理机构的规定。

考点精析

考点一　保险公司的概念

所谓保险公司是指依照保险法和公司成立的依法享有法人资格的以营利为目的的企业法人。

保险公司属于公司的一种，但是属于特别法上的公司，因此关于保险公司的设立、组织、运行、变更、终止等首先适用《保险法》的规定，若保险法没有规定的在应对适用《公司法》的规定。

考点二　保险公司的设立

（一）保险公司的设立条件

1. 有符合保险法和公司法规定的章程；

2. 最低注册资本 2 亿必须在公司成立时一次性缴清；

3. 主要股东具有持续盈利能力，信誉良好，最近 3 年内无重大违法违规记录，净资产不低于人民币 2 亿元；

4. 有具备任职专业知识和业务工作经验的董事、监事和高级管理人员；

5. 有健全的组织机构和管理制度；

6. 有符合要求的营业场所和与业务有关的其他设施。

（二）保险公司的设立程序

1. 取得保险业监督管理委员会的设立批准。在我国对于保险公司的设立采纳核准主义，即必须取得国务院保险业监督管理机构（即保监会）的批准。

（1）申请。申请设立保险公司，应当向国务院保险监督管理机构提出书面申请，并提交下列材料：①设立申请书，申请书应当载明拟设立的保险公司的名称、注册资本、业务范围等；②可行性研究报告；③筹建方案；④投资人的营业执照或者其他背景资料，经会计师事务所审计的上一年度财务会计报告；⑤投资人认可的筹备组负责人和拟任董事长、经理名单及本人认可证明；⑥国务院保险监督管理机构规定的其他材料。

（2）批准。国务院保险监督管理机构应当对设立保险公司的申请进行审查，自受理之日起 6 个月内作出批准或者不批准筹建的决定，并书面通知申请人。决定不批准的，应当书面说明理由。

2. 筹建工作。所谓保险公司的筹建就是按照公司法的规定完成保险公司的组建工作，其具体程序依据公司法的规定。

申请人应当自收到批准筹建通知之日起1年内完成筹建工作；筹建期间不得从事保险经营活动。

3. 开业申请。筹建工作完成后，申请人具备保险法规定的设立条件的，可以向国务院保险监督管理机构提出开业申请。

国务院保险监督管理机构应当自受理开业申请之日起60日内，作出批准或者不批准开业的决定。决定批准的，颁发经营保险业务许可证；决定不批准的，应当书面通知申请人并说明理由。

4. 申请工商登记。经批准设立的保险公司，由批准部门颁发经营保险业务许可证，并凭经营保险业务许可证向工商行政管理机关办理登记，领取营业执照。自领取营业执照之日起，保险公司取得法人资格。

自取得经营保险业务许可证之日起6个月内，无正当理由未向工商行政管理机关办理登记的，其经营保险业务许可证失效。

考点三　保险公司的分支机构

（一）概念与地位

所谓保险公司的分支机构是指由保险公司投资设立具有相对独立性的可以以自己的名义从事保险业务并进行独立核算的不具有独立法人资格的保险公司的组成部分。保险公司的分支机构不具有法人资格因此其债务应当由保险公司来承担。

（二）设立

1. 申请。保险公司申请设立分支机构，应当向保险监督管理机构提出书面申请，并提交下列材料：

（1）设立申请书；

（2）拟设机构3年业务发展规划和市场分析材料；

（3）拟任高级管理人员的简历及相关证明材料；

（4）国务院保险监督管理机构规定的其他材料。

2. 审批。保险监督管理机构应当对保险公司设立分支机构的申请进行审查，自受理之日起60日内作出批准或者不批准的决定。决定批准的，颁发分支机构经营保险业务许可证；决定不批准的，应当书面通知申请人并说明理由。

3. 工商登记。经批准设立的保险公司分支机构，凭经营保险业务许可证向工商行政管理机关办理登记，领取营业执照。分支机构自取得经营保险业务许可证之日起6个月内，无正当理由未向工商行政管理机关办理登记的，其经营保险业务许可证失效。

考点四　保险公司的整顿与接管

（一）保险公司的整顿

1. 整顿的概念。所谓保险公司的整顿是指保险公司从事违法经营活动有可能会害及其偿付能力的情形下由保险业监督管理机构指定专门人员对其保险经营活动进行日常监督管理的法律制度。

2. 对保险公司进行整顿的条件。

（1）保险公司实施了害及其偿付能力的行为。即保险公司未依照保险法的规定提取或者结转各项责任准备金，或者未依照本法规定办理再保险，或者严重违反本法关于资金运用的规定。

（2）在保险业监督管理机构指定的期限内没有进行整改。保险监督管理机构依照保险法的规定作出限期改正的决定后，保险公司逾期未改正的，国务院保险监督管理机构可以决定选派保险专业人员和指定该保险公司的有关人员组成整顿组，对公司进行整顿。

3. 整顿的法律后果。

（1）不影响保险公司的正常经营。整顿过程中，被整顿保险公司的原有业务继续进行。但是，国务院保险监督管理机构可以责令被整顿公司停止部分原有业务、停止接受新业务，调整资金运用。

（2）管理机构必须在整顿组的监督下进行经营活动。整顿组有权监督被整顿保险公司的日常业务。被整顿公司的负责人及有关管理人员应当在整顿组的监督下行使职权。

4. 整顿结束。被整顿保险公司经整顿已纠正其违反本法规定的行为，恢复正常经营状况的，由整顿组提出报告，经国务院保险监督管理机构批准，结束整顿，并由国务院保险监督管理机构予以公告。

（二）保险公司的接管

1. 接管的概念。所谓保险公司的接管是指保险公司在已经或可能丧失偿付能力的情形下由保险业监督管理机构指派专业人员接替原管理人员对该保险公司进行经营管理以恢复其偿付能力的法律制度。

2. 接管的条件。保险公司有下列情形之一的，国务院保险监督管理机构可以对其实行接管：

（1）公司的偿付能力严重不足的。

（2）违反本法规定，损害社会公共利益，可能严重危及或者已经严重危及公司的偿付能力的。

3. 接管的后果。

（1）被接管的保险公司的债权债务关系不因接管而变化。

（2）接管期限届满，国务院保险监督管理机构可以决定延长接管期限，但接管期限最长不得超过 2 年。

（3）接管期限届满，被接管的保险公司已恢复正常经营能力的，由国务院保险监督管理机构决定终止接管，并予以公告。

✏️ 考点五 保险公司的终止

（一）保险公司的解散

1. 解散事由。

（1）法定解散：保险公司因分立、合并；

（2）被撤销：保险公司违反法律、行政法规，被保险监督管理机构吊销经营保险业务许可证的，依法撤销；

（3）意定解散：由于公司章程规定的解散事由出现，保险公司进行解散。

2. 解散的批准。保险公司解散的应当经国务院保险监督管理机构批准，不得自行解散。

3. 人寿保险公司解散的禁止。经营有人寿保险业务的保险公司，除分立、合并外，不得解散。

（二）进行清算

保险公司经保险监督管理机构批准后解散，即进入清算程序，清算完毕前不得终止。具体清算程序保险法没有规定，应当依据公司法的相关规定进行。

（三）保险公司的破产

与普通公司相同，保险公司破产的也应当适用《破产法》的规定，可以进行和解、重整以及破产程序。与普通公司破产有所不同的是，保险公司进入和解、重整及破产程序必须取得国务院保险监督管理机构的批准，而且国务院保险监督管理机构也有其申请保险公司的破产、重整。保险公司破产的，破产财产在优先清偿破产费用和共益债务后，按照下列顺序清偿：

1. 所欠职工工资和医疗、伤残补助、抚恤费用，所欠应当划入职工个人账户的基本养老保险、基本医疗保险费用，以及法律、行政法规规定应当支付给职工的补偿金。破产保险公司的董事、监事和高级管理人员的工资，按照该公司职工的平均工资计算。

2. 赔偿或者给付保险金。

3. 保险公司欠缴的除第1项规定以外的社会保险费用和所欠税款。

4. 普通破产债权。破产财产不足以清偿同一顺序的清偿要求的，按照比例分配。

考点六 保险经营规则

（一）保险经营原则

1. 禁止保险兼业原则。保险公司的业务范围由保险监督管理机构依法核定。保险公司只能在被核定的业务范围内从事保险经营活动。保险公司不得兼营本法及其他法律、行政法规规定以外的业务。禁止保险兼业原则的确立及适用，其目的和意义在于，既可以避免保险公司力量分散，承担更多的非保险业务的经营风险，又利于政府监管，可以更好地保护被保险人的利益。

2. 禁止保险兼营原则。同一保险人不得同时兼营财产保险业务和人身保险业务；但是，经营财产保险业务的保险公司经保险监督管理机构核定，可以经营短期健康保险业务和意外伤害保险业务。

3. 保险专营原则。经营商业保险业务，必须是依照保险法设立的保险公司。其他单位和个人不得经营商业保险业务。

（二）保险公司经营风险监管

1. 自留保险费总额的限制。经营财产保险业务的保险公司当年自留保险费，不得超过其实有资本金加公积金总和的4倍。

2. 单一承保责任的限制。我国《保险法》第103条规定："保险公司对每一危险单位，即对一次保险事故可能造成的最大损失范围所承担的责任，不得超过其实有资本金加公积金总和的10%；超过的部分，应当办理再保险。"

（三）保险公司偿债能力的确保

1. 保险保证金。保险公司应当按照其注册资本总额的20%提取保证金，存入国务院保险监督管理机构指定的银行，除公司清算时用于清偿债务外，不得动用。

2. 保险准备金。保险公司应当根据保障被保险人利益、保证偿付能力的原则，提取各项责任准备金。保险公司提取和结转责任准备金的具体办法，由国务院保险监督管理机构制定。

3. 公积金。保险公司应当依据公司法的规定提取法定公积金。

4. 最低偿付能力。保险公司应当具有与其业务规模和风险程度相适应的最低偿付能力。保险公司的认可资产减去认可负债的差额不得低于国务院保险监督管理机构规定的数额；低于规定数额的，应当按照国务院保险监督管理机构的要求采取相应措施达到规定的数额。

（四）保险公司资金运作

保险公司的资金运用必须稳健，遵循安全性原则。保险公司的资金运用限于下列形式：

1. 银行存款。

2. 买卖债券、股票、证券投资基金份额等有价证券。

3. 投资不动产。

4. 国务院规定的其他资金运用形式。

保险公司资金运用的具体管理办法，由国务院保险监督管理机构依照前两款的规定制定。

第九部分　海 商 法

第一章　船　舶

考点完整提炼

船舶 ┬ 船舶的概念
　　├ 船舶登记与船舶国籍
　　├ 船舶所有权
　　└ 船舶担保物权

法条依据串烧

《海商法》第9条　船舶所有权的取得、转让和消灭，应当向船舶登记机关登记；未经登记的，不得对抗第三人。船舶所有权的转让，应当签订书面合同。

《海商法》第10条　船舶由两个以上的法人或者个人共有的，应当向船舶登记机关登记；未经登记的，不得对抗第三人。

《海商法》第13条　设定船舶抵押权，由抵押权人和抵押人共同向船舶登记机关办理抵押权登记；未经登记的，不得对抗第三人。

《海商法》第16条　船舶共有人就共有船舶设定抵押权，应当取得持有2/3以上份额的共有人的同意，共有人之间另有约定的除外。船舶共有人设定的抵押权，不因船舶的共有权的分割而受影响。

《海商法》第17条　船舶抵押权设定后，未经抵押权人同意，抵押人不得将被抵押船舶转让给他人。

《海商法》第22条　下列各项海事请求具有船舶优先权：

（一）船长、船员和在船上工作的其他在编人员根据劳动法律、行政法规或者劳动合同所产生的工资、其他劳动报酬、船员遣返费用和社会保险费用的给付请求；

（二）在船舶营运中发生的人身伤亡的赔偿请求；

（三）船舶吨税、引航费、港务费和其他港口规费的缴付请求；

（四）海难救助的救助款项的给付请求；

（五）船舶在营运中因侵权行为产生的财产赔偿请求。

载运2000吨以上的散装货油的船舶，持有有效的证书，证明已经进行油污损害民事责任保险或者具有相应的财务保证的，对其造成的油污损害的赔偿请求，不属于前款第（五）项规定的范围。

《海商法》第23条　本法第22条第1款所列各项海事请求，依照顺序受偿。但是，第（四）项海事请求，后于第（一）项至第（三）项发生的，应当先于第（一）项至第（三）项受偿。本法第22条第1款第（一）、（二）、（三）、（五）项中有两个以上海事请求的，不分先后，同时受偿；不足受偿的，按照比例受偿。第（四）项中有两个以上海事请求的，后发生的先受偿。

考点精析

考点一 船舶的概念

我国《海商法》所称的船舶，是指海船和其他海上移动式装置，但用于军事的、政府公务的船舶和 20 总吨以下的小型船舶除外。

所谓"海船"，是指具有完全的海上航行能力并作为海船进行船舶登记的船舶。

所谓"海上移动式装置"，是指不具备船舶的外形和构造特点，但具有自航能力，可以在海上移动的装置，如用于海上石油开采的浮动平台等。

军事船、政府公务船由于其从事的活动性质特殊，不同于一般的商业活动，因此被排除在海商法调整的船舶之外。

20 总吨以下的小型船艇，由于其体积小、风险大，不宜被鼓励在海上航行，而且其遭遇的问题与一般大型海船所遭遇的问题多有不同，因此也被排除在海商法调整的范围之外。

考点二 船舶登记与船舶国籍

船舶国籍是指船舶与特定国家在法律上的隶属关系、船舶只有经过登记，才能取得一国国籍，从而取得悬挂一国国旗的权利。

考点三 船舶所有权

船舶所有权的取得、转让和消灭，应当向船舶登记机关登记；未经登记的，不得对抗第三人。

船舶所有权的转让，应当签订书面合同。

船舶可以由两个以上的法人或者个人共有。船舶共有的，应当向船舶登记机关登记；未经登记的，不得对抗第三人。

考点四 船舶担保物权

（一）船舶抵押权

（1）船舶抵押权的设定。有权设定船舶抵押权的是船舶所有人、船舶所有人授权的人或船舶共有人。

船舶共有人是指对同一船舶共同享有所有权的数人。船舶共有人就共有船舶设定抵押权，应当取得持有 2/3 以上份额的共有人的同意，共有人之间另有约定的除外。船舶共有人设定的抵押权，不因船舶的共有权的分割而受影响。

（2）船舶抵押权登记。海商法规定，设定船舶抵押权，由抵押权人和抵押人共同向船舶登记机关办理船舶抵押权登记；未经登记的，不得对抗第三人。

（二）船舶优先权

1. 船舶优先权的性质。船舶优先权，是指海事请求人海商法的规定，向船舶所有人、光船承租人、船舶经营人提出海事请求，对产生该海事请求的船舶的价款具有优先受偿的权利。船舶优先权是海商法上特有的一项权利，性质上属于法定的担保物权。

2. 具有船舶优先权的海事请求及其受偿顺序。海商法规定，具有船舶优先权的海事请求主要有以下 5 项：

（1）船长、船员和在船上工作的其他在编人员根据劳动法律、行政法规或者劳动合同所产生的工资、其他劳动报酬、船员遣返费用和社会保险费用的给付请求；

（2）在船舶营运中发生的人身伤亡的赔偿请求；

（3）船舶吨税、引航费、港务费和其他港口规费的缴付请求；

（4）海难救助的救助款项的给付请求；

（5）船舶在营运中因侵权行为产生的财产赔偿请求。

以上海事请求应优先于其他请求受偿。同属具有船舶优先权的请求权中，受偿顺序按上列（1）至（5）的顺序排列。同一优先项目中，如有两个请求，应不分先后，同时受偿。受偿不足的，按比例受偿。但是第（4）项关于救助款项的请求例外。救助款项中有两个以上优先请求权的，后发生的先受偿。同时，如果第（4）项海事请求后于第（1）至（3）项海事请求发生的，第（4）项也应优先于第（1）至（3）项受偿。

3. 船舶优先权的消灭。船舶优先权消灭的原因主要有：

（1）船舶灭失。船舶优先权因船舶灭失而消灭。船舶灭失是指船舶沉没、失踪或拆解完毕。

（2）怠于行使权利。具有船舶优先权的海事请求，自优先权产生之日起满1年不行使而消灭。而且，这里的1年期限属于除斥期间，因此不因任何理由而发生中止或中断。

（3）司法拍卖。船舶经法院强制出售后，本来附着在船上的船舶优先权消灭。

作为优先权的一种，船舶优先权还会因为债权清偿、弃权、已经提供了其他担保、主权豁免等原因消灭。

4. 船舶优先权的行使

船舶优先权应当通过法院扣押产生优先权的船舶行使，即当事人不能通过

协议的方式予以实现。

（三）船舶留置权

海商法上的船舶留置权，是特指船舶建造人、修船人在合同另一方未履行合同时，可以留置所占有的船舶，以保证造船费用或者修船费用得以偿还的权利。

（四）船舶担保物权之间的关系

司法费用→船舶优先权→船舶留置权→船舶抵押权→一般债权

示例　依照我国《海商法》的规定，附于甲轮上的船舶优先权会因下列哪些原因而消灭？

A. 甲轮沉没

B. 甲轮原船东将该船出售给另一船公司

C. 甲轮被法院强制出售

D. 请求人在船舶优先权产生之日起满1年仍不行使

答案：ACD

第二章　海上货物运输合同

考点完整提炼

海上货物运输合同 { 合同的订立和解除 / 承运人责任 / 托运人责任 / 提单

法条依据串烧

《海商法》第46条　承运人对集装箱装运的货物的责任期间，是指从装货港接收货物时起至卸货港交付货物时止，货物处于承运人掌管之下的全部期间。承运人对非集装箱装运的货物的责任期间，是指从货物装上船时起至卸下

船时止，货物处于承运人掌管之下的全部期间。在承运人的责任期间，货物发生灭失或者损坏，除本节另有规定外，承运人应当负赔偿责任。前款规定，不影响承运人就非集装箱装运的货物，在装船前和卸船后所承担的责任，达成任何协议。

《海商法》第 47 条　承运人在船舶开航前和开航当时，应当谨慎处理，使船舶处于适航状态，妥善配备船员、装备船舶和配备供应品，并使货舱、冷藏舱、冷气舱和其他载货处所适于并能安全收受、载运和保管货物。

《海商法》第 48 条　承运人应当妥善地、谨慎地装载、搬移、积载、运输、保管、照料和卸载所运货物。

《海商法》第 63 条　承运人与实际承运人都负有赔偿责任的，应当在此项责任范围内负连带责任。

《海商法》第 68 条　托运人托运危险货物，应当依照有关海上危险货物运输的规定，妥善包装，作出危险品标志和标签，并将其正式名称和性质以及应当采取的预防危害措施书面通知承运人；托运人未通知或者通知有误的，承运人可以在任何时间、任何地点根据情况需要将货物卸下、销毁或者使之不能为害，而不负赔偿责任。托运人对承运人因运输此类货物所受到的损害，应当负赔偿责任。承运人知道危险货物的性质并已同意装运的，仍然可以在该项货物对于船舶、人员或者其他货物构成实际危险时，将货物卸下、销毁或者使之不能为害，而不负赔偿责任。但是，本款规定不影响共同海损的分摊。

《海商法》第 69 条　托运人应当按照约定向承运人支付运费。托运人与承运人可以约定运费由收货人支付；但是，此项约定应当在运输单证中载明。

考点精析

考点一　海上货物运输合同的订立和解除

（一）海上货物运输合同的订立

海上货物运输合同可以口头订立，也可以书面订立。但航次租船合同应当书面订立。电报、电传和传真具有书面效力。

（二）海上货物运输合同的解除

（1）船舶在装货港开航前，托运人可以要求解除合同。除合同另有约定外，托运人应当向承运人支付约定运费的一半；货物已经装船的，并应当负担装货、卸货和其他与此有关的费用。

（2）船舶在装货港开航前，因不可抗力或者其他不能归责于承运人和托运人的原因致使合同不能履行的，双方均可解除合同，并互相不负赔偿责任。除合同另有约定外，运费已经支付的，承运人应当将运费退还给托运人；货物已经装船的，托运人应当承担装卸费用；已经签发提单的，托运人应当将提单退回给承运人。

（3）船舶开航后，因不可抗力或者其他不能归责于承运人和托运人的原因致使船舶不能在合同约定的目的港卸货的，除合同另有约定外，船长有权将货物在目的港邻近的安全港口或者地点卸载，视为已经履行合同。但船长决定将货物卸载的，应当及时通知托运人或者收货人，并考虑托运人或者收货人的利益。

考点二　承运人的责任

（一）承运人的最低法定义务

海上货物运输合同中，承运人有 4 项必须承担的义务，即适航、管货、不作不合理绕航和应托运人请求签发提单。海上货物运输合同条款不能减轻或免除这四项义务，否则该条款无效，但运输合同可以再增加承运人的其他义务。因此，这四项义务被称为承运人的最低法定义务。

（二）承运人的法定免责

与承运人的基本法定义务相对应，《海商法》规定了 12 项承运人的法定免责事由。由于这些法定免责是承运人能享受的最多免责，运输合同只能减少，不能增加，否则无效，因此，又被称为"承运人的最高法定免责"。这 12 项法定免责事由是：

过失免责的情形：

（1）船长、船员、引航员或者承运人的其他受雇人在驾驶船舶或者管理船舶中的过失；

（2）在海上救助或者企图救助人命或者财产。

无过失当然免责：

（2）火灾，但是由于承运人本人的过失所造成的除外；

（3）天灾，海上或者其他可航水域的危险或者意外事故；

（4）战争或者武装冲突；

（5）政府或者主管部门的行为、检疫限制或者司法扣押；

（6）罢工、停工或者劳动受到限制；

（8）托运人、货物所有人或者他们的代理人的行为；

（9）货物的自然特性或者固有缺陷；

（10）货物包装不良或者标志欠缺、不清；

（11）经谨慎处理仍未发现的船舶潜在缺陷；

（12）非由于承运人或者承运人的受雇人、代理人的过失造成的其他原因。

（三）承运人的单位赔偿责任限制

承运人对货物灭失或者损坏的赔偿限额，按照货物件数或者其他货运单位数计算，每件或者每个其他货运单位为 666.67 计算单位，或者按照货物毛重计算，每公斤为 2 计算单位，以二者中限额较高的为准。

（四）承运人的责任期间

承运人的责任期间分为两种。对集装箱装运的货物的责任期间，是从装货港接收货物起至卸货港交付货物时止，货物在承运人掌管之下的全部期间。对非集装箱装运的货物的责任期间，是从货物装上船时起至卸下船时止，货物处于承运人掌管之下的全部期间。在责任期间发生货物灭失或损坏，除非法律另有规定，承运人应当负赔偿责任。

（五）迟延交付的责任

所谓迟延交付，是指货物未能在明确约定的时间内，在约定的卸货港交付。

如果承运人未能在明确约定的时间届满 60 日内交付货物，有权对货物灭失索赔的人可以认为货物已经灭失。

（六）承运人与实际承运人的责任分担

承运人，是指本人或者委托他人以本人名义与托运人订立海上货物运输合同的人。

实际承运人，是指接受承运人委托，从事货物运输或者部分运输的人，包括接受转委托从事此项运输的其他人。

如果承运人将运输的部分或全部委托给实际承运人履行，承运人仍须按照法律规定对全程运输负责。

实际承运人对自己实际履行的运输负责。海商法中对承运人责任的规定，适用于实际承运人。承运人承担海商法未规定的义务或者放弃海商法赋予的权利的任何特别协议，未经实际承运人书面明确同意，对实际承运人不发生效力。

承运人与实际承运人都负有赔偿责任的，应当在此项责任范围内负连带责任。

考点三　托运人的责任

根据海商法的规定，托运人有以下义务和责任：

1. 支付运费。托运人应当按照约定的时间、金额和方式等向承运人支付运费，这是海上货物运输合同下托运人最基本的义务。托运人与承运人也可以约定运费由收货人支付。但是，这种约定应当在运输单证中载明。

2. 包装货物并申报货物资料。

3. 办理货物运输手续。托运人应当及时向港口、海关、检疫、检验和其他主管机关办理货物运输所需要的各项手续，并将已办理各项手续的单证送交承运人；因办理各项手续的关单证送交不及时、不完备或者不正确，使承运人的利益受到损害的，托运人应当负赔偿责任。

4. 托运危险品时的通知责任。没有通知会导致两项严重后果。首先，承运人不对任何灭失或损坏负责；其次，托运人在承运人因此遭受损失时还应负责赔偿。这样的后果不要求托运人有过失，因此是过失责任原则的一个例外。

考点四　提单

根据不同标准，提单可以分为以下几类：

1. 已装船提单和收货待运提单。这是根据签发时间不同进行的划分。已装船提单是在货物已经由承运人接受并装上船后签发的提单。收货待运提单则是承运人已经接受货物但尚未将货物装上船时签发的提单。收货待运提单在货物实际装上船后可以换成已装船提单。

2. 记名提单、不记名提单和指示提单。这是根据提单上的抬头不同进行的划分。记名提单是记载了收货人名称的提单。不记名提单是在收货人一栏未作任何记载的提单，又称为空白提单。指示提单是记载凭指示交货的提单，其中，记载了指示人的名称的是记名指示提单，没有记载指示人的名称的是不记名指示提单。不记名指示提单一般理解为凭托运人指示交货。

3. 清洁提单和不清洁提单。这是根据提单上对货物外表状况的记载不同进行的划分。清洁提单是提单表面未对货物状况作不良批注的提单。不清洁提单是记载了货物装船时外表状况不良的提单。

历年真题与示例

1. 依照我国《海商法》的规定，下列哪项是正确的？（2006 - 3 - 29）

A. 承运人对集装箱装运的货物的责任期间是从货物装上船起至卸下

　船止

B. 上海至广州的货物运输应当适用海商法

C. 天津至韩国釜山的货物运输应当适用海商法

D. 海商法与民法规定不同时，适用民法的规定

答案：C

2. 甲公司委托乙海运公司运送一批食品和一台大型设备到欧洲，并约定设备可装载于舱面。甲公司要求乙海运公司即日启航，乙海运公司告知：可以启航，但来不及进行适航检查。随即便启航出海。乙海运公司应对本次航行中产生的哪一项损失承担责任？（2005－3－34）

A. 因遭受暴风雨致使装载于舱面的大型设备跌落大海

B. 因途中救助人命耽误了航行，迟延交货致使甲公司受损

C. 海运公司的工作人员在卸载货物时因操作不慎，使两箱食品落水

D. 因船舱螺丝松动，在遭遇暴风雨时货舱进水淹没了2/3的食品

答案：D

第三章　海上旅客运输合同

考点完整提炼

海上旅客运输合同 { 承运人的权利　承运人的责任　旅客损害赔偿请求的诉讼时效

法条依据串烧

《海商法》第114条　在本法第111

条规定的旅客及其行李的运送期间，因承运人或者承运人的受雇人、代理人在受雇或者受委托的范围内的过失引起事故，造成旅客人身伤亡或者行李灭失、损坏的，承运人应当负赔偿责任。请求人对承运人或者承运人的受雇人、代理人的过失，应当负举证责任；但是，本条第3款和第4款规定的情形除外。旅客的人身伤亡或者自带行李的灭失、损坏，是由于船舶的沉没、碰撞、搁浅、爆炸、火灾所引起或者是由于船舶的缺陷所引起的，承运人或者承运人的受雇人、代理人除非提出反证，应当视为其有过失。

旅客自带行李以外的其他行李的灭失或者损坏，不论由于何种事故所引起，承运人或者承运人的受雇人、代理人除非提出反证，应当视为其有过失。

《海商法》第115条　经承运人证明，旅客的人身伤亡或者行李的灭失、损坏，是由于旅客本人的过失或者旅客和承运人的共同过失造成的，可以免除或者相应减轻承运人的赔偿责任。经承运人证明，旅客的人身伤亡或者行李的灭失、损坏，是由于旅客本人的故意造成的，或者旅客的人身伤亡是由于旅客本人健康状况造成的，承运人不负赔偿责任。

考点精析

考点一　承运人的权利与责任

（一）承运人的责任期间

海上旅客运输合同中承运人的责任期间，是自旅客登船时起至旅客离船时止的一段期间。

（二）承运人的基本责任及责任基础

海上旅客运输合同中，对承运人责任采取的是"部分的过失推定责任制"，即承运人基本上承担的是过失责任，但在特殊情况下承担过失推定责任。具体而言，在承运人的责任期间内，因承运人或者承运人的受雇人、代理人在受雇或者受委托的范围内的过失引起的事故，造成旅客人身伤亡或者行李灭失、损坏的，承运人应当负赔偿责任。对过失的存在，请求人应当负举证责任，但以下两种情况除外：①旅客人身伤亡或者自带行李的灭失、损坏，是由于船舶的沉没、碰撞、搁浅、爆炸、火灾所引起或者是由于船舶的缺陷所引起；②无论何种事故引起的旅客自带行李以外的其他行李的灭失或损坏。这两种情况下，除非承运人能提出反证，否则推定承运人有过失。

（三）承运人责任的免除或减轻

经承运人证明，旅客的人身伤亡或者行李灭失、损坏是由于旅客本人的过失或者旅客和承运人的共同过失造成的，可以免除或相应减轻承运人的赔偿责任。经承运人证明，上述损失是由于旅客本人故意造成的，或旅客人身伤亡是由于旅客本人的健康状况造成的，承运人不负赔偿责任。

承运人对旅客的货币、金银、珠宝、有价证券或者其他贵重物品所发生的灭失、损坏，不负赔偿责任；但上述物品是交由承运人保管的除外。

考点二 旅客损害赔偿请求权的诉讼时效

就海上旅客运输向承运人要求赔偿的请求权，时效期间为 2 年，分别按照下列规定计算：

1. 有关旅客人身伤害的请求权，自旅客离船或者应当离船之日起计算；

2. 有关旅客死亡的请求权，发生在运送期间的，自旅客应当离船之日起计算；因运送期间内的伤害而导致旅客离船后死亡的，自旅客死亡之日起计算，但是此期限自离船之日起不得超过 3 年。

3. 有关行李灭失或者损坏的请求权，自旅客离船或者应当离船之日起计算。

第四章 船舶租用合同

考点完整提炼

船舶租用合同 $\begin{cases} 定期租船合同 \\ 光船租赁合同 \end{cases}$

法条依据串烧

（1）航次租船合同的规定

《海商法》第 132 条 出租人交付船舶时，应当做到谨慎处理，使船舶适航。交付的船舶应当适合约定的用途。出租人违反前款规定的，承租人有权解除合同，并有权要求赔偿因此遭受的损失。

《海商法》第 134 条 承租人应当保证船舶在约定航区内的安全港口或者地点之间从事约定的海上运输。承租人违反前款规定的，出租人有权解除合同，并有权要求赔偿因此遭受的损失。

《海商法》第 135 条 承租人应当保证船舶用于运输约定的合法的货物。承租人将船舶用于运输活动物或者危险货物的，应当事先征得出租人的同意。承租人违反本条第 1 款或者第 2 款的规定致使出租人遭受损失的，应当负赔偿责任。

《海商法》第 136 条 承租人有权就船舶的营运向船长发出指示,但是不得违反定期租船合同的约定。

《海商法》第 137 条 承租人可以将租用的船舶转租,但是应当将转租的情况及时通知出租人。租用的船舶转租后,原租船合同约定的权利和义务不受影响。

《海商法》第 140 条 承租人应当按照合同约定支付租金。承租人未按照合同约定支付租金的,出租人有权解除合同,并有权要求赔偿因此遭受的损失。

《海商法》第 141 条 承租人未向出租人支付租金或者合同约定的其他款项的,出租人对船上属于承租人的货物和财产以及转租船舶的收入有留置权。

《海商法》第 142 条 承租人向出租人交还船舶时,该船舶应当具有与出租人交船时相同的良好状态,但是船舶本身的自然磨损除外。船舶未能保持与交船时相同的良好状态的,承租人应当负责修复或者给予赔偿。

(2)光船租赁合同的规定

《海商法》第 147 条 在光船租赁期间,承租人负责船舶的保养、维修。

《海商法》第 149 条 在光船租赁期间,因承租人对船舶占有、使用和营运的原因使出租人的利益受到影响或者遭受损失的,承租人应当负责消除影响或者赔偿损失。因船舶所有权争议或者出租人所负的债务致使船舶被扣押的,出租人应当保证承租人的利益不受影响;致使承租人遭受损失的,出租人应当负赔偿责任。

《海商法》第 150 条 在光船租赁期间,未经出租人书面同意,承租人不得转让合同的权利和义务或者以光船租赁的方式将船舶进行转租。

《海商法》第 151 条 未经承租人事先书面同意,出租人不得在光船租赁期间对船舶设定抵押权。出租人违反前款规定,致使承租人遭受损失的,应当负赔偿责任。

《海商法》第 152 条 承租人应当按照合同约定支付租金。承租人未按照合同约定的时间支付租金连续超过 7 日的,出租人有权解除合同,并有权要求赔偿因此遭受的损失。船舶发生灭失或者失踪的,租金应当自船舶灭失或者得知其最后消息之日起停止支付,预付租金应当按照比例退还。

考点精析

考点一 定期租船合同

(一)定期租船合同的概念

定期租船合同,是指船舶出租人向承租人提供约定的由出租人配备船员的船舶,由承租人在约定的期间内按照约定的用途使用,并支付租金的合同。

(二)定期租船合同的特征

(1)由出租人和承租人双方分享对船舶的管理。出租人主要负责船舶本身的营运,包括:机械、补给、人员等的配备和航行安全,承租人主要负责船舶的商业使用,包括货物运输的起运地和目的地的指定、货物的提供、货物的装卸、保管、处理等。

(2)由出租人和承租人双方分担船舶营运的费用。出租人主要负担船舶的每日营运成本,包括船舶建造成本、船员工资、船舶保险费、船舶保养及维修费用、机械备件及补给和船舶管理费等，而承租人主要负担航程使用费，即因为本航次运输而发生的费用，如货物装卸的费用、港口费、拖轮及领港费、运河费、运费税等。

（3）承租人按使用船舶的时间支付费用。定期租船期间内的时间损失主要由承租人负担，即在不是由于任何一方的过错引起时间损失时，将由承租人承担后果。

（三）出租人的主要权利与义务

（1）出租人交船的义务。出租人最重要的义务是将船舶交给承租人使用。交船必须在合同约定的时间和地点进行，而且出租人应谨慎处理，使船舶适航并适于约定的用途。

（2）出租人维修船舶的义务。出租人应负责船舶在租期内的维修。船舶在租期内不符合约定的适航状态或者其他状态，出租人应当采取可能采取的合理措施，使之尽快恢复。连续 24 小时不能恢复造成营运时间损失的，承租人不付租金，但事故是承租人造成的除外。

（3）出租人通知船舶转让的义务。船舶所有人转让已经租出的船舶的所有权，定期租船合同约定的当事人的权利和义务不受影响，但是应当及时通知承租人。船舶所有权转让后，原租船合同由受让人和承租人继续履行。出租人在定期租船合同下的主要权利与承租人的义务相对应，包括收取租金、到期收回船舶等。

（四）承租人的主要权利与义务

（1）承租人支付租金的义务。承租人在租期内按约定使用船舶，应交付租金。承租人未按照合同约定支付租金或合同约定的其他款项的，出租人有权解除合同，并有权要求赔偿因此遭受的

损失。

（2）承租人还船的义务。承租人在租期届满后应将船舶交还给出租人。还船时，该船舶应具有与出租人交船时相同的良好状态，但是船舶本身的自然磨损除外。超期期间，承租人应当按照合同约定的租金率支付租金；市场租金率高于合同约定的租金率的，承租人应当按照市场租金率支付租金。

（3）承租人按照约定使用船舶的义务。承租人应当保证船舶在约定的航区内的安全港口或者地点之间从事约定的海上运输。承租人应当保证船舶用于运输约定的合法的货物。

（4）承租人指挥船长的权利。承租人有权就船舶的营运向船长发出指示，但是不得违反定期租船合同的约定。

（5）承租人转租的权利。承租人可以将租用的船舶转租，但是应当将转租的情况及时通知出租人。租用的船舶转租后，原租船合同约定的权利和义务不受影响。

考点二 光船租赁合同

（一）光船租赁合同的概念

光船租赁合同，是指船舶出租人向承租人提供不配备船员的船舶，在约定的期间内由承租人占有、使用和营运，并向出租人支付租金的合同。

（二）光船租赁合同的特征

（1）出租人只负责提供船舶本身，租船期间船长、船员由承租人雇佣并支付工资，船用燃料、物料、给养等也都由承租人提供并承担费用。

（2）光船租赁期间船舶的占有权和使用权转移给承租人，但船舶的处分权仍然属于出租人。

（3）光船租赁权的设定、转移和消

灭，应当向船舶登记机关登记，未经登记的，不得对抗第三人。

（三）出租人的主要权利与义务

（1）出租人交船的义务。光船租赁合同下，出租人应当在合同约定的时间和地点，向承租人交付约定的船舶以及船舶证书。出租人应当谨慎处理，使船舶适航。船舶还应当适于合同约定的用途。

（2）出租人的权利担保义务。出租人必须保证承租人在租赁期间内有权依合同占有和使用船舶。如果因船舶所有权争议或者出租人所负债务致使船舶被扣押的，出租人应当保证承租人的利益不受影响，致使承租人遭受损失的，出租人应当负赔偿责任。

（3）出租人不得抵押船舶的义务。在光船租赁期间，未经承租人事先书面同意，出租人不得对船舶设定抵押权，如果违反此义务并给承租人带来损失的，应当负责赔偿。出租人的主要权利是收取租金。

（四）承租人的主要权利与义务

（1）承租人照料船舶的义务。光船租赁期间，承租人应当负责船舶的保养、维修，还应当按照合同约定的船舶价值，以出租人同意的保险方式为船舶进行保险，并负担保险费用。如果因承租人对船舶占有、使用和营运的原因使出租人的利益受到影响或者遭受损失的，承租人应当负责消除影响或者赔偿损失。

（2）承租人不得转租的义务。未经出租人书面同意，承租人不得转让合同的权利和义务或者以光船租赁的方式将船舶进行转租。

（3）承租人支付租金的义务。承租人应当按照合同约定的时间、方式和数额支付租金。承租人未按照合同约定的时间支付租金连续超过 7 日的，出租人有权解除合同，并有权要求赔偿因此遭受的损失。但是，船舶发生灭失或者失踪的，租金应当自船舶灭失或者得知其最后消息之日起停止支付。如果租金已经预付，应按照比例退还。

承租人的主要权利是按照约定使用船舶。承租人通过其自己雇佣的船长、船员直接控制船舶。

第五章　船舶碰撞

考点完整提炼

船舶碰撞 { 船舶碰撞的概念与构成要件
船舶碰撞的损害赔偿
损害赔偿的诉讼时效

法条依据串烧

《海商法》第 165 条　船舶碰撞，是指船舶在海上或者与海相通的可航水域发生接触造成损害的事故。前款所称船舶，包括与本法第 3 条所指船舶碰撞的任何其他非用于军事的或者政府公务的船艇。

《海商法》第 167 条　船舶发生碰撞，是由于不可抗力或者其他不能归责于任何一方的原因或者无法查明的原因造成的，碰撞各方互相不负赔偿责任。

《海商法》第 168 条　船舶发生碰撞，是由于一船的过失造成的，由有过失的船舶负赔偿责任。

考点精析

考点一　船舶碰撞的概念和构成要件

（一）船舶碰撞的概念

船舶碰撞，是指船舶在海上或者与海相通的可航水域发生接触造成损害的事故。

（二）船舶碰撞的构成要件

（1）主体。船舶碰撞必须发生在船舶之间，而且其中必须有一方是《海商法》第3条规定的船舶，而其他方可以是军事或执行政府公务的船艇以外的任何船艇。

（2）行为。船舶之间发生了粗暴性的实际接触。船舶之间没有接触不能构成船舶碰撞。

船舶之间没有发生实际接触，但一船因操纵不当或者不遵守航行规章，导致了其他船舶以及船上人员或者其他财产的损失，这种情况在学理上称为"间接碰撞"。典型的例子如一船航行速度太快，驶过引起的大浪掀翻了临近的小船。"间接碰撞"不是我国海商法上所指的船舶碰撞，但处理这种事故时，应该适用海商法中关于船舶碰撞的相关法律规定。

（3）后果。船舶碰撞必须造成船舶、财产的损失或人员的伤害。没有实际损害后果的船舶接触不构成船舶碰撞。

（4）水域。船舶碰撞发生在海上或与海相通的可航水域。因此在长江等与海相通的水域上发生的海船与海船或海船与内河船之间的碰撞也是海商法上的船舶碰撞。

考点二　船舶碰撞的损害赔偿原则

我国对船舶碰撞的损害赔偿采用的是过错责任原则，即碰撞当事方只对因其故意或过失引起的不法损害承担赔偿责任。船舶碰撞中的过失情况可以分成三种：各方无过失，单方有过失，互有

过失。海商法对三种过失情况引起的船舶碰撞分别规定了处理方法。

（一）各方无过失碰撞

各方无过失的碰撞是不存在或无法证明人为因素引起的碰撞，如不可抗力造成的碰撞、意外事故造成的碰撞或不明原因的碰撞。各方无过失的碰撞发生后，碰撞各方互相不负赔偿责任，损失由受害者自行承担。

（二）单方过失碰撞

单方过失碰撞即由于一船的过失造成的碰撞，由有过失的一方承担自己的损失，并对对方损失负担赔偿责任。

（三）互有过失碰撞

互有过失的船舶碰撞，由各船根据过失程度的比例分别承担赔偿责任。如果过失程度相当或无法判定其比例，则由各方平均负赔偿责任。但互有过失的碰撞造成第三方人身伤亡的，由过失方承担连带责任。

考点三　船舶碰撞案件的诉讼时效

有关船舶碰撞的请求权，时效期间为2年，自碰撞事故发生之日起计算。

互有过失的船舶碰撞中，对第三人的人身伤亡，一船连带支付的赔偿超过其过失比例的，有权向其他过失方追偿。这种追偿请求权的时效期间为1年，自当事人连带支付损害赔偿之日起计算。

第六章　共同海损

考点完整提炼

共同海损 {
共同海损的概念
共同海损的成立要件
共同海损的牺牲
共同海损的费用
}

法条依据串烧

《海商法》第 193 条 共同海损，是指在同一海上航程中，船舶、货物和其他财产遭遇共同危险，为了共同安全，有意地合理地采取措施所直接造成的特殊牺牲、支付的特殊费用。无论在航程中或者在航程结束后发生的船舶或者货物因迟延所造成的损失，包括船期损失和行市损失以及其他间接损失，均不得列入共同海损。

《海商法》第 194 条 船舶因发生意外、牺牲或者其他特殊情况而损坏时，为了安全完成本航程，驶入避难港口、避难地点或者驶回装货港口、装货地点进行必要的修理，在该港口或者地点额外停留期间所支付的港口费、船员工资、给养，船舶所消耗的燃料、物料，为修理而卸载、储存、重装或者搬移船上货物、燃料、物料以及其他财产所造成的损失、支付的费用，应当列入共同海损。

《海商法》第 195 条 为代替可以列为共同海损的特殊费用而支付的额外费用，可以作为代替费用列入共同海损；但是，列入共同海损的代替费用的金额，不得超过被代替的共同海损的特殊费用。

考点精析

考点一 共同海损的概念和成立要件

（一）共同海损的概念

共同海损，是指在同一海上航程中，船舶、货物和其他财产遭遇共同危险，为了共同安全，有意地合理地采取措施所直接造成的特殊牺牲、支付的特殊费用。由受益的各方来共同分担共同海损的制度。

（二）共同海损的成立要件

（1）必须有共同的、真实的危险。共同海损必须是在同一海上航程中的船舶、货物或其他财产面临共同的、真实的危险时发生的。

所谓共同的危险，是指这种危险对船舶和货物都构成威胁，仅仅危及船舶或货物单方的危险不会造成共同海损。

（2）必须是有意地采取了合理的、有效的措施。

（3）损失必须是直接的、特殊的。共同海损措施是以牺牲较小利益保全较大利益为特征。被牺牲的利益必须是共同海损措施直接造成的，而且是特殊的、异常的。

所谓直接的是指损失必须是共同海损行为直接造成的。间接损失，如船期损失、滞期损失、市价跌落等，都不能算作共同海损损失。特殊的是指损失必须是非正常的。正常航行中需要作出的开支，不得算作共同海损。

考点二 共同海损的牺牲和费用

（一）共同海损牺牲

共同海损牺牲是指共同海损行为造成的有形的物质损坏或灭失。其范围主要包括：

（1）船舶的牺牲。如为了避免船舶倾覆，船长故意使船舶坐礁、搁浅，或截断锚链、使船舶部分毁损等。

（2）货物的牺牲。如为了减轻货载，将货物弃于海中；或船舶遭遇火灾，引水灭火时将货物浸湿等。

（3）运费的牺牲。货物被牺牲的情况下，如果这批货物应支付的运费是到付运费，则该笔运费不能被收取，因此也算被牺牲掉了。

（二）共同海损费用

共同海损费用是指共同海损行为造成的金钱上的支出。其范围主要包括：

（1）避难港费用。船舶在航行途中遇险，有时不得不进入避难港。为进入避难港而延长航程的费用、进入和离开避难港的费用、在避难港停靠期间为维持船舶所需的日常费用、因安全所需造成的货物或船上其他物品卸下和重装的费用等，都可以计入共同海损费用。

（2）救助费用。船、货陷入共同危险，不得不求助于他船而支出的救助报酬和其他费用可列入共同海损费用。

（3）代替费用。本身不具备共同海损费用的条件，但却是为代替可以列为共同海损的特殊费用而支付的额外费用，可以作为代替费用列入共同海损费用中。但被列入的代替费用的金额，不得超过被代替的共同海损的特殊费用。

（4）其他费用。包括垫付手续费和共同海损利息等。

历年真题与示例

"大鱼"号货轮在航行中遇雷暴天气，船上部分货物失火燃烧，大火蔓延到机舱。船长为灭火，命令船员向舱中灌水。因船舶主机受损，不能继续航行，船长求助拖轮将"大鱼"号拖到避难港。下列哪些损失应列入共同海损？（2005 - 3 - 68）

A. 为灭火而湿损的货物

B. 为将"大鱼"号拖至避难港而发生的拖航费用

C. 失火烧毁的货物

D. 在避难港发生的港口费

答案：ABD

第七章　法律适用

法条依据串烧

《海商法》第 270 条　船舶所有权的取得、转让和消灭，适用船旗国法律。

《海商法》第 217 条　船舶抵押权适用船旗国法律。船舶在光船租赁以前或者光船租赁期间，设立船舶抵押权的，适用原船舶登记国的法律。

《海商法》第 272 条　船舶优先权，适用受理案件的法院所在地法律。

《海商法》第 273 条　船舶碰撞的损害赔偿，适用侵权行为地法律。

船舶在公海上发生碰撞的损害赔偿，适用受理案件的法院所在地法律。同一国籍的船舶，不论碰撞发生于何地，碰撞船舶之间的损害赔偿适用船旗国法律。

《海商法》第 274 条　共同海损理算，适用理算地法律。

《海商法》第 275 条　海事赔偿责任限制，适用受理案件的法院所在地法律。

考点精析

考点一　适用船旗国法律的情形

1. 船舶所有权变动。

2. 船舶抵押权，但光船租船之前或期间适用登记国法律。

3. 同一国籍船舶碰撞→不论何地，适用船旗国法律。

考点二　适用案件受理地法律

1. 船舶优先权。

　　2. 公海上船舶碰撞。

　　3. 海事赔偿责任限制。

考点三。 适用侵权行为地法律

　　船舶碰撞损害赔偿→侵权行为地法

考点四。 共同海损适用理算地法律

历年真题与示例

　　悬挂不同国旗的甲、乙两船在公海相撞后，先后驶入我国港口，并在我国海事法院提起索赔诉讼。根据我国《海商法》，我国法院审理该案应适用什么法律？（2004 - 3 - 26）

A. 甲船先到达港口，应适用甲船船旗国法律

B. 乙船是被告，应适用乙船船旗国法律

C. 应适用我国法律

D. 应适用有关船舶碰撞的国际公约

答案：C

经 济 法

第一部分　竞 争 法

第一章　反不正当竞争法

考点完整提炼

反不正当
竞争法 {
调整对象
限制竞争行为
不正当竞争行为（重点掌握）
民事责任
}

法条依据串烧

《反不正当竞争法》第 8 条　经营者不得采用财物或者其他手段进行贿赂以销售或者购买商品。在账外暗中给予对方单位或者个人回扣的，以行贿论处；对方单位或者个人在账外暗中收受回扣的，以受贿论处。

经营者销售或者购买商品，可以以明示方式给对方折扣，可以给中间人佣金。经营者给对方折扣、给中间人佣金，必须如实入账。接受折扣、佣金的经营者必须如实入账。

《反不正当竞争法》第 11 条　经营者不得以排挤竞争对手为目的，以低于成本的价格销售商品。

有下列情形之一的，不属于不正当竞争行为：

（一）销售鲜活商品；

（二）处理有效期限即将到期的商品或者其他积压的商品；

（三）季节性降价；

（四）因清偿债务、转产、歇业降价销售商品。

《反不正当竞争法》第 12 条　经营者销售商品，不得违背购买者的意愿搭售商品或者附加其他不合理的条件。

《反不正当竞争法》第 13 条　经营者不得从事下列有奖销售：

（一）采用谎称有奖或者故意让内定人员中奖的欺骗方式进行有奖销售；

（二）利用有奖销售的手段推销质次价高的商品；

（三）抽奖式的有奖销售，最高奖的金额超过 5000 元。

考点精析

考点一　《反不正当竞争法》的调整对象

《反不正当竞争法》是调整市场竞争过程中因规制不正当竞争行为而产生的社会关系的法律规范的总称。

所谓不正当竞争行为，是指经营者违反法律规定，损害其他经营者的合法权益，扰乱社会经济秩序的行为。

所谓经营者，是指从事商品经营或者营利性服务的法人、其他经济组织和个人。

由于我国的特殊情况，《反不正当

《竞争法》亦调整在政府及经营者之间产生的与竞争有牵涉的关系。

考点二 限制竞争行为

限制竞争行为是指妨碍、甚至完全阻止、排除市场主体进行竞争的协议和行为。在我国，限制竞争行为主体通常来自两个方面，一是公用企业或其他依法具有独占地位的经营者，二是政府及其所属部门。

（一）公用企业或其他依法具有独占地位的经营者的限制竞争行为。

（1）构成要件：①主体具有特殊性，即必须是公用企业或者依法具有独占地位的企业；②行为的特定性，即主体利用自己优势地位实施了法律、行政法规明文禁止的限制竞争行为；③行为具有现实或潜在社会危害性，表现在一方面排挤了其他经营者的公平竞争，另一方面损害了消费者和用户的合法权益。

（2）法律责任：①工商行政管理机关可责令其停止违法行为，并可根据情节，处以5万元以上20万元以下罚款。②被指定的经营者借此销售质次价高的商品和滥收费用的，工商行政管理机关可没收违法所得，并可根据情节，处以非法所得1倍以上3倍以下的罚款。

（二）政府及其所属部门限制竞争行为。

（1）构成要件：①行为主体限于政府及其所属部门。②实施了法律、行政法规禁止的限制竞争行为，亦即客观上有滥用行政权力的事实。主要包括：限定他人购买指定的经营者的商品、限制其他经营者正当的经营活动，或者限制商品在地区之间正常流通的；③政府及其所属部门滥用行政权力实施限制竞争的行为，其目的在于保护本部门、本地区的利益，从而损害外地经营者和本地消费者的合法权益。

（2）法律责任：①由上级机关责令其改正；②情节严重的，由同级或者上级机关对直接责任人员给予行政处分；③被指定的经营者借此销售质次价高商品或者滥收费用的，监督检查部门应没收违法所得，还可根据情节处以违法所得1倍以上3倍以下的罚款。

示例 甲市某酒厂酿造的"蓝星"系列白酒深为当地人喜爱。甲市政府办公室发文指定该酒为"接待用酒"，要求各机关、企事业单位、社会团体在业务用餐时，饮酒应以"蓝星"系列为主。同时，酒厂公开承诺：用餐者凭市内各酒楼出具的证明，可以取得消费100元返还10元的奖励。下列关于此事的说法哪一项是不正确的？（2004 - 1 - 19）

A. 甲市政府办公室的行为属于限制竞争行为

B. 酒厂的做法尚未构成商业贿赂行为

C. 上级机关可以责令甲市政府改正错误

D. 监督检查部门可以没收酒厂的违法所得，并处以罚款

答案：D

考点三 不正当竞争行为

不正当竞争行为，是指经营者在市场竞争中，采取非法的或者有悖于公认的商业道德的手段和方式，与其他经营者相竞争的行为。

下列情形属于典型的不正当竞争行为，但是不正当竞争行为不以这些为限，只要经营者采取非法的或者有悖于

商业道德的手段和方式限制其他经营者的正常竞争秩序即可构成不正当禁止行为：

（一）混淆行为

混淆行为是指经营者在市场经营活动中，以种种不实手法对自己的商品或服务作虚假表示、说明或承诺，或不当利用他人的智力劳动成果推销自己的商品或服务，使用户或者消费者产生误解，扰乱市场秩序、损害同业竞争者的利益或者消费者利益的行为。

（1）行为要件：①主体是从事市场交易活动的经营者。②经营者在市场经营活动中，客观上实施了《反不正当竞争法》第 5 条禁止的不正当竞争手段，如假冒他人企业名称，仿冒国家名优标志，擅自使用知名商品特有名称、包装、装潢，伪造产地名称等。其实质在于盗用他人的劳动成果，利用其良好的商品声誉或者商业信誉为自己牟取非法利益。③经营者的欺骗性行为已经或足以使用户或消费者误认。

（2）主要类型：①假冒他人的注册商标；②与知名商品相混淆：擅自使用知名商品特有的名称、包装、装潢，或者使用与知名商品近似的名称、包装、装潢，造成和他人的知名商品相混淆，使购买者误认为是该知名商品的，构成不正当竞争行为。所谓"知名商品"，是指在市场上具有一定知名度，为相关公众所知悉的商品。所谓知名商品特有的名称，是指知名商品独有的与通用名称有显著区别的商品名称。③擅自使用他人的企业名称或姓名，引人误认为是他人的商品。④伪造、冒用各种质量标志和产地的行为

（3）法律责任：①民事责任。其他

经营者的合法权益受到上述不正当竞争行为损害的，可以提起侵权诉讼，以获得经济赔偿。②行政责任。对第一、三、四种行为，依照《商标法》、《产品质量法》的规定处罚；对第二种行为，监督检查部门应责令停止违法行为，没收违法所得，可视情节处违法所得 1 倍以上 3 倍以下的罚款；情节严重的，可吊销营业执照。③刑事责任。销售伪劣产品、构成犯罪的，应依法追究刑事责任。

（二）商业贿赂行为

《反不正当竞争法》第 8 条规定，经营者不得采用财物或者其他手段进行贿赂以销售或者购买商品。在账外暗中给予对方单位或者个人回扣的，以行贿论处；对方单位或者个人在账外暗中收受回扣的，以受贿论处。经营者销售或者购买商品，可以以明示方式给对方折扣，可以给中间人佣金。经营者给对方折扣、给中间人佣金的，必须如实入账。接受折扣、佣金的经营者必须如实入账。

（1）构成要件：①主体是经营者和受经营者指使的人；②目的是争取市场交易机会，排挤其他竞争者；③有私下暗中给予他人财物和其他好处的行为，且达到一定数额。如果明确给对方以折扣，并且如实入账就不构成商业贿赂行为。

（2）法律责任：①刑事责任。经营者有商业贿赂行为，构成犯罪的，追究刑事责任。②行政责任。监督检查部门可处以 1 万元以上 20 万元以下的罚款，并没收其违法所得。

（三）虚假广告

《反不正当竞争法》第 9 条规定，

经营者不得利用广告或者其他方法；对商品的质量、制作成分、性能、用途、生产者、有效期限、产地等作引人误解的虚假宣传。广告的经营者不得在明知或者应知的情况下，代理、设计、制作、发布虚假广告。

1. 构成要件：①行为的主体产品的经营者、广告的经营者。②客观上对其商品或服务做虚假广告或以其他方式进行虚假宣传。③虚假广告或虚假宣传达到了引人误解的程度。④主观方面，广告经营者在明知或应知情况下，方对虚假广告负法律责任；对于经营者而言，则不论其主观上处于何种状态，均必须对虚假广告承担法律责任。

2. 法律责任

（1）民事责任。发布虚假广告，欺骗和误导消费者，使其合法权益受到损害的，广告主应负担民事责任。

广告经营者、广告发布者明知或应知广告虚假仍设计、制作、发布的，应依法承担连带责任。

广告经营者、广告发布者不能提供广告主的真实名称、地址的应承担全部民事责任。

社会团体和其他组织，在虚假广告中向消费者推荐商品或者服务，使消费者的合法权益受到损害，应当依法承担连带责任。

（2）行政责任。经营者利用广告和其他方法，对商品作引人误解的虚假广告的，监督检查部门应责令停止违法行为，消除影响，并可根据情节处 1 万元以上 20 万元以下的罚款。

广告经营者在明知或应知情况下，代理、设计、制作、发布虚假广告的，监督检查部门应当责令停止违法行为，没收违法所得，并依法处以罚款。

（四）侵犯商业秘密行为

1. 商业秘密的概念。商业秘密是指不为公众所知悉，能为权利人带来经济利益，具有实用性并经权利人采取保密措施的技术信息和经营信息。

（2）构成要件：①必须有商业秘密的存在。②主体可以是经营者，也可以是经营者以外的人。③客观上，行为主体实施了侵犯他人商业秘密的行为。实施的方式有盗窃、利诱、胁迫或不当披露、使用等。④以非法手段获取、披露或者使用他人商业秘密的行为已经或可能给权利人带来损害后果。

（3）行为类型侵：①以盗窃、利诱、胁迫或者其他不正当手段获取权利人的商业秘密；②）披露、使用或者允许他人使用以前项手段获取的权利人的商业秘密；③根据法律和合同，有义务保守商业秘密的人（包括与权利人有业务关系的单位、个人，在权利人单位就职的职工）披露、使用或者允许他人使用其所掌握的商业秘密。第三人明知或应知前款所列违法行为，获取、使用或者披露他人的商业秘密，视为侵犯商业秘密。

4. 法律责任：

（1）民事责任。侵害他人商业秘密给他人造成损害的应当承担损害赔偿责任。

（2）行政责任。①由监督检查部门责令停止违法行为；②可根据情节处以 1 万元以上 20 万元以下的罚款。

（五）低价倾销行为

低价倾销行为是指经营者以排挤竞争对手为目的，以低于成本的价格销售商品。《反不正当竞争法》第 11 条规定

"经营者不得以排挤竞争对手为目的，以低于成本的价格销售商品。"

（1）构成要件：①行为的主体必须是经营者。②经营者客观上实施了低价倾销行为。这里的低价倾销，如上所述，是指低于成本价格销售商品。③经营者低价倾销行为的目的是排挤竞争对手，以便独占市场。

（2）倾销行为的例外：①销售鲜活商品；②处理有效期限即将到期的商品或者其他积压的商品；③季节性降价；④因清偿债务、转产、歇业降价销售商品。

（六）不正当有奖销售行为

1. 构成要件：①不正当有奖销售的主体是经营者。②经营者实施了法律禁止的不正当有奖销售行为。③经营者实施不正当有奖销售，目的在于争夺顾客，扩大市场份额，排挤竞争对手。

2. 行为类型：①谎称有奖销售或对所设奖的种类，中奖概率，最高奖金额，总金额，奖品种类、数量、质量、提供方法等作虚假不实的表示；②采取不正当手段故意让内定人员中奖；③故意将设有中奖标志的商品、奖券不投放市场或不与商品、奖券同时投放，或者故意将带有不同奖金金额或奖品标志的商品、奖券按不同时间投放市场；④抽奖式的有奖销售，最高奖的金额超过5000元；⑤利用有奖销售手段推销质次价高的商品；⑥其他欺骗性有奖销售行为。

3. 法律后果。

（1）民事赔偿责任。有关当事人因有奖销售活动中的不正当竞争行为受到侵害的，可根据《反不正当竞争法》第20条的规定，向人民法院起诉，请求赔偿。

（2）行政责任。监督检查部门应责令停止违法行为，可以根据情节处以1万元以上10万元以下的罚款。

（七）商业诋毁行为

《反不正当竞争法》第14条规定，经营者不得捏造、散布虚伪事实，损害竞争对手的商业信誉、商品声誉。

1. 构成要件：

（1）行为的主体是市场经营活动中的经营者。市场经营者之外的其他经营者如果受其指使从事诋毁商誉行为的，可构成共同侵权人。新闻单位被利用和被唆使的，仅构成一般的侵害他人名誉权行为，而非不正当竞争行为。

（2）经营者实施了诋毁行为，如通过广告、新闻发布会等形式捏造、散布虚假事实，使用户、消费者不明真相产生怀疑心理，不敢或不再与受诋毁的经营者进行交易活动。若发布的消息是真实的，则不构成诋毁行为。

（3）诋毁行为是针对一个或多个特定竞争对手的。如果捏造、散布的虚假事实不能与特定的经营者相联系，商誉主体的权利便不会受到侵害。应注意的是，对比性广告通常以同行业所有其他经营者为竞争对手而进行贬低宣传，此时应认定为商业诋毁行为。

（4）诋毁的目的是败坏对方的商誉，其主观心态出于故意。

2. 法律责任：

（1）民事责任。商业诋毁行为构成侵权行为，因此被诋毁者有权要求诋毁人承担侵权行为的损害赔偿责任。

（2）行政责任。《反不正当竞争法》对此未规定行政责任。

（八）搭售行为

《反不正当竞争法》第12条规定：

经营者销售商品，不得违背购买者的意愿搭售商品或附加其他不合理的条件。该条涉及的是附条件交易行为。所谓搭售是指经营者出售商品时，违背对方的意愿，强行搭配其他商品的行为。所谓其他不合理条件，是指搭售以外的不合理的交易条件，如限制转售区域、限制技术受让方在合同技术的基础上进行新技术的研制开发等。

1. 构成要件。

（1）搭售行为的主体必须是经营者，如果是其他主体（如国家行政机关、有一定行政职能的事业单位等）则可能构成其他限制竞争行为而非搭售行为；

（2）搭售行为是违背购买者的意愿的，它限制了购买者的自主选择权；

（3）实施搭售的经营者凭借的是自身经营优势，若没有经营优势，商品本身可替代性很强的话，购买者可能转向其他供货方，搭售不可能实行；

（4）搭售行为不当阻碍甚至剥夺了同行业竞争对手相关产品的交易机会。

2. 法律责任。

（1）民事责任。受有损害的消费者或者其他经营者可以依据《反不正当竞争法》第 20 条要求实施行为的人承担损害赔偿责任。

（2）行政责任。没有规定。

（九）招标投标中的串通行为

《反不正当竞争法》第 15 条规定：投标者不得串通投标，抬高标价或者压低标价。投标者和招标者不得相互勾结，以排挤竞争对手的公平竞争。

1. 构成要件：

（1）投标者之间串通投标，抬高标价或压低标价。①行为主体是投标者，既可能是投标者中的一部分，也可能是全体投标者；②在客观方面，投标者之间实施了串通行为，其方式如进行联络、进行私下协议、作出共同安排等；③串通的目的是通过某种安排排挤其他投标者或使招标者得不到竞争利益。

（2）投标者和招标者相互勾结排挤竞争对手。①行为主体包含两方，即招标者和投标者；②在客观方面，招标者和投标者之间有共谋行为③目的是为了让参与共谋的投标者中标，以排挤其他的投标者。

2. 法律责任。

（1）民事责任。受损害者可以根据《反不正当竞争法》第 20 条、《招投标法》第相关规定要求承担损害赔偿责任。

（2）行政责任。根据《反不正当竞争法》第 27 条的规定，在招标投标中，招标者和投标者有上述两种行为之一的，造成的法律后果首先是中标无效；此外，监督检查部门可根据情节处以 1 万元以上 20 万元以下的罚款。

考点四 民事损害赔偿数额的确定

1. 能够证明损害的以实际损害为准。

2. 被侵害的经营者的损失难以计算的，赔偿额为侵权人在侵权期间因侵权所获得的利润。

3. 并应当承担被侵害的经营者因调查该经营者侵害其合法权益的不正当竞争行为所支付的合理费用。

历年真题与示例

1. 甲欲买"全聚德"牌的快餐包装烤鸭，临上火车前误购了商标不同而外包装十分近似的显著标明名称为"全聚德"的烤鸭，遂向"全聚德"公司投诉。"全聚德"公司发现，"全聚德"烤鸭的价格仅为"全聚德"的 1/3。如果"全聚德"起诉"仝聚德"，其纠纷的性质应当是下列哪一种？（2003 - 1 - 15）

A. 诋毁商誉的侵权纠纷

B. 低价倾销的不正当竞争纠纷

C. 欺骗性交易的不正当竞争纠纷

D. 企业名称侵权纠纷

答案：C

2. 甲旅行社的欧洲部副经理李某，在劳动合同未到期时提出辞职，未办移交手续即到了乙旅行社，并将甲社的欧洲合作伙伴情况、旅游路线设计、报价方案和客户资料等信息带到乙社。乙社原无欧洲业务，自李某加入后欧洲业务猛增，成为甲社的有力竞争对手。现甲社向人民法院起诉乙社和李某侵犯商业秘密。请回答以下问题。（2004 - 1 - 97~98）

（1）法院如认定乙社和李某侵犯甲社的商业秘密，须审查什么事实？

A. 甲社所称的"商业秘密"是否属于从公开渠道不能获得的

B. 乙社的欧洲客户资料是否有合法来源

C. 甲社所称的"商业秘密"是否向有关部门申报过"密级"

D. 乙社在聘用李某时是否明知或应知其掌握甲社的上述业务信息

答案：ABD

（2）如法院判定乙社和李某侵权成立，确定其赔偿责任可以采用下列何种办法？

A. 按照甲社在侵权期间的利润损失进行赔偿，乙社和李某承担连带赔偿责任

B. 甲社在侵权期间的利润损失无法计算时，按照乙社所获利润进行赔偿，李某承担连带赔偿责任

C. 对李某按照其在甲社时的工资标准乘以侵权持续时间确定赔偿额，对乙社按其实际所得利润确定赔偿额

D. 按甲社请求的数额确定赔偿额

答案：AB

3. 甲经营金山酒店，顾客爆满，相邻的银海酒店由乙经营，生意清淡。乙指使数十人进入金山酒店，2~3 人占据一桌，每桌仅消费 10 余元。前来金山酒店就餐的顾客见无空桌，遂就近转往银海酒店。如此数日，银海酒店收入大增。乙的行为应如何定性？（2005 - 3 - 5）

A. 构成缔约过失

B. 构成欺诈行为

C. 构成不当得利

D. 构成不正当竞争行为

答案：D

4. 某市政府所属有关部门的下列哪一行为违反《反不正当竞争法》的规定？（2007 - 1 - 21）

A. 市卫生局成立的儿童保健专家组受某生产厂家委托，对其婴儿保健产品提供质量认证标志并收取赞助费

B. 市工商局和市电视台联合举办消费者信得过产品评选活动，评选中违反公平程序而使当选的前八名全部为本市产品

C. 市交管局规定，全市货运车辆必须在指定的两种品牌中选择安装一款车辆运行记录器，否则不予年检；其指定品牌为本地的"波

浪"牌和法国的 NJK 牌

　　D. 市政府决定对市酒厂减免地方税以提供财政支持

答案：C

5. 根据《反不正当竞争法》的规定，下列哪一行为属于不正当竞争行为中的混淆行为？（2007 - 1 - 22）

　　A. 甲厂在其产品说明书中作夸大其词的不实说明

　　B. 乙厂的矿泉水使用"清凉"商标，而"清凉矿泉水厂"是本地一知名矿泉水厂的企业名称

　　C. 丙商场在有奖销售中把所有的奖券刮奖区都印上"未中奖"字样

　　D. 丁酒厂将其在当地评奖会上的获奖证书复印在所有的产品包装上

答案：B

6. 欣欣公司为了宣传其新开发的保健品，虚构保健品功效，并委托某广告公司设计了"谁吃谁明白"的广告，聘请大腕明星作代言人，邀请某社会团体向消费者推荐，在报刊和电视上高频率地发布引人误解的不实广告。根据《反不正当竞争法》的规定，下列哪些选项是正确的？（2008 - 1 - 73）

　　A. 欣欣公司不论其主观状态如何，都必须对虚假广告承担法律责任

　　B. 广告公司只有在明知保健品功效虚假的情况下才承担法律责任

　　C. 明星代言人即使对厂商造假不知情，只要蒙骗了消费者，就应承担民事责任

　　D. 社会团体在虚假广告中向消费者推荐商品，应承担民事连带责任

答案：AD

7. 甲公司为宣传其"股神"股票交易分析软件，高价聘请记者发表文章，称"股神"软件是"股民心中的神灵"，贬称过去的同类软件"让多少股民欲哭无泪"，并称乙公司的软件"简直是垃圾"。根据《反不正当竞争法》的规定，下列哪些选项是正确的？（2008 - 1 - 74）

　　A. 只有乙公司才能起诉甲公司的诋毁商誉行为

　　B. 甲公司的行为只有出于故意才能构成诋毁商誉行为

　　C. 只有证明记者拿了甲公司的钱财，才能认定其参与诋毁商誉行为

　　D. 只有证明甲公司捏造和散布了虚假事实，才能认定其构成不正当竞争

答案：BD

第二章　拍卖法

考点完整提炼

拍卖法 ⎰ 拍卖的概念与特征
　　　　 ⎱ 当事人
　　　　 ⎱ 拍卖程序
　　　　 ⎱ 拍卖规则（重点掌握）
　　　　 ⎱ 当事人权利与义务

法条依据串烧

　　《拍卖法》第 18 条　拍卖人有权要求委托人说明拍卖标的的来源和瑕疵。拍卖人应当向竞买人说明拍卖标的的瑕疵。

　　《拍卖法》第 20 条　拍卖人接受委托后，未经委托人同意，不得委托其他拍卖人拍卖。

　　《拍卖法》第 22 条　拍卖人及其工

作人员不得以竞买人的身份参与自己组织的拍卖活动，并不得委托他人代为竞买。

《拍卖法》第23条 拍卖人不得在自己组织的拍卖活动中拍卖自己的物品或者财产权利。

《拍卖法》第36条 竞买人一经应价，不得撤回，当其他竞买人有更高应价时，其应价即丧失约束力。

《拍卖法》第50条 拍卖标的无保留价的，拍卖师应当在拍卖前予以说明。拍卖标的有保留价的，竞买人的最高应价未达到保留价时，该应价不发生效力，拍卖师应当停止拍卖标的的拍卖。

考点精析

考点一 拍卖的概念与特征

（一）概念

拍卖是指以公开竞价的形式，将特定物品或财产权利转让给最高应价者的买卖方式。

（二）特点

1. 拍卖是通过中间人即拍卖人（指拍卖企业）进行的，拍卖活动涉及委托人、拍卖人、竞买人三方当事人。

2. 公开竞价，在拍卖中对同一拍卖标的经多个竞买人公开应价，出价最高者才有资格作为买受人。

3. 现场成交，即竞买人通过拍卖现场公开应价，表示买进，拍卖人通过法定程序确定买受人，交易即告成立。

考点二 拍卖当事人

（一）拍卖人

（1）拍卖人的资格。根据我国《拍卖法》第10条的规定，拍卖人是指依

照《拍卖法》和公司法设立的从事拍卖活动的企业法人。

设立拍卖企业应具备的一般条件：①有100万元人民币以上的注册资本；②有自己的名称、组织机构、住所和章程；③有与从事拍卖业务相适应的拍卖师和其他工作人员；④有符合《拍卖法》和其他有关法律规定的拍卖业务规则；⑤符合国务院有关拍卖业发展的规定；⑥法律、行政法规规定的其他条件。

经营文物拍卖活动的特殊条件：①有1000万元人民币以上的注册资本；②有具有文物拍卖专业知识的人员。

（2）拍卖师。拍卖师是指有资格主持拍卖活动的自然人。

拍卖师应当具备以下条件和资格：①具有高等院校专科以上学历和拍卖专业知识；②在拍卖企业工作2年以上；③品行良好；④经拍卖师资格考核合格，取得拍卖师资格证书。

禁止担任拍卖师的人员：①被开除公职未满5年的；②吊销拍卖师资格证书未满5年的；③因故意犯罪受过刑事处罚的。

（二）委托人

委托人是指委托拍卖人拍卖物品或者财产权利的自然人、法人或者其他组织。委托人对委托拍卖的标的应当具有处分权。在拍卖成功以后，委托人即成为出卖人与应买人成立买卖合同，适用买卖合同的有关规定。

（三）竞买人与买受人

（1）竞买人是指参加竞购拍卖标的物的自然人、法人或者其他组织。

（2）买受人是指以最高应价购得拍卖标的物的竞买人。可见，只有竞买人

才有可能成为买受人，买受人必须首先是竞买人。

考点三 拍卖程序

（一）拍卖委托

委托人应当和有拍卖资格的拍卖人签订拍卖委托合同，拍卖委托合同必须采取书面形式，合同应载明以下事项：①委托人、拍卖人的姓名或者名称、住所；②拍卖标的物的名称、规格、数量、质量；③委托人提出的保留价；④拍卖的时间、地点；⑤拍卖标的物交付或者转移的时间、方式；⑥佣金及其支付的方式、期限；⑦价款的支付方式、期限；⑧违约责任；⑨双方约定的其他事项。

（二）拍卖公告

拍卖公告的法律性质被认定为：要约邀请。

根据我国《拍卖法》第45条的规定，拍卖公告应当由拍卖人于拍卖日7日前发布。拍卖公告的内容应当包括：拍卖的时间和地点，拍卖标的物，拍卖标的物展示时间和地点，参与竞买应当办理的手续及其他需要公告的事项。发布的方式应当通过报纸或者其他新闻媒介。

（三）展示标的物

根据我国《拍卖法》第48条的规定，拍卖人应当在拍卖之前展示拍卖标的，并提供查看拍卖标的的条件及有关资料；展示的时间不得少于2日。经过展示，对于十分明显的瑕疵，竞买人丧失瑕疵请求权。

（四）拍卖开始

（五）竞买人报价

（1）竞买人报价的法律性质是要约，一旦发出不得撤销。

（2）报价应其他竞买人提出更高的报价而失去效力

（六）成交

若竞买人的最高报价超过低价的则拍卖成功。

现场拍卖成交后，拍卖人与买受人应签署拍卖成交确认书，确认书是拍卖成交的书面证明文件；与此同时，买受人应付清所有费用，之后拍卖人应交付拍卖品及有关凭证和资料。买受人不能付清所有费用的，应向拍卖人支付拍卖成交价20%以下的定金，并商定付清全部费用的时间，待全部费用付清后方可提货。日后买受人不履行合同的，不得收回定金；拍卖人不履行合同的，应双倍返还定金。

考点四 拍卖规则

（一）瑕疵请求规则

（1）委托人应如实向拍卖人说明拍卖标的物的瑕疵

（2）拍卖人应如实向竞买人说明拍卖标的物的瑕疵

（3）竞买人对已告知的瑕疵丧失请求权。如果瑕疵是显而易见、买受人自己可以发现的，委托人、拍卖人对此不负担保责任。

（4）因委托人、拍卖人违反告知义务，拍品存在应告知而未告知的瑕疵，买受人可要求认定拍卖无效，退还拍品，赔偿损失；委托人、拍卖人可根据过错原则分担责任。

（5）因买受人的疏忽或者误解，购买了带有瑕疵的拍品，或者瑕疵是由买受人自己的过错造成的，委托人、拍卖人得以此作为抗辩理由，不承担瑕疵担保责任；此外，"不保证条款"是否一概免除委托人、拍卖人的瑕疵担保责任,应具体分析。所谓"不保证条款",是指委托人、拍卖人在拍卖前声明不能保证拍卖标的物的真伪或者品质的,不承担瑕疵担保责任。

(二)　底价规则

底价又被称作保留价,它是委托人为自己的拍品设定的价格底线,是拍卖师必须遵守的最低拍卖价格。底价规则是指委托人可以就拍卖标的物确定一个最低价格,竞买人的应价结束时,其最高应价仍低于此价的,拍卖师应宣布不成交。

在有底价拍卖时,如果最高应价高于或者等于底价的,拍卖成交;如果最高应价低于保留价的,该应价不发生效力,拍卖师应当停止拍卖标的物的拍卖。

(三)　价高者得规则

所谓价高者得是指拍卖中,经过竞价,拍卖标的物属于出价最高的买主。在拍卖中,只有底价规则可以对抗价高者得规则:即虽然产生了最高价,但这一最高价若低于保留价的话,价高者不能得到拍卖标的物,拍卖结束。

(四)　禁止参与竞买规则

(1)　禁止拍卖人参与竞买。我国《拍卖法》第22条规定:"拍卖人及其工作人员不得以竞买人的身份参与自己组织的拍卖活动,并不得委托他人代为竞买。"

(2)　禁止委托人参与竞买。我国《拍卖法》第30条规定:"委托人不得参与竞买,也不得委托他人代为竞买。"

考点五　当事人的权利义务

(一)　委托人的权利义务

(1)　委托人的权利:①有权确定拍卖标的的保留价并要求拍卖人保密;②在拍卖开始前可以撤回拍卖委托;③拍卖成交后,有权取得拍卖品价款。

(2)　委托人的义务:①应当向拍卖人说明拍卖标的的来源和瑕疵;②不得参与竞买,也不得委托他人代为竞买;③依照约定或者《拍卖法》的规定,向拍卖人支付佣金;④按约定由委托人移交拍卖标的的,拍卖成交后,委托人应将拍卖标的移交给买受人。

(二)　拍卖人的权利和义务

(1)　拍卖人享有以下权利:①有权要求委托人说明拍卖标的来源和瑕疵;②认为需要时可以对拍卖标的进行鉴定;③有权要求竞买人出具合法有效的证明文件,以确定其竞买资格;④有权指定拍卖师;⑤有权收取佣金

(2)　拍卖人负有以下义务:①应当向竞买人说明拍卖标的瑕疵;②接受委托后,未经委托人同意,不得委托其他拍卖人拍卖;③对委托人交付拍卖的物品有保管义务;④委托人、买受人要求对其身份保密的,应为其保密;⑤拍卖成交后,应按照约定向委托人交付拍卖标的的价款,并按照约定将拍卖标的移交给买受人;⑥不得以竞买人的身份参加自己组织的拍卖活动,也不得委托他人代为竞买;⑦不得在自己组织的拍卖活动中拍卖自己的物品或者财产权利;⑧不得与委托人串通,损害竞买人的利益;⑨不得与竞买人串通,损害委托人利益。

(三)　竞买人的权利与义务

(1)　竞买人的权利:①有权了解拍卖标的物的瑕疵,查验拍卖标的物和有关拍卖资料;②可以自行参加竞买,也可以委托其代理人参加竞买。

(2)　竞买人的义务:①拍卖时,一

经应价不得撤回，除非有其他竞买人有更高应价；②竞买人之间、竞买人与拍卖人之间不得恶意串通，损害他人利益。

（四）买受人的权利义务

（1）权利：①请求委托人交付标的物并移转所有权②有权要求出卖人承担瑕疵担保责任

（2）义务：①买受人负有按照约定支付价款的义务。拍卖人或者委托人不能按时交付的，应承担违约责任；②买受人未按照约定受领拍卖标的物的，应支付由此产生的保管费用；③若因其违约导致拍卖标的物再行拍卖的，原买受人应当支付第一次拍卖的佣金，并补足低于原拍卖价款的部分。

历年真题与示例

1. 某拍卖公司拍卖一批汽车，其中包括本公司职员赵某的一辆桑塔纳轿车。竞买者张某在竞买中购得一辆丰田轿车。事后张某拒绝签订成交确认书。请回答以下题目。（2006－1－91～94）

（1）张某主张，拍卖公司本次拍卖的车辆中有本公司职员的车辆，本次拍卖无效。下列关于这一问题的何种判断是正确的？

A. 拍卖公司不得在拍卖活动中拍卖自己的物品，包括本公司工作人员的物品

B. 拍卖公司不得在拍卖活动中拍卖自己的物品，但本公司工作人员的物品不在此限

C. 拍卖公司如果在拍卖活动中拍卖了本公司工作人员的物品，则本次拍卖无效

D. 拍卖公司如果在拍卖活动中拍卖了本公司工作人员的物品，则该物品的拍卖无效，但不影响拍卖其他物品的拍卖结果

答案：B

（2）张某拒绝签订成交确认书时，双方的合同处于何种法律状态？

A. 合同未成立

B. 合同已成立，并已生效

C. 合同已成立，但效力待定

D. 合同已成立，但生效条件尚未成就

答案：B

（3）如果拍卖公司自己组织的拍卖活动中包括了拍卖本公司的物品，根据《拍卖法》的规定，其法律责任如何？

A. 所有的拍卖合同宣告无效

B. 由工商行政管理部门没收本公司物品拍卖的全部所得

C. 由工商行政管理部门没收本次拍卖的全部佣金

D. 由工商行政管理部门处以本次拍卖所收佣金1倍以上5倍以下的罚款

答案：B

（4）如果张某拒绝签订成交确认书的理由不成立，但坚持不履行合同，拍卖公司有权采取何种措施？

A. 征得委托人的同意后，将该轿车再行拍卖

B. 要求张某支付在第一次拍卖中其本人和委托人应当支付的佣金

C. 要求张某补足该轿车再行拍卖的价款低于原拍卖价款时的差价

D. 要求张某支付该轿车在两次拍卖期间的保管费用

答案：ABC

2. 某拍卖公司举行一场艺术品拍卖会。下列哪些选项符合《拍卖法》的规定？（2007－1－72）

A. 拍卖公司在现场拍卖前宣布对拍品的真伪不予保证

B. 甲的一幅画确定底价为 1 万元，因最高竞价为 8000 元，拍卖师决定以 8000 元竞价成交

C. 竞买人乙委托丙参加现场竞买，拍卖师以竞买不得委托为由拒绝丙参加竞买

D. 竞买人丁在竞买成交后反悔并拒签成交确认书，拍卖公司不返还丁已交纳的 2 万元保证金

答案：AD

第三章 招标投标法

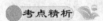

$$
招投标法\begin{cases}概念与项目\\招标\\投标\\开标、评标、定标\\合同履行\end{cases}
$$

考点精析

考点一 招投标的概念与项目

（一）招投标的概念

招投标也是一种竞争性的缔约方式，招投标包括招标和投标两个主要步骤。所谓招标，是指招标人对货物、工程和服务事先公布采购的条件和要求，邀请投标人参加投标，招标人按照规定的程序确定中标人的行为。所谓投标，是指投标人按照招标人提出的要求和条件，参加投标竞争的行为。

（二）招标的项目

1. 招标自愿原则。原则上哪些项目采取招投标的方式来缔结合同是发包方的自由，由发包方自行决定。

2. 必须招标的项目。特殊情形下法律可以规定某些项目必须采取招标的方式来缔结合同，依据我国《招投标法》的规定下列三种项目必须采取招标的方式：

（1）大型基础设施、公共事业等关系社会公共利益、公共安全的项目；

（2）全部或者部分使用国有资金投资或者国家融资的项目；

（3）使用境外贷款、援助资金的项目。

示例 下列哪些项目必须采用招标的方式缔结合同：

A. 某省级公路的承建项目

B. 使用世界银行贷款的某个项目

C. 奥运会场馆的建设项目

D. 某政府采购办公设备

答案 ABC。政府采购可以采取多种方法，不是必须招标。

考点二 招标

（一）招标的方式

招标方式分为公开招标和邀请招标两种。

（1）公开招标。这是指招标人以招标公告的方式邀请不特定的法人或者其他组织投标。其特点是能保证其竞争的充分性，具体体现在：①招标人以招标公告的方式邀请投标；②邀请投标的对象为不特定的法人或者其他组织。

（2）邀请招标。这是指招标人以投标邀请书的方式邀请特定的法人或者其他组织投标。其特征为：①招标人向三个以上具备承担招标项目的能力、资信

良好的特定的法人或者其他组织发出投标邀请；②邀请投标的对象是特定的法人或者其他组织。

《招标投标法》第 11 条规定，国务院发展计划部门确定的国家重点项目和省级人民政府确定的地方重点项目不适宜公开招标的，要经国务院发展计划部门或者省级人民政府批准，才可以进行邀请招标。

（二）招标人和招标代理机构

（1）招标人。招标人是指依照《招标投标法》的规定提出招标项目、进行招标的法人或者其他组织。招标人不得为自然人。

（2）招标代理机构。招标人有权决定自行办理招标事宜或者委托招标代理机构代为办理；委托办理的，招标人有权自行选择招标代理机构。

（三）招标程序

（1）招标公告与投标邀请书。

招标公告与投标邀请书属于要约邀请。

公开招标的，应发布招标公告。招标公告应当载明招标人的名称和地址、招标项目的性质、数量、实施地点和时间以及获得招标文件的办法等事项。

邀请招标的，应发出投标邀请书。招标人采用邀请招标方式的，应当向三个以上具备承担招标项目能力、资信良好的特定的法人或者其他组织发出投标邀请书。

（2）编制招标文件。

考点三 投标

（一）投标人

（1）投标人的概念。投标人，是指响应招标、参加投标竞争的自然人、法人或者其他组织。

（2）投标人的资格。《招标投标法》规定：投标人应当具备承担招标项目的能力；国家有关规定对投标人资格条件或者招标文件对投标人资格条件有规定的，投标人应当具备规定的资格条件。

（二）投标文件的编制

投标文件应当对招标文件提出的实质性要求和条件作出响应。

（三）联合投标

1. 联合投标的条件。联合体的各方均应当具备承担招标项目的相应能力；国家有关规定或者招标文件对招标人资格条件有规定的，联合体各方应当具备相应的资格条件。由同一专业的单位组成的联合体，按照资质等级较低的单位确定资质等级。

2. 联合体各方的权利、义务及与招标人的关系。

（1）在联合体内部，联合体各方应当签订共同投标协议，明确各方在招标项目中权利、义务关系，并将共同投标协议连同投标文件一并提交招标人。

（2）联合体中标后，应当由各方共同与招标人签订合同，就中标项目向招标人承担连带责任。

3. 招标人不得强制投标人联合共同投标。

（四）投标人不得从事的行为

（1）投标人不得相互串通投标或者与招标人串通投标；

（2）投标人不得以行贿的手段谋取中标；

（3）投标人不得以低于成本的报价竞标；

（4）投标人不得以他人名义投标或者其他方式弄虚作假，骗取中标；

示例 在一个水电站的建设中，需

要大量的阀门，项目公司决定招标，在招标过程中，出现的以下问题，符合法律规定的是：

A. 甲阀门厂只生产水电站所需要的一部分型号的阀门，于是联合别的企业投标

B. 乙生产商认为自己的报价差不多能中标，但是为了保险起见，特定请了项目公司的负责人出国旅游

C. 丙生产商为了取得该水电站建设之后的几个项目，决定这次低于成本报价，顺势拿下其他的项目。

D. 丁生产商自己生产的阀门不能达标，于是借别人的名义投标

答案：A

考点四 开标、评标和中标

（一）开标

（1）开标的时间应当在招标文件确定的提交投标文件截止时间的同一时间公开进行；

（2）开标地点应当在招标文件预先确定的地点。在此之前，投标文件由招标人签收保存，不得开启。

（3）出席开标。开标由招标人主持，邀请所有投标人参加。

（4）开标程序。分为：①由投标人或者其推选的代表、招标人委托的公证机构检查投标文件的密封情况；②拆封所有投标文件并宣读投标文件的主要内容；③记录开标过程并存档备查。

（二）评标

评标是指对投标文件，按照规定的标准和方法，进行评审，选出最佳投标。评标是招标投标活动中最重要的环节。评标是由评标委员会进行的。

（三）中标

《招标投标法》规定，中标人确定

后，招标人应当向中标人发出中标通知书，并同时将中标结果通知所有未中标的投标人。中标通知书对招标人和中标人具有法律效力。中标通知书发出后，招标人改变中标结果的，或者中标人放弃中标项目的，应当依法承担法律责任。

中标通知书实质上就是招标人对其选中的投标人的承诺，是招标人同意某投标人的要约的意思表示。

根据《招标投标法》第 46 条的规定，合同订立的时间，是自中标通知书发出之日起 30 日内。招标合同的形式，必须采用书面形式。招标合同的内容，应该是对招标文件和投标文件中所载内容的肯定。招标人和投标人不得再行订立背离合同实质性内容的其他协议。

履约保证金是指招标人要求投标人在接到中标通知书后提交的保证履行合同各项义务的担保。一旦中标人不履行合同义务，该项担保用于赔偿招标人因此所受的损失。《招标投标法》规定，招标文件要求中标人提交履约保证金的，中标人应当提交。

示例 甲公司作为招标人，就一工程项目通过媒体发布招标公告。乙公司向甲公司寄发了投标书。后乙公司中标，甲公司向乙公司寄发了中标通知书。下列关于该事例的表述哪些是错误的？

A. 乙公司向甲公司寄发投标书的行为属于要约行为

B. 自中标通知书到达乙公司时起，甲乙之间的合同成立

C. 中标通知书寄出后，甲公司如确有特殊情况可以修改部分中标项目而无须承担法律责任

D. 乙公司中标后经招标人同意可以将中标项目分包给他人，并由分包人对招标人负责

答案：BCD

考点五 履行合同

（一）亲自履行的义务

合同订立后，中标人应当按照合同约定自己履行义务，完成中标项目；中标人不得转让或变相转让中标项目。中标项目的转让，是指中标人将中标项目倒手转让他人，使他人成为该中标项目实际上的完成者。

（二）分包及其限制

（1）分包的条件。中标项目虽然不能转让，但可以分包。所谓分包中标项目，是指对中标项目实行总承包的中标人，将中标项目的部分工作，再发包给其他人完成的行为。但是分包必须符合下述条件：①合同中有允许分包的约定或者分包已经招标人同意；②分包给他人完成的是中标项目的部分非主体、非关键性工作；③接受分包的人应该具备相应的资格条件，并不得再次分包。

（2）分包的法律后果：①中标人应该就分包项目向招标人负责。②接受分包的人的连带责任。

历年真题与示例

1. 甲企业作为某工程项目的总承包中标人，将中标项目的部分工作发包给乙企业完成，现乙企业分包项目出现问题。下列说法哪些是正确的？
   A. 中标项目禁止分包，甲企业作为中标人应承担责任
   B. 中标项目可以分包，若分包项目出现问题，可由中标人甲企业向招标人承担全部责任

C. 分包人乙企业只与甲企业有合同关系，与招标人没有合同关系，因而不直接向招标人承担责任
   D. 招标人既可以要求甲企业承担全部责任，也可以直接请求乙企业承担全部责任

答案：BD

2. 甲小区业主大会通过媒体发布招标公告选聘物业服务公司，乙公司寄送了投标书。经评标，乙公司中标，甲向其发出中标通知书。下列哪一选项是正确的？（2007-1-25）
   A. 甲发布招标公告的行为属于要约
   B. 乙寄出投标书的行为属于承诺
   C. 甲向乙发出中标通知书时合同即成立
   D. 甲向乙发出中标通知书的行为属于承诺

答案：D

3. 下列哪些项目必须进行招标？（2007-1-71）
   A. 某乡村公路建设，其投资的70%为国家资金，30%为村民自筹
   B. 某港务局的计算机管理软件升级
   C. 某地受国际组织援助的防沙治沙项目
   D. 某市人防工程扩建项目

答案：ACD

第四章 反垄断法

考点完整提炼

反垄断法
- 概述
- 禁止订立垄断协议
- 禁止滥用市场支配地位经营者集中的审查
- 禁止滥用行政权利排除或者限制竞争反垄断调查

考点精析

考点一.　概述

垄断行为破坏市场的正常运作，无论是对其他竞争者、还是对消费者、还是对整个市场经济都会带来严重的损害，因此必须予以禁止。经营者的垄断行为主要有三种：①经营者达成垄断协议；②经营者滥用市场支配地位；③具有或者可能具有排除、限制竞争效果的经营者集中。

为了反垄断，国务院设立反垄断委员会，负责组织、协调、指导反垄断工作，履行下列职责：①研究拟订有关竞争政策；②组织调查、评估市场总体竞争状况，发布评估报告；③制定、发布反垄断指南；④协调反垄断行政执法工作；⑤国务院规定的其他职责。

反垄断法上所称的经营者是指从事商品生产、经营或者提供服务的自然人、法人和其他组织。

考点二.　禁止经营者签订垄断协议

经营者不得同其他经营者或者交易相对人签订垄断协议实施垄断行为。所谓垄断协议，是指排除、限制竞争的协议、决定或者其他协同行为。

（一）垄断协议的类型

1. 具有竞争关系的经营者签订下列垄断协议。

（1）固定或者变更商品价格；

（2）限制商品的生产数量或者销售数量；

（3）分割销售市场或者原材料采购市场；

（4）限制购买新技术、新设备或者限制开发新技术、新产品；

（5）联合抵制交易；

（6）国务院反垄断执法机构认定的其他垄断协议。

2. 经营者与交易相对人签订下列垄断协议。

（1）固定向第三人转售商品的价格；

（2）限定向第三人转售商品的最低价格；

（3）国务院反垄断执法机构认定的其他垄断协议。

3. 行业协会组织本行业的经营者达成垄断协议。

（二）不构成垄断协议的例外情形

如果经营者能够证明其与竞争者或者交易相对人签订的具有垄断性的协议属于下列情形之一并且不会严重限制相关市场的竞争并且能够使消费者分享由此产生的利益，则不属于垄断行为不受反垄断法的限制：

1. 为改进技术、研究开发新产品的；

2. 为提高产品质量、降低成本、增进效率，统一产品规格、标准或者实行专业化分工的；

3. 为提高中小经营者经营效率，增强中小经营者竞争力的；

4. 为实现节约能源、保护环境、救灾救助等社会公共利益的；

5. 因经济不景气，为缓解销售量严重下降或者生产明显过剩的；

6、为保障对外贸易和对外经济合作中的正当利益的；

7. 法律和国务院规定的其他情形。

（三）法律责任

1. 行政责任。

（1）经营者达成并实施垄断协议

的，由反垄断执法机构责令停止违法行为，没收违法所得，并处上1年度销售额1%以上10%以下的罚款；

（2）经营者达成垄断协议但是尚未实施所达成的垄断协议的，可以处50万元以下的罚款；

（3）行业协会违反本法规定，组织本行业的经营者达成垄断协议的，反垄断执法机构可以处50万元以下的罚款；情节严重的，社会团体登记管理机关可以依法撤销登记。

经营者主动向反垄断执法机构报告达成垄断协议的有关情况并提供重要证据的，反垄断执法机构可以酌情减轻或者免除对该经营者的处罚。

被处罚人如果对处罚决定不服的，可以选择申请行政复议也可以选择提起行政诉讼以救济。

2. 民事责任。经营者之间或者经营者与交易相对人达成垄断协议给他人造成损失的应当承担损害赔偿的民事责任。

考点三 滥用市场支配地位

（一）滥用市场支配地位之垄断行为的构成

1. 必须是具有市场支配地位的经营者。所谓市场支配地位是指经营者在相关市场内具有能够控制商品价格、数量或者其他交易条件，或者能够阻碍、影响其他经营者进入相关市场能力的市场地位。

（1）对经营者是否具有支配地位应当综合考虑下列因素：①该经营者在相关市场的市场份额，以及相关市场的竞争状况；②该经营者控制销售市场或者原材料采购市场的能力；③该经营者的财力和技术条件；④其他经营者对该经营者在交易上的依赖程度；⑤其他经营者进入相关市场的难易程度；⑥与认定该经营者市场支配地位有关的其他因素。

（2）对经营者具有市场支配地位的法律推定有下列情形之一的，可以推定经营者具有市场支配地位。但是被推定具有市场支配地位的经营者，有证据证明不具有市场支配地位的，即可排除其具有市场支配地位的推定。①一个经营者在相关市场的市场份额达到1/2的。②两个经营者在相关市场的市场份额合计达到2/3的。但是，其中有的经营者市场份额不足1/10的，不应当推定该经营者具有市场支配地位。③三个经营者在相关市场的市场份额合计达到3/4的。但是其中有的经营者市场份额不足1/10的，不应当推定该经营者具有市场支配地位。

2. 必须实施了滥用了其市场支配地位的行为。

具有市场支配地位的经营者滥用其市场支配地位的行为主要有下列七种情形：

（1）以不公平的高价销售商品或者以不公平的低价购买商品；

（2）没有正当理由，以低于成本的价格销售商品；

（3）没有正当理由，拒绝与交易相对人进行交易；

（4）没有正当理由，限定交易相对人只能与其进行交易或者只能与其指定的经营者进行交易；

（5）没有正当理由搭售商品，或者在交易时附加其他不合理的交易条件；

（6）没有正当理由，对条件相同的交易相对人在交易价格等交易条件上实行差别待遇；

（7）国务院反垄断执法机构认定的其他滥用市场支配地位的行为。

（二）实施滥用市场支配地位的法律责任

1. 行政责任。经营者滥用市场支配地位的，由反垄断执法机构责令停止违法行为，没收违法所得，并处上一年度销售额1%以上10%以下的罚款。对行政处罚不服的可以申请行政复议也可以直接提起行政诉讼。

2. 民事责任。经营者滥用其市场支配地位给他人造成损失的应当承担损害赔偿的民事责任。

考点四　对经营者集中的反垄断审查

两个以上的经营者通过集中可能会形成垄断地位，从而达到垄断市场的效果，因此在两个以上的经营者实施集中行为时应当由反垄断机构对其进行反垄断审查。

（一）经营者集中的情形

1. 经营者合并。即两个以上的经营者（企业）合并成一个经营者的情形。

2. 股权收购。即一个经营者通过取得股权或者资产的方式取得对其他经营者的控制权；

3. 合同控制。即经营者通过合同等方式取得对其他经营者的控制权或者能够对其他经营者施加决定性影响。

（二）经营者实施集中行为前的申报义务

并非所有经营者集中都需要进行申报，只有经营者集中达到国务院规定的申报标准的时才需要向国务院反垄断执法机构申报。未申报的不得实施集中。经营者集中有下列情形之一的，可以不向国务院反垄断执法机构申报：

1. 参与集中的一个经营者拥有其他每个经营者50%以上有表决权的股份或者资产的；

2. 参与集中的每个经营者50%以上有表决权的股份或者资产被同一个未参与集中的经营者拥有的。

（三）反垄断机构审查

1. 初步审查。国务院反垄断执法机构应当自收到经营者提交的集中申报资料之日起30日内，对申报的经营者集中进行初步审查，作出是否实施进一步审查的决定，并书面通知经营者。国务院反垄断执法机构作出决定前，经营者不得实施集中。

国务院反垄断执法机构作出不实施进一步审查的决定或者逾期未作出决定的，经营者可以实施集中。

2. 深度审查。国务院反垄断执法机构决定实施进一步审查的，应当自决定之日起90日内审查完毕，作出是否禁止经营者集中的决定，并书面通知经营者。审查经营者集中，应当考虑下列因素：

（1）参与集中的经营者在相关市场的市场份额及其对市场的控制力；

（2）相关市场的市场集中度；

（3）经营者集中对市场进入、技术进步的影响；

（4）经营者集中对消费者和其他有关经营者的影响；

（5）经营者集中对国民经济发展的影响；

（6）国务院反垄断执法机构认为应当考虑的影响市场竞争的其他因素。

3. 审查决定。经营者集中具有或者可能具有排除、限制竞争效果的，国务院反垄断执法机构应当作出禁止经营者集中的决定。但是，经营者能够证明该集中对竞争产生的有利影响明显大于不利影响，或者符合社会公共利益的，国务院反垄断执法机构可以作出对经营者集中不予禁止的决定。作出禁止经营者集中的决定，应当说明理由。审查期间，经营者不得实施集中。

对不予禁止的经营者集中，国务院反垄断执法机构可以决定附加减少集中对竞争产生不利影响的限制性条件。

国务院反垄断执法机构应当将禁止经营者集中的决定或者对经营者集中附加限制性条件的决定，及时向社会公布。

对于反垄断机构作出的禁止集中或者对集中附加限制性条件的决定，经营者不服的可以申请行政复议，对行政复议不服的可以提起行政诉讼，不得直接提起行政诉讼。

（四）违法集中的法律责任

经营者违反本法规定实施集中的，由国务院反垄断执法机构责令停止实施集中、限期处分股份或者资产、限期转让营业以及采取其他必要措施恢复到集中前的状态，可以处 50 万元以下的罚款。

考点五 滥用行政权力排除或者限制竞争

（一）该种垄断行为的实施主体

构成该种垄断行为的主体有两种：其一是行政机关；其二是法律、法规授权的具有管理公共事务职能的组织。

（二）滥用行政权排除或限制竞争的主要情形

1. 滥用行政权力，限定或者变相限定单位或者个人经营、购买、使用其指定的经营者提供的商品。

2. 滥用行政权力，实施妨碍商品在地区之间的自由流通：

（1）对外地商品设定歧视性收费项目、实行歧视性收费标准，或者规定歧视性价格；

（2）对外地商品规定与本地同类商品不同的技术要求、检验标准，或者对外地商品采取重复检验、重复认证等歧视性技术措施，限制外地商品进入本地市场；

（3）采取专门针对外地商品的行政许可，限制外地商品进入本地市场；

（4）设置关卡或者采取其他手段，阻碍外地商品进入或者本地商品运出；

（5）妨碍商品在地区之间自由流通的其他行为。

3. 滥用行政权力，以设定歧视性资质要求、评审标准或者不依法发布信息等方式，排斥或者限制外地经营者参加本地的招标投标活动。

4. 滥用行政权力，采取与本地经营者不平等待遇等方式，排斥或者限制外地经营者在本地投资或者设立分支机构。

5. 滥用行政权力，强制经营者从事违反《反垄断法》规定的垄断行为。

6. 滥用行政权力，制定含有排除、限制竞争内容的规定。

（三）法律责任

行政机关和法律、法规授权的具有管理公共事务职能的组织滥用行政权力，实施排除、限制竞争行为的，由上级机关责令改正；对直接负责的主管人员和其他直接责任人员依法给予处分。反垄断执法机构可以向有关上级机关提出依法处理的建议。法律、行政法规对行政机关和法律、法规授权的具有管理公共事务职能的组织滥用行政权力实施排除、限制竞争行为的处理另有规定的，依照其规定。

考点六。反垄断调查

（一）反垄断调查的启动

1. 反垄断执法机构可以依职权主动启动调查程序。

2. 依举报而启动反垄断调查。对涉嫌垄断行为，任何单位和个人有权向反垄断执法机构举报。举报采用书面形式并提供相关事实和证据的，反垄断执法机构应当进行必要的调查。反垄断执法机构应当为举报人保密。

（二）反垄断调查程序性要求

1. 反垄断执法机构调查涉嫌垄断行为，执法人员不得少于 2 人，并应当出示执法证件。

执法人员进行询问和调查，应当制作笔录，并由被询问人或者被调查人签字。

2. 调查的经营者、利害关系人有权陈述意见。反垄断执法机构应当对被调查的经营者、利害关系人提出的事实、理由和证据进行核实。

（三）调查措施

反垄断执法机构调查涉嫌垄断行为，可以采取下列措施：

1. 进入被调查的经营者的营业场所或者其他有关场所进行检查；

2. 询问被调查的经营者、利害关系人或者其他有关单位或者个人，要求其说明有关情况；

3. 查阅、复制被调查的经营者、利害关系人或者其他有关单位或者个人的有关单证、协议、会计账簿、业务函电、电子数据等文件、资料；

4. 查封、扣押相关证据；

5. 查询经营者的银行账户。

采取前款规定的措施，应当向反垄断执法机构主要负责人书面报告，并经批准。

（四）调查结果

1. 反垄断执法机构对涉嫌垄断行为调查核实后，认为构成垄断行为的，应当依法作出处理决定，并可以向社会公布。

2. 反垄断执法机构调查的涉嫌垄断行为，被调查的经营者承诺在反垄断执法机构认可的期限内采取具体措施消除该行为后果的，反垄断执法机构可以决定中止调查。中止调查的决定应当载明被调查的经营者承诺的具体内容。反垄断执法机构决定中止调查的，应当对经营者履行承诺的情况进行监督。经营者履行承诺的，反垄断执法机构可以决定终止调查。有下列情形之一的，反垄断执法机构应当恢复调查：

（1）经营者未履行承诺的；

（2）作出中止调查决定所依据的事实发生重大变化的；

（3）中止调查的决定是基于经营者提供的不完整或者不真实的信息作出的。

历年真题与示例

1. 对于国务院反垄断委员会的机构定位和工作职责，下列哪一选项是正确的？（2009 - 1 - 24）

　A. 是承担反垄断执法职责的法定机构

　B. 应当履行协调反垄断行政执法工作的职责

　C. 可以授权国务院相关部门负责反

垄断执法工作

  D. 可以授权省、自治区、直辖市人民政府的相应机构负责反垄断执法工作

答案：B

2. 根据《反垄断法》规定，下列哪些选项不构成垄断协议？（2009－1－66）

  A. 某行业协会组织本行业的企业就防止进口原料时的恶性竞争达成保护性协议

  B. 三家大型房地产公司的代表聚会，就商品房价格达成共识，随后一致采取涨价行动

  C. 某品牌的奶粉含有毒物质的事实被公布后，数家大型零售公司联合声明拒绝销售该产品

  D. 数家大型煤炭企业就采用一种新型矿山安全生产技术达成一致意见

答案：ACD

3. 关于市场支配地位推定制度，下列哪些选项是符合我国《反垄断法》规定的？（2008－1－71）

  A. 经营者在相关市场的市场份额达到1/2的，推定为具有市场支配地位

  B. 两个经营者在相关市场的市场份额合计达到2/3，其中有的经营者市场份额不足1/10的，不应当推定该经营者具有市场支配地位

  C. 三个经营者在相关市场的市场份额合计达到四分之三，其中有两个经营者市场份额合计不足1/5的，不应当推定该两个经营者具有市场支配地位

  D. 被推定具有市场支配地位的经营者，有证据证明不具有市场支配地位的，不应当认定其具有市场支配地位

答案：ABD

4. 滥用行政权力排除、限制竞争的行为，是我国《反垄断法》规制的垄断行为之一。关于这种行为，下列哪些选项是正确的？（2008－1－72）

  A. 实施这种行为的主体，不限于行政机关

  B. 实施这种行为的主体，不包括中央政府部门

  C. 《反垄断法》对这种行为的规制，限定在商品流通和招投标领域

  D. 《反垄断法》对这种行为的规制，主要采用行政责任的方式

答案：AD

第二部分　消费者法

第一章　消费者权益保护法

考点完整提炼

消费者权
益保护法 ┤ 调整对象
消费者的权利
经营者的义务（重点掌握）
侵害消费者权利的责任

考点精析

考点一　《消费者权益保护法》的
适用对象

1. 消费者为生活消费需要购买、使用商品或者接受服务的，适用消费者保护法。所谓消费者，是指为个人生活消费需要购买、使用商品和接受服务的自然人。

2. 农民购买、使用直接用于农业生产的生产资料时，参照消费者保护法执行。

3. 经营者为消费者提供其生产、销售的商品或者提供服务，适用消费者保护法。

考点二　消费者的权利与经营者的
义务

（一）消费者的权利

1. 安全保障权。消费者在购买、使用商品和接受服务时享有人身、财产安全不受损害的权利。

2. 知悉真情权。消费者享有知悉其购买、使用的商品或者接受的服务的真实情况的权利。

3. 自主选择权。消费者享有自主选择商品和服务的权利，包括：①有权自主选择提供商品或者服务的经营者；②有权自主选择商品品种或者服务方式；③有权自主决定是否购买任何一种商品或是否接受任何一项服务。④有权对商品或服务进行比较，鉴别和选择。经营者不得以任何方式干涉消费者行使自主选择权。

4. 公平交易权。公平交易权体现在两个方面：

（1）交易条件公平，即消费者在购买商品或接受服务时，有权获得质量保证、价格合理、计量正确等公平交易条件；

（2）不得强制交易。消费者有权按照真实意愿从事交易活动，对经营者的强制交易行为有权拒绝。

5. 获得赔偿权。《消费者权益保护法》第 11 条的规定，消费者因购买、使用商品或者接受服务受到人身、财产损害的，享有依法获得赔偿的权利。

享有求偿权的主体包括：①商品的购买者、使用者；②服务的接受者；③第三人，指消费者之外的因某种原因在事故发生现场而受到损害的人。求偿的内容包括：①人身损害的赔偿，无论是生命健康还是精神方面的损害均可要求赔偿；②财产损害的赔偿，依照《消费者权益保护法》及《合同法》等相关法律的规定，包括直接损失及可得利益的损失。

6. 结社权。消费者享有依法成立维护自身合法权益的社会团体的权利。

7. 获得相关知识权。消费者享有获得有关消费和消费者权益保护方面的知识的权利。消费知识主要指有关商品和服务的知识；消费者权益保护知识主要指有关消费者权益保护方面及权益受到损害时如何有效解决方面的法律知识。

8. 受尊重权。消费者在购买、使用商品和接受服务时，享有其人格尊严、民族风俗习惯得到尊重的权利。

9. 监督批评权。这种监督权的表现，一是有权对经营者的商品和服务进行监督，在权利受到侵害时有权提出检举或控告；二是有权对国家机关及工作人员的监督，对其在保护消费者权益工作中的违法失职行为进行检举、控告；三是表现为对消费者权益工作的批评、建议权。

示例 朱某在张某经营的化妆品店购买某化妆品公司生产的"雪恩净白祛斑霜"一盒。依据说明使用后，出现浮肿、乏力等症状，被诊断为急性肾炎。下列说法错误的是：

A. 该经营者侵犯了朱某的安全保障权

B. 张某不应当承担赔偿责任

C. 该化妆品公司应该承担赔偿责任

D. 张某应当承担连带赔偿责任

答案：B

2. 经营者的义务。

（1）保证商品和服务安全的义务。经营者应当保证其提供的商品或服务符合保障人身、财产安全的要求。即要求经营者：①对可能危及人身、财产安全的商品和服务，应作出真实说明和明确的警示，标明正确使用及防止危害发生的方法；②经营者发现其提供的商品或者服务存在严重缺陷，即使正确使用或接受服务仍然可能对人身、财产造成危害的，应立即向政府有关部门报告和告知消费者，并采取相应的防范措施。

（2）提供真实信息的义务。经营者不得以虚假宣传误导甚至欺骗消费者。对消费者关于质量、使用方法等问题的询问，经营者应作出明确的、完备的、符合实际的答复。此外，商店提供商品应明码标价，即明确单位数量的价格，以便于消费者选择，同时防止经营者在单位数量或重量价格上随意更改。

（3）标明真实名称和标记的义务。经营者应当标明其真实名称和标记。租赁他人柜台或者场地的经营者，应当标明其真实名称和标记。

（4）出具凭证或单据的义务。经营者提供商品或者服务，应按照国家规定或商业惯例向消费者出具购货凭证或者服务单据；消费者索要购货凭证或者单据的，经营者必须出具。

（5）保证质量的义务。该义务体现在两个方面：①经营者应当保证在正常使用商品或者接受服务的情况下其提供的商品或者服务应当具有的质量、性能、用途和有效期限；但消费者在购买该商品或者接受服务前已经知道其存在瑕疵的除外。②经营者以广告、产品说明、实物样品或者其他方式表明商品或者服务的质量状况的，应当保证提供的商品或者服务的实际质量与表明的质量状况相符。

（6）履行"三包"或其他责任的义务。经营者提供商品或者服务，按照国家规定或者与消费者的约定，承担包修、包换、包退或者其他责任的，应当按照规定或者约定履行，不得故意拖延或者无理拒绝。这里的包修、包换、包退就是人们常说的"三包"。

（7）不得单方作出对消费者不利规定的义务。经营者不得以格式合同、通知、声明、店堂告示等方式作出对消费者不公平、不合理的规定，或者减轻、免除其损害消费者合法权益应当承担的民事责任。经营者的格式合同、通知、声明、店堂告示等含有对消费者不公平、不合理规定的，或者减轻、免除其损害消费者合法权益应当承担的民事责任的，其内容无效。

（8）不得侵犯消费者人格权的义务。消费者的人格尊严和人身自由理应依法获得保障。经营者不得对消费者进行侮辱、诽谤，不得搜查消费者的身体及其携带的物品，不得侵犯消费者的人身自由。

示例 1　经营者的下列哪些行为违反了《消费者权益保护法》的规定？

A. 商家在商场内多处设置监控录像设备，其中包括服装销售区的试衣间

B. 商场的出租柜台更换了承租商户，新商户进场后，未更换原商户设置的名称标牌

C. 顾客以所购商品的价格高于同城其他商店的同类商品的售价为由要求退货，商家予以拒绝

D. 餐馆规定，顾客用餐结账时，餐费低于 5 元的不开发票

答案：ABD

示例 2　甲经贸公司租赁乙大型商场柜台代销丙厂名牌床罩。为提高销售额，甲公司采取了多种促销措施。下列

措施哪一项违反了法律规定？

A. 在摊位广告牌上标明"厂家直销"

B. 在商场显著位置摆放该产品所获的各种奖牌

C. 开展"微利销售"，实行买一送一或者买 100 元返券 50 元

D. 对顾客一周之内来退货"不问理由一概退换"

答案：A

考点三　侵犯消费者合法权益的民事责任

（一）一般规定

经营者提供商品或者服务有下列情形之一的，除本法另有规定外，应当依照《产品质量法》和其他有关法律、法规的规定，承担民事责任：①商品存在缺陷的；②不具备商品应当具备的使用性能而出售时未作说明的；③不符合在商品或者其包装上注明采用的商品标准的；④不符合商品说明、实物样品等方式表明的质量状况的；⑤生产国家明令淘汰的商品或者销售失效、变质的商品的；⑥销售的商品数量不足的；⑦服务的内容和费用违反约定的；⑧对消费者提出的修理、重作、更换、退货、补足商品数量、退还货款和服务费用或者赔偿损失的要求，故意拖延或者无理拒绝的；⑨法律、法规规定的其他损害消费者权益的情形。

（二）特别规则

1. "三包"责任。《消费者权益保护法》第 45 条明确规定，对国家规定或者经营者与消费者约定包修、包换、包退的商品，经营者应当负责修理、更换或者退货。在保修期内两次修理仍不能正常使用的，经营者应当负责更换或

者退货。对于"三包"的大件商品，消费者要求经营者修理、更换、退货的，经营者应当承担运输等合理费用。

2. 邮购商品的民事责任。《消费者权益保护法》规定，经营者以邮购方式提供商品的，应当按照约定提供。未按照约定提供的，应当按照消费者的要求履行约定或者退回货款；并应当承担消费者必须支付的合理费用。

3. 因提供商品或服务造成人身伤害、人格受损、财产损失的民事责任及赔偿范围。

（1）人身伤害的民事责任。经营者提供商品或服务，造成消费者或其他人受伤、残疾、死亡的，应承担下列责任：①造成消费者或者其他受害人人身伤害的，应当支付医疗费、治疗期间的护理费、因误工减少的收入等费用；②造成残疾的，除上述费用外，还应支付残疾者生活自助具费、生活补助费、残疾赔偿金以及由其抚养的人所必需的生活费等费用；③造成消费者或其他受害人死亡的，应当支付丧葬费、死亡赔偿金以及由死者生前抚养的人所必需的生活费用。

（2）侵犯消费者人格尊严、人身自由的民事责任。《消费者权益保护法》第14条规定消费者享有人格尊严，第25条规定经营者不得对消费者侮辱、诽谤，不得侵犯消费者的人身自由。违反上述规定的，经营者应当停止侵害、恢复名誉、消除影响、赔礼道歉，并赔偿损失。

（3）财产损害的民事责任。经营者提供商品或者服务，造成消费者财产损害的，应当以修理、重作、更换、退货、补足商品数量、退还货款和服务费

用或者赔偿损失等方式承担民事责任。同时，《消费者权益保护法》承认并尊重消费者与经营者的自由订约权。当双方对财产损害的补偿有约定的，可按照约定履行。

4. 对欺诈行为的惩罚性损害赔偿。《消费者权益保护法》第49条规定：经营者提供商品或者服务有欺诈行为的，应当按照消费者的要求增加赔偿其受到的损失，增加赔偿的金额为消费者购买商品的价格或者接受服务的费用的一倍。

（三）责任承担的方式

1. 销售者的先行赔付义务。消费者在购买、使用商品时，其合法权益受到损害的，可以向销售者要求赔偿。

销售者赔偿后，属于生产者的责任或者属于向销售者提供商品的其他销售者的责任的，销售者有权向生产者或者其他销售者追偿。

2. 生产者与销售者的连带责任。消费者或者其他受害人因商品缺陷造成人身、财产损害的，可以向销售者要求赔偿，也可以向生产者要求赔偿。属于生产者责任的，销售者赔偿后，有权向生产者追偿。属于销售者责任的，生产者赔偿后，有权向销售者追偿。此时，销售者与生产者被看做一个整体，对消费者承担连带责任。

3. 消费者在接受服务时，其合法权益受到损害时，可以向服务者要求赔偿。

4. 营业执照持有人与租借人的赔偿责任。使用他人营业执照的违法经营者提供商品或者服务，损害消费者合法权益的，消费者可向其要求赔偿，也可以向营业执照的持有人要求赔偿。

5. 展销会举办者、柜台出租者的特殊责任。消费者在展销会、租赁柜台购买商品或者接受服务，其合法权益受到损害的，可以向销售者或服务者要求赔偿，展销会结束或者柜台租赁期满后，也可以向展销会的举办者、柜台的出租者要求赔偿。展销会的举办者、柜台的出租者赔偿后，有权向销售者或者服务者追偿。

6. 虚假广告的广告主与广告经营者的责任。当消费者因虚假广告而购买、使用商品或者接受服务时，若合法权益受到损害，可以向利用虚假广告提供商品或服务的经营者要求赔偿。广告的经营者发布虚假广告的，消费者可以请求行政主管部门予以惩处。广告的经营者不能提供经营者的真实名称、地址的，应当承担赔偿责任。

示例　程某在上海某商业公司购买了一台型号为 WRT33 冰箱。商行开具的发票上载明：品名规格惠尔浦 268 升。冰箱送到家后，程某发现，随机的产品说明书及保修卡上均印有上菱电器有限公司字样，程某向商行询问后得到的解释是，该产品是惠尔浦公司委托上菱电器公司生产的外销产品，并委托上菱公司负责售后服务。程某之后了解到惠尔浦公司未曾在中国大陆境内销售过该型号的冰箱。冰箱使用不久后便起火，后无法正常使用。以下说法正确的是：

A. 程某可以向上海某商业公司要求赔偿

B. 程某也可以直接要求该冰箱的生产商赔偿

C. 该商业公司的虚假陈述构成了欺诈

D. 该商业公司应当双倍赔偿程某，并且可以向生产商追偿全部赔偿款

答案：ABC

 历年真题与示例

1. 某公司生产销售一款新车，该车在有些新设计上不够成熟，导致部分车辆在驾驶中出现故障，甚至因此造成交通事故。事后，该公司拒绝就故障原因做出说明，也拒绝对受害人提供赔偿。该公司的行为侵犯了消费者的哪些权利？（2007 - 1 - 66）

A. 安全保障权

B. 知悉真情权

C. 公平交易权

D. 获取赔偿权

答案：ABD

2. 某大型商场在商场各醒目处张贴海报：本商场正以 3 折的价格处理一批因火灾而被水浸过的商品。消费者葛某见后，以 488 元购买了一件原价 1464 元的名牌女皮衣。该皮衣穿后不久，表面出现严重的泛碱现象。葛某要求商场退货，被拒绝。下列哪些说法是正确的？（2006 - 1 - 69）

A. 商场不承担退货责任

B. 商场应当承担退货责任

C. 商场可以不退货，但应当允许葛某用该皮衣调换一件价值 488 元的其他商品

D. 商场可以对该皮衣进行修复处理并收取适当的费用

答案：AD

第二章 产品质量法

考点完整提炼

产品质量法 {
适用范围
生产者的义务
产品责任（重点掌握）
产品质量法上的其他责任
}

法条依据串烧

《产品质量法》第26条 生产者应当对其生产的产品质量负责。

产品质量应当符合下列要求：

（一）不存在危及人身、财产安全的不合理的危险，有保障人体健康和人身、财产安全的国家标准、行业标准的，应当符合该标准；

（二）具备产品应当具备的使用性能，但是，对产品存在使用性能的瑕疵作出说明的除外；

（三）符合在产品或者其包装上注明采用的产品标准，符合以产品说明、实物样品等方式表明的质量状况。

《产品质量法》第27条 产品或者其包装上的标识必须真实，并符合下列要求：

（一）有产品质量检验合格证明；

（二）有中文标明的产品名称、生产厂厂名和厂址；

（三）根据产品的特点和使用要求，需要标明产品规格、等级、所含主要成份的名称和含量的，用中文相应予以标明；需要事先让消费者知晓的，应当在外包装上标明，或者预先向消费者提供有关资料；

（四）限期使用的产品，应当在显著位置清晰地标明生产日期和安全使用期或者失效日期；

（五）使用不当，容易造成产品本身损坏或者可能危及人身、财产安全的产品，应当有警示标志或者中文警示说明。

裸装的食品和其他根据产品的特点难以附加标识的裸装产品，可以不附加产品标识。

《产品质量法》第40条 售出的产品有下列情形之一的，销售者应当负责修理、更换、退货；给购买产品的消费者造成损失的，销售者应当赔偿损失：

（一）不具备产品应当具备的使用性能而事先未作说明的；

（二）不符合在产品或者其包装上注明采用的产品标准的；

（三）不符合以产品说明、实物样品等方式表明的质量状况的。

销售者依照前款规定负责修理、更换、退货、赔偿损失后，属于生产者的责任或者属于向销售者提供产品的其他销售者（以下简称供货者）的责任的，销售者有权向生产者、供货者追偿。

销售者未按照第1款规定给予修理、更换、退货或者赔偿损失的，由产品质量监督部门或者工商行政管理部门责令改正。

生产者之间，销售者之间，生产者与销售者之间订立的买卖合同、承揽合同有不同约定的，合同当事人按照合同约定执行。

《产品质量法》第41条 因产品存在缺陷造成人身、缺陷产品以外的其他财产（以下简称他人财产）损害的，生产者应当承担赔偿责任。

生产者能够证明有下列情形之一

的，不承担赔偿责任：

（一）未将产品投入流通的；

（二）产品投入流通时，引起损害的缺陷尚不存在的；

（三）将产品投入流通时的科学技术水平尚不能发现缺陷的存在的。

《产品质量法》第 43 条　因产品存在缺陷造成人身、他人财产损害的，受害人可以向产品的生产者要求赔偿，也可以向产品的销售者要求赔偿。属于产品的生产者的责任，产品的销售者赔偿的，产品的销售者有权向产品的生产者追偿。属于产品的销售者的责任，产品的生产者赔偿的，产品的生产者有权向产品的销售者追偿。

◆ 考点精析

✎ 考点一　《产品质量法》的适用范围

在我国境内从事产品生产、销售活动的企业、其他组织和个人（包括外国人）均必须遵守《产品质量法》。所谓产品是指经过加工、制作，用于销售的产品。不适用《产品质量法》的情况：①天然的物品；②非用于销售的物品；③建设工程；④军工产品。但是建设工程所用的建筑材料、建筑构配件和设备、军工企业生产的民用产品，适用该法的规定。

✎ 考点二　生产者的义务

（一）积极义务

1. 产品质量应符合下列要求：①不存在危及人身、财产安全的不合理危险，有国家标准、行业标准的应当符合该标准。②具备产品应当具备的使用性能，但是对产品存在使用性能的瑕疵作

出说明的除外。③符合在产品或者其包装上注明采用的产品标准，符合以产品说明、实物样品的方式表明的质量状况。

2. 包装及产品标识应当符合下列要求：

特殊产品（如易碎、易燃、易爆的物品，有毒、有腐蚀性、有放射性的物品，其他危险物品，储运中不能倒置和有其他特殊要求的产品）其标识、包装质量必须符合相应的要求，依照规定作出警示标志或者中文警示说明。

普通产品，应有产品质量检验的合格证明，有中文标明的产品名称、生产厂的厂名和地址；根据需要标明产品规格、等级、主要成分；限期使用的产品，应标明生产日期和安全使用期或者失效日期；产品本身易坏或者可能危及人身、财产安全的产品，有警示标志或者中文警示说明。

（二）消极义务

1. 不得生产国家明令淘汰的产品；

2. 不得伪造产地，不得伪造或者冒用他人的厂名、厂址；

3. 不得伪造或者冒用认证标志、名优标志等质量标志；

4. 不得掺杂、掺假，不得以假充真、以次充好，不得以不合格产品冒充合格产品。

🎤 历年真题与示例

下列哪些产品的包装不符合产品质量法的要求？（2002 - 1 - 50）

A. 某商场销售的"三星"彩电只有韩文和英文的说明书

B. 某厂生产的火腿肠没有标明厂址

C. 某厂生产的香烟上没有标明"吸烟有

害身体健康"

D. 某厂生产的瓶装葡萄酒没有标明酒精度

答案：ABCD

考点三　产品责任

（一）产品责任的成立

1. 生产者的严格责任。生产者对于消费者的产品责任是一种侵权责任，是特殊侵权责任即归责原则上采纳无过错责任原则，也就是说无论产品瑕疵是否因为生产者的过错而产生均应对该产品的瑕疵所造成的人身和财产损失承担赔偿责任。生产者产品责任的构成要件：①必须产品本身有瑕疵；②必须消费者的人身或者产品以外的其他财产受有损害；③必须该损害和产品瑕疵之间具有因果关系。

产品责任虽然是无过错责任但却不是绝对责任，因此具有免责事由：①未将产品投入流通的；②产品投入流通时，引起损害的缺陷尚不存在的；③将产品投入流通时的科学技术水平尚不能发现缺陷的存在的。

2. 销售者的过错责任。由于销售者的过错使产品存在缺陷，造成人身、他人财产损害的，销售者应当承担赔偿责任。销售者不能指明缺陷产品的生产者也不能指明缺陷产品的供货者的，应当承担赔偿责任。

（二）损害赔偿

1. 生产者与销售者的连带责任。

（1）因产品存在缺陷造成人身、其他财产损害的，受害人可以向产品的生产者要求赔偿，也可以向产品的销售者要求赔偿。

（2）承担完连带责任后的追偿。属于产品的生产者的责任，产品的销售者赔偿后，有权向产品的生产者追偿。属于产品的销售者的责任，产品的生产者赔偿后，有权向产品的销售者追偿。

2. 赔偿范围。

人身伤害的赔偿范围。分为三种情况：①产品缺陷造成受害人人身伤害的，侵害人应当赔偿：医疗费，治疗期间的护理费，因误工减少的收入等费用；②造成残疾的，还应支付残疾者的生活自助具费，生活补助费，残疾赔偿金，由其抚养的人所必需的生活费等；③造成受害人死亡的，并应当支付丧葬费，死亡赔偿金，由死者生前抚养的人所必需的生活费等。

财产损害的赔偿范围。对于因产品缺陷造成受害人财产损失的，《产品质量法》规定侵害人应当恢复原状或者折价赔偿；受害人因此遭受重大损失的，侵害人应当赔偿损失。

（三）诉讼时效

1. 因产品缺陷造成损害要求赔偿的诉讼时效期间为2年，自当事人知道或者应当知道其权益受到损害时起计算。

2. 因产品存在缺陷造成损害要求赔偿的请求权，在造成损害的缺陷产品交付最初用户、消费者满10年丧失；但是，尚未超过明示的安全使用期的除外。

示例1　张某从甲商场购买一电热毯，电热毯为乙厂所产。使用中电热毯发生漏电，致使房间着火，烧毁价值5000元的财产，张某本人也被烧伤致残。下列何种表述是正确的？

A. 甲商场和乙厂应对张某的损失承担连带责任

B. 张某因身体伤害要求赔偿的诉讼时效为1年

C. 张某可以向被告请求精神损害赔偿

D. 张某遭受的财产损失不属于产品责任，而属于违约责任

答案：AC

示例2 下列关于产品责任的表述中哪些是正确的？

A. 缺陷产品的生产者应对因该产品造成的他人人身、财产损害承担无过错责任

B. 缺陷产品造成他人人身、财产损害的，该产品的销售者和生产者承担连带责任

C. 因缺陷产品造成损害要求赔偿的诉讼时效为1年

D. 销售者不能指明缺陷产品的生产者也不能指明其供货者的，应承担赔偿责任

答案：ABD

考点四 产品质量法上的其他法律责任

（一）产品质量的瑕疵担保责任

1. 销售者的先行负责及赔偿义务。售出的产品有下列情形之一的，销售者应当负责修理、更换、退货；给购买产品的消费者造成损失的，销售者应当赔偿损失：①不具备产品应当具备的使用性能而事先未作说明的；②不符合在产品或者其包装上注明采用的产品标准的；③不符合以产品说明、实物样品等方式表明的质量状况的。

2. 销售者的追偿权。销售者负责修理、更换、退货、赔偿损失后，属于生产者的责任或者属于向销售者提供产品的其他销售者（以下简称供货者）的责任的，销售者有权向生产者、供货者追偿。

特别嘱咐 产品质量瑕疵担保责任与《合同法》中买卖合同中的瑕疵担保责任一脉相承，其与产品质量责任是不同的，产品质量责任要求因产品瑕疵而造成消费者人身或者产品以外的其他损失，而瑕疵担保责任只要产品有瑕疵即可。

（二）社会团体、社会中介机构的承诺、保证责任

《产品质量法》第58条规定，社会团体、社会中介机构对产品质量作出承诺和保证，而该产品又不符合其承诺、保证的质量要求，给消费者造成损失的，与生产者、销售者承担连带责任。

示例 甲从国外低价购得一项未获当地政府批准销售的专利产品"近视治疗仪"。甲将产品样品和技术资料提交给我国X市卫生局指定的医疗产品检验机构。该机构未作任何检验，按照甲书写的文稿出具了该产品的检验合格报告。随后，该市退休医师协会的秘书长乙又以该协会的名义出具了该产品的质量保证书。该产品投入市场后，连续造成多起青少年因使用该产品致眼睛严重受损的事件。现除要求追究甲的刑事责任外，受害者还可以采用哪些民事补救方法？

A. 要求甲承担损害赔偿责任

B. 要求该卫生局承担连带赔偿责任

C. 要求该检验机构承担连带赔偿责任

D. 要求该退休医师协会承担连带赔偿责任

答案：ACD

历年真题与示例

1. 张某到一美容院作美容，美容院使用甲厂生产的"水洁"牌护肤液为其做

脸部护理，结果因该护肤液系劣质产品而致张某脸部皮肤严重灼伤，张某为此去医院治疗，花去近5000元医药费。关于此事例，下列哪些选项是正确的？（2007－1－65）

A. 张某有权要求美容院赔偿医药费

B. 张某有权要求甲厂赔偿医药费

C. 张某若向美容院索赔，可同时请求精神损害赔偿

D. 美容院若向张某承担了责任，则其可以向甲厂追偿

答案：ABCD

2. 关于产品缺陷责任，下列哪一选项符合《产品质量法》的规定？（2008－1－25）

A. 基于产品缺陷的更换、退货等义务属于合同责任，因产品缺陷致人损害的赔偿义务属于侵权责任

B. 产品缺陷责任的主体应当与受害者有合同关系

C. 产品缺陷责任一律适用过错责任原则

D. 产品质量缺陷责任一律适用举证责任倒置

答案：A

第三章　食品安全法

考点精析

考点一 适用范围

《食品安全法》第2条规定，在中华人民共和国境内从事下列活动，应当遵守本法：

（一）食品生产和加工（以下称食品生产），食品流通和餐饮服务（以下称食品经营）；

（二）食品添加剂的生产经营；

（三）用于食品的包装材料、容器、洗涤剂、消毒剂和用于食品生产经营的工具、设备（以下称食品相关产品）的生产经营；

（四）食品生产经营者使用食品添加剂、食品相关产品；

（五）对食品、食品添加剂和食品相关产品的安全管理。

供食用的源于农业的初级产品（以下称食用农产品）的质量安全管理，遵守《中华人民共和国农产品质量安全法》的规定。但是，制定有关食用农产品的质量安全标准、公布食用农产品安全有关信息，应当遵守本法的有关规定。

考点二 食品安全标准制度

食品安全标准是强制执行的标准。除食品安全标准外，不得制定其他的食品强制性标准。

（一）制定机关

1. 国家标准。食品安全国家标准由国务院卫生行政部门负责制定、公布，国务院标准化行政部门提供国家标准编号。

食品中农药残留、兽药残留的限量规定及其检验方法与规程由国务院卫生行政部门、国务院农业行政部门制定。

屠宰畜、禽的检验规程由国务院有关主管部门会同国务院卫生行政部门制定。

有关产品国家标准涉及食品安全国家标准规定内容的，应当与食品安全国家标准相一致。

2. 地方标准。没有食品安全国家标准的，可以制定食品安全地方标准。省、自治区、直辖市人民政府卫生行政部门组织制定食品安全地方标准，应当

参照执行本法有关食品安全国家标准制定的规定，并报国务院卫生行政部门备案。

3. 企业标准。企业生产的食品没有食品安全国家标准或者地方标准的，应当制定企业标准，作为组织生产的依据。国家鼓励食品生产企业制定严于食品安全国家标准或者地方标准的企业标准。企业标准应当报省级卫生行政部门备案，在本企业内部适用。

（二）制定程序

食品安全国家标准应当经食品安全国家标准审评委员会审查通过。食品安全国家标准审评委员会由医学、农业、食品、营养等方面的专家以及国务院有关部门的代表组成。

制定食品安全国家标准，应当依据食品安全风险评估结果并充分考虑食用农产品质量安全风险评估结果，参照相关的国际标准和国际食品安全风险评估结果，并广泛听取食品生产经营者和消费者的意见。

考点三 生产经营的食品条件

（一）积极条件

食品生产经营应当符合食品安全标准，并符合下列要求：

1. 具有与生产经营的食品品种、数量相适应的食品原料处理和食品加工、包装、贮存等场所，保持该场所环境整洁，并与有毒、有害场所以及其他污染源保持规定的距离；

2. 具有与生产经营的食品品种、数量相适应的生产经营设备或者设施，有相应的消毒、更衣、盥洗、采光、照明、通风、防腐、防尘、防蝇、防鼠、防虫、洗涤以及处理废水、存放垃圾和废弃物的设备或者设施；

3. 有食品安全专业技术人员、管理人员和保证食品安全的规章制度；

4. 具有合理的设备布局和工艺流程，防止待加工食品与直接入口食品、原料与成品交叉污染，避免食品接触有毒物、不洁物；

5. 餐具、饮具和盛放直接入口食品的容器，使用前应当洗净、消毒，炊具、用具用后应当洗净，保持清洁；

6. 贮存、运输和装卸食品的容器、工具和设备应当安全、无害，保持清洁，防止食品污染，并符合保证食品安全所需的温度等特殊要求，不得将食品与有毒、有害物品一同运输；

7. 直接入口的食品应当有小包装或者使用无毒、清洁的包装材料、餐具；

8. 食品生产经营人员应当保持个人卫生，生产经营食品时，应当将手洗净，穿戴清洁的工作衣、帽；销售无包装的直接入口食品时，应当使用无毒、清洁的售货工具；

9. 用水应当符合国家规定的生活饮用水卫生标准；

10. 使用的洗涤剂、消毒剂应当对人体安全、无害；

11. 法律、法规规定的其他要求。

（二）禁止性条件

经营者不得经营下列食品：

1. 用非食品原料生产的食品或者添加食品添加剂以外的化学物质和其他可能危害人体健康物质的食品，或者用回收食品作为原料生产的食品；

2. 致病性微生物、农药残留、兽药残留、重金属、污染物质以及其他危害人体健康的物质含量超过食品安全标准限量的食品；

3. 营养成分不符合食品安全标准的

专供婴幼儿和其他特定人群的主辅食品；

4. 腐败变质、油脂酸败、霉变生虫、污秽不洁、混有异物、掺假掺杂或者感官性状异常的食品；

5. 病死、毒死或者死因不明的禽、畜、兽、水产动物肉类及其制品；

6. 未经动物卫生监督机构检疫或者检疫不合格的肉类，或者未经检验或者检验不合格的肉类制品；

7. 被包装材料、容器、运输工具等污染的食品；

8. 超过保质期的食品；

9. 无标签的预包装食品；

10. 国家为防病等特殊需要明令禁止生产经营的食品；

11. 其他不符合食品安全标准或者要求的食品。

考点四 食品监督管理措施

县级以上质量监督、工商行政管理、食品药品监督管理部门履行各自食品安全监督管理职责，有权采取下列措施：

（1）进入生产经营场所实施现场检查；

（2）对生产经营的食品进行抽样检验；

（3）查阅、复制有关合同、票据、账簿以及其他有关资料；

（4）查封、扣押有证据证明不符合食品安全标准的食品，违法使用的食品原料、食品添加剂、食品相关产品，以及用于违法生产经营或者被污染的工具、设备；

（5）查封违法从事食品生产经营活动的场所。

考点五 食品安全风险监测和评估

（一）食品安全风险监测

1. 国家建立食品安全风险监测制度，对食源性疾病、食品污染以及食品中的有害因素进行监测。

2. 国务院卫生行政部门会同国务院有关部门制定、实施国家食品安全风险监测计划。

国务院农业行政、质量监督、工商行政管理和国家食品药品监督管理等有关部门获知有关食品安全风险信息后，应当立即向国务院卫生行政部门通报。国务院卫生行政部门会同有关部门对信息核实后，应当及时调整食品安全风险监测计划。

（二）食品安全评估

1. 国家建立食品安全风险评估制度，对食品、食品添加剂中生物性、化学性和物理性危害进行风险评估。食品安全风险评估结果是制定、修订食品安全标准和对食品安全实施监督管理的科学依据。

食品安全风险评估结果得出食品不安全结论的，国务院质量监督、工商行政管理和国家食品药品监督管理部门应当依据各自职责立即采取相应措施，确保该食品停止生产经营，并告知消费者停止食用；需要制定、修订相关食品安全国家标准的，国务院卫生行政部门应当立即制定、修订。

2. 国务院卫生行政部门负责组织食品安全风险评估工作，成立由医学、农业、食品、营养等方面的专家组成的食品安全风险评估专家委员会进行食品安全风险评估。

3. 国务院卫生行政部门通过食品安全风险监测或者接到举报发现食品可能

存在安全隐患的，应当立即组织进行检验和食品安全风险评估。

考点六　违反食品管理法的法律责任

（一）违反经营许可证制度的法律责任

未经许可从事食品生产经营活动，或者未经许可生产食品添加剂的应当承担如下法律责任：

1. 由有关主管部门没收违法所得、违法生产经营的食品、食品添加剂和用于违法生产经营的工具、设备、原料等物品；

2. 罚款。违法生产经营的食品、食品添加剂货值金额不足 1 万元的，并处 2000 元以上 5 万元以下罚款；货值金额 1 万元以上的，并处货值金额 5 倍以上 10 倍以下罚款。

（二）违法经营食品法律责任

此种食品违法责任分成两种情形：

1. 有下列情形之一的，由有关主管部门按照各自职责分工，没收违法所得、违法生产经营的食品和用于违法生产经营的工具、设备、原料等物品；违法生产经营的食品货值金额不足 1 万元的，并处 2000 元以上 5 万元以下罚款；货值金额 1 万元以上的，并处货值金额 5 倍以上 10 倍以下罚款；情节严重的，吊销许可证：

（1）用非食品原料生产食品或者在食品中添加食品添加剂以外的化学物质和其他可能危害人体健康的物质，或者用回收食品作为原料生产食品；

（2）生产经营致病性微生物、农药残留、兽药残留、重金属、污染物质以及其他危害人体健康的物质含量超过食品安全标准限量的食品；

（3）生产经营营养成分不符合食品安全标准的专供婴幼儿和其他特定人群的主辅食品；

（4）经营腐败变质、油脂酸败、霉变生虫、污秽不洁、混有异物、掺假掺杂或者感官性状异常的食品；

（5）经营病死、毒死或者死因不明的禽、畜、兽、水产动物肉类，或者生产经营病死、毒死或者死因不明的禽、畜、兽、水产动物肉类的制品；

（6）经营未经动物卫生监督机构检疫或者检疫不合格的肉类，或者生产经营未经检验或者检验不合格的肉类制品；

（7）经营超过保质期的食品；

（8）生产经营国家为防病等特殊需要明令禁止生产经营的食品；

（9）利用新的食品原料从事食品生产或者从事食品添加剂新品种、食品相关产品新品种生产，未经过安全性评估；

（10）食品生产经营者在有关主管部门责令其召回或者停止经营不符合食品安全标准的食品后，仍拒不召回或者停止经营的。

2. 有下列情形之一的，由有关主管部门按照各自职责分工，没收违法所得、违法生产经营的食品和用于违法生产经营的工具、设备、原料等物品；违法生产经营的食品货值金额不足 1 万元的，并处 2000 元以上 5 万元以下罚款；货值金额 1 万元以上的，并处货值金额 2 倍以上 5 倍以下罚款；情节严重的，责令停产停业，直至吊销许可证：

（1）经营被包装材料、容器、运输工具等污染的食品；

（2）生产经营无标签的预包装食

品、食品添加剂或者标签、说明书不符合本法规定的食品、食品添加剂；

（3）食品生产者采购、使用不符合食品安全标准的食品原料、食品添加剂、食品相关产品；

（4）食品生产经营者在食品中添加药品。

（三）违法食品管理制度的法律责任

有下列情形之一的，由有关主管部门按照各自职责分工，责令改正，给予警告；拒不改正的，处 2000 元以上 2 万元以下罚款；情节严重的，责令停产停业，直至吊销许可证：

（1）未对采购的食品原料和生产的食品、食品添加剂、食品相关产品进行检验；

（2）未建立并遵守查验记录制度、出厂检验记录制度；

（3）制定食品安全企业标准未依照本法规定备案；

（4）未按规定要求贮存、销售食品或者清理库存食品；

（5）进货时未查验许可证和相关证明文件；

（6）生产的食品、食品添加剂的标签、说明书涉及疾病预防、治疗功能；

（7）安排患有本法第 34 条所列疾病的人员从事接触直接入口食品的工作。

历年真题与示例

关于国家食品安全风险监测制度，下列哪些表述是正确的？（2009－1－67）

A. 食品安全风险监测制度以食源性疾病、食品污染以及食品中的有害因素为监测对象

B. 食品安全风险监测计划由国务院卫生行政部门会同有关部门制定、实施

C. 通过食品安全风险监测发现食品安全隐患时，国务院卫生行政部门应当立即进行检验和食品安全风险评估

D. 食品安全风险监测信息是制定、修订食品安全标准和对食品安全实施监督管理的科学依据

答案：ABC

第三部分　银行法

第一章　商业银行法

考点完整提炼

商业
银行法
{ 商业银行的地位和组织形式
商业银行的设立
商业银行的管理
贷款法律制度
接管、清算、终止
法律责任责任

考点精析

考点一　商业银行的法律地位和组织形式

（一）商业银行的概念

商业银行是指依照《商业银行法》和《公司法》规定的条件和程序，设立的吸收公众存款、发放贷款、办理结算等金融业务，具有独立的民事权利能力和民事行为能力的企业法人。

（二）商业银行的组织形式和法律适用

在组织形式上银行是公司的一种，是一种特殊的公司，是以吸收存款与发放贷款为其主要业务的公司。由于公司有有限责任公司和股份有限公司，因此商业银行的组织形式也有两种：有限责任公司和股份有限公司。

由于银行是公司所以应当适用《公司法》的有关规定，由于银行是特殊的公司所以其有与公司特殊的地方，因此也应当适用有关银行的特殊法律规范，即《商业银行法》的规定。当《公司法》与《银行法》的规定有所不同时应当优先适用《银行法》的规定。

考点二　商业银行的设立

（一）设立商业银行的条件

（1）有符合《商业银行法》和公司法规定的章程。

（2）可行性研究报告。

（3）符合法定最低要求的注册资本。设立全国性商业银行的注册资本最低限额为 10 亿元人民币。设立城市商业银行的注册资本最低限额为 1 亿元人民币，设立农村商业银行的注册资本最低限额为 5000 万元人民币。注册资本应当是实缴资本。国务院银行业监督管理机构根据审慎监管的要求可以调整注册资本最低限额，但不得少于前款规定的限额。

（4）有符合要求的从业人员及任职资格，有具备任职专业知识和业务工作经验的董事、高级管理人员。

（5）有健全的组织机构和管理制度。其组织机构完全依照公司法的规范加以确定，对此参见《公司法》。

（6）有符合法律法规要求的营业场所、安全防范设备和其他设施。

（二）商业银行从业人员的任职资格限制

（1）关于法定代表人的限制：商业银行的法定代表人必须是中华人民共和

国公民，法定代表人和主要负责人须与党政机关脱钩，并不得兼任企业事业单位的法定代表人和主要负责人。

（2）关于董事和高级管理人员的任职限制，下列人员不得担任：①因犯有贪污、贿赂、侵占财产罪或者破坏社会经济秩序罪受刑事处分的；②担任因经营管理不善破产清算的企业的董事或者厂长、经理，并对该企业的破产负有个人责任的；③担任因违法被吊销营业执照的企业的法定代表人，并负有个人责任的；个人所负数额较大的债务到期未清偿的。

特别嘱咐　银行法上董事经理、任职资格的限制与公司法上的限制有所区别，即这些情形没有年限上的限制。

	公司法上的公司	银　行	证券公司
	无民事行为能力或者限制民事行为能力		无民事行为能力或者限制民事行为能力
	个人所负数额较大的债务到期未清偿		个人所负数额较大的债务到期未清偿
证券公司与普通公司同银行有所差别	因贪污、贿赂、侵占财产、挪用财产或者破坏社会主义市场经济秩序，被判处刑罚，执行期满未逾5年，或者因犯罪被剥夺政治权利，执行期满未逾5年	因犯有贪污、贿赂、侵占财产罪或者破坏社会经济秩序罪受刑事处分的	因贪污、贿赂、侵占财产、挪用财产或者破坏社会主义市场经济秩序，被判处刑罚，执行期满未逾五年，或者因犯罪被剥夺政治权利，执行期满未逾5年
证券公司与普通公司同、银行有所差别	担任破产清算的公司、企业的董事或者厂长、经理，对该公司、企业的破产负有个人责任的，自该公司、企业破产清算完结之日起未逾3年	担任因经营管理不善破产清算的企业的董事或者厂长、经理，并对该企业的破产负有个人责任的	担任破产清算的公司、企业的董事或者厂长、经理，对该公司、企业的破产负有个人责任的，自该公司、企业破产清算完结之日起未逾3年
证券公司与普通公司同、银行有所差别	担任因违法被吊销营业执照、责令关闭的公司、企业的法定代表人，并负有个人责任的，自该公司、企业被吊销营业执照之日起未逾3年	担任因违法被吊销营业执照的企业的法定代表人，并负有个人责任的；个人所负数额较大的债务到期未清偿的	担任因违法被吊销营业执照、责令关闭的公司、企业的法定代表人，并负有个人责任的，自该公司、企业被吊销营业执照之日起未逾3年
证券公司特有的			因违法行为或者违纪行为被解除职务的证券交易所、证券登记结算机构的负责人或者证券公司的董事、监事、高级管理人员，自被解除职务之日起未逾5年

续表

	公司法上的公司	银 行	证券公司
证券公司特有的限制			因违法行为或者违纪行为被撤销资格的律师、注册会计师或者投资咨询机构、财务顾问机构、资信评级机构、资产评估机构、验证机构的专业人员，自被撤销资格之日起未逾 5 年
证券公司特有的限制	国家机关工作人员和法律、行政法规规定的禁止在公司中兼职的其他人员，不得在证券公司中兼任职务		

（三）设立银行业金融机构的程序

（1）设立银行业金融机构的申请。根据《商业银行法》第 15 条的规定，申请人应当填写正式申请表，并提交下列文件资料：①章程草案；②拟任职的董事和高级管理人员的资格证明；③法定验资机构出具的验资证明；④股东名册及其出资额、股份；⑤持有注册资本 5% 以上的股东的资信证明和有关资料；⑥经营方针和计划；⑦营业场所、安全防范措施和与业务有关的其他设施的资料；⑧银监会规定的其他文件资料。

（2）审批。符合法定条件的由银监会颁发经营许可证并公告，凭许可证向工商局办理企业登记，领取营业执照。

（3）经批准设立的分支机构由银监会颁发经营许可证并公告，分支机构凭许可证向工商局办理登记，领取营业执照。商业银行的分支机构不具有法人资格，在商业银行总行的授权范围内依法开展业务，民事责任由总行承担，总行对其分支机构实行全行统一核算、统一调度资金、分级管理的财务制度。

（四）设立商业银行分支机构的条件

（1）设立商业银行的分支机构须报银监会批准，在境内的分支机构不按行政区划定，由商业银行总行根据业务发展需要自行决定。

（2）对分支机构拨付资金的限制。商业银行在境内设立分支机构，应当按照规定拨付与其经营规模相适应的营运资金，所拨付的营运资金额的总和，不得超过总行资本金总额的 60%。

（3）申请文件。设立商业银行的分支机构的申请人须向银监会提交下列文件资料：申请书，申请人最近 2 年的财务会计报表，拟任职的高级管理人员的资格证明，经营方针和计划，营业场所、安全防范措施和与业务有关的其他设施的资料，以及银监会规定的其他文件、资料。

考点三。 商业银行的管理

（一）商业银行的资产负债管理

1. 流动性管理和准备金管理。流动性是指银行在资产无损的情况下迅速变现的能力；准备金是指银行持有的现金资产和短期有价证券。如现金资产比重过高会降低银行收益，而过低则可能引起支付危机。因此，准备金管理就是保持适度的现金资产，以争取收益最大化和风险最小化。

2. 投资管理和贷款管理。商业银行的投资主要是购入各种有价证券（不包括股票），以便在贷款效益低时能维持银行利润，因此管理重点是有价证券的期限和利率。

3. 对贷款的项目管理：贷款的原则及审查。《贷款通则》要求各商业银行对信贷业务实行审贷分离，分级审批制度。审查的内容：借款用途，偿还能力，还款方式。对贷款项目实行贷前调查，贷时审查和贷后检查。任何单位和个人不得强令商业银行发放贷款或者提供担保。

贷款担保。银行应当对保证人的偿还能力，抵押物、质物的权属和价值进行实质性审查，除了对少数资信情况优良的借款人可以实行信用贷款外，对其余借款人均需提供有效担保。为防范人为的信贷风险，《商业银行法》规定对银行的关系人贷款不得采用信用贷款形式。

（二）资产负债比例管理制度

（1）资本充足率。商业银行的资本总额与加权风险资产总额的比例不得低于8%，其中核心资本不得低于4%，附属资本不能超过核心资本。

（2）存贷款比例。商业银行的各项贷款与各项存款之比不得超过75%。

（3）中长期贷款比例。商业银行1年期以上（含1年期）的中长期贷款与1年期以上的存款之比不得超过120%。

（4）资产流动性比例。流动资产（指在1个月内可以变现的资产）与各项流动性负债（指在1个月内到期的存款和同业净拆入款）的比例不得低于25%。其中流动性资产包括库存现金、在央行存款、存放同业款、国库券、1个月内到期的同业净拆出款、1个月内到期的贷款、1个月内到期的银行贴现汇票和其他经中国人民银行核准的证券。

（5）存款准备金比例。商业银行在央行存款准备金存款与各项存款之比不得低于8%。

（6）单个贷款比例指标。商业银行对同一客户的贷款余额与银行资本余额的比例不得超过10%，对最大10家客户发放的贷款总额不得超过银行资本总额的50%。

（7）拆借资金比例指标。拆入资金余额与各项存款余额之比不得超过4%，拆出资金余额与各项存款（扣除存款准备金、备付金和联行占款）余额之比不得超过8%。

（8）对股东贷款比例。商业银行向股东提供贷款余额不得超过该股东已缴纳股金100%。商业银行对自己股东的贷款条件不得优于对其他客户的同类贷款的条件。

3. 商业银行的资产风险管理——禁止商业银行投资的风险项目。

（1）商业银行在我国境内不得从事信托投资和证券经营业务，不得投资于非自用不动产，但是国家另有规定的除外。

（2）商业银行在我国境内不得向非银行金融机构和企业投资。本法实施前，商业银行已向非银行金融机构和企业投资的，由国务院另行规定实施办法。

（3）商业银行因行使抵押权、质权而取得的不动产或者股权，应当自取得之日起 2 年内予以处分，即拍卖或者转让给他人。商业银行不允许持有或者长期持有非银行主业所必须的不动产和其他公司的股权。

考点四　贷款法律制度

（一）贷款期限

（1）贷款的类型。

短期贷款，是指贷款期限在 1 年以内（含 1 年）的贷款，多数用于流动资金贷款，其利率较其他的贷款为高。

中期贷款，是指贷款期限在 1 年以上（不含 1 年）5 年以下（含 5 年）的贷款，多数用于固定资产投资和重大设备改造，其利率比短期贷款为低。

长期贷款，是指贷款期限在 5 年以上（不含 5 年）的贷款，主要用于大型工程、重点工程、对外援助等项目的投资，其利率在三种期限的贷款中最低。

（2）贷款的期限限制。贷款的期限。其中自营贷款的期限最长不能超过 10 年，贷款用途有必要超过 10 年的，应当报人民银行和银监会备案，以便监管商业银行资金的流向及安全，票据贴现的期限最长不得超过 6 个月，贴现期限为从贴现之日起至票据到期之日止。

（3）贷款展期。

展期申请。借款人不能按期归还贷款的，应当在期满之日前，向贷款人申请贷款展期。贷款人可以根据具体情况决定允许与否。

展期期限。短期贷款的展期期限累计不得超过原贷款期限；中期贷款展期期限累计不得超过原贷款期限的一半；长期贷款的展期期限累计不得超过 3 年，但国家对某些重大项目另有规定的除外。

不能展期的情况。借款人未申请展期或展期申请未被批准的，其贷款从到期日次日起，转入逾期贷款账户。

（二）贷款利息计算

（1）贷款人应当按照银行规定的贷款利率的上下限，确定每笔贷款的利率，并在借款合同中记载清楚，贷款的利息计收方法是：

（2）逾期贷款按规定计收罚息，罚息的利率由中国人民银行统一规定。

（三）借款人的主要义务

（1）应当如实提供贷款人要求的各种资料，包括自己的生产经营情况和资产情况的财务报告。

（2）在尚未还清贷款前，应当接受银行对其使用信贷资金的情况和有关生产经营、财务活动的审查。

（3）应当按照借款合同规定的用途使用贷款，不经贷款人的书面批准，不得擅自改变贷款的用途。

（4）应当按照借款合同约定的时间和条件及时足额偿还贷款本息。

（四）对贷款用途的法律控制

（1）借款人不得利用贷款从事股本权益性的投资。

（2）借款人不得利用贷款在有价证券、期货方面进行投机性的经营活动。

（3）除依法取得经营房地产资格的借款人之外，其他任何单位和个人均不得用贷款从事房地产业务；依法取得房地产经营业务资格的借款人，不得用贷款从事房地产投机。

（五）贷款人的主要义务

（1）金融机构应当公布经营贷款的种类、期限和利率，公开贷款审查的资信条件的内容和发放贷款的具体条件，并向借款人提供各种咨询。公开自己的贷款业务，既是资产营运的需要，也是接受客户等外部监督的需要。

（2）贷款人对借款人的债务、财务及有关的生产经营情况应当予以保密，这些情况属于商业秘密，但是对有关机构的合法调查则应配合，告以有关情况。

（3）不得向关系人发放信用贷款，向关系人发放担保贷款的条件不得优于其他借款人同类贷款的条件，以维护公平交易和自身的资金安全。关系人是指：①商业银行的董事、监事、管理人员、信贷业务人员及其近亲属；②前述人员投资或者担任高级管理职务的公司、企业和其他经济组织。

（4）未经中国银监会批准，不得对自然人发放外币币种的贷款，因为自然人没有生产经营收入，难以保证按期偿还外币贷款本息。

（5）金融机构的自营贷款和特定贷款，除按中国人民银行的规定计收利息之外，不得收取其他任何费用；委托贷款，除了按照行规定收取手续费之外，不得收取其他任何费用。

（六）不良贷款的监管

（1）不良贷款的概念。不良贷款是指呆账贷款、呆滞贷款和逾期贷款。其中呆账贷款是指按财政部有关规定确认为无法偿还，而列为呆账的贷款；呆滞贷款是指按财政部有关规定，逾期（含展期后到期）2年仍未归还的贷款，或虽未逾期或逾期不满规定年限但生产经营已经终止、项目已经停建的贷款（不含呆账贷款）；逾期贷款是指借款合同约定到期（含展期后到期）未归还的贷款（不含呆滞贷款和呆账贷款）。

（2）不良贷款的登记，不良贷款由会计、信贷部门提供数据，由稽核部门负责审核并按规定的权限认定，贷款人应当按季度填报不良贷款情况表，在报送上级部门的同时，报送银监会和人民银行当地的分支机构。

（3）不良贷款的考核，金融机构的呆账贷款、呆滞贷款、逾期贷款不得超过中国银监会和央行规定的比例，金融机构应当对所属的分支机构下达考核呆账贷款、呆滞贷款和逾期贷款的具体指标，以督促各部门防范贷款风险。

（4）不良贷款的催收和呆账贷款的冲销，金融机构的信贷部门负责对不良贷款的催收，稽核部门负责对催收情况的检查。金融机构必须按照有关金融法规规定提取呆账准备金，并按照呆账冲销的条件和程序冲销呆账贷款。未经国务院批准，金融机构不得豁免借款人偿还贷款的义务；未经国务院批准，任何单位和个人不得强令贷款人豁免借款人偿还贷款的义务。

考点五 商业银行的接管、清算和终止

（一）商业银行的接管

1. 接管的条件。

（1）当商业银行已经或者可能发生信用危机，严重影响存款人的利益时，银监会可以对该银行实行接管。

（2）信用危机的主要表现为，商业银行不能应付存款人的提款，不能清偿到期的债务，以及同业拒绝拆借资金，为原客户和市场所普遍拒绝其服务。商业银行有以上这些情况之一的，即可被视为发生信用危机。

2. 接管商业银行的程序

（1）由银监会进行决定。银监会认

为商业银行出现信用危机或者即将出现信用危机时，可以决定对其接管，并组织实施。接管决定由银监会予以公告，公告应载明下列主要内容：被接管的商业银行的名称，接管的理由，接管组织，接管期限和接管的内容。

（2）接管商业银行的法律后果。自接管开始之日起，由接管组织取代银行原管理层，行使商业银行的经营管理权力，接管组织的组成人员由银监会指定，被接管的商业银行的债权债务关系不因接管发生变化。接管期限届满，银监会可以决定延期，但接管期限最长不得超过 2 年，以维持金融行业的稳定。

（3）接管商业银行的终止。《商业银行法》第 68 条规定，有下列情形之一的，接管终止：①接管决定规定的期限届满或者银监会决定的接管延期届满。期限的届满一般有两种可能，其一是接管成功，银行恢复正常的经营，存款人的利益已经得到了有效的保障；其二是接管不成功，银行的经营危机仍然没有消除，为保护债权人的利益和维护金融秩序的稳定，该银行将被转入清算程序。②接管期限届满前，该商业银行已经恢复正常经营能力。③接管期限届满前，该商业银行被合并或者被依法宣告破产。此处所指的合并，意味着被接管的银行合并后的债权债务关系由合并后的银行全部承接，存款人的利益得到了保障，接管自然终止。而破产宣告则是指被接管的银行的经营危机不但得不到消除，而且还继续维持和发展，应债权人的申请，该银行可被宣告破产。

3. 接管期限。接管期限届满，国务院银行业监督管理机构可以决定延期，但接管期限最长不得超过 2 年。

示例　商业银行出现信用危机严重影响存款人利益时，可由银行业监督管理机构对其实行接管。下列有关商业银行接管的表述，哪些符合我国现行法律的规定？

A. 非经接管程序，商业银行不得解散或破产

B. 实行接管后，商业银行的债权债务由接管组织概括承受

C. 接管的期限最长不超过 2 年

D. 自接管之日起，由接管组织行使商业银行的经营管理权力

答案：CD

（二）商业银行的清算及终止

1. 分立、合并及解散的清算。

（1）解散的条件，商业银行因分立、合并或者出现公司章程规定的解散事由需要解散的，应当向银监会提出申请，并附申请解散的理由和支付存款的本金和利息等债权债务清偿计划，经银监会批准后解散。

（2）解散程序，商业银行解散的，应当依法成立清算组，清算组成员由银监会指定。由清算组进行清算，按照既定的清算计划及时偿还个人的储蓄存款本金和利息等债务，然后再偿还银行其他的债务，银监会监督清算过程，对清算的重大事项有否决权。

2. 商业银行被撤销。商业银行因被吊销经营许可证被撤销的，银监会应当依法及时组织成立清算组，进行清算，按照清偿计划及时偿还存款本金和利息，程序与解散清算的程序相同。

3. 破产清算。

（1）破产条件及适用法律，商业银行不能支付到期债务，经银监会同意，由人民法院宣告破产，并组织银监会等

部门和有关人员成立清算组对银行的债权债务进行清算。

（2）商业银行破产的条件主要有三个：①不能支付到期债务；②银行经营状况持续恶化，亏损加重；③债权人或银行自己申请，并经银监会同意。

（3）破产清算支付顺序。商业银行破产清算时，在支付清算费用、所欠职工工资和劳动保险费用后，优先支付个人储蓄存款的本金和利息，在此支付后剩余的破产财产才能按顺序支付国家的税款，之后的剩余才能清偿普通的债权，包括其他银行、单位、机构在银行的存款、拆出资金和破产银行所欠他人债务。

4. 商业银行的终止。商业银行因解散、被撤销和被宣告破产而终止，商业银行的终止对金融市场有重大影响，对债权人利益也有重大利害关系，所以，商业银行不得自行决定终止，而是须经银监会的批准在先，以及按照《商业银行法》和《公司法》、《公司登记条例》等法律法规的规定办理。

◆ 考点六 违反《商业银行法》的法律责任

（一）商业银行的法律责任

1. 对客户的损害赔偿责任。商业银行有下列情形之一，对存款人或者其他客户造成财产损害的，应当承担支付迟延履行的利息以及其他民事责任：①无故拖延、拒绝支付存款本金和利息的；②违反票据承兑等结算业务规定，不予兑现，不予收付入账，压单、压票或者违反规定退票的；③非法查询、冻结、扣划个人储蓄存款或者单位存款的；④违反本法规定对存款人或者其他客户造成损害的其他行为。

2. 违法经营的情形。商业银行有下列情形之一，由国务院银行业监督管理机构责令改正，有违法所得的，没收违法所得，并处以违法所得 1 倍以上 5 倍以下的罚款，没有违法所得或者违法所得不足 50 万元的，处以 50 万元以上 200 万元以下罚款，情节特别严重或者逾期不改正的，国务院银行业监督管理机构可以责令停业整顿或者吊销其经营许可证，构成犯罪的，依法追究刑事责任：①未经批准设立分支机构的；②未经批准分立、合并或者违反规定对变更事项不报批的；③违反规定提高或者降低利率以及采用其他不正当手段，吸收存款，发放贷款的；④出租、出借经营许可证的；⑤未经批准买卖、代理买卖外汇的；⑥未经批准买卖政府债券或者发行、买卖金融债券的；⑦违反国家规定从事信托投资和证券经营业务、向非自用不动产投资或者向非银行金融机构和企业投资的；⑧向关系人发放信用贷款或者发放担保贷款的条件优于其他借款人同类贷款的条件的。

商业银行有下列情形之一，由国务院银行业监督管理机构责令改正，并处以 20 万元以上 50 万元以下罚款，情节特别严重或者逾期不改正的，可以责令停业整顿或者吊销其经营许可证，构成犯罪的，依法追究刑事责任：①拒绝或者阻碍国务院银行业监督管理机构检查监督的；②提供虚假的或者隐瞒重要事实的财务会计报告、报表和统计报表的；③未遵守资本充足率、存贷比例、资产流动性比例、同一借款人贷款比例和国务院银行业监督管理机构有关资产负债比例管理的其他规定的。

商业银行有下列情形之一，由中国

人民银行责令改正，有违法所得的，没收违法所得，并处以违法所得 1 倍以上 5 倍以下的罚款，没有违法所得或违法所得不足 50 万元的，处以 50 万元以上 200 万元以下罚款，情节特别严重或者逾期不改正的，中国人民银行可以建议国务院银行业监督管理机构责令停业整顿或者吊销其经营许可证，构成犯罪的，依法追究刑事责任：①未经批准办理结汇、售汇的；②未经批准在银行间债券市场发行、买卖金融债券或者到境外借款的；③违反规定同业拆借的。

商业银行有下列情形之一，由中国人民银行责令改正，并处以 20 万元以上 50 万元以下罚款，情节特别严重或者逾期不改正的，中国人民银行可以建议国务院银行业监督管理机构责令停业整顿或者吊销其经营许可证，构成犯罪的，依法追究刑事责任：①拒绝或者阻碍中国人民银行检查监督的；②提供虚假的或者隐瞒主要事实的财务会计报告、报表和统计报表的；③未按照中国人民银行规定的比例交存存款准备金的。

商业银行不按照规定向国务院银行业监督管理机构报送有关文件、资料的，由国务院银行业监督管理机构责令改正，逾期不改正的，处 10 万元以上 30 万元以下的罚款。商业银行不按照规定向中国人民银行报送有关文件、资料的，由中国人民银行责令改正，逾期不改正的，处 10 万元以上 30 万元以下罚款。

（二）商业银行的工作人员的法律责任

1. 个人责任。商业银行工作人员利用职务上的便利，索取、收受贿赂或者违反国家规定收受各种名义的回扣、手续费，构成犯罪的，依法追究刑事责任。有前款行为，发放贷款或者提供担保造成损失的，应当承担全部或者部分赔偿责任。

商业银行工作人员利用职务上的便利，贪污、挪用、侵占本行或者客户资金，构成犯罪的，依法追究刑事责任；未构成犯罪的，应当给予纪律处分。

商业银行工作人员违反《商业银行法》的规定，玩忽职守造成损失的，应当给予纪律处分；构成犯罪的，依法追究刑事责任。违反规定徇私向亲属、朋友发放贷款或者提供担保造成损失的，应当承担全部或者部分赔偿责任。

商业银行工作人员泄露在任职期间知悉的国家秘密、商业秘密的，应当给予纪律处分；构成犯罪的，依法追究刑事责任。

单位或者个人强令商业银行发放贷款或者提供担保的，应当对直接负责的主管人员和其他直接责任人员或者个人给予纪律处分，造成损失的，应当承担全部或者部分赔偿责任。

商业银行的工作人员对单位或者个人强令其发放贷款或者提供担保未予拒绝的，应当给予纪律处分；造成损失的，应当承担相应的赔偿责任。

2. 市场禁入规则。商业银行违反《商业银行法》规定的，国务院银行业监督管理机构可以区别不同情形，取消其直接负责的董事、高级管理人员一定期限直至终身的任职资格，禁止直接负责的董事、高级管理人员和其他直接责任人员一定期限直至终身从事银行业工作。

（三）非法从事银行业的法律责任

1. 市场主体有下列情形之一的，由

国务院银行业监督管理机构责令改正，有违法所得的，没收违法所得，违法所得5万元以上的，并处以违法所得1倍以上5倍以下的罚款，没有违法所得或者违法所得5万元以下的，处以5万元以上50万元以下罚款：①未经批准在名称中使用"银行"字样的；②未经批准购买商业银行股份总额5%以上的；③将单位的资金以个人的名义开立账户存储的。

2. 未经国务院银行业监督管理机构批准，擅自设立商业银行，或者非法吸收公众存款、变相吸收公众存款，构成犯罪的，依法追究刑事责任，并由国务院银行业监督管理机构予以取缔。

历年真题与示例

1. 根据《商业银行法》的规定，商业银行不得向关系人发放信用贷款。下列哪一类人属于该规定所指的关系人？（2006－1－27）
   A. 商业银行的董事、监事、管理人员、信贷业务人员及其近亲属
   B. 与商业银行有业务往来的非银行金融机构的董事、监事和高级管理人员
   C. 商业银行的上级主管部门的负责人及其近亲属
   D. 商业银行的客户企业的董事、监事和高级管理人员
   答案：A

2. 某商业银行发放的下列贷款，哪些应计入不良贷款？（2004－1－65）
   A. 甲公司的一笔流动资金贷款于本周到期，现银行同意其延展还款期1个月
   B. 乙公司的一笔房地产项目贷款于

2005年6月到期，2004年7月该项目因资金短缺而停建
   C. 丙公司的一笔委托贷款于2005年9月到期，2004年7月该公司已进入破产清算程序
   D. 丁公司的一笔拖欠多年的固定资产贷款，现已按规定以呆账准备金予以冲销
   答案：BC

3. 根据我国《商业银行法》、《银行业监督管理法》的相关规定，下列哪些选项是正确的？（2007－1－68）
   A. 商业银行的组织形式既可以是有限责任公司，也可以是股份有限公司
   B. 商业银行的设立、变更等应经中国人民银行批准
   C. 由于商业银行涉及存款人的利益，故商业银行不能通过破产程序而终止
   D. 中国银监会负责对所有金融机构的监管
   答案：AD

4. 关于商业银行贷款法律制度，下列哪一选项是错误的？（2008－1－23）
   A. 商业银行贷款应当实行审贷分离、分级审批的制度
   B. 商业银行可以根据贷款数额以及贷款期限，自行确定贷款利率
   C. 商业银行贷款，应当遵守资本充足率不得低于百分之八的规定
   D. 商业银行贷款，应当对借款人的借款用途、偿还能力、还款方式等情况进行严格审查
   答案：B

5. 某城市商业银行在合并多家城市信用社的基础上设立，其资产质量

差，经营队伍弱，长期以来资本充足率、资产流动性、存贷款比例等指标均不能达到监管标准。请根据有关法律规定，回答第 95 － 97 题。（2009 － 1 － 95 ~ 97）

（1）某日，该银行行长卷款潜逃。事发后，大量存款户和票据持有人前来提款。该银行现有资金不能应付这些提款请求，又不能由同行获得拆借资金。根据相关法律，下列判断正确的是：

A. 该银行即将发生信用危机

B. 该银行可以由中国银监会实行接管

C. 该银行可以由中国人民银行实施托管

D. 该银行可以由当地人民政府实施机构重组

答案：B

（2）在作出对该银行的行政处置决定后，负责处置的机构对该银行的人员采取了以下措施，其中符合法律规定的是：

A. 对该行全体人员发出通知，要求各自坚守岗位，认真履行职责

B. 该行副行长邱某、薛某持有出境旅行证件却拒不交出。对此，通知出境管理机关阻止其出境

C. 该行董事范某欲抛售其持有的一批股票。对此，申请司法机关禁止其转让股票

D. 该行会计师佘某欲将自己的一处房屋转让给他人。对此，通知房产管理部门停止办理该房屋的过户登记

答案：ABC

（3）经采取处置措施，该银行仍不能

在规定期限内恢复正常经营能力，且资产情况进一步恶化，各方人士均认为可适用破产程序。如该银行申请破产，应当遵守的规定是：

A. 该银行应当证明自己已经不能支付到期债务，且资产不足以清偿全部债务

B. 该银行在提出破产申请前应当成立清算组

C. 该银行在向法院提交破产申请前应当得到中国银监会的同意

D. 该银行在向法院提交破产申请时应当提交债务清偿方案和职工安置方案

答案：C

第二章　中国人民银行法

考点完整提炼

人民银行法 ｛ 人民银行的地位
行长
职责与业务（重点掌握）
金融监管

考点精析

考点一　中国人民银行的法律地位

中国人民银行是中华人民共和国的中央银行。中国人民银行在国务院领导下，制定和执行货币政策，防范和化解金融风险，维护金融稳定。

考点二　人民银行的行长

（一）行长的任免

（1）中国人民银行设行长一人，副行长若干人。

（2）中国人民银行行长的人选，根据国务院总理的提名，由全国人民代表

大会决定；全国人民代表大会闭会期间，由全国人民代表大会常务委员会决定，由中华人民共和国主席任免。中国人民银行副行长由国务院总理任免。

（二）行长负责制

中国人民银行实行行长负责制。行长领导中国人民银行的工作，副行长协助行长工作。

考点三 人民银行的职责与业务

1. 发布与履行其职责有关的命令和规章。

2. 依法制定和执行货币政策。中国人民银行为执行货币政策，可以运用下列货币政策工具：

（1）要求银行业金融机构按照规定的比例交存存款准备金；

（2）确定中央银行基准利率；

（3）为在中国人民银行开立账户的银行业金融机构办理再贴现；

（4）向商业银行提供贷款；

（5）在公开市场上买卖国债、其他政府债券和金融债券及外汇；

（6）国务院确定的其他货币政策工具。

3. 发行人民币，管理人民币流通。

4. 监督管理银行间同业拆借市场和银行间债券市场。

5. 实施外汇管理，监督管理银行间外汇市场。

6. 监督管理黄金市场。

7. 持有、管理、经营国家外汇储备、黄金储备。

8. 经理国库。

9. 维护支付、清算系统的正常运行。

10. 指导、部署金融业反洗钱工作，负责反洗钱的资金监测。

11. 负责金融业的统计、调查、分析和预测。

12. 作为国家的中央银行，从事有关的国际金融活动。

13. 国务院规定的其他职责。

考点四 人民银行的金融监管职责

（一）检测金融市场的运行

中国人民银行依法监测金融市场的运行情况，对金融市场实施宏观调控，促进其协调发展。

（二）对金融机构的监督

中国人民银行有权对金融机构以及其他单位和个人的下列行为进行检查监督：

（1）执行有关存款准备金管理规定的行为；

（2）与中国人民银行特种贷款有关的行为；

（3）执行有关人民币管理规定的行为；

（4）执行有关银行间同业拆借市场、银行间债券市场管理规定的行为；

（5）执行有关外汇管理规定的行为；

（6）执行有关黄金管理规定的行为；

（7）代理中国人民银行经理国库的行为；

（8）执行有关清算管理规定的行为；

（9）执行有关反洗钱规定的行为。

特别嘱咐 一定要注意人民银行和银监会的职责划分。

示例 下列哪些属于人民银行的职权范围：

A. 决定存款准备金上提1个百分点

B. 决定将银行的基准存贷款利率自

3 月 18 日起上调 0.27%

C. 发布反洗钱的规章制度，组织实施反洗钱法的规定

D. 批准某家商业银行的分支机构的设立

答案：ABC

（三）监督措施

1. 对银监会的建议权。中国人民银行根据执行货币政策和维护金融稳定的需要，可以建议国务院银行业监督管理机构对银行业金融机构进行检查监督。国务院银行业监督管理机构应当自收到建议之日起 30 日内予以回复。

2. 自己检查监督权。当银行业金融机构出现支付困难，可能引发金融风险时，为了维护金融稳定，中国人民银行经国务院批准，有权对银行业金融机构进行检查监督。

3. 要求提交资料权。中国人民银行根据履行职责的需要，有权要求银行业金融机构报送必要的资产负债表、利润表以及其他财务会计、统计报表和资料。

中国人民银行应当和国务院银行业监督管理机构、国务院其他金融监督管理机构建立监督管理信息共享机制。

第三章 银行业监督管理法

考点完整提炼

银行业监督管理 ┤ 监管对象
监管机构
监管职责（重点掌握）
监管措施
法律责任

考点精析

考点一 银行业监督管理的对象

1. 全国银行业金融机构及其业务活动。这里所说的银行业金融机构，是指在中华人民共和国境内设立的商业银行、城市信用合作社、农村信用合作社等吸收公众存款的金融机构以及政策性银行。这是银行业监督管理的主要对象。

2. 在中华人民共和国境内设立的金融资产管理公司、信托投资公司、财务公司、金融租赁公司以及经国务院银行业监督管理机构批准设立的其他金融机构。

3. 经国务院银行业监督管理机构批准在境外设立的金融机构以及前两种金融机构在境外的业务活动。

示例 根据我国《银行业监督管理法》的规定，在我国境内设立的下列哪一机构不属于银行业监督管理的对象？

A. 农村信用合作社

B. 金融租赁公司

C. 信托投资公司

D. 保险公司

答案：D

考点二 监督管理机构

《银监法》第 2 条第 1 款规定："国务院银行业监督管理机构负责对全国银行业金融机构及其业务活动监督管理的工作。"这里所说的"国务院银行业监督管理机构"，目前称作"中国银行业监督管理委员会"，即"银监会"。

国务院银行业监督管理机构根据履行职责的需要设立派出机构，并对派出机构实行统一领导和管理。这意味着，

在地方设立的银监局直接隶属于国务院银行业监督管理机构,不受地方政府领导和管理。

考点三 监督管理职责

(一) 监管职责的范围

国务院银行业监督管理机构的监督职责包括以下各项:

(1) 依照法律、行政法规制定并发布对银行业金融机构及其业务活动监督管理的规章、规则。

(2) 依照法律、行政法规规定的条件和程序,审查批准银行业金融机构的设立、变更、终止以及业务范围。

(3) 在受理申请设立银行业金融机构时,或者银行业金融机构变更持有资本总额或者股份总额达到规定比例以上的股东时,负责对股东的资金来源、财务状况、资本补充能力和诚信状况进行审查。

(4) 对于银行业金融机构业务范围内的业务品种,按照规定进行审查批准或者备案。需要审查批准或者备案的业务品种,由国务院银行业监督管理机构依照法律、行政法规作出规定并公布。

(5) 对银行业市场准入实施管制。未经国务院银行业监督管理机构批准,任何单位或者个人不得设立银行业金融机构或者从事银行业金融机构的业务活动。

(6) 对银行业金融机构的董事和高级管理人员实行任职资格管理。

(7) 依照法律、行政法规制定银行业金融机构的审慎经营规则。审慎经营规则是银行业金融机构必须严格遵守的行为准则,包括风险管理、内部控制、资本充足率、资产质量、损失准备金、风险集中、关联交易、资产流动性等

内容。

(8) 对银行业自律组织的活动进行指导和监督。银行业自律组织的章程应当报国务院银行业监督管理机构备案。

(9) 开展与银行业监督管理有关的国际交流、合作活动。

(二) 监管职责的履行

银监机构在履行监管职责时,应当遵循以下规定:

(1) 审批时限规定。国务院银行业监督管理机构应当在规定的期限内,对申请事项作出批准或者不批准的书面决定;决定不批准的,应当说明理由。具体的期限规定为:①银行业金融机构的设立,自收到申请文件之日起 6 个月内;②银行业金融机构的变更、终止,以及业务范围和增加业务范围内的业务品种,自收到申请文件之日起 3 个月内;③审查董事和高级管理人员的任职资格,自收到申请文件之日起 30 日内。

(2) 非现场监督规定。银监机构应当对银行业金融机构的业务活动及其风险状况进行非现场监管,建立银行业金融机构监督管理信息系统,分析、评价其风险状况。

(3) 现场检查规定。银监机构应当对银行业金融机构的业务活动及其风险状况进行现场检查。为此,国务院银行业监督管理机构应当制定现场检查程序,规范现场检查行为。

(4) 并表监管规定。国务院银行业监督管理机构应当对银行业金融机构实行并表监督管理。

(5) 接受中国人民银行建议。国务院银行业监督管理机构对中国人民银行提出的检查银行业金融机构的建议,应当自收到建议之日起 30 日内予以回复。

（6）金融监管评级体系和风险预警机制。国务院银行业监督管理机构应当建立银行业金融机构监督管理评级体系和风险预警机制，根据银行业金融机构的评级情况和风险状况，确定对其现场检查的频率、范围和需要采取的其他措施。

（7）突发事件报告责任制度。国务院银行业监督管理机构应当建立银行业突发事件的发现、报告岗位责任制度。各级银监机构一旦发现可能引发系统性银行业风险、严重影响社会稳定的突发事件，应当立即向国务院银行业监督管理机构负责人报告；国务院银行业监督管理机构负责人认为需要向国务院报告的，应当立即向国务院报告，并告知中国人民银行、国务院财政部门等有关部门。

（8）突发事件处置制度。国务院银行业监督管理机构应当会同中国人民银行、国务院财政部门等有关部门建立银行业突发事件处置制度，制定银行业突发事件处置预案，明确处置机构和人员及其职责、处置措施和处置程序，及时、有效地处置银行业突发事件。

（9）统一的统计制度。国务院银行业监督管理机构负责统一编制全国银行业金融机构的统计数据、报表，并按照国家有关规定予以公布。

考点四　监督管理措施

（一）强制信息披露

保持金融机构的充分信息披露是实现银行业有效监督管理的关键环节。为此，《银行业监督管理法》规定了以下强制信息披露的措施：

（1）获取财务资料。银监机构根据履行职责的需要，有权要求银行业金融

机构按照规定报送资产负债表、利润表和其他财务会计、统计报表、经营管理资料以及注册会计师出具的审查报告。

（2）现场检查。银监机构根据审慎监管的要求，可以采取下列措施进行现场检查：①进入银行业金融机构进行检查；②询问银行业金融机构的工作人员，要求其对有关检查事项作出说明；③查阅、复制银行业金融机构与检查事项有关的文件、资料，对可能被转移、隐匿或者毁损的文件、资料予以封存；④检查银行业金融机构运用电子计算机管理业务数据的系统。为了规范现场检查行为，《银监法》还规定，首先，进行现场检查应当经银监机构负责人批准。其次，现场检查时，检查人员不得少于2人，并应当出示合法证件和检查通知书；检查人员少于2人或者未出示合法证件和检查通知书的，银行业金融机构有权拒绝检查。

（3）询问企业高层人员。银监机构根据履行职责的需要，可以与银行业金融机构董事、高级管理人员进行监督管理谈话，要求银行业金融机构董事、高级管理人员就银行业金融机构的业务活动和风险管理的重大事项作出说明。

（4）向公众披露信息。银监机构应当责令银行业金融机构按照规定，如实向社会公众披露财务会计报告、风险管理状况、董事和高级管理人员变更以及其他重大事项等信息。

示例　下列哪些方面的情况是银行业监督管理机构应当责令银行业金融机构如实向社会公众披露的重大事项？

A. 财务会计报告

B. 风险管理状况

C. 控股股东转让股份

D. 董事和高级管理人员的变更

答案: ABD

(二) 强制整改

《银监法》第37条规定,在银行业金融机构违反审慎经营规则的情况下,国务院银行业监督管理机构或者其省一级派出机构应当责令限期改正;逾期未改正的,或者其行为严重危及该银行业金融机构的稳健运行、损害存款人和其他客户合法权益的,经国务院银行业监督管理机构或者其省一级派出机构负责人批准,可以区别情形,采取下列措施:

(1) 责令暂停部分业务、停止批准开办新业务;

(2) 限制分配红利和其他收入;

(3) 限制资产转让;

(4) 责令控股股东转让股权或者限制有关股东的权利;

(5) 责令调整董事、高级管理人员或者限制其权利;

(6) 停止批准增设分支机构。

银行业金融机构整改后,应当向国务院银行业监督管理机构或者其省一级派出机构提交报告。国务院银行业监督管理机构或者其省一级派出机构经验收,符合有关审慎经营规则的,应当自验收完毕之日起3日内解除对其采取的前款规定的有关措施。

(三) 接管、重组与撤销

(1) 接管、重组与撤销的事由。银行业金融机构已经或者可能发生信用危机,严重影响存款人和其他客户合法权益的,国务院银行业监督管理机构可以依法对该银行业金融机构实行接管或者促成机构重组,接管和机构重组依照有关法律和国务院的规定执行。银行业金融机构有违法经营、经营管理不善等情形,不予撤销将严重危害金融秩序、损害公众利益的,国务院银行业监督管理机构有权予以撤销。

(2) 接管、重组与撤销的措施。银行业金融机构被接管、重组或者被撤销的,国务院银行业监督管理机构有权要求该银行业金融机构的董事、高级管理人员和其他工作人员,按照国务院银行业监督管理机构的要求履行职责。

在接管、机构重组或者撤销清算期间,经国务院银行业监督管理机构负责人批准,对直接负责的董事、高级管理人员和其他直接责任人员,可以采取下列措施:①直接负责的董事、高级管理人员和其他直接责任人员出境将对国家利益造成重大损失的,通知出境管理机关依法阻止其出境;②申请司法机关禁止其转移、转让财产或者对其财产设定其他权利。

(四) 冻结账户

经国务院银行业监督管理机构或者其省一级派出机构负责人批准,银监机构有权查询涉嫌金融违法的银行业金融机构及其工作人员以及关联行为人的账户;对涉嫌转移或者隐匿违法资金的,经银监机构负责人批准,可以申请司法机关予以冻结。

考点五 违反《银行业监督管理法》的法律责任

(一) 银监机构工作人员的法律责任

《银监法》第42条规定,银监机构从事监督管理工作的人员有下列情形之一的,依法给予行政处分;构成犯罪的,依法追究刑事责任:①违反规定审查批准银行业金融机构的设立、变更、终止，以及业务范围和业务范围内的业务品种的；②违反规定对银行业金融机构进行现场检查的；③未依照本法第 28 条规定报告突发事件的；④违反规定查询账户或者申请冻结资金的；⑤违反规定对银行业金融机构采取措施或者处罚的；⑥滥用职权、玩忽职守的其他行为。

银监机构从事监督管理工作的人员贪污受贿、泄露国家秘密或者所知悉的商业秘密，构成犯罪的，依法追究刑事责任；尚不构成犯罪的，依法给予行政处分。

（二）银行业金融机构的法律责任

（1）违反市场准入规定的法律责任。《银监法》第 43 条规定，擅自设立银行业金融机构或者非法从事银行业金融机构的业务活动的，由国务院银行业监督管理机构予以取缔；构成犯罪的，依法追究刑事责任；尚不构成犯罪的，由国务院银行业监督管理机构没收违法所得，违法所得 50 万元以上的，并处违法所得 1 倍以上 5 倍以下罚款；没有违法所得或者违法所得不足 50 万元的，处 50 万元以上 200 万元以下罚款。

（2）违反经营管制规定的法律责任。《银监法》第 44 条规定，银行业金融机构有下列情形之一，由国务院银行业监督管理机构责令改正，有违法所得的，没收违法所得，违法所得 50 万元以上的，并处违法所得 1 倍以上 5 倍以下罚款；没有违法所得或者违法所得不足 50 万元的，处 50 万元以上 200 万元以下罚款；情节特别严重或者逾期不改正的，可以责令停业整顿或者吊销其经营许可证；构成犯罪的，依法追究刑事责

任：①未经批准设立分支机构的；②未经批准变更、终止的；③违反规定从事未经批准或者未备案的业务活动的；④违反规定提高或者降低存款利率、贷款利率的。

（3）违反诚实经营和审慎经营义务的法律责任。《银监法》第 45 条规定，银行业金融机构有下列情形之一，由国务院银行业监督管理机构责令改正，并处 20 万元以上 50 万元以下罚款；情节特别严重或者逾期不改正的，可以责令停业整顿或者吊销其经营许可证；构成犯罪的，依法追究刑事责任：①未经任职资格审查任命董事、高级管理人员的；②拒绝或者阻碍非现场监管或者现场检查的；③提供虚假的或者隐瞒重要事实的报表、报告等文件、资料的；④未按照规定进行信息披露的；⑤严重违反审慎经营规则的；⑥拒绝执行本法第 37 条规定的强制整改措施的。

（4）违反提交财务资料义务的法律责任。《银监法》第 46 条规定，银行业金融机构不按照规定提供报表、报告等文件、资料的，由银行业监督管理机构责令改正，逾期不改正的，处 10 万元以上 30 万元以下罚款。所谓"不按照规定提供"，实践中包括拒绝提供、迟延提供、提供不完全和提供不真实等情形。

（5）补充性制裁措施。《银监法》第 47 条规定，银行业金融机构违反法律、行政法规以及国家有关银行业监督管理规定的，银行业监督管理机构除依照本法第 43 条至第 46 条规定处罚外，还可以区别不同情形，采取下列措施：①责令银行业金融机构对直接负责的董事、高级管理人员和其他直接责任人员

给予纪律处分；②银行业金融机构的行为尚不构成犯罪的，对直接负责的董事、高级管理人员和其他直接责任人员给予警告，处5万元以上50万元以下罚款；③取消直接负责的董事、高级管理人员一定期限直至终身的任职资格，禁止直接负责的董事、高级管理人员和其他直接责任人员一定期限直至终身从事银行业工作。

历年真题与示例

1. 某省银行业监督管理局依法对某城市商业银行进行现场检查时，发现该行有巨额非法票据承兑，可能引发系统性银行业风险。根据《银行业监督管理法》的规定，应当立即向下列何人报告？（2008－1－22）

A. 该省人民政府主管金融工作的负责人

B. 国务院主管金融工作的负责人

C. 中国人民银行负责人

D. 国务院银行业监督管理机构负责人

答案：D

2. 根据《银行业监督管理法》的规定，银行业金融机构违反审慎经营规则且逾期未改正的，国务院银行业监督管理机构可以对其采取下列哪些措施？（2004－1－64）

A. 限制资产转让

B. 限制分配红利

C. 责令暂停部分业务

D. 促成机构重组

答案：ABC

3. 下列哪些机构和人员能够成为承担《银行业监督管理法》规定的法律责任的主体？（2006－1－71）

A. 银行业金融机构

B. 银行业金融机构的高级管理人员

C. 非法从事银行业金融业务的非银行金融机构

D. 银行业监督管理机构从事监管工作的人员

答案：ABCD

第四部分　财 税 法

第一章　税　法

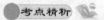考点完整提炼

税法 {
增值税
消费税
营业税
企业所得税（重点掌握）
个人所得税（重点掌握）
税收征收管理
}

考点精析

考点一　增值税法

（一）增值税的概念

增值税是以商品和劳务在流通各环节的增加值为征税对象的一种税。其特点是税源广、税收中性和避免重复征税。

（二）增值税法的基本内容

1. 增值税的纳税人。增值税的纳税人为在中华人民共和国境内销售货物或者提供加工、修理修配劳务以及进口货物的单位和个人。增值税的纳税人分为一般纳税人和小规模纳税人。

2. 增值税的征税对象。增值税征税对象为纳税人在中国境内销售的货物或者提供的加工、修理修配劳务以及进口的货物。

3. 增值税的税基。增值税税基为销售货物或者提供加工、修理修配劳务以及进口货物的增值额。

4. 增值税的税率。

（1）纳税人销售或者进口货物，除适用低税率的以外，税率为17%。

（2）纳税人销售或者进口下列货物，税率为13%：①粮食、食用植物油；②自来水、暖气、冷气、热水、煤气、石油液化气、天然气、沼气、居民用煤炭制品；③图书、报纸、杂志；④饲料、化肥、农药、农机、农膜；⑤国务院规定的其他货物。

（3）纳税人出口货物，税率为0%；但是，国务院另有规定的除外。

（4）纳税人提供加工、修理修配劳务，税率为17%。

（5）增值税小规模纳税人销售货物或提供应税劳务，适用6%的征收率。从1998年7月1日起，商业企业小规模纳税人增值税的征收率由6%调减为4%。

5. 增值税的税收减免。下列项目免征增值税：

（1）农业生产者销售的自产农业产品；

（2）避孕药品和用具；

（3）古旧图书；

（4）直接用于科学研究、科学试验和教学的进口仪器、设备；

（5）外国政府、国际组织无偿援助的进口物资和设备；

（6）来料加工、来件装配和补偿贸易所需的设备；

（7）由残疾人组织直接进口供残疾

人专用的物品；

（8）销售的自己使用过的物品。

纳税人销售额未达到财政部规定的增值税起征点的，免征增值税。

示例　下列选项中哪一个属于我国增值税的纳税人？

A. 从事房屋租赁业务的甲公司

B. 从事服装销售的乙公司

C. 转让无形资产的丙公司

D. 从事证券经纪业务的丁公司

答案：B

考点二　消费税法

1. 消费税的纳税人。消费税的纳税人为在中国境内生产、委托加工和进口法律规定的消费品的单位和个人。

2. 消费税的征税对象。消费税的征税对象为应税消费品，具体包括：①烟；②酒及酒精；③化妆品；④护肤护发品；⑤贵重首饰；⑥鞭炮、焰火；⑦汽油；⑧柴油；⑨汽车轮胎；⑩摩托车；⑪小汽车。

3. 消费税的税基。消费税的税基为销售额或销售数量。销售额，为纳税人销售应税消费品向购买方收取的全部价款和价外费用。

4. 消费税的税率。消费税实行从价定率或者从量定额的办法计算应纳税额，按不同消费品分别采用比例税率和定额税率。

5. 消费税的税收减免。对纳税人出口应税消费品，免征消费税；国务院另有规定的除外。

考点三　营业税法

营业税是以从事工商营利事业和服务业所取得的收入为征税对象的一种税。

1. 营业税的纳税人。营业税的纳税人为在中国境内提供应税劳务、转让无形资产或者销售不动产的单位和个人。

2. 营业税的征税对象。营业税的征税对象为应税劳务、转让无形资产或者销售不动产，具体包括：①交通运输业；②建筑业；③金融保险业；④邮电通信业；⑤文化体育业；⑥娱乐业；⑦服务业；⑧转让无形资产；⑨销售不动产。

3. 营业税的税基。营业税的税基为营业额。营业额为其提供应税劳务、转让无形资产。

或者销售不动产向对方收取的全部价款和价外费用。

4. 营业税的税率。营业税除娱乐业实行幅度比例税率外，其他税目均实行固定比例税率。其具体税率为：①交通运输业，3%；②建筑业，3%；③金融保险业，8%；④邮电通信业，3%；⑤文化体育业，3%；⑥娱乐业，5%—20%；⑦服务业，5%；⑧转让无形资产，5%；⑨销售不动产，5%。

自2001年1月1日起，3年内金融保险业的营业税税率逐年降低1%，以后稳定在5%。自2001年5月1日起，夜总会、歌厅、舞厅、射击、狩猎、跑马、游戏、高尔夫、保龄球、台球等营业税税率统一定为20%。

5. 营业税的税收减免。下列项目免征营业税：

（1）托儿所、幼儿园、养老院、残疾人福利机构提供的育养服务，婚姻介绍，殡葬服务；

（2）残疾人员个人提供的劳务；

（3）医院、诊所和其他医疗机构提供的医疗服务；

（4）学校和其他教育机构提供的教育劳务，学生勤工俭学提供的劳务；

（5）农业机耕、排灌、病虫害防治、植保、农牧保险以及相关技术培训业务，家禽、牲畜、水生动物的配种和疾病防治；

（6）纪念馆、博物馆、文化馆、美术馆、展览馆、书画院、图书馆、文物保护单位举办文化活动的门票收入，宗教场所举办文化、宗教活动的门票收入。

纳税人营业额未达到财政部规定的营业税起征点的，免征营业税。

考点四　企业所得税法

为了吸引外资，我国内资企业和外资企业在所得税上一直都是区别对待，分别立法，外资企业享受了许多特别的税收优惠等超国民待遇，损害了企业之间的公平竞争，随着经济的发展，弊端凸现，因此，两税合并被提上日程。两税合并即废除两套税制，内资企业和外资企业适用同样的所得税法。新的《企业所得税法》已由中华人民共和国第十届全国人民代表大会第五次会议于2007年3月16日通过，自2008年1月1日起施行，以替代现行的《企业所得税暂行条例》和《外商投资企业和外国企业所得税法》。新的《企业所得税法》共8章60条，其主要指导思想体现为"四个统一"，即内资企业、外资企业适用统一的企业所得税法；统一并适当降低企业所得税税率；统一和规范税前扣除办法和标准；统一税收优惠政策，实行"产业优惠为主、区域优惠为辅"的新税收优惠体系。其主要内容可以概括如下：

（一）企业所得税的纳税人

1. 纳税人的一般规定。在我国境内，企业和其他取得收入的组织（以下统称企业）为企业所得税的纳税人，依照本法的规定缴纳企业所得税。这里的企业包括内资企业和外资企业，但是不包括个人独资企业和合伙企业。个人独资企业和合伙企业分别由投资者就其所得缴纳个人所得税。

2. 居民纳税人和非居民纳税人。企业所得税法把企业分为居民企业和非居民企业。居民企业，是指依法在中国境内成立，或者依照外国（地区）法律成立但实际管理机构在中国境内的企业。非居民企业，是指依照外国（地区）法律成立且实际管理机构不在中国境内，但在中国境内设立机构、场所的，或者在中国境内未设立机构、场所，但有来源于中国境内所得的企业。可见非居民企业依其是否在我国设立机构、场所分两种。

二者在税法上的区别：

（1）税法对二者的行使的税收管辖权不一样，对居民企业行使居民管辖权，对非居民企业行使地域管辖权。

（2）居民企业负有无限的纳税义务，应当就其来源于中国境内、境外的所得缴纳企业所得税；非居民企业负有有限的纳税义务，又分两种情况：

第一，非居民企业在中国境内设立机构、场所的，应当就其所设机构、场所取得的来源于中国境内的所得，以及发生在中国境外但与其所设机构、场所有实际联系的所得，缴纳企业所得税。

第二，非居民企业在中国境内未设立机构、场所的，或者虽设立机构、场所但取得的所得与其所设机构、场所没有实际联系的，应当就其来源于中国境内的所得缴纳企业所得税。

（二）企业所得税的征税对象和计税依据

1. 企业所得税针对企业每一年度的纯所得征收。

2. 计税依据（即税基）。企业每一纳税年度的收入总额，减除不征税收入、免税收入、各项扣除以及允许弥补的以前年度亏损后的余额，为应纳税所得额。

（三）税率

（1）企业所得税的税率为25%。

（2）对于非居民企业的下列两种情况，就其来源于中国境内的所得适用20%的税率缴纳企业所得税：①在中国境内未设立机构、场所的，而又来源于我国境内的所得；②虽设立机构、场所但取得的所得与其所设机构、场所没有实际联系的。并且，对这部分税款，由支付人代为扣缴，实行源泉征收。

（四）税收优惠措施

（1）企业的下列收入为免税收入：①国债利息收入；②符合条件的居民企业之间的股息、红利等权益性投资收益；③在中国境内设立机构、场所的非居民企业从居民企业取得与该机构、场所有实际联系的股息、红利等权益性投资收益；④符合条件的非营利组织的收入。

（2）企业的下列所得，可以免征、减征企业所得税：①从事农、林、牧、渔业项目的所得；②从事国家重点扶持的公共基础设施项目投资经营的所得；③从事符合条件的环境保护、节能节水项目的所得；④符合条件的技术转让所得；⑤非居民企业在中国境内未设立机构、场所的，或者虽设立机构、场所但取得的所得与其所设机构、场所没有实际联系的，应当就其来源于中国境内的所得缴纳企业所得税。

（3）符合条件的小型微利企业，减按20%的税率征收企业所得税。

（4）国家需要重点扶持的高新技术企业，减按15%的税率征收企业所得税。

（5）民族自治地方的自治机关对本民族自治地方的企业应缴纳的企业所得税中属于地方分享的部分，可以决定减征或者免征。自治州、自治县决定减征或者免征的，须报省、自治区、直辖市人民政府批准。

（6）企业的下列支出，可以在计算应纳税所得额时加计扣除：①开发新技术、新产品、新工艺发生的研究开发费用；②安置残疾人员及国家鼓励安置的其他就业人员所支付的工资。

（五）纳税地点

除税收法律、行政法规另有规定外，居民企业以企业登记注册地为纳税地点；但登记注册地在境外的，以实际管理机构所在地为纳税地点。

（六）企业所得税的纳税年度

企业所得税按纳税年度计算，纳税年度自公历1月1日起至12月31日止。实行分月或者分季预缴。

（七）亏损的结转和已纳税款的抵免

（1）亏损的结转。企业纳税年度发生的亏损，准予向以后年度结转，用以后年度的所得弥补，但结转年限最长不得超过五年。但是，企业在汇总计算缴纳企业所得税时，其境外营业机构的亏损不得抵减境内营业机构的盈利。

（2）已纳税款的抵免。为了避免重复征税，对企业取得的下列所得已在境外缴纳的所得税税额，可以从其当期应纳税额中抵免，抵免限额为该项所得依照我国企业所得税法规定计算的应纳税额；超过抵免限额的部分，可以在以后五个年度内，用每年度抵免限额抵免当年应抵税额后的余额进行抵补：

1. 居民企业来源于中国境外的应税所得；

2. 非居民企业在中国境内设立机构、场所，取得发生在中国境外但与该机构、场所有实际联系的应税所得。

另外，为了鼓励境内企业对外投资，居民企业从其直接或者间接控制的外国企业分得的来源于中国境外的股息、红利等权益性投资收益，外国企业在境外实际缴纳的所得税税额中属于该项所得负担的部分，可以作为该居民企业的可抵免境外所得税税额，在依我国税法计算的税款数额内抵免。

示例 下列关于企业所得税的说法正确的有

A. 甲公司投资国债获得了 10 万元的利息可以免征企业所得税。

B. 合伙企业不缴纳企业所得税

C. 外资企业和内资企业缴纳所得税的税率是完全相同的。

D. 乙公司多年一直研究一种节水装置，现在获得了专利权，生产该装置获得了相应的利润，对此利润可以免征企业所得税。

答案：ABCD

考点五　个人所得税法

个人所得税是以个人的所得为征税对象的一种税。

（一）个人所得税的纳税人

个人所得税的纳税人为在中国境内有住所，或者无住所而在中国境内居住满 1 年的个人从中国境内和境外取得的所得，以及在中国境内无住所又不居住或者在境内居住不满 1 年但从中国境内取得的所得。

（二）个人所得税的征税对象

个人所得税的征税对象为应税所得，具体包括：①工资、薪金所得；②个体工商户的生产、经营所得；③对企事业单位的承包经营、承租经营所得；④劳务报酬所得；⑤稿酬所得；⑥特许权使用费所得；⑦利息、股息、红利所得；⑧财产租赁所得；⑨财产转让所得；⑩偶然所得；⑪经国务院财政部门确定征税的其他所得。

（三）个人所得税的税基

个人所得税的税基为应纳税所得额。应纳税所得额的计算方法如下：①工资、薪金所得，以每月收入额减除费用 1600 元后的余额，为应纳税所得额；②个体工商户的生产、经营所得，以每一纳税年度的收入总额，减除成本、费用以及损失后的余额，为应纳税所得额；③对企事业单位的承包经营、承租经营所得，以每一纳税年度的收入总额，减除必要费用后的余额，为应纳税所得额；④劳务报酬所得、稿酬所得、特许权使用费所得、财产租赁所得，每次收入不超过 4000 元的，减除费用 800 元；4000 元以上的，减除 20% 的费用，其余额为应纳税所得额；⑤财产转让所得，以转让财产的收入额减除财产原值和合理费用后的余额，为应纳税所得额；⑥利息、股息、红利所得，偶然所得和其他所得，以每次收入额为应纳税所得额。

（四）个人所得税的税率

个人所得税根据不同的税目适用不同的税率：①工资、薪金所得，适用超额累进税率，税率为5%至45%；②个体工商户的生产、经营所得和对企事业单位的承包经营、承租经营所得，适用5%至35%的超额累进税率；③稿酬所得，适用比例税率，税率为20%，并按应纳税额减征30%；④劳务报酬所得，适用比例税率，税率为20%，对劳务报酬所得一次收入畸高的，可以实行加成征收，应纳税所得额超过2万元至5万元的部分，依照税法规定计算应纳税额后再按照应纳税额加征五成，超过5万元的部分，加征十成；⑤特许权使用费所得，利息、股息、红利所得，财产租赁所得，财产转让所得，偶然所得和其他所得，适用比例税率，税率为20%。

（五）个人所得税的税收减免

下列各项个人所得，免纳个人所得税：①省级人民政府、国务院部委和中国人民解放军军以上单位，以及外国组织、国际组织颁发的科学、教育、技术、文化、卫生、体育、环境保护等方面的奖金；②国债和国家发行的金融债券利息；③按照国家统一规定发给的补贴、津贴；④福利费、抚恤金、救济金；⑤保险赔款；⑥军人的转业费、复员费；⑦按照国家统一规定发给干部、职工的安家费、退职费、退休工资、离休工资、离休生活补助费；⑧依照我国有关法律规定应予免税的各国驻华使馆、领事馆的外交代表、领事官员和其他人员的所得；⑨中国政府参加的国际公约、签订的协议中规定免税的所得；⑩经国务院财政部门批准免税的所得。

有下列情形之一的，经批准可以减征个人所得税：①残疾、孤老人员和烈属的所得；②因严重自然灾害造成重大损失的；③其他经国务院财政部门批准减税的。

纳税人从中国境外取得的所得，准予其在应纳税额中扣除已在境外缴纳的个人所得税税额。但扣除额不得超过该纳税人境外所得依照我国法律规定计算的应纳税额。

示例1 下列哪一项个人所得不应免纳个人所得税？

A. 某体育明星在奥运会上获得一块金牌，回国后国家体育总局奖励20万元人民币

B. 某科学家获得国务院特殊津贴每月200元人民币

C. 某高校教师取得一项发明专利，学校奖励5万元人民币

D. 李某新买的宝马车在某风景区停靠时，被山上落下的石头砸坏，保险公司赔付李某的6万元保险金

答案：C

示例2 根据我国《个人所得税法》的规定，对下列哪一项所得可以实行加成征收？

A. 特许权使用费所得

B. 工资、薪金所得

C. 劳务报酬所得

D. 因福利彩票中奖所得

答案：C

示例3 根据法律规定，下列哪些个人所得可以免征个人所得税？

A. 甲存入国有商业银行存款而获得的利息收入500元

B. 乙向保险公司投保获得的保险赔款200元

C. 丙因工负伤获得的抚恤金3000 元

D. 丁获得县人民政府颁发的教育奖金 5000 元

答案：BC

示例 4 某民警在一次执行公务中牺牲，被公安部授予"一级英模"称号，并奖励奖金 1 万元，奖金由民警家属代领，同时其家属还收到全国各地捐款共达 10 万元。对该民警家属的 11 万元所得应否纳税存在下列几种意见，请问哪一种是正确的？

A. 对 11 万元全额征收个人所得税

B. 对 11 万元全部免纳个人所得税

C. 对 1 万元的奖金免纳个人所得税，对 10 万元的受赠金可减纳个人所得税

D. 对 11 万元减纳个人所得税

答案：C

考点六　税收征收管理法

（一）纳税人权利

1. 知情权。纳税人、扣缴义务人有权向税务机关了解国家税收法律、行政法规的规定以及与纳税程序有关的情况。

2. 保密权。纳税人、扣缴义务人有权要求税务机关为纳税人、扣缴义务人的情况保密。税务机关应当依法为纳税人、扣缴义务人的情况保密。为纳税人、扣缴义务人保密的情况，是指纳税人、扣缴义务人的商业秘密及个人隐私。纳税人、扣缴义务人的税收违法行为不属于保密范围。

3. 申请减、免、退税的权利。

4. 陈述权、申辩权。纳税人、扣缴义务人对税务机关所作出的决定，享有陈述权、申辩权。

5. 申请行政复议、提起行政诉讼、请求国家赔偿权。

6. 控告和检举权。纳税人、扣缴义务人有权控告和检举税务机关、税务人员的违法违纪行为。任何单位和个人都有权检举违反税收法律、行政法规的行为。收到检举的机关和负责查处的机关应当为检举人保密。

7. 获得奖励权。税务机关应当按照规定对检举人给予奖励。

8. 申请回避权。税务人员在核定应纳税额、调整税收定额、进行税务检查、实施税务行政处罚、办理税务行政复议时，与纳税人、扣缴义务人或者其法定代表人、直接责任人有下列关系之一的，应当回避：①夫妻关系；②直系血亲关系；③三代以内旁系血亲关系；④近姻亲关系；⑤可能影响公正执法的其他利害关系。

（二）税务管理

税务管理是税收征管程序中的基础性环节，主要包括三项制度：税务登记、账簿凭证管理和纳税申报。

1. 税务登记。税务登记，又称为纳税登记，是指纳税人在开业、歇业前或其他生产经营期间发生的重大变动，在法定期间内向主管税务机关办理书面登记的一项制度。税务登记可分为开业登记、变更登记和注销登记。

开业登记制度。企业、企业在外地设立的分支机构和从事生产、经营的场所，个体工商户和从事生产、经营的事业单位（以下统称从事生产、经营的纳税人）自领取营业执照之日起 30 日内，持有关证件，向税务机关申报办理税务登记。税务机关应当自收到申报之日起 30 日内审核并发给税务登记证件。工商

行政管理机关应当将办理登记注册、核发营业执照的情况，定期向税务机关通报。

变更、注销登记制度。从事生产、经营的纳税人，税务登记内容发生变化的，自工商行政管理机关办理变更登记之日起30日内或者在向工商行政管理机关申请办理注销登记之前，持有关证件向税务机关申报办理变更或者注销税务登记。纳税人在办理注销税务登记前，应当向税务机关结清应纳税款、滞纳金、罚款，缴销发票、税务登记证件和其他税务证件。

外出经营税务登记的管理制度。从事生产、经营的纳税人到外县（市）临时从事生产、经营活动的，应当持税务登记证副本和所在地税务机关填开的外出经营活动税收管理证明，向营业地税务机关报验登记，接受税务管理。从事生产、经营的纳税人外出经营，在同一地累计超过180天的，应当在营业地办理税务登记手续。

示例 关于税务登记的下列哪一表述是正确的？

A. 事业单位均无需办理税务登记

B. 企业在外地设立的分支机构应当办理税务登记

C. 个体工商户应当在办理营业执照之前办理税务登记

D. 税务机关应当在收到税务登记申报之后15日内核发税务登记证件

答案：B

2. 账簿凭证管理。账簿凭证管理制度包括账簿凭证的设置制度、财务会计制度、发票管理制度、账簿凭证的保管制度和税控装置制度等。

（1）账簿凭证的设置。从事生产、经营的纳税人应当自领取营业执照或者发生纳税义务之日起15日内，按照国家有关规定设置账簿。账簿，是指总账、明细账、日记账以及其他辅助性账簿。总账、日记账应当采用订本式。

（2）财务会计处理办法备案制度。从事生产、经营的纳税人应当自领取税务登记证件之日起15日内，将其财务、会计制度或者财务、会计处理办法报送主管税务机关备案。纳税人使用计算机记账的，应当在使用前将会计电算化系统的会计核算软件、使用说明书及有关资料报送主管税务机关备案。纳税人建立的会计电算化系统应当符合国家有关规定，并能正确、完整核算其收入或者所得。扣缴义务人应当自税收法律、行政法规规定的扣缴义务发生之日起10日内，按照所代扣、代收的税种，分别设置代扣代缴、代收代缴税款账簿。纳税人、扣缴义务人会计制度健全，能够通过计算机正确、完整计算其收入和所得或者代扣代缴、代收代缴税款情况的，其计算机输出的完整的书面会计记录，可视同会计账簿。

纳税人、扣缴义务人的财务、会计制度或者财务、会计处理办法与国务院或者国务院财政、税务主管部门有关税收的规定抵触的，依照国务院或者国务院财政、税务主管部门有关税收的规定计算应纳税款、代扣代缴和代收代缴税款。

（3）账簿凭证的文字管理。账簿、会计凭证和报表，应当使用中文。民族自治地方可以同时使用当地通用的一种民族文字。外商投资企业和外国企业可以同时使用一种外国文字。

（4）发票管理制度。税务机关是发

票的主管机关，负责发票印制、领购、开具、取得、保管、缴销的管理和监督。单位、个人在购销商品、提供或者接受经营服务以及从事其他经营活动中，应当按照规定开具、使用、取得发票。增值税专用发票由国务院税务主管部门指定的企业印制；其他发票，按照国务院税务主管部门的规定，分别由省、自治区、直辖市国家税务局、地方税务局指定企业印制。

（5）税控装置制度。国家根据税收征收管理的需要，积极推广使用税控装置。纳税人应

当按照规定安装、使用税控装置，不得损毁或者擅自改动税控装置。

（6）账簿凭证的保管制度。账簿、记账凭证、报表、完税凭证、发票、出口凭证以及其他有关涉税资料应当合法、真实、完整。账簿、记账凭证、报表、完税凭证、发票、出口凭证以及其他有关涉税资料应当保存 10 年，但是，法律、行政法规另有规定的除外。

3. 纳税申报。纳税申报是纳税人按照法律规定的期限和内容，向征税机关提交有关纳税事项的书面报告的一项制度。包括纳税申报的方式、期限、内容等方面的制度。

（1）纳税申报一般要求。纳税人必须依照法律、行政法规规定或者税务机关依照法律、行政法规的规定确定的申报期限、申报内容如实办理纳税申报，报送纳税申报表、财务会计报表以及税务机关根据实际需要要求纳税人报送的其他纳税资料。扣缴义务人必须依照法律、行政法规规定或者税务机关依照法律、行政法规的规定确定的申报期限、申报内容如实报送代扣代缴、代收代缴

税款报告表以及税务机关根据实际需要要求扣缴义务人报送的其他有关资料。纳税人在纳税期内没有应纳税款的，也应当按照规定办理纳税申报。纳税人享受减税、免税待遇的，在减税、免税期间应当按照规定办理纳税申报。

（2）纳税申报的方式。税务机关应当建立、健全纳税人自行申报纳税制度。经税务机关批准，纳税人、扣缴义务人可以采取邮寄、数据电文方式办理纳税申报或者报送代扣代缴、代收代缴税款报告表。数据电文方式，是指税务机关确定的电话语音、电子数据交换和网络传输等电子方式。纳税人采取邮寄方式办理纳税申报的，应当使用统一的纳税申报专用信封，并以邮政部门收据作为申报凭据。邮寄申报以寄出的邮戳日期为实际申报日期。

实行定期定额缴纳税款的纳税人，可以实行简易申报、简并征期等申报纳税方式。

（3）纳税申报表的内容和申报资料。纳税人、扣缴义务人的纳税申报或者代扣代缴、代收代缴税款报告表的主要内容包括：税种、税目，应纳税项目或者应代扣代缴、代收代缴税款项目，计税依据，扣除项目及标准，适用税率或者单位税额，应退税项目及税额、应减免税项目及税额，应纳税额或者应代扣代缴、代收代缴税额，税款所属期限、延期缴纳税款、欠税、滞纳金等。

纳税人办理纳税申报时，应当如实填写纳税申报表，并根据不同的情况相应报送下列有关证件、资料：财务会计报表及其说明材料；与纳税有关的合同、协议书及凭证；税控装置的电子报税资料；外出经营活动税收管理证明和

异地完税凭证；境内或者境外公证机构出具的有关证明文件；税务机关规定应当报送的其他有关证件、资料。

（4）延期申报。纳税人、扣缴义务人按照规定的期限办理纳税申报或者报送代扣代缴、代收代缴税款报告表确有困难，需要延期的，应当在规定的期限内向税务机关提出书面延期申请，经税务机关核准，在核准的期限内办理。纳税人、扣缴义务人因不可抗力，不能按期办理纳税申报或者报送代扣代缴、代收代缴税款报告表的，可以延期办理；但是，应当在不可抗力情形消除后立即向税务机关报告。税务机关应当查明事实，予以核准。

（三）税款征收

税款征收是税收征管制度中的核心内容，具体包括税款征收基本制度、税收减免制度和税款征收保障制度。

1. 税款征收基本制度。税款征收基本制度主要包括征纳主体制度、征纳期限制度、退税制度、应纳税额的确定制度、税款入库制度和文书送达制度。

（1）征纳主体制度。征税主体是税务机关、税务人员以及经税务机关依照法律、行政法规委托的单位和人员，其他任何单位和个人不得进行税款征收活动。

纳税主体包括纳税人和扣缴义务人。扣缴义务人依照法律、行政法规的规定履行代扣、代收税款的义务。对法律、行政法规没有规定负有代扣、代收税款义务的单位和个人，税务机关不得要求其履行代扣、代收税款义务。

（2）征纳期限制度。征纳期限制度主要包括纳税主体的纳税期限和征税主体的征税期限。征税期限主要表现在征税机关的补征期和追征期上。

纳税人、扣缴义务人按照法律、行政法规规定或者税务机关依照法律、行政法规的规定确定的期限，缴纳或者解缴税款。纳税人因有特殊困难，不能按期缴纳税款的，经省、自治区、直辖市国家税务局、地方税务局批准，可以延期缴纳税款，但是最长不得超过3个月。纳税人的特殊困难包括：①因不可抗力，导致纳税人发生较大损失，正常生产经营活动受到较大影响的；②当期货币资金在扣除应付职工工资、社会保险费后，不足以缴纳税款的。

因税务机关的责任，致使纳税人、扣缴义务人未缴或者少缴税款的，税务机关在3年内可以要求纳税人、扣缴义务人补缴税款，但是不得加收滞纳金。因纳税人、扣缴义务人计算错误等失误，未缴或者少缴税款的，税务机关在3年内可以追征税款、滞纳金；有特殊情况的，追征期可以延长到5年。特殊情况，是指纳税人或者扣缴义务人因计算错误等失误，未缴或者少缴、未扣或者少扣、未收或者少收税款，累计数额在10万元以上的。对偷税、抗税、骗税的，税务机关追征其未缴或者少缴的税款、滞纳金或者所骗取的税款，则没有期限的限制。

（3）退税制度。纳税人超过应纳税额缴纳的税款，税务机关发现后应当立即退还；纳税人自结算缴纳税款之日起3年内发现的，可以向税务机关要求退还多缴的税款并加算银行同期存款利息，税务机关及时查实后应当立即退还；涉及从国库中退库的，依照法律、行政法规有关国库管理的规定退还。

（4）应纳税额的确定制度。应纳税

额的确定一般由征税机关根据纳税人的纳税申报来确定，在纳税人申报不实或不纳税申报时，税务机关享有核定权和调整权。纳税人有下列情形之一的，税务机关有权核定其应纳税额：① 依照法律、行政法规的规定可以不设置账簿的；② 依照法律、行政法规的规定应当设置账簿但未设置的；③ 擅自销毁账簿或者拒不提供纳税资料的；④ 虽设置账簿，但账目混乱或者成本资料、收入凭证、费用凭证残缺不全，难以查账的；⑤ 发生纳税义务，未按照规定的期限办理纳税申报，经税务机关责令限期申报，逾期仍不申报的；⑥ 纳税人申报的计税依据明显偏低，又无正当理由的。

示例　在下列哪些情况下，税务机关有权依法直接核定纳税人的应纳税额？

A. 甲公司擅自销毁账簿、拒不提供纳税资料

B. 乙公司申报的计税依据明显偏低，又无正当理由

C. 丙公司设置了账簿，但账目混乱，凭证不全，难以查账

D. 丁公司未按规定期限办理纳税申报，经税务机关责令限期申报后才申报

答案：ABC

税款入库制度。国家税务局和地方税务局应当按照国家规定的税收征收管理范围和税款入库预算级次，将征收的税款缴入国库。对审计机关、财政机关依法查出的税收违法行为，税务机关应当根据有关机关的决定、意见书，依法将应收的税款、滞纳金按照税款入库预算级次缴入国库，并将结果及时回复有关机关。

2. 税收减免制度。纳税人可以依照法律、行政法规的规定书面申请减税、免税。减税、免税的申请须经法律、行政法规规定的减税、免税审查批准机关审批。地方各级人民政府、各级人民政府主管部门、单位和个人违反法律、行政法规规定，擅自作出的减税、免税决定无效，税务机关不得执行，并向上级税务机关报告。

法律、行政法规规定或者经法定的审批机关批准减税、免税的纳税人、应当持有关文件到主管税务机关办理减税、免税手续。减税、免税期满，应当自期满次日起恢复纳税。享受减税、免税优惠的纳税人，减税、免税条件发生变化的，应当自发生变化之日起 15 日内向税务机关报告；不再符合减税、免税条件的，应当依法履行纳税义务；未依法纳税的，税务机关应当予以追缴。

3. 税款征收保障措施。税款征收保障制度包括税收保全制度、税收强制执行制度和其他保障制度。

（1）税收保全制度。

税收保全制度包括责令限期缴纳税款、冻结存款、扣押查封财产、税收代位权和撤销权等制度。

对未按照规定办理税务登记的从事生产、经营的纳税人以及临时从事经营的纳税人，由税务机关核定其应纳税额，责令缴纳；不缴纳，税务机关可以扣押其价值相当于应纳税款的商品、货物。扣押后缴纳应纳税款的，税务机关必须立即解除扣押，并归还所扣押的商品、货物；扣押后仍不缴纳应纳税款的，经县以上税务局（分局）局长批准，依法拍卖或者变卖所扣押的商品、货物，以拍卖或者变卖所得抵缴税款。

税务机关有根据认为从事生产、经

营的纳税人有逃避纳税义务行为的，可以在规定的纳税期之前，责令限期缴纳应纳税款；在限期内发现纳税人有明显的转移、隐匿其应纳税的商品、货物以及其他财产或者应纳税的收入的迹象的，税务机关可以责成纳税人提供纳税担保。如果纳税人不能提供纳税担保，经县以上税务局（分局）局长批准，税务机关可以采取下列税收保全措施：①书面通知纳税人开户银行或者其他金融机构冻结纳税人的金额相当于应纳税款的存款；②扣押、查封纳税人的价值相当于应纳税款的商品、货物或者其他财产。其他财产包括纳税人的房地产、现金、有价证券等不动产和动产。

纳税人在规定的限期内缴纳税款的，税务机关必须立即解除税收保全措施；限期期满仍未缴纳税款的，经县以上税务局（分局）局长批准，税务机关可以书面通知纳税人开户银行或者其他金融机构从其冻结的存款中扣缴税款，或者依法拍卖或者变卖所扣押、查封的商品、货物或者其他财产，以拍卖或者变卖所得抵缴税款。个人及其所扶养家属维持生活必需的住房和用品，不在税收保全措施的范围之内。机动车辆、金银饰品、古玩字画、豪华住宅或者一处以外的住房不属于个人及其所扶养家属维持生活必需的住房和用品。税务机关对单价5000元以下的其他生活用品，不采取税收保全措施和强制执行措施。

欠缴税款的纳税人因怠于行使到期债权，或者放弃到期债权，或者无偿转让财产，或者以明显不合理的低价转让财产而受让人知道该情形，对国家税收造成损害的，税务机关可以依照《合同法》第73、74条的规定行使代位权、撤销权。

示例 某税务机关在进行理性税务检查时，发现一家公司有恶意避税的行为，为了保障税款的征收，决定采取税收保全措施。下列做法正确的是：

A. 责令纳税人在规定的期限内缴纳税款

B. 在期限内发现该公司在转移应税商品，于是责成纳税人提供纳税担保

C. 纳税人提供担保后，税务机关仍不放心，书面通知银行冻结该公司的存款

D. 在期限届满前，为了完成税收任务，从冻结的存款中扣缴税款

答案：AB

（2）税收强制执行制度。从事生产、经营的纳税人、扣缴义务人未按照规定的期限缴纳或者解缴税款，纳税担保人未按照规定的期限缴纳所担保的税款，由税务机关责令限期缴纳，逾期仍未缴纳的，经县以上税务局（分局）局长批准，税务机关可以采取下列强制执行措施：①书面通知其开户银行或者其他金融机构从其存款中扣缴税款；②扣押、查封、依法拍卖或者变卖其价值相当于应纳税款的商品、货物或者其他财产，以拍卖或者变卖所得抵缴税款。税务机关采取强制执行措施时，对纳税人、扣缴义务人、纳税担保人未缴纳的滞纳金同时强制执行。个人及其所扶养家属维持生活必需的住房和用品，不在强制执行措施的范围之内。

示例 从事零售业务的个体户王某收到税务机关限期缴纳通知书的期限届满后，仍然拖欠营业税款2000元。税务机关对此采用的下列哪一种做法不符合法律规定？

A. 扣押王某价值 2500 元的营业用冷冻柜

B. 书面通知银行从王某的储蓄账户中扣缴拖欠税款

C. 从王某的储蓄账户中强制扣缴拖欠税款的滞纳金

D. 为防止王某以后再拖欠税款，在强制执行王某的银行存款后继续扣押其冷冻柜 6 个月，以观后效

答案：D

（3）其他税收保障制度。其他税收保障制度主要包括税收优先权制度、纳税担保制度和离境清税制度。

税务机关征收税款，税收优先于无担保债权，法律另有规定的除外；纳税人欠缴的税款发生在纳税人以其财产设定抵押、质押或者纳税人的财产被留置之前的，税收应当先于抵押权、质权、留置权执行。纳税人欠缴税款，同时又被行政机关决定处以罚款、没收违法所得的，税收优先于罚款、没收违法所得。

纳税担保，包括经税务机关认可的纳税保证人为纳税人提供的纳税保证，以及纳税人或者第三人以其未设置或者未全部设置担保物权的财产提供的担保。纳税担保人同意为纳税人提供纳税担保的，应当填写纳税担保书，写明担保对象、担保范围、担保期限和担保责任以及其他有关事项。担保书须经纳税人、纳税担保人签字盖章并经税务机关同意，方为有效。纳税人或者第三人以其财产提供纳税担保的，应当填写财产清单，并写明财产价值以及其他有关事项。纳税担保财产清单须经纳税人、第三人签字盖章并经税务机关确认，方为有效。

欠缴税款的纳税人或者他的法定代表人需要出境的，应当在出境前向税务机关结清应纳税款、滞纳金或者提供担保。未结清税款、滞纳金，又不提供担保的，税务机关可以通知出境管理机关阻止其出境。

（四）税务检查

税务检查制度是税收征管制度中的保障性制度，主要包括税务检查的事项、纳税人在税务检查中的义务和税务机关在税务检查中的权利义务。

1. 税务检查的事项。税务机关有权进行下列税务检查：①检查纳税人的账簿、记账凭证、报表和有关资料，检查扣缴义务人代扣代缴、代收代缴税款账簿、记账凭证和有关资料；②到纳税人的生产、经营场所和货物存放地检查纳税人应纳税的商品、货物或者其他财产，检查扣缴义务人与代扣代缴、代收代缴税款有关的经营情况；③责成纳税人、扣缴义务人提供与纳税或者代扣代缴、代收代缴税款有关的文件、证明材料和有关资料；④询问纳税人、扣缴义务人与纳税或者代扣代缴、代收代缴税款有关的问题和情况；⑤到车站、码头、机场、邮政企业及其分支机构检查纳税人托运、邮寄应纳税商品、货物或者其他财产的有关单据、凭证和有关资料；⑥经县以上税务局（分局）局长批准，凭全国统一格式的检查存款账户许可证明，查询从事生产、经营的纳税人、扣缴义务人在银行或者其他金融机构的存款账户。税务机关在调查税收违法案件时，经设区的市、自治州以上税务局（分局）局长批准，可以查询案件涉嫌人员的储蓄存款。

2. 纳税人在税务检查中的义务。纳

税人、扣缴义务人必须接受税务机关依法进行的税务检查，如实反映情况，提供有关资料，不得拒绝、隐瞒。

3. 税务机关在税务检查中的权利义务。税务机关依法进行税务检查时，有权向有关单位和个人调查纳税人、扣缴义务人和其他当事人与纳税或者代扣代缴、代收代缴税款有关的情况，有关单位和个人有义务向税务机关如实提供有关资料及证明材料。税务机关调查税务违法案件时，对与案件有关的情况和资料，可以记录、录音、录像、照相和复制。

税务机关派出的人员进行税务检查时，应当出示税务检查证和税务检查通知书，并有责任为被检查人保守秘密；未出示税务检查证和税务检查通知书的，被检查人有权拒绝检查。

历年真题与示例

1. 我国《企业所得税法》不适用于下列哪一种企业？（2008 - 1 - 19）
   A. 内资企业
   B. 外国企业
   C. 合伙企业
   D. 外商投资企业
   答案：C

2. 在计算企业应纳税所得额时，下列哪一项支出可以加计扣除？（2008 - 1 - 20）
   A. 新技术、新产品、新工艺的研究开发费用
   B. 为安置残疾人员所购置的专门设施
   C. 赞助支出
   D. 职工教育经费
   答案：A

3. 李某是个人独资企业的业主。该企业因资金周转困难，到期不能缴纳税款。经申请，税务局批准其延期三个月缴纳。在此期间，税务局得知李某申请出国探亲，办理了签证并预定了机票。对此，税务局应采取下列哪一种处理方式？（2008 - 1 - 21）
   A. 责令李某在出境前提供担保
   B. 李某是在延期期间出境，无须采取任何措施
   C. 告知李某：欠税人在延期期间一律不得出境
   D. 直接通知出境管理机关阻止其出境
   答案：A

4. 根据《个人所得税法》规定，某大学教授在 2007 年 6 月份的下列哪些收入应缴纳个人所得税？（2007 - 1 - 69）
   A. 工资 5000 元
   B. 在外兼课取得报酬 6000 元
   C. 出版教材一部，获稿酬 1.2 万元
   D. 被评为优秀教师，获奖金 5000 元
   答案：ABC

5. 某公司计算缴纳企业所得税时，提出减免企业所得税的请求，其中哪些符合法律规定？（2007 - 1 - 70）
   A. 购买国债取得的利息收入，请求免征企业所得税（2007 年卷一第 70 题）
   B. 经营一项农业项目的所得，请求减征企业所得税
   C. 投资经营一项无国家扶持基础设施项目的所得，请求免征企业所得税
   D. 开发一项新技术的研究开发费用，请求在计算应纳税所得额时加计扣除
   答案：ABD

6. 下列关于税收保全与税收强制措施的哪些表述是错误的？（2006-1-67）

   A. 税收保全与税收强制措施适用于所有逃避纳税义务的纳税人

   B. 税收强制措施不包括从纳税人的存款中扣缴税款

   C. 个人生活必需的用品不适用税收保全与税收强制执行措施

   D. 税务机关可不经税收保全措施而直接采取税收强制执行措施

   答案：ABD

7. 关于增值税的说法，下列哪一选项是错误的？（2009-1-26）

   A. 增值税的税基是销售货物或者提供加工、修理修配劳务以及进口货物的增值额

   B. 增值税起征点的范围只限于个人

   C. 农业生产者销售自产农业产品的，免征增值税

   D. 进口图书、报纸、杂志的，免征增值税

   答案：D

8. 关于企业所得税的说法，下列哪一选项是错误的？（2009-1-27）

   A. 在我国境内，企业和其他取得收入的组织为企业所得税的纳税人

   B. 个人独资企业、合伙企业不是企业所得税的纳税人

   C. 企业所得税的纳税人分为居民企业和非居民企业，二者的适用税率完全不同

   D. 企业所得税的税收优惠，居民企业和非居民企业都有权享受

   答案：C

9. 2001 年修订的《税收征收管理法》规定了纳税人的权利，下列哪些情形符合纳税人权利的规定？（2009-1-68）

   A. 张某要求查询丈夫的个人所得税申报信息，税务机关以保护纳税人秘密权为由予以拒绝

   B. 甲公司对税务机关征收的一笔增值税计算方法有疑问，要求予以解释

   C. 乙公司不服税收机关对其采取冻结银行存款的税收保全措施，申请行政复议

   D. 个体工商户陈某认为税务所长在征税过程中对自己滥用职权故意刁难，向上级税务机关提出控告

   答案：ABCD

第二章 会计法

考点完整提炼

会计法 { 会计法的适用范围 / 会计核算的法律规定 / 会计监督 }

考点精析

考点一 《会计法》的适用范围

《会计法》规定，国家机关、社会团体、公司、企业、事业单位和其他组织必须依照本法办理会计事务。

个体工商户会计管理的具体办法，由国务院财政部门根据本法的原则另行规定。

考点二 会计核算的法律规定

（一）会计核算的内容

《会计法》规定：下列经济业务事项，应当办理会计手续，进行会计核算：①款项和有价证券的收付；②财物的收发、增减和使用；③债权债务的发生和结算；④资本、基金的增减；⑤收

入、支出、费用、成本的计算；⑥财务成果的计算和处理；⑦需要办理会计手续、进行会计核算的其他事项。

（二）会计年度及记账本位币

我国会计年度采用公历制，自公历1月1日起至12月31日止。记账本位币为人民币。

业务收支以人民币以外的货币为主的单位，可以选定其中一种货币作为记账本位币，但是编

报的财务会计报告应当折算为人民币。

（三）会计核算的要求

（1）对会计凭证的要求。

会计凭证必须符合国家统一的会计制度。会计凭证包括原始凭证和记账凭证。会计凭证、会计账簿、财务会计报告和其他会计资料，必须符合国家统一的会计制度的规定。使用电子计算机进行会计核算的，其软件及其生成的会计凭证、会计账簿、财务会计报告和其他会计资料，也必须符合国家统一的会计制度的规定。

任何单位和个人不得伪造、变造会计凭证、会计账簿及其他会计资料，不得提供虚假的财务会计报告。

会计机构、会计人员必须按照国家统一的会计制度的规定对原始凭证进行审核，对不真实、不合法的原始凭证有权不予接受，并向单位负责人报告；对记载不准确、不完整的原始凭证予以退回，并要求按照有关国家统一的会计制度的规定更正、补充。

原始凭证记载的各项内容均不得涂改；原始凭证有错误的，应当由出具单位重开或者更正，更正处应当加盖出具单位印章。原始凭证金额有错误的，应

当由出具单位重开，不得在原始凭证上更正。记账凭证应当根据经过审核的原始凭证及有关资料编制。

（2）对会计登记账簿的要求。

会计账簿登记，必须以经过审核的会计凭证为依据，并符合有关法律、行政法规和国家统一的会计制度的规定。会计账簿包括总账、明细账、日记账和其他辅助性账簿。

会计账簿应当按照连续编号的页码顺序登记。

会计账簿记录发生错误或者隔页、缺号、跳行的，应当按照国家统一的会计制度规定的方法更正，并由会计人员和会计机构负责人（会计主管人员）在更正处盖章。

各单位应当定期将会计账簿记录与实物、款项及有关资料相互核对，保证会计账簿记录与实物及款项的实有数额相符、会计账簿记录与会计凭证的有关内容相符、会计账簿之间相对应的记录相符、会计账簿记录与会计报表的有关内容相符。

各单位采用的会计处理方法，前后各期应当一致，不得随意变更；确有必要变更的，应当按照国家统一的会计制度的规定变更，并将变更的原因、情况及影响在财务会计报告中说明。

（3）对财务会计报告的要求。

财务会计报告由会计报表、会计报表附注和财务情况说明书组成。向不同的会计资料使用者提供的财务会计报告，其编制依据应当一致。

财务会计报告应当由单位负责人和主管会计工作的负责人、会计机构负责人（会计主管人员）签名并盖章；设置总会计师的单位，还须由总会计师签名

并盖章。单位负责人应当保证财务会计报告真实、完整。

考点二 会计监督

（一）单位内部的会计监督

各单位应当建立、健全本单位内部会计监督制度。单位内部会计监督制度应当符合下列

要求：①记账人员与经济业务事项和会计事项的审批人员、经办人员、财物保管人员的职责权限应当明确，并相互分离、相互制约；②重大对外投资、资产处置、资金调度和其他重要经济业务事项的决策和执行的相互监督、相互制约程序应当明确；③财产清查的范围、期限和组织程序应当明确；④对会计资料定期进行内部审计的办法和程序应当明确。

（二）国家监督

财政部门对各单位的下列情况实施监督：①是否依法设置会计账簿；②会计凭证、会计账簿、财务会计报告和其他会计资料是否真实、完整；③会计核算是否符合《会计法》和国家统一的会计制度的规定；④从事会计工作的人员是否具备从业资格。

第三章 审计法

考点完整提炼

审计法 { 审计法的调整范围
审计机构的职责
审计机关的权限

考点精析

考点一 审计法的调整范围

国务院各部门和地方各级人民政府及其各部门的财政收支，国有的金融机构和企业事业

组织的财务收支，以及其他依照《审计法》规定应当接受审计的财政收支、财务收支，依照法律规定接受审计监督。

考点二 审计机关的职责

1. 审计机关对本级各部门（含直属单位）和下级政府预算的执行情况和决算，以及预算外资金的管理和使用情况，进行审计监督。

2. 审计署在国务院总理领导下，对中央预算执行情况进行审计监督，向国务院总理提出审计结果报告。地方各级审计机关分别在省长、自治区主席、市长、州长、县长、区长和上一级审计机关的领导下，对本级预算执行情况进行审计监督，向本级人民政府和上一级审计机关提出审计结果报告。

3. 审计署对中央银行的财务收支，进行审计监督。审计机关对国有金融机构的资产、负债、损益，进行审计监督。

4. 审计机关对国家的事业组织的财务收支，进行审计监督；对国有企业的资产、负债、损益，进行审计监督；对与国计民生有重大关系的国有企业、接受财政补贴较多或者亏损数额较大的国有企业，以及国务院和本级地方人民政府指定的其他国有企业，应当有计划地定期进行审计；对国家建设项目预算的执行情况和决算，进行审计监督；对政府部门管理的和社会团体受政府委托管理的社会保障基金、社会捐赠资金以及其他有关基金、资金的财务收支，进行审计监督；对国际组织和外国政府援助、贷款项目的财务收支，进行审计监

督；对其他法律、行政法规规定应当由审计机关进行审计的事项，依照《审计法》和有关法律、行政法规的规定进行审计监督。

5. 审计机关有权对与国家财政收支有关的特定事项，向有关地方、部门、单位进行专项审计调查，并向本级人民政府和上一级审计机关报告审计调查结果。

考点三。 审计机关的权限

1. 审计机关有权要求被审计单位按照规定报送预算或者财务收支计划、预算执行情况、决算、财务报告，社会审计机构出具的审计报告，以及其他与财政收支或者财务收支有关的资料，被审计单位不得拒绝、拖延、谎报。

2. 审计机关进行审计时，有权检查被审计单位的会计凭证、会计账簿、会计报表以及其他与财政收支或者财务收支有关的资料和资产，被审计单位不得拒绝。

3. 审计机关进行审计时，有权就审计事项的有关问题向有关单位和个人进行调查，并取得有关证明材料。有关单位和个人应当支持、协助审计机关工作，如实向审计机关反映情况，提供有关证明材料。

4. 审计机关对被审计单位正在进行的违反国家规定的财政收支、财务收支行为，有权予以制止；制止无效的，经县级以上审计机关负责人批准，通知财政部门和有关主管部门暂停拨付与违反国家规定的财政收支、财务收支行为直接有关的款项，已经拨付的，暂停使用。采取该项措施不得影响被审计单位合法的业务活动和生产经营活动。

5. 审计机关认为被审计单位所执行的上级主管部门有关财政收支、财务收支的规定与法律、行政法规相抵触的，应当建议有关主管部门纠正；有关主管部门不予纠正的，审计机关应当提请有权处理的机关依法处理。

6. 审计机关可以向政府有关部门通报或者向社会公布审计结果。

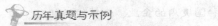 历年真题与示例

下列哪些属于审计机关的审计监督范围？（2009 - 1 - 69）

A. 国家的事业组织和使用财政资金的其他事业组织的财务支出

B. 国有金融机构和国有企业的资产、负债、损益

C. 政府投资的建设项目的财务收支

D. 国际组织贷款项目的财务收支

答案：ABD

第五部分　劳 动 法

第一章　劳动法概述

考点完整提炼

劳动法概述 {
劳动法与劳动合同法的适用对象
劳动法律关系
劳动监管部门
}

法条依据串烧

《劳动合同法》第 2 条　中华人民共和国境内的企业、个体经济组织、民办非企业单位等组织（以下称用人单位）与劳动者建立劳动关系，订立、履行、变更、解除或者终止劳动合同，适用本法。

国家机关、事业单位、社会团体和与其建立劳动关系的劳动者，订立、履行、变更、解除或者终止劳动合同，依照本法执行。

考点精析

考点一　《劳动法》与《劳动合同法》的适用范围

（一）劳动法适用的对象

（1）在中华人民共和国境内的企业、个体经济组织和民办非企业单位与之形成劳动关系的劳动者。在中国境内的企业、个体经济组织和民办非企业单位与劳动者之间，只要形成劳动关系，即劳动者事实上已成为企业、个体经济组织的工作人员，并为其提供有偿劳动，不论他们之间是否订立劳动合同都适用《劳动法》。

（2）国家机关、事业组织、社会团体实行劳动合同制度的以及按规定应实行劳动合同制度的工勤人员；其他通过劳动合同与国家机关、事业组织、社会团体建立劳动关系的劳动者，适用《劳动法》。

（3）实行企业化管理的事业组织的人员适用《劳动法》。实行企业化管理的事业组织是指国家不再核拨经费，实行独立核算、自负盈亏的事业组织。

（二）劳动法不适用的范围

公务员、农村劳动者（乡镇企业职工和进城务工、经商的农民除外）、现役军人和家庭保姆、在中华人民共和国境内享有外交特权和豁免权的外国人等不适用我国《劳动法》。

考点二　劳动法律关系

（一）劳动法律关系的概念

劳动法律关系是当事人（即劳动者和用人单位）依据劳动法律规范，在履行劳动合同过程中形成的权利义务关系。由于劳动关系首先是一种合同关系，因此与民法上的合同关系具有相同性属于相对性法律关系，即特定当事人之间的法律关系具有相对性。与合同法上的普通合同关系有所不同的是如下两方面：其一是普通合同关系仅仅是一种财产关系，而劳动合同关系依照目前我国劳动法学界的通说认为既是一种财产关系又是一种人身性法律关系；其二是普通合同关系完全是一种平等的民事关系，而劳动合同则既是一种平等性的法律关系又具有纵向的隶属性关系，因此不能由合同法来调整，而是需要单独立法加以调整。

（二）劳动法律关系的主体

1. 劳动者。

（1）劳动能力。所谓劳动能力不是我们日常生活中所说的劳动能力，而是指成为劳动者从而参加劳动法律关系的资格，属于权利能力的一种。劳动者应当具有劳动能力，以从事劳动活动依据劳动合同获取合法劳动报酬的自然人。成为劳动合同的主体需要具有权利能力和相应的行为能力。在我国凡年满16周岁、有劳动能力的公民是具有劳动权利能力和劳动行为能力的人。即劳动者的法定最低就业年龄为16周岁。

（2）劳动者的权利。根据《劳动法》的规定，劳动者的劳动权利主要有：①平等就业和选择职业的权利；②取得劳动报酬的权利；③休息休假的权利；④获得劳动安全卫生保护的权利；⑤接受职业技能培训的权利；⑥享受社会保险和福利的权利；⑦依法参加工会和职工民主管理的权利；⑧提请劳动争议处理的权利；⑨法律规定的其他劳动权利。

2. 用人单位。

（1）用人单位的概念。用人单位是指依法使用和管理劳动者并付给其劳动报酬的单位。在我国用人单位可以是依法成立的企事业单位、国家机关和社会团体，也可以是个体经济组织。

（2）用人单位的主要权利。用人单位的权利主要有：①招工权，是用人单位根据本单位需要招用职工的权利；②用人权，是用人单位依照法律和合同的规定，使用和管理劳动者的权利；③奖惩权，是用人单位依照法律和本单位的劳动纪律，决定对职工奖惩的权利；④分配权，是用人单位在法律和合同规定的范围内，决定劳动报酬分配方面的权利。

示例 下列合同中，适用劳动法的有：

A. 某个体户与某公司签订的长期提供定做家具的协议

B. 某家政服务人员与某居民签订的合同，约定提供钟点工服务

C. 某事业单位与其聘请的保洁人员签订的合同

D. 某毕业生与一家国有企业的签订的录用合同

答案： CD

考点三 劳动监督管理部门

1. 县级以上各级人民政府劳动行政部门依法对用人单位遵守劳动法律、法规的情况进行监督检查，对违反劳动法律、法规的行为有权制止，并责令改正。

2. 县级以上各级人民政府劳动行政部门监督检查人员执行公务，有权进入用人单位了解执行劳动法律、法规的情况，查阅必要的资料，并对劳动场所进行检查。

历年真题与示例

关于劳动关系的表述，下列哪些选项是正确的？（2009－1－70）

A. 劳动关系是特定当事人之间的法律关系

B. 劳动关系既包括劳动者与用人单位之间的关系也包括劳动行政部门与劳动者、用人单位之间的关系

C. 劳动关系既包括财产关系也包括人身关系

D. 劳动关系既具有平等关系的属性也具有从属关系的属性

答案：ACD

第二章　劳动合同

考点完整提炼

反不正当
竞争法
- 劳动合同的概念
- 劳动合同的种类和形式
- 劳动合同的订立
- 无固定期限的劳动合同
- 劳动合同的解除（重中之重）
- 劳动合同的终止

法条依据串烧

《劳动合同法》第 10 条　建立劳动关系，应当订立书面劳动合同。

已建立劳动关系，未同时订立书面劳动合同的，应当自用工之日起一个月内订立书面劳动合同。用人单位与劳动者在用工前订立劳动合同的，劳动关系自用工之日起建立。

《劳动合同法》第 39 条　劳动者有下列情形之一的，用人单位可以解除劳动合同：

（一）在试用期间被证明不符合录用条件的；

（二）严重违反用人单位的规章制度的；

（三）严重失职，营私舞弊，给用人单位造成重大损害的；

（四）劳动者同时与其他用人单位建立劳动关系，对完成本单位的工作任务造成严重影响，或者经用人单位提出，拒不改正的；

（五）因本法第 26 条第 1 款第（一）项规定的情形致使劳动合同无效的；

（六）被依法追究刑事责任的。

《劳动合同法》第 42 条　劳动者有下列情形之一的，用人单位不得依照本法第 40 条、第 41 条的规定解除劳动合同：

（一）从事接触职业病危害作业的劳动者未进行离岗前职业健康检查，或者疑似职业病病人在诊断或者医学观察期间的；

（二）在本单位患职业病或者因工负伤并被确认丧失或者部分丧失劳动能力的；

（三）患病或者非因工负伤，在规定的医疗期内的；

（四）女职工在孕期、产期、哺乳期的；

（五）在本单位连续工作满 15 年，且距法定退休年龄不足 5 年的；

（六）法律、行政法规规定的其他情形。

考点精析

考点一　劳动合同的概念

劳动合同，是劳动者与用人单位之间确立劳动关系，明确双方权利和义务的书面协议。

考点二　劳动合同的种类和形式

（一）劳动合同的种类

按照合同期限的不同劳动合同分为：有固定期限、无固定期限和以完成

一定的工作为期限的劳动合同。

（1）有固定期限的劳动合同，又称定期劳动合同，是劳动合同双方当事人明确约定合同有效的起始日期和终止日期的劳动合同。

（2）无固定期限的劳动合同，又称不定期劳动合同，是劳动合同双方当事人只约定合同的起始日期，不约定其终止日期的劳动合同。

（3）以完成一定工作为期限的劳动合同是指劳动合同双方当事人将完成某项工作或工程作为合同有效期限的劳动合同。它一般适用于建筑业、临时性、季节性的工作或由于其工作性质可以采取此种合同期限的工作岗位。

（二）劳动合同的形式

我国《劳动法》规定劳动合同应当以书面形式订立，即应采用书面协议。

考点三 劳动合同的订立

（一）劳动合同有效条件

1. 劳动合同的主体合法。劳动合同的当事人必须具备合法资格，劳动者应是年满 16 周岁，身体健康，具有劳动权利能力和劳动行为能力的公民，可以是中国人、外国人、无国籍人。用人单位应是依法成立或核准登记的企业、个体经济组织、国家机关、事业组织、社会团体，具有用人的权利能力和行为能力。

2. 劳动合同的内容合法。

3. 劳动合同订立的程序和形式合法。劳动合同订立的程序必须符合法律规定，未经双方协商一致、强迫订立的劳动合同无效。劳动合同的形式依规定应当采用书面形式订立。

（二）无效劳动合同

1. 订立劳动合同的主体不合法，即合同双方当事人不具备法律规定的主体资格。

2. 违反法律、行政法规的劳动合同。

3. 一方采用欺诈、威胁等手段订立的劳动合同。

4. 用人单位免除自己的法定责任、排除劳动者权利的条款无效。注意此种情形不是整个劳动合同无效，而是仅该不公平的条款无效。

无效的劳动合同，从订立时起，就没有法律效力。确认劳动合同部分无效的，如果不影响其余部分的效力，其余部分仍然有效。劳动合同的无效，由劳动争议仲裁委员会或者人民法院确认。

（三）劳动合同的内容

1. 必备条款。劳动合同的内容具体表现为劳动合同的条款，一般分为必备条款和任意条款。必备条款是法律规定的生效劳动合同必须具备的条款，否则劳动合同不能成立生效。依照《劳动合同法》的规定劳动合同应当具备以下条款：

（1）用人单位的名称、住所和法定代表人或者主要负责人。

（2）劳动者的姓名、住址和居民身份证或者其他有效身份证件号码。

（3）劳动合同期限。

（4）工作内容和工作地点。

（5）工作时间和休息休假。

（6）劳动报酬。

（7）社会保险。

（8）劳动保护、劳动条件和职业危害防护。

（9）法律、法规规定应当纳入劳动合同的其他事项。

劳动合同对劳动报酬和劳动条件等

标准约定不明确，引发争议的，用人单位与劳动者可以重新协商；协商不成的，适用集体合同规定；没有集体合同或者集体合同未规定劳动报酬的，实行同工同酬；没有集体合同或者集体合同未规定劳动条件等标准的，适用国家有关规定。

2. 任意条款。除上述必须具备的条款之外，用人单位和劳动者可以任意约定不违反法律的条款。主要有：试用期条款、保密条款、竞业禁止条款、培训条款、补充保险和福利待遇等其他事项等。以下分别讲述。

3. 试用期条款。（1）试用期不得超过法律规定的最长期限。以完成一定工作任务为期限的劳动合同或者劳动合同期限不满 3 个月的，不得约定试用期。其他合同可以约定试用期但是不得超过《劳动合同法》规定的下列最长期限：①劳动合同期限 3 个月以上不满一年的，试用期不得超过 1 个月。②劳动合同期限 1 年以上不满 3 年的，试用期不得超过 2 个月。③3 年以上固定期限和无固定期限的劳动合同，试用期不得超过 6 个月。

（2）试用期内的工资。劳动者在试用期的工资不得低于本单位相同岗位最低档工资或者劳动合同约定工资的 80%，并不得低于用人单位所在地的最低工资标准。

（3）试用期的计算。试用期包含在劳动合同期限内。劳动合同仅约定试用期的，试用期不成立，该期限为劳动合同期限。

4. 保密条款。双方当事人可以在劳动合同中约定在劳动关系存续期间或在解除、终止劳动关系后的一定期限内劳动者须承担保守用人单位商业秘密的义务，劳动者因违反约定保密事项给用人单位造成损失的，应承担赔偿责任。

5. 竞业禁止条款。所谓竞业禁止条款是指承担保密义务的劳动者在劳动关系存续期间或在解除、终止劳动关系后的一定期限内不得自营或者为他人经营与原用人单位有竞争关系的业务。约定禁止同业竞争条款的目的是防止不正当竞争。依据《公司法》的规定，竞业禁止是董事、经理的法定义务，普通劳动者没有竞业禁止义务。

对负有保密义务的劳动者，用人单位可以在劳动合同或者保密协议中与劳动者约定竞业限制条款，并约定在解除或者终止劳动合同后，在竞业限制期限内按月给予劳动者经济补偿。劳动者违反竞业限制约定的，应当按照约定向用人单位支付违约金。

竞业限制的人员限于用人单位的高级管理人员、高级技术人员和其他负有保密义务的人员。竞业限制的范围、地域、期限由用人单位与劳动者约定，竞业限制的约定不得违反法律、法规的规定。在解除或者终止劳动合同后，负有竞业限制的人员到与本单位生产或者经营同类产品、从事同类业务的有竞争关系的其他用人单位，或者自己开业生产或者经营同类产品、从事同类业务的竞业限制期限，不得超过 2 年。

考点四　无固定期限的劳动合同

（一）无固定期限劳动合同的订立

（1）双方协商一致。用人单位与劳动者协商一致，可以订立无固定期限劳动合同。

（2）依劳动者单方的意思而订立。有下列情形之一，劳动者提出或者同意续订、订立劳动合同的，除劳动者提出订立固定期限劳动合同外，应当订立无固定期限劳动合同：①劳动者在该用人单位连续工作满10年的；②用人单位初次实行劳动合同制度或者国有企业改制重新订立劳动合同时，劳动者在该用人单位连续工作满十年且距法定退休年龄不足10年的；③连续订立二次固定期限劳动合同，续订劳动合同的。需要注意的是该种情形，必须是在续订劳动合同时，用人单位没有法定解除权，若用人单位具有下述考点五所述的法定解除权的，则用人单位可以不订立无固定期限的劳动合同。

（3）法定。用人单位自用工之日起满1年不与劳动者订立书面劳动合同的，视为用人单位与劳动者已订立无固定期限劳动合同。

（二）无固定期限的法律后果

无固定期限的劳动合同首先不会因为期限届满而终止，而其在用人单位进行经济性裁员时劳动者应当被优先留用。

考点五 劳动合同的解除

（一）劳动合同解除的类型

1. 协议解除。与普通合同一样，依据《劳动法》第24条和《劳动合同法》第36条之规定，劳动合同当事人协商一致可以解除劳动合同。但是需要注意的是一定是劳动者自愿，若劳动者是被用人单位胁迫或者欺诈等同意解除劳动合同的，该解除行为应当无效。

如果解除合同是由用人单位提出的，经劳动者同意解除，则用人单位应当向劳动者支付相应的经济补偿。具体补偿标准见下文详述。

2. 用人单位单方解除劳动合同。

（1）随时解除。所谓随时解除是指用人单位无需以任何形式提前告知劳动者，可随时通知劳动者解除合同。依据《劳动合同法》第39条的规定，劳动者有下列情形之一的，用人单位可以随时解除劳动合同：①在试用期间被证明不符合录用条件的。②严重违反用人单位的规章制度的。③严重失职，营私舞弊，给用人单位造成重大损害的。④劳动者同时与其他用人单位建立劳动关系，对完成本单位的工作任务造成严重影响，或者经用人单位提出，拒不改正的。⑤劳动者在订立合同时具有欺诈和胁迫等行为从而导致劳动合同无效的原因而订立的合同。⑥被依法追究刑事责任的。

（2）预告的解除。所谓预告解除是指用人单位应当提前30日以书面形式通知劳动者本人方可解除合同。根据《劳动合同法》第40条的规定，劳动者有下列情形之一的用人单位可以提前一个月以书面形式通知解除合同，当然用人单位也可以通过额外加付一个月的工资而立即通知解除合同：

劳动者患病或者非因工负伤，医疗期满后，不能从事原工作也不能从事由用人单位另行安排的工作的。医疗期，是指劳动者根据其工龄等条件，依法可以享受的停工医疗并发给病假工资的期间，也是禁止解除劳动合同的期间。

劳动者不能胜任工作，经过培训或者调整工作岗位，仍不能胜任工作的。

劳动合同订立时所依据的客观情况发生变化，致使原劳动合同无法履行，经当事人协商不能就变更劳动合同达成协议的。

依照上述情形用人单位解除劳动合

同的应当向劳动者支付经济补偿。

3. 经济性裁员。

（1）经济性裁员的法定情形。依据《劳动合同法》第 41 条的规定有下列情形之一可以进行经济性裁员：①依照企业破产法规定进行重整的；②生产经营发生严重困难的；③企业转产、重大技术革新或者经营方式调整，经变更劳动合同后，仍需裁减人员的；④其他因劳动合同订立时所依据的客观经济情况发生重大变化，致使劳动合同无法履行的。

（2）裁员程序。需要裁减人员 20 人以上或者裁减不足 20 人但占企业职工总数 10% 以上的，用人单位提前 30 日向工会或者全体职工说明情况，听取工会或者职工的意见后，裁减人员方案经向劳动行政部门报告。

如果裁员不足 20 人并且裁员人数没有达到单位职工总数的 10%。则无需履行上述程序。

（3）优先留用的人员。在经济性裁员时，应当优先留用下列人员，也就是说应当先裁不属于下列情形的劳动者。①与本单位订立较长期限的固定期限劳动合同的；②与本单位订立无固定期限劳动合同的；③家庭无其他就业人员，有需要扶养的老人或者未成年人的。

（4）被裁人员在重新招用人员的优先录用权。用人单位在经济性裁员后，在 6 个月内重新招用人员的，应当通知被裁减的人员，并在同等条件下优先招用被裁减的人员。

（5）经济补偿。用人单位应当向被裁人员支付相应的经济补偿。

4. 用人单位不得解除劳动合同的情形。有下列情形之一的用人单位不得解除劳动合同：

（1）从事接触职业病危害作业的劳动者未进行离岗前职业健康检查，或者疑似职业病病人在诊断或者医学观察期间的；

（2）在本单位患职业病或者因工负伤并被确认丧失或者部分丧失劳动能力的；

（3）患病或者非因工负伤，在规定的医疗期内的；

（4）女职工在孕期、产期、哺乳期的；

（5）在本单位连续工作满 15 年，且距法定退休年龄不足 5 年的；

（6）法律、行政法规规定的其他情形。

（二）劳动者单方解除劳动合同

1. 劳动者任意解除权。用人单位有下列情形之一的，劳动者可以随时解除劳动合同，并且可以要求用人单位给予相应的经济补偿：

（1）未按照劳动合同约定提供劳动保护或者劳动条件的；

（2）未及时足额支付劳动报酬的；

（3）未依法为劳动者缴纳社会保险费的；

（4）用人单位的规章制度违反法律、法规的规定，损害劳动者权益的；

（5）因用人单位欺诈、胁迫等违法真实意思而订立的劳动合同。

（6）用人单位以暴力、威胁或者非法限制人身自由的手段强迫劳动者劳动的，或者用人单位违章指挥、强令冒险作业危及劳动者人身安全的，劳动者可以立即解除劳动合同，不需事先告知用人单位。

（7）法律、行政法规规定劳动者可

以解除劳动合同的其他情形。

2. 预告解除。劳动者提前 30 日以书面形式通知用人单位，可以解除劳动合同。劳动者在试用期内提前 3 日通知用人单位，可以解除劳动合同。

（三）解除劳动合同的经济补偿标准

1. 经济补偿按劳动者在本单位工作的年限，每满 1 年支付 1 个月工资的标准向劳动者支付。6 个月以上不满 1 年的，按 1 年计算；不满 6 个月的，向劳动者支付半个月工资的经济补偿。所所谓月工资是指劳动者在劳动合同解除或者终止前 12 个月的平均工资。

2. 劳动者月工资高于用人单位所在直辖市、设区的市级人民政府公布的本地区上年度职工月平均工资 3 倍的，向其支付经济补偿的标准按职工月平均工资 3 倍的数额支付，向其支付经济补偿的年限最高不超过 12 年。

考点六　劳动合同终止

（一）终止的事由

劳动合同因出现下列事由之一而终止：

（1）有固定期限的劳动合同期限届满的。但是若劳动者具有用人单位不得解除劳动合同的情形之一的，劳动合同自动延长到该情形消灭时。

（2）劳动者开始依法享受基本养老保险待遇的。

（3）劳动者死亡，或者被人民法院宣告死亡或者宣告失踪的。

（4）用人单位被依法宣告破产的。

（5）用人单位被吊销营业执照、责令关闭、撤销或者用人单位决定提前解散的。

（6）法律、行政法规规定的其他情形。

（二）经济补偿

下列两种情形，劳动合同终止的，用人单位应当按照劳动合同解除时的标准对劳动者进行经济补偿：

（1）因用人单位依宣告破产而终止的。

（2）用人单位被吊销营业执照、责令关闭、撤销或者用人单位决定提前解散等原因而终止的。

历年真题与示例

1. 2009 年 2 月，下列人员向所在单位提出订立无固定期限劳动合同，哪些人具备法定条件？（2009 - 1 - 71）

A. 赵女士于 1995 年 1 月到某公司工作，1999 年 2 月辞职，2002 年 1 月回到该公司工作

B. 钱先生于 1985 年进入某国有企业工作。2006 年 3 月，该企业改制成为私人控股的有限责任公司，年满 50 岁的钱先生与公司签定了 3 年期的劳动合同

C. 孙女士于 2000 年 2 月进入某公司担任技术开发工作，签定了为期 3 年、到期自动续期 3 年且续期次数不限的劳动合同。2009 年 1 月，公司将孙女士提升为技术部副经理

D. 李先生原为甲公司的资深业务员，于 2008 年 2 月被乙公司聘请担任市场开发经理，约定：先签定 1 年期合同，如果李先生于期满时提出请求，可以与公司签定无固定期限劳动合同

答案：BCD

2. 某国有企业厂因不能清偿到期债务而决定申请破产重整，对企业实施

拯救。其拯救措施之一是进行裁员。根据有关法律规定，请回答 97－100 题。（2007－1－97～100）

（1）依照劳动法规定，企业在重整期间需要裁减人员时，应采取的程序是：

A. 应当向工会或全体职工说明情况，听取意见

B. 应当召集职工代表大会，对裁员方案进行表决

C. 裁员方案应当公布，并允许被裁减人员提出异议

D. 裁员方案实施前，应当向劳动行政部门报告

答案：AD

（2）对于被裁减人员，应当给予的待遇是：

A. 依照国家有关规定给予经济补偿

B. 制定职工安置预案，予以妥善安置

C. 承诺企业在 6 个月内录用人员时予以优先录用

D. 承诺企业在重整成功后予以重新录用

答案：ABC

（3）不得被裁减的企业人员有：

A. 管理层、技术骨干和劳动模范

B. 患病或者负伤，在规定的医疗期内的

C. 在孕期、产期、哺乳期内的女职工

D. 患职业病或者因工负伤并被确认丧失或者部分丧失劳动能力的

答案：BCD

（4）对于企业裁减人员的决定，工会依法可采取的行动是：

A. 工会认为该决定不适当的，有权

提出意见

B. 工会认为该决定违反法律、法规或者劳动合同的，有权要求重新决定

C. 被裁减人员提起诉讼的，工会应当依法给予支持和帮助

D. 被裁减人员提起诉讼有困难的，工会可以代表职工提起诉讼

答案：ABC

3. 某公司的高层会议上，总经理提出在全公司的劳动合同中增加保守商业秘密条款，但董事长认为公司章程中已设立保密条款，不必在劳动合同中另加约定。某律师在为此提供的咨询意见中，对公司法规定的保密义务与劳动法规定的保密义务的区别有下列表述，其中哪些符合相关法律的规定？（2006－1－75）

A. 前一种义务仅适用于董事、高级管理人员，而后一种义务适用于一般劳动者

B. 前一种义务属于法定义务，后一种义务属于约定义务

C. 前一种义务是无偿义务，后一种义务是有偿义务

D. 违反前一种义务承担赔偿责任，违反后一种义务仅承担行政责任

答案：AB

第三章　集体合同

考点完整提炼

集体劳动合同 {
概念和特征
集体劳动合同的订立程序
集体合同争议处理
}

法条依据串烧

《劳动合同法》第51条 企业职工一方与用人单位通过平等协商，可以就劳动报酬、工作时间、休息休假、劳动安全卫生、保险福利等事项订立集体合同。集体合同草案应当提交职工代表大会或者全体职工讨论通过。

集体合同由工会代表企业职工一方与用人单位订立；尚未建立工会的用人单位，由上级工会指导劳动者推举的代表与用人单位订立。

《劳动合同法》第52条 企业职工一方与用人单位可以订立劳动安全卫生、女职工权益保护、工资调整机制等专项集体合同。

《劳动合同法》第53条 在县级以下区域内，建筑业、采矿业、餐饮服务业等行业可以由工会与企业方面代表订立行业性集体合同，或者订立区域性集体合同。

考点精析

考点一 集体合同的概念和特征

（一）集体合同的概念

集体合同，是指用人单位与本单位职工根据法律、法规、规章的规定，就劳动报酬、工作时间、休息休假、劳动安全卫生、职业培训、保险福利等事项，通过集体协商签订的书面协议。

（二）集体合同的特征

1. 集体合同的主体一方是劳动者的团体组织——企事业工会或职工代表，另一方是企业或实行企业化管理的事业单位；

2. 集体合同以集体劳动关系中全体劳动者的最低劳动条件、劳动标准和全体职工的权利义务为主要内容，目的是协调用人单位内部劳动关系；

3. 集体合同是要式合同，我国《劳动法》规定集体合同必须报送劳动保障行政部门登记、审查、备案，方能发生法律效力；

4. 集体合同的效力高于劳动合同的效力，其效力及于企事业单位及其工会和全体职工。

劳动合同约定的劳动者的个人劳动条件和劳动报酬标准不得低于集体合同或专项集体合同的规定，否则无效。依法订立的集体合同对用人单位和劳动者具有约束力。行业性、区域性集体合同对当地本行业、本区域的用人单位和劳动者具有约束力。

考点二 集体合同的订立程序

1. 讨论集体合同草案或专项集体合同草案。经双方代表协商一致的集体合同草案或专项集体合同草案应提交职工代表大会或者全体职工讨论。

2. 通过草案。全体职工代表半数以上或者全体职工半数以上同意，集体合同草案或专项集体合同草案方获通过。

3. 集体协商双方首席代表签字。

4. 报送劳动部门审查。集体合同订立后，应当报送劳动行政部门；劳动行政部门自收到集体合同文本之日起15日内未提出异议的，集体合同即行生效。

考点三 集体合同争议处理

因履行集体合同发生的争议可以通过协商、仲裁和诉讼解决。《劳动法》第84条第2款规定："因履行集体合同发生争议，当事人协商解决不成的，可以向劳动争议仲裁委员会申请仲裁；对仲裁裁决不服的，可以自收到仲裁裁决书之日起 15 日内向人民法院提起诉讼。"

历年真题与示例

根据我国劳动法的规定，劳动者与用人单位建立劳动关系，应当订立劳动合同；又规定企业职工方与企业可以就劳动报酬、工作时间、休息休假、劳动安全卫生、保险福利等事项，签定集体合同。劳动合同与集体合同有联系又有区别。下列关于两者异同点的表述，哪些是正确的？（2005－1－67）

A. 签订集体合同的当事人一方不是单个劳动者，而是代表全体劳动者的工会

B. 劳动者个人与企业订立的劳动合同中劳动条件和劳动报酬标准不得低于集体合同的规定

C. 劳动合同和集体合同都是要式合同，都必须以书面形式签订，但备案、鉴证或公证都不是订立合同的必要条件

D. 根据特别优于普通的原则，个人劳动合同的效力优先于集体合同的效力

答案：AB

第四章 劳动基准法

考点完整提炼

劳动基准法 ┤ 最长工作时间
加班
休息时间
休假
职业安全保障

法条依据串烧

《劳动法》第 40 条 用人单位在下列节日期间应当依法安排劳动者休假：

（一）元旦；

（二）春节；

（三）国际劳动节；

（四）国庆节；

（五）法律、法规规定的其他休假节日。

《劳动法》第 41 条 用人单位由于生产经营需要，经与工会和劳动者协商后可以延长工作时间，一般每日不得超过 1 小时；因特殊原因需要延长工作时间的，在保障劳动者身体健康的条件下延长工作时间每日不得超过 3 小时，但是每月不得超过 36 小时。

《劳动法》第 42 条 有下列情形之一的，延长工作时间不受本法第 41 条的限制：

（一）发生自然灾害、事故或者因其他原因，威胁劳动者生命健康和财产安全，需要紧急处理的；

（二）生产设备、交通运输线路、公共设施发生故障，影响生产和公众利益，必须及时抢修的；

（三）法律、行政法规规定的其他情形。

第 43 条 用人单位不得违反本法规定延长劳动者的工作时间。

第 44 条 有下列情形之一的，用人单位应当按照下列标准支付高于劳动者正常工作时间工资的工资报酬：

（一）安排劳动者延长工作时间的，支付不低于工资的 150% 的工资报酬；

（二）休息日安排劳动者工作又不能安排补休的，支付不低于工资的 200% 的工资报酬；

（三）法定休假日安排劳动者工作的，支付不低于工资的 300% 的工资报酬。

考点精析

考点一 工作时间和休息休假

（一）工作时间

（1）标准工作时间，又称标准工时。是指法律规定的在一般情况下普遍适用的，按照正常作息办法安排的工作日和工作周的工时制度。我国的标准工时为劳动者每日工作 8 小时，每周工作 40 小时，在 1 周（7 日）内工作 5 天。实行计件工作的劳动者，用人单位应当根据每日工作 8 小时、每周工作 40 小时的工时制度，合理确定其劳动定额和计件报酬标准。

（2）缩短工作时间。是指法律规定的在特殊情况下劳动者的：工作时间长度少于标准工作时间的工时制度。即每日工作少于 8 小时。缩短工作日适用于：①从事矿山井下、高山、有毒有害、特别繁重或过度紧张等作业的劳动者；②从事夜班工作的劳动者；③哺乳期内的女职工。

（3）延长工作时间。是指超过标准工作日的工作时间，即日工作时间超过 8 小时，每周工作时间超过 40 小时。延长工作时间必须符合法律、法规的规定。

（二）休假

（1）法定节假日。是指法律规定用于开展纪念、庆祝活动的休息时间。我国《劳动法》规定的法定节假日有：元旦休息 1 日；春节休息 3 日；国际劳动节休息 3 日；国庆节休息 3 日；法律、法规规定的其他休假节日。

（2）探亲假。指劳动者享有保留工资、工作岗位而同分居两地的父母或配偶团聚的假期。探亲假适用于在国家机关、人民团体、全民所有制企业、事业单位工作满 1 年的固定职工。

（3）年假。指劳动者作满一定年限，每年可享有的带薪连续休息的时间。《劳动法》第 45 条规定："国家实行带薪年休假制度。劳动者连续工作 1 年以上的，享受带薪年休假。具体办法由国务院规定。"

（三）加班

（1）加班的限制。《劳动法》第 41 条规定："用人单位由于生产经营需要，经与工会和劳动者协商后可以延长工作时间，一般每日不得超过 1 小时；因特殊原因需要延长工作时间的，在保障劳动者身体健康的条件下延长工作时间每日不得超过 3 小时，但是每月不得超过 36 小时。"

（2）特殊情况下，延长工作时间不受《劳动法》第 41 条的限制；《劳动法》规定在下述特殊情况下，延长工作时间不受《劳动法》第 41 条的限制：①发生自然灾害、事故或者因其他原因，威胁劳动者生命健康和财产安全，或使人民的安全健康和国家资财遭到严重威胁，需要紧急处理的；②生产设备、交通运输线路、公共设施发生故障，影响生产和公共利益，必须及时抢修的；③在法定节日和公休假日内工作不能间断，必须连续生产、运输或营业的；④必须利用法定节日或公休假日的停产期间进行设备检修、保养的；⑤为了完成国防紧急生产任务，或者完成上级在国家计划外安排的其他紧急生产任务，以及商业、供销企业在旺季完成收购、运输、加工农副产品紧急任务的；⑥法律、行政法规规定的其他情形，等等。

（3）加班工资标准。①安排劳动者延长工作时间的，支付不低于工资的 150% 的工资报酬；②休息日安排劳动者工作又不能安排补休的，支付不低于工资的 200% 的工资报酬；③法定休假日安排劳动者工作的，支付不低于工资的 300% 的工资报酬。

示例　根据劳动法的规定，下列有关工作时间的说法，哪些是正确的？

A. 我国实行劳动者每日工作时间不超过 8 小时，平均每周工作时间不超过 44 小时的制度

B. 用人单位应当保证劳动者每周休息 2 日

C. 用人单位不能实行法定工作时间，需要实行其他工作时间的，必须经过劳动行政部门的批准

D. 用人单位因生产经营需要而延长工作时间的，应当与工会和劳动者协商，而且一般不得超过 1 小时

答案：ACD

考点二　职业安全保障

（一）职业安全卫生工作的方针和制度

1. 职业安全卫生标准制度。劳动安全卫生设施必须符合国家规定的标准。新建、改建、扩建工程的劳动安全卫生设施必须与主体工程同时设计、同时施工、同时投入生产和使用。

2. 职业安全教育制度。从事特种作业的劳动者必须经过专门培训并取得特种作业资格。

（二）女职工的特殊劳动保护

1. 禁止安排女职工从事矿山井下作业、国家规定的第四级体力劳动强度的劳动和其他禁忌从事的劳动；

2. 不得安排女职工在经期从事高

处、高温、温、冷水作业和国家规定的第三级体力劳动强度的劳动；

3. 不得安排女职工在怀孕期间从事国家规定的第三级体力劳动强度的劳动，对怀孕 7 个月以上的女职工，不得安排其延长工作时间和夜班劳动；

4. 女职工生育享受不少于 90 天的产假；

5. 不得安排女职工在哺乳未满 1 周岁的婴儿期间从事国家规定的第三级体力劳动强度的劳动和哺乳期禁忌从事的其他劳动，不得安排其延长工作时间和夜班劳动。

（三）未成年工的特殊劳动保护

未成年工是指年满 16 周岁未满 18 周岁的劳动者。对未成年人的法律保护主要有下列三项制度：

1. 用人单位不得安排未成年工从事矿山井下、有毒有害、国家规定的第四级体力劳动强度和其他禁忌从事的劳动。

2. 提供适合未成年工身体发育的生产工具等。

3. 对未成年工定期进行健康检查。

历年·真题与示例

1. 在下列哪种情况下，用人单位延长劳动者工作时间应受到《劳动法》有关限制性规定的约束？（2007 - 1 - 26）

A. 发生自然灾害、事故或者因其他原因，威胁劳动者生命健康和财产安全，需要紧急处理的

B. 生产设备发生故障，影响生产和公众利益，必须及时抢修的

C. 交通运输线路、公共设施发生故障，影响生产和公众利益，必须及时抢修的

D. 用人单位取得大量订单，为了在短期内完成交货，必须组织突击生产的

答案：D

2. 王某的日工资为 80 元。2004 年 5 月 1 日至 7 日，根据政府规定放假 7 天，其中 3 天属于法定假日，4 天属于前后两周的周末公休日。公司安排王某在这 7 天加班。根据劳动法的规定，公司除应向王某支付每日 80 元的工资外，还应当向王某支付多少加班费？（2004 - 1 - 72）

A. 560 元

B. 800 元

C. 1120 元

D. 1360 元

答案：B

3. 东星公司新建的化工生产线在投入生产过程中，下列哪些行为违反《劳动法》规定？（2009 - 1 - 72）

A. 安排女技术员参加公司技术攻关小组并到位于地下的设备室进行检测

B. 在防止有毒气体泄漏的预警装置调试完成之前，开始生产线的试运行

C. 试运行期间，从事特种作业的操作员已经接受了专门培训，但未取得相应的资格证书

D. 试运行开始前，未对生产线上的员工进行健康检查

答案：BC

第五章　劳动争议

考点完整提炼

劳动争议 $\begin{cases} 概念与范围 \\ 处理机构 \\ 争议解决程序 \\ 用人单位法律责任 \end{cases}$

法条依据串烧

《劳动法》第 77 条　用人单位与劳动者发生劳动争议，当事人可以依法申请调解、仲裁、提起诉讼，也可以协商解决。调解原则适用于仲裁和诉讼程序。

《劳动法》第 79 条　劳动争议发生后，当事人可以向本单位劳动争议调解委员会申请调解；调解不成，当事人一方要求仲裁的，可以向劳动争议仲裁委员会申请仲裁。当事人一方也可以直接向劳动争议仲裁委员会申请仲裁。对仲裁裁决不服的，可以向人民法院提起诉讼。

考点一 劳动争议的概念与劳动争议的范围

（一）劳动争议的概念

劳动争议又称劳动纠纷，是指劳动关系双方当事人（即用人单位和劳动者之间）因执行法律、法规或履行劳动合同、集体合同发生的纠纷。

（二）劳动争议的范围

依据《劳动争议条例》的规定，下列争议属于劳动争议，按照劳动争议程序予以解决：

1. 因企业开除、除名、辞退职工和职工辞职、自动离职发生的争议；

2. 因执行国家有关工资、保险、福利、培训、劳动保护的规定发生的争议；

3. 因履行劳动合同发生的争议；

4. 法律、法规规定应当依照本条例处理的其他劳动争议。

考点二　劳动争议的处理机构

（一）劳动争议调解委员会

1. 性质。劳动争议调解委员会（以下简称调解委员会）是依法成立调解本单位发生的劳动争议的群众性组织。

2. 组成。调解委员会组成人员的具体人数由职工代表大会提出并与厂长（经理）协商确定，企业代表的人数不得超过调解委员会成员总数的 1/3。劳动争议调解委员会下列三种人员组成：

（1）职工代表。职工代表由职工代表大会（或者职工大会，下同）推举产生。

（2）用人单位代表，由厂长（经理）指定。

（3）工会代表组成，由企业工会委员会指定。调解委员会设主任，由企业工会代表担任。

（二）劳动争议仲裁委员会

1. 设立地。我国在县、市、市辖区设立劳动争议仲裁委员会，负责仲裁本行政区域内发生的劳动争议。

2. 组成。仲裁委员会组成人员必须是单数，下列人员组成：①劳动行政主管部门的代表；②工会的代表；③政府指定的经济综合管理部门的代表。主任由劳动行政主管部门的负责人担任。

3. 办事机构。劳动行政主管部门的劳动争议处理机构为仲裁委员会的办事机构，负责办理仲裁委员会的日常事务。

4. 仲裁庭的组成。

（1）仲裁委员会处理劳动争议，应当组成仲裁庭。仲裁庭由 3 名仲裁员组成。仲裁庭对重大的或者疑难的劳动争议案件的处理，可以提交仲裁委员会讨论决定；仲裁委员会的决定，仲裁庭必须执行。

（2）简单劳动争议案件，仲裁委员会可以指定一名仲裁员处理。

3. 人民法院。审理劳动争议案件的是各级人民法院的民事审判庭。其受案范围是：属于《劳动法》第 2 条规定的劳动争议，当事人不服劳动争议仲裁委员会作出的裁决，依法向人民法院起诉的，人民法院应当受理：①劳动者与用人单位在履行劳动合同过程中发生的纠纷；②劳动者与用人单位之间没有订立书面劳动合同，但已形成劳动关系后发生的纠纷；③劳动者退休后，与尚未参加社会保险统筹的原用人单位因追索养老金、医疗费、工伤保险待遇和其他社会保险费而发生的纠纷。

考点三　劳动争议处理程序

（一）协商

（1）劳动争议发生后，当事人可以进行协商解决，协商一致后，双方可达成和解协议。

（2）和解协议无强制执行力，而是由双方当事人自觉履行。

（3）协商不是处理劳动争议的必经程序，当事人不愿协商或协商不成，可以向本单位劳动争议调解委员会申请调解或向劳动争议仲裁委员会申请仲裁。

（二）调解

（1）劳动争议发生后，当事人双方愿意调解的，可以书面或口头形式向调解委员会申请调解。

（2）调解协议也无强制执行力，依靠当事人自觉履行。

（3）调解也不是劳动争议解决的必经程序。当事人不愿调解或调解不成，可直接向劳动争议仲裁委员会申请仲裁。

（4）从当事人向企业劳动争议调解委员会提出申请调解之日起，仲裁申诉时效中止，中止期间最长不得超过 30 日。结束调解之日起，当事人的仲裁申诉时效继续计算。调解超过 10 日的，仲裁申诉时效从 30 日之后的第 1 天继续计算。

（三）仲裁

（1）任何一方均可直接申请仲裁。当事人应当从知道或者应当知道其权利被侵害之日起 6 个月内，以书面形式向仲裁委员会申请仲裁。当事人因不可抗力或者有其他正当理由超过前款规定的申请仲裁时效的，仲裁委员会应当受理。

（2）劳动争议仲裁委员会接到仲裁申请后，应当在 7 日内作出是否受理的决定。受理后，应当在收到仲裁申请的 60 日内作出仲裁裁决。

（3）仲裁委员会可依法进行调解，经调解达成协议的，制作仲裁调解书。仲裁调解书具有法律效力，自送达之日起具有法律约束力，当事人必须自觉履行，一方当事人不履行的，另一方当事人可向人民法院申请强制执行。

（四）诉讼

（1）仲裁前置。当事人在起诉之前必须先行申请仲裁，不得直接提起诉讼。

（2）当事人对仲裁裁决不服的，可自收到仲裁裁决书之日起 15 日内向人民法院提起诉讼。对经过仲裁裁决，当事人向法院起诉的劳动争议案件，人民法院必须受理。

（3）人民法院对当事人因劳动争议仲裁委员会不予受理而起诉到法院的案件的处理劳动争议仲裁委员会以当事人申请仲裁的事项不属于劳动争议为由，作出不予受理的书面裁决、决定或者通知，当事人不服，依法向人民法院起诉的，人民法院应当分别情况予以处理：属于劳动争议案件的，应当受理；虽不属于劳动争议案件，但属于人民法院主管的其他案件，应当依法受理。

劳动争议仲裁委员会以当事人的仲裁申请超过 60 日期限为由，作出不予受理的书面裁决、决定或者通知，当事人不服，依法向人民法院起诉的，人民法院应当受理；对确已超过仲裁申请期限，又无不可抗力或者其他正当理由的，依法驳回其诉讼请求。

劳动争议仲裁委员会以申请仲裁的主体不适格为由，作出不予受理的书面裁决、决定或者通知，当事人不服，依法向人民法院起诉的，经审查，确属主体不适格的，裁定不予受理或者驳回起诉。

（4）上诉。人民法院一审审理终结后，对一审判决不服的，当事人可在 15 日内向上一级人民法院提起上诉；对一审裁定不服的，当事人可在 10 日内向上一级人民法院提起上诉，经二审审理所作出的裁决是终审裁决，自送达之日起发生法律效力，当事人必须履行。

考点四 用人单位的法律责任

（一）用人单位的合同责任

（1）合同责任的类型。用人单位的合同责任包括两种违约责任和缔约过失责任两大类，具体包括下述：

用人单位故意拖延不订立劳动合同，即招用后故意不按规定订立劳动合同以及劳动合同到期后故意不及时续订劳动合同的；

由于用人单位的原因订立无效或部分无效劳动合同的；

用人单位违反规定或劳动合同的约定侵害女职工或未成年工合法权益的；

用人单位违反规定或劳动合同的约定解除劳动合同的。

（2）赔偿标准。造成劳动者工资收入损失的，按劳动者本人应得工资收入支付给劳动者，并加付应得工资收入25%的赔偿费用。

劳动合同被确认为无效后，用人单位对劳动者付出的劳动，一般可参照本单位同期、同工种、同岗位的工资标准支付劳动报酬；由于用人单位的原因订立的无效合同，给劳动者造成损害的，应当比照违反和解除劳动合同经济补偿金的支付标准，赔偿劳动者因合同无效所造成的经济损失。

造成劳动者劳动保护待遇损失的，应按国家规定补足劳动者的劳动保护津贴和用品。

造成劳动者工伤、医疗待遇损失的，除按国家规定为劳动者提供工伤、医疗待遇外，还应支付劳动者相当于医疗费用25%的赔偿费用。

造成女职工和未成年工身体健康损害的，除按国家规定提供治疗期间的医疗待遇外，还应支付相当于。医疗费用25%的赔偿费用。

劳动合同约定的其他赔偿费用。

（二）聘用未与原单位解除劳动合同劳动者时的连带赔偿责任

用人单位招用尚未解除劳动合同的劳动者，给原用人单位造成经济损失的，除该劳动者承担直接赔偿责任外，该用人单位应当承担连带赔偿责任。其连带赔偿的份额应不低于对原用人单位造成经济损失总额的70%。向原用人单位赔偿下列损失：①对生产、经营和工作造成的直接经济损失；②因获取商业秘密给用人单位造成的经济损失。赔偿因获取商业秘密给原用人单位造成的经济损失，按《反不正当竞争法》第20条的规定执行。

历年真题与示例

下列哪些情形不属于《劳动争议处理条例》规定的劳动争议范围？（2009 - 1 - 73）

A. 张某自动离职一年后，回原单位要求复职被拒绝

B. 郑某辞职后，不同意公司按存款本息购回其持有的职工股，要求做市场价评估

C. 秦某退休后，因社会保险经办机构未及时发放社会保险金，要求公司协助解决

D. 刘某因工伤致残后，对劳动能力鉴定委员会评定的伤残等级不服，要求重新鉴定

答案：BCD

第六部分　土地法和房地产法

第一章　土地管理法

第一节　土地所有权

考点完整提炼

土地所有权 {
土地所有权的法律特征
国家土地所有权
集体土地所有权
集体土地征收
}

法条依据串烧

《土地管理法》第 8 条　城市市区的土地属于国家所有。农村和城市郊区的土地，除由法律规定属于国家所有的以外，属于农民集体所有；宅基地和自留地、自留山，属于农民集体所有。

《土地管理法》第 11 条　农民集体所有的土地，由县级人民政府登记造册，核发证书，确认所有权。

农民集体所有的土地依法用于非农业建设的，由县级人民政府登记造册，核发证书，确认建设用地使用权。

单位和个人依法使用的国有土地，由县级以上人民政府登记造册，核发证书，确认使用权；其中，中央国家机关使用的国有土地的具体登记发证机关，由国务院确定。

确认林地、草原的所有权或者使用权，确认水面、滩涂的养殖使用权，分别依照《中华人民共和国森林法》、《中华人民共和国草原法》和《中华人民共和国渔业法》的有关规定办理。

《土地管理法》第 12 条　依法改变土地权属和用途的，应当办理土地变更登记手续。

另见《土地管理法实施条例》第 2、3、4、5、6、7 条。

考点精析

考点一　土地所有权的特征

1. 我国土地所有权只能公有，不能归私人所有，即只能由国家和农村集体经济组织享有土地所有权。

2. 土地所有权禁止交易。我国宪法和《土地管理法》均规定禁止买卖土地。我国实行土地公有制，非公有主体不能通过市场交易取得土地所有权，即使是公有主体之间也不能通过买卖等方式进行土地所有权的交易。

3. 土地所有权的取得与丧失依法律规定，不得约定。

考点二　国家土地所有权

（一）国有土地的范围

（1）城市市区的土地；

（2）农村和城市郊区中已经被国家依法没收、征收、征购为国有的土地；

（3）国家依法征用的原集体所有的土地；

（4）依法不属于集体所有的林地、草地、荒地、滩涂及其他土地；

（5）农村集体经济组织全部成员转

为城镇居民的,原属于其成员集体所有的土地;

(6) 因国家组织移民、自然灾害等原因,农民成建制地集体迁移后不再使用的原属于迁移农民集体所有的土地。

(二) 国家土地所有权的主体及其代表

《土地管理法》规定,国家土地所有权由国务院代表国家行使。同时,国务院可通过制定行政法规或发布行政命令授权地方人民政府或其职能部门行使国家土地所有权。

(三) 国有土地不可逆转的原则

国家可以通过征收等方式取得集体所有的土地,但是国家土地无论如何不能再转化为集体所有的土地,这被称作国有土地不可逆原则。

考点三 集体土地所有权

集体土地所有权是以符合法律规定的农村集体经济组织的农民集体为所有权人,对归其所有的土地所享有的受法律限制的支配性权利。

(一) 集体土地所有权的范围

(1) 原则:农村的土地及城市郊区的土地归农民集体所有。

(2) 例外:上述土地若依据法律已经归国家所有的不再归农民集体所有。对于哪些农村的土地及城市郊区的土地已经依据法律的规定属于国家所有的,请见考点二关于国家土地所有权的范围。

(二) 集体土地所有权的主体及其代表。

依据《土地管理法》的规定,我国集体土地所有权的主体为三级所有:

(1) 农民集体所有的土地依法属于村农民集体所有的,由村集体经济组织或者村民委员会作为所有者代表经营、管理。

(2) 在一个村范围内存在两个以上农村集体经济组织,且农民集体所有的土地已经分别属于该两个以上组织的农民集体所有的,由村内各该农村集体经济组织或者村民小组作为所有者代表经营、管理。

(3) 农民集体所有的土地,已经属于乡 (镇) 农民集体所有的,由乡 (镇) 农村集体经济组织作为所有者代表经营、管理。

(三) 集体土地所有权的确认

农民集体所有的土地,由县级人民政府登记造册,核发证书,确认所有权。

考点四 集体土地的征收

我国土地全部实行公有制,因此土地使用权不能进入市场交易,但是国家为了公共利益可以对集体土地进行征收。

(一) 征地的批准权限

国家建设征用农民集体土地,应依法报国务院或省、自治区、直辖市人民政府批准。

1. 征收下列土地由国务院批准:①基本农田;②基本农田以外的耕地超过 35 公顷的;③其他土地超过 70 公顷的。

2. 征收上述规定以外的土地的,由省、自治区、直辖市人民政府批准,并报国务院备案。

(二) 征地程序

1. 征地审批。国家征收土地,先依照法定程序经有审批权的人民政府审批,再由县级以上地方人民政府土地管理部门确定征地补偿安置方案,并由同级人民政府予以公告后，听取被征地的农村集体经济组织和农民的意见并组织实施。

2. 公告与登记。被征收土地的所有权人、使用权人应当在公告规定的期限内，持土地权属证书到当地人民政府土地行政主管部门办理征地补偿登记。

3. 进行征地补偿安置。对补偿标准有争议的，由县级以上地方人民政府协调，协调不成的，由批准征收土地的人民政府裁决。上述争议的解决不影响征收土地方案的实施。

（三）征地补偿安置

1. 征地补偿安置费的归属或支付对象。土地补偿费归农村集体经济组织所有；地上附着物及青苗补偿费归其所有者所有。安置补助费必须专款专用，一般来说，由谁负责安置即向谁支付安置补助费。

2. 补偿与安置的标准。征收土地的，按照被征收土地的原有用途给予补偿。征收耕地，用地者需支付、缴纳下列费用：

（1）土地补偿费。为该耕地被征收前 3 年平均产值的 6～10 倍。

（2）安置补助费。按照需要安置的农业人口数计算。需要安置的农业人口数，按照被征收耕地数量除以征地前被征收单位人均耕地的数量计算。每一个需要安置的农业人口的安置补助费，为该耕地被征收前 3 年平均年产值的 4～6 倍。但是每公顷被征收耕地的安置补助费，最高不得超过被征收前 3 年平均年产值 15 倍。

（3）新菜地开发建设基金。征收城市郊区的菜地，用地单位应当按国家有关规定缴纳新菜地开发建设基金。

（4）被征收土地上的附着物和青苗补助费。该项费用的标准由省、自治区、直辖市规定。

安置补助费可以增加，但是，土地补偿费和安置补助费的总和不得超过土地被征收前 3 年平均年产值的 30 倍。

示例　下列建设用地项目哪些应当由国务院批准？

A. 开发未确定使用权的国有荒山 200 公顷，从事林业生产

B. 征用集体所有的荒滩 100 公顷，用于兴建高尔夫球场和度假村

C. 经省人民政府批准的道路建设项目，涉及农用地转为建设用地

D. 经直辖市人民政府批准的教育项目，需征用基本农田以外的耕地 200 公顷

答案：BCD

第二节　国有土地使用权

考点完整提炼

国有土地使用权 { 概念 ／ 国有土地使用权出让 ＼ 国有土地使用权划拨

法条依据串烧

《土地管理法》第 54 条　建设单位使用国有土地，应当以出让等有偿使用方式取得；但是，下列建设用地，经县级以上人民政府依法批准，可以以划拨方式取得：

（一）国家机关用地和军事用地；

（二）城市基础设施用地和公益事业用地；

（三）国家重点扶持的能源、交通、水利等基础设施用地；

（四）法律、行政法规规定的其他用地。

《土地管理法》第 55 条　以出让等有偿使用方式取得国有土地使用权的建设单位，按照国务院规定的标准和办法，缴纳土地使用权出让金等土地有偿使用费和其他费用后，方可使用土地。

自本法施行之日起，新增建设用地的土地有偿使用费，30% 上缴中央财政，70% 留给有关地方人民政府，都专项用于耕地开发。

考点精析

考点一　概念与特征

所谓国有土地使用权是指自然人、法人或者其他组织对于国家所有的土地在一定期间内享有的占有、使用、收益为内容的排他性的民事财产权。国有土地使用权的取得方式有两种，一种是出让方式有偿取得；另一种是以划拨方式无偿取得的。因此国有土地使用权也就被划分为出让土地使用权和划拨土地使用权。国有土地使用权具有如下特征：

1. 国有土地使用权主体的广泛性。无论是自然人还是法人都可以取得国有土地使用权，无论是内资法人还是外商投资企业也都可以取得国有土地使用权。

2. 国有土地使用权的有偿取得。原则上取得国有使用权需要通过支付土地使用费而有偿取得。当然在符合法定条件时，也可以通过划拨等方式无偿取得，但是无偿取得仅仅属于例外情形，必须符合法律规定的情形。

3. 国有土地使用权是所有权利中市场化程度最高的权利。国有土地使用权原则上是可以以自由转让、互换、抵押

等方式进行流通的。

考点二　出让土地使用权

出让土地使用权是土地使用者以向国有土地所有者代表支付出让金为对价而取得的有期限限制的国有土地使用权。

（一）出让土地使用权的取得

（1）签订书面土地出让合同。土地出让合同的订立方式有四种，即拍卖、招标、挂牌、协议。前四种是竞争性缔约方式，有利于合理定价并利于防止政府在出让土地使用权时的权利滥用。

按照新《物权法》的规定，国有建设用地使用权的出让原则上应当采取招标、拍卖等竞争方式缔结合同。即凡是经营性用地必须采取招投标和拍卖等竞争方式订立出让合同，不得采取协议的方式；如果是非经营性用地若有两个以上意向用地者也必须采取招标、拍卖等方式订立合同；只有非经营性用地且只有一个意向用地者才可以采取协议的方式订立出让合同。

（2）缴纳出让金。土地使用者应当在签订土地使用权出让合同后 60 日内支付全部土地使用权出让金，领取土地使用权证，取得出让土地使用权。依双方约定采取分期付款方式取得出让土地使用权的，在未付清全部出让金前，土地使用者领取临时土地使用权证。

国家可将出让土地使用权作价出资或认股作为对企业的投资，国家对企业享有相应的投资者权益（股权），企业享有出让土地使用权。

（3）办理登记取得土地使用权。土地出让金缴纳完毕后，土地管理部门为受让人划拨土地，并为其办理土地使用权证书，受让人取得国有土地使用权。

（二）出让土地使用权的年限

（1）出让国有土地使用权的最长期限。根据国务院的现行规定，城镇国有土地使用权出让的最高年限，按土地用途分为以下几种情况：①居住用地70年；②工业用地50年；③教育、科技、文化、卫生、体育用地50年；④商业、旅游、娱乐用地40年；⑤综合或者其他用地50年。此外，开发国有荒山、荒地、荒滩从事广义的农业生产的，使用期限最长不得超过50年。

国有土地所有者代表与用地者可在不超过最高出让年限的前提下，在出让合同中约定出让年限。

特别嘱咐 关于国有土地使用权的最高期限的可以这样来记：居住70年、商业40年、其他50年。

（2）期限届满的法律后果。土地使用权期限届满的，使用权人可以申请续期。申续期的应当在期限届之日的1年前申请。除为了公共利益必须收回土地的，国家应当给予续期。双方当事人应当重新签订土地出让合同，并且补缴出让金。

土地使用权期限届满后，使用权人没有申请续期的或者虽然申请续期但是国家基于公共利益需要收回土地的，国有土地使用权消灭，国家无偿收回土地和土地上的建筑物。

（三）出让土地使用权的内容

1. 国有土地使用权人的权利。

（1）占有土地的权利。

（2）使用土地权利，土地使用权人有权依照土地出让合同约定的用途和方式对于土地加以利用。

（3）处分土地使用权的权利。①转让，但必须投资达到25%；②抵押，以出让方式取得的国有土地使用权可以进行抵押用以担保土地使用权人对其债权人的债务；③出租，但必须投资达到25%；④投资入股，依据《公司法》、《合伙企业法》、《中外合资企业法》等规定以出让方式取得的土地使用权可以用来投资设立公司等企业。

（4）从事与建筑建筑物有关的附属行为。

所谓附属行为是指为了充分利用建筑物和土地而必须实施的一系列辅助行为。例如为了进入建筑物而修建道路，为了建筑建筑物而搭建临时设施等。

2. 国有土地使用权人的义务。

（1）合理使用土地的义务，必须按照出让合同规定的方式加以利用，否则改变土地用途国家可以无偿收回土地使用权。

（2）不得闲置土地。1年内未开发的，收取不高于土地出让金20%的闲置金；连续两年闲置土地的无偿收回土地。以及在国有土地使用权消灭时恢复土地原状。

考点三。 划拨土地使用权

划拨土地使用权是土地使用者经县级以上人民政府依法批准，在缴纳补偿、安置等费用后所取得的或者无偿取得的没有使用期限限制的国有土地使用权。

（一）划拨土地使用权的类型

只有下列用地的土地使用者可以依法取得划拨土地使用权，除此之外必须以出让方式取得土地使用权：①国家机关用地和军事用地；②城市基础设施用地和公益事业用地；③国家重点扶持的能源、交通、水利等项目用地；④法律、行政法规规定的其他用地。

（二）划拨土地使用权的取得

1. 用地者申请取得划拨土地使用权需征收集体土地或占用其他用地者正在使用的国有土地的，申请用地者应向集体土地所有者或原国有土地使用者支付土地补偿安置费。

2. 申请用地者取得划拨土地使用权的土地为国有荒地、空地的，经依法批准后，可无偿取得。

3. 内容与限制。

（1）划拨土地使用权人对划拨土地享有占有权、使用权和部分收益权。

（2）划拨土地使用权人不得擅自改变土地用途，转让、出租和抵押其权利须符合法定条件并履行法定手续。

划拨土地使用权不得单独抵押，抵押地上建筑物的一并抵押，拍卖地上建筑物的一并拍卖，应当将土地拍卖的收益上缴国家。

划拨土地使用权不得单独转让，转让地上建筑物时应当取得国有土地管理部门的批准，将土地转让收益上缴国家或者前办理土地出让手续将划拨土地转为出让土地使用权再行转让。

划拨土地使用权不得单独出租，出租地上建筑物的一并将其出租，出租土地收益的部分上缴给国家

历年真题与示例

1. 下列哪些属于国有土地的有偿使用方式？（2007－1－74）

A. 某上市公司与政府签订国有建设用地使用权出让合同

B. 某外资企业以租赁的方式取得某地块的国有土地使用权

C. 某国有企业在设立中外合资企业时将国有土地使用权作价出资

D. 某国有企业以国有土地使用权作价入股设立有限责任公司

答案：ABCD

2. 关于以划拨方式取得土地使用权的房地产转让时适用的《房地产管理法》特殊规定，下列哪些表述是正确的？（2009－1－76）

A. 应当按照国务院规定，报有批准权的人民政府审批

B. 有批准权的人民政府准予转让的，可以决定由受让方办理土地使用权出让手续，也可以允许其不办理土地使用权出让手续

C. 办理土地使用权出让手续的，受让方应缴纳土地使用权出让金

D. 不办理土地使用权出让手续的，受让方应缴纳土地使用权转让费，转让方应当按规定将转让房地产所获收益中的土地收益上缴国家

答案：ABC

3. 根据《城乡规划法》规定，下列哪些选项属于城乡规划的种类？（2009－1－75）

A. 城乡规划包括城镇体系规划、城市规划、镇规划、乡规划和村庄规划

B. 城市规划、镇规划分为总体规划和详细规划

C. 详细规划分为控制性详细规划和修建性详细规划

D. 修建性详细规划分为建设用地规划和建设工程规划

答案：ABC

4. 关于城市规划区内以出让方式提供国有土地使用权，根据《城乡规划法》的规定，下列哪一选项是错误的？（2008－1－27）

A. 出让前，城市人民政府城乡规划主管部门应当依据控制性详细规划，提出出让地块的位置、使用性质、开发强度等规划条件

B. 出让地块的规划条件，应当作为国有土地使用权出让合同的组成部分

C. 未确定规划条件的地块，不得出让国有土地使用权考试大

D. 在签订国有土地使用权出让合同前，建设单位应当持建设项目的批准、核准、备案文件，向城市人民政府城乡规划主管部门领取建设用地规划许可证

答案：D

第三节　集体土地使用权

考点完整提炼

集体土地使用权 {
概念与特征
集体土地使用权的类型（重点掌握）
集体土地使用权的消灭
}

法条依据串烧

《土地管理法》第61条　乡（镇）村公共设施、公益事业建设，需要使用土地的，经乡（镇）人民政府审核，向县级以上地方人民政府土地行政主管部门提出申请，按照省、自治区、直辖市规定的批准权限，由县级以上地方人民政府批准；其中，涉及占用农用地的，依照本法第44条的规定办理审批手续。

《土地管理法》第62条　农村村民一户只能拥有一处宅基地，其宅基地的面积不得超过省、自治区、直辖市规定的标准。

农村村民建住宅，应当符合乡（镇）土地利用总体规划，并尽量使用原有的宅基地和村内空闲地。

农村村民住宅用地，经乡（镇）人民政府审核，由县级人民政府批准；其中，涉及占用农用地的，依照本法第44条的规定办理审批手续。

农村村民出卖、出租住房后，再申请宅基地的，不予批准。

《土地管理法》第63条　农民集体所有的土地的使用权不得出让、转让或者出租用于非农业建设；但是，符合土地利用总体规划并依法取得建设用地的企业，因破产、兼并等情形致使土地使用权依法发生转移的除外。

另见《农村土地承包法》和《物权法》的相关规定。

考点精析

考点一　概念与特征

（一）概念

集体土地使用权是本集体组织的成员或者符合法律规定的本集体组织以外的自然人、法人或者其他组织依照法定程序取得的对于集体所有的土地在一定范围内的占有、使用及收益的排他性财产权。

（二）特征

（1）主体的特定性。集体土地使用权原则上限于本集体组织内部的成员。特定情形下本集体组织之外的人也可以获得集体土地使用权，但必须符合法律规定的严格的条件。

（2）权利内容的特殊性。集体土地使用权按用途划分为农用地使用权、宅基地使用权、非农经营用地使用权和非农公益用地使用权。关于权

利的分类，集体土地使用权与国有土地使用权有所不同。后者主要以权利的取得方式进行分类，在分类中土地用途并不起决定性作用；但前者从现行制度来看主要以土地用途做分类基础，不同用途的土地，其使用权采用不同方式取得，进而具有不同的权利内容。

（3）原则上集体土地使用权是不得进行交易的。国家为保护耕地及垄断建设用地一级市场，限制非农业性集体土地使用权交易。《土地管理法》规定：农民集体所有的土地的使用权不得出让、转让或者出租用于非农业建设，但是符合土地利用总体规划并依法取得建设用地的企业，因破产、兼并等情形致使土地使用权依法发生转移的除外。但是，农地承包权可以进行流转。

考点二　集体土地使用权的类型

集体土地使用权依据权利的内容可以划分为土地承包经营权、宅基地使用权、非农经营用地使用权、非农共益用地使用权四种。以下分别阐述：

（一）土地承包经营权

土地承包经营权是农村集体经济组织成员或者本集体经济组织以外的人经过法定程序以承包经营合同的方式取得的以从事农业生产为目的的在一定期限内对于集体土地进行占有、使用和收益的排他性财产权。

需要注意的是土地承包经营权仅限于农业生产不能从事建筑事业，但是这里的农业生产是广义上的农业，包括种植业、林业、畜牧业、渔业等行业在内，但是不包括农产品加工业，因为农产品加工业已经属于企业的范畴了从而应当取得建设用地使用权。

1. 土地承包经营权的主体。

（1）土地承包经营权可由本农村集体经济组织成员依法取得。

（2）本农村集体经济组织以外的单位和个人也可以依法取得。但是农民集体所有的土地由本集体经济组织以外的单位或者个人承包经营的，必须经村民会议 2/3 以上成员或者 2/3 以上村民代表的同意，并报乡（镇）人民政府批准。

2. 取得。

（1）因设定承包经营权的合同而取得。这种取得承包经营的方式，需要当事人以书面合同的形式为之。

（2）因转让、互换等方式继受取得。

（3）因继承取得。

（4）因强制执行等其他原因。

取得承包经营权的，权利人要求登记的应当进行登记。土地承包经营权的取得和转让的登记仅仅是对抗要件，而不是生效要件，因此土地承包经营权的取得从合同生效时即取得没有登记的只是不得对抗善意第三人。对此详细论述请学员自行参阅《民法学》物权法的相关部分。

3. 承包人的权利。

（1）以农业生产为目的对土地进行占有、使用和收益的权利。

（2）承包人可以处分其承包经营权。通过家庭承包取得的土地承包经营权可以依法采取转包、出租、互换、转让或者其他方式流转。

土地承包经营权采取转包、出租、互换、转让或者其他方式流转，当事人双方应当签订书面合同。

采取转让方式流转的，应当经发包

方同意；采取转包、出租、互换或者其他方式流转的，应当报发包方备案。

土地承包经营权采取互换、转让方式流转，当事人要求登记的，应当向县级以上地方人民政府申请登记。未经登记，不得对抗善意第三人。

（3）抵押。如果以招标、拍卖等方式有偿取得的荒地、荒山、荒滩等承包经营权可以进行抵押。但是一般土地的承包经营权不能进行抵押，否则抵押无效。

4. 承包人的义务。

（1）维持土地的农业用途，不得用于非农建设；

（2）依法保护和合理利用土地，不得给土地造成永久性损害。

5. 发包人的权利。

（1）监督承包方依照承包合同约定的用途合理利用和保护土地；

（2）制止承包方损害承包地和农业资源的行为；

（3）依法收回发包土地的权利。在承包人严重违反承包合同或者其他法定情形下可以依法收回土地承包经营权。

6. 发包人的义务。

（1）维护承包方的土地承包经营权，不得非法变更、解除承包合同；

（2）尊重承包方的生产经营自主权，不得干涉承包方依法进行正常的生产经营活动；

（3）不得任意进行承包经营权的调整。承包期内，发包方一般不得调整承包地。因自然灾害严重毁损承包地等特殊情形，而对承包地作个别调整的，承包土地的调整方案，必须经村民会议2/3以上成员或者2/3以上村民代表同意并须经乡（镇）人民政府和县级人民政府农业行政主管部门批准。承包合同约定不得调整的，按照其约定。

7. 承包经营权的消灭。

（1）期限届满。耕地的承包期为30年。草地的承包期为30年至50年。林地的承包期为30年至70年；特殊林木的林地承包期，经国务院林业行政主管部门批准可以延长。

（2）承包人放弃承包权的——交回承包土地的。

（3）发包方提前收回土地。

承包期内，承包方全家迁入设区的市，转为非农业户口的，应当将承包的耕地和草地交回发包方。承包方不交回的，发包方可以收回承包的耕地和草地。

承包期内，承包方全家迁入小城镇落户的，应当按照承包方的意愿，保留其土地承包经营权或者允许其依法进行土地承包经营权流转。

历年真题与示例

某村召开村民会议，讨论村民承包地在承包期内收回问题。根据土地承包法的规定，下列哪些村民属于可以被收回承包地的情形？（2005-1-73）

A. 张甲全家已迁入小城镇落户

B. 李乙全家迁入省会城市，并转为城市户口

C. 王丙家庭人口已经由过去的7人减为3人

D. 赵丁最近提出申请，自愿将承包地交回

答案：BD

（二）宅基地使用权

宅基地使用权是依法经审批由农村集体经济组织分配给其内部成员用于建

造住宅的，没有使用期限限制的集体土地使用权。

1. 宅基地使用权的主体。农村集体经济组织内部成员符合建房申请宅基地条件的，依法享有宅基地使用权。非农村集体经济组织内部成员，不得申请取得宅基地使用权。

2. 宅基地使用权的取得。农村村民申请住宅用地，应经依法审批。经依法审批后，农村集体经济组织向宅基地申请者无偿提供宅基地使用权。

3. 宅基地使用权的内容与限制。宅基地使用权人对宅基地享有占有权、使用权、收益权和有限制的处分权。

4. 农村村民一户只能拥有一处宅基地，其宅基地的面积不得超过省、自治区、直辖市规定的标准。

宅基地使用权人转让、出租房屋及宅基地使用权再申请宅基地的，不予批准。

（三）非农经营用地使用权

非农经营用地使用权是经审批由农村集体经济组织通过投资的方式向符合条件的从事非农生产经营性活动的用地者提供的集体土地使用权。

1. 非农经营用地使用权的主体，只有下列两种情形可以取得非农经营用地使用权

（1）农村集体经济组织可设立独资经营的企业，将符合乡（镇）土地利用总体规划的非农经营用地提供给企业从事生产经营活动，土地使用权由该集体经济组织或企业享有。

（2）农村集体经济组织可通过以符合乡（镇）土地利用总体规划的非农经营用地使用权作价入股或出资及联营的形式与其他单位、个人设立公司、合伙

等企业，土地使用由该企业享有。但属于非法人联营企业的，土地使用权仍由该集体经济组织享有。

2. 非农经营用地使用权的限制。

（1）非农经营用地使用权不得转让、出租，但因企业破产、兼并、分立等情形致使土地使用依法发生转移的除外。

（2）因企业破产、兼并、分立等情形致使土地使用权流转，继受取得土地使用权的企业不属于本农村集体经济组织投资设立的企业的，应办理国家土地征用和国有土地出让手续，向国家上缴土地使用权出让金。破产、兼并、分立后继受取得土地使用权的企业取得国有出让土地使用权。

（3）非农经营用地使用权可与厂房一同设定抵押。设定抵押须经集体土地所有者同意，并出具书面证明。抵押权实现拍卖、变卖抵押物时，须办理国家土地征用和国有土地出让手续。拍卖、变卖所得价款，应先扣除征地补偿安置费付给集体土地所有者（集体土地所有者在同意抵押证明中放弃此项权利的除外），并扣除出让金上缴国家，余额依《担保法》规定处置。

（四）非农公益用地使用权

非农公益用地使用权是依法经审批由农村集体经济组织或者其依法设立的公益性组织，对用于集体经济组织内部公益事业的非农用地所享有的集体土地使用权。

1. 非农公益用地使用权的主体。农村集体经济组织可依法对用于本集体经济组织公益性活动的非农用地享有土地使用权。农村集体经济组织依法设立的学校等公益性组织也可对用于其从事公

益性活动的非农用地享有土地使用权。

2. 非农公益用地使用权的取得。乡（镇）村公共设施、公益事业建设，需要使用集体所有土地的，应经依法审批。依法审批后，经农村集体经济组织拨付，用地申请人取得非农公益性用地使用权。用地申请人为农村集体经济组织的，不经拨付径自取得非农公益用地使用权。

3. 非农公益用地使用权的内容与限制。非农公益用地使用权人对土地享有占有权和使用权。非农公益用地使用权人不得擅自改变土地用途，不得擅自将土地用于经营活动，不得将土地使用权转让、出租或抵押。

考点三．集体土地使用权的终止

集体土地使用因下列情形而终止：

1. 国家征用集体所有土地；

2. 乡（镇）村公共设施和公益事业建设需要收回集体土地使用权的；

3. 用地者撤销、迁移等而停止使用集体土地的；

4. 用地者违法或违约被集体土地所有者收回土地使用权的。依据《土地管理法》第 37 条的规定，承包土地的单位或者个人连续两年弃耕抛荒的，原发包单位应当终止承包合同，收回发包的土地。

历年真题与示例

1. 关于农村土地承包经营权，下列哪些选项是正确的？（2007 - 1 - 73）

A. 家庭承包的承包方只能是本集体经济组织的农户

B. 通过家庭承包方式取得的土地承包经营权可以转让给本集体经济组织以外的人

C. 土地承包经营权的性质属于不动产物权，其取得与转让无须登记而发生效力

D. 家庭承包不能通过招标、拍卖、协商的方式进行

答案：ABCD

2. 根据《土地管理法》规定，在下列哪些情况下使用集体土地从事建设不需要经过国家征收？（2009 - 1 - 74）

A. 兴办乡镇企业

B. 村民建设住宅

C. 乡村公共设施建设

D. 乡村公益事业建设

答案：ABCD

3. 关于承包经营集体土地可以从事的生产活动，下列哪一选项符合《土地管理法》规定？（2009 - 1 - 28）

A. 种植业、林业

B. 种植业、林业、畜牧业

C. 种植业、林业、畜牧业、渔业

D. 种植业、林业、畜牧业、渔业、农产品加工业

答案：C

第四节　土地管理

考点完整提炼

$$土地管理\begin{cases}农业用地管理\\建设用地管理\\土地纠纷处理\end{cases}$$

法条依据串烧

《土地管理法》第 16 条　土地所有权和使用权争议，由当事人协商解决；协商不成的，由人民政府处理。

单位之间的争议，由县级以上人民政府处理；个人之间、个人与单位之间

的争议，由乡级人民政府或者县级以上人民政府处理。

当事人对有关人民政府的处理决定不服的，可以自接到处理决定通知之日起 30 日内，向人民法院起诉。

在土地所有权和使用权争议解决前，任何一方不得改变土地利用现状。

● 考点精析

✎ 考点一 农业用地的保护

（一）国家保护耕地，严格控制耕地转为非耕地

（二）国家实行占用耕地补偿制度

（1）非农业建设经批准占用耕地的，按照"占多少，垦多少"的原则，由占用耕地的单位负责开垦与所占用耕地的数量和质量相当的耕地。

（2）条件开垦或者开垦的耕地不符合要求的，应当按照省、自治区、直辖市的规定缴纳耕地开垦费，专款用于开垦新的耕地。

（3）省、自治区、直辖市人民政府应当制定开垦耕地计划，监督占用耕地的单位按照计划开垦耕地或者按照计划组织开垦耕地，并进行验收。

（三）农用地转用审批权限

建设占用土地，涉及农用地转为建设用地的，应当办理农用地转用审批手续：

（1）原则上应当由省级人民政府批准，但是下述两种情形除外。

（2）须经国务院批准的。省、自治区、直辖市人民政府批准的道路、管线工程和大型基础设施建设项目、国务院批准的建设项目占用土地，涉及农用地转为建设用地的，由国务院批准。

（3）由市县人民政府批准的。在土地利用总体规划确定的城市和村庄、集镇建设用地规模范围内，为实施该规划而将农用地转为建设用地的，按土地利用年度计划分批次由原批准土地利用总体规划的机关批准。在已批准的农用地转用范围内，具体建设项目用地可以由市、县人民政府批准。

（四）基本农田制度

（1）基本农田的范围。下列耕地应当根据土地利用总体规划划入基本农田保护区，严格管理：①经国务院有关主管部门或者县级以上地方人民政府批准确定的粮、棉、油生产基地内的耕地；②有良好的水利与水土保持设施的耕地，正在实施改造计划以及可以改造的中、低产田；③蔬菜生产基地；④农业科研、教学试验田；⑤国务院规定应当划入基本农田保护区的其他耕地。

（2）基本农田的总量控制。各省、自治区、直辖市划定的基本农田应当占本行政区域内耕地的 80% 以上。

示例 《土地管理法》规定，国家实行占用耕地补偿制度。下列关于这一制度的哪一表述是错误的？（2006－1－21）

A. 因非农业建设占用耕地的，占用单位应承担占用补偿义务，负责开垦与所占用耕地的数量和质量相当的耕地

B. 国家批准的重点建设项目占用耕地的，占用单位不承担占用补偿义务

C. 没有条件开垦的占用单位，应当按规定缴纳耕地开垦费

D. 占用单位开垦耕地，应按照省级人民政府制定的开垦计划进行

答案：B

示例 2 某县政府以"振兴本县经济"为由，在土地利用总体规划以外，

批准征用农用地 15 公顷（包括基本农田 5 公顷），供该县经济开发总公司建设工业园区。对该批准行为的下列表述何者为正确？

A. 县政府无权批准征用基本农田，也无权批准该宗农用地转为建设用地

B. 县政府无权批准征用基本农田，但有权批准该宗农用地除去基本农田以外的部分转为建设用地

C. 县政府可以先将该基本农田转为一般农用地，然后批准该宗农用地转为建设用地

D. 县政府可以先修改土地利用总体规划，然后在该规划范围内批准该宗农用地除去基本农田以外的部分转为建设用地

答案：A

考点二 建设用地管理

（一）建设用地的分类

建设用地分为国家建设用地和乡（镇）村建设用地。国家建设用地是指国家为进行各种经济、文化、国防建设以及兴办各种社会公益事业进行建设所需要占用的土地。乡（镇）村建设用地是指农村集体经济组织兴办企业、公益事业或农民建设住宅所需占用的农村集体土地。

（二）乡（镇）村建设用地的审批权限

（1）乡（镇）村兴办企业需要使用土地的，应当持有关批准文件，向县级以上地方人民政府土地行政主管部门提出申请，按照省、自治区、直辖市规定的批准权限，由县级以上人民政府批准；其中，涉及占用农用地，依法办理农用地转用审批手续。

（2）乡（镇）村公共设施、公益事业建设，需要使用土地的，先经乡（镇）人民政府审核，其他审批程序同于乡（镇）村兴办企业用地。

（3）农村村民住宅用地，经乡（镇）人民政府审核，由县级人民政府批准；其中，涉及占用农用地的，依法办理农用地转用审批手续。

（三）临时建设用地

临时建设用地是指因建设项目施工和地质勘查等需要临时使用国有土地或者集体土地。

（1）临时建设用地的审批。临时建设用地，由县级以上人民政府审批。土地使用者应当根据土地权属，与有关土地行政主管部门或者农村集体经济组织、村民委员会签订临时使用土地合同，并按照合同的约定支付临时使用土地补偿费。

（2）临时建设用地的限制：①必须按照临时使用合同约定的用途使用土地；②不得修建永久性建筑；③临时使用土地的期限不得超过 2 年。

示例 2005 年 6 月，某县发生特大洪水，县防汛指挥部在甲村临时征用村东和村西的两块土地。其间实施的下列哪种行为不符合法律规定？

A. 灾情发生后，在未办理建设用地审批手续的情况下，向村委会宣布临时征用土地的决定

B. 抗洪期间，在未办理建设用地审批手续的情况下，在两块土地上各搭建一座存放抗洪物资的仓库

C. 灾情结束后，在未办理建设用地审批手续的情况下，拆除村东的仓库，将土地恢复原状后交还给甲村

D. 灾情结束后，在未办理建设用地审批手续的情况下，以未来抗洪需要为

由，保留村西的仓库至今

答案：D

考点三 土地纠纷处理的处理

（一）土地纠纷的类型

（1）土地确权纠纷。此类纠纷是指因不同主体间就土地所有权或土地使用权的归属或界线等问题产生异议而引发的争议纠纷。

（2）土地侵权纠纷。此类纠纷是指因对他人已依法取得的土地所有权或使用权构成侵害，侵权人与被侵权人之间引发的争议纠纷。

（3）土地行政争议。此类纠纷是指因相对人对土地行政主管机关或人民政府作出的土地行政处罚等具体行政行为不服而引起的争议纠纷。

（二）土地纠纷的解决途径。

（1）土地确权纠纷的解决途径。由当事人协商解决；协商不成的，由人民政府处理；单位之间的争议，由县级以上人民政府处理；个人之间、个人与单位之间的争议，由乡级政府处理。当事人对有关人民政府的处理决定不服的，可以自接到处理决定通知之日起 30 日内以作出处理决定的人民政府为被告提起行政诉讼。

（2）因土地承包经营权发生争议的解决。因土地承包经营发生纠纷的，双方当事人可以通过协商解决，也可以请求村民委员会、乡（镇）人民政府等调解解决。当事人不愿协商、调解或者协商、调解不成的，可以向农村土地承包仲裁机构申请仲裁，也可以直接向人民法院起诉。

当事人对农村土地承包仲裁机构的仲裁裁决不服的，可以在收到裁决书之日起 30 日内向人民法院起诉。逾期不起诉的，裁决书即发生法律效力。

（3）土地侵权纠纷的解决途径。由当事人协商解决。协商不成的，可由土地行政主管部门进行行政调处。当事人对行政调处不服的，可以以对方当事人为被告提起民事诉讼；当事人也可不经行政调处直接提起民事诉讼。

（4）土地行政争议纠纷的解决。按一般行政复议及行政诉讼程序处理。

（5）因土地违法行为被行政处罚的可以提起行政诉讼。需要注意的是无论土地争议纠纷采取何种解决机制，在该纠纷解决之前争议双方应当维持土地的现有利用状况。

历年真题与示例

1. 根据《土地管理法》的规定，关于土地权益的纠纷，下列哪一选项是错误的？（2008－1－26）

A. 村民甲与村卫生所发生土地使用权争议，协商不成可找乡政府处理，对乡政府处理决定不服还可向法院起诉

B. 村民乙与邻居发生宅基地纠纷，应先向县土地主管部门申请行政调处，对调处决定不服的，可以土地主管部门为被告向法院提起行政诉讼

C. 村民丙因土地承包经营权与村委会发生纠纷，协商调解不成可向农村土地承包仲裁机构申请仲裁，对仲裁裁决不服还可以向法院起诉

D. 村民丁因擅自占地建房被县土地主管部门处罚，如对行政处罚决定不服可以向法院提起行政诉讼

答案：B

2. 李庄和赵庄为相邻一块土地的所有权归属发生争议，李庄的村干部就此事请示乡长。乡长的下列哪一答复意见是错误的？（2007 - 1 - 24）

A. "这件事，乡政府可以出面召集你们双方协商解决。"

B. "如果你们双方达不成协议，我们乡政府是无权处理的。"

C. "你们可以去县政府申请处理，也可以直接去县法院起诉。"

D. "在纠纷解决之前，你们双方必须维持土地利用的现状。"

答案：C

第二章　城市房地产管理法

考点完整提炼

房地产管理法 $\begin{cases} 房地产交易规则 \\ 房地产转让 \\ 房地产抵押 \end{cases}$

考点一　房地产交易的基本规则

（一）房地合一原则

房地产转让、抵押时，房屋所有权和该房屋占用范围内的土地使用权同时转让、抵押。

（二）房地产价格评估制度

我国刚刚建立市场机制，目前仍未形成合理的完全市场化的房地产价格体系，我国房地产价格构成复杂，非经专业评估难以恰当确定，故法律规定房地产交易中实行房地产价格评估制度。

（三）权属登记制度

房地产转让、抵押当事人应当依法办理权属变更或抵押登记，房地产权利变动从登记完成时起发生。

考点二　房地产转让

（一）房地产转让的概念

房地产转让，是房地产权利人通过买卖、赠与或者其他合法方式将其房地产转移给他人的行为。

（二）房地产转让的禁止

下列房地产不得转让：

（1）以出让方式取得土地使用权的，不符合法定条件的；

（2）司法机关和行政机关依法裁定、决定查封或者以其他形式限制房地产权利的；

（3）依法收回土地使用权的；

（4）共有房地产，未经其他共有人书面同意的；

（5）权属有争议的；

（6）未依法登记领取权属证书的；

（7）法律、行政法规规定禁止转让的其他情形。

（三）商品房预售

所谓商品房预售是指商品房还没有建设完成还没有取得所有权证书而提前予以销售的行为。商品房预售的，应当符合下列条件：

（1）已支付全部土地使用权出让金，取得土地使用权证书；

（2）持有建设工程规划许可证；

（3）按提供预售的商品房计算，投入开发建设的资金达到工程建设总投资的25%以上，并已经确定施工进度和竣工交付日期；

（4）向县级以上人民政府房产管理部门办理预售登记，取得商品房预售许可证明。

商品房预售人应当按照国家有关规定将预售合同报县级以上人民政府房产

管理部门登记备案。商品房预售所得款项，必须用于有关的工程建设。

商品房预购人将购买的未竣工商品房再行转让的问题，由国务院规定。

（四）商品房预售登记

商品房预售必须先行进行预售登记。房地产开发企业申请办理商品预售登记，应当提交下列文件：

（1）提交具备预售条件的证明资料，具体包括：①已交付全部土地使用权出让金，取得土地使用权证书的证明资料；②建设工程规划许可证；③投入开发建设的资金达到工程建设总投资的 25% 以上，并已经确定施工进度和竣工交付日期的证明资料。

（2）营业执照和资质等级证书；

（3）工程施工合同；

（4）预售商品房分层平面图；

（5）商品房预售方案。

房地产开发主管部门应当自收到商品房预售申请之日起 10 日内，作出同意预售或者不同意预售的答复。同意预售的，应当核发商品房预售许可证明；不同意预售的，应当说明理由。

（五）预售程序管理

（1）广告宣传房地产开发企业不得进行虚假广告宣传，商品房预售广告中应当载明商品房预售许可证明的文号。

（2）出示许可证房地产开发企业预售商品房时，应当向预购人出示商品房预售许可证明。

（3）预售登记。房地产开发企业应当自商品房预售合同签订之日起 30 日内，到商品房所在地的县级以上人民政府房地产开发主管部门和负责土地管理工作的部门备案。

考点三　房地产抵押

（一）概念

房地产抵押，是抵押人以其合法的房地产以不转移占有的方式向抵押权人提供债务履行担保的行为。债务人不履行债务时，抵押权人有权依法以抵押的房地产拍卖所得的价款优先受偿。

（二）可抵押的房地产

《城市房地产管理法》规定，以下列两类房地产可以设定抵押权：

（1）依法取得的房屋所有权连同该房屋所占用范围内的国有土地使用权。该类抵押权客体比较宽泛，其所指的土地使用权，包括出让、划拨等各种国有土地使用权。

（2）以出让方式取得的国有土地使用权。该类土地使用权在无地上房屋或地上房屋未建成时可单独成为抵押权客体，而划拨土地使用权则只能同地上房屋一同成为抵押权客体。

（三）关于划拨土地上房地产的抵押

以划拨方式取得的土地使用权不得单纯设定抵押，但如果该土地上有房产，以房产设定抵押时需同时抵押房屋所占用的划拨土地使用权。这时由于抵押人对土地无处分权，需按划拨土地使用权转让的规定，报有审批权的人民政府审批，同时由于抵押人对土地无完全收益权，故设定房地产抵押权的土地使用权是以划拨方式取得的，依法拍卖该房地产后，应当从拍卖所得的价款中缴纳相当于应缴的土地使用权出让金的款额后，抵押权人方可优先受偿。

（四）新增地上物处置

房地产抵押合同签订后，土地上新增的房屋不属于抵押财产。需要拍卖该抵押的房地产时，因新增房屋与抵押财产无法实际分割，可以依法将土地上新增的房屋与抵押财产一同拍卖，但对拍卖新增房屋所得，抵押权人无权优先受偿。

考点四。房地产开发企业

（一）房地产开发企业

设立房地产开发企业应当满足下列条件：①有自己的名称和组织机构。房地产开发企业一般的组织形式是公司，因此其名称和组织机构应当符合《公司法》的规定。②有固定的经营场所。③注册资本不低于 100 万元。④有足够的专业技术人员。按照国务院《房地产开发经营管理条例》的规定，需要有 4 名以上持有资格证书的房地产专业、建筑工程专业的专职技术人员，2 名以上持有资格证书的专职会计人员。⑤法律、行政法规规定的其他条件。如果房地产开发企业采取有限责任公司和股份有限公司的形式，则应当符合公司法的规定。

（二）房地产的交易中介服务机构

房地产中介服务机构包括房地产咨询机构、房地产价格评估机构、房地产经纪机构等。房地产中介服务机构应当具备下列条件：①有自己的名称和组织机构；②有固定的服务场所；③有必要的财产和经费；④有足够数量的专业人员；⑤法律、行政法规规定的其他条件。

设立房地产中介服务机构，应当向工商行政管理部门申请设立登记，领取营业执照后，方可开业。

第七部分　环境保护法

考点精析

考点一。 环境影响评价制度

环境影响评价，是指在一定区域内进行开发建设活动，事先对拟建项目可能对周围环境造成的影响进行调查、预测和评定，并提出防治对策和措施，为项目决策提供科学依据。

（一）环境影响评价的适用范围

环境影响评价适用于中华人民共和国领域和中华人民共和国管辖的其他海域内对环境有影响的建设项目、流域开发、开发区建设、城市新区建设和旧区改建等区域性开发，编制建设规划时，应当进行环境影响评价。

（二）环境影响报告书的内容

专项规划的环境影响报告书应当包括下列内容：实施该规划对环境可能造成影响的分析、预测和评估；预防或者减轻不良环境影响的对策和措施；环境影响评价的结论。

建设项目的环境影响报告书应当包括下列内容：建设项目概况；建设项目周围环境现状；建设项目对环境可能造成影响的分析和预测；环境保护措施及经济、技术论证；环境影响经济损益分析；对建设项目实施环境监测的建议；环境影响评价结论。另外，对水环境可能造成影响和可能产生环境噪声污染建设项目的环境影响报告书中，应该有该建设项目所在地单位和居民的意见。

（三）环境影响评价和审批的程序

（1）专项规划的环境影响评价和审批的程序。

专项规划的环境影响评价和审批的程序是：①编制专项规划的国务院有关部门、设区的市级以上地方人民政府及其有关部门，应当在该专项规划上报审批前，组织进行环境影响评价草案的编制；②专项规划的编制机关应举行论证会、听证会，或者采取其他形式，征求有关单位、专家和公众对环境影响报告书草案的意见；③编制机关在报批规划草案时，将环境影响评价报告书一并附送审批机关审查。

（2）建设项目的环境影响评价和审批的程序。

建设项目的环境影响评价报告书、报告表、登记表应在建设项目可行性研究阶段报批；铁路、交通等建设项目，经环保部门同意，可以在初步设计完成前报批。其审批程序为：①首先由建设单位或主管部门签订合同委托有评价资质的评价单位进行调查和评价工作；②评价单位通过调查和评价制作环境影响报告书（表）；③建设项目的主管部门负责对建设项目的环境影响报告书（表）进行预审；④报告书由有审批权的环保部门审查批准后，提交设计和施工。

考点二。 "三同时"制度

"三同时"制度，是指建设项目需

要配置的环境保护设施必须与主体工程同时设计、同时施工、同时投产使用的环境法律制度。

1. 建设项目的初步设计，应当按照环境保护设计规范的要求，编制环境保护篇章，并依据经批准的建设项目环境影响报告书或者环境影响报告表，在环境保护篇章中落实防治环境污染和生态破坏的措施以及环境保护设施投资概算。

2. 建设项目的主体工程完工后，需要进行试生产，其配套建设的环境保护设施必须与主体工程同时投入试运行，建设项目试生产期间，建设单位应当对环境保护设施运行情况和建设项目对环境的影响进行监测。

3. 建设项目竣工后，建设单位应当向审批该建设项目环境影响报告书、环境影响报告表或者环境影响登记表的环境保护行政主管部门，申请该建设项目需要配套建设的环境保护设施竣工验收。环境保护设施竣工验收，应当与主体工程竣工验收同时进行。分期建设、分期投入生产或者使用的建设项目，其相应的环境保护设施应当分期验收。

4. 建设项目需要配套建设的环境保护设施经验收合格，该建设项目方可投入生产或者使用。

考点三　排污收费制度

征收排污费的对象是超过国家或地方污染物排放标准排放污染物的企业事业单位。但是：

（1）企业事业单位向水体排放污染物，不超过国家或者地方规定的污染物排放标准的，缴纳排污费，超过国家或者地方规定的污染物排放标准的，缴纳超标准排污费，即对排放水污染物的，

实行达标排放的征收排污费，超标准排放征收超标准排污费的双收费制度；

（2）向大气和海洋排放污染物的，其污染物排放浓度不得超过国家和地方规定的排放标准，达标排放的征收排污费，超标排污应当限期治理并科以罚款。

考点四　总量控制制度

总量控制制度是指国家环境管理机关依据所勘定的区域环境容量，决定区域中的污染物质排放总量，根据排放总量削减计划，向区域内的企业个别分配各自的污染物排放总量额度的方式的一项法律制度。

1. 国家环境管理机关在各省、自治区、直辖市申报的基础上，经全国综合平衡，编制全国污染物排放总量控制计划，把主要污染物排放量分解到各省、自治区、直辖市，作为国家控制计划指标。

2. 各省、自治区、直辖市把省级控制计划指标分级下达，逐级实施总量控制计划管理。

3. 编制年度污染物削减计划。

4. 年度检查、考核。

考点五　环境保护许可证制度

环境保护许可证制度，是指从事有害或可能有害环境的活动之前，必须向有关管理机关提出申请，经审查批准，发放许可证，方可按许可证的规定进行该活动的一整套法律制度措施。在许可证制度中，使用最广泛的是排污许可证。

（一）排污许可证的适用范围

对依法实施重点污染物排放总量控制的水体排放重点水污染物的和对大气

污染物总量控制区排放主要大气污染物的实行排污许可证制度。

（二）排污许可证制度的实施程序

排污许可证制度的实施程序如下：

1. 排污申报登记。排污单位向环境保护主管部门如实申报排放污染物的种类、数量、浓度、排放的方式和排放去向。

2. 分配排污量。各地区确定本地区污染物排放总量控制指标和分配污染物总量削减指标。

3. 发放许可证。对不超过排污总量控制指标的排污单位，颁发《排放许可证》；对超出排污总量控制指标的排污单位，颁发《临时排放许可证》，并限期削减排放量。

4. 发证后的监督管理许可证发放以后，发证单位必须对持证单位进行严格的监督管理，使持证单位按许可证的要求排放污染物。

考点六　限期治理制度

限期治理制度，是指对污染严重的污染源，由法定国家机关依法限定在一定期限内治理并完成治理任务，达到治理目标的一整套法律制度措施。

（一）限期治理的对象

（1）严重污染环境的污染源；

（2）位于需要特别保护的区域内的超标准排污的污染源，需要特别保护的区域指风景名胜区、自然保护区和其他需要特别保护的区域。

（二）限期治理制度实施的权限划分

限期治理由县级以上方人民政府环境保护行政主管部门提出意见，报同级人民政府批准。

（1）中央或者省、自治区、直辖市

人民政府管辖的企业事业单位的限期治理，由省、自治区、直辖市人民政府决定。

（2）市、县或市、县以下人民政府管辖的企业事业单位的限期治理，由市、县人民政府决定。

（3）造成环境噪声污染的小型企业事业单位的限期治理，可以由县级以上人民政府在国务院规定的权限内授权其环境保护行政主管部门决定。

（三）具体措施

对经限期治理逾期未完成治理任务的企业事业单位，除加收超标准排污费外，可以处以罚款，或者责令停业、关闭。罚款由环境保护行政主管部门决定。责令停业、关闭由作出限期治理决定的人民政府决定；责令中央直接管辖的企业事业单位停业、关闭的，须报国务院批准。

考点七　环境标准制度

环境标准制度是国家为了保护环境质量，控制污染，按照法定程序制定并实施各种环境技术规范的法律制度。

（一）环境标准的体系

环境标准分为国家环境标准、地方环境标准和国家环境保护总局标准。

（二）环境标准制定权力的划分

1. 国务院环境保护行政主管部门负责制定国家环境标准和国家环境保护总局标准。

2. 省级人民政府对国家环境质量标准中未作规定的项目，可以制定地方环境质量标准；对国家污染物排放标准中未作规定的项目，可以规定地方污染物排放标准；对国家污染物排放标准已作规定的项目，可以制定严于国家污染物排放标准的地方污染物排放标准。

特别嘱咐　地方环境标准仅限于省级政府制定。

考点八　环境行政责任

违反环境保护法规，从事环境污染行为，属于行政违法行为，因此应当承担相应的行政责任，即行政处罚。依据我国现行环境保护法律规范体系，从事环境污染应当承担的行政责任主要有如下九种情形：

1. 拒绝环境保护行政主管部门或者其他依照法律规定行使环境监督管理权的部门现场检查或者在被检查时弄虚作假的，给予警告或处以罚款。

2. 拒报或者谎报国务院环境保护行政主管部门规定的有关污染物排放申报事项的，给予警告或处以罚款。

3. 不按国家规定缴纳超标排污费的，给予警告或处以罚款。

4. 引进不符合我国环境保护规定要求的技术和设备的，给予警告或处以罚款。

5. 将产生严重污染的生产设备转移给没有污染防治能力的单位使用的，给予警告或处以罚款。

6. 建设项目的防治污染设施没有建成或者没有达到国家规定的要求，投入生产或者使用的，责令停止生产或者使用，可以并处罚款。

7. 未经环境保护行政主管部门同意，擅自拆除或者闲置防治污染的设施，污染物排放超过规定排放的标准的，责令重新安装使用，并处罚款。

8. 对违反《环境保护法》的规定，造成环境污染事故的企事业单位根据所造成的危害后果处以罚款。

9. 对经限期治理未完成治理任务的企业事业单位，除依照国家有关规定加收超标准排污费外，可以根据所造成的危害后果处以罚款，或者责令停业、关闭。

考点九　环境民事责任

（一）环境民事责任的构成要件与免责

（1）环境民事责任的构成要件。①行为人实施了污染环境的致害行为；②受害人发生了损害结果；③污染环境的致害行为与损害结果之间具有因果关系。

（2）环境民事责任的免责事由。环境污染的侵权行为责任虽然是无过错责任，但是却不是绝对责任而是有法定的免责事由，被告只要能够证明下列情形之一的即可免除其损害赔偿的民事责任：①由不可抗力造成并且行为人及时采取合理措施。②受害者自我致害。污染损失由受害者自身的过错所引起的，排污单位不承担责任。③第三者过错。污染损失由第三者的过错所引起的，第三者应当承担责任。

（二）环境民事责任的特征

（1）严格责任。不以行为人的故意或过失为要件。

（2）不以行为人违反环境保护法律规定为要件，即是导致环境污染的人没有违反环境保护法律造成他人损失的仍然应当承担民事责任。

（3）环境民事诉讼时效为3年。因环境污染损害赔偿提起诉讼的时效期间为3年，从当事人知道或者应当知道受到污染损害时起计算。

（4）环境民事诉讼适用举证责任倒置。最高人民法院《关于适用〈中华人民共和国民事诉讼法〉若干问题的意见》第74条规定，因环境污染引起的损害赔偿诉讼，对原告提出的侵权事实，被告否认的，由被告负举证责任。可见，在环境民事诉讼中，原告只需提供被告侵权的基本事实，而被告则负主要的举证责。

（5）因果关系推定。在我国司法实践中，实行因果关系推定，即被告不能证明自己与环境污染危害无关，如行为人排放的污染物不可能产生受害人遭受的污染，就推定因果关系存在。

（6）环境民事责任不以污染环境的人违反环境保护法规为必要。也就是说即便排污染的排污达到了国家标准和地方标准，但是仍然给人造成损害的仍然应当承担损害赔偿的责任。

历年真题与示例

1. 根据《环境保护法》规定，下列哪些选项属于农业环境保护的措施？（2009 - 1 - 77）
   A. 防治土地沙化、盐渍化、贫瘠化、沼泽化
   B. 防治植被破坏、水土流失、水源枯竭
   C. 推广植物病虫害的综合防治
   D. 合理使用化肥、农药及植物生长激素

   答案：ABCD

2. 根据《环境保护法》的规定，下列哪一项是县级以上人民政府环境保护行政主管部门的职权？（2007 - 1 - 28）
   A. 对国家环境质量标准中未作规定的项目，制定地方环境质量标准
   B. 对国家污染物排放标准中未作规定的项目，制定地方污染物排放标准；对国家污染物排放标准中已作规定的项目，制定严于国家污染物排放标准的地方污染物排

放标准
   C. 定期发布环境状况公报
   D. 会同有关部门对管辖范围内的环境状况进行调查和评价，拟订环境保护规划

   答案：D

3. 某化工厂将废水直接排入河道，流入秦某的鱼塘，造成鱼塘的鱼全部死亡。该厂承认其侵权，但对秦某提出的赔偿数额不接受。对此，下列哪些选项是正确的？（2007 - 1 - 76）
   A. 秦某可以请求环境保护行政主管部门处理
   B. 秦某对环境保护行政主管部门的处理决定不服的，可以向法院起诉
   C. 秦某可以不经过环境保护行政主管部门处理而直接向法院起诉
   D. 秦某要求损害赔偿的诉讼时效为2年

   答案：ABC

4. 由于某化工厂长期排污，该厂周边方圆一公里内的庄稼蔬菜生长不良、有害物质含量超标，河塘鱼类无法繁衍，该地域内三个村庄几年来多人患有罕见的严重疾病。根据《环境保护法》的规定，下列哪一选项是错误的？（2008 - 1 - 28）
   A. 受害的三个村的村委会和受害村民有权对该厂提起民事诉讼
   B. 因环境污染引起的民事诉讼的时效为3年
   C. 环境污染民事责任的归责原则实行公平责任原则
   D. 环境污染致害的因果关系证明，受害方不负举证责任

   答案：C

图书在版编目（CIP）数据

2010 年国家司法考试考点精讲. 商法与经济法/席志国编著. –北京：中国政法大学出版社，2010.2

ISBN 978 – 7 – 5620 – 3438 – 4

Ⅰ.2... Ⅱ.席... Ⅲ. ①商法 – 中国 – 法律工作者 – 资格考核 – 自学参考资料②经济法 – 中国 – 法律工作者 – 资格考核 – 自学参考资料 Ⅳ.D92

中国版本图书馆 CIP 数据核字（2010）第 010353 号

书　　名	2010 年国家司法考试考点精讲. 商法与经济法
出版发行	中国政法大学出版社（北京市海淀区西土城路 25 号）
	北京 100088 信箱 8034 分箱　　邮政编码 100088　　fada. sf@ sohu. com
	http://www. cuplpress. com（网络实名：中国政法大学出版社）
	（010）58908433(考试图书编辑部)　58908325（发行部）　58908334(邮购部)
承　　印	北京华正印刷有限公司
规　　格	787×960mm　　1/16
印　　张	22.25
字　　数	430 千字
版　　本	2010 年 2 月第 1 版　　2010 年 2 月第 1 次印刷
书　　号	ISBN 978 – 7 – 5620 – 3438 – 4/D·3398
定　　价	36.00 元